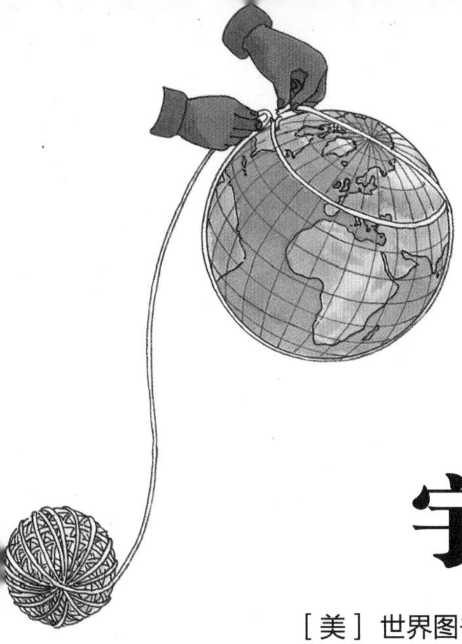

HOW & WHY

美国经典少儿百科知识全书

宇宙探秘

[美] 世界图书出版公司 著 杜磊 译 方舟子 审译

Childcraft—The How and Why Library
The Universe

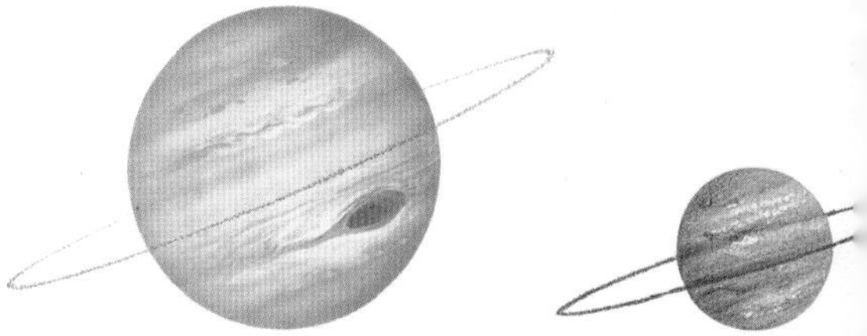

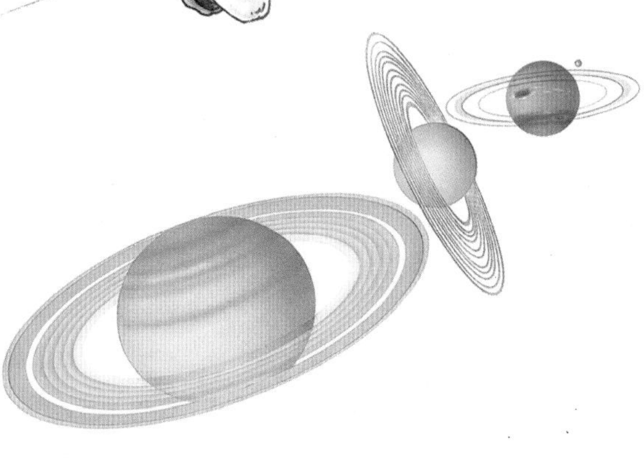

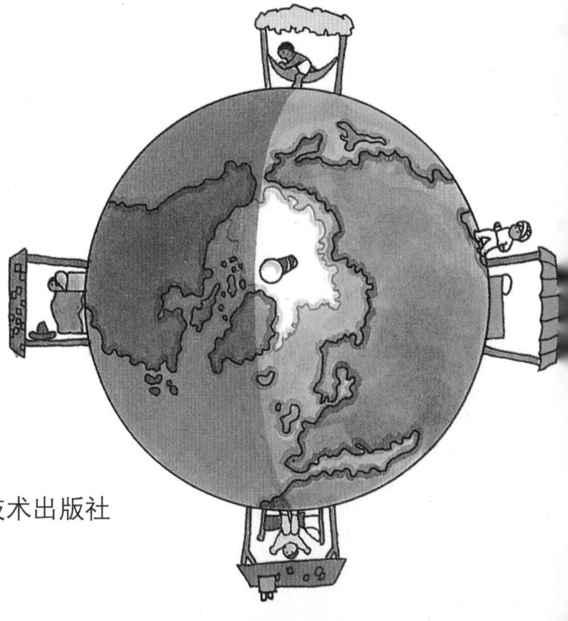

广西科学技术出版社

著作权合同登记号 桂图登字：20-2009-136

图书在版编目（CIP）数据

宇宙探秘/（美）世界图书出版公司著；杜磊译. —南宁：广西科学技术出版社，2010.6
（《HOW & WHY》美国经典少儿百科知识全书）
ISBN 978-7-80763-476-8

Ⅰ.宇… Ⅱ.①世… ②杜… Ⅲ.宇宙—普及读物 Ⅳ.P159-499

中国版本图书馆CIP数据核字（2010）第049595号

YUZHOU TANMI
宇宙探秘

作　　者：［美］世界图书出版公司　　翻　　译：杜　磊
策　　划：何　醒　张桂宜　　责任编辑：赖铭洪　胡　莎
封面设计：卜翠红　　责任审读：张桂宜
责任校对：曾高兴　田　芳　　责任印制：韦文印

出 版 人：韦鸿学
出版发行：广西科学技术出版社　　社　　址：广西南宁市东葛路66号
邮政编码：530022
电　　话：010-85893724（北京）　　传　　真：010-85894367（北京）
0771-5845660（南宁）　　0771-5878485（南宁）
网　　址：http://www.gxkjs.com　　在线阅读：http://www.gxkjs.com

经　　销：全国各地新华书店
印　　刷：北京尚唐印刷包装有限公司　　邮政编码：100162
地　　址：北京市大兴区西红门镇曙光民营企业园南8条1号
开　　本：710mm × 980mm　1/16
字　　数：80千字　　印　　张：11.5
版　　次：2010年6月第1版
印　　次：2013年1月第11次印刷
印　　数：92001-97000册
书　　号：ISBN 978-7-80763-476-8/G · 145
定　　价：25.00元

目 录

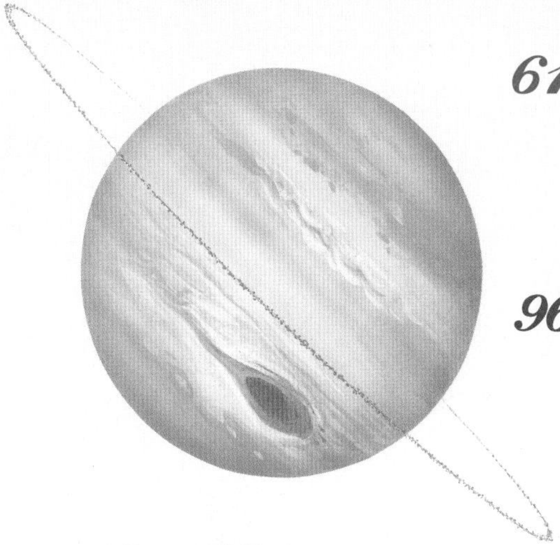

前言

一闪一闪亮晶晶，满天都是小星星。你唱过这首歌吗？你很可能唱过，因为从小你就看到了高悬在天空上的亮晶晶的物体发出的光。白天太阳发光，夜晚恒星发光，有时候月球在白天和夜晚发光。随着你长大，你知道了这些物体离你很远很远。你知道了你生活在地球这颗行星上。你还知道了地球和所有其他行星和恒星都是浩瀚宇宙的一部分。

《宇宙探秘》将与你一起探索太阳、月球及其他行星和恒星。你将会知道这些天体是由什么组成的，以及科学家如何研究它们。你还将读到全世界的人们许多年以来讲述的解释日出日落和月相变化等等现象的故事。

人类观察天空已经有了数千年的历史。在本书中，你将见到历史上一些最有名的天文学家——研究宇宙和做

出重要发现的科学家。你将知道一架望远镜是如何工作的，了解在太空中旅行是什么样的。或许有一天你甚至可能希望在太空中工作。宇宙还有很多东西有待我们去探索！

本书的一些栏目可以帮助你掌握更多的知识。你将在标有“**全知道**”的框里发现充满趣味的事实。你可以用你学到的东西让你的朋友感到吃惊！

这本书也有很多你可以在家完成的活动。找找彩色球图案上的“**试一试**”，它指示的活动提供了了解宇宙的一种方法。例如，你可以制作太阳系行星的悬挂模型。你可以组装一台简易望远镜。或者你可以不用土壤栽培食物，就仿佛你生活在太空里。

每一个活动在它的彩色球上都有一个数字。绿色球上写着1的活动是最简单的活动。黄色球上写着2的活动可能需要大人稍微帮助完成一些任务，例如帮助剪切、测量或者使用热水。红色球上写着3的活动可能需要大人更多的帮助。

用彩色边框包围整个页面的“**试一试**”活动更复杂一点，或者需要更多的材料。在你动手前，花一点时间去研究所需材料的清单，然后读一遍活动的详细步骤。

读本书时，你将会看到有些词是用**像这样的**黑体字印刷的。这些词对你来说也许是生词。你可以在书后面的词汇表中找到这些词语的解释。

“全知道”的框里有充满趣味的事实。

每种活动都有一个数字。数字越大表明你可能越需要大人的帮助。

有这种彩色边框的活动比没有边框的活动更复杂一点。

太阳

在天空中有一个黄颜色的大球，那是太阳。它仅仅是宇宙中无数恒星中的一颗。但是太阳比任何其他恒星对人类更重要。没有太阳的热和光，地球上可能就没有生命。

太阳是什么？

太阳是一颗恒星。它是距离地球最近的恒星。英语中的sun（太阳）一词来自Sol。Sol是古罗马太阳神的名字。从Sol还产生了solar一词，意思是“太阳的”。我们的**太阳系**包括了围绕太阳运动的所有东西。

太阳能发光是因为它非常热。太阳的中心，也就是它的核心，是一个巨大的炉子，温度大约是1500万摄氏度。

太阳看上去好像不大，但是它实际上很大。至少可以把33.3万个地球大小的**行星**装进太阳。为什么我们看到的太阳并不巨大？因为某物离我们越远，它看上去就越小。而太阳距离地球大约1.5亿千米！

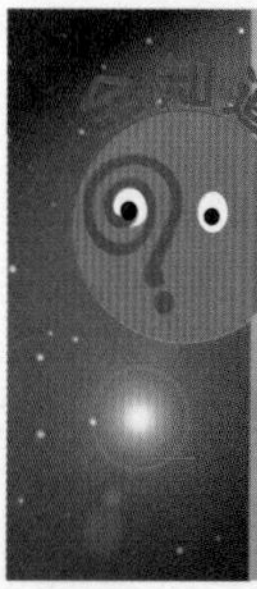

水在0摄氏度结冰。

水在100摄氏度沸腾。

太阳的中心或者说核心的温度大约是1500万摄氏度。

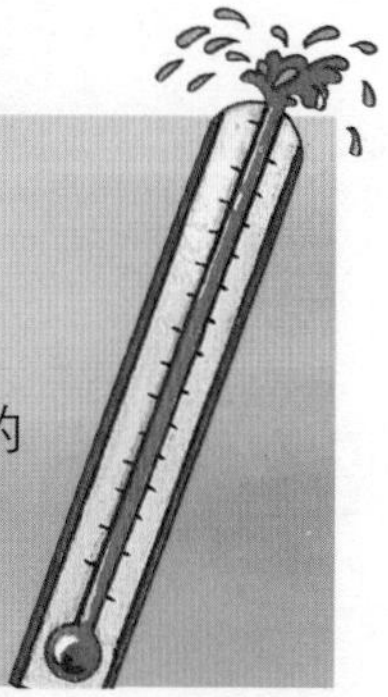

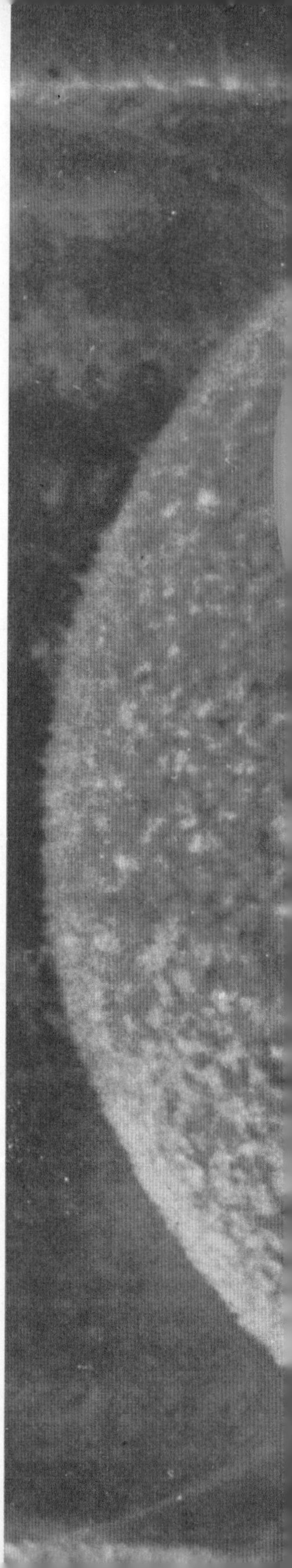

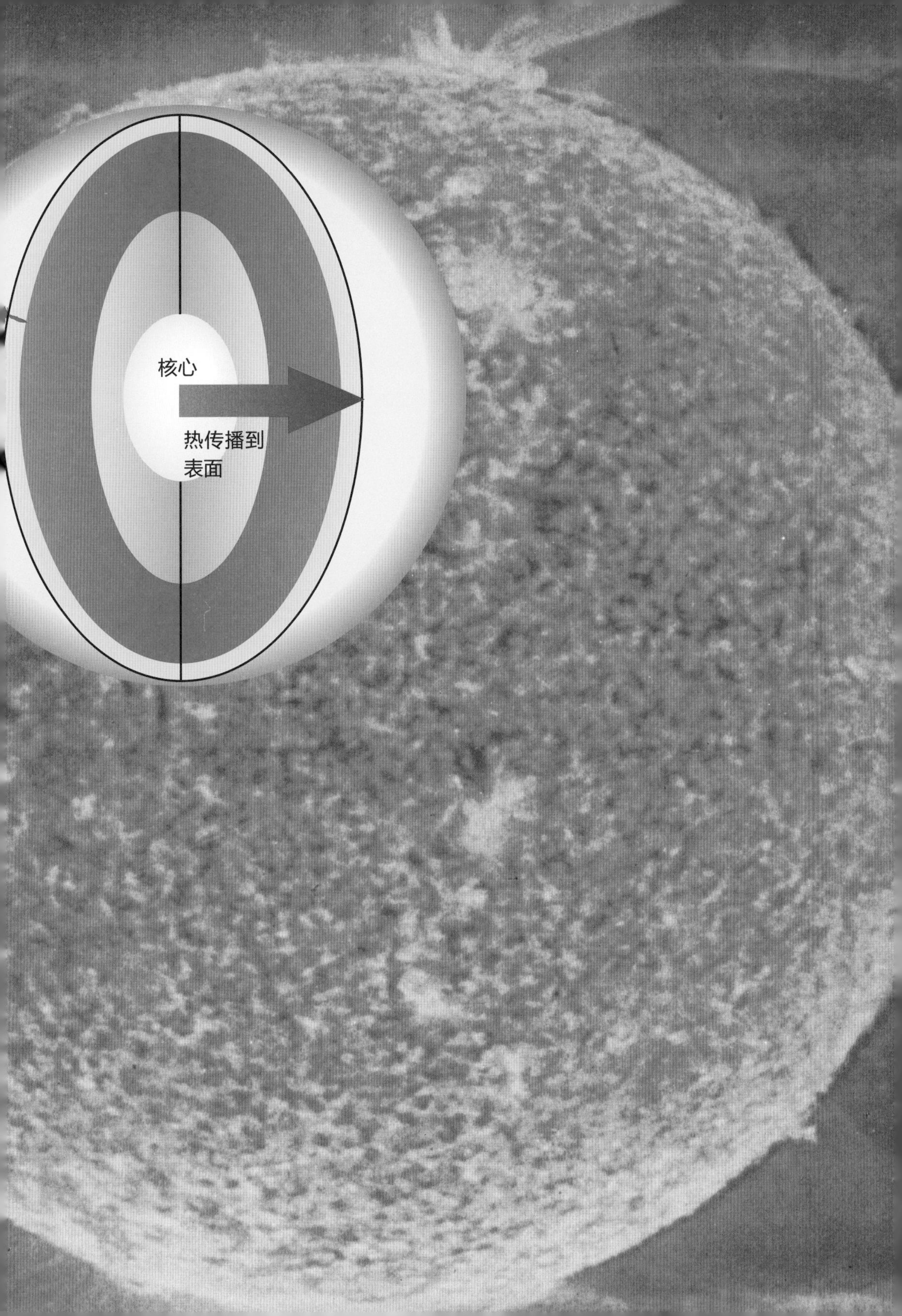
核心
热传播到
表面

太阳是如何形成的？

大多数科学家认为我们的太阳起源于一团巨大的**气体**和尘埃云。

正在衰老的恒星常常发射出巨大的气体和尘埃云。这些气体和尘埃是由各种化学物质组成的。随着这些气体尘埃云在太空中运动，它们把越来越多的气体和尘埃拉了过来。

在每一个星云中，所有的气体和尘埃越来越相互接近。在数百万年的时间里，这个云的中心收缩成了一个巨大的球形。这个球的中心变得比钢球的密度还大，或者说还密实。当气体被挤压到那种程度时，它就变得非常热。一些气体的最微小的部分开始结合起来。这个球变得更热，开始发光。

所有新恒星看来就是这样形成的。大多数科学家认为我们的太阳在45亿多年前就是这样起源的。

为什么太阳很重要？

没有了太阳，大多数植物和动物就无法生存。

能量来自太阳燃烧的炽热中心的内部。能量来到太阳沸腾的表面，然后以光的形式向太空中发射。

太阳的光向宇宙的各个方向传播。它每秒走过299 792千米。这是在高速公路上行驶的大多数汽车的速度的大约1000万倍。

植物如何从太阳光中获得能量？植物就像是制造食物的工厂。绿叶是由无数像小口袋一样的微小细胞组成的。当太阳光进入一片叶子的时候，这些微小的细胞捕获太阳的能量。利用捕获的太阳光作为动力，植物的细胞把水和空气中的一种气体变成了一种糖。这种糖是贮存的能量，可以被植物使用。

太阳光的大部分飞奔进入了太空无尽的黑暗中。但是一些太阳光朝地球而来。它们穿过我们的天空，到达了我们身边。在这里它照射到了植物的叶子上。植物利用太阳的能量制造它们自己的食物并用于生长。

……地球上的植物。

一旦一株植物生长出来，或许牛将会吃掉它。那么这头牛现在就拥有了那株植物的能量。之后，牛的身体可能会变成供人们食用的牛排或者汉堡包。来自太阳的能量就此进入人们的体内。人们将利用这种能量工作或玩耍。

来自植物的能量进入了牛的体内。

来自肉的能量进入了人们的体内！

当然，人们也吃植物。当人们吃植物的时候，人们就直接从植物那里得到了能量。

所有生物必须摄取能量才能生存。而几乎所有这些能量都来自太阳。因此太阳为我们提供的远远不止是光和热。它确实是给了我们生命。

为什么太阳在夜间消失？

太阳在夜间其实没有消失。它只是看不见了，这是因为你所在的地球的那一部分躲开了太阳。

地球一直在缓慢地自转。在早晨，你所在的地球的那一部分开始面对太阳。太阳在天空中的位置很低。随着时间推移，地球继续转动，而太阳出现在天空中更高的地方。当你所在的那部分地方正对着太阳时，那就是一天中我们称之为正午的时候。

当你所在的地球的那一部分是夜晚的时候，你就要准备上床睡觉了。但是地球另一边的孩子还醒着。

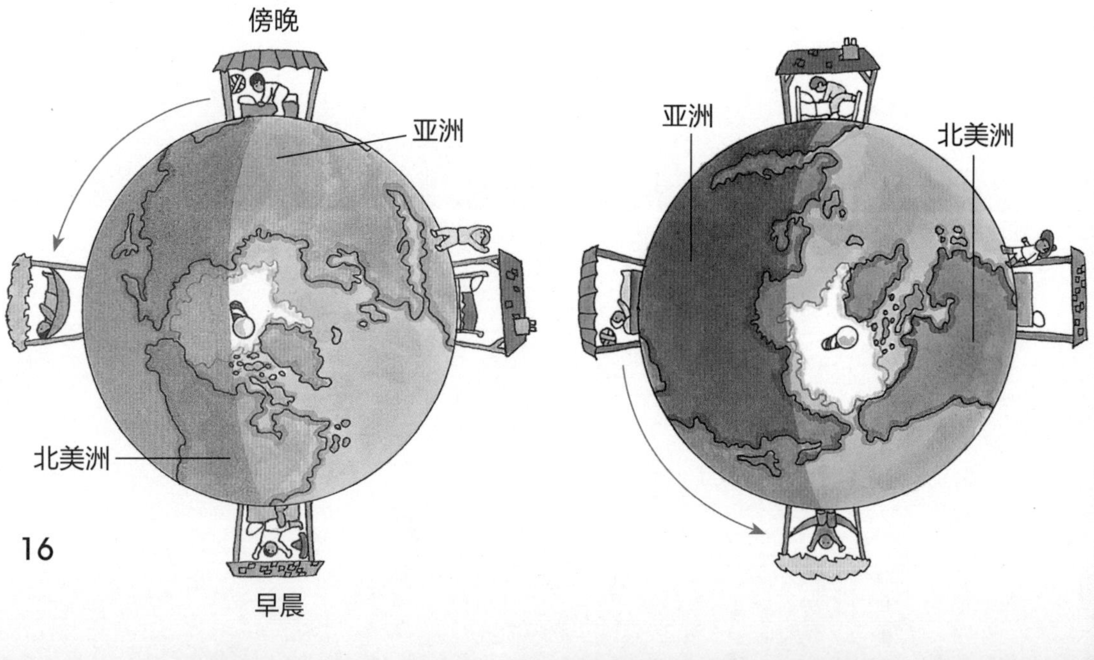

地球继续自转。慢慢地，你所在的地球的那一部分躲开了太阳。这就是周围变得越来越暗而太阳似乎就要落山的原因。很快，你所在的地球的那一部分完全躲开了太阳，这就是夜晚了。

一半的地球总是能从太阳那里得到阳光。而另一半总是在黑暗中。随着你所在的那一半躲开太阳，另一半开始面对太阳。在那里，白天刚刚开始。

试一试 2

当你那里是正午的时候，地球的另一边是午夜！你能找到地球的另一边对着你的城市吗？

在地球仪上找到你所在的城市，或者最接近你所在的城镇的地点。接下来，拿两条绳子。从你所在的城镇出发，用一条绳子沿着地球仪的顶部和底部绕一圈。拿另一条绳子从你所在的城镇出发沿着地球仪的“侧面”绕一圈。这两条绳子在两个点相会。一个点是你家。另一个点是与你相对的地球的另一边。

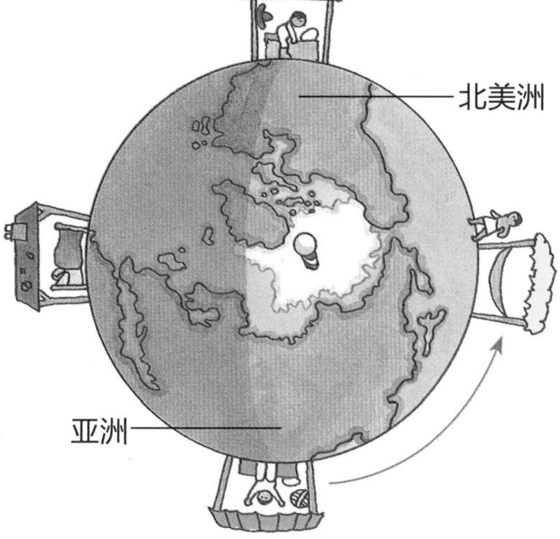

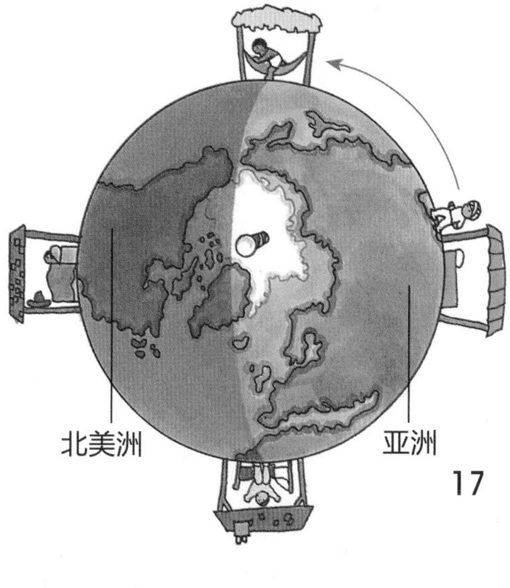

你的影子在哪里？当你的身体挡住阳光的时候就会形成影子。你的影子就是光无法穿过你的时候形成的黑暗的一片。

早晨的影子

你的影子在哪里？

在晴朗的早晨到室外走一走，你的影子拖得长长的，在你的一侧。过了一段时间，当你玩耍的时候，你的影子变短了，几乎要藏起来。你有可能把你的腿伸到你的影子的头顶上。再后来，就在日落之前，你的影子又将变长，在你的另一侧。为什么你的身高完全没有变，而你的影子却伸长和缩短呢？

你的影子的大小和太阳在天空中的位置有关。每天，太阳看起来从天空中走过。它从东方升起，从西方落下。

当太阳在早晨出来的时候，它在天空中很低的地方。你的身体的大部分挡住了一些阳光，因此你的影

正午的影子

傍晚的影子

子很长。由于太阳总是从东方升起，早晨你的影子总是在西方。

从早晨到中午，太阳到了天空中更高的地方，而你的影子变得更短。到了正午，太阳几乎和你的身体处在了一条直线上。你的身体几乎没有挡住来自太阳的光。这让你的影子变得非常短。

到了下午，太阳的位置继续在天空中移动。太阳向下移动，而你的影子又变长了，这次影子到了东方。到了傍晚太阳准备落下的时候，它在天空中非常低的地方，而你的影子将再次变得非常长。随着光线变暗，你的影子消失了。

试一试 1

和你的一位朋友找一个有阳光的人行道。确定那里在白天没有树或建筑物会挡住太阳。让你的朋友在早晨、正午和下午很晚的时候描出你的影子。你也帮你的朋友描出他的影子。什么时候影子最大？什么时候它们最小？

冬季

春季

什么是季节？

夏季——树上满是浓密的树叶。花儿在轻柔、温暖的风中点头。昆虫鸣叫。蓝天上有一个明亮、炎热的太阳。

冬季——寒冷、灰色的天空下光秃秃的树就像一副骨头架子站着。太阳看上去苍白而遥远。

夏季

秋季

是什么造成了这种差别？为什么有些地方通常在春季和夏季温暖，而在冬季和秋季寒冷？

当白天早早出现，而且几乎延伸到上床睡觉的时间甚至更晚的时候，夏季就来到了你所在的那部分地区。这时候太阳光也更强。当没有那么多的太阳光到达你所在的那部分地区的时候，冬季就来了。

冬季的白天时间更短。当你起床的时候天可能还是黑的，而当你从学校放学回家的时候天也黑了。地面和空气变冷。

每个季节的阳光数量的差别是由地球的倾斜造成的。当地球在太空中自转的时候，它也绕着太阳运动。地球绕着太阳运动的时候，它的倾斜方式造成了四季。

随着地球运动，它就像一个陀螺一样自转。它绕一条假想的直线自转，这条直线称为**轴**。我们认为这个轴就像一根柱子。我们把它的顶端称为**北极**，把另一端称为**南极**。

地球的轴是倾斜的，如同一个陀螺就要停下来的时候的倾斜方式。当北极倾斜到朝着太阳的方向，地球北边的一半获得了较多的阳光，而南边的一半获得了较少的阳光。这让地球的北边变成了夏季，南边

全知道

假设你把地球从中间剪开。地球将会分成相等的两部分。我们把这两部分称为**半球**。有一个假想的线把两个半球分开。这条线称为赤道。在赤道上边的称为北半球，而在它下边的称为南半球。

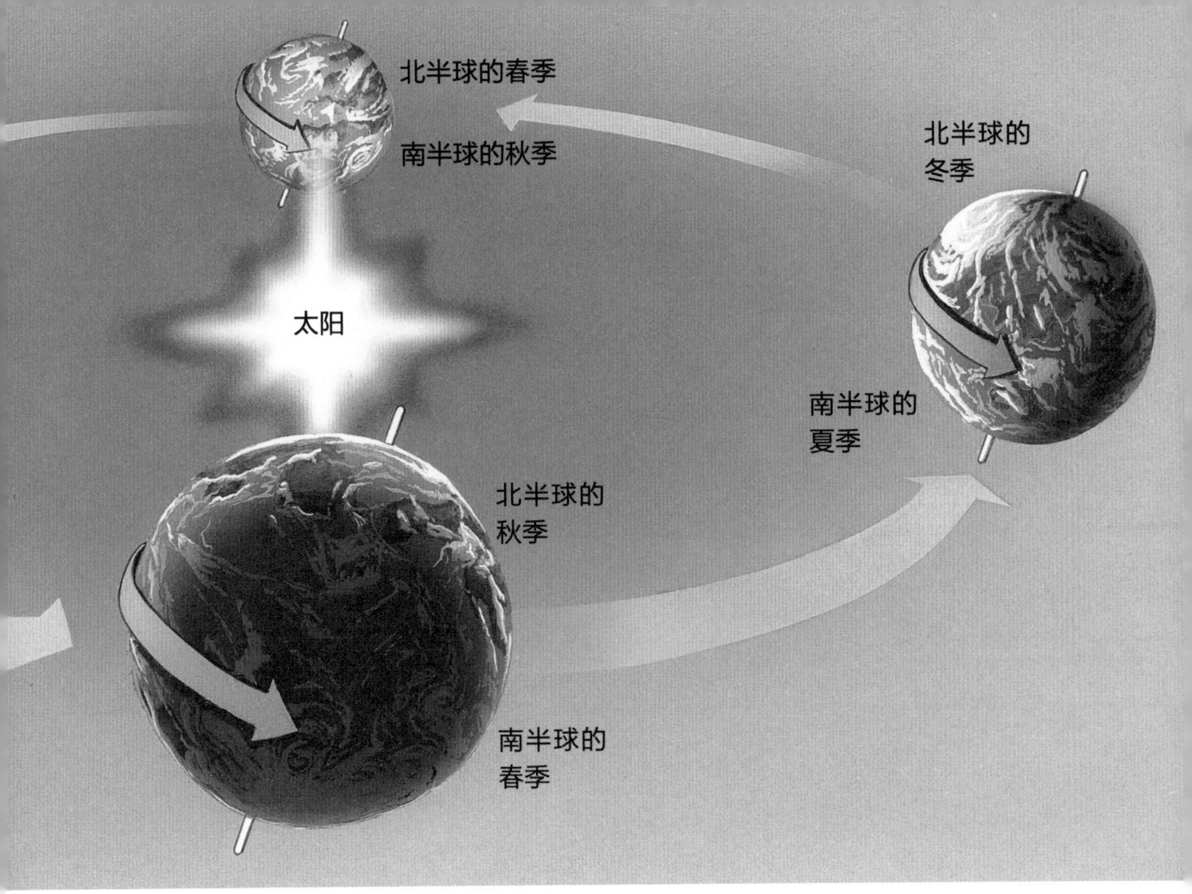

变成了冬季。

慢慢地，地球绕着太阳运动。不久之后北极开始朝远离太阳的方向倾斜。这样，地球的南边的一半就向太阳倾斜。然后北边的一半就变得更冷。北边变成了秋季，之后是冬季。而南边的一半变得更温暖。南边变成了春季，然后是夏季。

太阳在哪里？

在上图所示的日食中，随着月球走过太阳和地球之间，来自太阳的光一部分被遮挡，造成了一个环的效果。

这是一天正午，太阳在天空中发光。突然，天空看上去逐渐变暗了！太阳似乎正在消失。很快，太阳变得几乎和傍晚一样暗，只有一个苍白、模糊的环围绕着它！到底发生了什么事？

围绕着地球这颗行星运转的月球这时候经过了地球和太阳之间。太阳比月球大很多，但是它离我们那么远，看上去月球似乎能把它遮住。当月球在太阳和地球之间的时候，月球在地球上投出了一个影子。被这个影子遮住的那部分地球变黑了。这就是太阳的全食，也称为日全食。

有时候，在一次日食中，月球只遮住了太阳的一部分。这称为一次日偏食。

太阳的光能伤害你的眼睛，因此，永远不要直接观看太阳——甚至在日食期间也不要这样做！

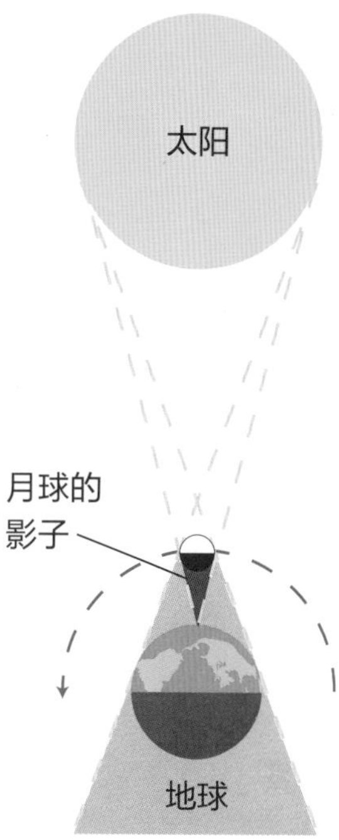

下次你在室外的时候，看着你家附近的一幢房子。把你的手放在一只眼睛的前方，从而遮挡住那幢房子。你的手比房子小，但是从你看来它仍然遮挡住了那幢房子的一部分。那是因为那幢房子相当远。那幢房子越远，你的手能遮挡住的就越多。比太阳小得多的月球能用同样的方式遮挡住太阳。

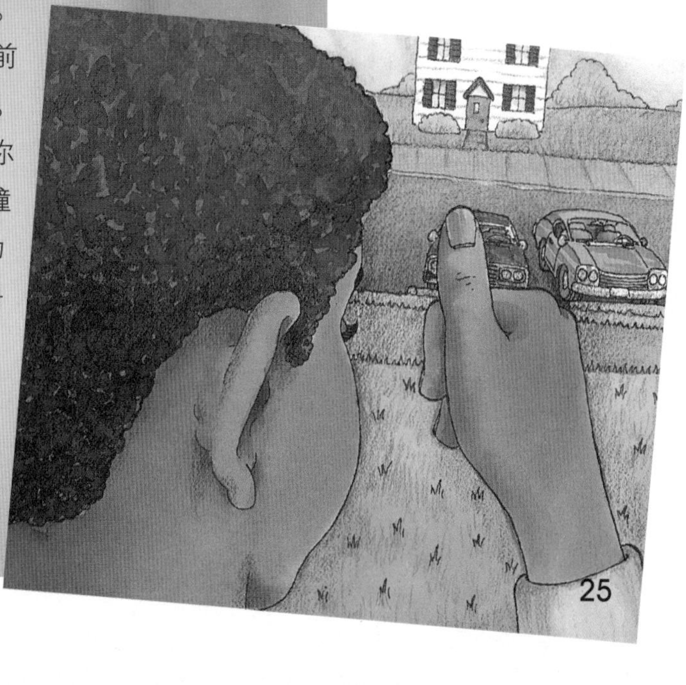

关于太阳的神话

很久以前，全世界有很多关于人们崇拜太阳的传说。这不足为奇！和我们一样，他们离开了太阳也无法生存。他们依靠太阳获得阳光、温暖，甚至食物。

下面这些传说是关于从前一些民族的太阳神的。

太阳老人生活在非洲卡拉哈里沙漠的桑族人中间。每当他抬起手臂的时候，阳光从他的腋下发出。桑族人的孩子趁这位老人睡觉的时候把他抬起来扔到了天空上，在天上他的光就能照耀所有人了。

美洲土著祖尼人的太阳神把他的儿子们派到了生活在地下的人们那里。太阳神的儿子们领着人们艰苦跋涉来

到地面。当他们来到地上的时候，甚至晨星的光也能伤害他们的眼睛。当太阳首次升起的时候，他们疼得大喊大叫起来。但是很快他们就能看到周围，看到他们的新世界的许多美丽东西。

古人如何解释太阳在天空中明显的运动

呢？希腊人认为神祇赫利俄斯每天驾着他的战车在天上行驶。埃及人说太阳神“拉”用他的船带着太阳在天上巡游，给世界带来了阳光。新西兰的毛利人相信他们的一个英雄曾经和太阳搏斗，让它变跛了，因此它就在天空中跛行。

一些人相信日食是太阳神对他们生气的迹象。他们相信祈祷和供品可以让太阳神平静下来。

古代还有些国家的人认为日食的时

候是一条龙真的正在吃掉太阳。他们制造噪音把龙吓跑，从而让它放过太阳。

一个日本故事说，第一次日食发生在太阳女神天照藏在一个洞里的时候，其他的神就在洞外开始唱歌、跳舞和大笑。天照对这种喧嚣感到好奇，她就向洞外看去，结果吃惊地看到了自己在其他的神制造的一面镜子中的影像。就在她犹豫的时候，其中一位神抓住了她的手，把她拉到了外面。这次日食就结束了。

毛伊驯服太阳

这个关于太阳的民间传说来自太平洋群岛。

很久以前，当地球还很年轻的时候，太阳在天空中快速地驶过。无论人们多早起床，他们还是干不完工作，因为太阳会消失。一天傍晚，毛伊告诉他的兄弟，他可以驯服太阳。

毛伊让他的兄弟用椰子的纤维做一条绳子。但是这种纤维抓不住太阳。然后他让他的兄弟用藤蔓制作一条绳子。但是这条绳子也抓不住太阳。最后，毛伊的妈妈剪下了她的头发，用它编制成了一张网。这次，当太阳疾驰而过的时候，头发做成的网抓住了它。毛伊告诉太阳，如果它许诺慢下来，他就把它放走。太阳同意了，这就是我们在白天有时间工作、玩耍和休息的原因。

太阳也有水痘！

你长过水痘吗？如果你长过，你可能还记得当时你的身体散布着的小点。研究太阳的科学家说，有时候太阳看上去仿佛也长了水痘！

太阳的这些黑点称为太阳黑子，但是它们产生的方式和病毒导致水痘的方式并不一样。太阳黑子是由太阳表面巨大的风暴产生的。从地球上看去，这些风暴就像黑点，这是因为它们比太阳炽热的表面冷得多。

这张照片是通过一架可以显示太阳表面更冷的点的特殊照相机拍摄的。黄色和红色的区域是太阳黑子。

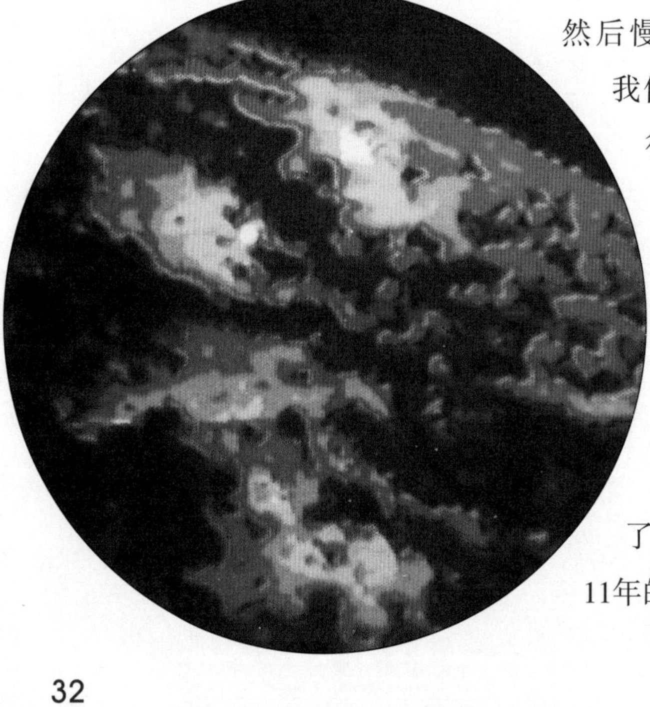

大多数太阳黑子成对出现，然后慢慢分开。由于它们距离我们如此之远，它们看上去很小。但是仅仅一个这样的黑子就比整个地球还大！

太阳黑子并不总是出现。有时候，太阳的表面布满了它们。几年之后，可能几乎就没有了。科学家发现它们以大约11年的**周期**活动。

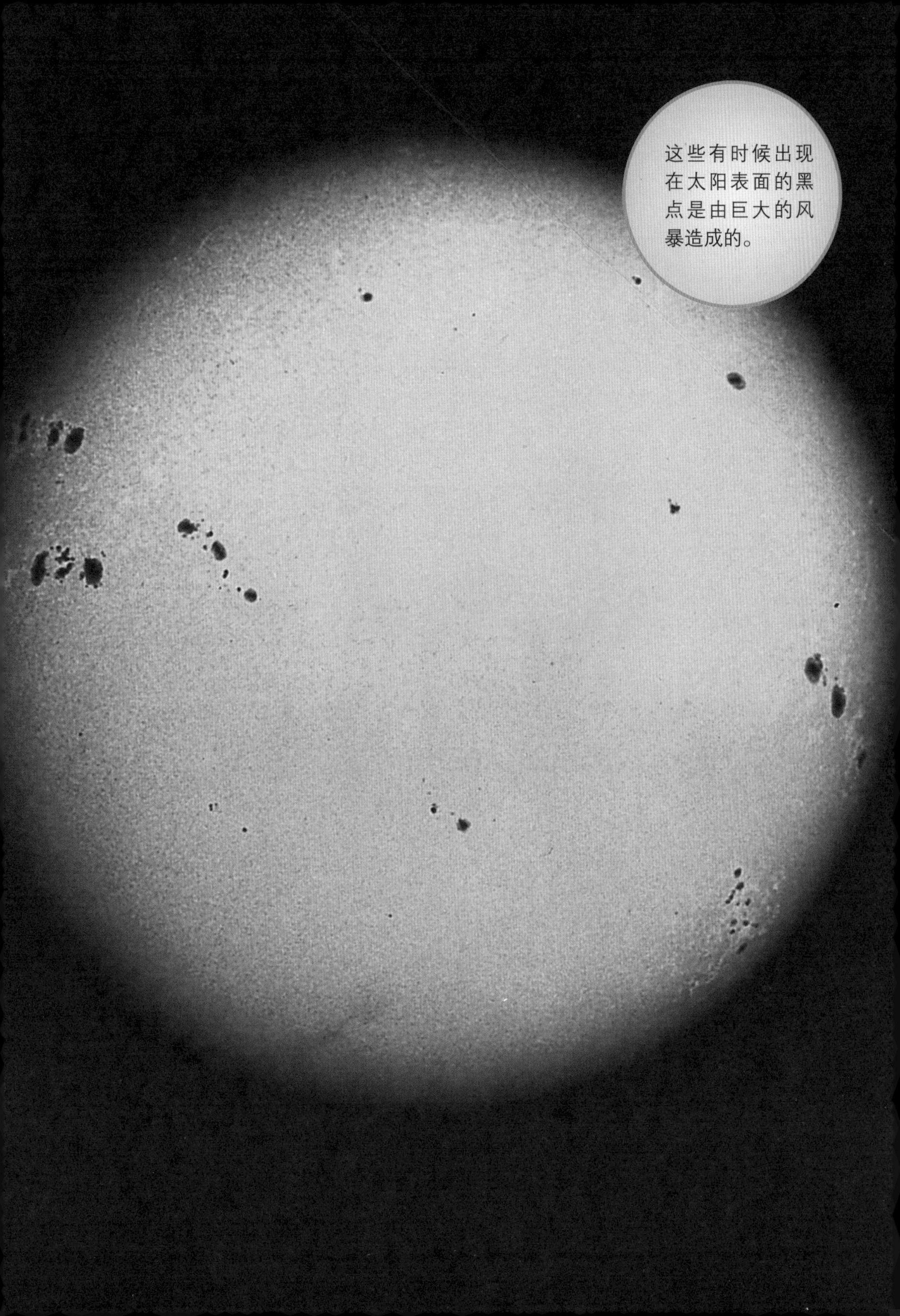

这些有时候出现在太阳表面的黑点是由巨大的风暴造成的。

太多的阳光会伤害你

太阳对于所有的生物都很重要。但是太多的阳光可能造成危险。

太阳发出不可见的光线，称为紫外线。这些紫外线常常把坐在阳光下的人们的皮肤变得黝黑。但是如果我们在阳光下的时间太长而又没有保护我们的皮肤，这些紫外线可能灼伤我们的皮肤，甚至可能导致皮肤癌。

那么你如何能够保护你的皮肤不受太阳的伤害？首先，当你在阳光下的时候，记住尽可能多地遮住你的皮肤，并涂防晒霜。这可以帮助阻挡有害的光线。

有时候紫外线可以伤害你的眼睛或者让它们肿起来。你可以戴太阳眼镜保护你的眼睛不受太阳伤害。为了避免太阳损伤你的眼睛，永远不要直视太阳，甚至不要注视靠近太阳的天空区域！科学家利用太阳望远镜和其他专用设备安全地研究太阳黑子。

月球

月球是我们的夜空中最明亮的物体。在一些夜晚，月球看上去就像一个巨大的闪亮光盘。在另一些夜晚，它看上去就像一片薄薄的银色的手指甲。但是月球的大小和形状其实并没有改变，而且它自身也不发光。我们看到的月光是来自太阳被月球反射的光。

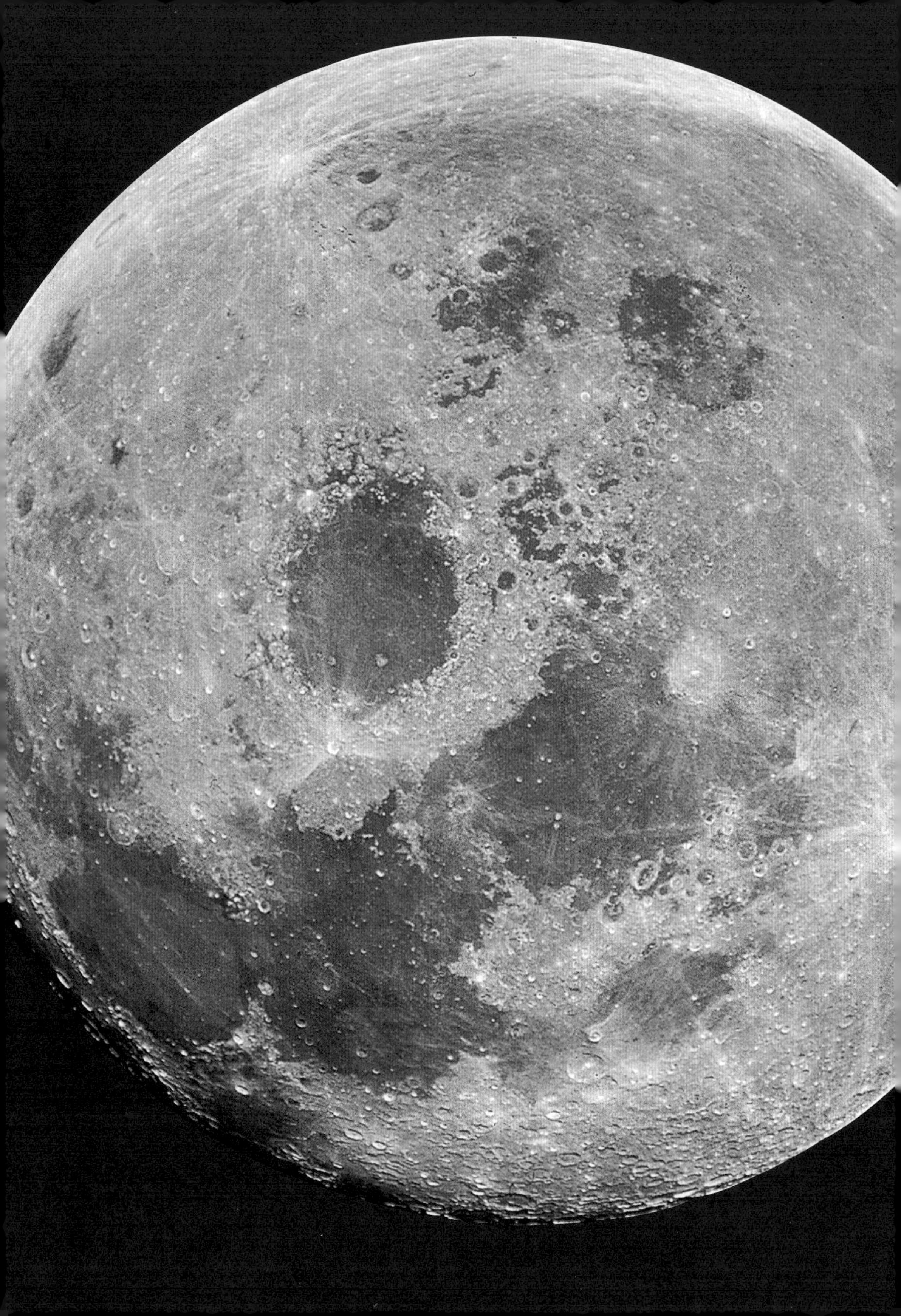

月球是什么?

恒星距离我们数以万亿千米远。太阳离我们上亿千米远。但是月球距离我们只有384 000千米。随着地球在太空中运动，月球总是伴随着它。月球绕着地球运动。

月球比大多数**行星**和恒星都小。如果地球有一个篮球那么大，那么月球就只有一个网球那么大。

月球是一个灰色的岩石球。它一部分覆盖着尘埃。它没有空气也没有水。我们知道的绝大多数生物不能在月球上生存。

很久以前，不同地方的许多人群崇拜月球。古罗马人把月球命名为露娜（Luna）。英语中的“lunar”一词意思就是“月球的”。

阿波罗11号宇宙飞船首次登陆月球之后在回地球途中拍摄的满月。

知道

是什么束缚住了月球？月球是被地球更强大的**引力**束缚住的。引力是一种自然力，它能把物体拉到地球表面，或让物体相互吸引。被一颗行星用这种方式束缚在太空中的物体称为**卫星**。月球是地球的卫星。

关于月球的神话

想象一下你生活在2000多年前的世界。每天晚上月球出现，但是你不知道它是什么，也不知道它为什么似乎能改变形状。你会编一个故事解释它吗？许多古代人就是这样做的。

一些古代人认为月球是一位很有威力的神或女神。古罗马人把他们的月亮女神称为露娜和戴安娜。戴安娜也是狩猎女神。月牙是她的弓，而月光是她的箭。

一些古代人的故事里既有太阳又有月球。一些美洲土著相信月球和太阳是兄妹的神。

一些天文观察者在月球的花纹中看出一些形状就像一只猫、一只青蛙，或者一只兔子。其他一些人看到了一张人脸。不同地方的传说讲述了“月亮上的人”是如何因为偷窃或者破坏宗教律法而被关在了月球上。

试一试 1

在一个晴朗的夜间，特别是满月或者接近满月的夜间，仔细地看看你能在月球表面发现什么形状。如果你有一架望远镜，用它们观察。你看见了什么？你能看见“月亮上的人”吗？

你能看到一些天文观察者曾在月球上看到的兔子吗?

月球上曾经有生命吗？一些人认为曾经有。一位名为普卢塔克的希腊作家讲述了生活在洞穴里的月球魔鬼的故事。19世纪的德国天文学家F.P.格鲁苏申讲述了通过一架望远镜看到月球上的一个城市的故事。

甚至到了今天，一些人还用故事解释为什么月球看上去似乎能改变形状。

非洲南部的桑族人讲述了一个解释为什么月球看上去似乎能改变形状的故事。这个故事说，在每个月，月球几乎会死去。但是它又及时地再生，让生命完全重新开始。当这种情况发生的时候，它看上去就像细细的

一条。它在13个夜晚里生长，直到它变成满月。桑族人跳三个夜晚的舞蹈来庆祝它。

然后月球又开始死亡。在接下来的13个夜晚里，被桑族人认为是伟大的猎人的太阳和月球进行战斗。慢慢地，这个伟大的猎人切割月球，直到月球完全消失。在几天时间里，月球似乎死了。但是很快它就会再生，然后它重新开始生长。

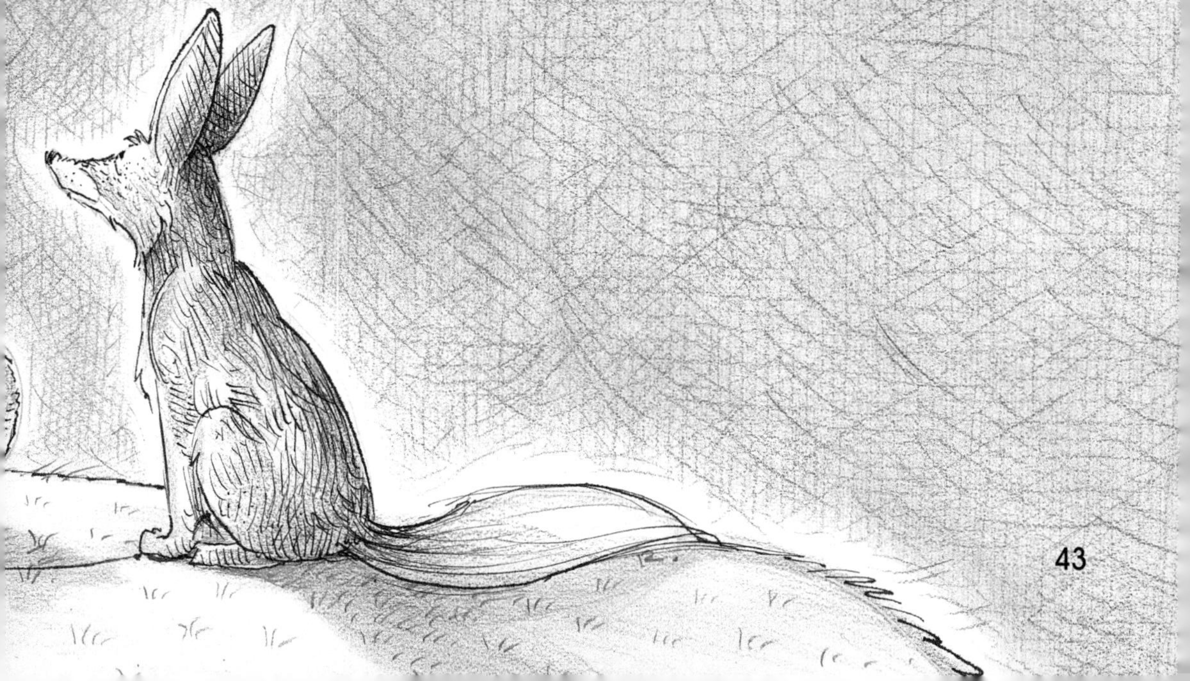

为什么月球是亮的？

月球是由又冷又硬的岩石组成的。它不是太阳那样的炽热的发光**气体**球。然而由于某种原因，月球也是亮的。

月球正在反射来自太阳的光。水面正在反射来自月球的光。

但是月球自身并不会发光。它反射来自太阳的光。这意味着来自太阳的光在月球表面被反射，其中一些光到达了地球上我们的身边。

月球其实并不能很好地反射阳光。月球上大多数的岩石粗糙而呈深灰色，不像一面镜子那样光滑闪亮。但是太阳的光很强，以至于月球反射的一丁点阳光也让月球看上去在发光。

地球也是亮的！它反射了照在它表面的一些阳光。

月食

夜空无云，一轮明亮的满月正在发光。慢慢地，一个黑影开始触到了月球的脸。这个影子看上去似乎正在移动，直到它完全遮住了月球。

这个事件被称为一场月球的食，或者说**月食**。当地球走进月球和太阳之间的时候就会发生月食。在月球上蔓延的影子是地球的影子！

当地球穿过太阳和满月之间的时候，地球的影子投射到了月球表面。

随着月食的继续，地球的影子将月球遮住更多。

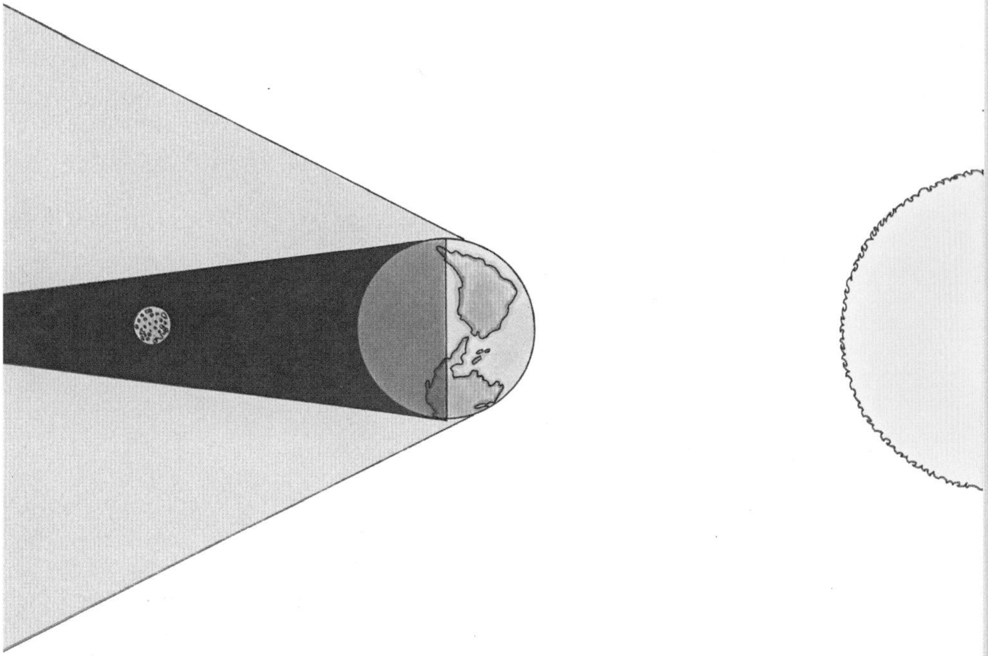

地球的影子增加……

直到它几乎完全覆盖住或者说掩食了月球。

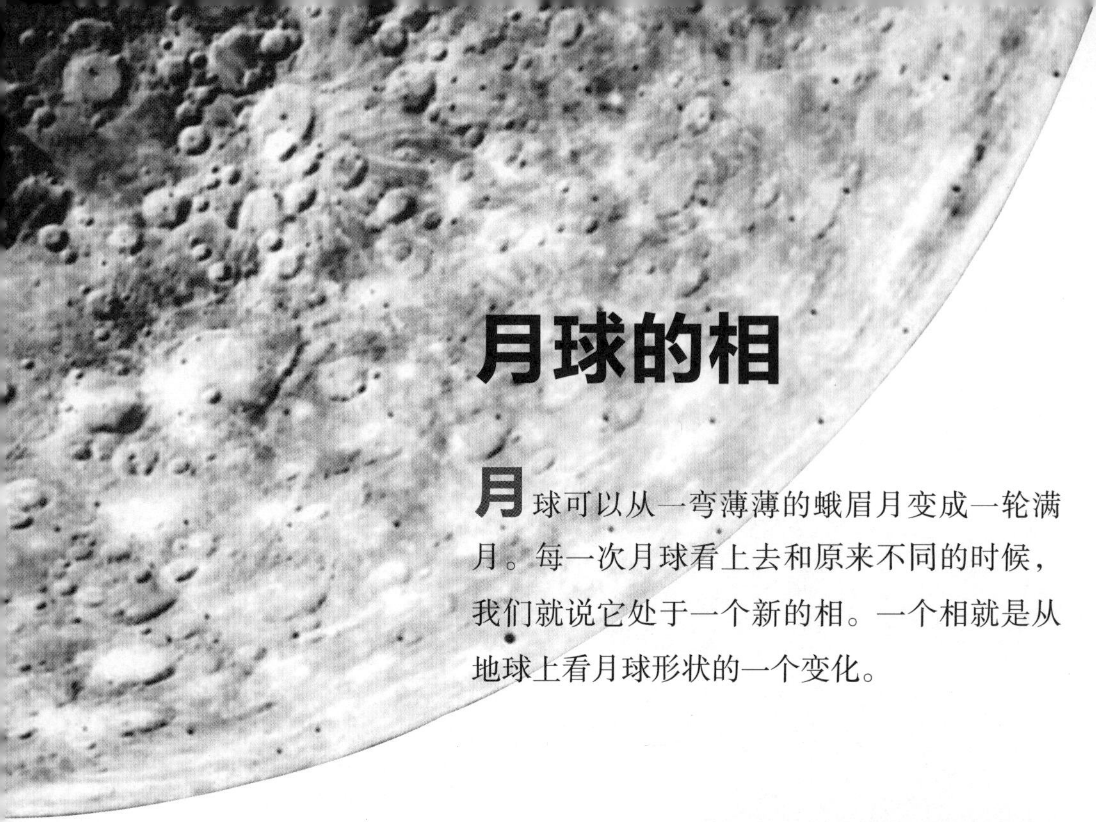

月球的相

月球可以从一弯薄薄的蛾眉月变成一轮满月。每一次月球看上去和原来不同的时候，我们就说它处于一个新的相。一个相就是从地球上看月球形状的一个变化。

1. 月球最初的相根本看不见。那是由于月球在地球和太阳之间。太阳照射着面对太阳的月球的一边，但是它面对着我们的一边没有阳光。因此我们只能看到黑暗。

2. 一两天之后，月球运动到了我们的一侧。然后我们就能看到被太阳照亮的那边的一小部分。我们把这个相称为蛾眉月。

哦！看那月球

作者：Eliza Lee Follen

哦！看那月球，
她在天上发光；
哦！妈妈，她看上去，
就像空中的一盏灯。

上周她很小，
形状就像一张弓；
但是现在她长大了，
圆圆的就像字母O。

3. 经过大约7天后，我们可以看到月球被阳光照亮的一边的一半。这个相被称为半月（弦月）。

4. 经过大约两周后，月球距离起始位置已经绕地球运转了半圈。如今我们可以看到太阳照射的月球的整个一边。我们把这个相称为满月。月球继续运动，而我们能看到的那部分变得越来越少。最后，月球又处于地球和太阳之间了。

试一试 1

自己制作月相

为什么月球有各种相？做下面这个实验，自己弄清这个问题。

你将需要：

- 一个明亮的手电筒
- 一个黑球
- 一个暗室

步骤：

满月

1. 把手电筒放在一张桌子或一个架子上。把球放在同样高度的一个表面上。然后让光照在它的上面。手电的作用就像太阳，球就是月球。你就是地球。

2. 直接站在手电筒和球之间，但是在光束的下方。面对着你的球的整个一边被照亮，就像一轮满月。

半月（弦月）

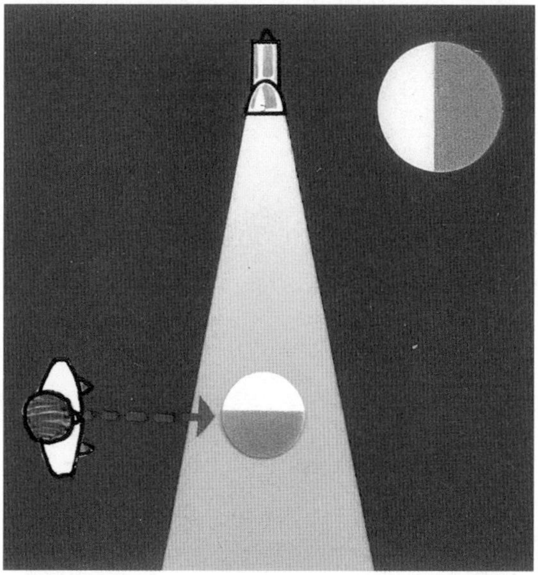

3. 移动到球的一侧。你将会看到半个球被照亮，就像半月（弦月）。

蛾眉月

4. 绕着球再运动一点儿，让球几乎在你和光源之间。球的大部分将在阴影中。只有一小部分被照亮，就像蛾眉月。

现在你知道了为什么月球有不同的相。月球和地球不断改变位置。用这个活动向你的一位朋友解释月相变化吧。

全知道

月球表面的形状不仅仅是由于流星体造成的。数十亿年前，月球表面活动的火山用岩浆淹没了它的平原。这些岩浆冷却形成了巨大而平坦的岩床，早期的天文学家通过望远镜观察的时候，把它们错当成了水的海洋。这就是月球上的一些地貌被称为“月海”（mare）的原因。Mare是拉丁文“海”的意思。

月球表面遍布环形山。它还有平原、山脉和巨石。这块巨石耸立在宇航员和他的月球车之间。

月球像什么？

月球的表面不是到处都一样。在一些区域，它有宽广、平坦的平面，上面覆盖着粉状的岩石尘埃。在另一些区域，它拥有崎岖的山脉。它的表面还有数以十亿计的圆坑，称为环形山。

其中一些环形山还不到铅笔头的大小。一些有汽车轮胎大小。还有一些实在很大。月球上最大的环形山的跨度超过1000千米。

是什么形成了月球的环形山和山脉？称为**流星体**的大块岩石绕太阳运动，就像地球和月球绕太阳运动那样。有时候这些流星体撞上了月球。月球和流星体的速度如此之快，以至于它们相撞的时候，流星体在月球表面制造出了环形山。

当流星体撞击的时候，它们通常会在它们制造出的环形山周围形成岩石的墙。月球上的许多山脉其实是由流星造成的。

月球上没有风扰动尘埃，因此这位宇航员的脚印很可能现在还在那里。

生活在月球上将会是什么样?

生活在月球上将是黑暗、寂静而不舒适的。但是生活在那里肯定会提高你的跳高成绩！

地球的天空在白天看上去是蓝色的，这是由

在月球上采矿？有朝一日也许是可能的。这是一位艺术家绘制的在月球上采矿可能的样子。月球有很丰富的资源。

于地球的空气向各个方向散射了来自太阳光中的蓝光。但是月球上没有散射阳光的空气，因此它的天空是漆黑的。在地球上，空气传播声音。在月球上，听不到声音。

在白天，月球表面变得比沸腾的水还热。在夜间，月球比地球上最冷的地方还冷。

我们被地球引力的拉力束缚在地球表面。当我们给自己称体重的时候，我们其实是测量了引力对我们的牵引作用的大小。

月球的引力比地球的引力弱。在月球上，你的重量只有在地球上的六分之一。如果你在地球上的体重是27千克，你在月球上只有4.5千克！你在月球上能跳的高度是地球上的6倍。而且你可以轻易举起在地球上根本无法挪动的非常沉重的物体。

全知道

月球缓慢地自转。一个月球日的白昼大约相当于14个地球日。因此如果你生活在月球上，白天将相当于连续14天。而月球的夜间也是一样长。

1971年乘坐阿波罗15号登月的一位宇航员正在收集月球上的样本。

高潮，低潮

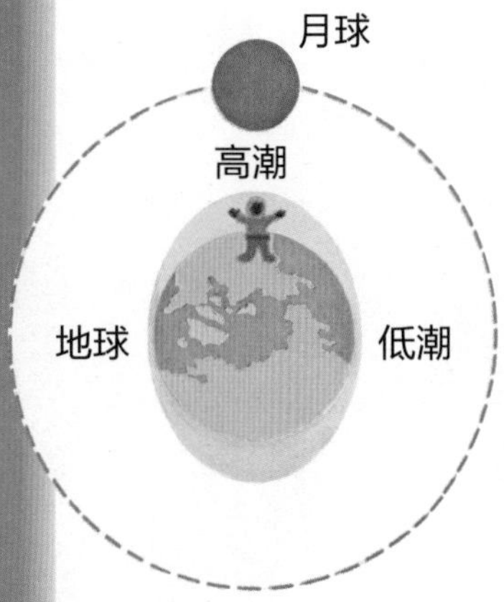

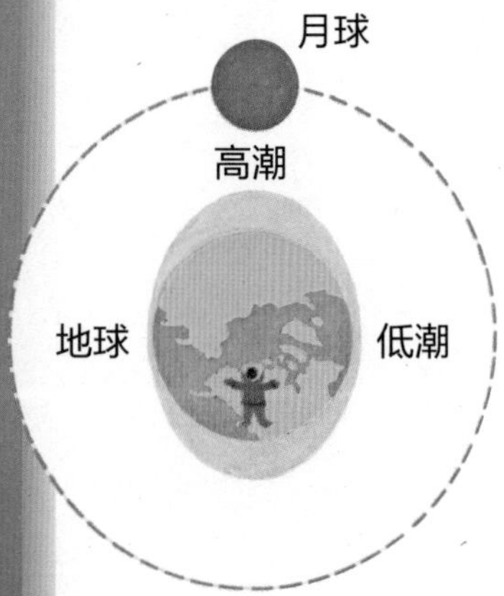

海洋的定时涨落称为潮汐。潮汐主要是由来自月球的引力造成的。这些力在每天产生了两个高潮和两个低潮。

高潮出现在地球最靠近月球的那部分。与此同时，高潮也出现在地球最远离月球的那部分。

这看上去似乎很奇怪，但是潮汐有好几个原因。最重要的一个是月球的引力对地球的牵引。

在地球靠近月球的一侧，月球的拉力比对地球中心的拉力稍强。在地球的另一侧，月球的拉力稍弱。高潮发生在月球的拉力最强和最弱的地方。

随着地球自转，水又退了下去。大约6小时后，这部分海一直退到了称为低潮的情况。

高潮

低潮

其他行星的卫星

地球不是唯一拥有卫星（月球）的行星。其他行星也有卫星！

火星有两颗卫星，它们不过是凹凸不平的大块岩石。其中最大的一颗称为福波斯（火卫一），它最长的宽度有27千米。火星的另一颗卫星是德莫斯（火卫二），它最长的宽度只有15千米。

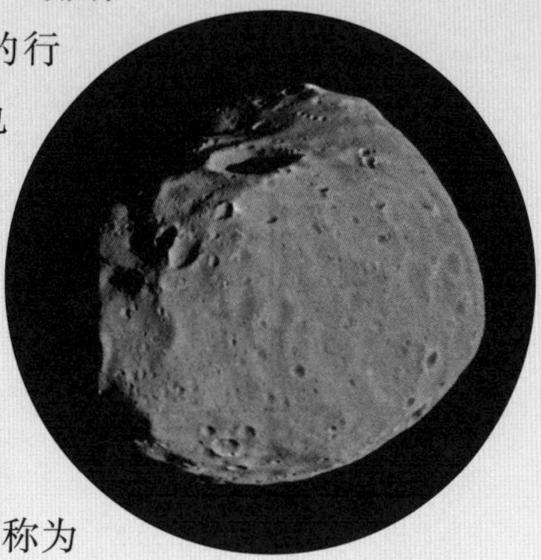

福波斯

那么火星的卫星究竟有多大？在一张地图上找到美国纽约市的曼哈顿岛。曼哈顿岛大约有21.7千米长。因此火星较大的一颗卫星福波斯的宽度大约和曼哈顿岛一样长！德莫斯比曼哈顿岛长度的一半稍大一点。

木星拥有至少60颗卫星。较小卫

木星（照片右上角）拥有4个和行星一样大的卫星。

星之一的希诺佩（木卫九）还没有地球上的一些山脉大。但是最大的卫星盖尼米得（木卫三）比水星还大。

土星拥有40多颗卫星。就像木星的卫星一样，土星卫星的大小差别也很大。其中一些的宽度小于10千米。土星最大的卫星泰坦（土卫六）比地球的卫星还大。泰坦也比水星更大。

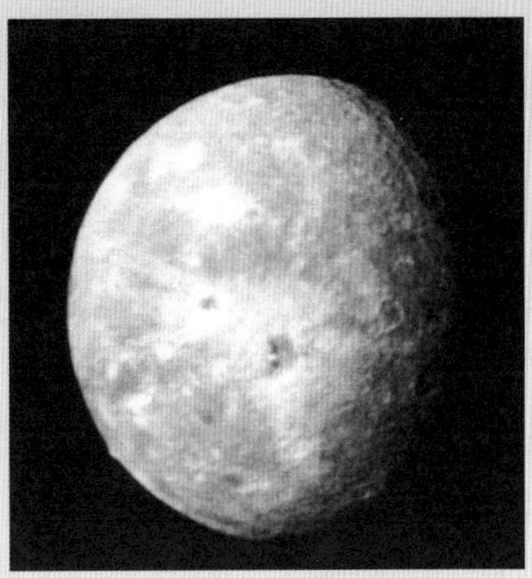

奥伯龙（天卫四）是天王星的卫星之一。

土星（图中央）和它的众多卫星中的一部分。

我们的太阳系

我们的太阳系包含了太阳和围绕它运行的许多天体。其中一些是远远大于地球的行星。还有一些是微小的流星和细小的尘埃。

太阳的家庭

我们的太阳系有8大**行星**。它们都在特定的路径上绕着太阳运行。这种路径称为**轨道**。

头两颗行星是水星和金星，它们非常接近太阳。其他行星离太阳更远。有两颗行星比地球小得多。一颗和地球差不多大。另外四颗比地球大得多。

就像地球和月球一样，我们的太阳系中的其他行星也反射太阳的光。那就是我们在夜间能看到其中一些行星的原因。

太阳系的家庭还包括**小行星**、**彗星**、矮行星和**流星体**等天体。小行星是小块的岩石或金属。大多数小行星都在火星

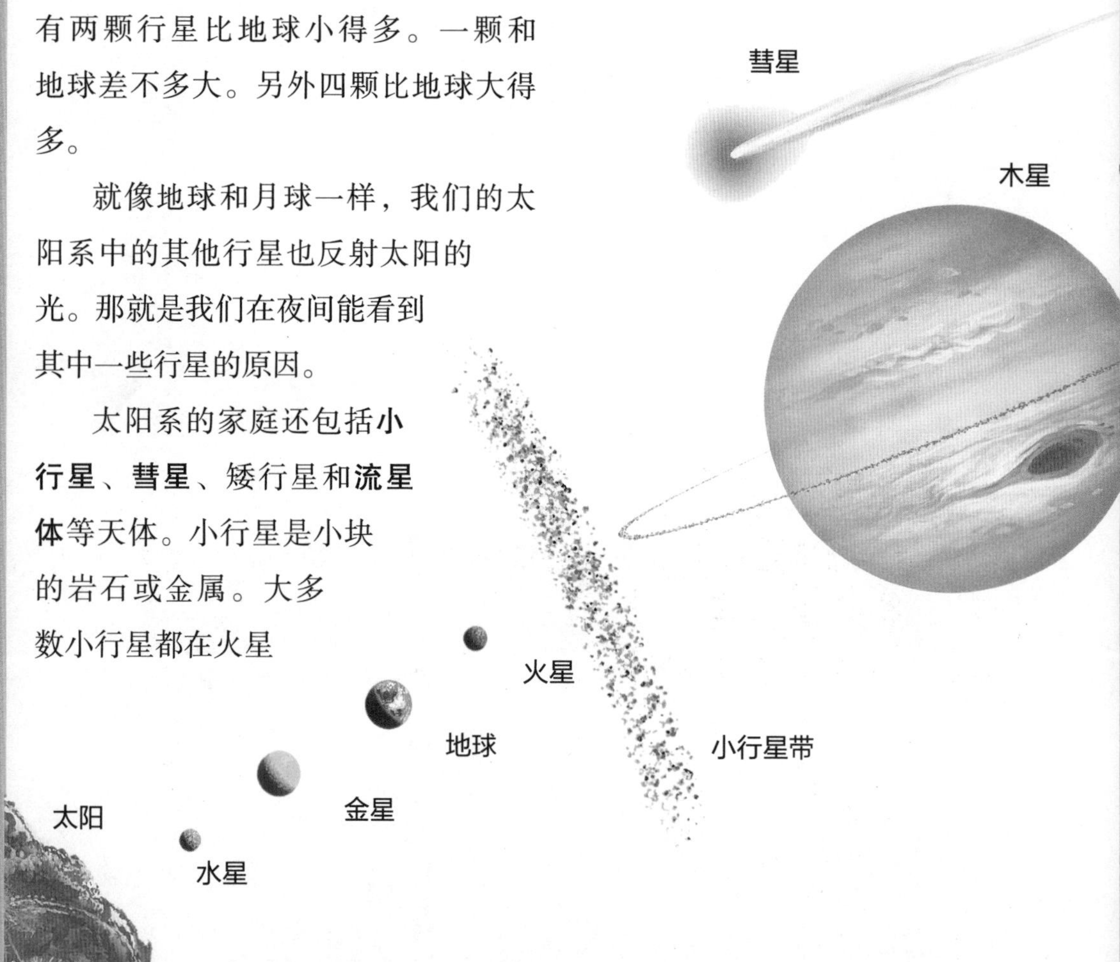

和木星的轨道之间绕太阳运动。

彗星是绕太阳运动的冻结的冰、气体和尘埃组成的天体。彗星有长长的发亮的尾巴。

矮行星是小的、接近行星尺

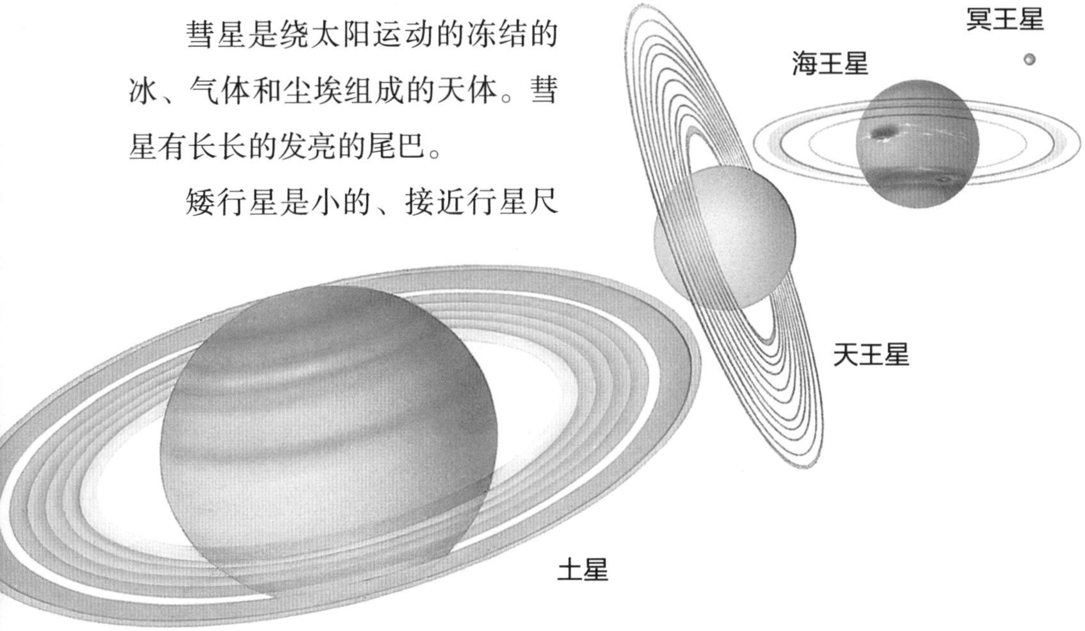

寸的绕太阳运动的天体。天文学家在2006年表决通过认为冥王星其实不是一颗行星，而应该被称为一颗矮行星。

流星体是在太空中运动的岩石或金属块。当一个流星体从外层空间进入地球大气层并开始燃烧的时候，它就变成了一个发亮的线条，称为流星。

最接近太阳的水星

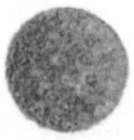

水星

地球

水星是最接近太阳的行星。它是被环形山覆盖的光秃秃的岩石球，非常像我们的月球。它也和我们的月球一样，拥有广阔、平坦的平原和陡峭的悬崖。

水星自转，有白昼和夜晚，但是它的自转非常慢。水星上的一天相当于59个地球日。

水星在它的长长的白昼非常炎热。那里的温度超过了400℃。在夜间温度骤降，有时候低到了–170℃！

水星的温度变化比其他任何行星都大。这是由于它最接近太阳，而且也是由于它有非常长的白昼。

水星是一颗较小的行星。可以把2.5个水星装进地球。水星周围几乎没有气体，因此它拥有很少的大气层。

你知道有些人就像水星的温度一样善变吗？如果你认识这样的人，你就可以开玩笑说那个人像水星一样！

一天的长度：
59个地球日

一年的长度：
88个地球日

卫星数量：
0

水星到太阳的距离比地球到太阳的距离近得多。因此如果你站在水星上，太阳看上去将更大更亮。

当然，你不可能在正午或者夜晚站在水星上，因为这或者太热，或者太冷了。但是科学家已经用无人驾驶的宇宙飞船探索了水星。

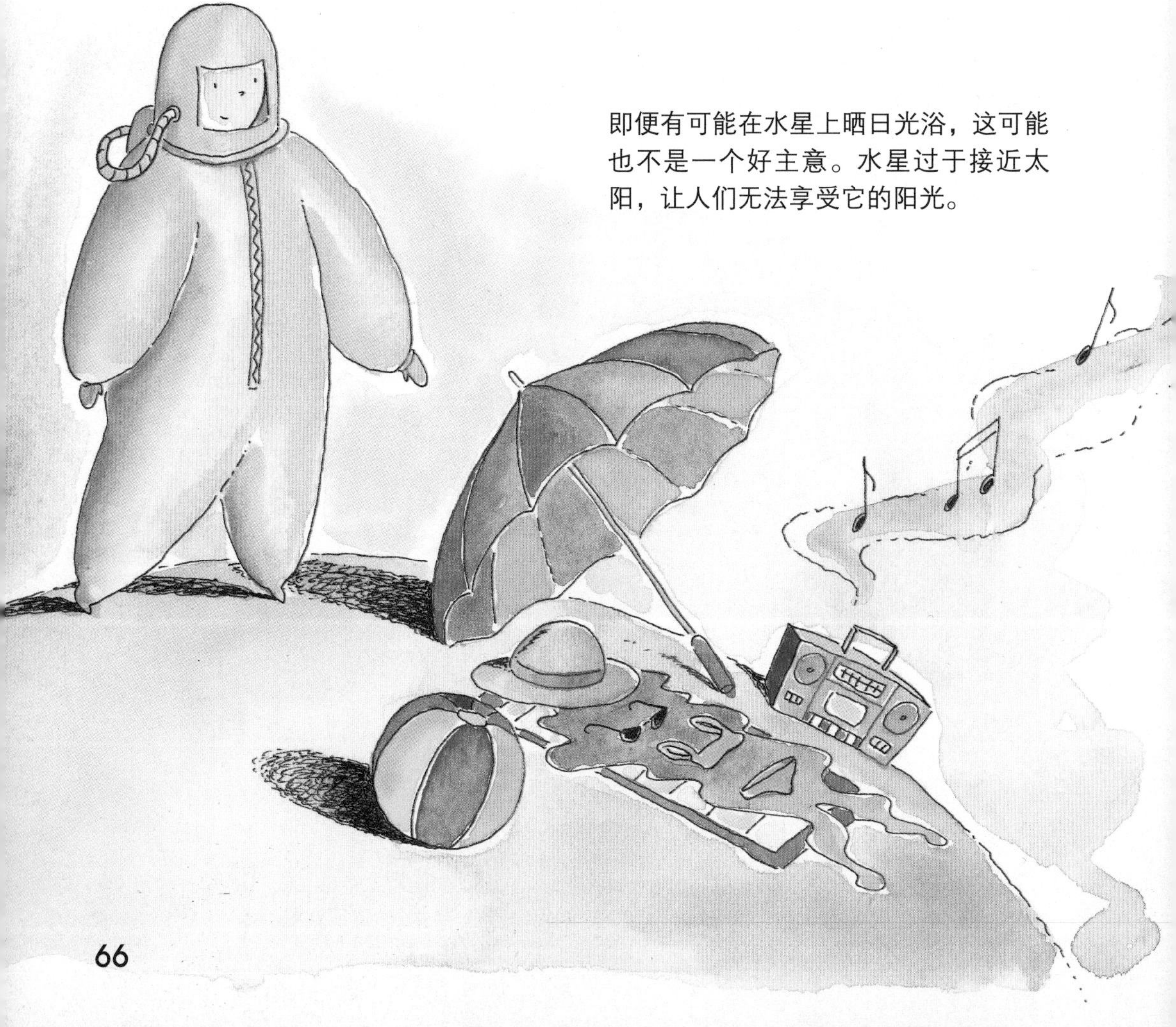

即便有可能在水星上晒日光浴，这可能也不是一个好主意。水星过于接近太阳，让人们无法享受它的阳光。

美国的水手10号是首个也是唯一一个到达水星的宇宙飞船。水手10号是一个空间探测器。空间探测器是一个探测宇宙并把信息和照片传回地球的机器。宇航员并不乘坐空间探测器旅行。地球上的科学家用电脑控制空间探测器。1974年3月29日，水手10号飞到了距离水星740千米以内的地方。它于1974年9月24日和1975年3月16日再次掠过了这颗行星。在这些飞行中，这个探测器对水星表面的一些部分拍摄了照片。在未来，更多的空间探测器可能前往环绕水星的轨道，甚至在水星上着陆。

金星——地球的“孪生子”

金星几乎和地球一样大，因此它常常被称为地球的“孪生子”。但是它完全不像我们的世界。金星的大气层充满了有毒气体。它的云含有强到足以溶解金属的一种化学物质！而且金星上的云如此之厚，以至于照相机无法看到这颗行星的表面。

在金星大气层的高处吹着强烈的风暴。金星的风暴比地球的风暴更厉害。天空中的闪电经常每分钟出现20次。

金星是第二接近太阳的行星。这让它变得极为炎热和干燥。从地球上看去，金星比其他所有行星和恒星都更明亮。它是如此明亮，以至于有时候能在白天看到它！金星上的一年相当于225个地球日。和水星一样，金星没有卫星。

金星

地球

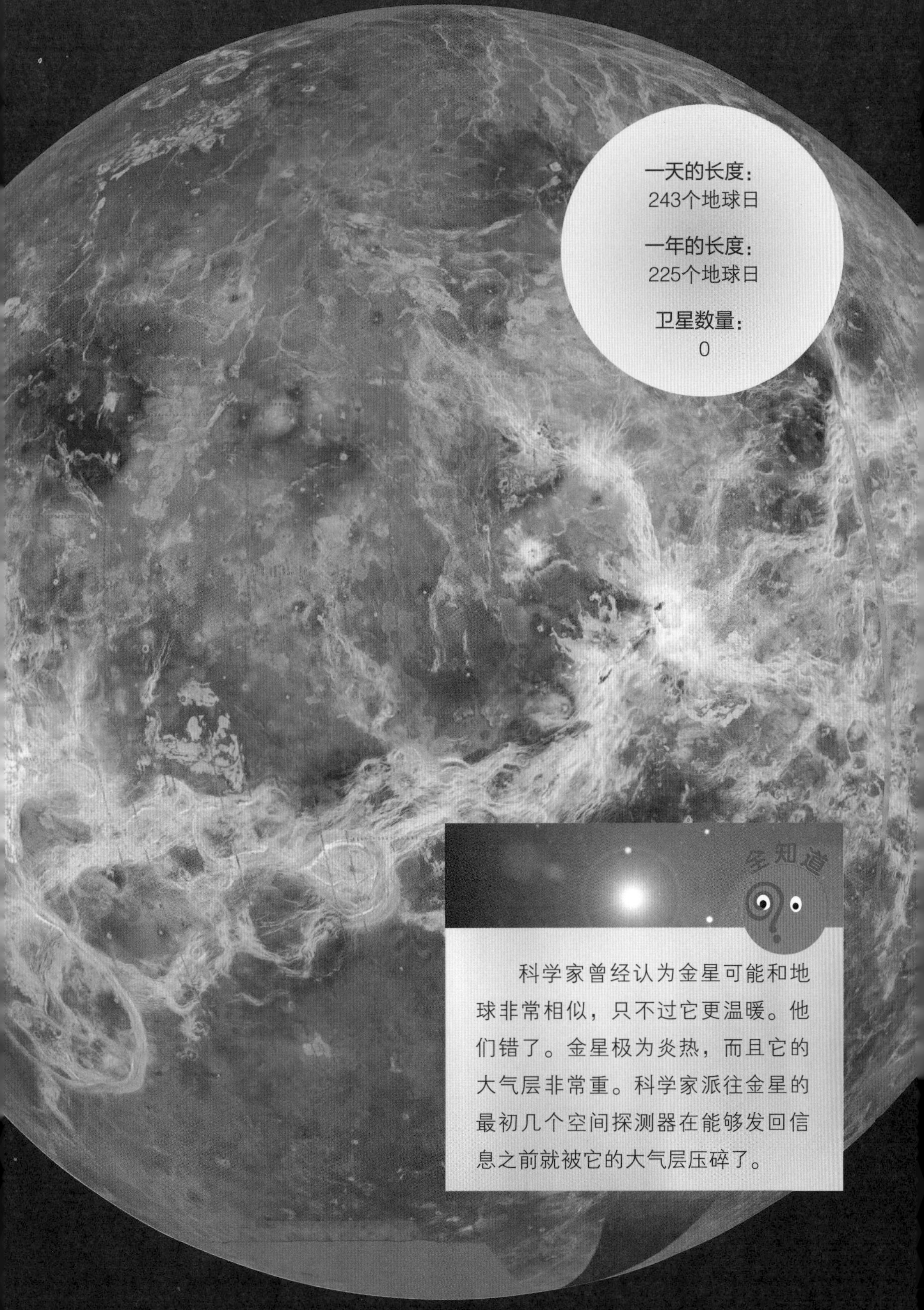

一天的长度：
243个地球日

一年的长度：
225个地球日

卫星数量：
0

全知道

科学家曾经认为金星可能和地球非常相似，只不过它更温暖。他们错了。金星极为炎热，而且它的大气层非常重。科学家派往金星的最初几个空间探测器在能够发回信息之前就被它的大气层压碎了。

一天的长度：
24小时

一年的长度：
365天

卫星数量：
1颗

地球

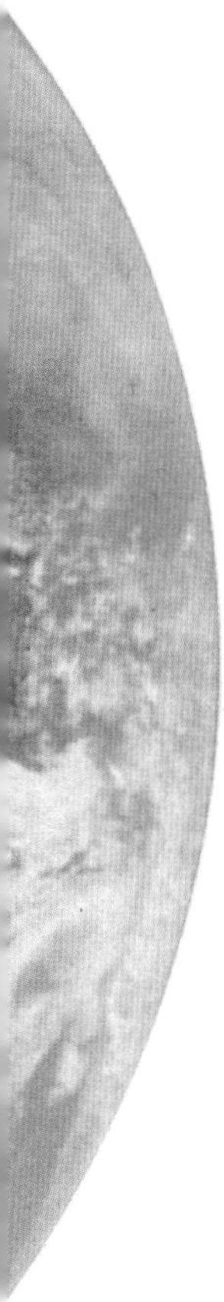

地球是一个湿润的行星。地球表面超过2/3被水覆盖。这对我们世界中的所有生命来说是好事，因为动物和植物需要水才能生存。动物和植物生活在地球上几乎所有的地方。

地球

地球是距离太阳第三远的行星，有空气围绕着它。这种空气是由**氧气**、**氮气**和**二氧化碳**等气体组成的。这些气体对于几乎所有生物的生存都是必需的。人类吸入氧气。植物需要二氧化碳。

如果你观察一个地球仪，你将会发现**北极**在一端，而**南极**在另一端。地球看上去就像一个球，但是它实际上在北极和南极稍扁一点。

地球绕太阳转一圈要走9.58亿千米。地球绕太阳运转一圈需要大约365天。那就是一个地球年大约365天的原因。

地球至少有45亿年的年龄了！

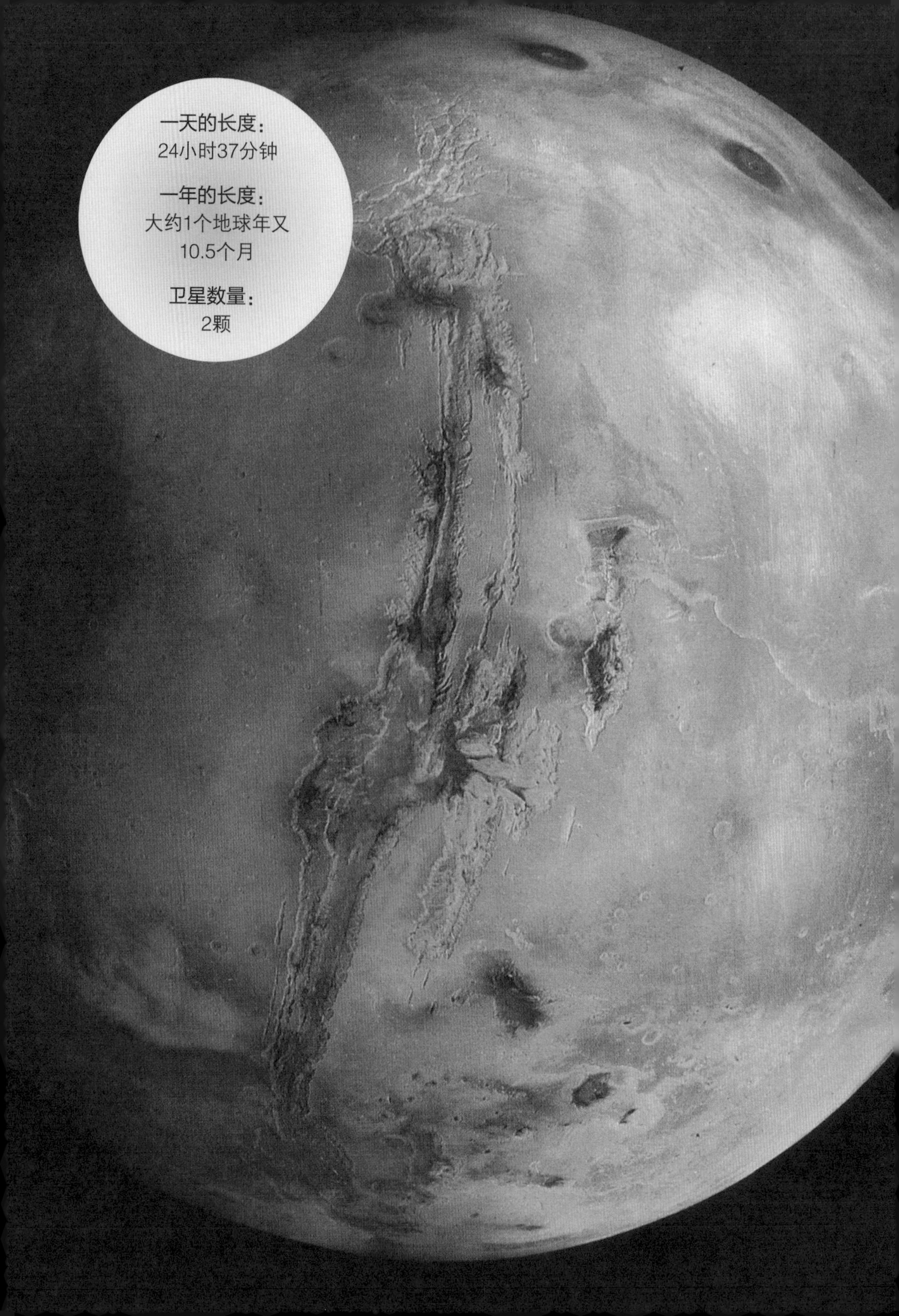

一天的长度：
24小时37分钟

一年的长度：
大约1个地球年又
10.5个月

卫星数量：
2颗

火星，红色行星

火星是离太阳第四远的行星。它也被称为红色行星，这是因为它那略带红色的色彩。是什么让火星变成了红色？它的干燥、像沙漠一样的区域被深褐色的尘埃、沙和岩石覆盖。猛烈的风暴从平原上卷起了橙色的沙，让空气充满了尘埃。这种尘埃让火星的天空也具有了微红的色彩。

火星上有许多峡谷、环形山和火山。其中一个火山称为奥林匹斯山，它几乎是地球上的最高峰珠穆朗玛峰高度的3倍。事实上，奥林匹斯山是整个太阳系最大的火山。

火星只有地球尺寸的一半大，而且拥有两颗小的卫星。最大的卫星称为福波斯（火卫一），它大约有27千米宽。另一颗称为德莫斯（火卫二），它大约有15千米宽。

火星

地球

火星拥有比地球上的任何火山口都深许多倍的环形山。

火星上有生命吗?

火星比任何其他行星都更像地球。它比水星和金星离太阳还远，因此它不像它们那样热。它的大气层比地球的更薄，但是某些种类的生物有可能在其中生存。这就是一些科学家认为火星上可能曾经存在过生命的原因。

火星探路者宇宙飞船拍下了这些火星的山脉和巨石的照片。靠近左边的是索杰纳号火星机器人车。

1976年，美国名为海盗1号和海盗2号的两个空间探测器在这颗红色行星上着陆。这两个探测器都没有发现任何生命的证据。

然而，1984年在南极洲发现了一小块陨石。陨石是降落在地球上的流星体。科学家认为这块陨石来自火星。它上面的物质看上去似乎和来自地球上微小生命的物质类似。

2002年，火星奥德赛宇宙飞船发现了火星上可能存在大量冻结的水的线索。水是地球上的生命必需的。火星上有水可能也意味着火星上已经存在生命，或者可能在未来进化出来。

全知道

1997年7月4日，一个名为火星探路者的美国空间探测器访问了这颗红色行星。当火星探路者着陆的时候，它的门打开了，一个6轮小车开了出来，开始了探索。这个小车名为索杰纳号，它看上去就像一辆遥控汽车——而且它也确实是被地球上的科学家遥控的！索杰纳发回了照片，并提供了关于火星表面的信息。科学家正在研究这些信息，从而更多地了解这颗红色行星。

一些科学家谈到了有朝一日人类在火星上生活。但是如果你打算成为一位火星先驱者，请注意：你自己要带上水。那里大多数的水被冻在了火星北极和南极的冰帽中。

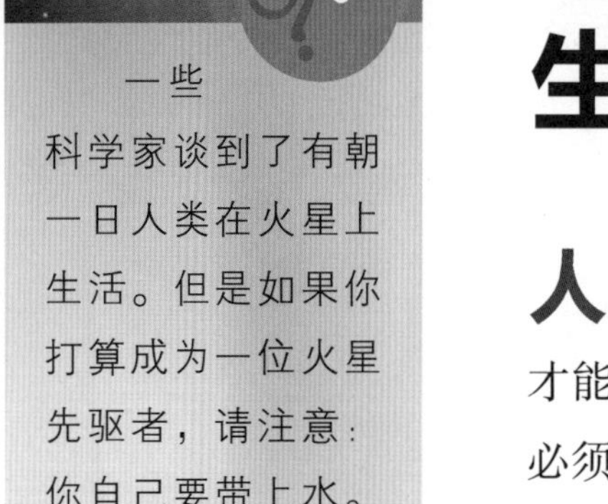

我们能在火星上生活吗？

人类需要我们在地球上拥有的那种大气层才能生存。空气中必须含有氧气。此外，它必须具有合适的温度——不太热也不太冷。如果火星的空气中有更多的氧气，而且如果它更温暖一点儿，人类就有可能在那里生存。

科学家正在探索让火星大气层升温和加入氧气的方法，例如，他们有可能用把阳光反射到火星上的巨大反光镜加热火星。而加入氧气可以让火星的空气适于呼吸。如果他们能做到这些事情，火星的大气层将发生很大的变化。那时候人们将有可能在火星上呼吸空气，并且不用穿太空服就能外出。

如今，美国宇航局的科学家正在研究把人送上火星的方法。目前把宇航员送到这颗红色行星可能需要大约1年时间。宇宙飞船需要大到足够装载宇航员使用的燃料、食物和其他物资。访问火星可能是我们的下一场太空大冒险。

许多人喜欢想象我们如何生活在火星上。这张图和前面一页的图展示了一位艺术家对于火星上的生活是什么样的想法。

一天的长度：
9小时55分钟

一年的长度：
大约12个地球年

卫星数量：
至少60颗

这张照片显示了云带绕木星运行。左下方椭圆形的大红斑是一个巨大的风暴，跟随着一个云带飘移。

巨行星木星

木星是我们太阳系中最大的行星。它到底有多大？填满木星需要1000个以上的地球。

木星是离太阳第五远的行星。它有一个小的岩石核心，但是它的大部分被厚厚的气体云包围着。这些云形成了围绕木星的彩色条带。木星也有三条薄的尘埃环，有时候看上去像一条。

木星厚厚的云层中总是吹着强大的风暴。但是你能想象一个旋转了300年的巨大的飓风吗？科学家认为木星上的一个称为大红斑的飓风至少已经旋转了那么多年。这个飓风足有地球宽度的三倍以上。

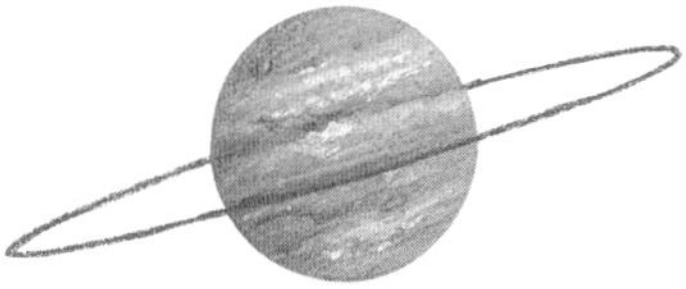

木星

地球

危险区！不要打算去木星度假，否则你可能会被烧死。木星发出辐射，强到足以在几小时内杀死一个人。辐射是热或者光能，就像太阳发出的那些。

一天的长度：
10小时39分钟

一年的长度：
大约29.5个地球年

卫星数量：
超过40颗

土星和它的著名的环

土星

地球

距离太阳第六远的土星因为它的一组宏伟的闪闪发光的环而闻名。由数以千计的小环组成的7条薄薄的环围绕着土星。

土星的环是由无数个从小块的冰到非常大的“雪球”的冰块组成的。这些小冰块就像月球绕地球运动那样绕着土星运动。

土星是第二大行星。它几乎有地球的10倍大。它有一个岩石核心，上面可能覆盖着薄薄的一层液体。它被厚厚的气体层包围着。

土星虽然很大，但它的重量还没有和它一样大的水球那么重。如果有一个海洋大到足够容纳土星，它可以在其中漂浮起来！

科学家利用空间探测器旅行者1号和旅行者2号研究了土星。

抓住你的帽子！土星上吹着太阳系最强的风。它们的速度接近地球上一场猛烈的飓风的8倍。

一天的长度：
17小时8分钟

一年的长度：
84个地球年

卫星数量：
将近30颗

天王星，倾斜的行星

在1781年的英国，一位名叫威廉·赫歇尔的业余天文学家用他在花园中架设的一架自制**望远镜**观察天空。他发现了一颗新的行星——天王星。它成为首个利用望远镜发现的行星。

天王星是离太阳第七远的行星。它是一个蓝绿色的行星，大小几乎是地球的4倍。科学家认为天王星有一个岩石的核心，被一个深深的海洋和厚厚的气体云层覆盖着。天王星拥有将近30颗卫星和至少11条环。

当地球沿着称为**轴**的假想的直线自转的时候，它的倾斜方式就像一个正在旋转的陀螺。但是天王星的轴倾斜得比地球更厉害——超过了任何其他行星。有时候，天王星的北极几乎直指太阳。大约42年后，它又背离太阳。科学家利用1986年掠过天王星的旅行者2号了解了这颗行星很多的信息。

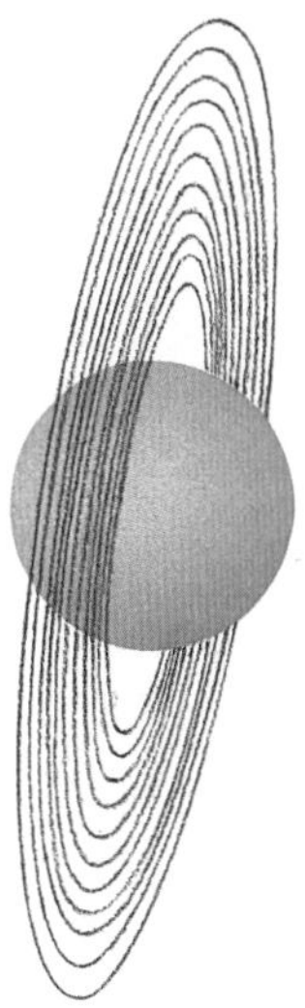

天王星

地球

与天王星上的海洋相比，地球上的海洋看上去仿佛就像一个浅浅的游泳池。但是先别去拿你的毛巾和防晒霜。由水和氨构成的2200℃的天王星海洋将会立刻把你煮熟！

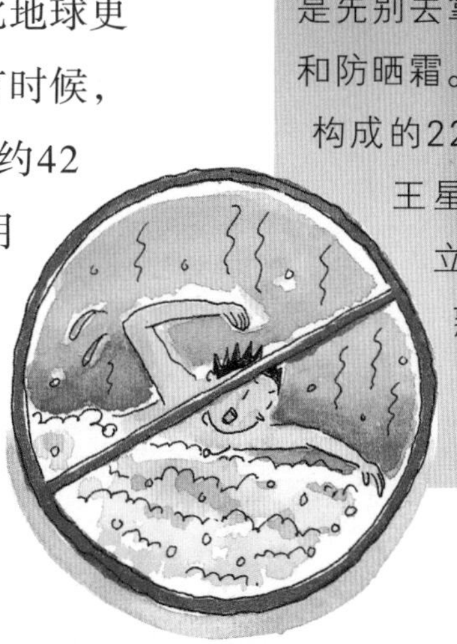

海王星，遥远的行星

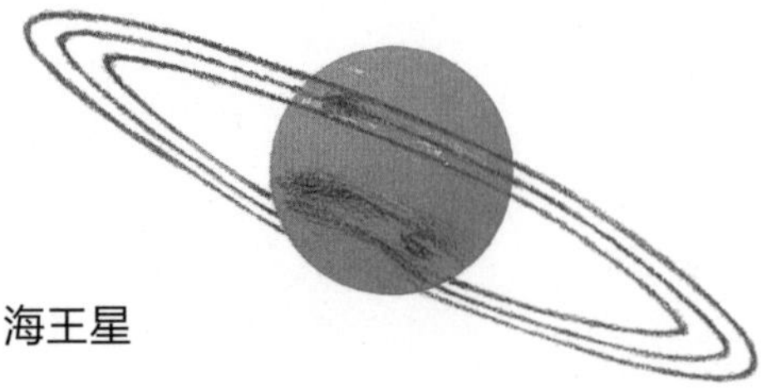

海王星

地球

海王星是离太阳第八远的行星。它和天王星的大小差不多，大约也有地球的4倍宽。这颗行星几乎是由气体组成的，但是海王星的中心可能是由雪泥和岩石混合组成的。

科学家仍然在研究海王星。在1989年之前，人们认为海王星只有两颗卫星。但是那一年美国的空间探测器旅行者2号掠过了这颗行星，发现了6颗更小、更暗的卫星。旅行者2号还发现了由3条主环组成的一个环系统。2002年和2003年又发现了海王星的5颗卫星，使其卫星总数达到了13颗。

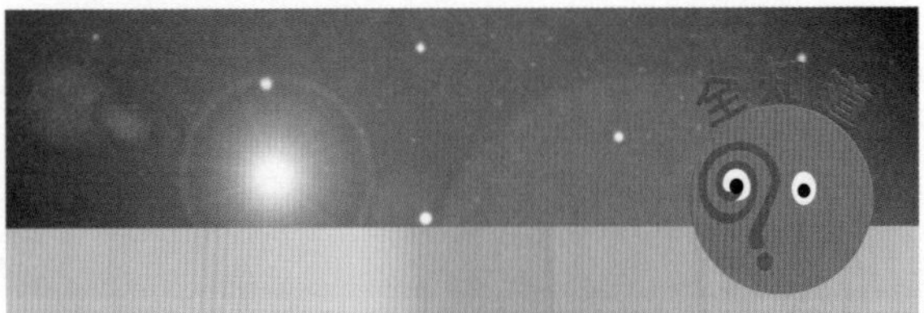

天王星帮助科学家发现了海王星。随着天王星绕太阳运动，它在某些地点变慢了。科学家意识到让天王星变慢的原因是另一颗行星的引力拖曳了它。他们开始寻找这颗行星，结果发现了海王星！

一天的长度：
16小时7分钟

一年的长度：
大约165个地球年

卫星数量：
13颗

一天的长度：
大约6个地球日

一年的长度：
大约248个地球年

卫星数量：
至少3颗

矮行星冥王星

科学家对冥王星知道得不多。冥王星如此遥远，以至于用望远镜也几乎看不见。我们知道它是由冻结的气体组成的。科学家估计它的**直径**小于地球的五分之一。

从外太空向下看**太阳系**，大多数行星的轨道几乎是完美的圆形。冥王星的轨道看上去不那么圆，和其他行星的轨道相比更加显得椭圆。有时候，冥王星比海王星距离太阳更近。

许多年来，冥王星被称为一颗行星。但是在2006年，天文学家认定冥王星和其他行星太不相同。他们开始把它改称为矮行星。

冥王星

地球

在冥王星上的月光下散步可能颇为壮观。冥王星的卫星卡戎（冥卫一）比冥王星尺寸的一半还大！

上一页的画显示了从冥王星的表面上看卫星卡戎（冥卫一）可能是什么样子。嵌入的照片显示卡戎与冥王星相比有多大。

行星的名字是怎么来的?

冥王星/普路托

冥王星是一颗矮行星，它是以罗马神话中的死神命名的。

地球

地球（Earth）的名字来源于古英语的一个词eorthe，它的意思是“大地”。

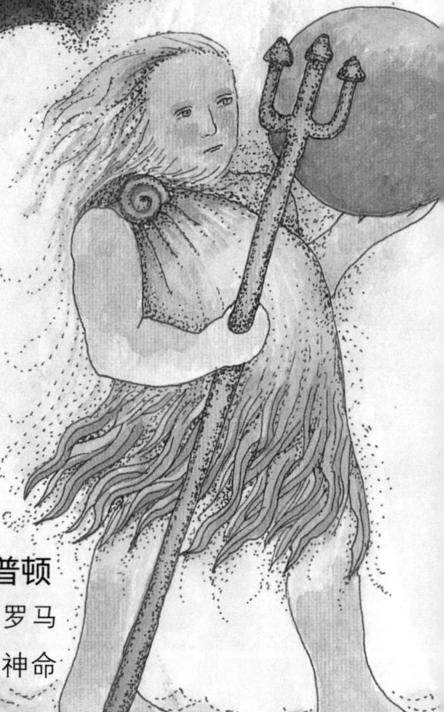

海王星/尼普顿

海王星是以罗马神话中的海神命名的。

天王星/乌拉诺斯

天王星是以一位古代天神的名字命名的。

金星/维纳斯

金星是以罗马神话中的爱和美的女神命名的，因为它看上去很美。

木星/朱庇特

最大的行星木星是以罗马神话中的主神命名的。

土星/萨图尔努斯

土星是以罗马神话中的农神命名的。

水星/墨丘利

从地球上看去，水星出现，消失，又再次出现。这就是它以罗马神话中的墨丘利神命名的原因。作为诸神的信使，墨丘利被认为可以在天地之间迅速往返。

火星/玛尔斯

红色行星火星是以罗马神话中的战神命名的，因为战争是血腥的，而血是红色的。

试一试 3

一个太空活动雕塑！

制作一个行星和太阳的模型。

你将需要：

- 4根杆
  - 一根43cm
  - 一根53cm
  - 一根89cm
  - 一根109cm
- 一轴“隐形”尼龙线或鱼线
- 4个窗帘环，直径2cm
- 一大张白色纸板
- 一个圆规
- 剪刀
- 胶水
- 蜡笔或毡尖笔
- 胶带
- 一个打孔器
- 一把尺子
- 一个大纸盘
- 一个用于悬挂的小钩子

制作步骤：

1. 如图所示，测量并标记这些长的和短的杆。让两根短的杆交叉。用尼龙线把它们绑起来。用

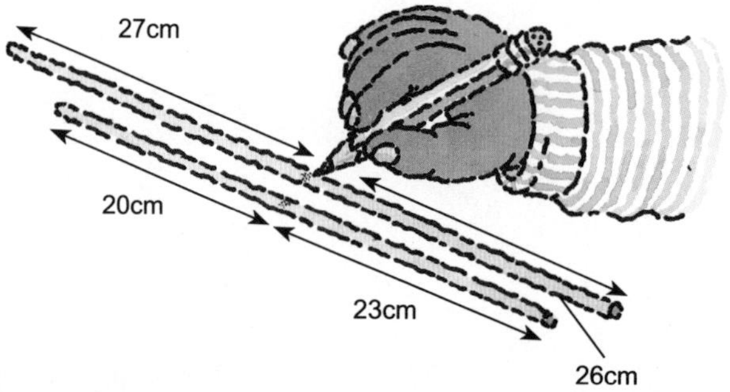

同样的方法处理两根长杆。在每一对杆的交叉点的上面和下面绑一个环。

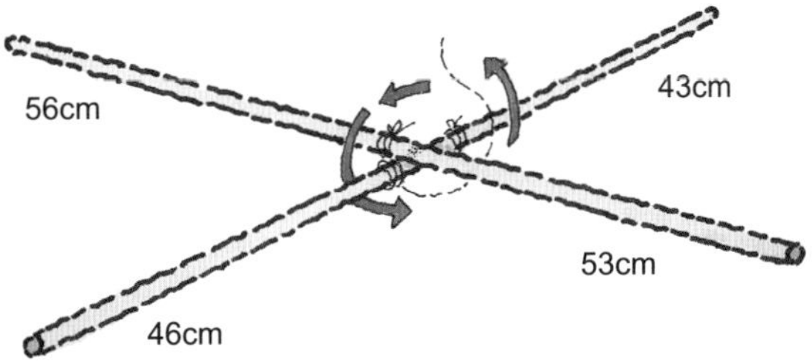

2. 剪下12条尼龙线，如图所示，把它们绑在杆上。用长线把这个活动模型挂在一个钩子上。

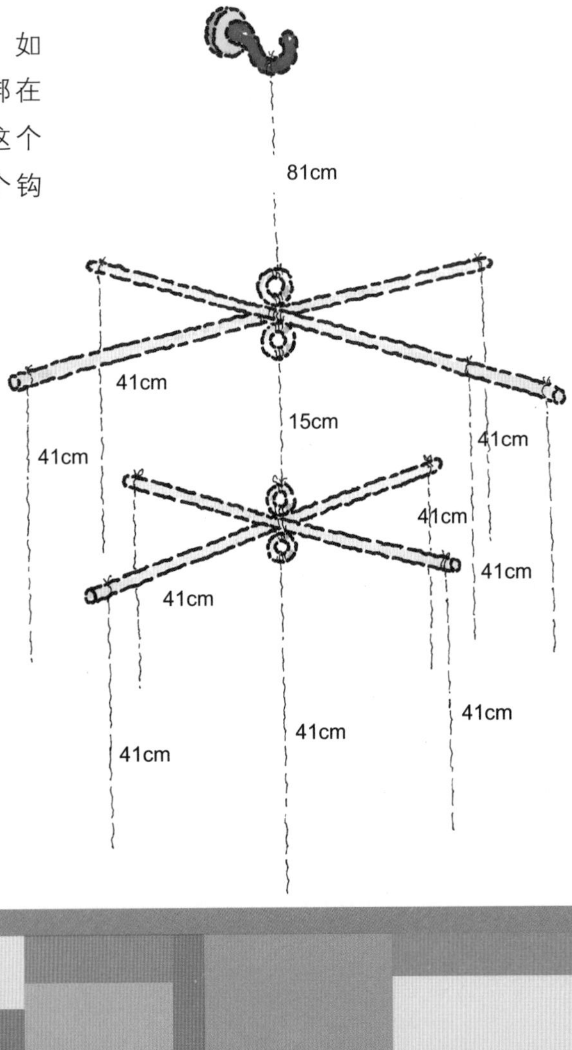

3. 现在你将要制作各行星和太阳。用圆规在纸板上画11个圆，尺寸如下：

太阳，11.5cm

木星，9.5cm

土星，8.5cm

海王星，6.5cm

天王星，6cm

地球，4cm

金星，3.5cm

火星，3cm

水星，2.5cm，画两个

冥王星，2cm

剪下并标记每一个圆。

把两个水星背对背粘起来。

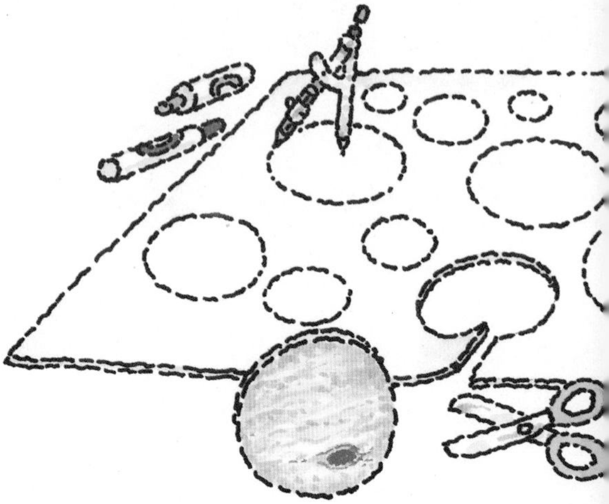

4. 把你的太阳和行星的两面都涂上颜色。作为帮助，回顾一下这本书中对行星的描述和照片。

5. 用大纸盘制成土星一组宏伟的闪闪发光的环。只把纸盘的边缘涂上颜色，然后在它的中间切一个长缝。把土星的模型穿过这条缝并用胶带粘在适当的位置上。

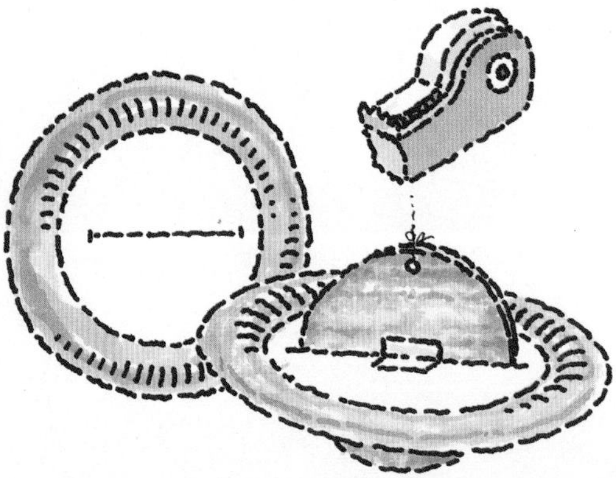

6. 在太阳和每一颗行星的顶端打一个孔。把太阳绑在中间的线上。把行星绑在这个活动模型上。最接近太阳的行星——水星应该挂在杆的最短的部分，而金星应该挂在第二短的部分，以次类推。作为帮助，看看下面展示的完成的活动模型。

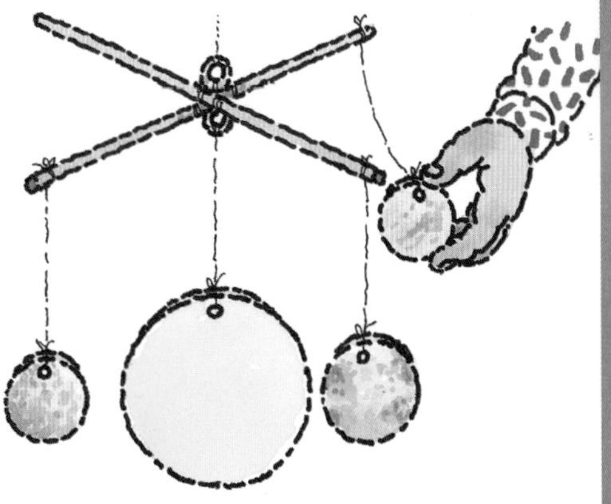

现在你可以把我们的太阳系挂在你喜欢的任何地方了！

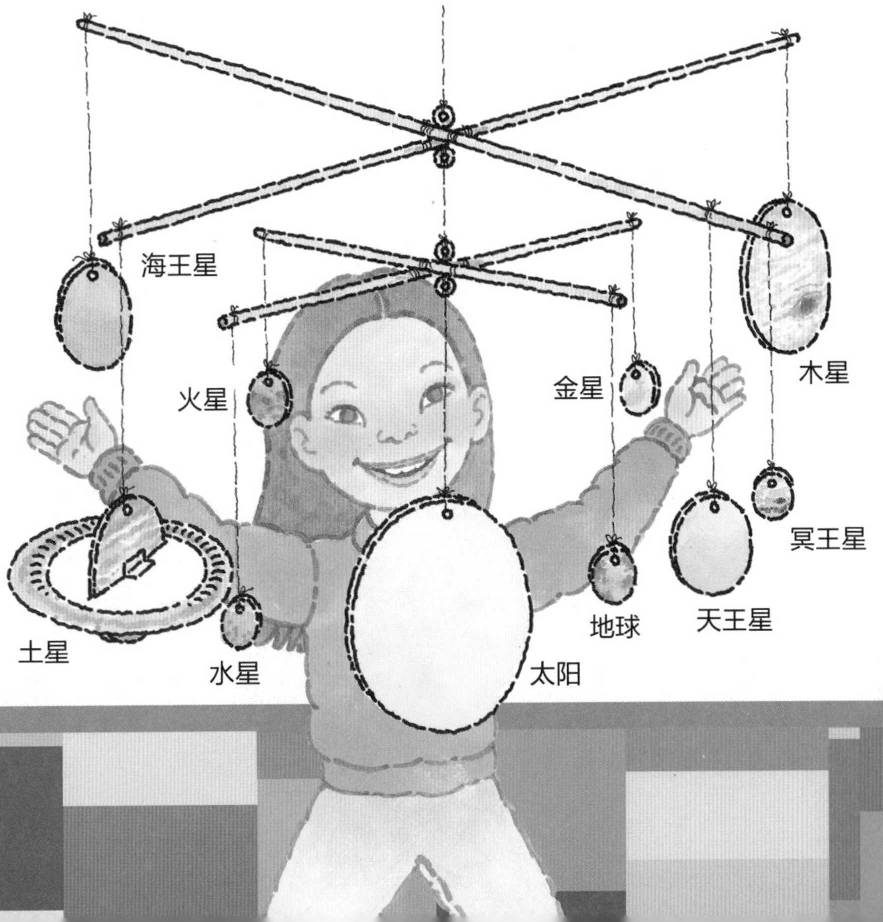

小行星

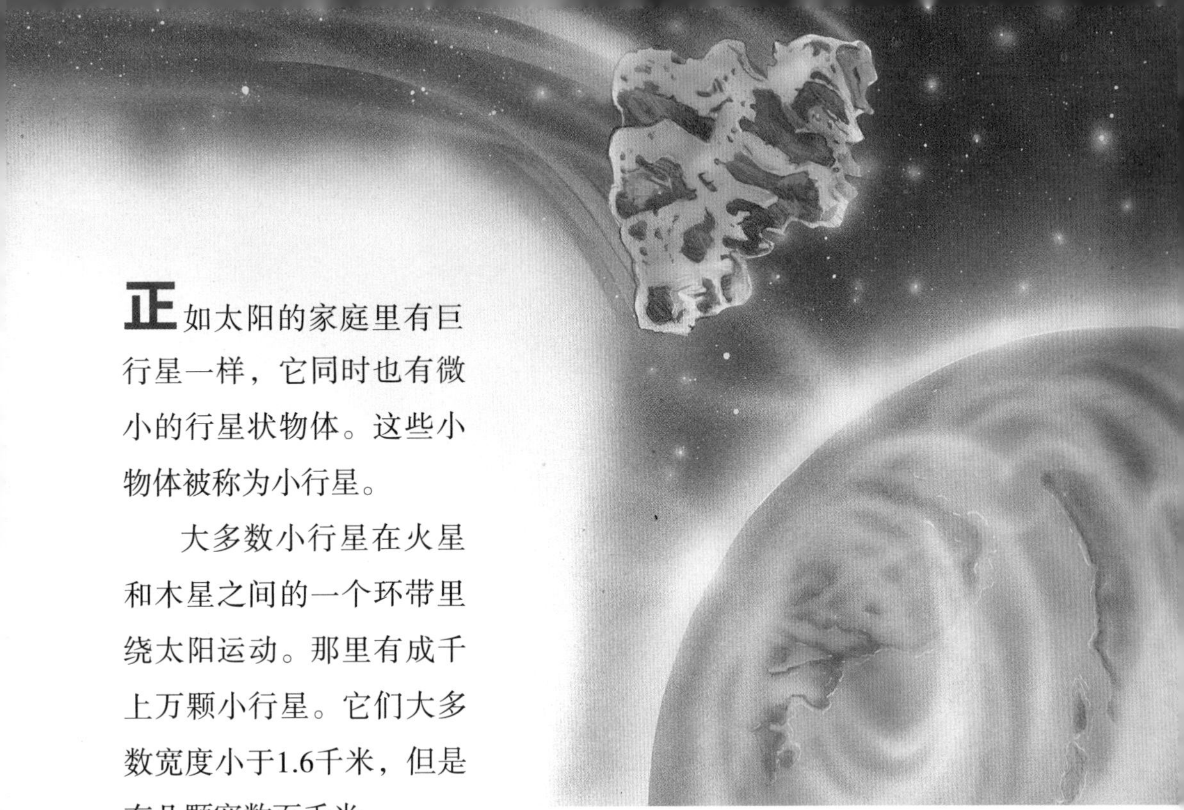

一颗小行星可能与一颗行星碰撞。

正如太阳的家庭里有巨行星一样，它同时也有微小的行星状物体。这些小物体被称为小行星。

大多数小行星在火星和木星之间的一个环带里绕太阳运动。那里有成千上万颗小行星。它们大多数宽度小于1.6千米，但是有几颗宽数百千米。

较大的小行星几乎是球形的，就像更大的行星那样。较小的小行星是坑坑洼洼凹凸不平的。

小行星常常相互碰撞，破碎成更小的部分。有时候它们会被撞出轨道，开始朝另一个方向运动。这些小行星成为了流星体，有时候和其他行星碰撞。类似于这样的**碰撞**在火星、水星和月球上制造出了环形山。小块的小行星也能变成流星，也就是我们从地球上看到的划过天空的星星。

恒星

恒星是天空中巨大的发光气体球。太阳是唯一一个离地球足够近的恒星，从而让我们看到它像一个巨大的球。其他恒星如此遥远，以至于它们看上去就像微小的光点。

什么是恒星？

恒星可能看上去离我们很近，但是它们其实非常遥远——地球到它们的距离比地球到其他行星的距离远得多。除太阳之外，离我们最近的**恒星**是如此遥远，以至于它的光需要4年多的时间才能到达我们！而一些恒星更加遥远，它们的光到达我们需要数十亿年。你在夜空中看到的闪烁的星光可能是在地球诞生前发出的。

恒星为什么闪烁？其实它们并不闪烁。但是它们的光被我们的大气层中运动的空气层折射了好几次。这种星光的折射让恒星看上去仿佛在闪烁。

人们一直在观察着恒星。无论是用于业余爱好还是科学研究，**望远镜**让恒星变得更清晰，从而让我们可以进一步研究它们。

宇宙中有多少恒星？科学家认为宇宙中存在100万亿亿颗恒星。为了理解这个数字有多大，想象一下全世界所有的人一颗一颗地去数同样数量的恒星，每个人将要数超过1.5万亿颗恒星。而且，即便你能一刻不停地每秒数1000颗恒星，你也需要将近50年才能数完1.5万亿颗恒星！

在白天的时候恒星去了哪里？它们哪儿也没去。白天的天空太明亮了，我们看不见它们罢了。

流星体，流星

如果你曾经向一颗流星许愿，你其实是向一块燃烧的岩石许愿。有时候，称为**流星体**的一大块岩石和金属急速穿过漆黑的太空。数十亿年以来，这个流星体绕着太阳飞奔。但是它如今正对着地球飞来。

这块岩石进入了地球的**大气层**。它的速度如此之快，以至于地球的空气和它剧烈摩擦。这让流星体变得非常热。

这块岩石的一部分燃烧起来，留下了一个发光的气体尾巴。从地球上看去，它就像一个明亮的光带快速划过天空。一些人把这个光带称为“流星”。

每天有大约2亿颗流星体进入地球的大气层！其中的大多数很小，而且完全烧没了。但是如果一颗流星体足够大，它可能在撞击地面之前还没烧完。这样，它可能撞上地球并制造出一个陨石坑——地面上的一个大坑。

全知道

恒星有不同的颜色——红色、橙色、黄色、白色和蓝色。一颗恒星的颜色能告诉我们它有多热。最热的恒星发出明亮的蓝光。白色的恒星的温度仅次于它。像我们的太阳这样的黄色恒星温度稍低，而红色恒星是温度最低的。

有尾巴的星星

几千年来，每当一个拖着发光的尾巴的明亮星星出现在天空中的时候，人们都会害怕。如果它看上去似乎变得越来越大和越来越亮，一些人就认为世界末日临近了！现在我们知道这些“恒星”其实只是**彗星**。

无数的彗星围绕着太阳运动。其中的大多数是冻结的**气体**球，就像混合了尘埃的雪球。它们来自靠近**太阳系**边缘的两组彗星。一组来自矮行星冥王星之外不远处的柯伊伯带。另一组来自在那之外的球形的奥尔特云。

起初，彗星没有彗尾。但是当一颗彗星靠近太阳的时候，太阳的热熔化了一些冻结的气体。气体和尘埃洒在了太空里，形成了一条彗尾。这条彗尾发光是由于阳光照射在了这些气体和尘埃上，并且也从气体中释放出了能量。

一颗彗星冰冷的头部的中心可能有几千米宽。它被至多160万千米宽的气体云包围着。它的彗尾可能有数百万千米长。

一颗彗星在一个被拉长的椭圆形轨道上绕太阳运动。来自太阳的太阳风把来自彗星的粒子吹成了一条总是背离太阳的彗尾。

哈雷彗星

我们称之为哈雷彗星的彗星首次被人们发现是在2000多年前。中国**天文学家**在公元前240年看到了它。它在这些世纪里一次又一次地出现。但是大多数人没有意识到这是同一颗彗星。他们认为彗星是随机出现的，在宇宙中运动没有固定的轨迹。

英国天文学家埃蒙德·哈雷证明了他们是错误的。他发现了那颗彗星按照固定的轨迹绕太阳运动。

哈雷知道在1531年和1607年看到的彗星的轨迹和1682年观测到的一颗彗星的轨迹完全相同。于是他意识到了这些彗星是同一颗彗星！哈雷还指出，1531年和1607年之间经过了76年。而1607年和1682年之间经过了75年。他预测人

哈雷彗星大约每76年出现一次。

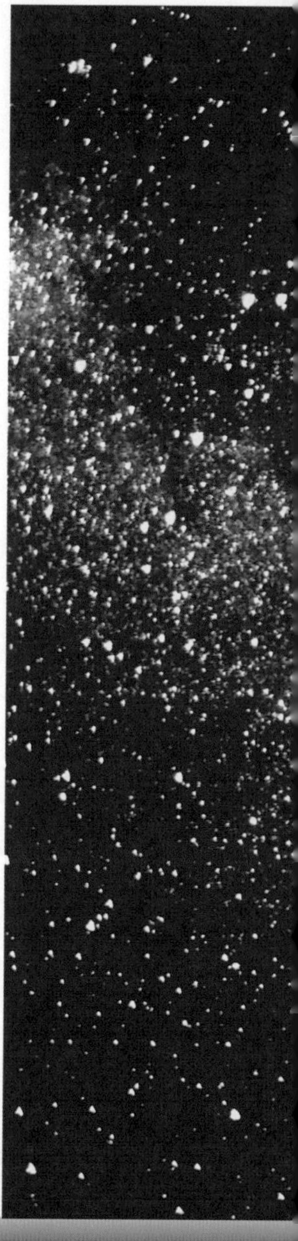

们将会在76年后再次看到这颗彗星，并在未来以很固定的周期看到它。

确实，人们在1758年的圣诞节那天看到了这颗彗星。哈雷彗星成为了历史上最有名的彗星。

在银河系的恒星衬托下的哈雷彗星。

恒星的图像

如果你抬头看看夜间的天空，你可能把恒星想象成某种图像或者形状。很久以前，人们也用他们的想象力找到了恒星的图像。在一些人看来，一组恒星看上去就像一个猎人，带着一根棍子，拿着被他杀死的动物的兽皮。另几组恒星看上去就像一只螃蟹、一个牛头，甚至一条龙！人们用他们想象出的这些图像命名了这些恒星的组合。

如今，业余天文学家仍然使用这些称为**星座**的恒星的图像去找到他们想研究的恒星。

天龙座

这个星座称为猎户座。你能看见猎户的腰带和腰带下面悬挂的剑吗?

恒星的故事

在古代，当人们发现恒星中的图像的时候，他们编出故事来附和这些图像。不同文化的人们有时候对于同一组恒星有不同的故事。下面仅仅是这些故事的一小部分。

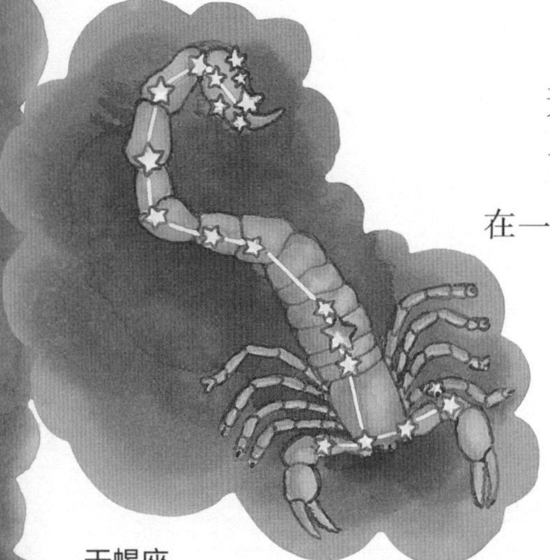

天蝎座

天蝎座

古代波利尼西亚人讲述了一个关于诞生在一条独木舟上的恒星的故事。天蝎座是这条独木舟的尾部。来自澳大利亚的一个故事说，天蝎座是一只鳄鱼，一只负鼠和一只水鸟。

巨蟹座

巨蟹座

古希腊人讲述了一个故事，女神赫拉对天神宙斯的儿子赫拉克勒斯很生气。当赫拉克勒斯和一只怪兽搏斗的时候，她派巨蟹去干扰他。这只螃蟹被赫拉克勒斯的脚踩碎了。赫拉为了奖赏这只螃蟹，就把它放在了恒星中间。

双子座

古希腊人说孪生兄弟卡斯特和普勒克斯是双子座。来自西伯利亚西北部的一个故事讲述了两只麋鹿逃离两个猎人的追捕。双子座的双胞胎就是这两只麋鹿。

巴西马托格罗索的印第安人讲述了一个不同的故事。太阳给了人类三支笛子并教他们奏乐和舞蹈。双子座就是其中一支笛子。

双子座

天鹅座

数千年来，许多地方的人都把这个星座视为一只鸟。据一个故事说，希腊神话中的宙斯神把他自己变成了一只天鹅从而吸引女性。阿拉斯加的阿留申族人讲述了关于一个人乘着爱斯基摩皮船出发去狩猎的故事。这位猎人把他的桨放进了冰冷的水中。天鹅座就是这艘皮船、桨和这位海豹猎人。

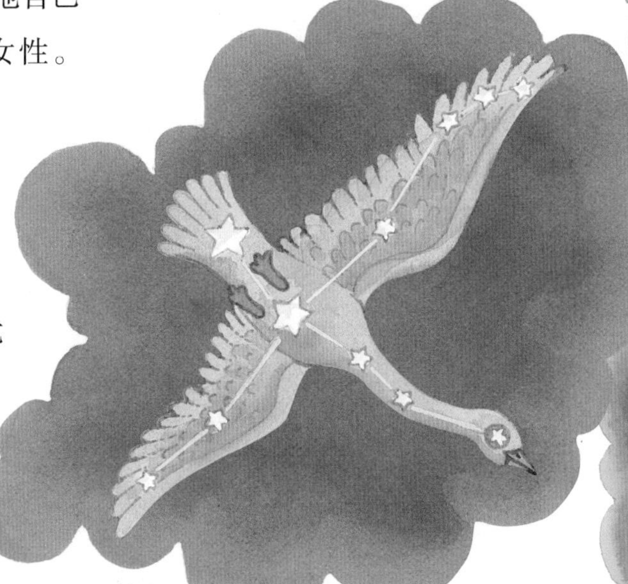

天鹅座

猎户座

有许多关于猎户座的故事，阿拉伯人把它称为巨人，而古埃及人把它称为冥王奥西里斯的木乃伊。对于古希腊人，猎户座是一个被诸神变成了恒星的伟大的巨人猎户。这个星座中三颗明亮的恒星代表了猎户的腰带，而下面五颗稍暗的恒星是他的剑。

澳大利亚有一个三个渔夫组成了猎户座的故事。一个关于兴邦伽的故事来自印度中部。兴邦伽去找天上的铁匠。铁匠制造了一个铁犁。猎户座的剑和腰带就是那个犁。附近的御夫座就是那个铁匠、风箱和火焰。

猎户座

大熊座

北美洲的密克马克族人讲述了一个关于一头大熊在冬末从长长的一觉中醒来的故事。它被7只鸟追逐。在夏季，这些鸟在北方地平线上一直追逐这头熊。在秋季，其中一只鸟用一支箭打击这只熊。这只熊仰面倒在地上。它的血滴到了大地上，把树叶染成了红色。在冬天，这只熊的灵魂进入了另一只熊。下一个春天，这只熊又在天上被追赶了。

在美国和加拿大，大熊座最明亮的7颗恒星被称为“大勺子”。中国人认为这7颗星形成了一个量器，在饥荒时期用于给人们带来食物。在印度，这7颗星代表了古代的7位贤人，也就是有智慧的人。

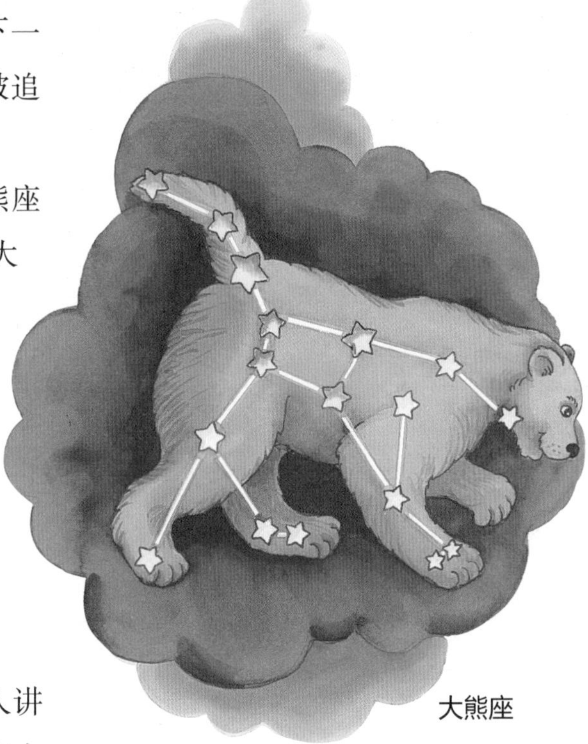

大熊座

南美洲的希亚印第安人讲述了一个大甲虫的故事，有人给了这只甲虫一大袋子恒星，要它把它们从地下搬运到地上。这只甲虫被告知不要打开这个袋子，但是它打开了。所有的恒星散落在了天上。几颗恒星留在了袋子上，这些恒星被用来组成天上的图案。我们把这些图案称为大熊座、昴星团和猎户的腰带。

如果你生活在北半球，使用113页的星图。

寻找恒星的景象

如果你生活在北半球，你将能够在一年的大多数时候看到113页的星图上显示的星座。如果你生活在南半球，你将能够在一年的大多数时候看到115页的星图上显示的星座。如果你生活在美国南部、夏威夷、澳大利亚北部或者接近赤道的其他什么地方，有时候你将看到在两个星图上的一些星座。

在星图上，每个星座的恒星用线连了起来，从而显示出星座的形状。在无云、无月的夜晚，大约9点的时候把这本书拿到室外，使用这个星图。如果你生活在北半球，朝南看。如果你生活在南半球，朝北看。

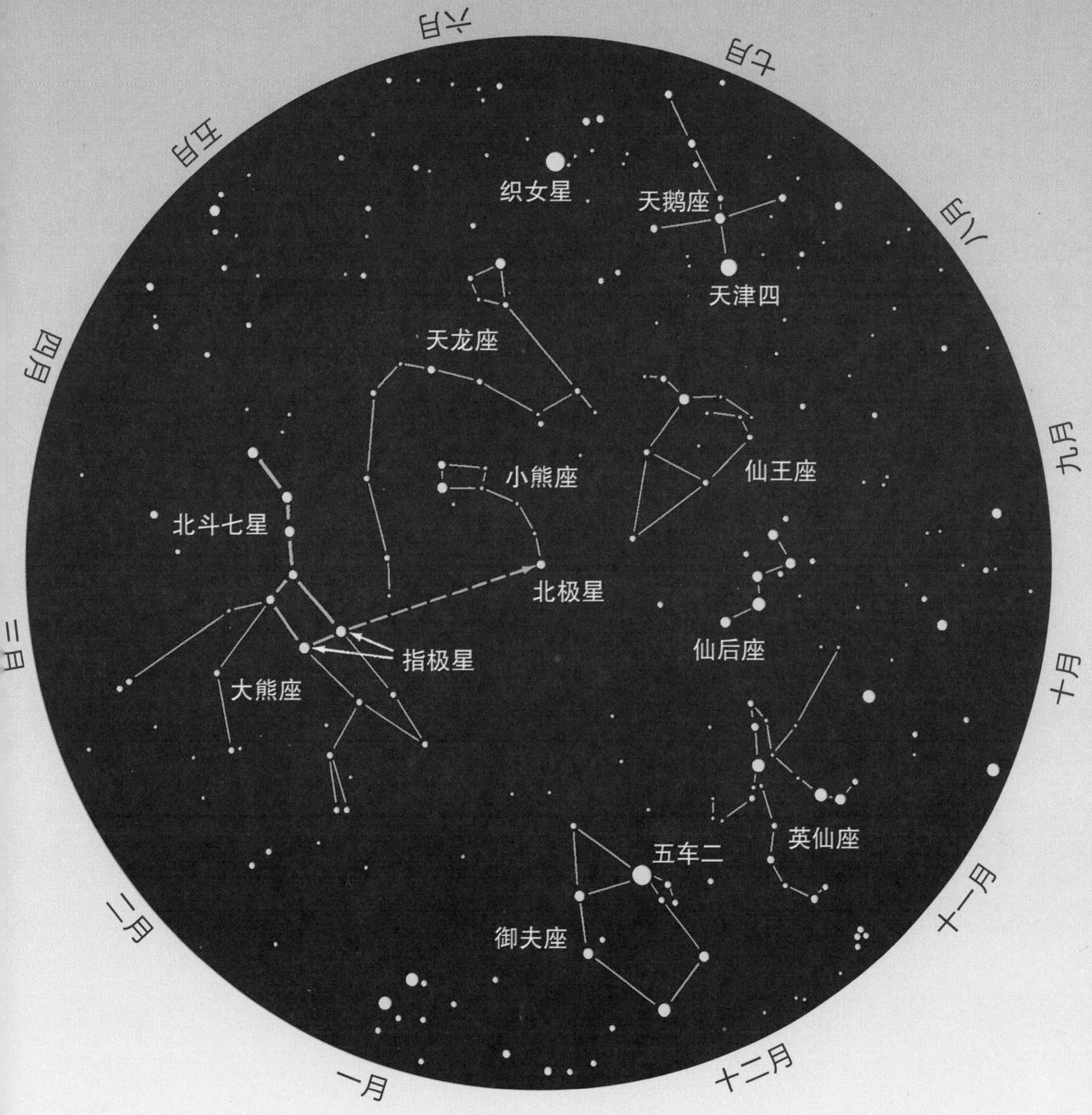

你在察看星图的时候需要一支手电筒，但是一定要在手电筒上覆盖一层红色玻璃纸。否则，当你抬头看天空的时候将会很难看到这些恒星。

如果你生活在南半球，使用115页的星图。

每个月这些星座都移动到天空中的另一个区域。每个星图的边缘标明了月份。拿着这本书，让当前的月份最接近你的胸前。这时星图将显示当你抬头看天空的时候这些星座在哪里。

在星图上，每个星座都有一个拉丁名。其中一些名字来源于古代人认为这些星座看上去像什么。例如，在北半球，有一个叫做天龙座（Draco）的星座，Draco的意思是“龙”。在南半球，有一个星座叫做南十字座（Crux），Crux的意思是“十字”。这些星图还显示了一些最亮的恒星，例如织女星和老人星。

如果你生活在城市或者靠近城市，由于城市的灯光，你可能无法看到所有这些恒星或星座。但是你几乎总是能在无云的夜晚看到这些最明亮的恒星。

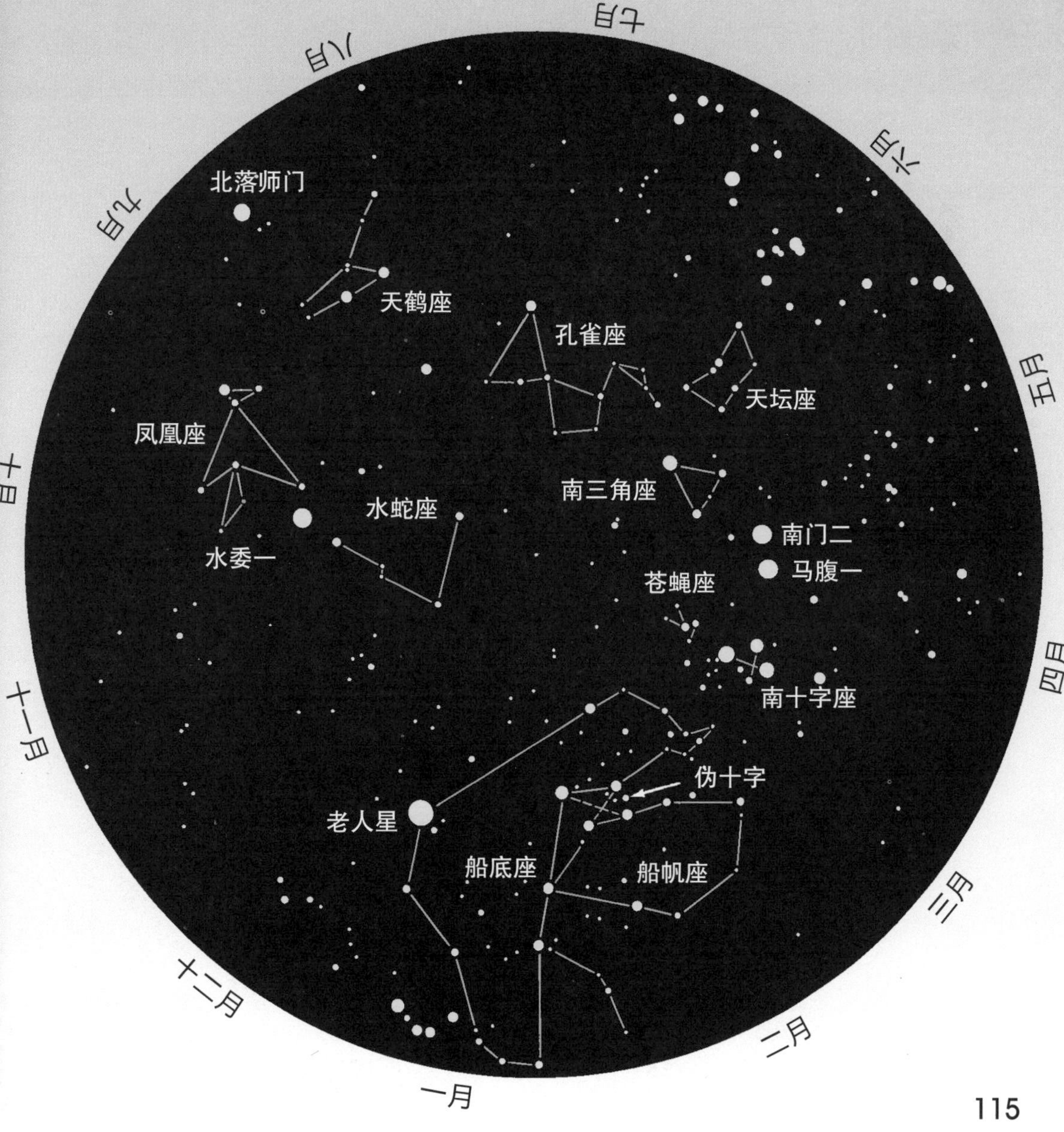

爆炸的恒星

在1054年，天空中突然出现了一颗非常明亮的恒星。它是如此明亮，以至于在白天都能看见。然后它开始慢慢地变暗。过了一段时间之后，它消失了。这是一颗什么样的恒星？

这颗消失的恒星是一颗已经爆炸的恒星。某些类型的恒星能够爆炸。一颗称为**白矮星**的小型恒星能突然爆发，变得更加明亮。这样的一颗恒星被称为**新星**。过了一段时间之后，这颗恒星的亮度就会逐渐减弱。

当一颗称为超巨星的非常大的恒星开始死亡的时候，它也会爆炸。这种爆炸把一个巨大的发光气体云送到太空中。这种爆炸被称为**超新星**爆发。

成为超新星的恒星可能变得比以前明亮十亿倍。1054年在天空中看到的那颗明亮的恒星就是一颗超新星。

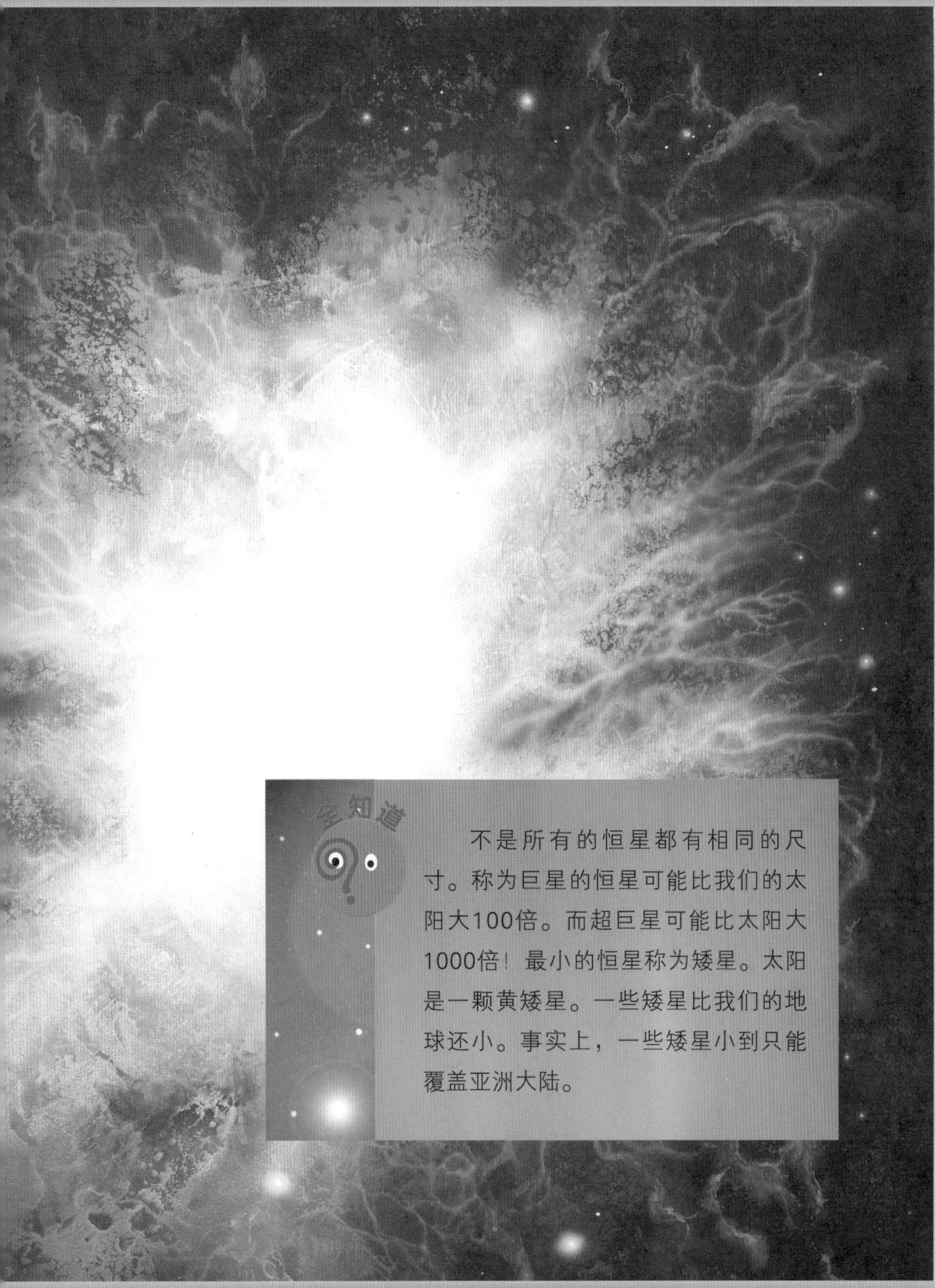

你知道

不是所有的恒星都有相同的尺寸。称为巨星的恒星可能比我们的太阳大100倍。而超巨星可能比太阳大1000倍！最小的恒星称为矮星。太阳是一颗黄矮星。一些矮星比我们的地球还小。事实上，一些矮星小到只能覆盖亚洲大陆。

宇宙中似雾的形状

在宇宙中，在恒星之间有大片气体或尘埃，或者两者都存在。它们被称为星云。英语中星云（nebulas）这个词来自拉丁文的“云”一词。

星云有4种。一种看上去似乎能发光，这是因为它反射了周围恒星的光。这种星云是由气体和尘埃组成的，被称为反射星云。

另一类星云是由尘埃、气体和自身能发光的特殊气体组成的。它们被称为发射星云。

还有一类星云是由云状尘埃和气体组成的，它们常常挡住了它们后面的恒星，或者让这些恒星很难看到。它们被称为暗星云。

行星状星云拥有一个扁平、圆形的表面，就像一颗行星。它们通常是围绕着已经爆炸了的恒星的气体壳。

马头星云，猎户座的一个暗星云

称为NGC 3603的发射星云

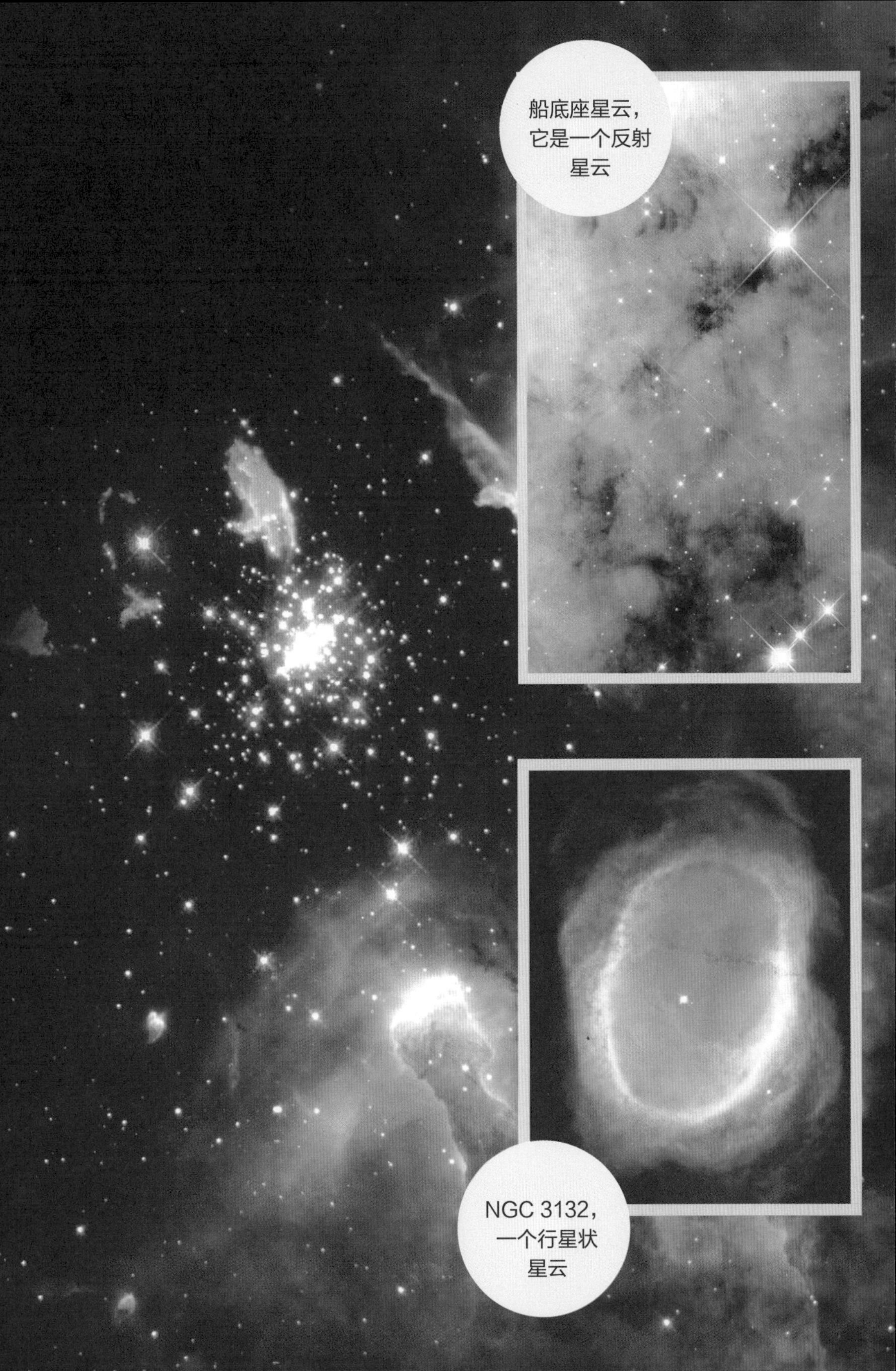

船底座星云，它是一个反射星云

NGC 3132，一个行星状星云

恒星的双胞胎

许多恒星看上去似乎是成对出现的，就像双胞胎。一些恒星甚至是三胞胎或者四胞胎。

这些双胞胎或三胞胎恒星是同时形成的，但是它们常常很不一样。

有时候一个巨大的橙色恒星和一个中等尺寸的蓝色恒星成对出现。有时候一个黄色恒星——就像我们的太阳——和一个白矮星配对。

双星相互影响。如果一颗恒星比另一颗更重，轻的那颗恒星将围绕重的那颗运动。如果它们差不多重，它们将围绕着天空中的同一个点运动。

这样的双星常常靠得很近，而且离地球非常远，以至于它们看上去就像一颗闪闪发光的恒星。我们只有用特殊仪器和望远镜才能分辨出那其实有不止一颗的恒星。

双星

黑洞

在宇宙中有一些恒星的**引力**如此强大，以至于没有任何东西能从它那里逃走——甚至光也不能。我们把这些恒星称为**黑洞**。黑洞的引力如此强大，以至于它吸引了邻近的恒星，把它们拉了过来。

天文学家认为，当一个大质量恒星用

完了**能量**，被它自己的引力压垮的时候，黑洞就形成了。一颗用完了能量的恒星坍塌，然后爆炸。爆炸的恒星把它的外层抛出，但是剩下的核心继续坍塌，然后形成了一个黑洞。

由于黑洞是不可见的，科学家很难找到它们。然而，大多数天文学家认为我们的星系含有数以百万计的黑洞。天文学家已经发现了在我们的**星系**和一个邻近星系存在7个黑洞的强有力的证据。

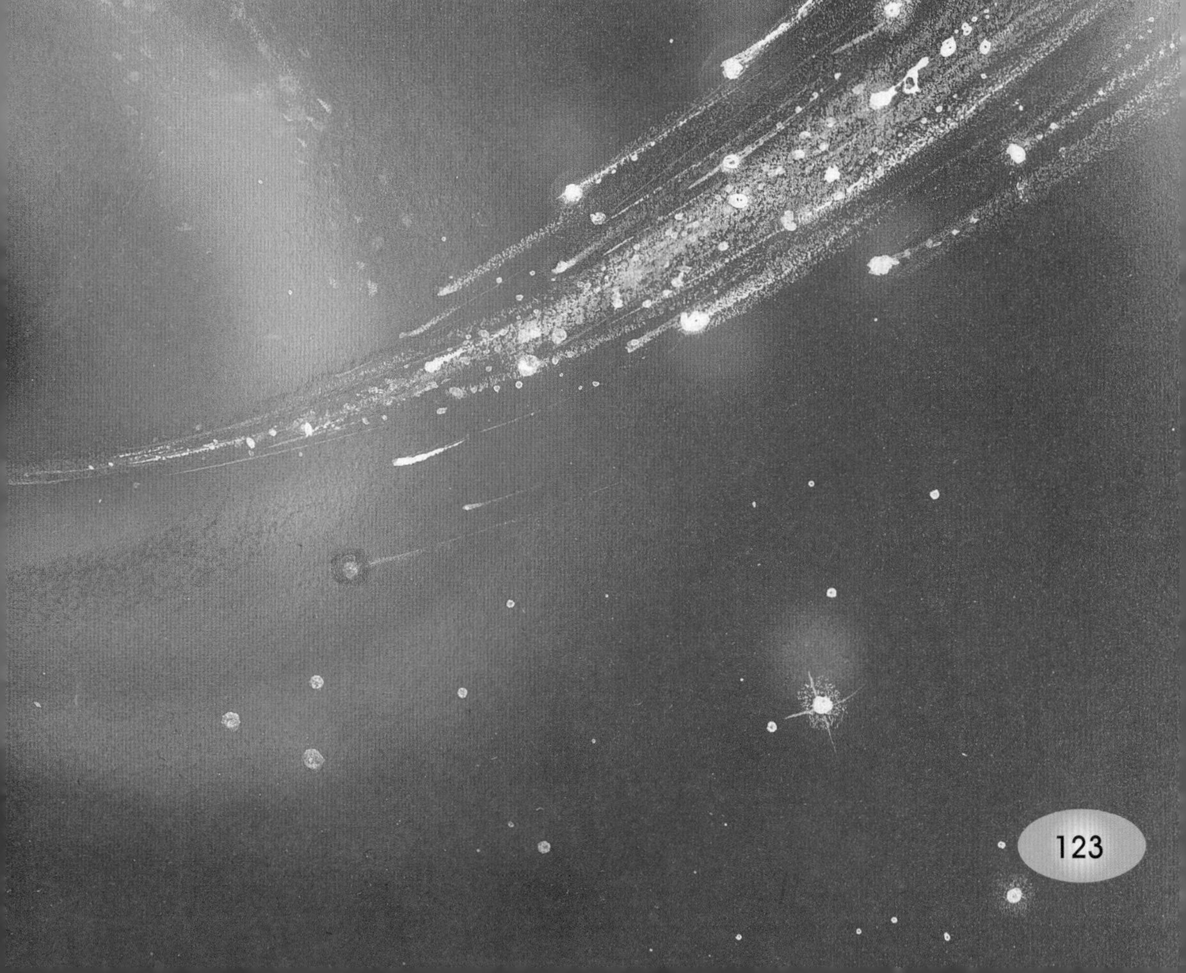

星系的形状

一个星系由被引力束缚在一起的恒星、尘埃和气体组成。小型星系拥有的恒星不到10亿颗。天文学家通过望远镜拍摄了许多星系的照片。他们认为**宇宙**中有1000亿个星系。每一个星系可能拥有数以十亿计的恒星。

星系有许多不同的形状和大小。然而，我们在天空中可以辨认出4种主要的形状。这几页展示了这些形状。

一个旋涡星系看上去就像恒星组成的旋涡，在中间有一个压扁的球。这个球的外边

一个棒旋星系

一个旋涡星系

一个椭圆星系

有两条或更多旋涡形状的恒星臂，我们的星系——**银河系**是一个旋涡星系。

一个棒旋星系的中间具有香肠的形状。从香肠的两端伸出两个旋涡状的恒星臂。

椭圆星系呈曲线形状。其中一些几乎是圆的。其他一些看上去就像压扁的球或者橄榄球。

不规则星系看上去似乎没有任何特定形状。一些看上去就像杂乱的旋涡。大小麦哲伦云是距离我们最近的星系，它们是不规则星系。

许多星系在宇宙中成群出现。这样的群被称为星系团。一些星系在星系团之间孤立存在。

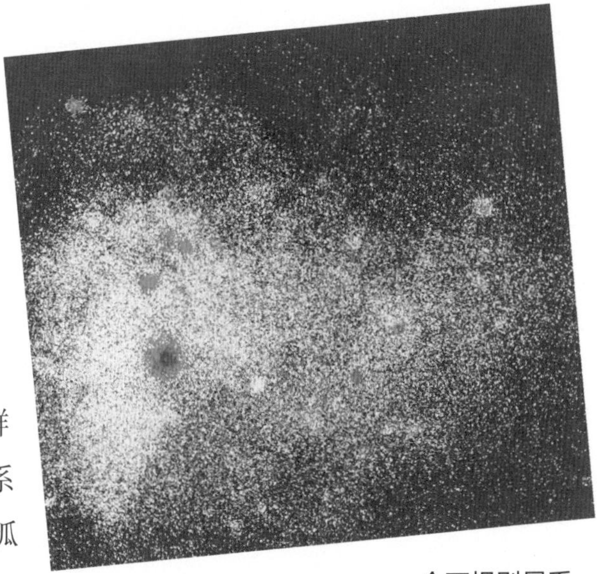

一个不规则星系

我们称之为银河系的发光的云是由相距数万亿千米的上千亿颗恒星组成的。

银河系

银河系是我们所在的旋涡星系的名字。它由上千亿颗恒星组成，包括我们的太阳。

银河系看上去就像一个巨大的恒星云，恒星相互靠得很近。但是银河系的任意两颗恒星之间的距离都不同。

正如地球围绕太阳运动一样，太阳和其他恒星围绕银河系的中心运动。银河系如此巨大，而我们的太阳又如此远离它的中心，以至于太阳绕银河系中心一圈需要2.5亿年以上。

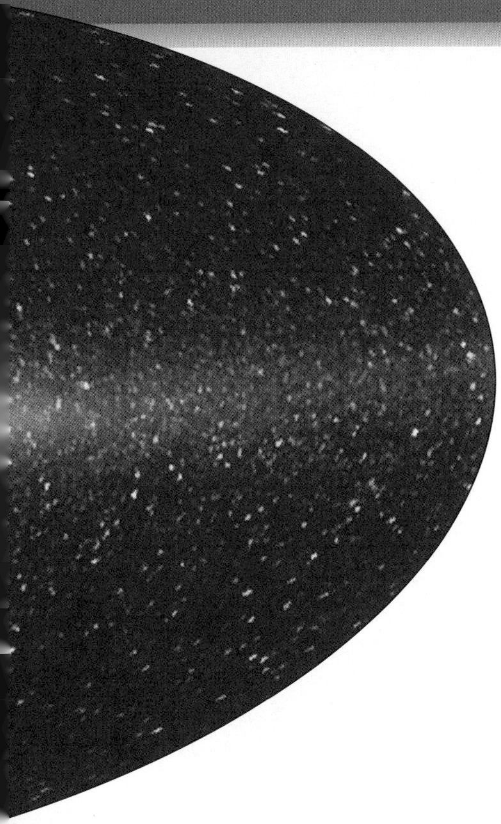

我们的太阳只不过是被称为银河系的巨大恒星之云的一部分。

这张仙女座星系的照片是通过望远镜拍摄的。

我们的星系邻居

我们生活在银河系中，但是在宇宙中还有许多其他星系。它们大多数离我们非常远，以至于我们不用望远镜就无法看到它们。但是有三个星系我们只用肉眼就可以看到。

其中一个是**仙女座星系**。它比我们的银河系还大，拥有超过1500亿颗恒星。

这个星系被称为大麦哲伦云。

另外两个我们不用望远镜就能看到的星系是大麦哲伦云和小麦哲伦云。它们都能在南半球看到。

大小麦哲伦云、仙女座星系和我们的银河系以及其他一些星系组成了拥有大约30个星系的群体，称为本星系群。在本星系群之外，宇宙中充满了其他星系！

这两个星系在本星系群之外。它们因为长长的尾巴而得了个昵称叫双鼠星系。

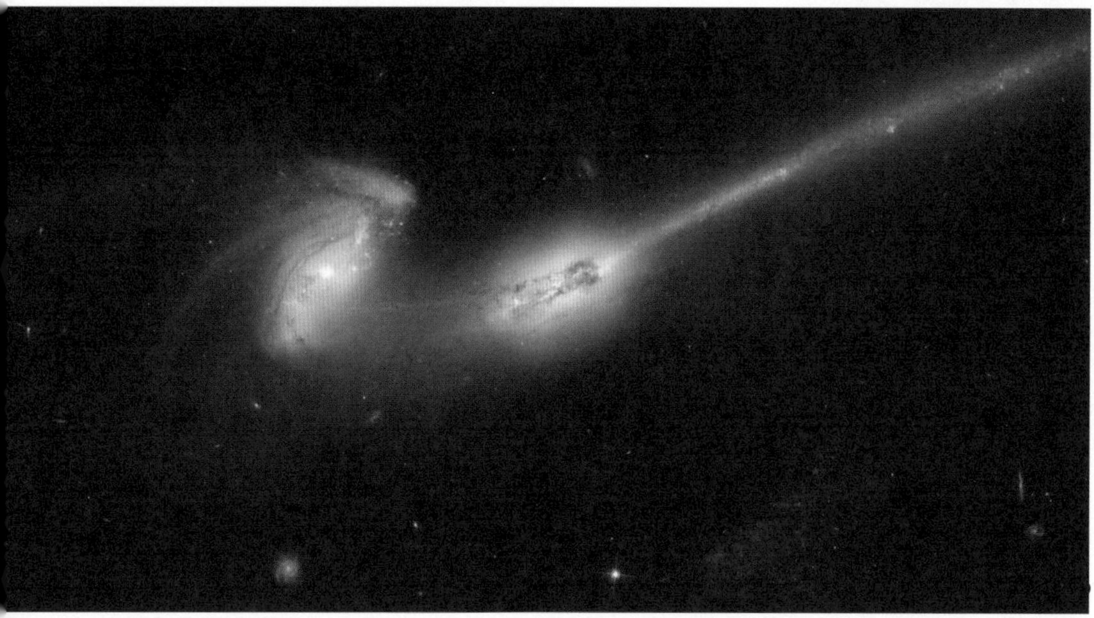

类星体

宇宙的深处有一些极端明亮的天体，我们称之为**类星体**。大多数类星体的尺寸和太阳系差不多，但是它们可能比太阳亮1万亿倍。

英语中的“类星体”（quasar）一词是“类星射电源”（quasi-stellar radio source）的缩写，它是一个看上去像恒星但其实不是恒星的天体。

在宇宙的照片中，类星体看上去就像恒星。但是我们能发现它们发出的光和热相当于10万个银河系的量！

类星体正在以极快的速度远离我们。而且它们非常遥远。它们离我们如此之远，以至于我们看不到它们现在的样子。我们看到的是它们大约150亿年前的样子。天文学家研究它们从而弄清宇宙在很久以前是什么样子。

类星体从哪里获得了它们的所有能量？许多天文学家认为类星体的中心有巨大的黑洞。能量来自盘旋进入黑洞的物质。

来自宇宙的波

就在此刻，你正在被来自外太空的波击中。它们是辐射波，而宇宙中充满了它们。

辐射是指放出特定类型的能量。宇宙中的大多数物体都会放出这种类型的能量，包括太阳和其他恒星、行星，以及称为星云的巨大气体和尘埃云。

地球上的所有生命都依赖于太阳发出的辐射。太阳的能量提供了热和光。热温暖了地球。它的光为植物提供了食物，而植物又养活了动物和人。

辐射波的速度快得难以置信，几乎和光一样快。当辐射击中一个物体的时候，它可能把一部分或者全部能量都传给这个物体。当辐射波击中你

全知道

脉冲星是非常小的恒星。来自脉冲星的**无线电波**以脉冲的形式扫过地球。两次脉冲的时间间隔从几分之一秒到将近4秒。两次脉冲之间的时间很短是因为脉冲星自转速度很快。

的时候， 你感觉不到它们。地球的大气层挡住了一些辐射。科学家认为我们的太阳系也有一种“墙”挡住了其他的辐射波。这是一件好事，因为太多的辐射可能让人们患病。

多知道

在北半球，图中的这些光被称为北极光。在南半球，它们被称为南极光。在天空中，最常见的这些美丽的光是绿色的，但是在天空更高的地方它们也闪现出红色和紫色。

天空中光的奇观

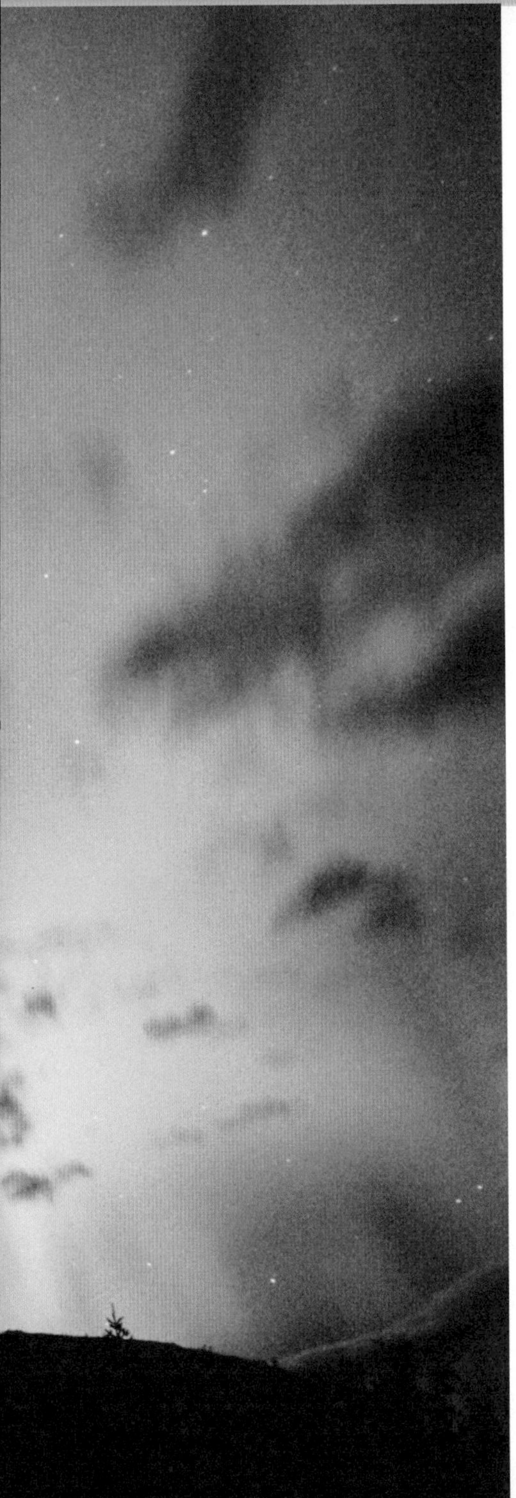

生活在很靠北或很靠南的地方的人们常常能在无云的夜间看到称为极光的光。大片的彩色光看上去似乎在天空中起伏，就像窗帘在微风中摇摆。

这种光的奇观发生在地球的大气层中，但是它是由太阳导致的。太阳向宇宙中发射物质粒子。其中许多粒子来到了地球。在地球的北极和南极附近的两点的作用就像巨大的磁铁一样。这两点分别被称为北磁极和南磁极。这两个磁极吸引着来自太阳的能量粒子。当这些粒子和其他粒子在地球的大气层中碰撞的时候，它们就发光了。它们让摇曳的光充满了天空。

北极光

研究宇宙

自古以来，人们就研究天体。过去的天文学家仅仅知道他们能用肉眼或者简单的望远镜看到的天体。今天，天文学家拥有强大的望远镜、计算机和许多其他工具帮助他们研究宇宙。

早期的观天者

在古代，绝大多数人都无法知道他们能看到的最远的山脉以外是什么。为了帮助解释这个世界看上去是什么样子，他们编出了故事。

一个古代东方的传说认为这个世界是平的，它放在四只大象的背上。这些大象全都站在一只巨大的乌龟的背上，而这只乌龟站在一只更大的蛇的背上。那么蛇呢？它漂浮在无边的海洋的表面。

在古印度，人们相信地球是一个被海洋包围的扁平的碟子。大地之上的一层容纳着云，云之上的天空形成了另外一层。天体乘着马拉的战车在天空中运动。一个圆顶形状的壳保护着所有的这三层。

古埃及人信仰一位天空女神努特。据说努特用她的背支撑着天。

对于那些生活在炎热沙漠中的古代纳瓦霍人，彩虹是一位神。天空是看守他们的父亲。

美国西南部的古代纳瓦霍人相信彩虹神拱盖着大地，而大风和大雷看守着之外的天空。

在太阳周围

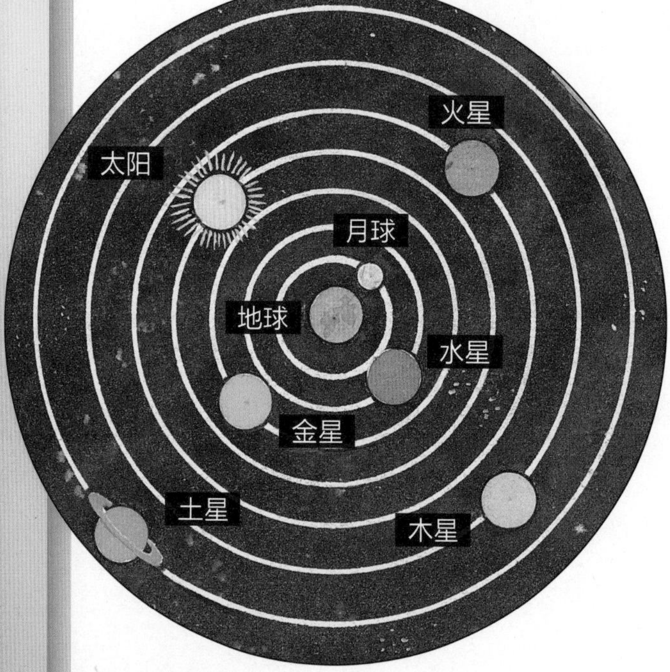

几百年前，大多数人认为月球、太阳、**行星**甚至**恒星**全都绕着地球运动！但是在16世纪，波兰天文学家尼古拉·哥白尼教导人们说，太阳在**太阳系**的中心。他说包括地球在内的所有行星都环绕太阳运动。

哥白尼的这个理论是正确的，但是他对于行星运动轨迹的理论就不那么正

这个简图显示了在哥白尼之前许多人对太阳系的认识。

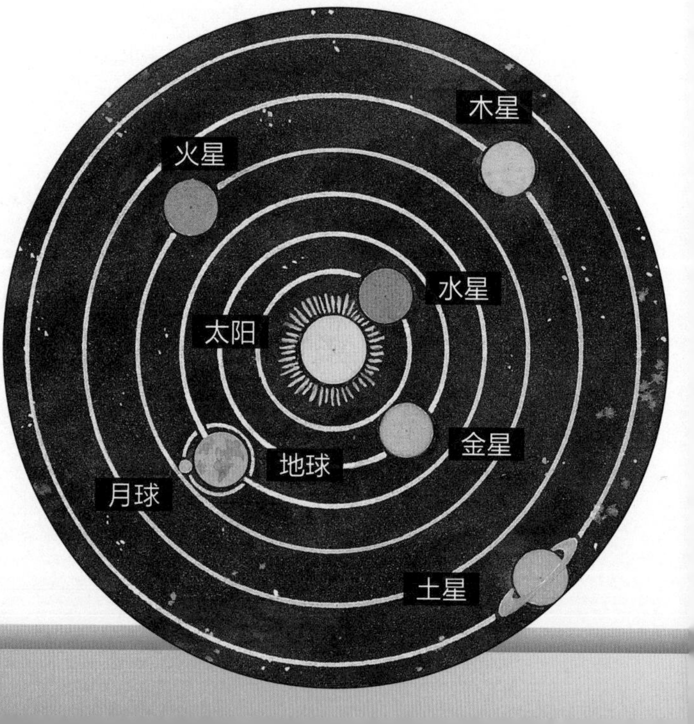

这个简图显示了哥白尼的太阳系观念。在哥白尼的时代，土星是已发现的最遥远的行星。

开普勒发现行星以椭圆轨道绕太阳运动。

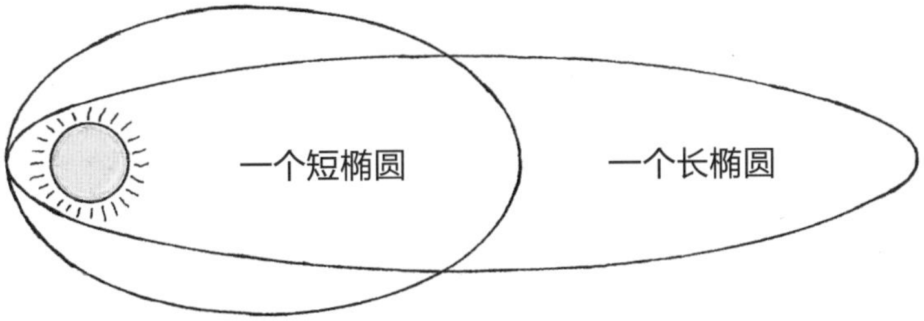

确了。哥白尼认为每一个行星都以圆轨道绕太阳运动。另一位天文学家约翰尼斯·开普勒发现了行星以**椭圆**轨道绕太阳运动，而不是圆轨道。

开普勒说一颗行星有些时候更接近太阳。他发现了当行星更接近太阳的时候它们运动得较快。而当它们远离太阳的时候运动得较慢。他还发现最接近太阳的行星比其他行星运动得更快。

全知道

一个人在哪颗行星上能过最多的生日？哪颗行星最接近太阳？这两个问题的答案都是水星。它的一年比任何其他行星的一年都短。

第一架望远镜

第一架**望远镜**很可能是在1608年由荷兰眼镜制造者汉斯·利伯希发明的。他把两片形状稍微不同的透镜放在了一根管子的两端，制造出了他的望远镜。第二年，在听说了利伯希的发明之后，意大利科学家伽利略制作出了他自己的望远镜。

伽利略

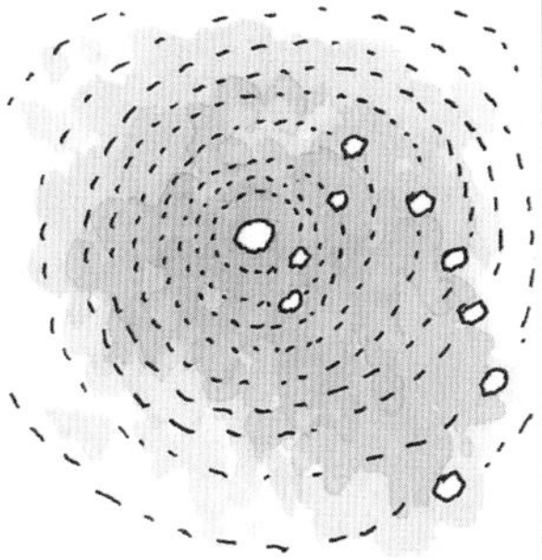

伽利略和哥白尼一样，认为行星绕太阳运动。

他观察了金星好几个月。起初，它是小小的圆盘。

随着时间的推移，它的位置和形状改变了。

慢慢地，经过了一夜又一夜，这个盘变暗，变成了一个半圆。

与此同时，它变得更大了。

不久之后，这个半圆变成了纤细的月牙。

伽利略是使用望远镜观察天体的先驱者之一。他做出了许多重要的发现，诸如发现了月球上的环形山和太阳黑子。

伽利略发现了木星的四颗卫星，还发现了它们绕木星运动。他是第一个发现金星也有相的人，这个现象非常类似于月球的相。他还发现了银河系是由许多恒星组成的。

望远镜如何工作？

望远镜让遥远的物体看上去更大。两种主要类型的望远镜分别是折射式望远镜和反射式望远镜。

一架折射式望远镜从遥远的物体那里收集光，并通过两个透镜聚集光。它在前端有一个大的透镜，还有一个供你观看的稍小的透镜。前端的透镜通常在两边都是凸起的。它的中间厚，边缘薄。这个透镜从遥远的行星或恒星那里收集光，然后在望远镜的镜筒里形成它的像。另一个透镜称为目镜，它就像一个非常强大的放大镜。它让物体看上去更大。

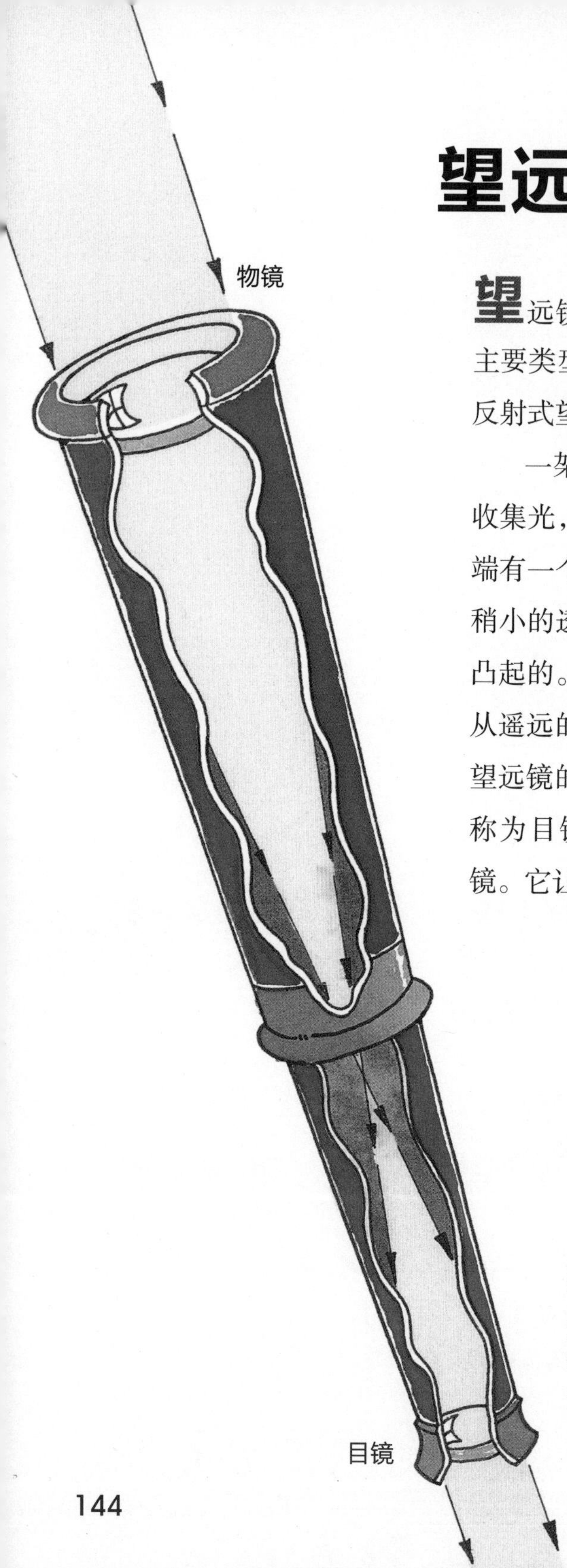

折射式望远镜

这些箭头显示了光线在通过一架折射式望远镜时的路径。

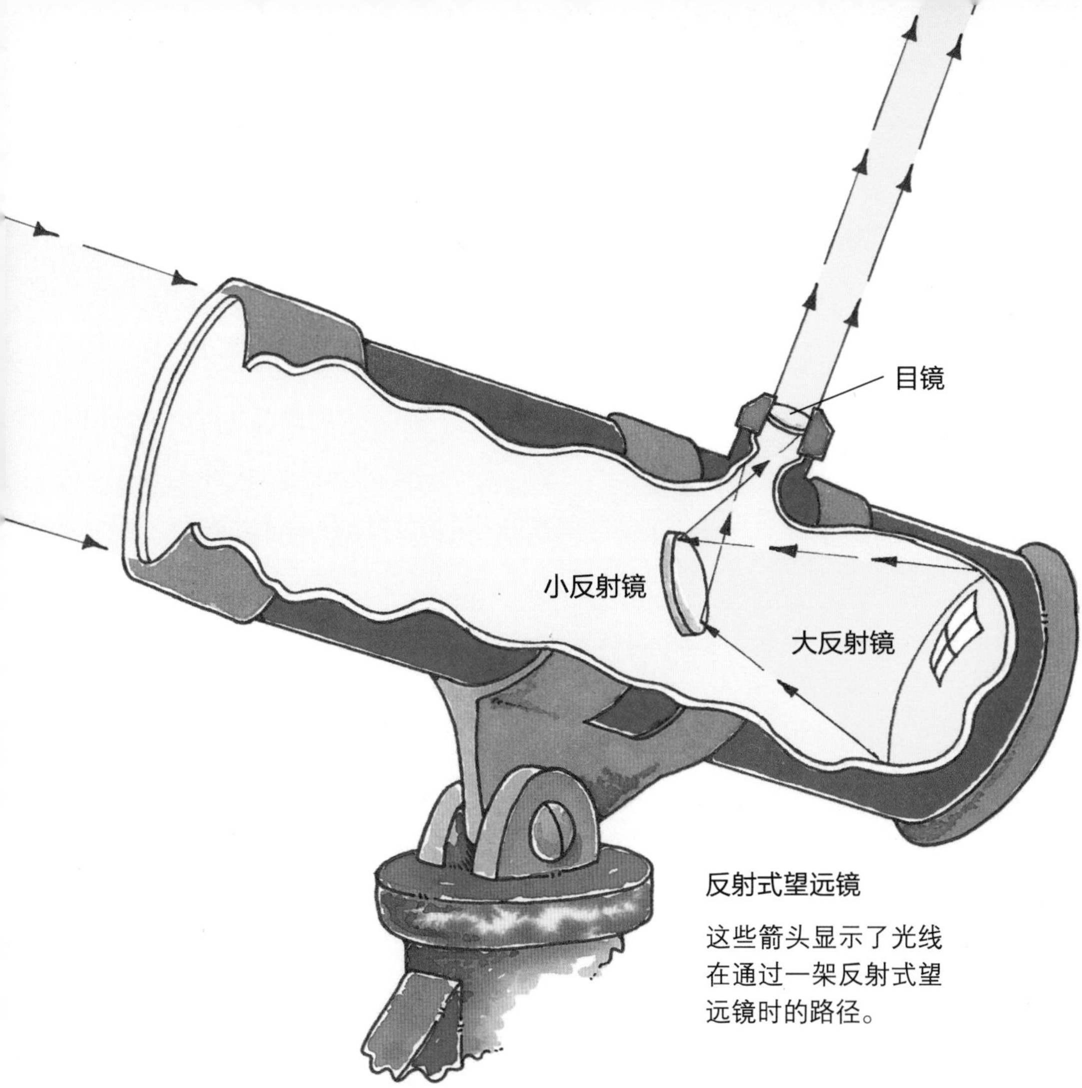

反射式望远镜

这些箭头显示了光线在通过一架反射式望远镜时的路径。

一架反射式望远镜利用一面大的反射镜收集光线，而不是使用透镜。这面反射镜位于镜筒的底部。来自一颗恒星的光直接进入镜筒击中这面反射镜。然后光在镜筒中反射。一面稍小的镜子反射了收集到的光。光通过镜筒壁上的一个孔出来，这个孔上有一个目镜。

试一试 2

桌面望远镜

你可以用一个自制的简易望远镜观看夜空。下面是制作方法。

你将需要：

- 一个平面镜
- 一个放大凹镜（大人们刮脸或化妆的时候使用的镜子）
- 一个放大镜
- 一张桌子
- 能看到月球（或许还有一些恒星）的晴朗的夜空

制作步骤：

1. 把放大凹镜放在窗户旁边从而反射月亮或恒星的光。这个凹镜应该和窗户呈一定的角度立着，从而让光线反射到窗户或者邻近窗户的墙上。

2. 在放大凹镜和窗户或墙之间的被反射光的路径上支起平面镜。在放大凹镜的背后，你应该能在平面镜里看到来自月球或恒星的被反射光。你可能需要调节这两面镜子的位置，从而让月球或一组恒星的影像看起来更清楚。由于月球和恒星的运动，每过几分钟你就要调节这些镜子。

3. 用你的放大镜检查出现在平面镜上的影像。前后移动放大镜，直到你清晰地看到影像。

你的望远镜的效果如何取决于你的放大镜的质量，也取决于能否找到镜子之间合适的距离和位置。

一座天文台里的一架大型望远镜指向天空。

基特峰国立天文台设在美国亚利桑那州，因为那里的空气非常清澈。

望远镜的房子

天文台就像望远镜居住的房子。一些天文台有照相机和其他机器，记录望远镜收集的信息。

大多数天文台很容易被发现。许多天文台拥有一个圆顶，看上去就像一个倒扣的碗。这个圆顶在坏天气的时候能保护望远镜。

每个圆顶都有一个狭缝，望远镜通过这个狭缝可以指向天空。当不用望远镜的时候，这个狭缝就被一个金属的遮光盖覆盖。

由于天文学家用望远镜观察天空不同的部分，他们必须让这个狭缝能指向任何方向。这个圆顶的底部边缘有轮子。这些轮子在天文台建筑顶上的一个环形导轨上运动。因此，整个圆顶可以旋转。

大多数大型天文台建造在远离大城市灯光的地方。因为城市空气中有尘埃和烟，能让光折回地面。这让天空发亮，因此很难清晰地看到恒星。

墨西哥尤卡坦的这个天文台是在很久以前使用的。

观看恒星运动

这是一天的中午。你周围的光线开始变暗。不久之后，你能看到的只有暗淡的恒星在头顶闪烁。慢慢地，月球从地平线上升，然后在天空中运动。但是你怎么能在中午看到这些景象？很简单。你在一个天文馆里。

天文馆就像一个特殊的电影院。天文馆的天象仪不是在平面的屏幕上放映电影，而是在一个圆顶天花板上展示行星、恒星和月球的图像。你的座椅朝着圆顶倾斜。恒星和行星看上去似乎在天空中运动。它们可能比在实际生活中运动得更快，这是因为天象仪控制着它们。仅仅在几分钟时间里，你可以看到恒星和行星在天空中一整夜的运动。你甚至可以看到一个季节或一年的恒星运动。

Green Day

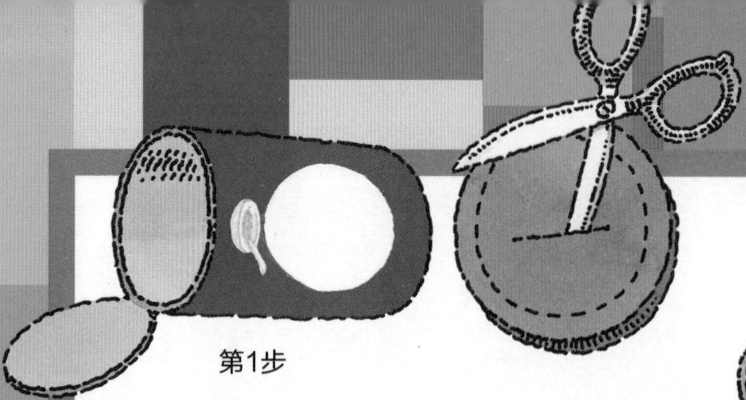

第1步

家庭天文馆

试一试 2

下面是制作一个简单的天文馆天象仪的方法。

你将需要：

- 有塑料盖子的空的圆形容器
- 剪刀
- 薄卡纸
- 描图纸
- 一支铅笔
- 一个纸打孔器
- 一支手电筒

制作步骤：

1. 让大人切下容器的底部和盖子的中心。
2. 在薄卡纸上描出盖子的外缘。紧靠这个圆的内部把它切下来，从而让它能恰好放进盖子的内部。

第2步

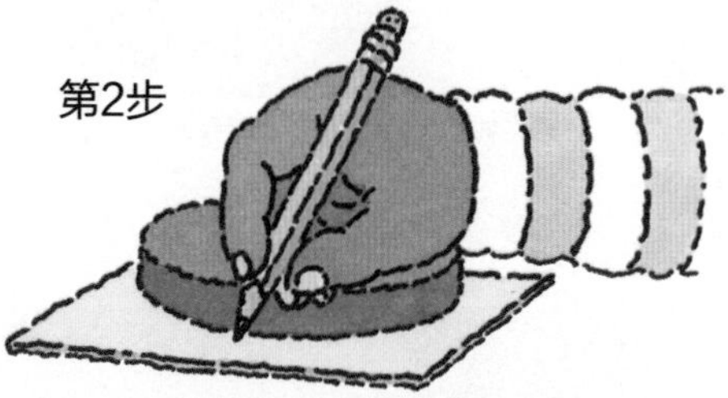

3. 用描图纸描下这个星座。

第3步

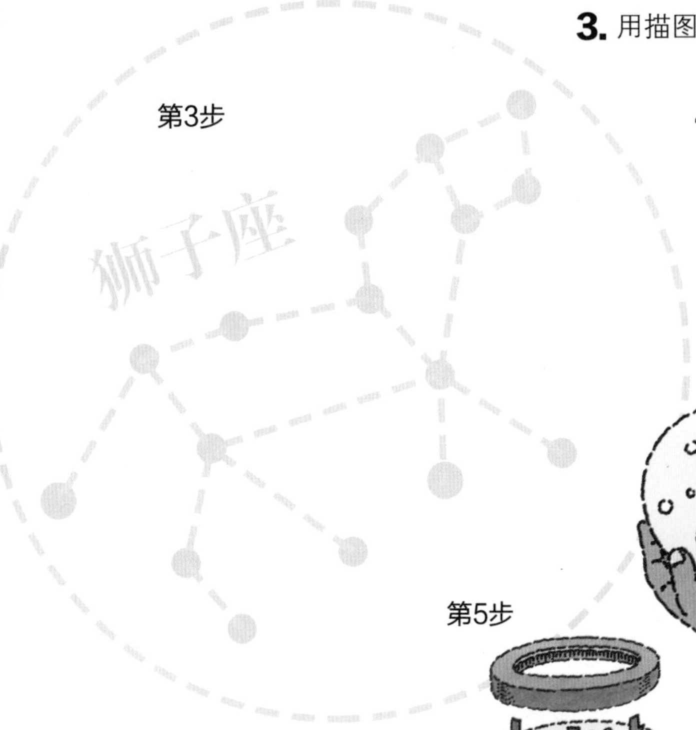

4. 把描图纸放在薄卡纸上。用铅笔或打孔器打出代表恒星的孔。

第4步

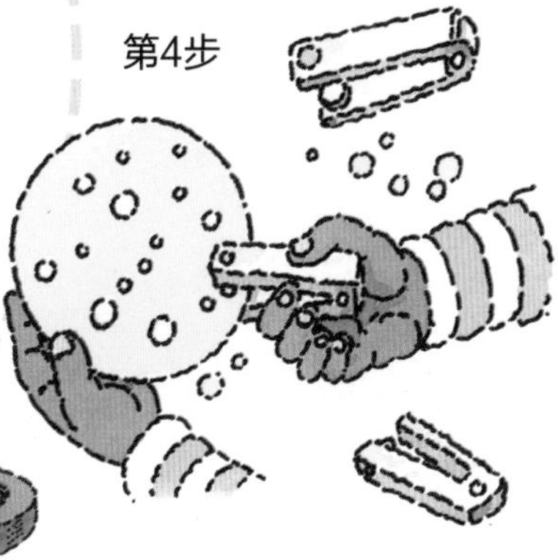

第5步

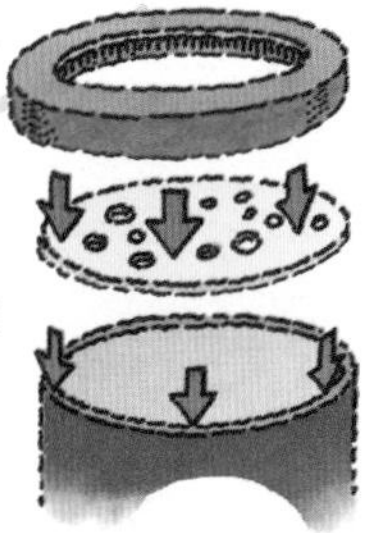

5. 把圆形的薄纸板放进盖子的内部，把盖子放在容器上。

6. 在一个暗室里，把这个容器放在手电筒的上面。抬头看看，你应该能在天花板上看到这个星座。你制作成了一个天象仪。

第6步

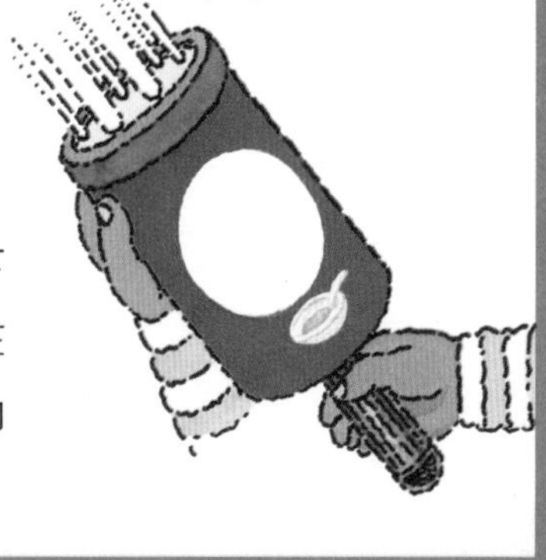

在其他的书里找到星座，然后把它们描下来。然后制作更多的薄卡纸星座。现在你可以在任何一天观星了，甚至是在雨天。但是在晴朗的夜间，还是到户外去看看天上真正的恒星吧！

伟大的天文学家

历史上有哪些伟大的天文学家？

艾萨克·牛顿

17世纪，英国科学家**艾萨克·牛顿**发现了恒星和行星运动的法则。他还意识到，行星那样运动是由于行星和太阳之间的引力。此外，牛顿还制造了一种新型望远镜。他没用两个透镜，而是用了一个曲面的反光镜和一个小透镜。今天使用的大部分大型望远镜都是根据牛顿的这个望远镜设计的。

威廉·赫歇尔出生在德国，后来搬到了英国，他于1781年发现了天王星。他用他自己发明的一架望远镜发现了这颗行星。他的望远镜有1.2米宽，直到1845年之前都是最大的望远镜。赫歇尔也是研究银河系的首批天文学家之一。

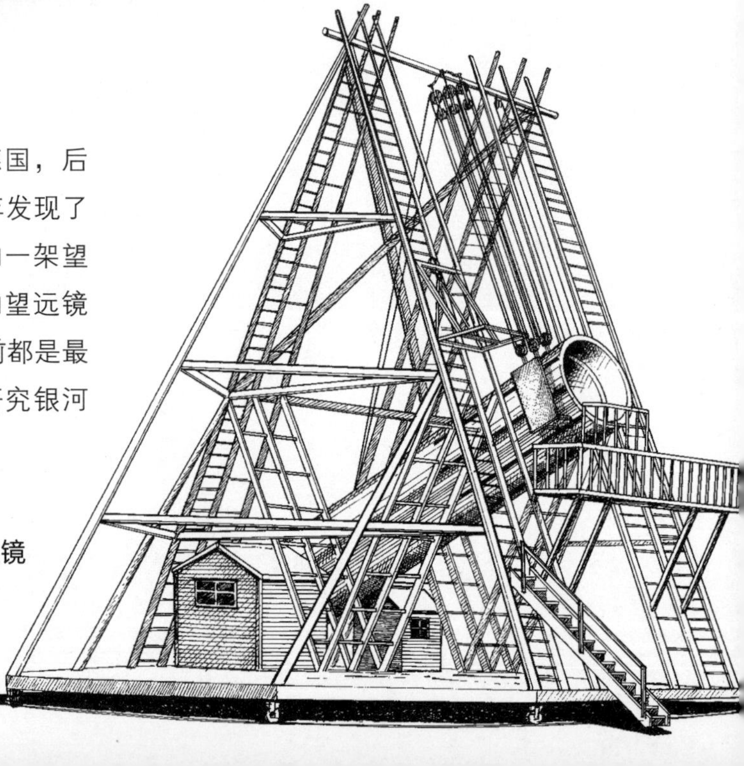

赫歇尔的望远镜

威廉·赫歇尔

在19世纪早期，德国天文学家**弗里德里希·威廉·贝塞尔**解释了恒星看上去在天空中移动的原因。

在19世纪晚期，那个时代最著名的美国女天文学家**安妮·詹普·坎农**发现了300颗能改变亮度的恒星。

安妮·詹普·坎农

埃德温·哈勃

美国天文学家**埃德温·哈勃**于1929年发现了各个星系正在以极快的速度相互远离。

在20世纪90年代晚期，英国科学家**史蒂芬·霍金**做出了关于引力，特别是关于黑洞的重要发现。他还撰写了几本重要的书，其中的一本非常流行。

海伦·索伊尔·霍格是在美国出生的天文学家，她发表了关于各种亮度的球状星团的研究成果。有时候，天文学家利用霍格的发现去测量某些恒星距离地球多远。

第一枚火箭

1926年3月16日，一个奇怪的金属装置怒吼着飞上了天空。它一直爬升，直到变成了一个小点。这就是世界上第一枚液体**火箭**的**发射**。

这枚火箭是由美国科学家罗伯特·H.戈达德博士制造的。他在20世纪20年代和30年代不断制造更好的火箭。

另一个大型火箭是由德国**工程师**冯·布劳恩发明的。布劳恩的团队制造了V–2导弹。之后，冯·布劳恩去了美国。他的团队制造了首次成功发射美国**卫星**的火箭。

一个气球火箭

试一试 2

观看火箭发射令人激动。下面介绍一种让你发射一个气球的方法。

你将需要：

- 一个大约5cm×10cm的薄纸片
- 一根吸管
- 一个气球
- 一把剪刀
- 一支铅笔
- 线绳

步骤：

1. 把一根吸管剪下约三分之一，然后把这根短管的大约一半放进气球的颈部。用线把气球的末端沿着吸管扎牢。确保吸管没有被压扁。

2. 把那张纸沿着纵向对折，然后把它打开。在折痕中间用铅笔尖戳一个小洞。把这张纸插入吸管的末端。这就是你的气球火箭的尾部。

3. 通过吸管给气球充气。把你的拇指放在吸管的末端从而不让空气漏出。

4. 现在放手。空气将从气球里跑出来，让它向前飞行。

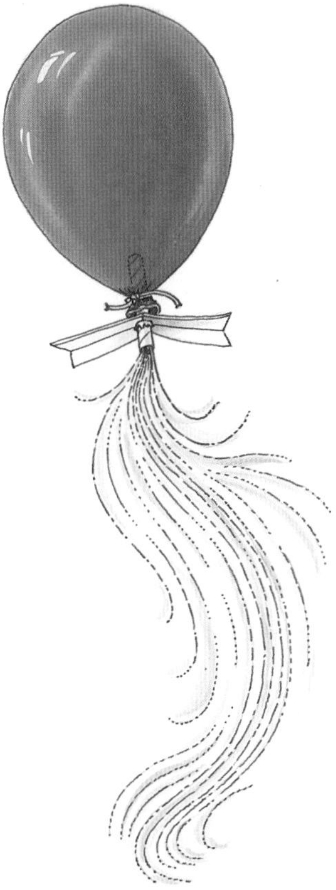

一枚真正的火箭以类似的方式工作。燃料燃烧导致气体从火箭里跑出来并把它推向外层空间。

一个人造的月球

你知道月球是在**太空**中围绕地球运动的自然物体。但是你知道月球的另一个名字是卫星吗？一个人造月球或者说人造卫星是由人类制造的。下面是第一颗**人造卫星**的故事。

1957年10月4日，一枚火箭腾空而起。它携带着一个重83千克的人造卫星，而它的强大的发动机以将近每秒8千米的速度推动着它。这枚火箭由苏联发射，苏联科学家紧张地观察着它轰鸣着进入太空。

这枚火箭迅速到达了它可以开始绕轨道飞行的高度。然后它的前端自动打开，一个比足球稍大一点的金属球被推进了太空。然后这个球进入了轨道。

四条又长又细的天线（长金属杆）在金属球的外面自动打开，然后开始广播。在地球上设有专门的广播站接收卫星信号，科学家开始听到一个稳定的“嘟——嘟——嘟”的高音。

那个信号告诉他们这个球在太空中绕地球运动。在地球上，人们非常兴奋。第一颗

斯普特尼克是有天线的人造卫星。这些天线向地球发回信号。

人造月球或者说人造卫星发射成功了。这颗人造卫星被称为斯普特尼克，它在俄语里的意思是“旅行者”。它每96分钟绕地球一圈。

有时候，它从距离地球230千米的地方飞过。在它的轨道的其他部分，它距离地球约940千米。

人造卫星

人造卫星发出信号。它们发出许多不同种类的信号。每一种信号都携带了不同类型的信息。

一些人造卫星向无线电接收机、寻呼机和电视机发出信号。它们被称为通信卫星。船只、飞机，甚至一些汽车使用导航卫星确定它们在地球上的位置。气象卫星拍摄云的运动的照片。科学研究卫星发回关于宇宙的信息。科学家可以利用地球观测卫星观察地球，发现严重污染的地区或被破坏的森林。军事卫星可以发送关于导弹、船只和士兵的活动的信息。

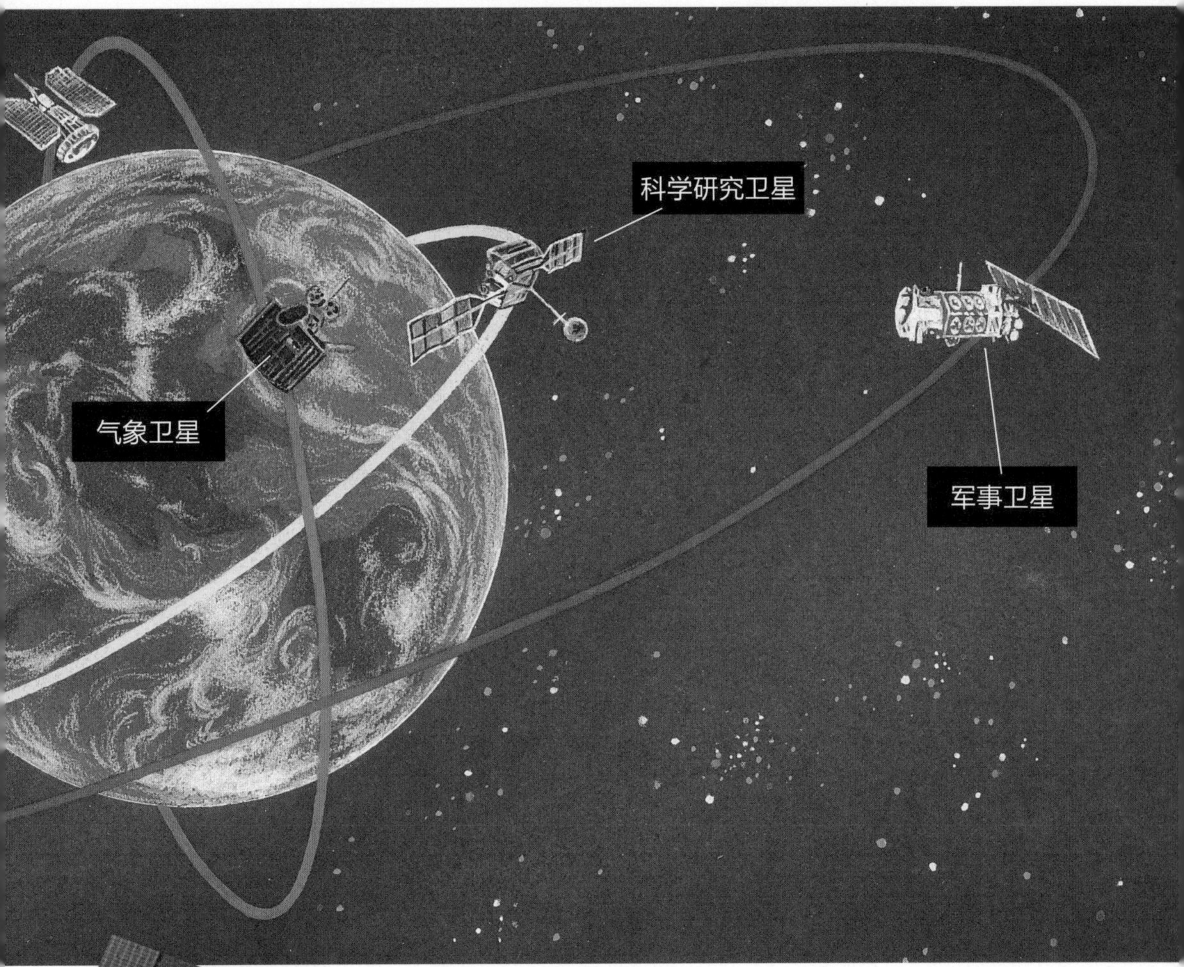

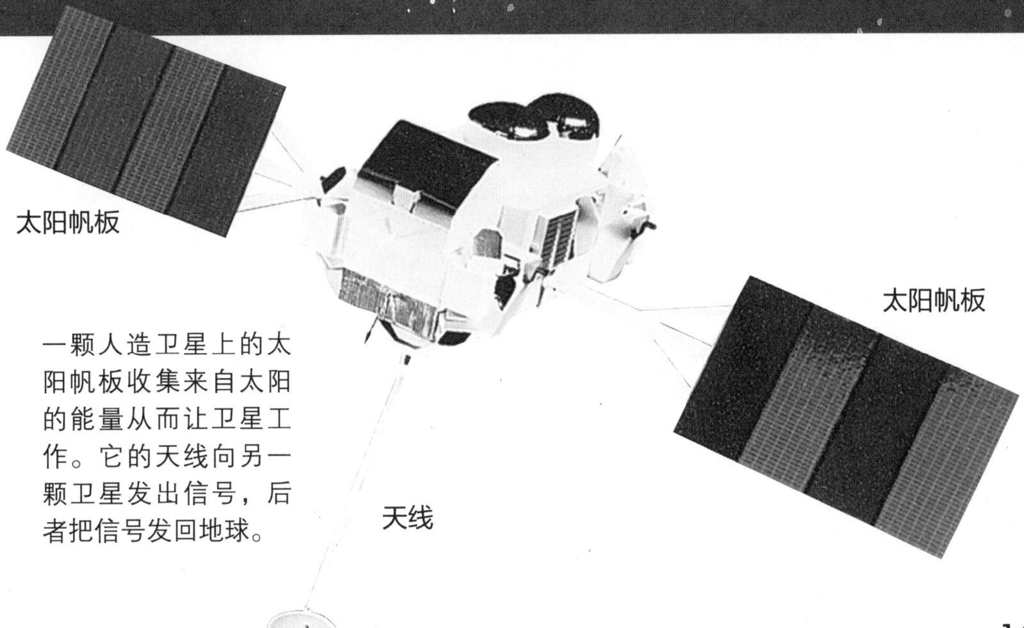

一颗人造卫星上的太阳帆板收集来自太阳的能量从而让卫星工作。它的天线向另一颗卫星发出信号，后者把信号发回地球。

进入太空的人

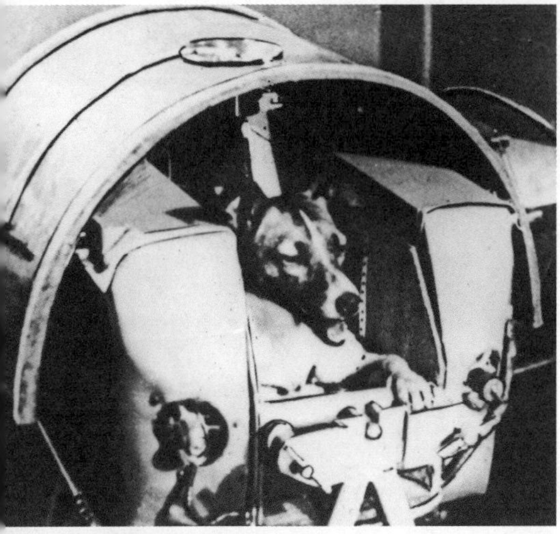

莱卡

许多人在地球上探索天空，另一些人飞到了天上在更近的地方观察天空。

来自地球的第一个太空旅行者根本就不是人类。它们是动物！1957年11月，苏联科学家把一只名为莱卡的小狗用斯普特尼克2号卫星送上了太空。莱卡的旅行证明了动物可以在太空旅行中生存。

1961年1月31日，美国用水星号飞船把黑猩猩汉姆送上了太空。动物飞行帮助科学家为把人送上太空的挑战做好准备！

在汉姆的飞行之后不久，1961年4月12日，苏联的尤里·加加林成为进入地球轨道的第一个人。他的飞行持续了108分钟。

尤里·加加林

艾伦·B.谢泼德成为美国首个被发射进入太空的**宇航员**。他于1961年5月5日进入太空。

约翰·格伦成为进入地球轨道的首个美国宇航员。1962年，他围绕地球飞行了3圈。

约翰·格伦

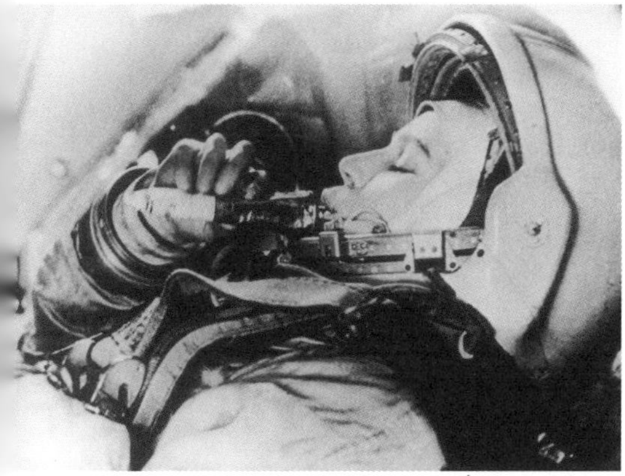

1963年，苏联**宇航员**瓦莲京娜·捷列什科娃成为进入太空的第一位女性。她绕地球飞行了45圈。

第一次**太空行走**是在1965年。那一年，来自苏联的阿列克谢·A.列昂诺夫成为在太空中走出**宇宙飞船**的第一个人。

瓦莲京娜·捷列什科娃

布鲁斯·麦克坎德莱斯

1984年，美国宇航员布鲁斯·麦克坎德莱斯把自己和一个喷气推进背包连接在一起。这让他可以在不用和他的飞船以脐带电缆连接的情况下在太空中运动。麦克坎德莱斯自己就是一艘微型太空船！他保持面朝航天飞机，从而让他不会看不到它。

1991年，海伦·沙曼成为第一位进入太空的英国宇航员。

1992年，梅·卡罗尔·杰米森成为首个进行太空旅行的非洲裔美国女性。

梅·卡罗尔·杰米森

1995年，瓦列里·波利亚科夫实现了在太空停留438天的纪录。1996年，美国宇航员香农·卢西德因为在太空停留188天而打破了两项纪录，那就是女性在太空停留最长时间和美国人在太空停留最长时间的纪录。

瓦列里·波利亚科夫在和平号空间站的窗户后面。

月球上的第一个人

历史上最伟大的冒险之一发生在1969年7月20日。一个人访问了地球在太空中最近的邻居。在经过了太空中将近386 000千米的旅行之后，美国宇航员尼尔·A. 阿姆斯特朗成为在月球上落脚并行走的第一个人。

在那之前的4天，阿波罗11号宇宙飞船发射升空。在飞船上的是飞行员迈克尔·柯林斯和两名宇航员小埃德温·E. 奥尔德林以及尼尔·阿姆斯特朗。

7月20日，阿波罗11号到达了月球，开始绕月飞行。

阿姆斯特朗和奥尔德林进入了这艘宇宙飞船名为鹰号的登月舱，然后把它和阿波罗11号分开。鹰号的发动机启动，让它慢慢地落向月球表面。

月球上没有空气，所以鹰号不能像飞机那样飞下来。它必须以每分钟3000多米的速度下落。发动机的反推作用让它的速度减小到足以轻轻地着陆。阿波罗11号以及仍然在上面的柯林斯继续绕月球飞行。

那天晚上，阿姆斯特朗通过无线电告诉地球：“鹰号已经着陆。”阿姆斯特朗首先走下了梯子。当他踏足于月球上的时候，他说：“这只是一个人的一小步，却是人类的一大步。”在收集了岩石和土壤样本之后，他们乘鹰号飞回了阿波罗11号。

在首次访问月球的时候，宇航员进行了实验。他们使用的一些仪器仍然留在月球上。

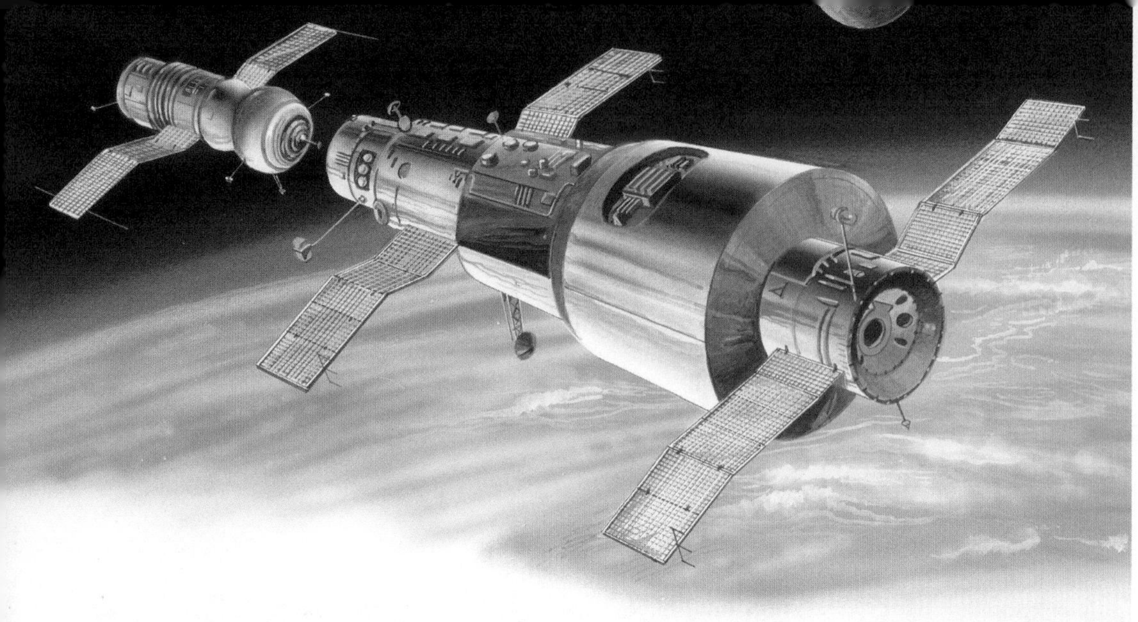

苏联的联盟号宇宙飞船（图的左边）准备和第一个空间实验室礼炮1号对接。

什么是空间实验室？

有些在太空中能做的事情在地球上却不能做。例如，由于引力的原因，某些材料不能在地球上混合，但是它们可以在太空中混合。这让在太空中制造新型金属、药物和其他有用的东西成为可能。

那么科学家如何测试这些材料？他们可以在称为空间站的实验室里进行测试。空间站是供科学家和技术人员在太空中长时间——几周或几个月——生活和工作的地方。空间站非常大。稍小的宇宙飞船用于在地球和空间站之间接送人员。其他宇宙飞船被用于为空间站提供食物、水、设备和信件。

空间站在距离地球表面几百千米的地方绕地球运动。它还可能被当作一个天文台、工厂和仓库。

1975年，美国的一艘阿波罗宇宙飞船和苏联的联盟号宇宙飞船对接。来自两个不同国家的乘员首次一起在太空中工作。从那以后，许多进行太空探索的国家经常进行合作。

1998年12月，美国的团结号节点舱和俄罗斯的曙光号货舱在太空中连接在一起，形成了国际空间站的一部分。

和平号空间站上的这些宇航员正在固定即将搬运到阿特兰蒂斯号航天飞机上的设备。

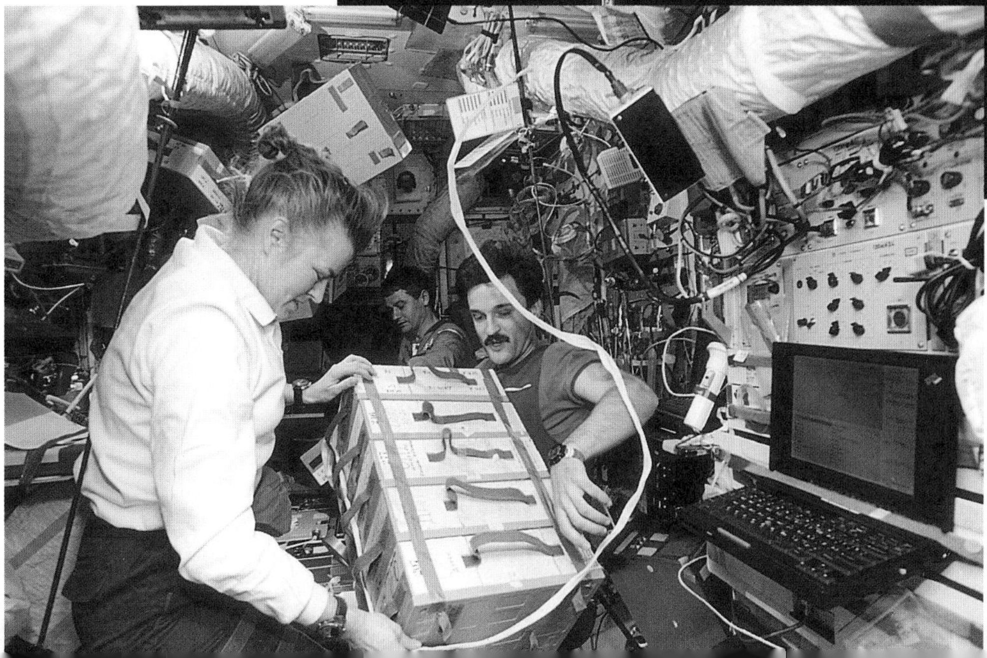

什么是航天飞机？

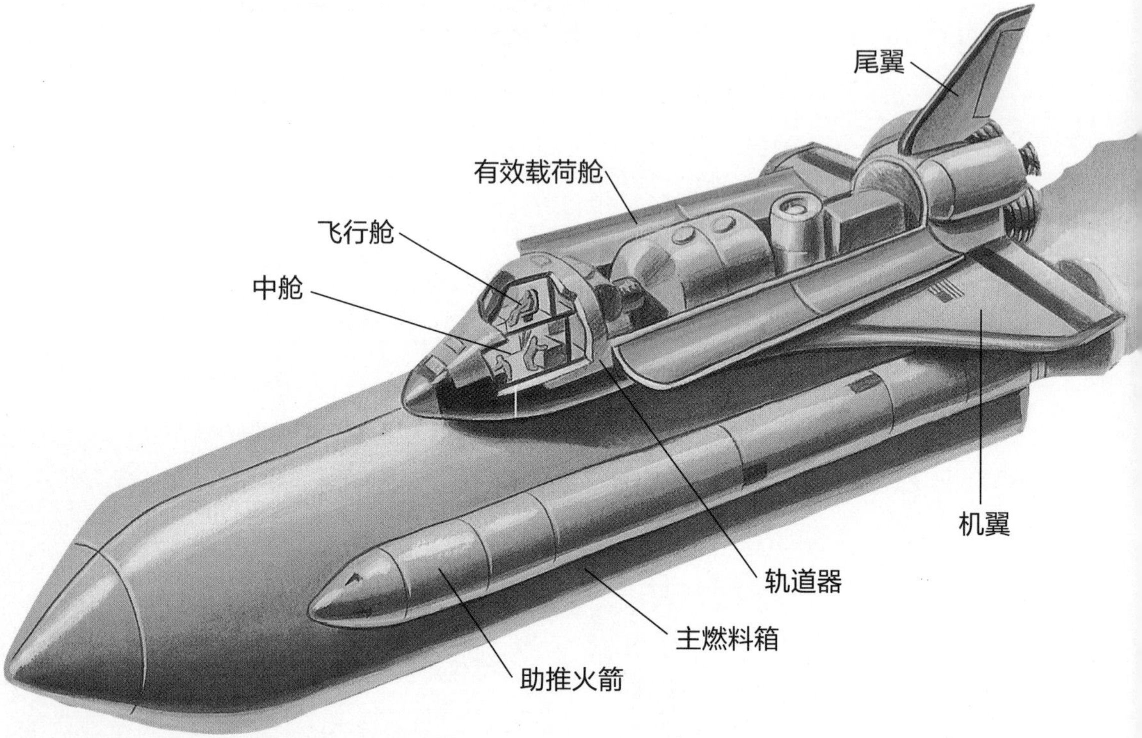

航天飞机是一个有机翼的火箭飞机。它能在普通的机场着陆，因此它能重复使用许多次。

航天飞机被用于发射卫星，它还能回收损坏的卫星并把它们送回地球。它还能用于把人或者物资送到空间站。

当发射的时候，航天飞机的前端指向天空。它被助推火箭发动机和强大的主发动机推动。所有五台发动机同时启动。几分钟后，用完的助推火箭脱落，用降落伞降落在海上。然后它们被回收，供再次使用。

就在进入轨道之前，航天飞机的主燃料箱脱落。较小的燃料箱提供所需的剩余能量。当航天飞机返回地球时，它滑翔下来，不需要使用燃料。

航天飞机的乘员在飞行舱进行大部分的工作。他们在中舱做饭和睡觉。航天飞机的货物放在有效载荷舱。

全知道

英语中的航天飞机（Space Shuttle）的shuttle一词的意思是在两地之间往返运动的东西，例如穿梭巴士。而航天飞机正是这样运作的。

你想在太空工作吗？

> 英语中的astronaut（宇航员）一词来自希腊语的词汇，意思是“群星之间的水手”。Cosmonaut（俄罗斯宇航员）的意思是“宇宙的水手”。

今天，宇航员来自全世界许多不同的国家，但是获得在太空中工作的资格并不容易。你必须拥有与宇宙飞行相关的大学学位，例如数学或科学学位。美国宇航员没有年龄限制，但是成为宇航员必须通过美国宇航局（NASA）进行的宇宙飞行**体检**。体检是确定一个人健康状况的一项或一系列测试。

美国宇航局培训作为宇航乘组成员的两种宇航员：飞行员和任务专家。每个受训者的身高都必须在1.63米到1.93米之间。如果你希望驾驶宇宙飞船，你需要驾驶过至少1000小时的专门型号的喷气式飞机。

任务专家必须已经从事过将在天上从事的这类工作至少3年。一些任务专家在太空中操作和修复机械和设备。其他一些任务专家从事实验测试任务，从而研究东西在太空中如何运作。还有一些任务专家研究恒星。

俄罗斯宇航员在英语中被称为cosmonaut。首批苏联宇航员是军队飞行员和飞行教官，他们大多数年龄在20多岁。

自从1963年瓦莲京娜·捷列什科娃的宇宙飞行以来，苏联宇航员的乘组包括了科学家和

宇航员在进行训练。

医生。第一位苏联宇航员只用了不到两年的时间训练。今天的俄罗斯宇航员用8到10年时间准备宇宙飞行。他们在莫斯科附近的Y. A. 加加林中心受训，这个中心也被称为“星城”。

美国宇航局的航天飞机训练飞机和一架T-38追逐机在美国新墨西哥州的白沙上空训练。

一个人如何接受航天训练？

在美国，飞行员和任务专家都在得克萨斯州的约翰逊航天中心接受一年的综合训练。俄罗斯宇航员在俄罗斯莫斯科附近的Y. A. 加加林中心接受训练。在约翰逊航天中心，训练分为几部分。一个部分是课堂学习。学员学习和宇宙飞行有关的专门课程。

另一部分是驾驶喷气式飞机的飞行训练。这让飞行员学员有机会练习飞行。接受任务专家训练的学员不驾驶喷气式飞机起飞和降落，但是当飞机在空中飞行的时候，他们也会用一些时间进行控制。

学员也在能急速俯冲的特殊的喷气式飞机上接受一段时间的训练。在大约30秒的时间里，宇航员将会感到他们完

这位宇航员穿着一种特殊服装在水下行走，这让她感到仿佛在太空中行走。

全失去了重量。这让他们为在太空中将感受到的情况做好准备，也就是失重。

生存训练也是培训的一部分。学员学习如何在森林和水中生存。如果紧急着陆在地球上，他们就需要这样做。

早期的苏联宇航员最开始要进行两个月非常艰苦的训练，包括高台跳水、滑雪、摔跤和跳伞。他们还要在机器中接受艰苦的训练，让他们体验极端的热、重力和旋转运动。

这个航天乘组正在黑海实践水上生存技能。如果他们的宇宙飞船在水上而不是在陆地上降落，他们就需要这些技能。

随着科学家对太空有了更多的了解，如今不再需要用如此困难的方式测试宇航员。俄罗斯宇航员把大多数时间用于学习宇宙飞船和在模拟宇宙飞船的机器里工作。

在任务训练期间，学员学习宇宙飞船的驾驶舱，并被要求执行特定的任务，仿佛他们就在太空中。能很好地完成所有这些训练的学员可能被认定成为宇航员。

全知道

当首批宇航员开始在宇宙飞行的时候，他们吃一口大小的方块、冻干粉末，以及装在管子里的浓稠液体这样的食物。大多数宇航员认为这些食物的味道不是很好。但是如今科学家更加了解如何为宇航员提供食物以及提供什么样的食物。下面是今天的宇航员能在太空中食用的小包装食品。

速煮食品：

牛排
西兰花
鸡蛋
青豆
奶酪通心粉
肉丸
鸡肉饭
西红柿
火鸡

点心：

糖果
巧克力布丁
饼干
苏打饼干
果酱
花生

试一试 1

无土栽培食物

空间站可能用不寻常的方式栽培食物。下面是一个你能在地球上开展的简单活动。不用土壤，却能让种子发芽。

你将需要：

- 一个空玻璃罐子
- 纱布
- 一根橡皮筋
- 紫苜蓿种子（来自园艺商店或者健康食品商店）
- 水

步骤：

1. 在罐子的底部撒一层种子。
2. 用水泡种子。在罐子的顶上绷紧两层纱布，然后用橡皮筋把它固定住。把种子泡一夜。
3. 通过纱布把水排干。拍击罐子，让种子落下或粘在边上。
4. 让罐子直立放置几个小时——不要让阳光直射。
5. 再通过纱布向罐子里浇水，然后立刻把水倒出来。每天这样做两次，拍击罐子让你的种子落下，仍然要让罐子远离阳光。

你的种子将在一两天里开始发芽。当它们长到大约2.5厘米的时候，这些幼苗就可以吃了。把它们拌在沙拉里，或者把它们放在三明治里。

发射升空

从准备、发射、太空行走，一直到着陆，宇宙飞行令人感到非常兴奋。这组照片展示了宇航员进行美国首次帮助建造国际空间站（ISS）的飞行。

团结号节点舱移入奋进号航天飞机的有效载荷舱。这个乘组的任务是带这个节点舱进入太空并把它与国际空间站已经入轨的另一个舱连接起来。

奋进号在移动发射平台和履带运输车上进行最后的准备工作。左边是发射台的旋转和固定服务建筑。

肯尼迪航天中心点火控制室的技术人员为准备发射和在这次任务中监控美国的宇宙飞船接收和提供信息。

奋进号航天飞机于1998年12月4日上午3：35：34在肯尼迪航天中心升空。

进入轨道后，乘组从航天飞机的有效载荷舱中取出了团结号，并把它装在了俄罗斯制造的曙光号控制舱上。乘组在太空中把国际空间站的最初两个部分组装了起来。团结号是国际空间站的生活区和工作区的连接通道。

乘组在奋进号上观察已经连接的曙光号和团结号舱段在从航天飞机的货舱释放出去之后，在云层之上飘走。

在经过了11天19小时18分的太空飞行任务之后，奋进号航天飞机于1998年12月15日在肯尼迪航天中心降落。

成功完成任务之后，兴高采烈的乘组聚集在奋进号航天飞机的前面。左起分别是任务专家Jerry L. Ross和Nancy J. Currie，飞行员Frederick “Rick” W. Sturckow，指令长Robert D. Cabana，任务专家James H. Newman以及俄罗斯宇航员Sergei Konstantinovich Krikalev。

通过哈勃太空望远镜观察到的这个闪闪发光的恒星宝箱位于银河系的中心。
哈勃太空望远镜

观察宇宙深处

伽利略空间探测器绕木星运转

有些天体如此遥远，在我们的天空中如此黯淡，以至于我们甚至用地球上最强大的望远镜也看不清它们。但是科学家找到了观察如此遥远的天体的两种方法：**空间探测器**和**太空望远镜**。

空间探测器是无人的宇宙飞船。一个探测器可能飞入太空深处，或者可能降落在一颗行星或卫星上。一些空间探测器把样本带回地球，其他一些空间探测器的旅行是单程的，它们发回照片和信息。

太空望远镜是在太空中的望远镜。美国宇航局在1990年用航天飞机发射了哈勃太空望远镜。哈勃太空望远镜在距离地球表面600千米的地方绕地球运动。它受来自美国宇航局的无线电命令控制。这架望远镜能够观察到的最暗天体是地面望远镜能观察到的天体亮度的1/50。它还能研究被地球大气层阻挡的紫外线。

词汇表

这里是你在本书中读到的一些词语。它们中许多对你来说也许是新词。今后你可能会再见到它们，因此有必要了解它们。在每个词语下面有一两句话告诉你它是什么意思。

B

白矮星

白矮星是很多物质被挤进了非常小的空间中的小型白色恒星。

半球

半球是地球的一半。赤道围绕地球并把它分成北半球和南半球。

北极

北极是地球的最北端，地轴的一端位于那里。

北极星

北极星是几乎在北极正上方的恒星。

C

超新星

超新星是爆炸的恒星，然后在几周时间里它会变亮数十亿倍。

赤道

赤道是围绕地球中间的假想的圆。它位于北极和南极的中间。

D

大气层

大气层是围绕地球或其他行星的所有空气和气体。

氮气

氮气是一种无色无味的气体，它组成了地球大气层的绝大部分。

E

二氧化碳

二氧化碳是地球大气层中无色无味的气体。

F

发射

发射某物意味着把它发送出去或让它运动。

辐射

辐射是指能量以波或微小的物质粒子的形式释放出来。

G

工程师

工程师设计和建造道路、建筑、桥梁或火箭等。

轨道

轨道是一颗行星或其他物体围绕另一个物体运动的路径。

H

航天飞机

航天飞机是看上去像飞机而且能重复使用的宇宙飞船。

黑洞

黑洞是坍塌的恒星或其他物体，它的引力如此之强，以至于没有什么东西能逃出它，包括光。

恒星

一颗恒星是外层空间的许多巨大气体球之中的一个。和反射光的行星或卫星不同，恒星自己发光。我们的太阳是一颗恒星。

彗星

彗星是太空中由冻结的冰、气体和尘埃组成的明亮天体。它看上去就像有尾巴的恒星。

火箭

火箭是能飞行的机器，它的发动机的末端开口喷出气体从而推动火箭前进。火箭被用于宇宙飞行。

K

空间探测器

空间探测器是携带了科学仪器用于观察太空并记录信息的宇宙飞船。

L

类星体

类星体是看上去像恒星但其实不是恒星的天体。

流星体

流星体是在太空中运动的岩石或金属块。当一颗流星体进入地球大气层的时候，它就燃烧起来，留下了发光的气体尾巴。我们把这种痕迹称为流星。

M

脉冲星

脉冲星是恒星。它发出无线电波，以脉冲的形式扫过地球。

N

南极

南极是地球的最南端，地轴的一端位于那里。

能量

能量是做功的能力。

P

碰撞

碰撞是指物体撞在一起。

Q

气体

气体是没有一定形状和没有一定体积，可以流动的物体。氧气和氮气是空气中我们呼吸的气体。

R

人造卫星

人类制造的一种绕地球或宇宙中其他天体运动的物体。

S

食

一次食就是来自太阳或月球的光被遮挡住。

T

太空

太空是一切事物所在的无限的区域。

太空望远镜

太空望远镜是放置在太空中的望远镜。

太空行走

太空行走是宇航员在宇宙飞船外进行的活动。

太阳黑子

太阳黑子是在太阳上出现的稍冷的黑点，太阳黑子常常成群出现。

太阳系

太阳系是由太阳、行星和所有其他

绕太阳运动的天体组成的。

体检

体检是确定一个人健康状况的一项或一系列测试。

天文学家

天文学家研究行星、恒星、卫星和其他天体。

椭圆

椭圆是看上去像被压扁了的圆的曲线形状。

椭圆星系

椭圆星系是曲线形状的星系。它们看上去就像压扁的球。

W

望远镜

望远镜是让遥远的物体看上去更近、更亮和更大的仪器。

卫星

卫星是绕一颗行星旋转的天然或人造物体。

无线电波

无线电波是能量的波。

X

仙女座星系

仙女座星系是我们不用望远镜就能看到的最遥远的天体。它比我们的银河系还大，拥有至少1500亿颗恒星。

小行星

小行星是许多小型的类似于行星的天体中的一员，它们围绕太阳运动。

新星

新星是爆炸的恒星。它突然变得比以前亮数千倍，然后再次变暗。

星系

星系是一群恒星、尘埃和气体，被引力束缚在一起。我们的星系被称为银河系，它包括我们的太阳系。

星座

一个星座是一组恒星，从地球上看似乎有特别的形状。

行星

行星是围绕太阳或其他恒星运动的大天体。

Y

氧气

氧气是一种无色无味的气体，它占地球大气层大约五分之一。

银河系

银河系是宇宙中无数星系（恒星组成的群）中的一个。太阳、地球和围绕太阳运动的其他行星都是银河系的一部分。

引力

引力是一种自然力，它能把物体拉到地球表面，或相互吸引。

宇航员

宇航员是宇宙飞船的乘组成员。

宇宙

宇宙是一切存在的事物的总和，包括恒星、行星和外层空间。

宇宙飞船

宇宙飞船是指用于在外层空间飞行的任何载具。

月食

当地球走进月球和太阳之间的时候就会发生一场月食。在月球上蔓延的影子是地球的影子。

Z

直径

一个圆的直径是过圆心且与圆周两端相交的线段。

周期

周期是一次又一次发生的一系列事件。

VW Polo & Derby Owners Workshop Manual

by J H Haynes
Member of the Guild of Motoring Writers
and K F Kinchin

Models covered

VW Polo Basic, N, L, LS, LX & GLS; Derby S, LS & GLS; and Audi 50 Basic LS & GL; with 895 cc, 1093 and 1272 cc engines

Covers Formel E version

Does not cover new series introduced February 1982

ISBN 0 85696 924 9

ABCDE
FGHI.

Printed in England *(335 – 8J5)*

Haynes THE BOOK ®

HAYNES PUBLISHING GROUP
SPARKFORD YEOVIL SOMERSET BA22 7JJ ENGLAND
distributed in the USA by
HAYNES PUBLICATIONS INC
861 LAWRENCE DRIVE
NEWBURY PARK
CALIFORNIA 91320
USA

Acknowledgements

Special thanks to the VW Organisation for their assistance with technical information and the supply of certain illustrations. The Champion Sparking Plug Company supplied the illustrations showing the various spark plug conditions. The bodywork repair photographs used in this manual were provided by Holt Lloyd Limited who supply 'Turtle Wax', 'Dupli-Color Holts', and other Holts range products.

We are indebted to Renwicks Garages Limited, St. Philips Bridge, Bristol, who supplied the VW Polo N used as the project car in our workshops. Mr. Elliot was particularly helpful.

About this manual

Its aims

The aim of this manual is to help you get the best value from your car. It can do so in several ways. It can help you decide what work must be done (even should you choose to get it done by a garage), provide information on routine maintenance and servicing, and give a logical course of action and diagnosis when random faults occur. However, it is hoped that you will use the manual by tackling the work yourself. On simpler jobs it may even be quicker than booking the car into a garage, and going there twice to leave and collect it. Perhaps most important, a lot of money can be saved by avoiding the costs the garage must charge to cover its labour and overheads.

The manual has drawings and descriptions to show the function of the various components so that their layout can be understood. Then the tasks are described and photographed in a step-by-step sequence so that even a novice can do the work.

Its arrangement

The manual is divided into thirteen Chapters, each covering a logical sub-division of the vehicle. The Chapters are each divided into Sections, numbered with single figures, eg 5; and the Sections into paragraphs (or sub-sections), with decimal numbers following on from the Section they are in, eg 5.1, 5.2, 5.3 etc.

It is freely illustrated, especially in those parts where there is a detailed sequence of operations to be carried out. There are two forms of illustration; figures and photographs. The figures are numbered in sequence with decimal numbers, according to their positon in the Chapter: eg Fig. 6.4 is the 4th drawing/illustration in Chapter 6. Photographs are numbered (either individually or in related groups) the same as the Section or sub-section of the text where the operation they show is described.

There is an alphabetical index at the back of the manual as well as a contents list at the front.

References to the 'left' or 'right' of the vehicle are in the sense of a person in the driver's seat facing forwards.

Unless otherwise stated, nuts and bolts are removed by turning anti-clockwise and tightened by turning clockwise.

Vehicle manufacturers continually make changes to specifications and recommendations, and these when notified are incorporated into our manuals at the earliest opportunity.

Whilst every care is taken to ensure that the information in this manual is correct no liability can be accepted by the authors or publishers for loss, damage or injury caused by any errors in, or omissions from, the information given.

Introduction to the VW Polo, Derby and Audi 50 models

Introduced to the UK in February 1976 the Polo which was based on the Audi 50 was available in two versions - the basic trim N saloon and the more luxuriously equipped L saloon, both cars sharing a common 895 cc overhead camshaft, transversely mounted engine.

The car followed current fashion by having a full-width tailgate which with the fold-down rear seat greatly increased its load carrying potential. A diagonally divided, dual circuit braking system is fitted, in conjunction with VW/Audi's anti-skid steering which allows the front wheels to continue in a straight line regardless of unequal forces acting upon each.

The Audi 50 had already proved the car well able to cope with extra power and in 1976 the 1093 cc version of the 895 cc engine was offered in the Polo LS as an option.

In January 1978 the Derby was introduced into the UK in LS form using the 1093 cc engine. Later the S was introduced using the same engine. Subsequently a 1272 cc version has become available, known as the GLS.

Various improvements have been made to the Polo/Derby range over the years; details of these will be found in Chapter 13 at the end of the manual. The models covered in this book were discontinued early in 1982, being replaced by a 'new look' range which is the subject of a separate manual.

Contents

The VW Polo N used as the project car for this manual

VW Derby GLS

Buying spare parts and vehicle identification numbers

Buying spare parts

Spare parts are available from many sources, for example: VW garages, other garages and accessory shops, and motor factors. Our advice regarding spare part sources is as follow:

Officially appointed VW garages - This is the best source of parts which are peculiar to your vehicle and are otherwise not generally available (eg; complete cylinder heads, internal gearbox components, badges, interior trim etc). It is also the only place at which you should buy parts if your car is still under warranty - non-VW components may invalidate the warranty. To be sure of obtaining the correct parts it will always be necessary to give the storeman your car's engine and chassis number and, if possible, to take the 'old' part along for positive identification. Remember that many parts are available on a factory exchange scheme - any parts returned should always be clean! It obviously makes good sense to go straight to the specialists on your car for this type of part for they are best equipped to supply you.

Other garages and accessory shops - These are often very good places to buy materials and components needed for the maintenance of your car (eg; oil filters, spark plugs, bulbs, fanbelts, oils and greases, touch-up paint, filler paste etc). They also sell general accessories, usually have convenient opening hours, may charge lower prices and can often be found not far from home.

Motor factors - Good factors will stock all of the more important components which wear out relatively quickly (eg; clutch components, pistons, valves, exhaust system, brake cylinders/pipes/hoses/seals/shoes and pads, etc). Motor factors will often provide new or reconditioned components on a part exchange basis - this can save a considerable amount of money.

Vehicle identification numbers

It is most important to quote the vehicle identification to the storeman when buying spares. There are three essential items:

a) The *vehicle identification plate* is on the front lock carrier near the bonnet catch (photo). 'Typ 86' is the VW code for the Polo. 'Fahrgest Nn' is the chassis number. 'Zul Gesamigew Kg 1100' is the maximum permissible weight of the car and contents in kg (2425 lbs). 'Zul Achslast vomn kg 550' the maximum permissible front axle load (1212 lbs) and 'Hinten kg 600' the maximum permissible rear axle load (1323 lbs).

b) The *chassis number* is also stamped on the body behind the air cleaner (photo).

c) The *engine number* (photo) is stamped on the end of the cylinder block under the distributor.

The transmission code is stamped on the flange of the gearbox below the clutch withdrawal arm and can be read only when the gearbox is taken out of the car. If you quote the engine code the storeman will know the transmission code. The three transmission codes are covered by the general designation 'Transmission 084'.

The chassis number and engine number should be identified and recorded by the owners, they are required when ordering spares, going through customs, and regrettably, by the police, if the vehicle is stolen.

When ordering spares remember that VW output is such that inevitably spares vary, are duplicated, and are held on a usage basis. If the storeman does not have the correct identification, he cannot produce the correct item. It is a good idea to take the old part if possible to compare it with a new one. The storeman has many customers to satisfy, so be accurate and patient. In some cases, more than one manufacturer may supply a part, eg, Bosch or Motorola alternators. The assemblies are interchangeable but the integral parts are not. This is only one of the pitfalls in the buying of spares, so be careful to make an ally of the storeman. When fitting accessories it is best to fit VW recommended ones. They are designed specifically for the vehicle.

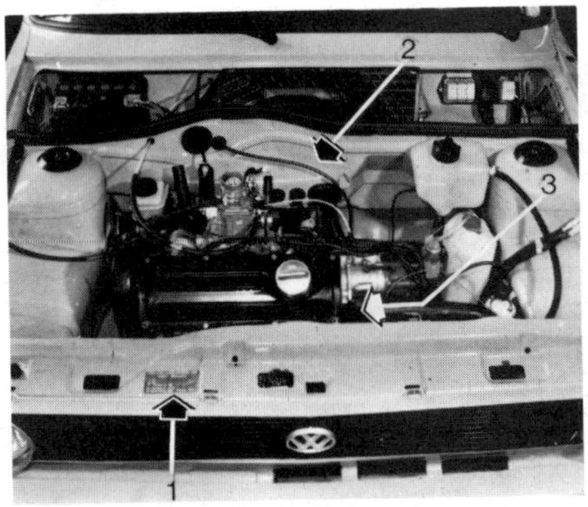

Location of data plate

Chassis number

Engine number

Identification plate

Tools and working facilities

Introduction

A selection of good tools is a fundamental requirement for anyone contemplating the maintenance and repair of a motor vehicle. For the owner who does not possess any, their purchase will prove a considerable expense, offsetting some of the savings made by doing-it-yourself. However, provided that the tools purchased are of good quality, they will last for many years and prove an extremely worthwhile investment.

To help the average owner to decide which tools are needed to carry out the various tasks detailed in this manual, we have compiled three lists of tools under the following headings: Maintenance and minor repair, Repair and overhaul, and Special. The newcomer to practical mechanics should start off with the 'Maintenance and minor repair' tool kit and confine himself to the simpler jobs around the vehicle. Then, as his confidence and experience grows, he can undertake more difficult tasks, buying extra tools as, and when, they are needed. In this way, a 'Maintenance and minor repair' tool kit can be built-up into a 'Repair and overhaul' tool kit over a considerable period of time without any major cash outlays. The experienced do-it-yourselfer will have a tool kit good enough for most repair and overhaul procedures and will add tools from the 'Special' category when he feels the expense is justified by the amount of use these tools will be put to.

It is obviously not possible to cover the subject of tools fully here. For those who wish to learn more about tools and their use there is a book entitled 'How to Choose and Use Car Tools' available from the publishers of this manual.

Maintenance and minor repair tool kit

The tools given in this list should be considered as a minimum requirement if routine maintenance, servicing and minor repair operations are to be undertaken. We recommend the purchase of combination spanners (ring one end, open-ended the other); although more expensive than open-ended ones, they do give the advantages of both types of spanner.

Combination spanners - 10, 11, 13, 14, 17 mm
Adjustable spanner - 9 inch
Engine sump/gearbox drain plug key
Spark plug spanner (with rubber insert)
Spark plug adjustment tool
Set of feeler gauges
Brake adjuster spanner (where applicable)
Brake bleed nipple spanner
Screwdriver - 4 in long x ¼ in dia. (plain)
Screwdriver - 4 in long x ¼ in dia. (crosshead)
Combination pliers - 6 inch
Hacksaw, junior
Tyre pump
Tyre pressure gauge
Grease gun (where applicable)
Oil can
Fine emery cloth (1 sheet)
Wire brush (small)
Funnel (medium size)

Repair and overhaul tool kit

These tools are virtually essential for anyone undertaking any major repairs to a motor vehicle, and are additional to those given in the Basic list. Included in this list is a comprehensive set of sockets. Although these are expensive they will be found invaluable as they are so versatile - particularly if various drives are included in the set. We recommend the ½ in square-drive type, as this can be used with most proprietary torque wrenches. If you cannot afford a socket set, even bought piecemeal, then inexpensive tubular box spanners are a useful alternative.

The tools in this list will occasionally need to be supplemented by tools from the Special list.

Sockets (or box spanners) to cover range 5 to 27 mm
Reversible ratchet drive (for use with sockets)
Extension piece, 10 inch (for use with sockets)
Universal joint (for use with sockets)
Torque wrench (for use with sockets)
'Mole' wrench - 8 inch
Ball pein hammer
Soft-faced mallet, plastic or rubber
Screwdriver - 6 in long x 5/16 in dia. (plain)
Screwdriver - 2 in long x 5/16 in square (plain)
Screwdriver - 1½ in long x ¼ in dia. (crosshead)
Screwdriver - 3 in long x 1/8 in dia. (electricians)
Pliers - electricians side cutters
Pliers - needle nosed
Pliers - circlip (internal and external)
Cold chisel - ½ inch
Scriber (this can be made by grinding the end of a broken hacksaw blade)
Scraper (this can be made by flattening and sharpening one end of a piece of copper pipe)
Centre punch
Pin punch
Hacksaw
Valve grinding tool
Steel rule/straight edge
Allen keys (6,7,8,10,11 and 12 mm)
Selection of files
Wire brush (large)
Axle stands
Jack (strong scissor or hydraulic type)

Special tools

The tools in this list are those which are not used regularly, are expensive to buy, or which need to be used in accordance with their manufacturers instructions. Unless relatively difficult mechanical jobs are undertaken frequently, it will not be economic to buy many of these tools. Where this is the case, you could consider clubbing together with friends (or a motorists club) to make a joint purchase, or borrowing the tools against a deposit from a local garage or tool hire specialist.

The following list contains only those tools and instruments freely available to the public, and not those special tools produced by the vehicle manufacturers specifically for its dealer network. You will find occasional references to these manufacturers special tools in the text of this manual. Generally, an alternative method of doing the job without the vehicle manufacturers special tool is given. However, sometimes, there is no alternative to using them. Where this is the case and the relevant tool cannot be bought or borrowed you will have to entrust the work to a franchised garage.

Valve spring compressor
Piston ring compressor
Ball joint separator
Universal hub/bearing puller
Impact screwdriver
Micrometer and/or vernier gauge
Carburettor flow balancing device (where applicable)
Dial gauge
Stroboscopic timing light

Dwell angle meter/tachometer
Universal electrical multi-meter
Cylinder compression gauge
Lifting tackle (photo)
Trolley jack
Light with extension lead

Buying tools

For practically all tools, a tool factor is the best source since he will have a very comprehensive range compared with the average garage or accessory shop. Having said that, accessory shops often offer excellent quality tools at discount prices, so it pays to shop around.

Remember, you don't have to buy the most expensive items on the shelf, but it is always advisable to steer clear of the very cheap tools. There are plenty of good tools around, at reasonable prices, so ask the proprietor or manager of the shop for advice before making a purchase.

Care and maintenance of tools

Having purchased a reasonable tool kit, it is necessary to keep the tools in a clean and serviceable condition. After use, always wipe off any dirt, grease and metal particles using a clean, dry cloth, before putting the tools away. Never leave them lying around after they have been used. A simple tool rack on the garage or workshop wall, for items such as screwdrivers and pliers is a good idea. Store all normal spanners and sockets in a metal box. Any measuring instruments, gauges, meters, etc., must be carefully stored where they cannot be damaged or become rusty.

Take a little care when the tools are used. Hammer heads inevitably become marked and screwdrivers lose the keen edge on their blades from time to time. A little timely attention with emery cloth or a file will soon restore items like this to a good serviceable finish.

Working facilities

Not to be forgotten when discussing tools, is the workshop itself. If anything more than routine maintenance is to be carried out, some form of suitable working area becomes essential.

It is appreciated that many an owner mechanic is forced by circumstance to remove an engine or similar item, without the benefit of a garage or workshop. Having done this, any repairs should always be done under the cover of a roof.

Wherever possible, any dismantling should be done on a clean flat workbench or table at a suitable working height.

Any workbench needs a vice: one with a jaw opening of 4 in (100 mm) is suitable for most jobs. As mentioned previously, some clean dry storage space is also required for tools, as well as the lubricants, cleaning fluids, touch-up paints and so on which soon become necessary.

Another item which may be required, and which has a much more general usage, is an electric drill with a chuck capacity of at least 5/16 in (8 mm). This, together with a good range of twist drills, is virtually essential for fitting accessories such as wing mirrors and reversing lights.

Last, but not least, always keep a supply of old newspapers and clean lint-free rags available, and try to keep any working area as clean as possible.

Spanner jaw gap comparison table

Jaw gap (in)	Spanner size
0.250	¼ in AF
0.275	7 mm
0.312	5/16 in AF
0.315	8 mm
0.340	11/32 in AF/1/8 in Whitworth
0.354	9 mm
0.375	3/8 in AF
0.393	10 mm
0.433	11 mm
0.437	7/16 in AF
0.445	3/16 in Whitworth/¼ in BSF
0.472	12 mm
0.500	½ in AF
0.512	13 mm
0.525	¼ in Whitworth/5/16 in BSF
0.551	14 mm
0.562	9/16 in AF
0.590	15 mm
0.600	5/16 in Whitworth/3/8 in BSF
0.625	5/8 in AF
0.629	16 mm
0.669	17 mm
0.687	11/16 in AF
0.708	18 mm
0.710	3/8 in Whitworth/7/16 in BSF
0.748	19 mm
0.750	¾ in AF
0.812	13/16 in AF
0.820	7/16 in Whitworth/½ in BSF
0.866	22 mm
0.875	7/8 in AF
0.920	½ in Whitworth/9/16 in BSF
0.937	15/16 in AF
0.944	24 mm
1.000	1 in AF
1.010	9/16 in Whitworth/5/8 in BSF
1.023	26 mm
1.062	1 1/16 in AF/27 mm
1.100	5/8 in Whitworth/11/16 in BSF
1.125	1 1/8 in AF
1.181	30 mm
1.200	11/16 in Whitworth/¾ in BSF
1.250	1 ¼ in AF
1.259	32 mm
1.300	¾ in Whitworth/7/8 in BSF
1.312	1 5/16 in AF
1.390	13/16 in Whitworth/15/16 in BSF
1.417	36 mm
1.437	1 7/16 in AF
1.480	7/8 in Whitworth/1 in BSF
1.500	1 ½ in AF
1.574	40 mm /15/16 in Whitworth
1.614	41 mm
1.625	1 5/8 in AF
1.670	1 in Whitworth/1 1/8 in BSF
1.687	1 11/16 in AF
1.811	46 mm
1.812	1 13/16 in AF
1.860	1 1/8 in Whitworth/1 ¼ in BSF
1.875	1 7/8 in AF
1.968	50 mm
2.000	2 in AF
2.050	1 ¼ in Whitworth/1 3/8 in BSF
2.165	55 mm
2.362	60 mm

A Haltrac hoist and gantry in use during a typical engine removal sequence

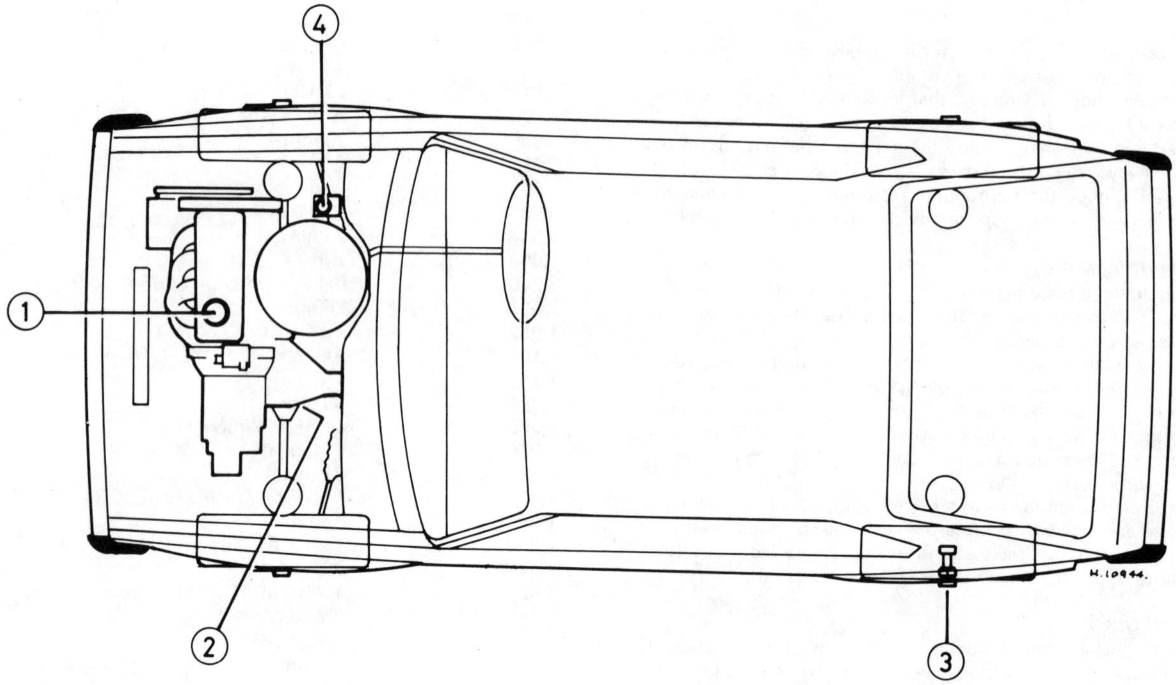

Recommended lubricants and fluids

Engine (1)	Castrol GTX
Gearbox (2)	Castrol Light Hypoy (80 EP)
Rear wheel bearings (3)	Castrol LM Grease
Brake fluid (4)	Castrol Girling Universal Brake and Clutch Fluid
Rack and pinion unit	Obtain special lubricant from VW/Audi agent
Parking brake compensator	Castrol LM Grease
Clutch cable	Castrol LM Grease
Hinges, locks, pivots, distributor etc	Castrol GTX

Note: *The above are general recommendations. Lubrication requirements vary from territory-to-territory and also depend on vehicle usage. Consult the operators handbook supplied with your car*

Routine maintenance

Maintenance is essential for ensuring safety and desirable for the purpose of getting the best in terms of performance and economy from your car. Over the years the need for periodic lubrication has been greatly reduced if not totally eliminated. This has unfortunately tended to lead some owners to think that because no such action is required the items either no longer exist, or will last forever. This is certainly not the case; it is essential to carry out regular visual examination as comprehensively as possible in order to spot any possible defects at an early stage before they develop into major expensive repairs.

The service intervals are those recommended by the manufacturer; experience and/or adverse operating conditions may suggest modifications.

Every 250 miles (400 km), weekly, or before a long journey

Engine

Check oil level and top up if necessary
Check coolant level and top up if necessary
Check battery electrolyte level and top up if necessary

Tyres

Check the tyre pressures, adjust if necessary
Visually examine the tyres for wear and damage

Lights and wipers

Check that all the lights work
Clean the headlamps
Check the windscreen/tailgate washer fluid levels and top up if necessary

Brakes

Check the fluid level in the brake master cylinder reservoir. If topping up is required, check for leaks

General

Inspect the engine compartment for oil or coolant leaks, loose nuts and bolts, fraying hoses or drivebelts, etc

---

Every 5000 miles (8000 km) or six months, whichever comes first

---

Engine

Drain engine oil when hot, refill with fresh oil

Brakes

Inspect front brake pads for wear, renew if necessary

General

Lubricate bonnet lock, door hinges and check straps
Inspect bodywork and underside of car for rust or other damage, make good as necessary

---

Every 10 000 miles (16 000 km) or twelve months, whichever comes first

---

In addition to, or instead of, the work specified above

Engine

Renew oil filter when changing oil
Check valve clearances and adjust if necessary
Renew spark plugs and contact breaker points

The oil drain plug on the sump

The oil filter

Filling the engine with oil

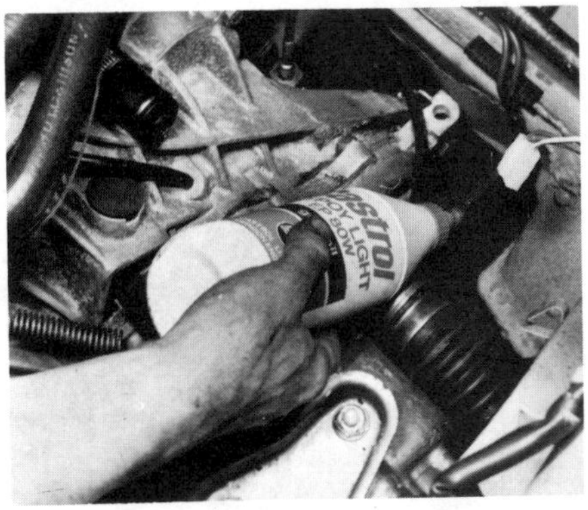

Topping-up the gearbox

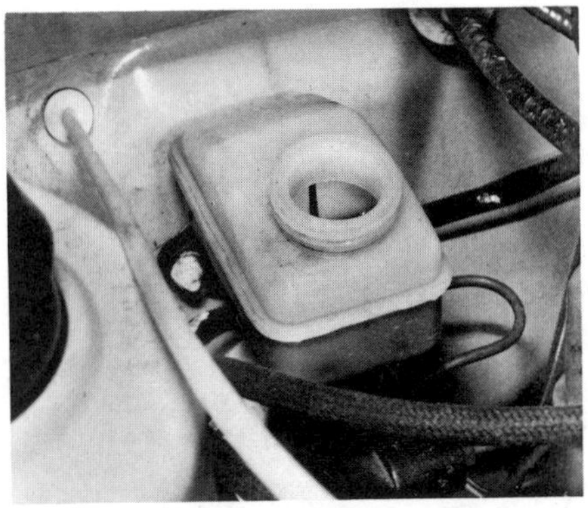

Top-up the brake fluid reservoir

Adjust dwell angle and check/adjust ignition timing
Adjust idle speed and mixture if necessary
Check condition and tension of alternator drivebelt, renew or adjust as necessary
Check antifreeze concentration, replenish if necessary

Transmission

Check clutch pedal free play, adjust if necessary
Check gearbox oil level, top up if necessary
Check driveshaft CV joint boots for splits or other damage, renew as necessary

Steering

Check tie-rod ends for excessive free movement, security and condition of rubber boots
Check steering rack bellows for leaks or damage

Brakes

Inspect rear brake linings for wear, renew if necessary
Adjust rear brakes (early models)
Adjust handbrake linkage if necessary
Check condition of brake pipes and hoses

General

Check exhaust system for security and freedom from leaks
Check headlight beam alignment and adjust if necessary
Clean or renew drain valves in water drain holes

Every 20 000 miles (32 000 km) or two years, whichever comes first

In addition to, or instead of, the work specified above

Fuel system

Renew air filter element and clean out casing
Renew fuel filter

Every two years, regardless of mileage

Braking system

Renew brake fluid
Check operation of brake warning system

Cooling system

Renew antifreeze mixture

Jacking and towing

Jacking and towing

Prior to undertaking any servicing or repair operations requiring the vehicle to be raised, make sure that you locate the jack in the correct position and that the jacking point is not badly rusted. The jack must also of course be standing on firm level ground. Only use the specified jacking points, not only for your own safety but to prevent damaging the vehicle also. The jack supplied with the car is designed basically to enable you to change a wheel in the event of a puncture, and should not be used to raise the vehicle to undertake major service or repair operations. The wheel may stick to the hub and will need to be tapped from behind to remove it. A trolley jack is more suited and should be supplemented with axle/chassis stands wherever possible. To avoid damaging the underside of the vehicle position a piece of flat wood between the jack and jack point.

If the vehicle is to be towed a suitable towing eye on the left-hand side at the front (under the bumper) is provided. Do not tow from any other point. A towing eye is also provided at the rear on the right-hand side, but don't attempt anything too big.

Jacking point front

Jacking point rear

Tow point front

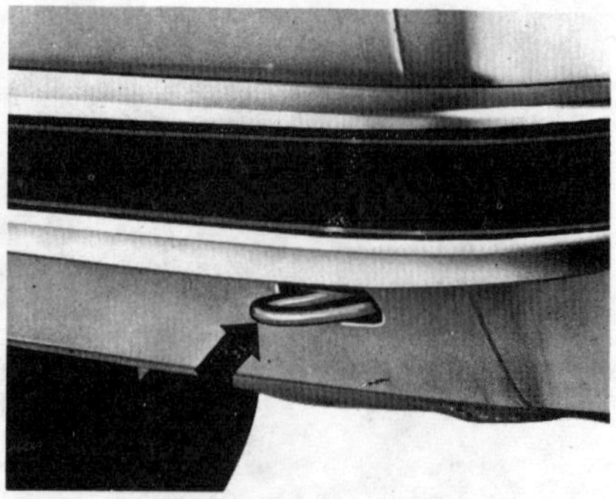

Tow point rear

Chapter 1 Engine

For modifications, and information applicable to later models, see Supplement at end of manual

Contents

Specifications

Engine type

Four cylinder in line, water cooled with overhead valves and a five bearing crankshaft. Camshaft driven by a belt. Distributor and fuel pump driven by the camshaft, oil pump driven by the camshaft direct. Coolant pump driven by the timing belt.

Engine codes

HA ...	895 cc engine fitted to Polo.40 BHP (DIN).
HB ...	1093 cc engine fitted to Polo L, Derby S, LS and Audi 50 LS.50 BHP (DIN).
HC ...	1093 cc engine fitted to Audi 50 GL, Derby S, LS and possibly to later Polo L models.
HH ...	1272 cc engine fitted to Derby GLS models from March 1977. giving 60 BHP @ 5600 rpm.

Engine data (general)

Code	HA	HB	HC	HH
Capacity (cc) ...	895	1093	1093	1272
Stroke:				
mm ...	59	72	72	72
inches ...	2.323	2.834	2.834	2.834
Bore:				
mm ...	69.5	69.5	69.5	75
inches ...	2.736	2.736	2.736	2.952
Compression ratio ...	8.0 : 1	8.0 : 1	9.1 : 1	8.2 : 1
Output:				
KW ...	29	37	44	44
BHP (DIN) ...	40	50	60	60
at (rpm) ...	5,900	5,800	6,000	5,600
Torque:				
m kg ...	6.2	7.7	8.5	9.5
lb f ft ...	44.8	55.7	61.5	68.7
at (rpm) ...	3,500	3,500	3,500	3,400
Octane specifications (RON) ...	91	91	98	91
Firing order (No. 1 nearest timing belt) ...	1 - 3 - 4 - 2	1 - 3 - 4 - 2	1 - 3 - 4 - 2	1 - 3 - 4 - 2
Ignition timing at idle speed (vacuum hose off) ...	10° BTDC	10° BTDC	10° BTDC	5° BTDC
Compression pressures:				
Standard:				
Bar/kg/sq cm ...	8 - 10	8 - 10	8 - 10	8 - 10
Lb/sq in ...	113.8 - 142.2	113.8 - 142	113.8 - 142	113.8 - 142
Minimum:				
Bar/kg/sq cm ...	6	6	6	6
Lb/sq in ...	85.3	85.3	85.3	85.3
Camshaft timing at 1 mm valve stroke and zero tappet clearance:				
Inlet valve opens ...	1° BTDC	2° BTDC	2° BTDC	7° BTDC
Inlet valve closes ...	26° ABDC	38° ABDC	38° ABDC	42° ABDC
Exhaust opens ...	36° BBDC	41° BBDC	41° BBDC	51° BBDC
Exhaust closes ...	9° ATDC	3° BTDC	3° BTDC	4° BTDC

Valve clearances

	Acceptable limits	Adjust to
Engine warm:		
Inlet	0.15 to 0.20 mm (0.006 to 0.008 in)	0.15 mm (0.006 in)
Exhaust	0.25 to 0.30 mm (0.010 to 0.012 in)	0.25 mm (0.010 in)
Engine cold:		
Inlet	0.10 to 0.15 mm (0.004 to 0.006 in)	0.10 mm (0.004 in)
Exhaust:	0.20 to 0.25 mm (0.008 to 0.010 in)	0.20 mm (0.008 in)
Valve sequence, from drive sprocket end	I - E - I - E - I - E - I - E	

Lubrication (HA/HB/HC engines)

Capacity:	Litres	Imp pints
Initial fill	3.25	5.7
Oil change, without filter change	2.5	4.4
Oil change, with filter change	3.0	5.3
Oil pressures (SAE 20W oil at 80°C [176°F]):		
Pressure at 2000 rpm	4 to 8 (bar)	57 to 114 lbs/sq in
Wear limit	Pressure should not be below 28 lbs/sq in at 80°C when the engine speed is 2000 rpm.	
Oil pressure switch:		
Early type	The warning light comes on at 0.3 to 0.6 kg/sq cm (4.3 to 8.5 lbs/sq in). This oil pressure switch is pt no. 028919 081C.	
Later type	Fitted with switch pt no. 021919 081C which operates at 0.15 to 0.45 kg/sq cm (2.2 to 6.4 lbs/sq in).	

Lubrication (HH engines)

Capacity:	Litres	Imp pints
Oil change without filter	2.5	4.4
Oil change with filter	3.0	5.3
Oil pressure (SAE 20W oil at 80°C [176°F]):		
Pressure at 2000 rpm	4 to 8 (bar)	

Pistons

HA engine	Long type flat top.
HB engine	Short type dished crown.
HC engine	Short type flat top.
HH engine	Short type flat top

Limits and fits

Detail (all models except where otherwise stated)

	When fitted new mm	inches	Wear limit mm	inches
Cylinder block/pistons*:				
Cylinder/piston clearance	0.03	0.0012	0.06	0.0025
Piston ring height clearance (same for all rings)	0.02 to 0.05	0.0008 to 0.002	0.15	0.006
Piston ring gap:				
Compression rings	0.3 to 0.45	0.012 to 0.018	1	0.04
Scraper ring	0.25 to 0.40	0.010 to 0.015	1	0.04
Cylinder bore, max ovality	0.08	0.0032	0.08	0.0032
Piston pin diameter	19.99 to to 20.001	0.7870 to 0.7878		
Small end bush diameter	20.12 to 20.18	0.7921 to 0.7945		
Small end bush/piston pin clearance			0.01 to 0.02	0.0004 to 0.0008

**For honing dimensions and oversize pistons, read Section 11.*

Crankshaft group**				
Main bearings, journal diameter	53.95 to 53.97	2.124 to 2.131		
Crankshaft/main bearing:				
Radial play	0.036 to 0.095	0.0014 to 0.0037	0.105	0.0041
Axial play measured at no. 3 bearing	0.07 to 0.18	0.0028 to 0.007	0.20	0.008
Crankshaft/connecting rod journals:				
Journal diameter	41.95 to 41.97	1.6516 to 1.6523		
Journal/big end bearings:				
Radial clearance	0.02 to 0.076	0.0008 to 0.003	0.095	0.0037
Axial play	0.05 to 0.31	0.002 to 0.012	0.4	0.016
Crankshaft max eccentricity			0.06	0.0024

***For measurement of the crankshaft and required limits, see Section 10.*

	When fitted new mm	inches	Wear limit mm	inches
Cylinder head and valves:				
Max distortion of head ...			0.1	0.004
Valve seat width:				
Inlet ...	2.0	0.079		
Exhaust ...	2.4	0.095		
Valve seat angle both valves ...	45°			
Valve guides bore diameter (both valves) ...	8.013 to 8.035	0.315 to 0.316		
Valve stem diameter:				
Inlet ...	7.97	0.3134		
Exhaust ...	7.95	0.3129		
Maximum radial play valve stem/guide:				
Inlet ...	0.35	0.0138	0.7	0.0276
Exhaust ...	0.45	0.0177	0.9	0.0354

Torque wrench settings	lbf ft	kgf m
Ball sockets stud for rocker arms ...	50	7
Camshaft sprocket ...	58	8
Carburettor to manifold ...	14.5	1
Clutch to flywheel ...	18	2.5
Connecting rod caps. Tighten to specified torque and then for 90° further ...	22	3
Crankshaft bearing caps ...	47	6.5
Crankshaft pulley to shaft ...	58	8
Cylinder head (hot) - 10 mm bolts* ...	54	7.5
Cylinder head (cold) - 10 mm bolts* ...	47	6.5
Cylinder head (hot) - 11 mm bolts* ...	61	8.5
Cylinder head (cold) - 11 mm bolts* ...	54	7.5
Cylinder head cover ...	6	1
Driveshafts to flanges ...	29	4
Engine to transmission ...	40	5.5
Engine mount, right, to engine ...	29	4
Engine support, rear to transmission ...	30	4.2
Engine support, rear to frame ...	22	3
Engine support, right to frame ...	29	4
Engine transmission support, left to frame ...	40	5.5
Exhaust manifold to head ...	18	2.5
Flywheel bolts to crankshaft (use loctite) ...	54	7.5
Inlet manifold to head ...	18	2.5
Intermediate plate to engine ...	7	1
Oil drain plug ...	22	3
Oil filter ...	15	2
Oil pump to engine ...	6	0.8
Oil pressure relief valve ...	18	2.5
Oil pressure switch ...	7	1
Spark plugs ...	22	3
Sump pan to block:		
a) old pattern socket bolts ...	6	0.83
b) new pattern hexagon bolts ...	15	2
Temperature sender unit ...	5	0.7
Timing belt guard ...	7	1
Water pump to block ...	7	1
Distributor flange ...	14.5	2

** Later models see Chapter 13.*

1 General description

Since the introduction of the Polo there have been eight versions of engine fitted into it. Of the eight we deal with four types in this manual, being the HA, HB, HC and HH engines. The HD, HE, HF, HG and HJ engine types are fitted to Polo models supplied to other areas of Europe and Scandinavia and incorporate features to comply with the regulations of the country concerned. They are however similar in design and construction to the models covered in this manual. The Derby models use the 1.1 (HB or HC) or 1.3 (HH) engine.

The 1093 cc engine originally fitted to the Audi 50 is the HB (50 HP) variety with a dished type piston giving a compression ratio of 8 to 8.6. This was fitted to the LS version and a more powerful engine with a flat top piston giving 60 BHP and a compression ratio of 9.1 to 9.7, followed under code HC for the Audi 50 GL.

These engines are very similar to the Golf but differ in valve and ignition timing and crankshaft/connecting rod journal size. The stroke and bore are identical.

A fourth version, code HA, fitted to the Polo has a capacity of 895 cc with a power output of 40 HP. The engine employs most of the HB and HC parts, the reduction in capacity being accomplished by reducing the size of the crankshaft throw to give a stroke of 59 mm as opposed to the 72 mm of the HB and HC. A modified piston is fitted and completely different valve timing is used, as shown in the Specificiations. The bore remains the same as does the block and the cylinder head arrangements.

The distributor on all models is driven by the camshaft direct, and is fixed to the back of the cylinder head. The fuel pump is also driven by the camshaft and is bolted to the right-hand side of the cylinder head. A Solex 31 or 34 PICT carburettor is fitted with varying jet sizes.

The valves are operated by rocker fingers actuated by the camshaft in the crossflow cylinder head, clearance adjustment, which is a simple operation, being done by screw type tappet follower. Two types of inlet manifold are used, one for the 1093 cc and 1272 cc models and a modified type on the 895 cc engine.

A pressurized cooling system is activated by a vane type pump driven by the timing belt. The pump is eccentrically mounted and provides the method of tensioning the timing belt. It is mounted on the right-hand side of the engine.

The engine and transmission are mounted transversely at the

front of the car and supported by three bearers. Observing, as from the driving seat, the right-hand bearer is held to the frame by one bolt and to the engine front by a substantial casting. The other end is supported by a cranked bracket bolted to the top of the gearbox by three studs and bolts and mounted on the front of the bodyframe. A third support is bolted to the engine/transmission flange and held in a bracket fastened to the frame by a bolt in a bracket with a flexible mounting.

The power unit may be removed upwards with about one and a half hours work, and refitted in a similar time.

If uncertain which engine your car is fitted with, look at the rear of the cylinder block beneath the distributor to see the engine number. The carburettor can be another identifying feature. The HA has a manual choke, whilst the HB and HC models have an electric automatic choke. On the Derby model however, both the 1.1 and 1.3 engine versions are equipped with a manual choke carburettor, therefore refer to the engine number.

We found the engine easy to remove from the frame, simple to dismantle and reassemble, and arranged so that jobs can be done without special tools. We recommend that you work in metric units, the car was built to them, and although we have translated them into Imperial units you will find it difficult to measure tolerances with Imperial type feeler gauges. You will also need metric spanners.

2 Engine overhaul - repairs possible with the engine in the car

1 Before you commence dismantling the engine disconnect the battery earth strap. Accidental short circuits can damage the alternator diodes, and that will be expensive.

2 The question as to whether to remove the bonnet (hood) is a personal one. It takes five minutes. Mark the hinge straps for easy replacement and remove four bolts. An extra person to hold it is needed, and then you can see what you are doing. It is possible to work with it in position but it does tend to get in the way, and the number of times you bump your head on it can spoil the day for you.

3 If you are going to get underneath the car then it must be supported firmly. It is not enough to lift it on a jack and leave it there. One safe method is to raise the front wheels on firm blocks, but remember that if the axle driveshafts are to be undone for any reason the front wheels must be turnable so that you can get at all the flange bolts. The ideal is to work over a pit; if that is not possible then support the body on axle stands.

4 The removal of the ancillaries, distributor, water pump, fuel pump, alternator and thermostat may be done without disturbing other parts.

5 The cylinder head can be removed for decarbonizing but care must be taken not to bend the timing belt too much or it will crack.

6 The clutch and rear oil seal may be serviced only after the gearbox has been removed (Chapter 6). It is necessary to remove the engine to service the front crankshaft oil seal.

7 The sump may be removed from underneath using a long extension. The oil pump may not be removed until the crankshaft pulley and front seal are taken off.

8 If the head and sump are removed it is possible to remove the connecting rod bearing caps and withdraw the pistons and connecting rods upwards.

3 Engine and gearbox - removal (general)

1 If extensive repairs are contemplated it is better to remove the engine and gearbox from the car and do the job properly. Allow an hour and a half to get it out if it is the first time you have done it. About the same time is required to install it and reconnect the various pieces. Two people will be needed for some of the time.

2 A hoist, capacity 3 cwt (150 kg), will be needed and the engine must be lifted approximately three feet (1 metre). If the hoist is not portable then sufficient room must be left behind the car to push the car back out of the way so that the power unit may be lowered. Blocks will be needed to support the engine after removal.

3 Ideally the car should be over a pit. If this is not possible then the body must be supported on axle stands so that the front wheels may be turned to undo the driveshaft nuts. The left one is accessible from above but the right-hand shaft must be undone from underneath. There are other jobs best done from below. Removal of the shift linkage can only be done from underneath, as can the removal of the exhaust pipe bracket. When all the jobs are done under the car, lower the car back to its wheels.

4 Draining of oil and coolant is best done away from the working area if possible. This saves the mess made by spilled oil in the place where you must work. For draining and refilling the transmission there is a level/filler plug in the casing adjacent to the left-hand driveshaft, while the drain plug is immediately beneath the driveshaft. Both plugs have a recessed hexagonal head and requires a 17 mm Allen key type wrench. When filling the oil should be brought up to the level of the filler plug orifice.

5 No special tools are required. A good set of metric Allen keys is essential. Spanners, ring and open-ended, plus a set of socket spanners, all metric, for sizes 5, 6, 7, 8, 9, 10, 11 and 12 mm plus a plug spanner and a 14 mm ring for the oil drain plug. Screwdrivers, knife edge and crosshead, pliers and a mole wrench, plus a set of feeler gauges (preferably metric), and a straight-edge.

6 Once the engine is out of the vehicle take it from the working area and clean it thoroughly externally. Then take the opportunity to clean and, if necessary, repaint the engine compartment.

7 A good strong bench and a vice, plus room to lay out the parts in order as they are dismantled will help a lot.

8 Containers for nuts and bolts, and containers for oil and coolant, grease, jointing compound, and valve grinding paste plus a valve grinding suction lifter, should be obtained before starting the overhaul.

9 A complete set of gaskets and seals for the engine is needed.

10 It is possible to hire a hoist in most places. It all sounds expensive, but then so is having an engine overhaul done at a garage.

11 Take your time. Have a notebook and pencil to note down the tricky bits, some means of fastening tags to wires, some plastic bags to keep things in, and some method of cleaning your hands without being hounded out of the kitchen. We use a proprietary hand cleanser and clean rag.

12 There are many more aids, forceps (which you can buy at most fishing tackle shops), a small magnet, and some lengths of stiff wire, for picking up things which have fallen into awkward places, and finally a good torch to see in the dark places.

4 Engine and gearbox - removal and refitting

1 If you have decided that it is necessary to remove the engine read right through this Section and make yourself an operation planning sheet dividing the work into stints

2 Disconnect the battery earth strap and the positive lead. It may be a good idea to put the battery on charge while the overhaul is being done, you may have difficulty in starting the car later and a fully charged battery will help. Remove the bonnet (photo). This is not essential but if it is out of the way it cannot get knocked and anyway the stay is a nuisance when lifting.

3 Remove the air cleaner (photo) (Chapter 3, Section 2) and service it.

4 On early models the radiator does not have an overflow tank. On later models the coolant system does include a tank (Chapter 2). Whichever is the case disconnect the bottom hose and drain the cooling system. Catch the coolant in a container, it is expensive and, if uncontaminated, may be used again. About 7 Imp. pints (4 litres) will come out so use a 2 gallon (10 litre) container to catch it. Store it in a suitable bottle or can. There should be a plug under the exhaust manifold on the side of the cylinder block. It was not fitted to the 895 cc or 1093 cc engines overhauled by us, and we found that a further two pints came out of the block when we removed the water pump, so be prepared or you will get wet, like we did. If there is a plug remove it and catch the extra coolant for storage.

5 It is essential to remove the cap from the overflow tank or radiator and to set the heater control valve to 'open', if the system is to drain completely. Now disconnect the top coolant hose from the cylinder block. Remove the wires from the thermoswitch on the side of the radiator and label them. Pull the supply plug off the fan motor and label it. Undo the clip on the small hose from the top of the radiator to the overflow tank and pull off the hose from the radiator. Tie it back out of the way. Remove the two radiator securing bolts, lift the radiator and wriggle the clip out of the clamp on the radiator (photo) and lift the radiator out of the frame. Remove the heater hoses and the overflow tank hose from the water pump inlet pipe and the cylinder block.

6 Undo the clamp bolts which fasten the exhaust pipe to the manifold (photo), remove the nut and bolt holding the exhaust pipe to the support underneath the starter motor and ease the pipe away from the manifold.

7 Remove the plastic cover from the coil/distributor (photo) and pull the wires connecting the coil and distributor away from their terminals. Label them for easy reconnection. There are two terminals on the starter. Remove the nut from the large one and take off the main battery lead. Leave the wires on terminal '50' but disconnect the plastic joint in this wire just above the inlet manifold. Label the wires.

On models equipped with Servo brakes the distributor cap and rotor arm must also be removed to avoid damaging the cap when lifting clear.

4.3 Remove the air cleaner. If it is stiff give a tug upwards on the inlet spout

4.5a The securing clip on the top of the radiator

4.5b Lift the radiator away

4.6 The clamp between the exhaust and the manifold is shown by arrow 'A'

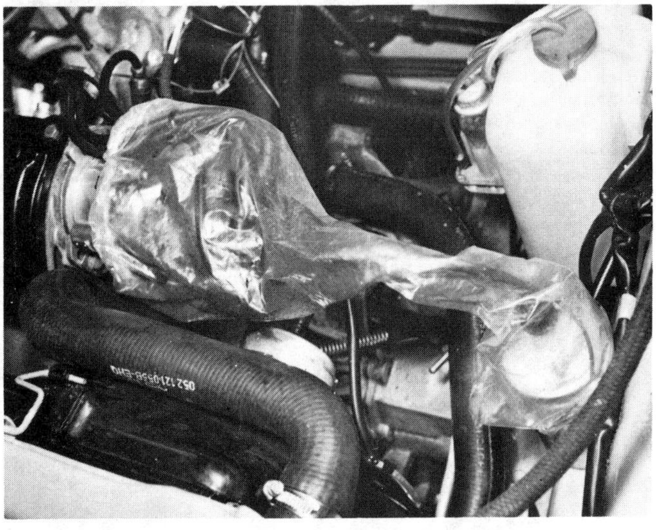

4.7 Remove the plastic cover from the coil and distributor

4.8a The oil switch unit on top of the cylinder head

4.8b The temperature sender unit on the thermostat housing

4.8c The TDC sensor plug on the HB and HC engines

4.8d The engine earth strap (arrow A)

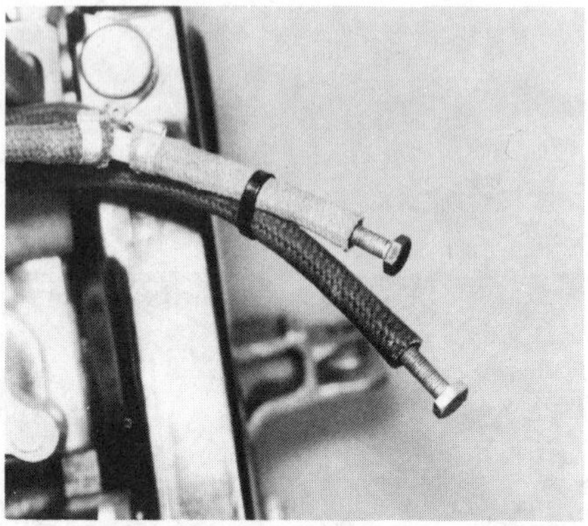

4.11 Plug the fuel hoses with suitable bolts

4.13 Pull the gearchange lever joint off the shaft from the gearbox. Do not undo the clamp or the gearchange will have to be reset

4.15 The rear support. Remove screws 'A'. Do not try to undo 'B', it will turn as the head is not captive

4.16 The left-hand support for the power unit

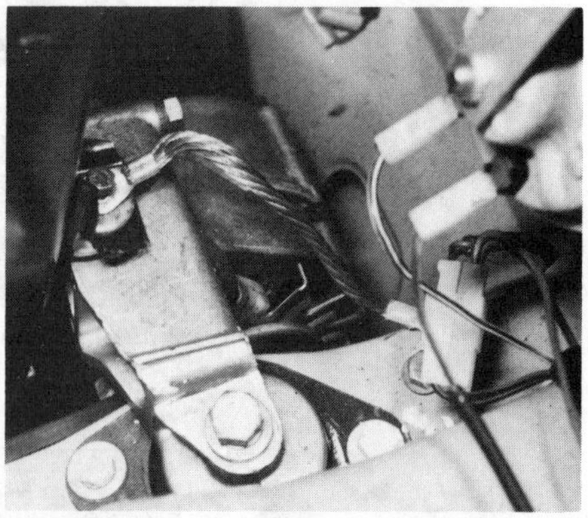

4.17 The right-hand support for the power unit. (The earth strap is still in position, remove it)

4.20 The power unit coming out of the top of the engine compartment

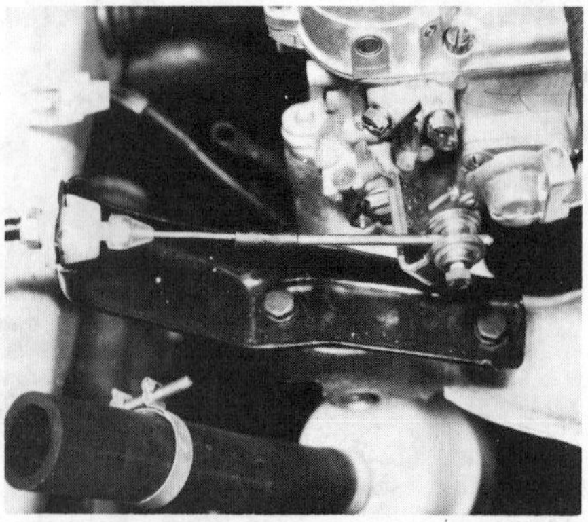

4.33 The accelerator cable bracket which gets in the way, when lowering the engine into the frame, refitted with cable installed

5.1 Removing the gearbox. Note overhang and engine still supported by the hoist

8 Pull the leads off the oil pressure switch (photo) and the temperature sender unit (photo) and label them. The 1093 cc engine has a TDC sensor unit on top of the flywheel housing (photo), remove the lead from this and label it. Our 895 cc engine had a rubber plug in the TDC sensor hole. Remove the ground (earth) strap from the right-hand engine bearer (photo).
9 On the 1093 cc engine (except Derby) there are leads to the automatic choke, magnetic cut off valve, and an earth lead. On the 895 cc engine only the magnetic cut off valve has a lead. Remove these and tag them. For details see Chapter 3. On manual choke models, disconnect the choke cable and fold back out of the way.
10 Underneath the gearbox is the reversing light switch (see Chapter 11). Remove the leads from this switch and label them.
11 Disconnect the hoses from the carburettor and fuel pump and plug them (photo). We used bolts for this purpose. Disconnect the accelerator cable (Chapter 3).
12 Remove the clutch cable from the withdrawal lever and tie it out of the way.
13 Remove the bolts from the driveshaft joints (Chapter 11), and tie the joints, suitably covered in polythene bags out of the way. Undo the speedo drive from the gearbox and tie it out of the way. Disconnect the gearchange linkage under the gearbox (photos). Undo only the bolt holding the coupling to the gearbox shift rod, not the clamping clip.
14 Fit the sling to the engine lifting lugs and take the weight.
15 Working underneath undo the two bolts holding the rear power unit support bracket to the transmission, undo the two bolts holding the bracket to the frame and then remove the bracket from the frame (photo). The engine may lean backwards when you do this so be prepared to support it with a jack under the transmission casing approximately where the bracket is bolted to the transmission casing.
16 Undo the three nuts from the left-hand power unit support, and undo the bolt which holds it to the frame (photo).
17 Remove the bolt holding the right-hand support bracket to the frame (photo), and also the earth strap bolt.
18 Look around to see that no other pipes or wires are holding the power unit to the body and if all is well start to lift the power unit out of the engine compartment. Two people are needed for this job, one to operate the hoist and one to guide the engine clear of obstructions (photo). Be careful to avoid the coil and the wiring alongside it.
19 Once the engine is clear of the body either move the car or the hoist and lower the engine unit on to wooden blocks. The unit is now ready for dismantling. Turn to Section 5.
20 Refitting is the reverse of removal but there are a number of points to observe. Sling the unit so that the top of the valve cover is horizontal. We found that if it tilts either way there is trouble in fitting the bearers.
21 The danger points to watch are the coil and the brake master cylinder. It seemed better to take off the accelerator cable bracket (photo 4.33) as this fouled the frame.
22 Lower the engine down gently and ease the driveshaft joints onto the drive flanges as it goes down the last few inches. The right-hand bearer is still attached to the engine and will locate easily. Fit the bolt and tighten it hand-tight. Now fit the left-hand bearer to the top of the gearbox and the frame. Do not tighten the nuts yet. Check that the drive flanges are still engaged on the driveshaft joints.
23 We found that if you lower away further the engine tilts backwards about 10° so we supported the engine/gearbox flange with a jack to keep it level.
24 Fit the rear support bracket to the transmission flange (see photo 4.16). The centre bolt of the rear support of the bracket is not captive and the bolt turns if you try to undo the nut, that is why the bracket was removed completely. Leave the transmission bolts hand-tight and using a small screwdriver line up the bolt holes and fit the bolts. It is a bit of a fiddle and you may have to adjust the jack. The nuts and bolts of the other bearers must be slack or you will not be able to move the rear support bracket about enough. When the bolt holes line up fit the bolts and screw them nearly home.
25 Now fit the clamp plates and bolts to the driveshaft joints. Before doing this remove the jack and the sling and you will be able to move the car backwards and forwards enough to turn the driveshaft joints so that you can fit all the driveshaft joint bolts from underneath. Fit all the driveshaft joint bolts and torque them to the correct amount. Now torque the rear support bolts and nuts correctly and finally from above torque the left and right bearer bolts correctly.
26 If you do it this way there will be no residual strain on any of the power plant locating points.
27 Refit the gearchange mechanism and check that all gears engage (Chapter 6). Push the exhaust pipe up and fit the clamp to the manifold. Install the bolt in the exhaust pipe support bracket. While you are underneath refit the reversing light switch plug.
28 Refit the clutch cable and check the clutch pedal free-movement (Chapter 5).
29 Now install the cooling system. Fit the radiator to the bolts and the top clip. Plug in the radiator fan and the thermal switch. Refer to Fig. 2.2 of Chapter 2 and refit all the hoses. You will have to replace the pinch type clip on the small hose from the radiator to the overflow tank with a worm drive type clip. Fill the cooling system with the correct solution (Chapter 2) and bleed the system through the valve on the top of the heater to remove all the air.
30 Reconnect the main starter cable and plug in the wires from terminal '50' to the alternator harness.
31 Refit the distributor/coil connections installing the polythene waterproof cover.
32 Now turn to the fuel system. Refit the hoses to the carburettor and the fuel pump. Tighten the clips carefully. Refit the accelerator cable bracket and fit the accelerator cable into the bracket (photo); adjust it as follows. Guide the inner cable extension into the carburettor clamping screw, press the accelerator pedal down to the floor and hold it there, set the carburettor throttle lever at full throttle, and tighten the clamping screw. Check the idling speed after the engine has started. Where applicable reconnect the manual choke cable (Chapter 3).
33 Now connect all the loose wires. If you labelled them as we suggested this is easy. If you lost the piece of paper:

a) Bunched together coming out of the bulkhead.
  (i) Brown - magnetic cut off valve
  (ii) Blue/black - oil pressure switch
  (iii) Blue/white - temperature sender
  (iv) Blue - to alternator plug.
b) From the wiring harness left-hand front in a black cover a double plug to the fan motor.
c) From the lower radiator grille wires with plastic tags to the thermo-switch on the radiator.
d) Left-hand rear engine compartment. Two brown and one white to the windscreen wiper pump.
e) From the right-hand wiring (RHD) red/black and red/white to the brake cylinder.

34 Check around and make sure nothing has been forgotten. Do not fit the air cleaner yet but reconnect the battery. Make sure the terminals are clean and fitted tightly.
35 Now comes the big moment. Turn the ignition key and after a few seconds the engine should fire. Ours did. It is a wonderful moment!
36 If it does not start, then turn off the ignition and check the system. Look at the petrol filter. Is petrol being pumped through. Pull off the centre HT lead (Chapter 4) and check that HT current is arriving at the distributor. Check the timing marks, and check the distributor points gap. Check the voltage at the ignition coil and above all check the earth contacts.
37 It will start eventually, then check for petrol and oil leaks. Refit the air cleaner and adjust the idle speed (Chapter 3). Refit the bonnet and go for a trial run, about 10 miles.
38 When you get back there is yet more to check. Valve clearances should be checked at 35°C (95°F). Check the ignition setting and the dwell angle. If possible have an exhaust gas analysis to check the carburettor settings. Finally, go round with the torque wrench and check all the nuts and bolts for correct tension.

5 Engine and gearbox - separation

1 If you are going to dismantle the engine it is best to remove the transmission before commencing. It is not necessary to drain the gearbox. The engine must be supported so that the gearbox can be eased away from it. Either support the engine on blocks so that the gearbox overhangs the bench, or do the job while the engine and gearbox are on the hoist (photo).
2 Because the rear bearing of the starter armature is in the bellhousing it is necessary to remove the starter before separating the engine and gearbox. Remove the bolts holding the starter flange to the bellhousing

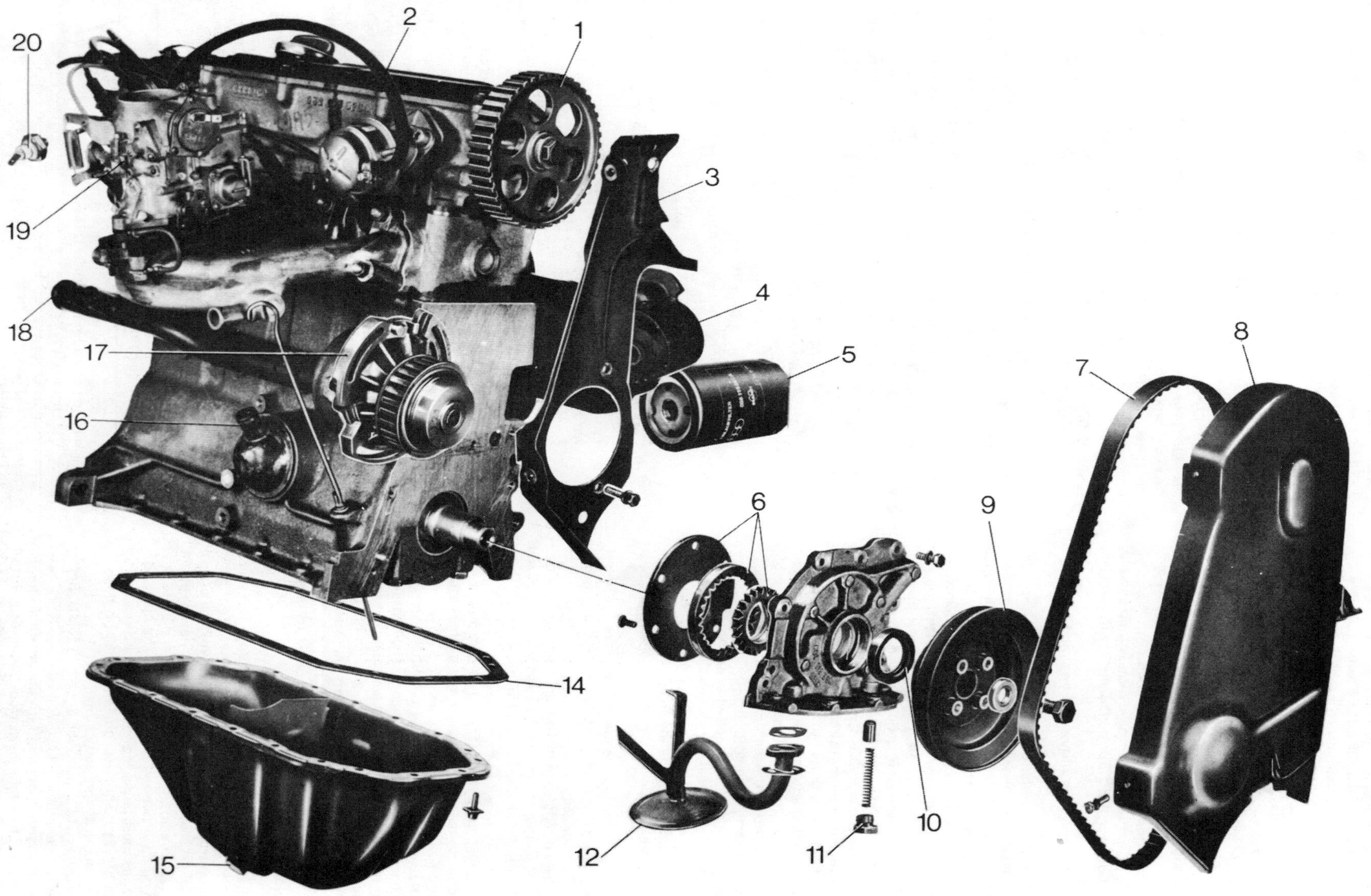

Fig. 1.1. Engine - general layout - exploded view (Sec. 6)

1 Camshaft pulley
2 Fuel pump
3 Timing belt guard
4 Front bearing strut
5 Oil filter
6 Oil pump
7 Timing belt
8 Outer cover, timing guard
9 Crankshaft pulley
10 Front oil seal
11 Oil pressure relief valve
12 Oil strainer
14 Sump gasket
15 Sump
16 Crankcase breather outlet
17 Water pump
18 Water pump inlet pipe
19 Carburettor
20 Temperature gauge sender

and remove the starter. One of the bolts is hidden in the flange.
3 Now remove the TDC marker (photo) VW recommend a sawn off plug spanner for this task if the engine is still in the vehicle, otherwise use a 14 mm ring spanner. This unit is not fitted to the 895 cc engine.
4 At the bottom of the bellhousing a small pressing is bolted to the housing to shield the flywheel. Remove the three bolts holding it and take it away.
5 There are five bolts holding the gearbox to the engine. Remove these and ease the transmission complete from the cylinder block.
6 **Do not** insert wedges or you will damage the facing, tap the gearbox gently and wriggle it off the two dowels which locate it (photo). The intermediate plate will remain in position.
7 Clean the gearbox and set it to one side. While the gearbox is separate from the engine examine the clutch withdrawal gear and repair if necessary (Chapter 5).

6 Engine dismantling - removal of components bolted to the exterior of the head and block

1 The engine must be supported firmly with wooden blocks. Refer to Fig. 1.1.
2 Remove the two self-tapping screws and one 10 mm bolt holding the timing belt outer cover to the cover body and pull the outer cover away upwards (photo).
3 Remove the alternator. Slacken off the nut on the clamp bolt of the tensioning clamp. The bolt has a square head held in lugs on the clamp. Now remove the belt and then undo and remove the hinge bolt lifting the alternator away at the same time. This operation is described fully in Chapter 9.
4 At this point it is a good thing to line up the valve timing marks to become familiar with the set up and gain confidence for the rebuilding operation. Remove the valve cover plate from the cylinder head to expose the camshaft. Using a 19 mm spanner on the crankshaft pulley nut turn the crankshaft until the Vee-notch in the pulley is level with the 'O' mark on the timing bracket indicator (photo). Now look to see whether both valves of No 1 cylinder (the one nearest the timing belt) are closed. If not rotate the crankshaft 360° and look again. They should be and if you look at the camshaft drive pulley right at the bottom a tooth should have a mark opposite a blade on the timing belt casing (photo).
5 Go to the other end of the cylinder head. The rotor of the distributor should point to a mark on the rim of the distributor casing. Scribe a line across the distributor casing and the adaptor onto the cylinder head and mark the junctions with a centre-punch. This will make the reassembly of the ignition timing simple.
6 Now check the tension of the timing belt. Hold it between your forefinger and thumb and twist it (photo). It should be possible to twist it through 90° when held in the middle. If it turns more or less then slacken off the water pump bolts, put a screwdriver in the slot and turn the water pump body in its housing. This will tighten the belt (photo). Check that the belt can be adjusted correctly. If it cannot then now is the time to order a new one, not when you are already to reassemble the engine.
7 Slacken the bolt adjustment and remove the belt. Do not twist it too much, it is plastic and will crack if handled roughly.
8 At the back of the water pump is a flange and a plastic pipe. Remove the two nuts from the flange. Undo the clips holding the hose from this pipe to the inlet manifold and those to the coolant exit at the rear of the cylinder block. Remove the pipe but watch out, there may be coolant in it. Undo the four bolts holding the water pump to the block and remove the water pump. Note where the 'O' ring fits. Again watch for coolant, it does not do any harm but it can go up your sleeve! The timing belt casing will come away at this point. Note where the spacer washer goes.
9 Remove the screws holding fuel pump to the head, pull off the hose if it is still there and lay the fuel pump to one side.
10 Undo the three bolts holding the distributor and remove it. Note that the key on the end of the shaft is offset (photo).
11 Remove the five 12 mm bolts from the exhaust manifold and take off the manifold.
12 Remove the eight 12 mm bolts holding the inlet manifold and remove the manifold and carburettor together.
13 The clutch on this engine is conventional. Remove the bolts hold-

6.1 Pull the outer cover of the bolt guard upwards and remove it

6.4a The timing mark bracket with the notch in the Vee-belt pulley 'O' is TDC, 'Z' is the dynamic timing mark

6.4b The mark on the crankshaft sprocket lined up with the edge of the belt guard

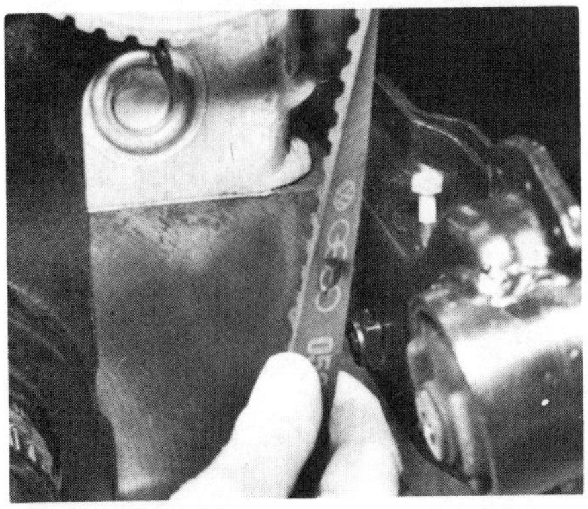
6.6a Testing the tension of the timing belt

6.6b Slacken off the clamp screws of the water pump and rotate the body with a lever to adjust the tension of the timing belt

6.10 Removing the distributor

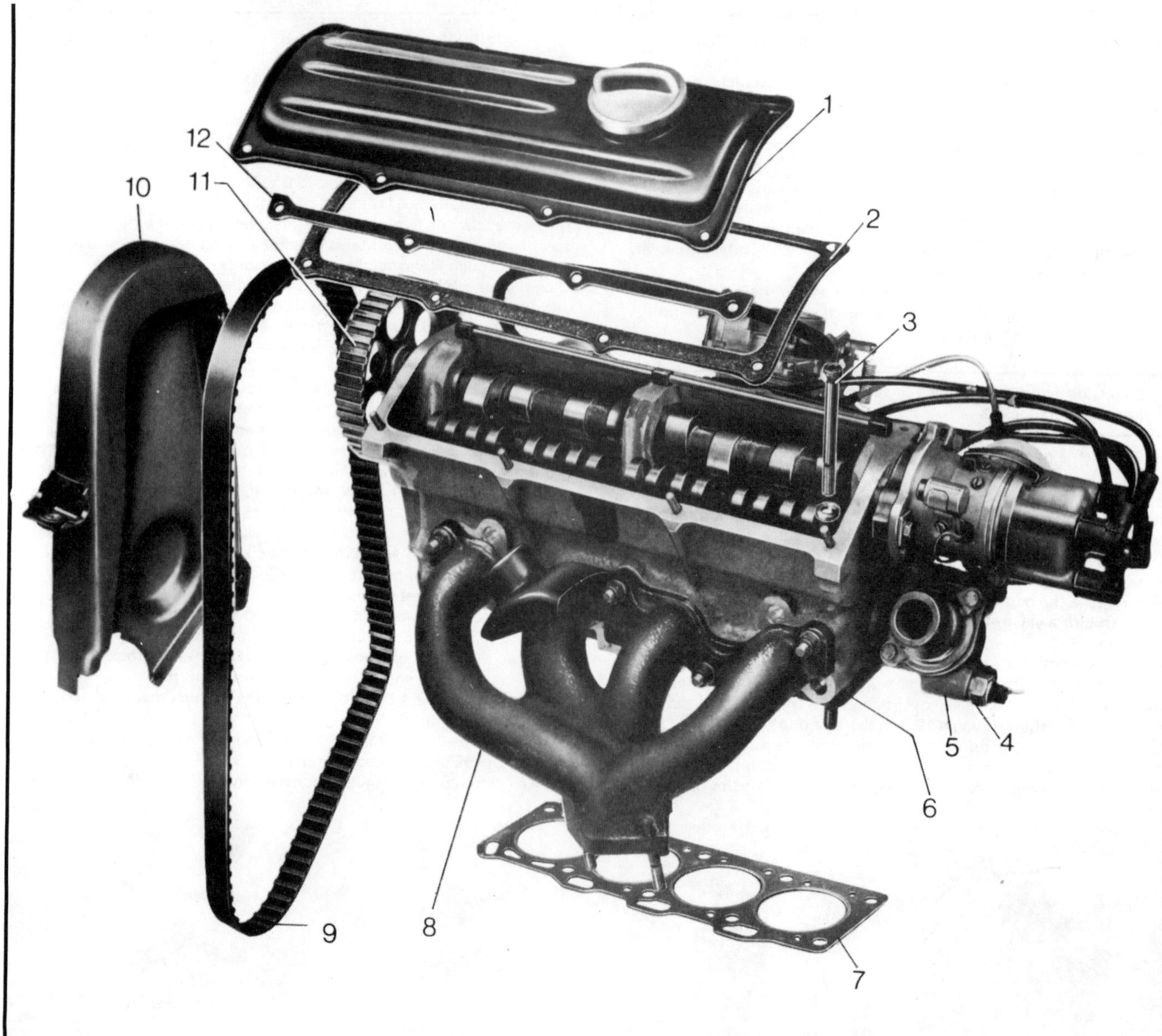

Fig. 1.2. Cylinder head - general layout (Sec. 7)

1	*Valve cover*	4	*Temperature sender*	7	*Cylinder head gasket*	10	*Belt cover*
2	*Gasket*	5	*Coolant flange*	8	*Exhaust manifold*	11	*Camshaft pulley*
3	*Cylinder head bolt*	6	*Cylinder head*	9	*Timing belt*	12	*Valve cover lock plate*

6.14 A piece of metal bent and fitted under the transmission bolt will fit in the starter ring holding flywheel while undoing bolts

7.3 Press down the valve spring and wriggle away the rocker fingers

7.4a Undo the sprocket nut. The guard securing bolt can be seen through the sprocket ...

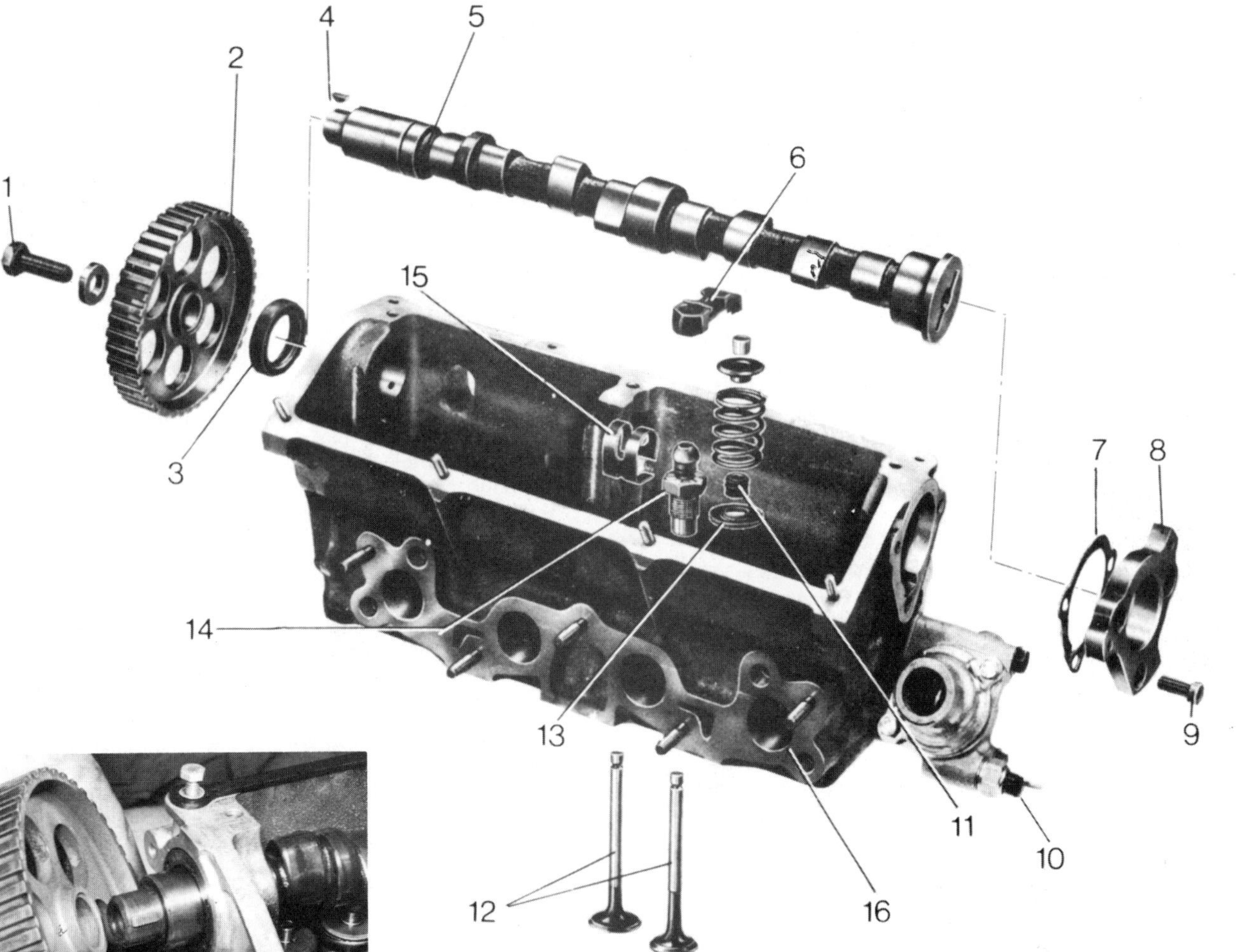

7.4b ... and take off the sprocket and key

Fig. 1.3. Cylinder head - exploded view (Sec. 7)

1	*Bolt*	9	*Socket head bolt*
2	*Camshaft pulley*	10	*Temperature sender unit*
3	*Oil seal*	11	*Valve stem seal*
4	*Woodruff key*	12	*Valves*
5	*Camshaft*	13	*Lower spring seat*
6	*Rocker finger*	14	*Ball stud*
7	*Gasket*	15	*Retaining clip*
8	*Distributor flange*	16	*Cylinder head*

ing the pressure plate to the flywheel. Turn each bolt two or three turns at a time working diagonally until the spring tension is eased and then extract the bolts and remove the pressure plate and clutch disc. Note which way the disc goes, there is a long boss.

14 Clamp the flywheel, and remove the six bolts holding the flywheel to the crankshaft flange. Remove the flywheel. The flywheel bolts are coated with a locking compound 'VW D6' or 'LOCTITE 270'. The bolts are tight without this. Use a simple clamp (photo) fixed in the flywheel teeth with one of the engine transmission bolts and get someone to hold the block while you struggle with these bolts.

15 The next job is to remove the cylinder head.

7 Cylinder head - removal and overhaul

1 The removal and overhaul of the cylinder head can be done with the engine in or out of the vehicle. We have described the procedure with the engine out of the vehicle but there is little difference between the two procedures if the engine has been removed, the valve cover-plate, distributor, inlet and exhaust manifolds and fuel pump will have already been removed (Section 6), leaving the cylinder head on the block. If the engine is still in the car, it will be necessary to drain the cooling system, detach the electrical and control cables (noting to which items they were attached), remove the timing belt (Section 6), air cleaner, fuel feed pipe to the carburettor and the cylinder head water hoses, then detach the exhaust manifold from the downpipe by removing the clamp bolts.

2 Remove the springs from the tappet adjusters, this looks difficult but is surprisingly easy. Insert a screwdriver between the spring and the ball stud and lever the lower position of the spring away from the stud. When it is clear you can lift the circular part which fits into a slot in the ball stud head away from the stud and ease the spring away completely. The small diagram shows the idea.

3 According to the VW 'official' manual the next thing to do is to screw in the ball stud until the rocker finger may be removed. Along with several other people who have worked on this engine we found the screwing in of the ball stud difficult. At this stage it must be done

with a 7 mm Allen key. We could not move the ball stud this way at this juncture and when we learned that other people had actually broken a key we went cautiously. Push down on the valve spring and sufficient clearance can be gained to remove the rocker finger without struggling with the ball stud, (photo). Freeing the ball stud is discussed in paragraph 16 of this Section. Remove all of the rocker fingers, noting which valve they came from for correct replacement.

4 Next remove the camshaft sprocket (photos). Collect the key and store it safely.

5 At the other end of the camshaft is more trouble. A flange holds the shaft in place and this must be removed (photo). Three bolts hold it in place. The heads of the bolts have shallow inserts for a 6 mm key. Unless care is taken this shallow insert can be distorted. On the engine we dismantled, which had been misused, the bolts were difficult. However, after a little persuasion two of them came out and the reason for the third one being difficult became obvious. The flange was slightly warped and after two bolts had been taken out a gap appeared between the flange and the head. The third bolt then came out easily. If one or more of these bolts is damaged during removal they should be replaced by new ones preferably with an easier type of tightening arrangement.

6 The camshaft may now be withdrawn out of the end of the head (photo).

7 The cylinder head bolts should now be removed. These are also difficult to start. The arrangement shown in Fig. 1.4 may help. Undo the bolts in the reverse order to the tightening sequences given in Fig. 1.5.

8 The cylinder head may now be lifted away from the block. The first thing to do is to take it away from the working area and clean off all carbon from the combustion spaces and valve heads. When it is clean turn it upside down and with a straight-edge and feeler gauges check that the head has not warped. Lay the straight-edge on the longitudinal centre line and insert the feelers, if possible, between the straight-edge and the cylinder head face particularly at the edges of the cylinders. A maximum distortion of 0.1 mm (0.004 in) is acceptable. If the distortion is greater the head should be taken to the agent or a reputable machine shop for correction. **Do not** attempt to correct this distortion yourself, it is a highly skilled job.

9 There is a special tool for valve removal, VW 2001, but you can make one at home from a piece of flat steel, bent and cut to suit the head (photo). The tool is fitted over the valve stem and under the ball socket, which is the opposite way to VW 2001 (photo). The tool may be pulled back, pushing the valve springs down. Hold the spring down, push the valve up from underneath and remove the collets. Remove the springs and push the valve out. Valves and springs should be kept together and identified with the same valve seat. The easiest way to do this is to make eight ½ inch (12.7 mm) holes in a piece of cardboard, label them with the same sequence as the head and as the valves are removed poke the valve through the appropriate hole and put the springs and caps on the stem.

10 When the valves have been removed take the spring seats off and clean all the deposit in the recess away (photo). Next there is the question of valve stem seals. It is essential to renew them when overhauling the cylinder head or where there is a history of high oil consumption, but this is also recommended where there are traces of oil carbon (the soft greasy sort) on the valve head (not the valve face) for this means oil has been finding its way down the guides. Pulling off the old seal is simple with pliers. With a packet of new oil seals is a small plastic sleeve (photo). This is fitted over the valve stem and lubricated and then the seal should be pushed on over the plastic sleeve until it seats on the guide. This must be done with a special tool VW 10.204 which fits snugly round the outside of the seal and pushes it on squarely. If the seal is assembled without the plastic sleeve the seal will be damaged and oil consumption will become excessive. If you cannot put them on properly then ask the agent to do it for you.

11 The valves should be cleaned and checked for signs of wear or burning. Where this has occured the inlet valves may be reground on a machine at the agents, but exhaust valves must not be reground in the machine but ground in by hand. Dimensions are shown in Fig. 1.6 and Fig. 1.7. There is also the question of wear in the valve guides. This may be detected by fitting a new valve in the guide and checking the amount that the rim of the valve will move sideways, when the top of the valve stem is flush with the top of valve guide. The rock limit for the inlet valve guide is 0.04 in (1 mm) and 0.05 in (1.3 mm) for the exhaust valve. This can be measured with feeler gauges if you use

7.5 Remove the flange from the distributor and ...

7.6 ... withdraw the camshaft

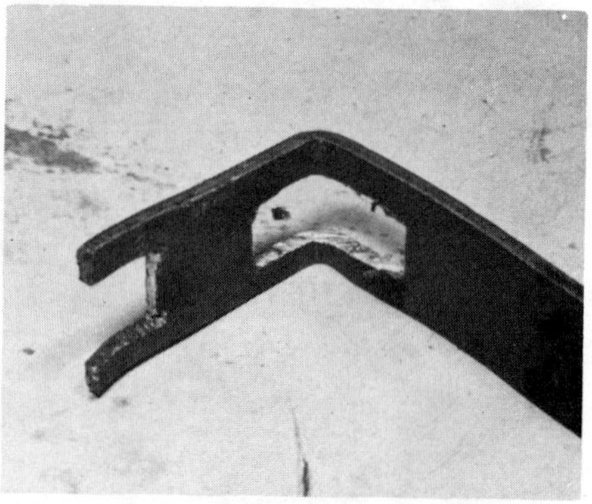
7.9a The 'home made' spring compressor

7.9b Compressor in action

7.10a Valve spring seat removed for cleaning

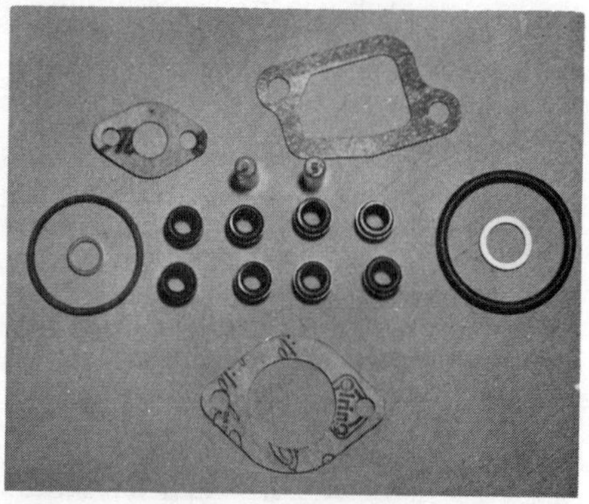
7.10b The gaskets, oil seals and oil seal fitting bushes are supplied as a set for the cylinder head

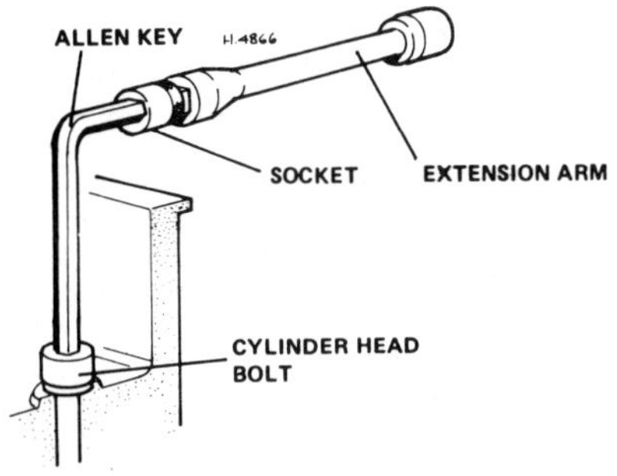

Fig. 1.4. Improvised method of removing cylinder head bolts (Sec. 7)

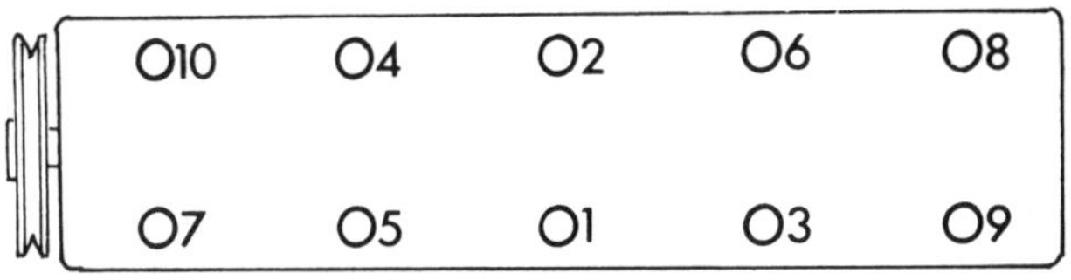

Fig. 1.5. Sequence of tightening cylinder head bolts (Sec. 7)

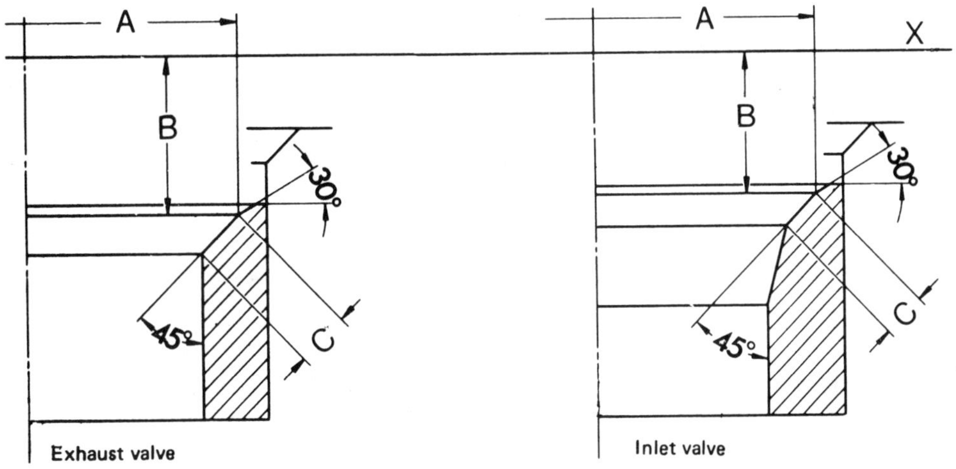

Fig. 1.6. Valve seat regrinding dimensions (Sec. 7)

	Exhaust valve		*Inlet valve*	
	mm	*ins*	*mm*	*ins*
A	*26.5*	*1.043*	*30.0*	*1.181*
B	*9.15*	*0.36*	*8.85*	*0.348*
C	*2.40*	*0.094*	*2.0*	*0.079*

Note: Exhaust valve must not be reground

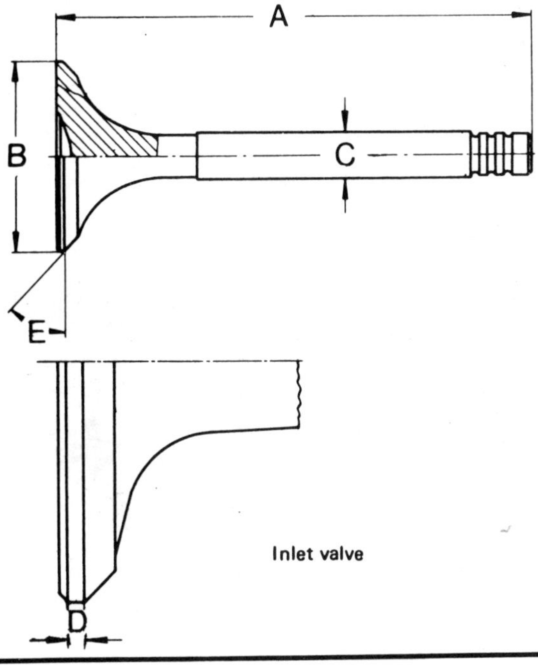

Fig. 1.7. Inlet valve rework dimensions (Sec. 7)

	mm	*ins*
A	*104*	*4.094*
B	*31.6*	*1.244*
C	*7.97*	*0.314*
D	*0.5 minimum*	*0.02 minimum*
E	*45°*	

a clamp as a datum but it must be with a new valve. If the rock is at this limit with your own valve, or less than this then there is nothing to worry about. If the rock exceeds the limit with a new valve then this will probably mean new valve guides or even a new cylinder head so consult an agent before going any further.

12 Do not labour away too long grinding in the valves. If the valve seat and valve are not satisfactory after fifteen minutes hard work then you will probably do more harm than good by going on. Make sure both surfaces are clean, smear the grinding paste onto the valve evenly and using a suction type cup work the valve with an oscillating motion lifting the valve away from the seat occasionally to stop ridging. Clean the seat and valve frequently and carry on until there is an even band, grey in colour on both seat and valve (about 1/16 in/1.58 mm wide). Wipe off all the paste and leave well alone.

13 Limits for valve springs have not been given. So the only method is to compare them all against one another, or better still against a new one. If they are all the same free-length there is no reason to scrap any of them.

14 If the camshaft bearings show signs of wear have the camshaft tested in a lathe for run-out. There must not be more than 0.02 mm (0.0008 in) run-out when measured at centre bearing.

15 Camshaft endfloat must be checked with the camshaft installed properly in the head after the distributor flange and oil seal have been fitted. A maximum of 0.15 mm (0.006 in) is allowed. Again this is hard to check unless a dial gauge is available with VW tool 387, but it can be done with feelers. Unless the shaft shows signs of wear it is reasonable to think the adjustment is correct. If it does then consult the VW agent for there is nothing you can do about it. Finally, examine the cam faces for wear, burrs, and burr marks. Very slight marks may be polished off with fine emery but extensive marks regretfully indicate a new shaft. Once the case hardening is broken down wear will become rapid interfering with the valve timing.

16 Before commencing assembly of the head there is the question of seized up ball studs. Unless the stud will turn in its adaptor plug the adjustment of valve clearances is impossible. The stud has two sections of thread separated by a 'waist'. They screw down into a Helicoil insert in the adaptor plug (photo). The adaptor may be removed from the head using a 24 mm socket (or a 15/16 in socket) as a last resort (photo) and the adaptor held in a vice. We found that all those in our engine seemed to have seized up but once we had turned the ball socket a few times then the stud moved easily. It will help if you grip the Allen key with a mole wrench close to the ball and turn the key and the wrench together. However, they must be made to turn reasonably easily, not loosely, even if you have to dismantle them all.

17 When all the overhaul work has been completed clean up and lay the parts out for assembly.

18 Refit the spring seat and seal (photo) and then insert the valve (photo). Fit the valve spring and cap and then using a suitable block of wood under the head to hold the valve up, press down on the valve spring cap with the compressor (photo 7.9b) and insert the collets. Cover the collets with a duster and press the valve down sharply and let it spring back to place to check that the collets are sealed. Work right down the head until all the valves are installed.

19 Press out the oil seal at the sprocket end of the head and press in a new one, if required (photo). Lightly oil the camshaft bearing surfaces and insert the camshaft from the distributor end. When the camshaft is correctly seated fit a new gasket to the distributor flange and bolt it to the head torquing the bolts correctly (2 mkg, 15 lb f ft). Check the endfloat of the crankshaft (paragraph 15). Install the camshaft bearing oil pipe (if removed) and then refit the camshaft pulley and key.

20 Install the rocker fingers on the same valves that they were on before. To do this either use the valve compressor VW 2001 or push down on the valve cap but be careful the collets are not displaced (photo 12.3). Seat the fingers carefully and then install the springs. Push the lower part of the spring into place and lift the top part over the finger to fit in the slot (photo).

21 Using an Allen key in the ball socket and the correct feeler gauge between the lower surface of the cam (the round piece not the pointed end) and the top of the finger (photo) set the correct tolerance for each valve (see Specifications).

Again starting from the sprocket end the valves are: *No 1 cylinder inlet, no 1 cylinder exhaust, no 2 cylinder inlet, no 2 cylinder exhaust, no 3 cylinder inlet, no 3 cylinder exhaust, no 4 cylinder inlet, no 4 cylinder exhaust.* In other words numbering from the timing belt end of the engine, Inlet valves are 1 - 3 - 5 - 7, Exhaust 2 - 4 - 6 - 8.

22 When this operation is complete loosely fit the valve cover and set the head on one side for assembly to the block in due course.

8 Valves - clearance adjustment (engine in car)

1 The method is described in Section 7 but for owners requiring only to adjust the valve clearance a simpler procedure is tabulated.

2 Run the engine until the engine coolant is 35°C (95°F).

3 Remove the valve cover from the cylinder head and adjust the tappets in the following manner.

4 Using a 19 mm socket turn the crankshaft pulley nut until the two cams for No 1 cylinder, nearest to the camshaft sprocket, are at equal angles from the valves. Check the inlet valve (nearest to sprocket) clearance. If it is incorrect turn the ball socket under the rocker finger spring using an Allen key (7 mm). Repeat the operation for the exhaust valve. If the ball socket will not move read Section 7.

5 Turn the crankshaft pulley nut so that No 3 cylinder cams are equally spaced and repeat the operation. Repeat for No 4 cylinder and then No 2.

6 The sequence of valves starting at the camshaft sprocket is, starting at the sprocket end: *No 1 cylinder inlet then exhaust, no 2 cylinder inlet then exhaust, no 3 cylinder inlet then exhaust and no 4 cylinder inlet then exhaust.* In other words, numbering from the timing belt end of the engine, Inlet valves are 1 - 3 - 5 - 7, Exhaust 2 - 4 - 6 - 8.

7 Do not turn the engine by turning the camshaft sprocket or you will stretch the timing belt.

8 Refit the cylinder head valve cover using a new gasket.

9 Engine dismantling - removal of crankshaft, connecting rods and pistons

1 Turn the engine onto the side and remove the sump (oil pan). There will be sludge and a little oil so try to catch this as the sump is detached. Set the sump aside for cleaning. Refer to Figs. 1.8 and 1.9.

2 Now set the engine to stand on the cylinder head face. Remove

7.16a The ball stud and its adaptor ...

7.16b ... removed from the cylinder head

7.18a Valve spring seat and valve guide seal in position

7.18b Fitting the valve

7.19 Fit a new oil seal at the sprocket end of the camshaft

7.20 Fitting the spring clip to the ball stud and finger

7.21 Checking the valve clearance

Fig. 1.8. Engine - crankshaft and cylinder block - exploded view (Sec. 9)

1 *Oil pump casing*
2 *Oil strainer*
3 *Bearing shell 1,2,4,5 (no groove)*
4 *Bearing cap bolts*
5 *Bearing caps*
6 *Bearing shell 3, flange, no groove*
7 *Bearing shell 3, flange, with groove*
8 *Water pump inlet pipe*
9 *Bearing shell 1,2,4,5 (with groove)*
10 *Oil seal*

Fig. 1.9. Piston and connecting rod - exploded view (Sec. 9)

1 *Rings*
2 *Piston pin circlip*
3 *Piston*
4 *Connecting rod*
5 *Lower bearing shell*
6 *Cap nuts*
7 *Bearing cap*
8 *High tension connecting bolts*
9 *Piston pin*
10 *Upper bearing shell*

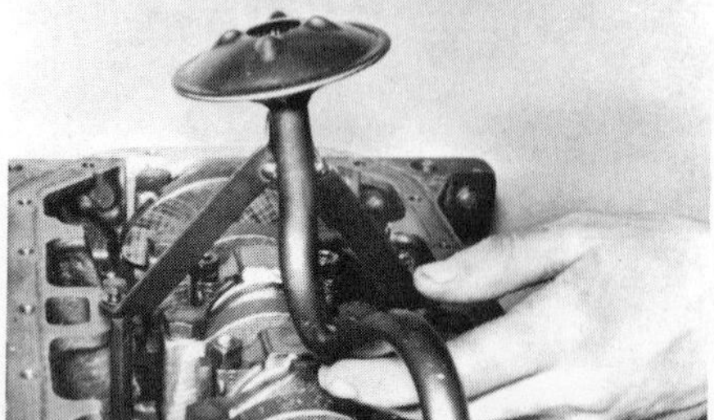

9.2a Remove the oil strainer. Two bolts to the pump and two on the stays the oil strainer and then the crankshaft pulley (photos). Collect the key and store it with the pulley.

3 Seven bolts hold the oil pump to the cylinder block, remove these and pull the oil pump off the crankshaft. The oil seal is in the oil pump housing (photo). There are two dowels, do not put wedges in the joint, tap the pump away.

4 At the other end of the block the oil seal is held in a housing. Undo the bolts holding it and draw it away from the block (photo).

5 Refer to Fig. 1.8. It is important that all the bearing caps are replaced in exactly the way they were fitted before dismantling. This applies also to the shell bearings and pistons. Using a centre-punch mark the connecting rod bearing caps on the edge nearest the front (timing wheel end) using one dot for number 1, two for number 2, and so on.

6 Undo the nuts or bolts from no 1 connecting rod bearing and remove the bearing cap. It would appear that some connecting rods have bolts fitting through the caps into the rods. Whichever are fitted VW recommend that they be replaced by new ones on overhaul, so add them to the order list. Gently push the connecting rod and piston out of the block through the top. Do not force it, if there is difficulty then draw the piston back and you will probably find a ridge of carbon at the top of the bore. Remove this with a scraper and if there is a metal ridge reduce this as well but do not score the bore. The piston and connecting rod will now come out. On the top of the piston there is an arrow which should point towards the front of the engine (photo). Replace the connecting rod bearing cap the right way round and mark the connecting rod and bearing cap with a centre punch so that they may be easily assembled correctly. All this takes time but the effect on assembly more than saves any time spent now on marking parts. Set the connecting rod and piston on one side labelled No 1 and proceed to remove 2, 3 and 4 labelling them likewise.

7 Now examine the main bearing caps. It will be seen that the caps are numbered one to five and that the number is on the side of the engine opposite the oil pump housing. Identify these numbers. If any are obscured then mark the caps in the same way as the connecting rod caps. Before removing the caps push the crankshaft to the rear and measure the axial play at No 3 main bearing (photo). It should not be more than 0.2 mm (0.008 in). Remove the bearing caps retaining nuts, remove the bearing caps and lift out the crankshaft. If the main bearings are not being renewed make sure the shells are identified so that they go back into the same housing the same way round. The engine is now completely dismantled. Clean the carbon off the pistons and tidy up all round. It is now time to start measuring and sorting out what needs to be done to bring the engine back to standard.

10 Crankshaft journals and shell bearings - measurement

1 The easiest way to measure the radial clearance is by using 'Plastigage' strip. This is obtainable in three grades.

Marking	Packet colour	Size mm
PG 1	*Green*	*0.025 to 0.076*
PR 2	*Red*	*0.05 to 0.15*
PB 3	*Blue*	*0.10 to 0.23*

Clean the shaft and shell bearing, carefully, lay the plastigage strip along the journal replace the bearing and tighten the cap. The torque varies according to the bearing.

2 The table below will help:

Bearing	Maximum clearance mm	ins	Torque required mkg	lb f ft	Plastigage Colour
Main	*0.105*	*0.0041*	*6.5*	*47*	*Blue*
Big-end	*0.095*	*0.0037*	*3*	*22*	*Red*

3 Fig. 1.10 shows the way to locate the strip. Remove the bearing cap extract the flattened strip and measure the width at each end. This will indicate the extent of radial play and whether there is any taper or not. Be careful not to rotate the shaft in the bearing while

9.2b Remove the crankshaft pulley. Do not separate the Vee-belt pulley from the sprocket

9.2c Be careful not to lose the key

9.3 Remove the oil pump. Note the dowels

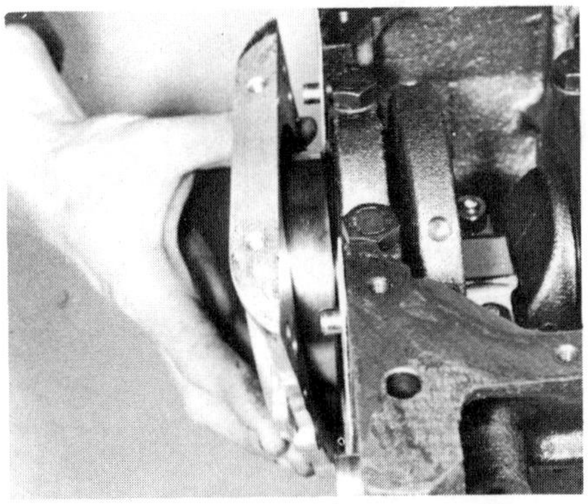

9.4 Remove the oil seal housing from the rear end of the crankshaft

9.6 The top of the piston has an arrow

9.7 Measuring the axial play of the crankshaft at No. 3 bearing

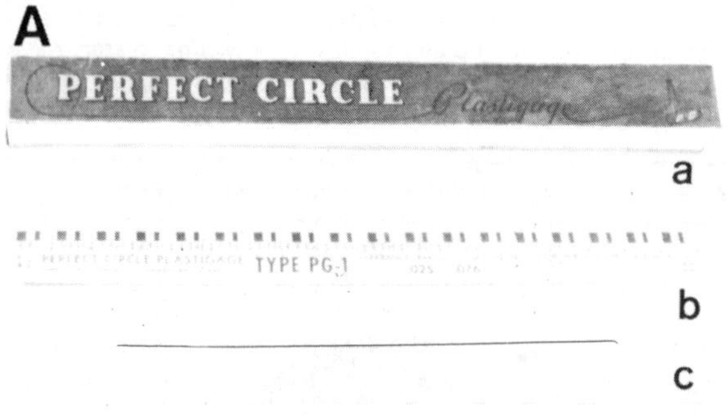

Fig. 1.10. Measurement of bearing clearance using Plastigage strip (Sec. 10)

A The Plastigage packet (a) packaging (b) scale in mm (c) the Plastigage wire

B The gauge wire should be set along the journal as shown at (a)

11.4 Piston identification. HB has a dished crown HA and HC flat crowns. The distance from top of the piston pin bore to the crown = key. HA 38 mm, HC 31 mm. HA shown

12.3 Checking the piston ring and groove for burrs

12.4 Insert the ring in the bore and check the gap with a feeler gauge

12.5 Checking the ring for groove clearance

14.2 The inside surface of the oil pump cover. The shiny surfaces show where the gears have rubbed

14.3a The pump, cover removed, watch that the gears are installed the right way up

doing the job or the Plastigage will be rendered useless.
4 The ovality or out-of-roundness of the journal is also important. This can be checked with vernier calipers and must not exceed 0.03 mm (0.0012 inches). This limit also applies to the taper of the journal. If no suitable vernier is available use another strip of Plastigage at a line parallel to the first one but 90° round the circumference of the journal.
5 If the shaft and shell bearings come within the limits laid down then all is well. If not then there is the problem of whether the shaft or the bearings, or both are at fault. This can only be determined by the use of micrometers. We suggest you consult your VW agent or a reputable engineering company who specialize in regrind operations and take their advice. In the event that the shaft must be reground the workshop doing the work should be asked to fit the bearings.

If the bearing shell only is at fault then it may be possible to fit a new shell. However, the shaft need not be taken out to measure the journal accurately and the job could possibly be done using a pair of standard shells. It will be necessary to remove the head to get the connecting rod out.

11 Cylinder bores and pistons - measurement

1 The wear on the cylinder bores is uneven. Maximum wear may be expected on the diameter at 90° to the piston pin. There is no short cut to measuring the bore. It must be done with an internal micrometer. Measure the diameter, parallel to the piston pin and at right-angles to the pin, at 10 mm (0.04 in) from the top of the bore, midway, and 10 mm (0.04 in) from the bottom of the bore. This will give six readings and if any of them vary more than 0.04 mm (0.0016 in) from the bore diameter given by the honing code then the block must be machined and new pistons fitted. Should the difference be much more than 0.04 mm then the lubrication system is suspect. Scores due to broken rings or other misfortunes are even worse and the block should be taken to the agent should these be present for his advice.

Ovality must not be more than 0.08 mm (0.0032 in); measurement in excess of this also requires machining.
2 According to all the instruction manuals 'the honing group data can be found next to the engine number'. We found our engine number on the end of the cylinder block, it was 'HA 182 557', but that was all, no extra data. So the only thing left to do is to go to that long suffering and most helpful man, the VW Storeman and ask for help. Once you have the honing group the following table gives the rest of the data.

Hone State	Code	Cylinder Diameter		Piston Diameter	
		mm	ins	mm	ins
0.9 and 1.1 litre engines:					
Basic	*0*	*69.51*	*2.7366*	*69.48*	*2.7355*
Basic	*1*	*69.52*	*2.7370*	*69.49*	*2.7359*
Basic	*11*	*69.53*	*2.7374*	*69.50*	*2.7363*
1.3 litre engines:					
Basic	*0*	*75.01*	*2.9531*	*74.98*	*2.95198*
Basic	*1*	*75.02*	*2.9535*	*74.99*	*2.95237*
Basic	*11*	*75.03*	*2.9539*	*75.00*	*2.9528*

3 So much for the cylinder bore, unless you have considerable experience in doing these measurements we recommend that the job be left to a firm which specializes in this work or to the VW agent.
4 Pistons come in three shapes, according to the type of engine (photo). The sizes are given in the table in paragraph 2. The diameter of the piston should be measured at about 16 mm (5/8 in) from the bottom edge at 90° from the bore for the piston pin. On the crown of the piston there should be an arrow which should point to the front (timing belt end) of the cylinder block when the piston is assembled and the piston nominal diameter in millimetres. If the measured diameter varies from the nominal diameter by more than 0.04 mm (0.0016 in) then the piston should be renewed.
5 When buying new pistons not only must the shape be correct but the weight of the pistons must not vary by more than 16 grams. Again consult the agent.
6 If the bore is within limits and only the pistons are worn it would seem obvious to renew the pistons only, but, this is not necessarily true. If the bore wear is approaching the limit then new pistons will wear if past that limit and you will need another set of pistons to match the rebore.
7 The measurement of the rings and grooves is dealt with in Section 12.
8 This all sounds very alarming but unless the engine is badly neglected it is hardly likely to require reboring, and if it does the firm who do the job will fit the pistons for you. Even if the bore is worn the worst that can happen is excessive oil consumption, the engine will not collapse or stop as in the case of a worn big-end. Even high oil consumption can be overcome by fitting new piston rings. New rings will not however prevent oil from escaping if the cylinder bore/s are badly scored!

12 Piston pins and piston rings - servicing and measuring

1 To remove the piston (gudgeon) pin first remove the circlips from each end and then push the pin out. If it is tight, then raise the temperature of the piston to 60°C (140°F), by immersing in hot water and the pin will come out easily. Check the play in the connecting rod bush, if the pin seems loose the running clearance limits are 0.010 to 0.020 mm (0.0004 to 0.0009 in) which means if you can rock it at all then either the bush or the pin are worn. New bushes can be obtained and pressed into the connecting rod if necessary, but they must then be reamed to size to fit the pin. It is felt that this job should be left to the agent, not because it is difficult, but because it requires an expensive reamer. However, this is rarely necessary.
2 Rings come in sets, if you break one then the minimum buy is three rings, so be careful.
3 It is almost certain that the rings will require attention. There are three, the top two are compression rings, the lowest one is the oil scraper ring. The compression rings will probably be free in the grooves but the scraper ring may be seized in the groove. This presents a problem, soak the ring in paraffin or some suitable solvent and ease it gently until it will rotate round the piston. The rings must now be removed from the piston. This is done only with care. There are special tools which are called piston ring pliers which can be bought and will break rings just as easily as any other tool if not used carefully, but do make the job simpler, if used with care. Once the rings are eased out of the grooves and off the piston make sure that the top compression ring is marked so that it can go back into the groove the right way up. The middle ring has 'TOP' marked on it as does the scraper ring. Gently remove all carbon from the rings and grooves. Now insert the ring in its groove and roll it round the piston to see that the groove is clear (photo).
4 Clean the cylinder bore and using the piston as a fixture push the ring down the bore until it is 15 mm (5/8 in) from the top. Now measure the gap with a feeler gauge (photo). This should be not more than 1.0 mm (0.039 in) for compression and scraper rings.
5 Refit the rings to the piston, spacing the gaps at 120 degree intervals and making sure the top is the right way up. With a feeler gauge measure the clearance between the ring and the piston groove (photo). This must not exceed 0.15 mm (0.006 in).
6 If new rings are to be fitted the gap must be measured in the cylinder and adjusted if necessary with a fine file to the limits shown in the Specifications.
7 If the rings are correct then refit the piston to the connecting rod, making sure the arrow on the piston points to the front, (you marked the bearing cap), refit the circlips and proceed to check the rings on the other three pistons.

13 Connecting rods - inspection and renewal

1 The connecting rod will rarely require renewal but the bolts holding the caps to the rods should be renewed if new bearings are fitted.
2 The weight difference between rods is critical. According to the official manual it should not exceed 16 grams.

14 Oil pump - inspection and overhaul

1 Remove the pump from the crankshaft, lay it down on its back and remove the three crosshead screws holding the cover to the body. It may be necessary to use an impact screwdriver to do this.
2 Turn the cover plate over, wipe it clean and examine the surface for

scoring or scuffing (photo). The one illustrated has marks where the gears have been bearing, but no significant wear. If there is, this may be machined away, but the surface must be flat.

3 Examine the gears for signs of wear. There should be no significant backlash or wear between the gears and the case. Remove the gears and examine the teeth for damage of any sort. There should be no wear on the interior of the casing (photos).

4 Remove the pressure valve (photo) and check the spring and plunger.

5 Clean all the parts carefully. If gears are to be renewed, both gears must be renewed together. They are obtainable in pairs only. The inner gear goes in only one way but the outer gear may be inadvertantly put upside down. There is a centre-punch mark on the top surface and this **must** be visible after assembly.

6 Clean out the valve plunger recess carefully and check that the seating is not ridged on the plunger. When replacing the spring and plunger torque the base plug to 2.5 mkg (18 lb f ft).

7 The oil seal for the crankshaft should be pressed out and a new one fitted. Be careful not to damage the seal when installing it.

8 If there is the slightest doubt about the condition of the pump consult the VW agent. If this item does not work properly the engine will soon wear out.

15 Flywheel - inspection and repair

1 There is not much you can do about the flywheel if it is damaged.

2 Inspect the starter ring teeth. If these are chipped or worn it is possible to renew the starter ring. This means heating the ring until it may be withdrawn from the flywheel, or alternatively splitting it. A new one must then be shrunk on. If you know how to do this and you can get a new ring then the job can be done but it is beyond the capacity of most owners.

3 Serious pitting on the flywheel clutch facing again requires a new flywheel. Do not attempt to clean the pitting off with a scraper or emery. The face must be machined. The maximum allowed run-out is 0.0032 ins (see Specifications).

16 Crankshaft oil seals - refitting

1 The front oil seal is fitted into the oil pump casing. It can be extracted from the casing without dismantling the pump. Simply prise it out of the groove, but take care not to damage the machined surface. It will normally be renewed when the pump is overhauled.

2 The front oil seal may be renewed while the engine is in the car. The timing belt guard and timing belt must be removed and then the crankshaft pulley (torque 58 lbf ft). The seal must then be prised out of the oil pump housing. VW use a special tool 10.219 which makes a dreadful job just difficult. If you damage the seal housing you will need a new pump. Before the pump may be removed and the seal extracted in comfort the sump and strainer must be removed. When fitting the seal fill the lips with a light grease and drive the seal in squarely. Wipe the excess grease away. If the pump and sump are removed then new gaskets must be fitted. The gaskets come in sets.

3 If the rear seal is leaking it must be renewed right away or the clutch will start slipping. The transmission must be removed and then the clutch taken off the flywheel. You have then to struggle with the flywheel bolts so the engine must be well supported. Section 6, paragraph 14, refers. The seal may now be prised out with a screwdriver and a new one fitted. The agent uses tool 2003 to press the seal into the housing. A photo of the seal and the housing is given.

4 Above all do not hammer the seal into position or you will be in the repair business again. It is possible to remove the sump and then take the housing away to fit the seal, but this again means a set of expensive gaskets.

5 We have explained the problems. An experienced mechanic with the right tools will renew the seals with the engine in the car without too much trouble, but it is a difficult job for a DIY enthusiast and can lead to a damaged oil pump, or something strained while you struggle with those flywheel bolts. There is not a lot of extra work to remove the whole unit, especially to do the rear seal.

14.3b Pump body - gears removed

14.4 The oil pump pressure release valve

16.3a The rear oil seal in its mounting

16.3b The rear oil seal in its casing installed over the crankshaft flange

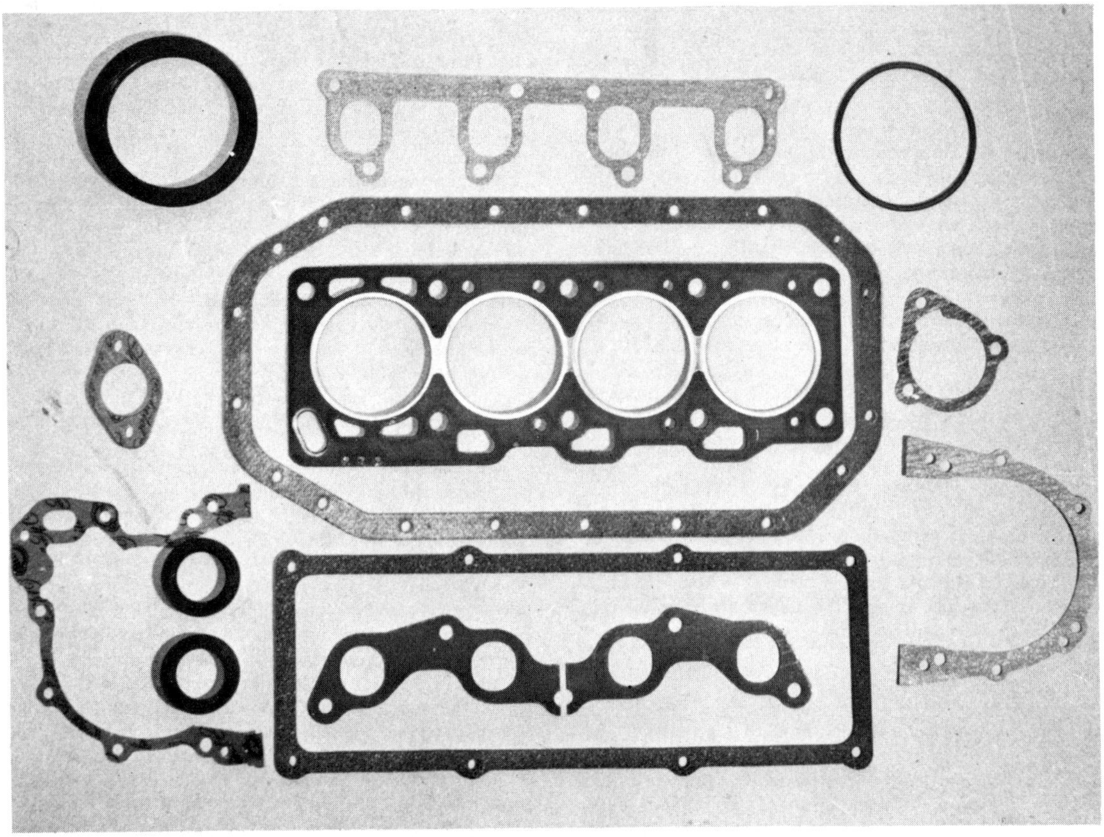

17.1a The engine gasket set laid out for inspection

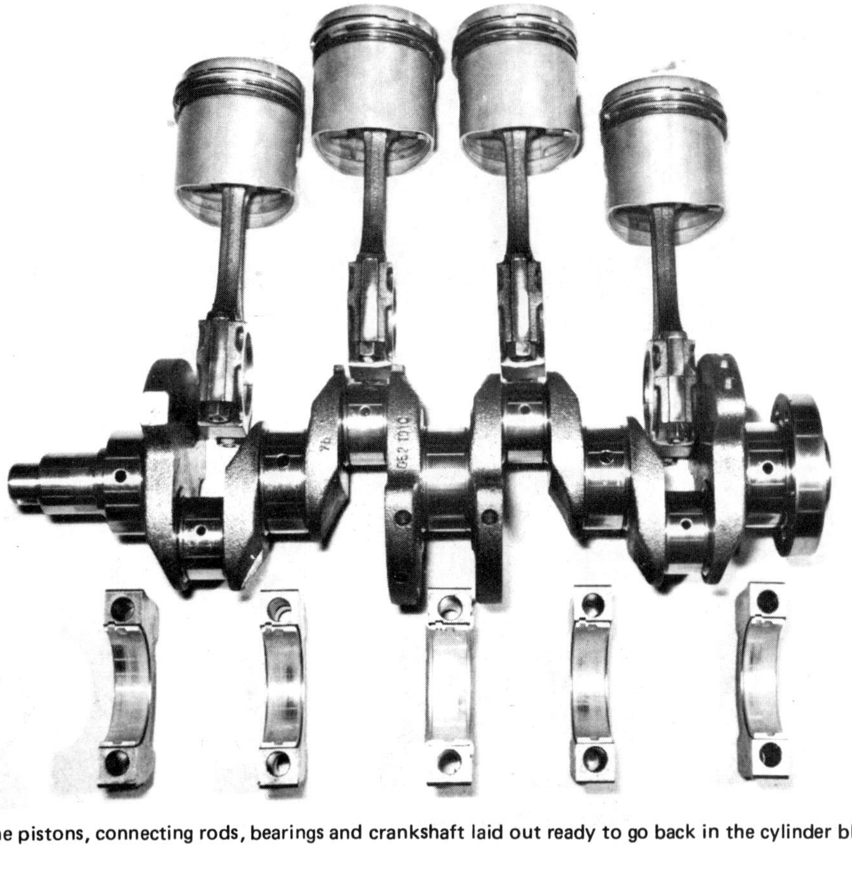

17.1b The pistons, connecting rods, bearings and crankshaft laid out ready to go back in the cylinder block

17 Engine - reassembly (general)

If the work has been carried out carefully and all of the components of the engine have been overhauled, or new ones obtained, then the engine is ready for assembly. This is the most pleasant part of the job.

Clear away any dirty rags, old parts, dirty paraffin and with clean hands and clean overalls, lay out the clean tools on a clean bench.

Plenty of clean non-fluffy rag will be needed, an oil can full of clean engine oil and a set of engine overhaul gaskets. This is a standard pack. Undo the pack and identify each of its contents (photo).

A further tool is required. This is a torque wrench capable of measuring up to 60 lb f ft (8.5 m kg). It will also be necessary to have an extension bar and socket spanners for metric sizes (mm) 6, 8, 10, 12 and 14.

From now on nuts and bolts must be tightened to specified torques. These are not quoted in the text but are listed in the Specifications. Use the open end or ring spanner to do up the nuts and bolts but use the torque wrench to tighten the last bit.

We have tried to divide the job so far into tasks without being dogmatic. The assembly problem will follow the same pattern and we suggest you complete the tasks without interruption. Put the crankshaft in place and fit all the main bearings and then think about the next job. This way you will not forget things. Take your time, if you are not sure then go over it again. Lay out the crankshaft components with the pistons and make sure you have them correctly mated (photo).

18 Engine reassembly - connecting rods, pistons and crankshaft

1 Place the cylinder block upside-down on the bench. Wipe carefully the main journal seatings and fit the main bearing top halves into place. Nos. 1, 2, 4 and 5 are plain shells with grooves in them. No 3 has small flanges (photo). If the old bearings are being refitted it is essential that they go back in the same housing the same way round. Lightly oil the shells (photo) and lift in the crankshaft (photo).

2 Fit the lower shells to the bearing caps and install them over the studs (photo). These are plain shells. Once again if the old ones are being used they must go back in the same place the same way round. This applies anyway to the bearing caps. They are numbered, one goes next to the timing gears and the numbers are on the side opposite to the oil pump.

3 Tighten the bearing cap nuts to 12 ft lb (1.8 m kg) and then tap the shaft to the rear to seat the bearings. Now using a diagonal pattern, torque the cap nuts to 47 lb ft (6.5 m kg) (photo). Lever the shaft to the rear as far as it will go and check the clearance between No 3 main bearing and the crankshaft with a feeler gauge to determine crankshaft endfloat. It should be between 0.07 to 0.17 mm (0.0028 to 0.0067 in) for new bearings and not more than 0.20 mm (0.008 in) for used bearings. If the maximum is exceeded then No 3 bearing must be replaced by a new one.

4 Lubricate the rear of the crankshaft and using a new gasket install the rear oil seal and flange. Tighten the six bolts to the correct torque 7 lb f ft (1 m kg).

5 Lay the block on one side. Fit a ring compressor to No 1 piston (see next paragraph) and insert the connecting rod (minus bearing cap) and piston into No 1 cylinder (photo). Check that the arrow on the piston points to the front of the block and gradually ease the piston and rings into the block removing the ring compressor as the rings go into the bore. When all the rings are safely in, pull the big-end bearing to one side of the crankshaft, check that the shell bearing is seated correctly in the connecting rod, lubricate the shell, and fit the connecting rod to the crankshaft journal. Check that the other half of the shell bearing is seated in the bearing cap, lubricate the bearing and fit the cap to the connecting rod (photo). Check that all the markings (installed on dismantling) agree and having fitted new bolts or nuts, torque the nuts to the correct torque. Repeat the process for pistons 2, 3 and 4.

6 The use of a ring compressor is strongly recommended. It is cheap enough to buy, but if you cannot get one then make one. A piece of 1/16 in (1.58 mm) thick sheet metal about 2 in (50.8 mm) wide wrapped round the piston to compress the rings into the grooves is all that is required. It may be held in position with a large worm drive clip or some similar device. This way the rings go in safely. It is very

18.1a Fit the upper bearing shells to the block, this is number three shell with the flange

18.1b Lightly oil the bearing shells

18.1c Lower the crankshaft into the bearings

18.2 Fit the lower caps to the main bearings and ...

18.3 ... tighten the nuts to the correct torque

18.5a Fit a ring compressor to the piston and install the piston and connecting rod

difficult to coax the rings in one at a time and a broken ring will not only hold up the job, but a new set of rings must be bought. That will cost more than a ring compressor.

7 Once all the big-end bearings are installed check the axial play of each bearing. Push the connecting rod against the crankshaft web and measure the gap on the other side with a feeler gauge. It should not be more than 0.40 mm (0.015 in). If it is then consult the agent. Either the bearings are faulty or there has been a possible fault introduced when regrinding the journal. Turn the cylinder block back onto the face to which the cylinder head fits.

19 Engine reassembly - oil pump, strainer, sump and pulley

1 The oil pump has been overhauled and is ready for bolting to the block. Install a new gasket. Lightly oil the shaft and ease it into the oil seal. Position the pump on the dowels and insert the holding bolts. Torque to the correct amount. Fit a new gasket to the strainer flange and refit the strainer to the oil pump, bolting the support stays at the same time turn up the tab washers. Carefully trim the top of the gasket where it protrudes from the sump flange (photo).

2 Fit a new sump gasket using a good cold non-set joint compound and assemble the sump to the cylinder block. The procedure is the same for both engines. Fit all the bolts loosely and then tighten progressively starting in the middle of the long side (photo).

3 Assemble the combined Vee-belt and timing belt pulley to the crankshaft. Do not forget the small key (photos).

20 Engine reassembly - cylinder head, timing belt, fuel pump, water pump and distributor

1 Turn the engine over and support it on the sump with wooden blocks. It must be secure as the cylinder head bolts are torqued to a high figure. Clean the top of the cylinder block and lubricate the cylinder bores.

2 Fit a new cylinder head gasket. It has been found that the gasket

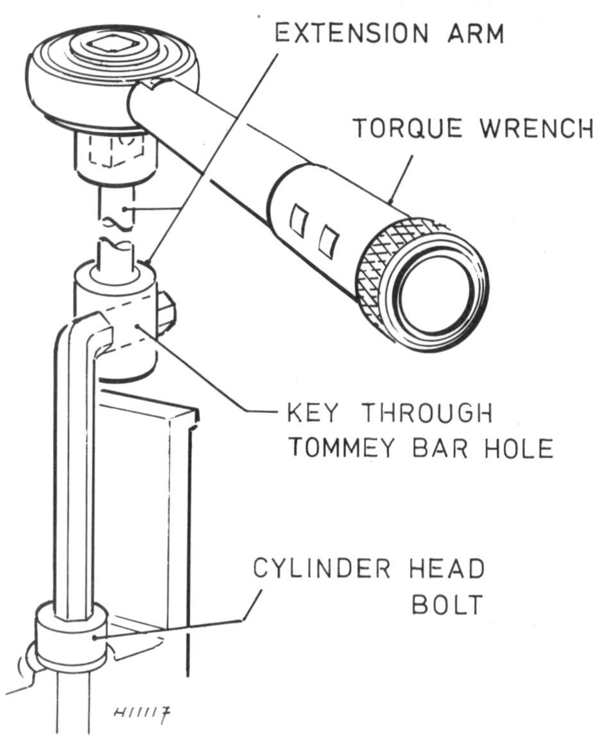

Fig. 1.11. Improvised method of using a torque wrench to tighten cylinder head bolts (Sec. 20)

18.5b Fit the bearing cap to the connecting rod

19.1 Trim the oil pump gasket

19.2 Refit the strainer, a new gasket, and the sump pan

20.2 This is the trouble area, the front left-hand corner of the gasket. Smear jointing compound round water passage and bolt hole

20.3a Refit the cylinder head

20.3b Torque the cylinder head bolts to the correct value in the correct sequence

is liable to leak at the left-hand front corner, No 1 cylinder, so smear a little jointing compound round the water hole and the stud hole.
3 Clean the cylinder head joint face carefully and fit it in place. Insert the bolts and screw them down until they just begin to grip. Using the arrangement shown in Fig. 1.11 torque the bolts to the correct torque in the sequence shown in Fig. 1.5. The head was overhauled in Section 7, when the valves and camshaft were fitted. The oil seal at the sprocket end was renewed and the sprocket and key fitted. The distributor flange was also fitted.
4 Fit the timing indicator to the block.
5 Fit the inner half of the timing belt guard and the water pump but do not tighten the pump securing bolts yet. The pump O-ring should be replaced with a new one. Now turn to Section 6 and read paragraphs 4, 5 and 6 and study the photographs.
6 Turn the distributor rotor so that the blade points to No 1 cylinder firing mark. Line up the mark on the camshaft sprocket with the blade of the belt guard (photo 6.4b), line up the Vee-notch in the crankshaft with the 'O' mark on the timing indicator bracket (photo 6.4a), check that both valves of No 1 cylinder are closed and install the timing belt (photo). and tighten the water pump holding bolts. Check that the marks still agree and install the distributor. Set it so that the marks you made in paragraph 5, Section 6, line up and tighten the distributor clamp bolts. If you did not mark the distributor read Chapter 4, Section 4. If you have carried out the instructions in this paragraph then the engine is timed correctly enought to start when installed in the car.
7 Refit the petrol pump to its flange, check that the plunger is resting squarely on the cam and tighten the bolts.
8 Install a new valve cover gasket and refit the valve cover with the support strips the correct way round.

21 Engine reassembly - fitting of ancillaries

1 This Section carries on from Section 20.
2 Refit the alternator to the engine but leave the bolts slack.
3 Now position the timing belt casing cover and tighten the holding bolts. Make sure the belt does not foul the guard.
4 At the rear of the engine fit a new gasket to the coolant flange and refit the flange. Fit a new 'O' ring in the thermostat cover and refit the thermostat and cover.
5 Next fit the alternator belt and adjust the tension correctly (see Chapter 9).
6 The exhaust manifold gasket is in two pieces. Clean the face and install the manifold and gasket (photo).
7 Fit a new inlet manifold gasket and install the manifold (photo). Install the carburettor in place on the manifold.
8 Check that the oil pressure sender unit (photo) and the coolant temperature sender units are in position.
9 Fit a new oil filter. Use a new washer under the joint (photo).
10 Refit the intermediate plate on the dowels. Make sure the TDC sender unit is taken out of the casing, if fitted.
11 Install the flywheel. The bolts must be smeared with Loctite 270 or VW D6 and torqued correctly (photo).
12 Fit the clutch disc and the pressure plate. Fit the bolts loosely and centre the clutch disc carefully. The photograph shows a socket spanner wound with tape to fit the flywheel bush and the extension wound with tape to fit the clutch plate spline bore. This is an easy way to centre the friction disc. Tighten the holding bolts to the correct torque. Note that the disc goes in one way only, boss to flywheel (photo).
13 Gently ease the gearbox into place and install the engine transmission bolts. It is necessary to have the engine overhang the bench to get the gearbox in place. The long bolts go in from the gearbox side and the short one from the engine side. Torque them to the correct amount (photo).
14 Refit the starter and tighten the bolts. Finally fit the long water pipe to the water pump flange. Use a new gasket. It will be in the way if you fit it before and it may have to be removed to fit the gearbox. Connect the small hose from this pipe to the inlet manifold and tighten the clips (photo).
15 Fit the crankcase breather tube and attach the top end temporarily to the manifold. It is difficult to fit this when the engine is in place (photo).
16 The engine and gearbox are now ready to go back into the vehicle, turn to Section 4, paragraph 20, and carry on from there.

20.6 When the timing belt is installed correctly adjust the water pump housing to give the correct belt tension (see also photo 6.6a)

20.8 Refit the valve cover. Do not forget the locking strips

21.6 Fit the exhaust manifold. The shield is not fitted to the Polo

21.7 Fit the inlet manifold (1093 cc engine)

21.8 Fit the oil pressure switch

21.9 Fit a new oil filter. Don't forget the washer underneath

21.11 Fit the flywheel. Use special Loctite

21.12a Fit the clutch disc (note boss)

21.12b A simple mandrel for centring the friction disc

21.13 Refit the gearbox and install the starter

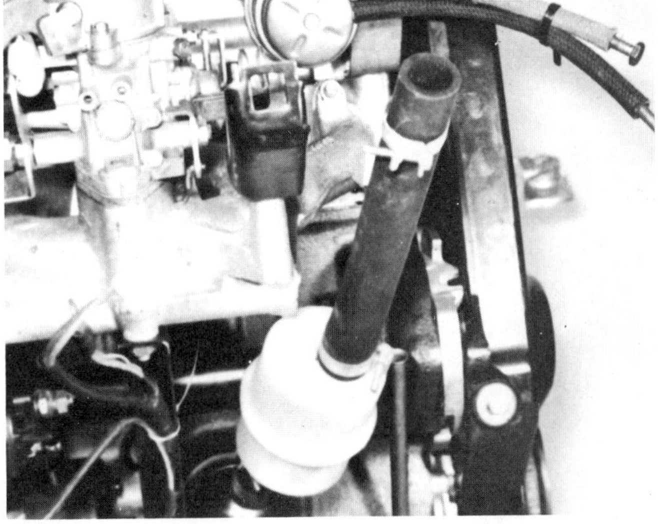

21.15 Fit the crankcase breather tube before putting the engine in the frame

22 Fault diagnosis - engine

Note: When investigating faults do not be tempted into making snap decisions. Start from the beginning of the check procedure and follow it through. There may be more than one fault.

Symptom	Reason/s	Remedy
Engine will not turn over when the starter switch is operated	Flat battery Bad battery connections Bad connections at solenoid switch and/or starter motor	Check that battery is fully charged and that all connections are clean and tight.
	Starter motor jammed Solenoid defective Starter motor defective	Remove starter and check (Chapter 10).
Engine turns over normally but will not fire	No spark at plugs No fuel reaching engine Too much fuel reaching engine (flooding)	Check ignition (Chapter 4). Check fuel system (Chaper 3). Check fuel system (Chapter 3).
Engine runs unevenly and misfires or lack of power	Ignition fault Fuel system fault Valve clearances wrong Engine badly worn	Check ignition, plug leads faulty or loose (Chapter 4). Dirt in carburettor, faulty fuel pump (Chapter 3). Check valve clearances. Overhaul engine.
Excessive oil consumption or smoky exhaust	Wear in engine cylinders Wear in valve stems Worn or damaged valve stem seals	Overhaul engine. Overhaul cylinder head
Oil on engine and garage floor	Leaking gaskets/seals	Locate leak and fit new seal or gasket.
Excessive mechanical noise	Wrong tappet setting Worn bearings Piston slap when cold (disappears when hot)	Adjust tappet clearance. Overhaul engine. Pistons/bores approaching rebore stage.
Engine vibrates excessively	Side or front engine bearers require adjustment Ignition not adjusted correctly. Plugs dirty.	Refit or replace. Check ignition (Chapter 4).
Engine runs on when ignition switched off	Carburettor electro magnetic valve faulty	Check valve (Chapter 3).
Engine cuts out after less than 100 yards of journey	Automatic choke not correctly adjusted	Adjust (Chapter 3).
Engine cuts out after 4 or 5 mins	Carburettor icing	Fit radiator blind. Adjust idle speed.

Chapter 2 Cooling, heating and exhaust systems

Contents

Specifications

Radiator ... Alloy construction, crossflow. Early models have no expansion tank

Cooling fan ... Electric drive controlled by thermo-switch in the radiator tank. Switches on at 90°C (194°F), switches off at 85°C (185°F)

Radiator pressure test ... 21.3 lb/sq in (1.5 Kg/sq cm)

Radiator cap pressure relief valve opening pressure

Radiator cap 803 121 321 A) or 171 121 321)	12.8 to 16.3 lbf/sq in (0.9 to 1.15 kgf/sq cm)
Radiator cap 171 121 321 B	17 to 19 lbf/sq in (1.2 to 1.35 kgf/sq cm)

Inlet manifold ... Heated by engine coolant.

Thermostat

Type	Bellows operated. Situated in coolant junction casing bolted to rear of the cylinder head.
Opens at	80 to 85°C (176 to 185°F)
Fully open at	100°C (212°F)
Minimum stroke	7 mm (0.27 ins)

Cooling system capacity

	Imp pints	Litres
Without header tank	8.8	5
With header tank	11.2	6.5

Antifreeze (with header tank)

Frost protection to °C	°F	%	Antifreeze (G10) Litres	Imp pints	Water Litres	Imp pints
–25*	–13	40/60	2.2	3.75	4.3	7.45
–35	–31	50/50	3.25	5.6	3.25	5.6

Antifreeze (without header tank)

Frost protection to °C	°F	%	Antifreeze (G10) Litres	Imp pints	Water Litres	Imp pints
–25*	–13	40/60	2	3.5	3	5.25
–35	–31	50/50	2.5	4.4	2.5	4.4

** The antifreeze content of the radiator system filled at the factory and issued for use in temperate climates is a 40/60% mixture of G10 and the water is giving protection to –25°C (–13°F). It is recommended that only G10 obtainable from VW agents is used for this system.*

Heating system type ...	Air driven by an electric fan over a heat exchanger unit using the engine coolant system as a source of heat. Manual control for heat regulation and air direction on the dashboard.
Water pump type ...	Centrifugal vane type situated on the right-hand side of the front of cylinder block. Driven by a timing belt.
Cooling system bleeder screw valve position ...	On top of the heater box valve

Hose sizes (external diameter)	**mm**	**ins**
Radiator to block (top hose) ...	35	1.38
Radiator bottom to water pump connector ...	35	1.38
Heater supply and return ...	22	0.86
Manifold supply and return ...	25	1
Water pump to expansion tank ...	22	0.86
Expansion tank to radiator top (braided) ...	12	0.47

Torque wrench settings	**lbf ft**	**kgf m**
Water pump to cylinder block ...	7.2	1
Temperature sensor to adaptor ...	5	0.7
Pulley to water pump ...	15	2
Thermostat cover ...	7.2	1

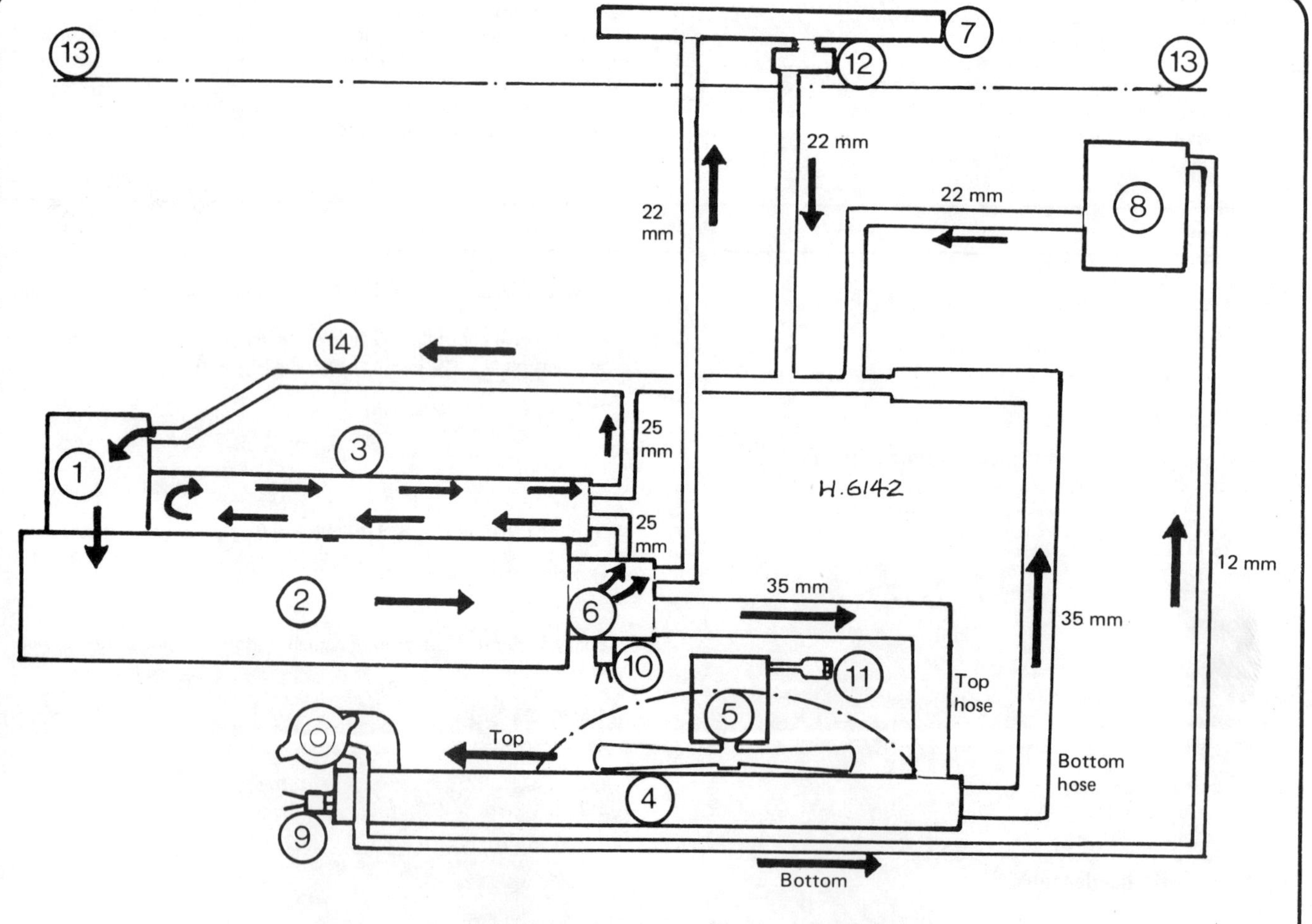

Fig. 2.1. Diagrammatic layout of the coolant system

1 Coolant pump
2 Cylinder block
3 Inlet manifold
4 Radiator
5 Fan motor
6 Cylinder head adaptor and thermostat
7 Heat exchanger
8 Overflow tank
9 Thermo-switch
10 Temperature sender
11 Fan motor plug
12 Control valve
13 Engine bulkhead
14 Plastic inlet pipe to coolant pump

Notes
(a) Arrows show direction of flow
(b) Figures by hoses are external diameters in mm

1 General description - cooling system

An alloy crossflow radiator is fitted to all models. The flow is horizontal from left to right in the top half of the radiator and right to left in the bottom half. The hoses are connected to the left-hand header tank and a thermo-switch is fitted into the right-hand tank.

The water pump is fitted to the right-hand side of the cylinder block. Its eccentric casing may be moved on the securing flange to adjust the engine timing belt which drives the water pump and camshaft. Refer to Fig. 2.2. Water is drawn from the bottom of the radiator through a hose and a pipe by the pump and delivered into the cylinder block through an orifice in the block coincident with the one in the pump casing.

The cooling circuit is completed by a hose from the adaptor at the back of the cylinder head to the top of the radiator. The adaptor also houses the thermostat which closes off the radiator inlet until the coolant in the block reaches the correct running temperature.

There are three auxilliary hose circuits. One takes coolant from the cylinder head adaptor and delivers it to the inlet manifold coolant jacket. A second pipe delivers the coolant from the inlet manifold jacket to the water pump inlet pipe. The second circuit supplies the car heater. A delivery hose goes from the cylinder head adaptor through the bulkhead to the heat exchanger behind the dashboard. The return hose contains the heater flow adjustment valve and runs closely, parallel to, the inlet hose until it joins the coolant pump inlet pipe.

The third circuit connects the expansion tank to the coolant system. This was installed in August 1975. A braided 10 mm pipe goes from the top of the left-hand header tank to the top of the expansion tank which is situated on the engine compartment's left-hand wall. A 20 mm pipe goes from the bottom of the expansion tank to the coolant pump inlet pipe. This circuit takes care of surges in the system and copes with the expansion of the coolant as the temperature rises (photo).

As the engine temperature rises the coolant which is running round the circuit made by the inlet manifold and the cylinder block reaches a temperature of 80°C (176°F) and the thermostat starts to open the valve admitting coolant to the radiator. At this point the fan is stationary. When the radiator coolant circuit has been running for a little while the temperature of the coolant in the right-hand header tank of the radiator reaches 90°C (194°F) and the thermo-switch closes, completing the fan circuit. From now on the fan will continue independently of the engine speed until the coolant temperature drops to 85°C (185°F). The fan will stop when the ignition is switched off but may start again whenever the engine is running and when the ignition is switched on if the coolant is above 90°C (194°F).

This is an excellent feature for the fan does not run while the coolant temperature is below optimum operating conditions, thus shortening the warm up period and reducing engine wear, whereas it runs at full speed when the engine is idling in a traffic jam on a hot day and thus reduces the possibility of the coolant boiling away.

The system is pressurised. The relief valve in the radiator cap lifts at the specified pressure. This enables the coolant to operate at higher temperatures than 100°C (212°F), increasing the efficiency of the engine. It also means that if you open the radiator cap when the engine is hot the coolant will gush out probably scalding your hand. If the cap must be opened when hot always place a heavy thick rag over the cap before undoing. Turn the cap slowly to release all of the pressure. Then remove the cap.

The coolant temperature sender unit is screwed into the cylinder head adaptor unit by the side of the thermostat. It thus measures the maximum temperature of the coolant. The operating sensor is composed of a semi-conductor type of material, the resistance of which drops as the temperature increases thus increasing the current to the dashboard, warning light and eventually causing the bulb to glow. This means that the engine is too hot and the load should be reduced, or shed completely until the light goes out. The lead from the coolant temperature sender is Blue/White.

2 Antifreeze - general

1 The coolant should not need to be topped-up. It is installed at the factory and is a mixture of a glycol ethylene type of inhibitor and water. This mixture not only renders the system frost proof but raises the boiling point and acts as an anti-corrosion agent. A table of mixture by volume is given in the Specifications. When first taking delivery of the car it is recommended that the composition of the coolant be determined and a quantity of the same concentration be purchased and kept to replace any spillage or accidental waste. It is too late to start worrying about this after the coolant level has fallen as you cannot buy G10 at the corner shop.

2 It is recommended that the system be drained and refilled with fresh antifreeze every two years.

3 Draining, flushing and refilling the cooling system

1 Although the 'official' manuals state there is a drain plug on the cylinder block just under the exhaust manifold we did not find one. On all engines the only way to remove the coolant is by disconnecting the radiator bottom hose having removed the radiator cap and opened the heater valve.

2 This is a thoroughly messy and inefficient arrangement, as even doing this leaves approximately one litre of coolant in the block, which runs out when the coolant pump is removed or the engine tipped on its side.

3 If you cannot drain the cylinder block there is little point in flushing the system by pumping water through it in the reverse direction. This moves the sludge from where it has settled to another location where it will do more harm before it returns to its original resting place. Wait until the complete system is dismantled and clean the coolant passages thoroughly. If you use only Coolant G10 there should not be any sludge to wash away. So forget the ancient art of flushing the radiator.

4 When refilling the system after overhaul make sure the joints are tight, open the heat exchanger control valve and the bleed valve on top of it (photo) and fill the system either through the expansion tank (if fitted) or the radiator cap if no overflow tank is fitted.

5 Where an overflow tank is not fitted fill the radiator to the mark in the inlet bend. Where an expansion tank is fitted the level should be between the maximum and minimum marks when cold, or when the

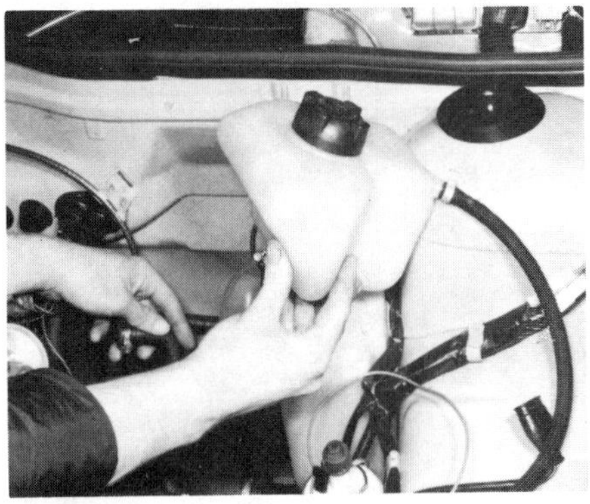

1.4 The expansion tank in the engine compartment

3.4 The bleed screw on top of the heat-exchanger valve

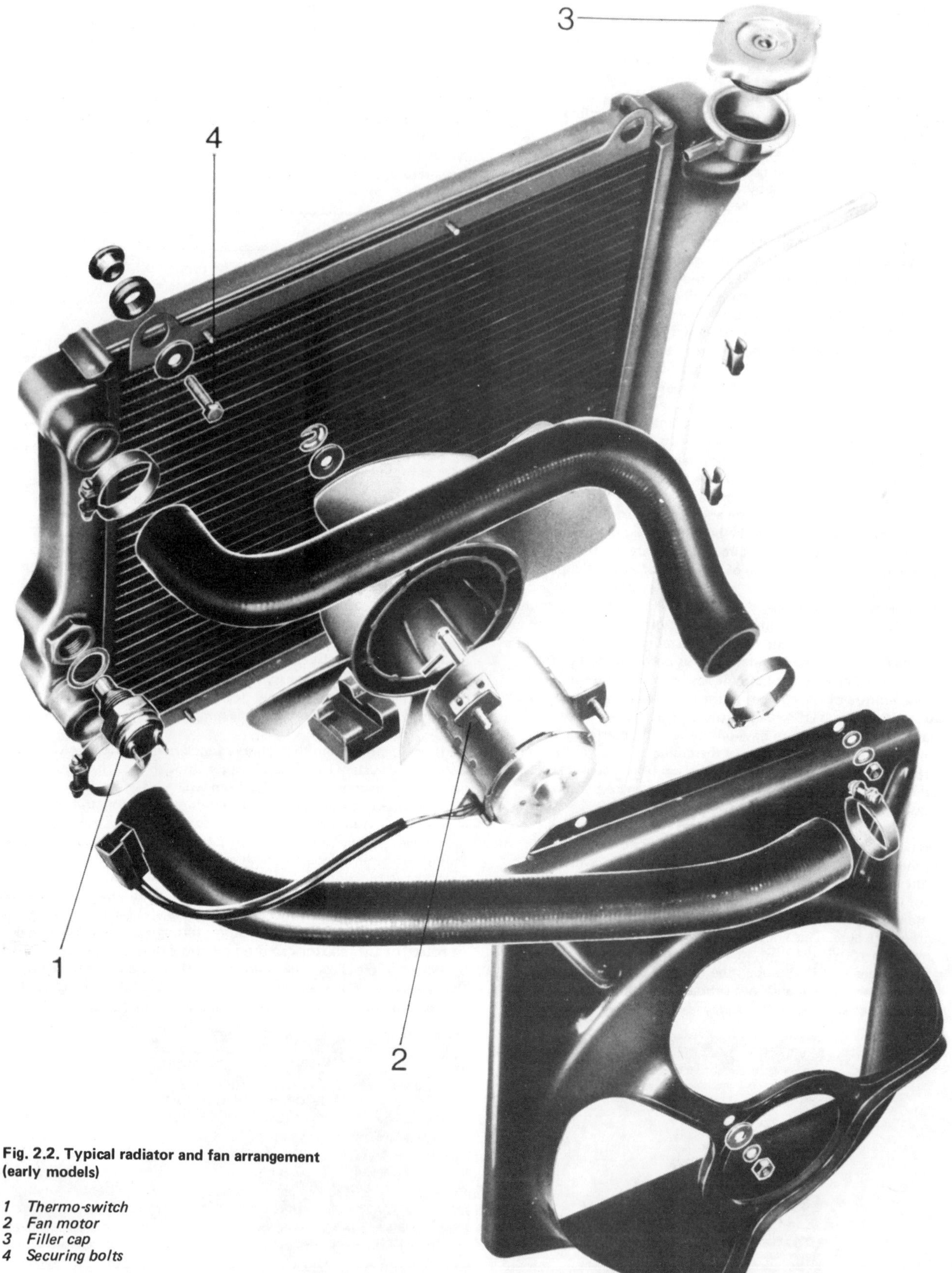

Fig. 2.2. Typical radiator and fan arrangement (early models)

1 Thermo-switch
2 Fan motor
3 Filler cap
4 Securing bolts

engine is warm, just above the maximum mark. Continue to top-up until liquid comes out of the bleed valve. Close the valve, put on the cap and run the engine until just warm. Remove the radiator/expansion tank cap. Open the bleed valve to let out any air. Top-up the radiator/expansion tank as necessary.

6 If, after running the vehicle for a few miles there are rude noises coming from the cooling system after the ignition is switched off then there is still air in the system. Remove this via the bleed valve - after the pressure has been released from the system by removing the radiator/expansion tank cap.

4 Coolant hoses - maintenance and emergency repair

1 The coolant hose is probably the most neglected part of the car, yet negligent owners always seem surprised when a hose bursts or collapses!

2 Hoses age and become hard, crack, split and decay generally over a period of time. They are subject to high temperatures and up to 19 lb sq in (1.3 kg/sq cm) pressure during normal running. Their worst enemy is oil, which, if spilt on hose should be wiped off straight away. Hoses will chafe if not correctly supported, and then pin-hole punctures will release a stream of hot coolant.

3 Examine the hoses when checking oil and battery levels. Check the tightness of clips every three months, or after a long fast run. If the clips are digging in to the hose too deeply move the clip, or if this is not practical, renew the hose. If a hose is becoming stiff, shows signs of cracks developing, then renew it right away. When a hose bursts the hose must be renewed and the antifreeze which is expensive.

4 If the hose does burst stop the engine as soon as possible. Open the bonnet (hood) cautiously, there may be a jet of hot coolant spraying about. As soon as possible drop a substantial cloth over the actual puncture. Put another cloth over the radiator cap and turn it to release the pressure. The jet spray will subside and the fault may be located. If the problem is with the smaller hoses it may be possible to short circuit the burst. It may be that the heater circuit can be isolated and the hose for that used as an emergency repair. If one of the larger hoses has fractured, insulation tape may be used as a temporary repair. A more substantial temporary repair may be made by cutting the hose right through and inserting a short length of metal or similar tubing with two worm drive clips. This will hold well until the correct part can be fitted.

5 **Never** pour cold water into a hot engine while it is not running, that is the easiest way to crack the cylinder head. If sufficient coolant remains to circulate then cold coolant may be added to **hot coolant**, but **not** to hot metal.

6 Finally, if a burst does happen the cause must be located before proceeding. It may be neglect or old age, in which case no further action other than renewal, is necessary, but if a new hose bursts then the cause must be located right away.

5 Fault diagnosis (general) - cooling system

1 Check the level of the coolant in the radiator on the expansion tank each day the car is used. If the level falls check the hose clips for tightness and the hoses for leaks.

2 If there are no signs of leakage at the hose joints then the radiator must be checked for leaks which may be caused by electrolysis. No repair is possible; the radiator must be exchanged.

3 However, overheating may also be due to incorrect operation of the thermo-switch and fan motor. Remove one wire from the thermo-switch and check the voltage between the fan motor housing and the battery negative terminal. If there is a voltage reading then the fan motor is faulty and must be replaced. If there is no reading on the voltmeter, then the coolant must be drained off and the thermo-switch removed for inspection. Green or blue deposits on the bottom of the switch indicates electrolysis and coating of the switch and probably the radiator with verdigris. This will appreciably affect cooling and will eventually cause leaks through corrosion. There are a number of patent solutions to descale radiators, but they will not deal satisfactorily with verdigris. Flush out the radiator with clean water and try again. If it still overheats then consult the agent. It will probably mean a new radiator.

4 One of the more common faults is a defective radiator cap. If the valve in the cap opens at less than the specified amount of pressure, coolant will certainly be lost. Traces of this will be evident on the radiator and the engine compartment. The VW agent should have a special testing gauge VW 1274 which will test the system straight away. My own method is to tie a plastic bottle onto the end of the overflow tube. If at the end of a run the radiator is short of coolant and there is coolant in the bottle then the cap must be renewed. Make sure there is an air vent in the plastic bottle or it will not work properly.

5 Before buying a new radiator there are other things to check. Coolant may be lost by leakage into the cylinders if the cylinder head gasket is faulty. This will not be obvious unless the leak is a large one, in which case coolant will lie on the top of the piston and become very obvious when starting from cold.

6 A small leak in the gasket will have the reverse effect as the engine warms up. Burnt gas will escape into the coolant and cause overheating.

7 Whatever the coolant loss is due to, the fault must be found and corrected otherwise serious damage to the engine may occur. Fault diagnosis will be found in Section 15.

6 Radiator - removal, testing and refitting

1 Remove the bottom hose, catching the coolant in a clean container of sufficient capacity. Undo the expansion tank filler cap and open the vehicle heater valve. When no further coolant runs out remove the top hose and wait for more coolant to run out. Disconnect the battery earth strap.

2 Pull off the thermo-switch leads. Unplug the fan motor. Remove the two bolts holding the radiator to the frame (photo Chapter 1). This will need a 10 mm socket spanner, and then lift the radiator up and move it sideways to disconnect the top clip (photo Chapter 1). The layout for the radiator on later models is different. See Fig. 2.2. The method of securing the radiator to the frame is by two bolts and the thermoswitch is in a different position.

3 Lay the radiator down and remove the nuts holding the cowling and fan with motor to the radiator. The radiator may now be examined for leaks. It should be pressure tested in a tank of hot water, blocking one outlet and fitting the other with a bung through which compressed air at 14 lb/sq in (0.09 Kg/sq cm) is applied. Leaks will be seen as streams of bubbles.

4 It is not possible to repair this radiator without special equipment, so an exchange radiator will be necessary. There are several brands of chemical which poured into the system may effect a temporary repair, but seldom effect a permanent repair. We recommend their use only in emergencies.

5 Refitting is the reverse of removal.

7 Fan and thermo-switch - testing and renewal

1 The fan and cowling may be removed from the radiator or more easily the fan can be removed from the cowling and eased out through the struts. Disconnect the battery earth strap before commencing work, undo the plug connecting the fan to the electric wiring harness, remove the three nuts holding the fan in position and remove motor and assembly together.

2 The fan blades are removed from the motor by undoing the bolt in the centre of the fan hub and levering the plastic blade off the motor shaft.

2 The motor is dismantled by undoing the through bolts and pulling off the end caps, but there is no point in doing this as spares are not available, the unit is renewed in one piece.

4 To satisfy the curious we removed the through-bolts. Pulling off the end cap was difficult and unfortunately the bearing came off with the shaft (photo). This presented difficulties on reassembly as the cage for the spherical part of the shaft may only be installed when the bearing has been removed from the housing. The shaft and bearing may then be re-installed. The commutator and brush gear may be cleaned and then reassembled (photos). Be careful of the two thin washers at the end of the commutator. If one of these is damaged replacements are not available. It is recommended that this unit be renewed if faulty.

5 The fan motor either works or it does not. Supply 12 volts to the plug momentarily. If the motor runs it is satisfactory. **Do not** allow it to run for more than a few seconds with the fan removed.

6 The thermo-switch is located in the back tank of the radiator. Disconnect the wires. The switch may be tested by connecting a simple

7.4a The fan motor housing. The bearing has come out of the cage, this is not the way to do it!

7.4b The motor brush gear. Treat the washers with care

7.4c The fan motor armature. Note the suppressor

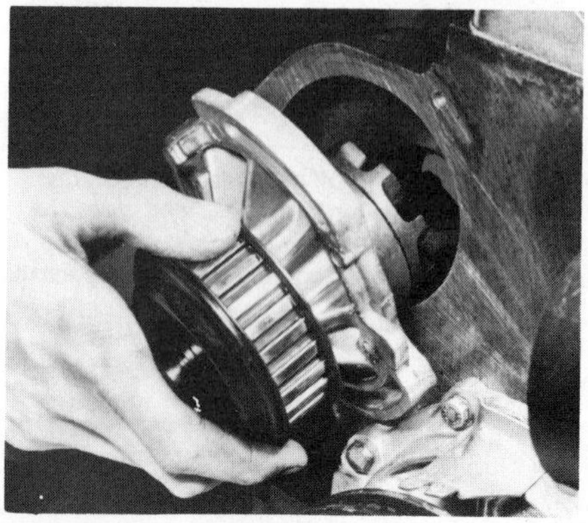

8.6 Remove the water pump

8.7 Examine the impeller. Fit a new 'O' ring

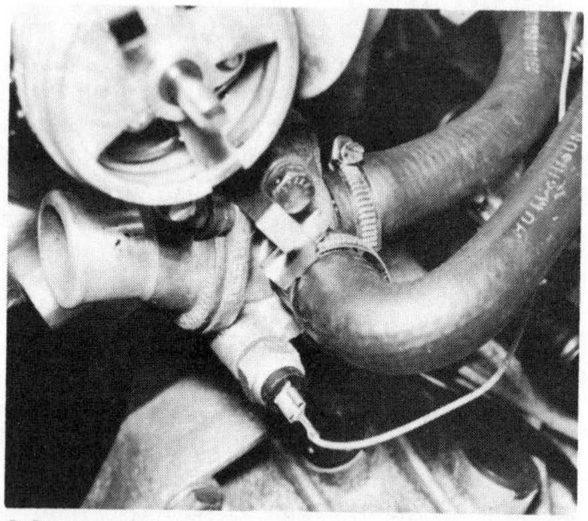

9.2a The thermostat housing and the temperature gauge sender

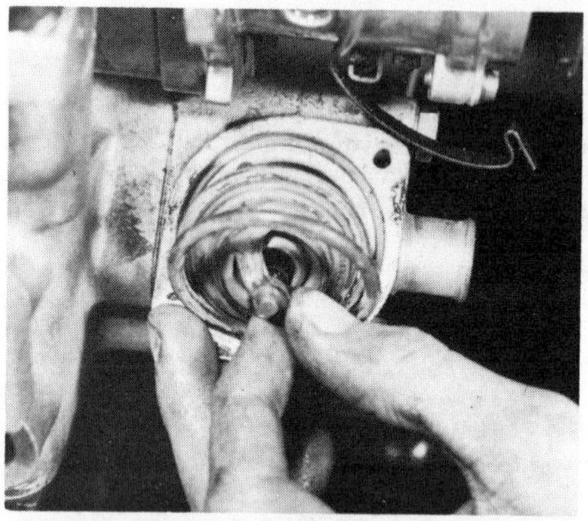

9.2b Removing the thermostat

9.3 The thermostat housing, thermostat removed

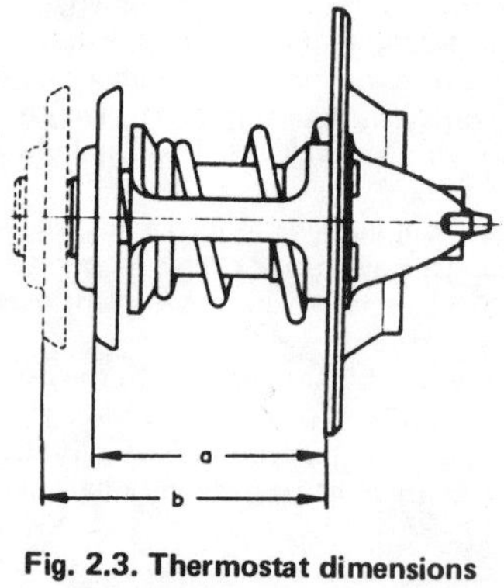

Fig. 2.3. Thermostat dimensions

(a)	*Cold measurement*	*31 mm (1.2 ins)*
(b)	*Hot (100°C/212°F) measurement*	*38 mm (1.5 ins)*

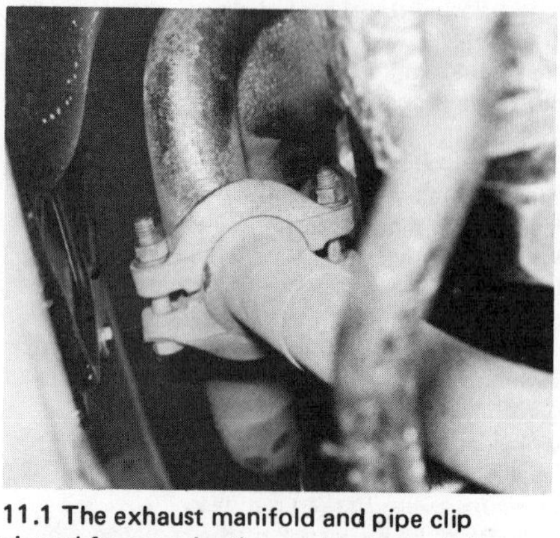

11.1 The exhaust manifold and pipe clip viewed from under the car. Undo the bolts and slide the clip away

11.3a The centre support bracket and rubber ring for the exhaust pipe

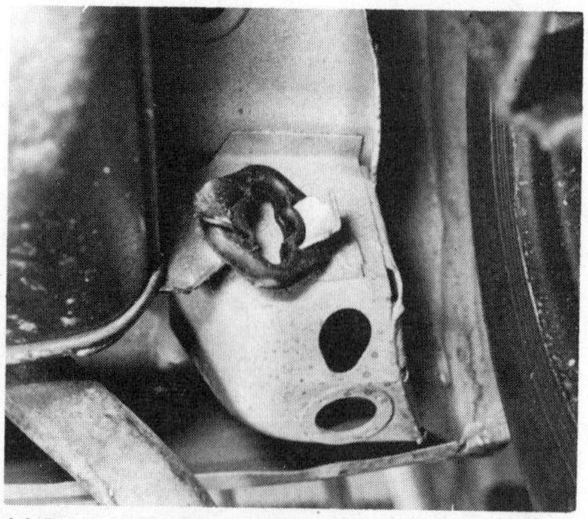

11.3b The support at the back of the silencer

bulb circuit or an ohmmeter across the tags of the switch and observing the point at which the switch closes. The temperature of the coolant in the header tank may then be checked. This will be in excess of the specified 90°C (194°F) but will give a good idea of the temperature in the lower tank. If the fan does not work shortly after the thermostat has opened and the engine has reached normal running temperature then stop the engine right away. Pull off the leads from the thermo-switch and with a suitable instrument, check whether the switch has closed or not. If it has, then check the fan circuit and do not proceed until this has been sorted out or the engine will overheat. If the switch has not closed, and you are sure the coolant temperature is in excess of 90°C (194°F) then the switch is faulty and must be renewed. To get you home connect the two switch leads together (short out the switch). The fan will then run when the ignition is switched on.

7 Removal of the thermo-switch involves draining the radiator. Once the bottom tank is empty (there is no need to take out the plug from the cylinder block) using a socket spanner remove the thermo-switch. It may be tested then in a beaker of water in the same way as the thermostat (Section 9), but using a meter to determine the opening point. However, more practically, the switch either works or it does not. If not, fit a new one.

8 Coolant pump - removal, overhaul and refitting

1 It is possible to remove the coolant pump without removing the engine from the car. However, care must be taken not to upset the valve and ignition timing.

2 No repairs are possible to the pump; if it is not working correctly, then a replacement must be fitted.

3 Remove the bottom hose from the radiator and catch the coolant in a container of suitable size.

4 Undo the bolts holding the timing belt cover and remove the cover upwards. Turn the camshaft sprocket until the top bolt of the timing belt case can be seen through the sprocket and remove this bolt. (photo 7.4a Chapter 1). Using a ring spanner on the crankshaft pulley nut turn the engine until the mark on the camshaft lines up with the blade of the belt guard (photo 6.4b Chapter 1), and the notch in the Vee-belt pulley lines up with 'O' on the timing bracket (photo 6.4a, Chapter 1).

5 Undo the bolts holding the guard and coolant pump and slacken the timing belt by rotating the coolant pump (photo 6.6b, Chapter 1).

6 Gently ease the timing belt off the coolant pump and push it towards the centre of the block. Now remove the belt guard and water pump (photo). If you have to remove the belt, do not twist it too much or it will crack.

7 Examine the pump impeller and the bearing, if faulty the pump must be renewed (photo).

8 When refitting be sure to fit a new 'O' ring to the pump.

9 Refitting is the reverse of removal. When checking the tension of the timing belt consult photo 6.6a of Chapter 1. Be quite sure the timing marks line up correctly. After refitting the system remember to bleed it correctly.

9 Thermostat - removal, testing and refitting

1 The thermostat is fitted to the coolant flange at the rear of the block just under the distributor.

2 To remove it, first disconnect the bottom radiator hose and drain off the coolant. Now remove the two bolts holding the flange to the housing and draw the thermostat cover away. There is no need to remove the hose. The thermostat may now be lifted out (photos) and tested.

3 Clean out the housing before refitting (photo) the thermostat and always fit a new 'O' ring.

4 Refer to Fig. 2.3. To test the thermostat, remove it from the housing and clean it carefully. Measure the dimension 'a' while the thermostat is cold. Immerse it in water and raise the temperature to 80°C (176°F). The bellows should now start to open. Continue heating the water until it boils (100°C; 212°F). Remove the bellows from the water and quickly measure dimension 'a' again. It should have increased by 0.28 in (7 mm). The overall measurement will now be 1.5 in (38 mm). If it is substantially less than this then the cooling water flow will be restricted and the engine will overheat. There is no repair possible for the thermostat - if it is faulty, fit a new one.

10 Temperature indicator sender - checking and renewal

1 The system fitted to the economy models is liable to faults. The warning light on the dashboard should glow when the engine coolant overheats. If the bulb fails, or the sender deteriorates, the lamp will not glow even if the engine overheats or it may glow when the engine is cold, due to a decrease in the resistance of the sender unit or a short circuit in the lead. It is recommended that a temperature gauge be purchased and fitted. This is discussed in Chapter 10.
On the more expensive models there is a temperature gauge which replaces the warning lamp. The servicing of the temperature gauge is discussed in Chapter 10.

2 If the system is not working at all the fault may be in the sender unit. The resistance of the unit should be in the region of 250 to 300 ohms when cold, and approximately half that amount when the engine is at working temperature. If it does not correspond to these limits then the unit should be tested by the VW/Audi Agent for accuracy. If there is a much higher resistance or a short circuit a new unit is required. The VW/Audi Agent can test the sender without taking it out of the car.

3 To check the bulb, or the gauge it is necessary to remove the instrument panel. This is discussed in Chapter 10.

4 To renew the sender, disconnect the lead and tie it away safely. Drain the cooling system and screw the unit out of the thermostat housing. It screws out like a sparking plug. Fit a new unit and check the resistance. If all is well fill the radiator and run the engine up to working temperature. Then check the gauge again, and measure the resistance again.

11 Exhaust system (HA and HB engines)

1 The exhaust pipe is clamped to the exhaust manifold on the radiator side of the engine. Undo the clamp bolt and ease the clamp away (photo).

2 The pipe is supported by a bracket which descends from the starter support bracket. There is a welded lug on the pipe and a nut and bolt to hold the lug to the bracket.

3 The pipe runs under the centre tunnel of the body and is supported by a clip and rubber hanger (photo), approximately under the gear-change lever. The pipe is then bent to the left and enters a rather elementary joint which clamps it to the silencer. This is suspended from the body by two rubber hangers which are hooked over rudimentary pieces of steel welded to the floor of the vehicle (photo).

3 The pipe diameter is reduced drastically before the silencer at the point where it bends sharply.

4 Removal should be simple. It will be easier if done on a vehicle hoist or over a pit. Ease the clamp away as in paragraph 1. Undo the nut and bolt (you may have to saw these off), unhook the rings and pull the system away from under the car. Total time if the bolt and nut undoes easily, is about fifteen minutes.

5 Refitting is equally simple. Fit all the suspension clamps before tightening any of them and then clamp the pipe to the engine. Do not strain the system when fitting and make sure it does not rub against the floorpan.

6 It is as well that the system is easily renewable for although the vehicle we dismantled had done only 53 miles the exhaust pipe was already corroded. It does not seem to have any protection at all.

7 There are not many things you can do to prevent corrosion in this case. You can, and should, check the metal hangers and paint them with heat resistant paint regularly.

8 The silencer is suspended so that the tailpipe points upwards at an angle. This means that condensation which forms while the engine is idling or on short runs will run back into the silencer. Since this condensation is slightly acid, corrosion will go on while the vehicle is standing. Use the manual choke as little as possible, do **not** leave a cold vehicle idling to warm up, and try to clear any condensation by shutting off the engine quickly when you stop.

9 If you renew the pipe with the identical item it is possible that this will be an annual event. There are other pipes, some of mild steel coated with aluminium inside and outside, such as those made by Peco, and some are stove enamelled. These may have a two year or 24,000 mile guarantee, but naturally cost a considerable amount more.

10 The most expensive replacement system is a stainless steel one such as those from Grundy in South Wales, Nocorrode of Lincoln, or Stain-

less Exhaust Systems of North Devon. These cost up to three times the price of a mild steel system. On the other hand they are guaranteed for five years in the case of Nocorrode, and for the life of the car (for one owner only) for the other two. It is unlikely that the mild steel system will be guaranteed for more than one year.
11 Oddly enough the long distance high speed car will have less trouble than the shopping and school bus second car which will suffer from the condensation problem more.
12 It is really a case of shopping around and working out the best offer. Beware of some of the side street 'experts' who fit exhaust systems while you have lunch, at cut price rates. Not only do they fit mild steel pipes, but they have a habit of charging for unquoted extras called 'Fitting kits', which can add pounds onto the expected bill!
13 Whenever the exhaust system is repaired or replaced, be sure to refit the system with the correct layout for your particular model and it is also most important to locate it with the correct pattern of ring in the right position. The rear silencer is located by two circular rings and the forward section by the 'slotted ring'.

12 Exhaust system (HC and HH engines)

1 The twin pipe exhaust system is bolted to the manifold. There is a flat gasket between the two flanges. Both pipes are welded to the same flange and merge into one pipe just below the first clamp point under the starter motor. The single pipe then fits into a corrugated joint type silencer
2 The pipe then goes to the silencer, which is bent to avoid the axle. The silencer is suspended at both ends and has a horizontal tailpipe.
3 Although this type is somewhat more sturdy than the single pipe type, a number of remarks concerning the single exhaust apply so read Section 11, paragraph 5 onwards, and do your own calculations on economics of renewal.

13 Heater unit - general description

Refer to Fig. 2.5. The unit consists of three main Sections. The fan and inlet casing which is clipped to the shell under the top of the scuttle, the heat exchanger which is a small radiator with a control valve, and the warm air distributor casing which is inside the car body.

The three controls are on the dashboard. The left-hand one actuates a flap which directs the air after it has left the exchanger. This unit is not repairable, and unless you break it by trying to remove the dash, it will not require servicing. The pipes to the side vents can be removed and replaced with the unit in-situ after the instrument panel has been removed (Chapter 11). The centre control is a simple switch which may be prised out of the dash, if circuit testing becomes necessary (photo).

14 Heater unit - removal and refitting

1 The fan and heat exchanger are on the engine side of the bulkhead and may be removed for servicing.
2 It will be necessary to drain the cooling system sufficiently to empty the heat exchanger. The cover over the unit may be removed by pulling up the clips. The hoses may then be disconnected and the control wire (photo) to the heat exchanger valve removed from the lever. The plug may be pulled off the blower motor. Before doing this disconnect the battery earth strap.
3 Refer to Fig. 2.5. It will be seen that there are two clips on the top of the motor/heat exchanger casing. Remove these in an upward direction and tilt the unit forward taking care not to damage the gasket. The unit may then be removed in an upward direction, the heat exchanger securing screws removed from the side of the unit and the heat exchanger removed. The fan and motor are then accessible through the back of the casing.
4 Assembly is the reverse of removal. Renew the large gasket, if necessary.

13.2a The switch for the blower motor removed from the dashboard

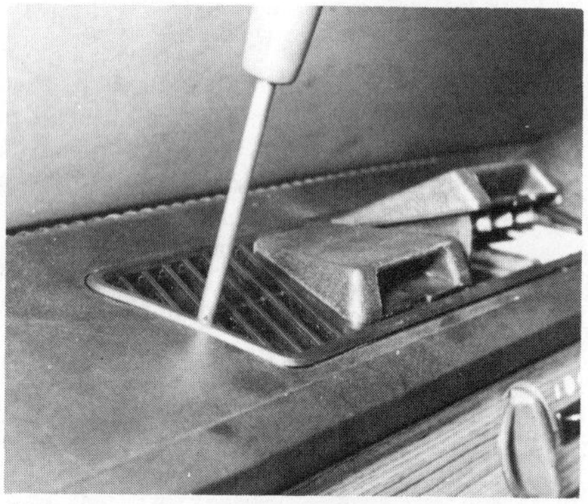
13.2b The screws holding grille to dashboard. Don't remove them unless access to heater controls is necessary, the moulding may break

14.2 Heat-exchange valve control cable fixings

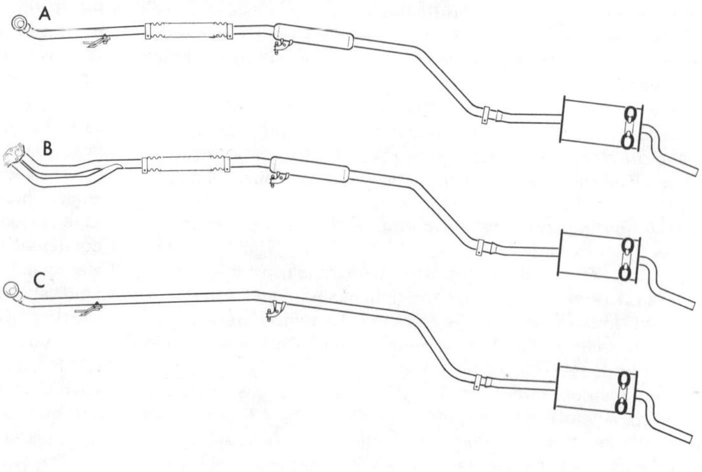

Fig. 2.4. Exhaust pipe systems

A = 1.1 litre AB engine
B = 1.1 and 1.3 litre HC and HH engines
C = 0.9 litre HA engine

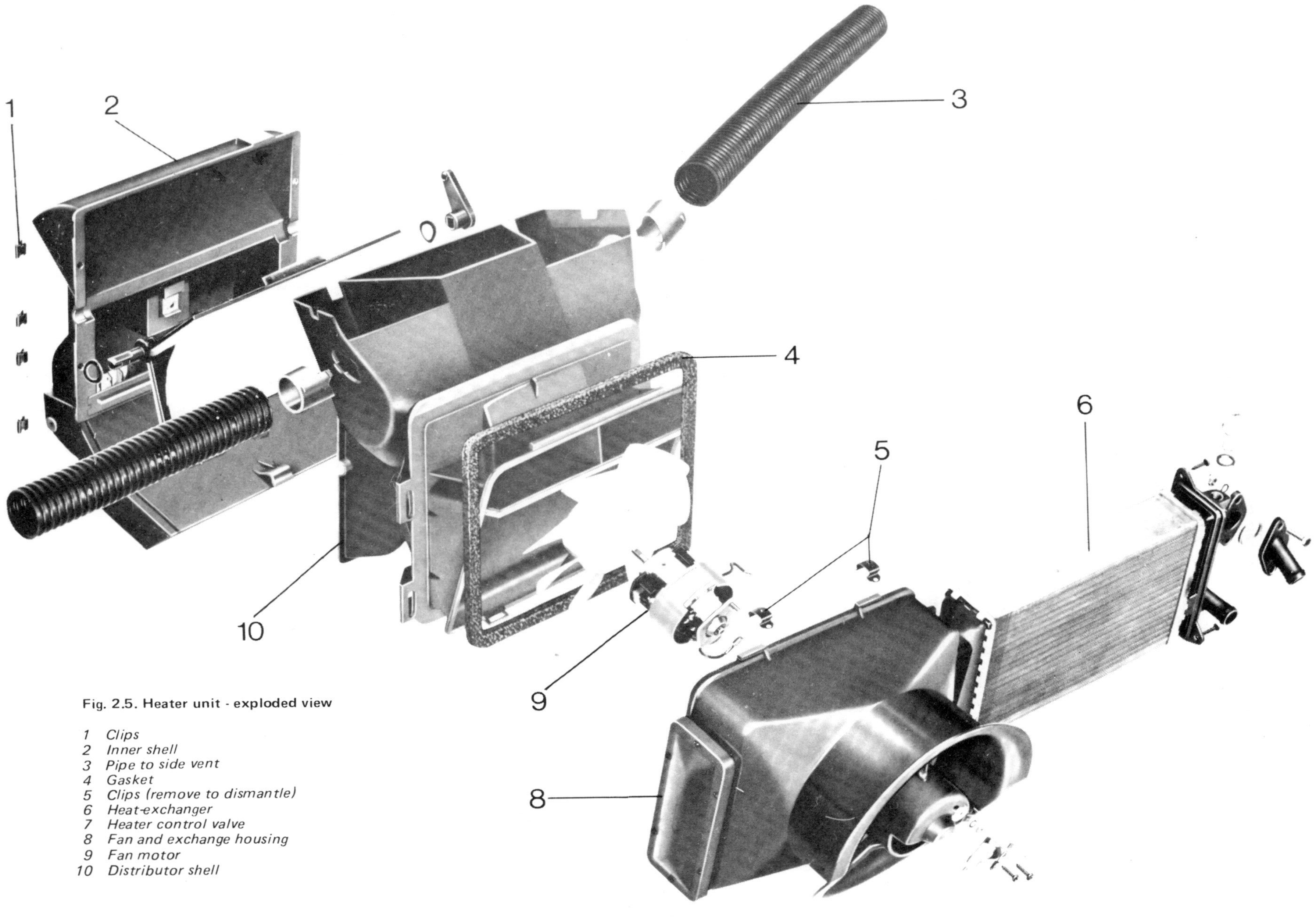

Fig. 2.5. Heater unit - exploded view

1 Clips
2 Inner shell
3 Pipe to side vent
4 Gasket
5 Clips (remove to dismantle)
6 Heat-exchanger
7 Heater control valve
8 Fan and exchange housing
9 Fan motor
10 Distributor shell

15 Fault diagnosis - cooling system

Note: Check that the coolant level is correct. Check that the radiator is not obstructed by flies, leaves or other debris.

Symptom	Reason/s	Remedy
Engine apparently cool, gauge registers in the red sector or lamp glows	Engine temperature sensor or wiring defective	Renew sensor, check wiring and ground connections (Chapter 10).
Engine overheating, gauge does not register in the red sector, lamp does not glow	Voltage stabilizer faulty Temperature gauge defective	Check stabilizer (Chapter 10). Renew gauge.
Engine and radiator overheating, lamp glows or gauge shows red. Fan operating	Coolant level too low Water pump belt slipping or broken (1.5 litre)	Check for leaks. Check cap valve overflow tank. Adjust or renew.
Engine overheats very quickly. Tank of radiator cool.	Thermostat not opening, water not circulating through radiator	Renew thermostat.
Engine cool, gauge not in red or lamp does not glow despite hard driving in cold climates	Normal operation but if very cool then thermostat stuck open	Renew thermostat
Engine overheating, pump and fan working, gauge in red or lamp glowing.	Brakes binding Ignition retarded Mixture incorrect Cylinder head gasket blown	Adjust (Chapter 8) Check and adjust (Chapter 4). Adjust (Chapter 3). Renew (Chapter 1).
Engine overheating, gauge red or lamp glowing, fan not working	Thermo switch not working Fuse blown Fan motor defective	Bridge terminals. Fan should run. Check fuse and renew if necessary. Trace fault. Renew fan motor.
Engine overheating, all system working correctly	Wrong grade of fuel	Use correct grade RON. See operating handbook.
Radiator constantly requires topping-up	Radiator cap unserviceable Cylinder head gasket blown Radiator or hoses leaking Heat exchanger leaking	Test as Section 5, paragraph 4. Renew. Check, repair or renew. Check, repair or renew.

Chapter 3 Carburettor and fuel system

For modifications, and information applicable to later models, see Supplement at end of manual

Contents

Specifications

Fuel pump	Diaphragm type, mechanically operated. The pump is located on the cylinder head and driven by the camshaft
Fuel tank	Located at rear of the vehicle
Fuel tank capacity	8 Imp. gallons (36 litres/9.6 US gallons)
Fuel tank reserve *	1.3 Imp. gallons (6 litres/1.6 US gallons

** Note: Warning light starts to flicker at 2.2 Imperial gallons (10 litres) and stays on at 1.3 Imperial gallons (6 litres)*

Fuel filter	Plastic type located in fuel line in the engine compartment. Renew every 26,000 miles (42,000 km)
Air cleaner	Paper element type located directly above carburettor inlet
Fuel grade (RON)	
Polo (all models except Formel E)	91
Audi 50 LS	90
Audi 50 GL and Derby/Polo Formel E	98
Derby (except Formel E)	91

Carburettor data

Model	**Polo L, 900 & N900**	**Polo LS1100, Derby S & LS, Audi 50LS**	**Audi 50GL**	**Derby GLS**
Engine code	HA	HB	HC	HH
Engine number series	HA 000 001	HB 000 001	HC 000 001	HH 000 001
Carburettor type	Solex 31 PIC 5	Solex 31 PICT 5	Solex 31 PICT 5	Solex 34 PICT 5
Carburettor series number	052129015B	052129015	052129015A	052129015E
Carburettor jets setting:				
Venturi diameter (mm)	23	25.5	25.5	27
Main jet	X115	X127.5	X127.5	X132.5
Air correction jet	110Z	100Z	100Z	105Z
Pilot jet	50	50	50	52.5
Pilot air jet	100	100	100	110
Auxiliary air jet	140	—	—	100
Auxiliary fuel jet	—	—	—	40
Fuel enrichment without ball	85/85	65/65	85/85	120/120
Injection capacity (cc/stroke)	0.9 ± 0.15	0.9 ± 0.15	0.9 ± 0.15	1.1 ± 0.15
Float needle valve diameter (mm)	1.5	1.5	1.5	1.5
Gloat weight (g)	—	—	—	11 ± 0.5
Float needle washer thickness (mm)	2	2	2	0.5
Throttle valve gap:				
mm	0.8 to 0.9	0.75 to 0.85	0.75 to 0.85	*
in	0.032 to 0.035	0.030 to 0.033	0.030 to 0.033	*

Choke valve gap:				
mm	–	3.7	3.7	3.3 to 3.7
in	–	0.145	0.145	0.130 to 0.145
Fuel chamber level (mm)	20 to 22	20 to 22	20 to 22	–
Idle speed (rpm)	900/1000	900/1000	900/1000	900/1000
CO content (% vol)	2 to 3	2 to 3	2 to 3	1.5 to 2.5

** Set to speed of 2400 + 100 rpm*

Torque wrench settings

	lbf ft	kgf m
Carburettor to manifold	14.5	2
Inlet manifold to cylinder head	18	2.5

1 Fuel system - general description

1 An 8 Imperial gallon (36 litre) tank is situated at the rear of the vehicle. Fuel is drawn from this through a plastic filter (plate), situated in the engine compartment, by a mechanically operated diaphragm pump bolted to the side of the cylinder head. The pump is driven by a plunger operating on a cam on the camshaft. The fuel is delivered to a Solex fixed venturi carburettor. All models are equipped with Solex carburettors which although varying in type according to model, are basically the same in function and layout. The principle difference is the choke system which on the 895 cc, 1272 cc and late model 1093 cc litre variants is manually operated whilst the early 1093 cc engine carburettor has an automatic choke system and the jets and adjustments also differ. The 1093 cc litre engines also have a modified inlet manifold.

2 The air cleaner is a paper element type fastened to the top of the carburettor intake. It requires regular servicing. This is discussed later in the text.

3 Carburettor has a magnetic cut-off valve which shuts off fuel delivery to the float chamber when the ignition is turned off. It is also fitted with an accelerator pump which injects fuel into the venturi when the accelerator is depressed sharply. The amount injected is controllable and the test for this is described later in this Chapter. The throttle gap must be adjusted for cold starting and for basic operation. Instructions for this are in Section 8. For carburettor fitted with automatic chokes there is an adjustment to check.

4 So far no special arrangements for exhaust gas recirculation or afterburn have been announced. The tuning of the carburettor is accomplished by adjustment of the idle air control screw and the idle mixture control screw using a tachometer to set the speed accurately and an exhaust gas analyser. It is claimed that the percentage Co content may be reduced to 2.5 ± 0.5 by volume using only the normal controls, which is sufficient for the markets contemplated.

5 Unless the owner has the necessary instruments it is not possible to tune the carburettor accurately and we suggest that the final adjustments be left to the VW/Audi Agent. This is especially so on 1977 models on which are fitted with anti-tamper caps on the adjustment screws to comply with regulations. Although the caps can be removed by prising free with pliers or screwdriver in order to readjust the screws, it is not generally recommended. The plugs are not reusable once removed and new plugs must be fitted after adjustment is made.

6 The fuel gauge sender unit is located at the tank outlet. No gauge, as such, is fitted to the Polo early models. A warning signal on the dash begins to flash when the tank contents are reduced to 2.2 Imperial gallons (10 litres) and comes on continuously at 1.3 Imperial gallons (6 litres). A gauge is fitted to later models and to Audi models.

7 A manual choke is fitted to the 895 cc and 1.3 engines for cold starting. At temperatures below $15^{\circ}C$ this is pulled right out for cold starting. Above this temperature the choke knob should be pulled out and pushed back to the detent position before operating the starter. In both cases the accelerator should not be depressed until after the engine has started or flooding will result. While the choke knob is pulled out a light appears on the dashboard. The choke knob should be pushed in as soon as the engine will run smoothly without choke. The light then goes out. On the 1093 cc engine the automatic choke, which is electrically operated, takes care of this problem.

8 In Section 12 we give a list of alternative names used in the VW/Audi organisation for the same parts of carburettor. Both lists are in common usage but may mystify the d-i-y owner.

2 Air cleaner - removal, servicing and refitting

1 The air cleaner is mounted on the carburettor. It is supported by two studs which are screwed into the top of the manifold. Undo the five clips and remove the top. The paper element may then be lifted out (photo). Push a piece of clean rag into the carburettor intake to prevent dust falling inside before removing the element. Take the element away and put it on a sheet of newspaper on a flat surface. Clean the interior of the air cleaner shell.

2 The base may be removed after the two nuts have been undone. There is a rubber pipe clamped to the underside from the crankcase vent. This is secured with a Jubilee clip which may be undone after the shell has been removed. There may be difficulty in pulling the shell off the carburettor as the grommet is a good fit. Tug gently upwards on the inlet pipe and it will come off the carburettor.

3 The element may be cleaned by tapping it gently until no further dust comes away. If it is torn or frayed, replace it with a new one. On no account attempt to clean it with solvent.

4 Refitting is the reverse of removal. Fit the grommet to the carburettor intake carefully. Replace the crankcase breather tube before pushing the cleaner into place. Do not forget to remove the rag from the carburettor. When locating the filter cover arrange it so that the arrow mark points towards the corresponding mark on the filter inlet duct.

5 Under normal conditions this service need only be done at intervals of 10,000 miles (16,000 km). A new element should be fitted every 19 000 miles (30,000 km). If the vehicle is operating in very dusty conditions the cleaner should be inspected weekly until the owner finds out how much dust is being trapped each week.

6 The inlet pipe to the cleaner is in two pieces. In operating temper-

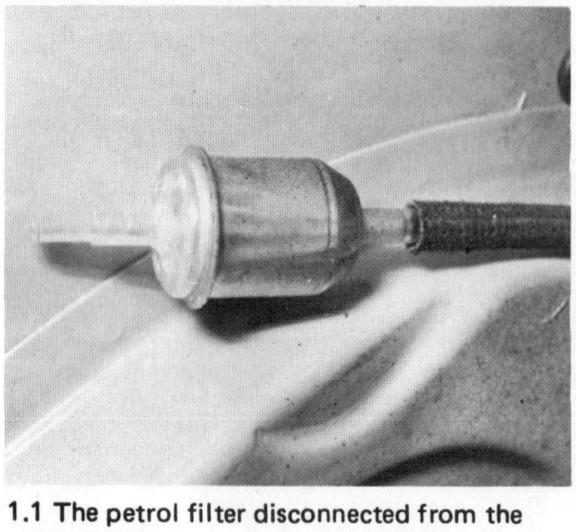
1.1 The petrol filter disconnected from the pump hose

2.1 Removing the air cleaner element

3.1 Fuel pump top cover and filter removed for cleaning

atures below 15°C (59°F) the lower piece should point downwards drawing warm air from the region of the exhaust manifold. In conditions above 15°C (59°F) the lower portion should point sideways drawing in cooler air. To move the lower portion slacken the clamp bolt and retighten it after moving the pipe.

3 Fuel pump - testing, servicing, removal and refitting

1 Although it rarely goes wrong the fuel pump can be the unsuspected reason for poor starting and irregular running. If the filter is choked the diaphragm damaged or the valves leaking, the pump may deliver enough petrol to keep the engine running, but not enough for a cold start or running under heavy load. It is easy to test the pump and to clean or renew the filter, but beyond that no repair may be done as the unit is sealed on manufacture and must be renewed if faulty.
2 Undo the small screw on the top cover and lift off the cover and filter, inspect the filter and clean it if necessary. Replace the filter and cover using a new sealing ring if necessary (photo). Ensure that the cap notch locates in the housing notch.
3 To test the quantity output of the pump first run the engine for a few minutes until the carburettor is full. Switch off and remove the hose from the carburettor intake. Be careful not to spill any fuel and arrange to catch the fuel in a measuring glass or similar container. There is plenty of hose so that the container may be held well away from the engine. Now get a helper to start the engine and run it at a fast tick-over for 30 seconds. There will be enough petrol in the carburettor bowl for this. Stop the engine and measure the amount of petrol in the container. There should be at least 200 cc (0.35 Imp pts/ 0.42 US pts). There is not much point in pressure testing the pump for it cannot be repaired, but if it is wished to confirm the quantity test it is possible to fit a Tee-piece in the supply hose to the carburettor and fit a pressure gauge. The pressure at 3500 rpm should be between 2.5 and 3.5 lb/Sq. in/0.2 to 0.25 kg/Sq. cm. Outside these limits the pump should be renewed.
3 If it is necessary to remove the pump, first pull off the hoses and then remove the two screws holding it to the cylinder head (photo).
4 Remove the pump from the head and check the spring. Renew the gasket if necessary. Replace the pump and tighten the bolts. Replace the hoses and renew the clips, if necessary.

4 Inlet manifold - identification and servicing

1 It is important that the manifold to cylinder head joint is airtight. If the manifold is taken off the head, be certain that the gasket is in good order when refitting the manifold. The correct torque for the bolts is 18 lb f ft (2.5 kg f m). After the engine has been run for a while check the bolts again.
2 The manifold for the 895 cc engine differs from that of the 1093 cc and 1272 cc engine. It has a smaller cross-section bore to match the smaller venturi of the carburettor. If in doubt measure the cross-section as shown in Fig. 3.1.
3 The gasket between the manifold and carburettor must be airtight. Torque the nuts to 14.5 lb f ft (2 kg f m).

5 Carburettor (Solex PICT 5) - general description

If you are an expert on carburettors the next eleven paragraphs are not for you. If you are not in possession of this knowledge they will explain broadly how the Solex carburettor works. Refer to Fig. 3.2 and 3.3.

Air is drawn through the aircleaner into the carburettor bore by the action of the pistons which suck the air through the inlet and outlet valves, into the engine. The air speed into the carburettor bore is high, in the region of 100 mph at 2000 rpm.

In the carburettor bore is a choke or venturi ring which decreases the size of the bore. This causes an abrupt increase in air speed. A decrease of one half of the diameter will give an increase in air speed by four times the inlet velocity. As the air velocity increases the air pressure drops and the pressure in the inlet below the venturi drops below atmospheric pressure.

Fuel is pumped into the carburettor through a filter and a needle valve to a float chamber. When the chamber is full the float presses on the needle valve and closes it, as the level in the float chamber drops the needle valve opens, providing more fuel for the engine. If the pump is working while the needle valve is closed the fuel is diverted back to the tank via a Tee-junction in the supply pipe (photo).

The fuel in the float chamber is roughly at atmospheric pressure. The air pressure in the inlet manifold falls below atmospheric pressure as the engine rotates and the fuel is sucked into the venturi throat via the various drillings to join the air stream. This all sounds simple, but it is not. The engine requires different mixtures of air and petrol for various loadings and speeds. The petrol must be measured carefully to suit each condition so that just enough and no more is supplied, and it must all be burned or atmospheric pollution will be unacceptable. Worse still the carburettor can only react to the various changes in the inlet manifold pressure after these conditions have happened so there is always a delay during which the mixture will be wrong. It is to reduce this delay that all the complicated drillings and jets are fitted.

The supply of air is controlled by two flap valves in the venturi tube. The upper one is the choke which is closed, either manually on the 895 cc and 1272 cc engines or automatically on the 1093 cc engine, during the starting and warming-up period, thus forcing all the air to go through the carburettor air intake jets and achieving a very rich mixture suitable for a cold engine. Once the engine is warm the choke flap opens and the only control is by the lower flap on throttle valve which is worked by the accelerator pedal. At tick-over speeds this is almost closed and petrol and air are fed in below it by the idle air and idle fuel drillings (VW), or pilot drilling (Audi). See Section 12.

As the throttle is opened the inrush of air pulls the fuel through the main jet in the float chamber via the emulsion tube where it mixes with air from the air correction jet (Audi) or compensating air jet (VW). We have stated both names because Audi and VW have different names for the same thing. The mixture is delivered into the carburettor throat via the main delivery tube (photos).

To provide fuel as the accelerator is depressed sharply a small pump is incorporated in the carburettor body this draws fuel from the float chamber and delivers it into the venturi direct through a small pipe (photo 5.7b).

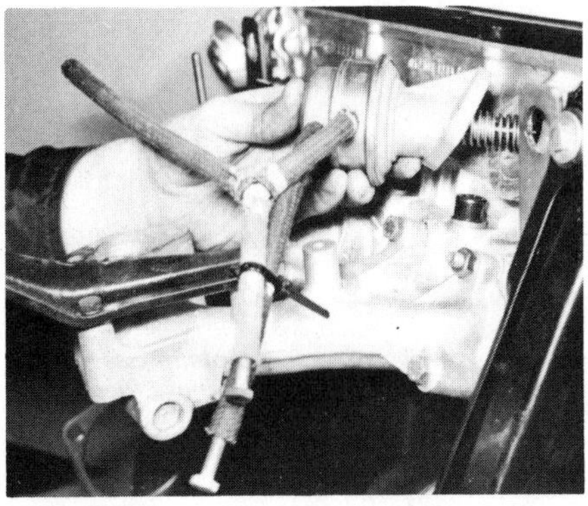

3.3 Pull off the hoses, undo the bolts, and remove the pump

5.4 The Tee-junction (A) in the supply line from the pump to the carburettor

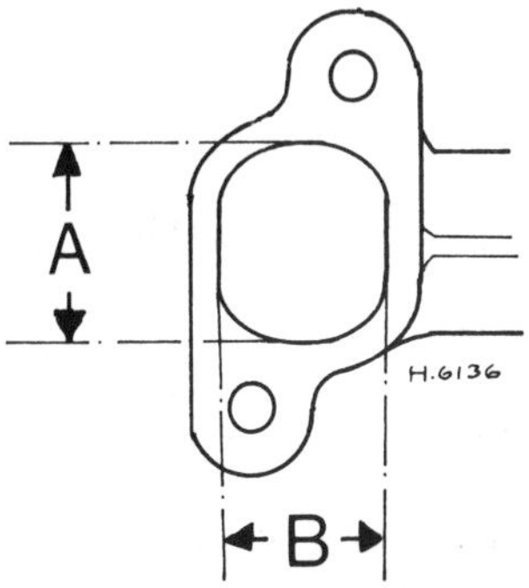

Fig. 3.1. Diagrammatic view of inlet manifold opening (Sec. 4)

	A	*B*
895 cc	*1.10 in (28 mm)*	*0.86 in (22 mm)*
1093 cc and 1272 cc	*1.25 in (32 mm)*	*1.02 in (26 mm)*

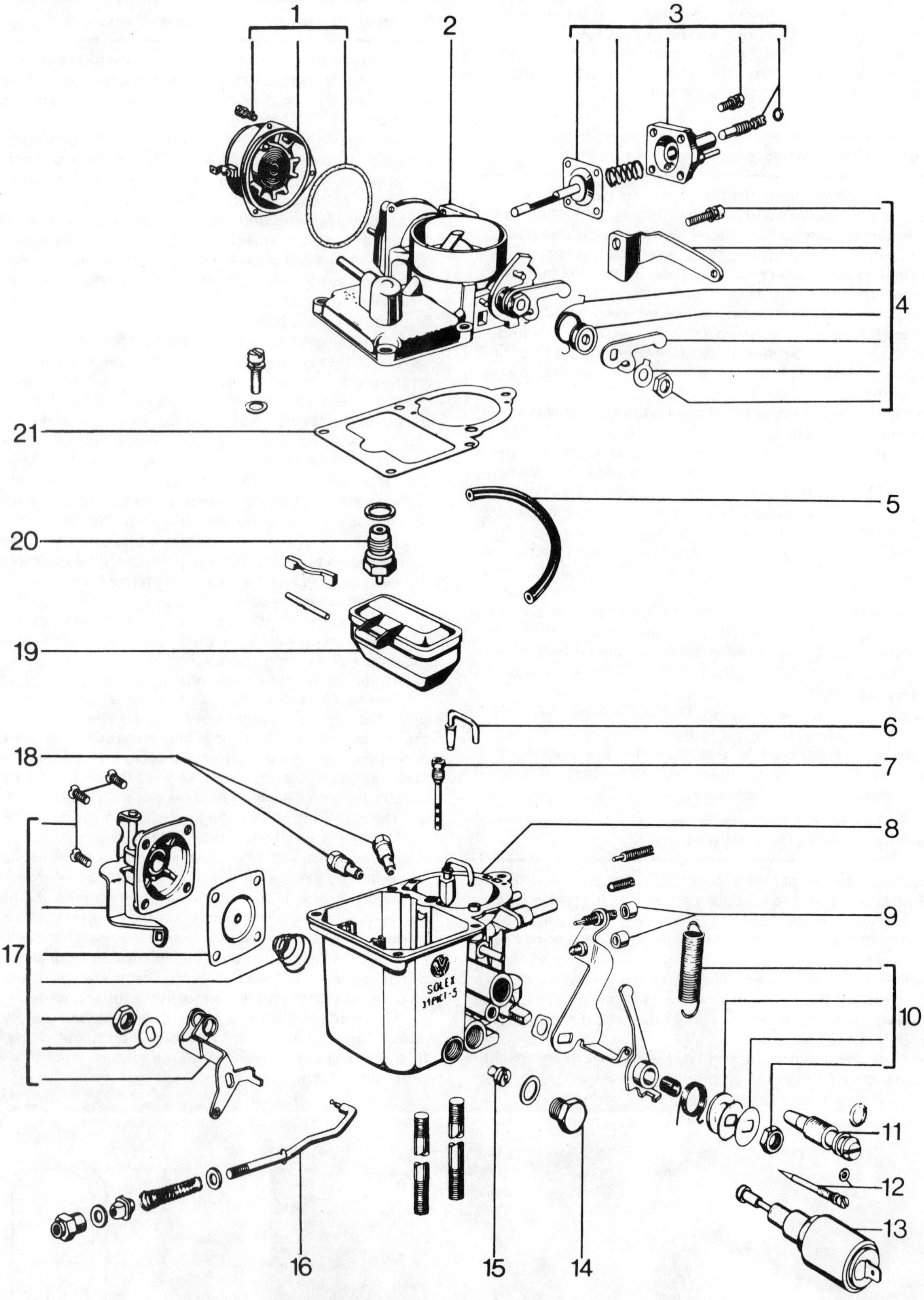

Fig. 3.2. Carburettor (Solex 31 PICT 5) with automatic choke - exploded view

1 Automatic choke assembly
2 Carburettor top
3 Choke vacuum control assembly
4 Fast idle cam and levers
5 Hose
6 Accelerator pump inlet tube
7 Air correction jet and emulsion tube
8 Carburettor body
9 Throttle stop screws
10 Throttle levers and springs
11 Bypass air screw
12 Idle mixture control screw
13 Electro-magnetic cut-off
14 Plug
15 Main jet
16 Accelerator pump link
17 Accelerator pump assembly
18 Pilot and auxiliary fuel jets
19 Float
20 Needle valve
21 Gasket

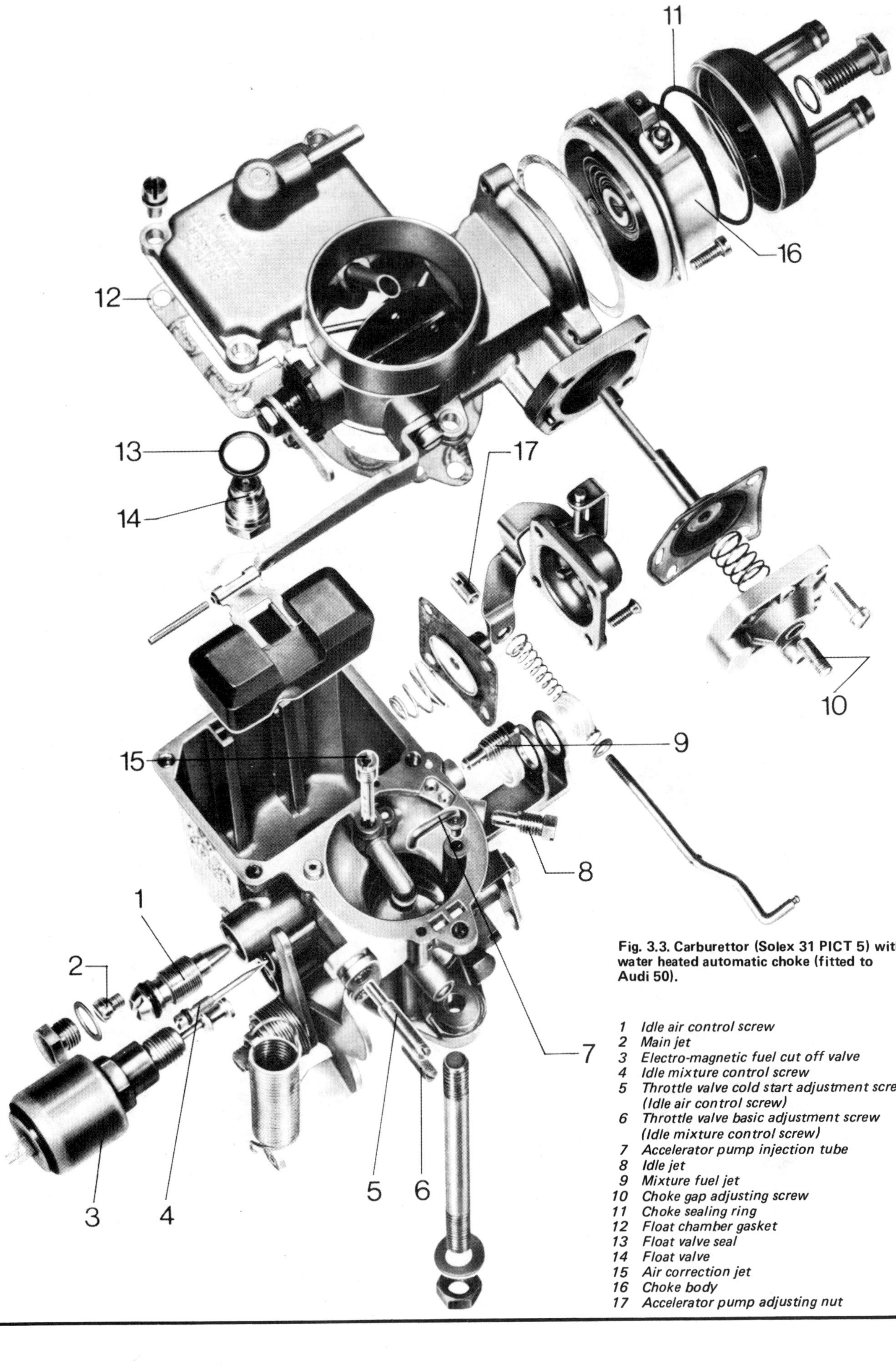

Fig. 3.3. Carburettor (Solex 31 PICT 5) with water heated automatic choke (fitted to Audi 50).

1 Idle air control screw
2 Main jet
3 Electro-magnetic fuel cut off valve
4 Idle mixture control screw
5 Throttle valve cold start adjustment screw (Idle air control screw)
6 Throttle valve basic adjustment screw (Idle mixture control screw)
7 Accelerator pump injection tube
8 Idle jet
9 Mixture fuel jet
10 Choke gap adjusting screw
11 Choke sealing ring
12 Float chamber gasket
13 Float valve seal
14 Float valve
15 Air correction jet
16 Choke body
17 Accelerator pump adjusting nut

5.7a View of the top of the carburettor. 'A' is the air inlet to the float chamber, 'B' is the choke valve, 'C' is the petrol inlet to the float chamber

5.7b View of the carburettor, top removed. 'A' is the float chamber, 'B' the main delivery tube, 'C' accelerator pump delivery tube

For some reason these engines seem to motor on when hot even though the ignition is turned off. To stop this happening a small magnetic solenoid operated valve is fitted in the main supply drilling. When the ignition is switched on the solenoid operates opening the valve. When it is switched off the valve is closed by a spring and petrol may not flow (photo).

The automatic choke is heated by a coolant jacket on early models or by an electric element on later ones. As the temperature of the coolant rises a spring uncoils and operates on the choke flap spindle stop, opening the choke gradually until with a warm engine the choke is fully open. In the case of the electrically operated choke the choke flap is opened by a spiral bi-metallic strip which is heated by an electric current passing through it when the ignition is switched on. The heating up process takes some minutes during which the spiral uncoils turning the choke spindle stop.

A photo (6.11) is given showing the position of the jets.

As may be expected the carburettor requires careful setting. This is now discussed in Section 8

6 Carburettor (Solex 31 PICT 5) with automatic choke - removal, overhaul and refitting

1 This section does not deal with adjustments, these are explained in Section 8.

2 The carburettor should not be dismantled without a very good reason. Any alterations of the settings will alter the Co content of the exhaust gas and may cause the owner to offend the Emission Regulations. However the top may be separated from the body to check the level of fuel in the float chamber and the jets may be cleaned without altering any vital settings.

3 Remove the air cleaner from the top of the carburettor. Clean the carburettor as much as possible externally, remove the nuts from the bolts holding the carburettor to the inlet manifold. Remove the battery earth strap. This will stop any sparks when you remove the wires from the electro-magnetic cut-off valve, the choke and the carburettor earth terminal. The latter is necessary because of the rubber mounting. Pull off the fuel hose and plug it. Tie it safely out of the way.

4 Disconnect the accelerator cable from the carburettor throttle lever. The carburettor may now be removed from the engine (photo).

5 Examine the automatic choke. First remove the screws and plastic cover. The automatic choke is held to the carburettor body by a clamp ring. Examine the joint and a mark will be found on the body opposite a mark on the choke to ensure correct assembly (photo). If you cannot find such a mark make one. Undo the three screws from the clamp ring and take the cover away from the body (photo).

6 Note how the lever fits into the choke element.

7 Refer to photo 6.5b. It will be seen that the choke lever is controlled also by a vacuum diaphragm rod which is spring loaded.

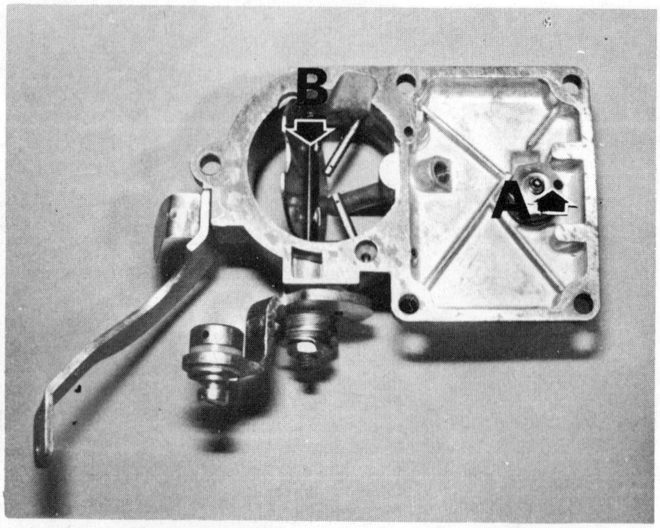

5.7c The underside of the carburettor top. 'A' is the needle valve, 'B' the choke valve flap

5.7d The underside of a carburettor top fitted with an automatic choke

5.9 The magnetic cut-off valve and solenoid removed from the carburettor body

6.4 The automatic choke carburettor with accelerator cable, wiring, and fuel hoses removed, ready to be taken off the engine

6.5a Note the marking 'A' on the cover and body

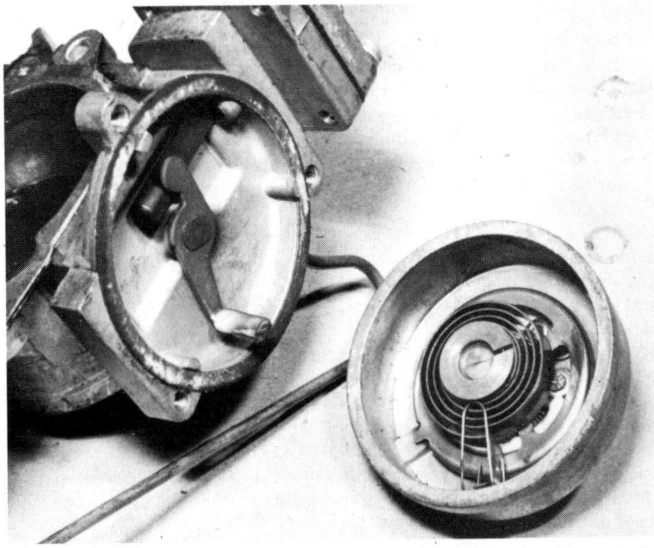

6.5b Choke cover removed. The choke lever fits in a loop at the end of the expansion element

6.8a Take the top of the carburettor away

6.8b Remove the float

This arrangement varies the angle of the choke according to the vacuum state in the venturi. When setting the choke gap, the diaphragm rod must be pushed fully in. This is discussed in the tests and adjustments.

8 Unhook the return spring and remove the five screws holding the top of the carburettor to the body. Lift the top away (photo). Be careful not to damage the gasket. The float may be removed from the float chamber (photo) and checked for leaks. A simple way to do this is to immerse it in warm, not hot, water. Any pin holes will be detected by bubbles as the air inside the float expands. Dry the float thoroughly. It may not be repaired, only replaced by a new one.

9 The needle valve may be unscrewed from the top of the carburettor and checked. Clean out the float chamber removing any sediment with a soft brush.

10 Remove the plug from the outside of the base of the float chamber and then through this hole unscrew the main jet and check that it is clear. Jets **must not** be cleaned with wires or pins. Use compressed air to blow out any obstruction. If wire is pushed in the jet will be enlarged and the delicate balance of fuel mixture upset. If in doubt, fit a new jet (see Specifications).

11 On the top rim of the body are two more jets and the air correction jet with the emulsion tube. Unscrew the air correction jet (photo) take it out and clean the emulsion tube. The jet next to it is the pilot air jet and the one on the outside is the auxiliary air jet. These may be removed and cleaned. They may be identified by Fig. 3.2 and the photo.

12 There are two more jets to find. The pilot jet and the auxiliary fuel jet (mixture fuel jet). The pilot jet is alongside the accelerator pump cover; the auxiliary fuel jet is approached from the same side as the pilot jet but hides behind a plug, and is not easily accessible. *Important:* On some models the auxiliary fuel jet has been replaced by a blind plug. Although outwardly similar in appearance, it must never be replaced by the drilled type fuel jet.

13 With all the removable jets taken out blow out all the drillings with compressed air.

14 The electro-magnetic cut-off valve may be removed (photo 5.9). and its action tested by supplying 12 volts to the tag terminal and earthing the case.

15 The accelerator pump may be dismantled and the diaphragm inspected for cracks or damage. **Do not** undo the screw on the end of the operating rod or the pump will have to be recalibrated. Take the rod off the lever at the other end. Undo the four screws holding the pump cover and extract the diaphragm. Watch out for the spring and fit it back the correct way. When refitting the cover tighten the screws with the diaphragm centre pushed in. This means holding the operating lever out while the screws are tightened.

16 The choke vacuum diaphragm may be inspected in a similar way. Do not alter the setting of the centre or the choke opening will need to be reset.

17 There is one other check to make. If the bushes of the throttle butterfly flap are worn and the spindle is loose in its bearings then air may leak past and affect the air fuel ratio. The remedy is, unfortunately a replacement carburettor.

18 Assemble all the parts methodically. Put a little jointing compound on the main jet plug. If the gasket is broken fit a new one, do not try to stick the old one in place. The carburettor should not need calibration as you have not moved any of the adjusting screws.

7 Carburettor (Solex 31 PICT 5 and Solex 34 PICT) manual choke - removal, overhaul and refitting

Tests and adjustments are dealt with in Section 8.

1 Do not dismantle the carburettor without good reason, if the settings are altered the tests and adjustments must be carried out carefully for not only will you offend emission laws, but you will use a lot more petrol. The carburettor may be cleaned without altering vital settings.

2 Remove the air cleaner (Section 2). Disconnect the battery earth strap and pull the wire off the magnetic cut-off valve. Remove the hose from the carburettor. Undo the nut holding the throttle cable to its lever, push the outer cover clip from the bracket (photo) by squeezing the sides of the plastic plug where it fits in the bracket.

3 Undo the clamp screw and the clip from the choke wire and outer cover and remove the choke cable (photo).

4 Undo the nuts holding the carburettor to the inlet manifold and remove the carburettor.

5 Undo the cheeseheaded screws holding the cover to the body and take the top off the body (Photo 6.8a). The jets are as shown in Photo 6.11. Remove the float (Photo 6.8b).

6 Remove the plug from the base of the float chamber (outside) and you can get at the main jet through the plug hole. Remove the main jet with a screwdriver and blow it clean with compressed air. **Do not poke it with a pin or a piece of wire**, it is machined to fine limits and if you enlarge it you will use a lot more petrol. Refer to photo 6.11 and remove each jet in turn for cleaning. Their location is also described in paragraphs 11 and 12, of Section 6.

7 Remove the electro-magnetic valve, earth the case to the negative terminal of the 12v battery and apply 12 volts to the tag terminal from the positive terminal of the battery. The solenoid should move the valve stem.

8 The accelerator pump may be dismantled and the diaphragm inspected for cracks or damage. **Do not** unscrew the adjusting nut of the operating nut or the pump will have to be recalibrated. Take the rod off the lever at the other end. Be careful to refit the spring the right way round. When refitting the cover tighten the screws with the diaphragm centre pushed in. This means holding the operating lever out while the screws are tightened.

9 Check the bushes of the butterfly valve for the throttle. If these are slack they will admit air and make a nonsense of any tuning done. They cannot be renewed: a new unit will be required.

10 Test the float for leaks if it seems defective. The method is described in Section 6, paragraph 8. Remove the needle valve and check the seating. You should be able to blow through it in the open position but not when the needle is pressed in as far as it will go. Clean out the float chamber removing any sediment with a soft brush.

11 Assemble the carburettor, fit new gaskets if necessary, and refit it to the car. Refit the choke and accelerator cables and adjust them as described in Section 8, paragraphs 9 and 10 and Section 9.

12 If the throttle valve setting has been altered it will be necessary to reset it before fitting the carburettor to the car. This is described in the next Section.

8 Carburettor – tests and adjustments

1 With the exception of the idle speed and mixture adjustment (paragraphs 11 and 12), the procedures below should only be necessary after extensive overhaul of the carburettor. Haphazard fiddling with adjustment screws is unlikely to produce satisfactory results.

2 Many of the adjustment screws are fitted with tamperproof devices to discourage adjustment by unqualified operators. Satisfy yourself that you are not breaking any local or national anti-pollution laws before removing such devices.

3 The engine must be in good mechanical condition. Valve clearances and ignition timing must be correct, and ignition system components must be in good condition.

Throttle valve (cold idle) gap

4 With the carburettor removed from the vehicle, the gap may be measured using a twist drill of the appropriate diameter (see Specifications) between the throttle valve plate and the throttle bore wall. The adjusting screw (A in photo 8.4a, C in photo 8.4b) must be on the 'full choke' position of the fast idle cam on manual choke models, or on the third step for automatic choke models. Adjust if necessary so that the drill shank is a firm sliding fit.

5 With the carburettor in place and the engine warm, adjustment may be made (with the fast idle cam in the appropriate position) so that an engine speed of approximately 2400 rpm is obtained. This corresponds to the correct throttle valve gap.

Throttle valve basic setting

6 With the engine idling, disconnect the distributor vacuum advance line from the carburettor and connect a vacuum gauge to the carburettor side. Screw in the adjustment screw (B in photos 8.4a and 8.4b) until a vacuum is registered on the gauge, then unscrew it again until the vacuum drops to zero. Unscrew a further quater turn from this point to achieve the correct setting.

7 On models produced from August 1979, the head of the adjusment screw is removed by the manufacturer so that further adjustment is impossible.

6.11 'A' main jet plug, 'B' main jet, 'C' air jet and emulsion tube, 'D' pilot air jet, 'E' auxillary air jet, 'F' injection pipe from the accelerator pump 'G' main fuel/air delivery pipes

7.2 Undo nut 'A', push out plug 'B' and remove the accelerator cable. Remove hose 'C'

7.3 Undo screw 'A' and clamp screw 'B'. Remove the choke cable

7.4 Undo the nuts under the manifold and remove the carburettor

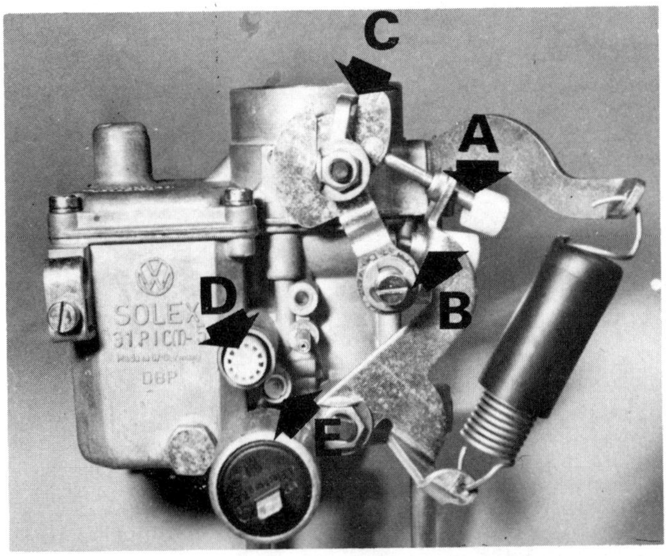

8.4a Manual choke carburettor showing cold idle adjusting screw (A), throttle basic setting screw (B), fast idle cam (C), idle speed adjuster (D) and idle mixture control (E)

8.4b Automatic choke carburettor showing pull-down adjustment screw (A), throttle basic setting screw (B) and cold idle adjusting screw(C)

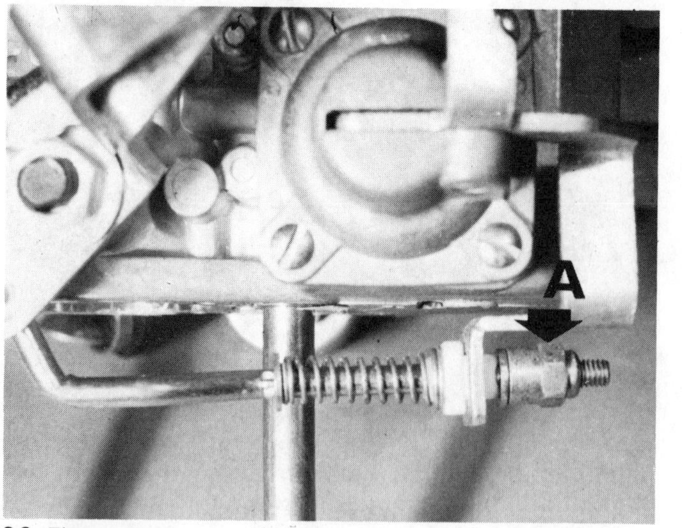

8.8a The accelerator pump linkage, turn the nut 'A, out to alter the amount injected

Accelerator pump injection rate

8 The float chamber must be full of fuel for this test. Connect a piece of thin petrol-resistant pipe to the accelerator pump injection pipe, and operate the throttle until fuel emerges from the end of the pipe. Place the end of the pipe in a measuring cylinder and operate the throttle through ten full strokes, taking at least three seconds per stroke. Measure the volume of fuel delivered, divide the quantity by ten and compare the result with the value given in the Specifications. Correct if necessary by turning the adjuster nut in or out (photos).

Choke valve gap

9 On automatic choke models, remove the choke cover and press the pull-down linkage to its stop using a pencil or screwdriver. Insert a twist drill of the appropriate diameter (see Specifications) between the choke valve plate and the carburettor bore. If it is not a perfect fit, adjust accordingly. The adjustment screw is arrowed 'A' in photo 8.4b.
10 On manual choke models, make sure that the choke valve plate opens fully when the dashboard control is pushed home, and that there is a small amount of slack in the cable in this position. Refer to Chapter 13, Section 4, for further adjustment if required.

Idle speed and mixture

11 With the engine fully warmed up and the choke open, connect an independent tachometer to the engine in accordance with its makers

8.8b The accelerator pump linkage on the automatic choke carburettor (A)

8.11 Fast idle cam (A), idle speed adjustment screw (B) and idle mixture adjustment screw (C)

9.1 The accelerator cable fits on the pedal with a plastic clip

9.2 The accelerator cable at the carburettor end

instructions. Adjust the idle speed if necessary by means of screw 'B' (photo).
12 If it is desired to adjust the idle mixture, connect an exhaust gas analyser or use a proprietary device (eg Gunson's 'Colortune') in accordance with its maker's instructions. Adjust using screw 'C' (photo 8.11) to bring the CO content to the specified value. Readjust the idle speed if necessary on completion.

9 Accelerator cable - adjustment and renewal

1 The cable is held on the pedal by a simple plastic clip and may be pulled off if required (photo).
2 The other end of it fits in a stirrup over the accelerator lever of the carburettor which turns the throttle flap (photo).
3 The adjustment is very much common sense. The throttle should be fully open when the pedal is pushed down as far as it will go, so do just that. Slacken the clamp screw, make sure the outer cable is seated correctly, push the pedal down and hold it there with a weight, or get someone to hold it, turn the throttle lever so that the throttle is fully open and seat the end of the accelerator cable firmly in the stirrup and tighten the screw.
4 This will not upset the idle adjustments, but if they are altered it may be necessary to reset the cable. The main thing is that there should be no more downward travel left for the pedal when the throttle comes against the open position stop. If there is, you will strain something when you push the pedal hard down.

10 Fuel gauge and sender unit - general

These units are dealt with in Chapter 10, Part 2, Section 27.

11 Exhaust emission control - general

1 This is conspicuous by its absence. There are no provisions for afterburn or exhaust gas recirculation except on Swedish models - see Chapter 13.
2 The crankcase breather has a renewable filter and exhausts into the air cleaner.
3 If careful adjustment of the carburettor can bring the Co content of the exhaust below 2.5% of volume then presumably this small engine is acceptable as it is.

12 Carburettor terminology

1 We make no apologies about this Section. We have been puzzled by the different names used for the same things in VW/Audi 'official' documents. This list is not exhaustive but it may clear up a few mysteries:

Audi	VW
Compensating air jet *Air corrector jet*	*Air correction jet*
Idle air jet	*Pilot air jet*
Idle jet	*Pilot jet*
Mixture fuel jet	*Auxiliary fuel jet*
–	*Auxiliary air jet*
Float needle valve	*Float needle valve*
Float valve seal	*Needle valve washer*
Throttle gap	*Throttle valve gap*
Choke gap	*Choke valve gap*
Idle air control screw	*Bypass air screw*
Idle mixture control screw	*Volume control screw*

13 Fault diagnosis - carburettor and fuel system

Symptom	Probable reason	Remedy
No fuel at carburettor	Tank empty Fuel pump filter clogged Faulty fuel pump	Fill tank! Clean filter. Replace pump with a new one.
Engine will not start	Choke valve stuck or throttle stuck Auto choke not working Carburettor flooding	Dismantle and correct. Dismantle and correct. Punctured float or needle valve faulty. Renew.
Engine idles or 'hunts' or stalls	Leak in brakes servo hose Air leaks round inlet manifold Jets blocked	Renew. Renew gasket. Clean.
Engine will not stop when ignition switched off	Electro-magnetic cut-off valve not working	Check wiring. If wiring correct, renew valve.
'Flat spots' engine will not accelerate from idle evenly	Accelerator pump not working properly Partial or full load enrichment systems choked Fuel pump faulty	Test and adjust. Clean and adjust. Check delivery and renew if necessary.
Black smoke from exhaust, engine rough at low speeds. Plugs fouled	Too much fuel	Check pump outlet. Check needle valve. Check fuel level in float chamber. Check choke mechanism

Engine accelerates but lacks power at speed	Enrichment system not working Dirt in tank or pipe lines	Dismantle and clean. Flush and clean filters.
High fuel consumption	Wrong jets fitted Float punctured Leaks in fuel hose or petrol tank Automatic choke incorrect Brakes binding Ignition incorrectly set Engine overheating	Check and fit correct jets. Test and renew. Remove and service. Test and adjust. Adjust brakes (Chapter 9). Check and adjust (Chapter 4). Check cooling system (Chapter 2).
Flat spots and high fuel consumption	Broken spring in choke cover	Renew cover.
Engine cuts out after 100 yards	Automatic choke faulty	Dismantle and check automatic choke.
Engine cuts out	Fuel blockage Fuel tank vent blocked	Remove fuel gauge sender from tank and check strainer. Fuel tank vent pipe and cap must be checked for clean passage of air.

Chapter 4 Ignition system

For modifications, and information applicable to later models, see Supplement at end of manual

Contents

Specifications

Distributor

Rotation ... Anti-clockwise (viewed from flywheel end)

Firing order (all models)
1 - 3 - 4 - 2 (No. 1 nearest timing belt)

Contact breaker points gap (all models)
0.016 in (0.4 mm)

Spark plug gap (all models)
0.024 to 0.028 in (0.6 to 0.7 mm)

Dwell angle setting (all models)*

Setting ... 44° to 50°
Wear limit ... 42° to 58°

** Cover plate must be in position.*

Ignition timing

All models except 1.3 litre ... 10° BTDC at 950 rpm with hose off
1.3 litre ... 5° BTDC at 950 rpm with hose off

Centrifugal control

	All models (except GL and 1.3)	Audi 50GL	1.3 (HH engine)
Hose(s) off:			
Begins	900 - 1300 rpm	900 - 1300 rpm	1050 to 1450 rpm
	2,100 rpm	2,200 rpm	2100 rpm
	10° to 14°	14° to 18°	10° to 14°
	3,600 rpm	4,000 rpm	3600 rpm
	20° to 24°	18° to 22°	20° to 24°
Ends	4600 rpm	5600 rpm	4600 rpm
	26° to 30°	21° to 25°	26° to 30°

Vacuum control - advance (all models)

Begins:
mm Hg ... 70 to 115

Ends:
mm Hg ... 190

Spark plugs

All models with HC engine ... Bosch W6D/W6DC, Beru 14-6D/14-5DU, or Champion N6Y
All other models ... Bosch W7D/W7DC, Beru 14-7D/14-7DU, or Champion N8Y

Coil

Early models	Bosch 12V fitted with resistor
Later models (except 50GL)	A new coil part No. 052905105 without resistor is fitted. Coils are **not** interchangeable
Audi 50GL (later models)	Series resistance replaced by resistance wire (see text)

Torque wrench setting

	lbf ft	kgf m
Spark plugs	22	3.0

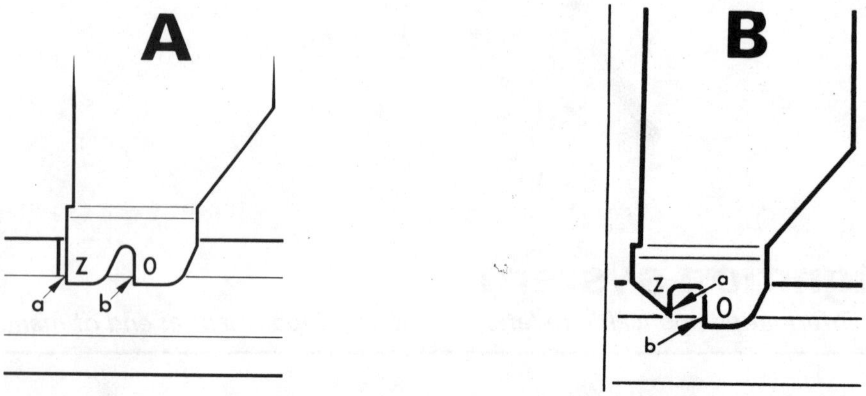

Fig. 4.1. The timing marker of the 0.9 and 1.1 litre engines (A) and the 1.3 litre engine (B)

a = 'Z' mark firing point (BTDC) reference edge *b = 'O' mark top dead centre position*

1.1 Coil in the engine compartment. This one has no resistor. It is on a 1977 Polo 895 cc engine

1 General description

The system is conventional. A 12 volt negative earth supply goes from the battery to the terminal '15' on the coil via the ignition switch on the steering column. On early models a ballast resistor is fitted in series with the coil LT winding. On later models of the Audi 50GL this is replaced by a resistor wire. This wire is white with violet stripes, is 50.4 in (1280 mm) long and has resistance 0.9 ohms.

On the later models other than the Audi 50GL the resistor is dispensed with completely. A different coil (Part No. 052905105) is fitted. The coils are not interchangeable (photo).

Where a resistor is fitted it is so arranged that when starting the engine, the resistor is cold and permits nearly all of the full 12 volts to be applied to the coil, giving a very strong spark at the plug gaps. As the resistor heats up the resistance increases and lowers the voltage applied to the coil. The coil is rated to work at 12 volts for short periods only and if the resistor is short circuited the coil will overheat.

One end of the high tension winding is connected to the low tension winding inside the coil case, the other end is connected to the central terminal on top of the coil casing. From the central terminal of the coil the HT goes, via a special lead, to the centre of the distributor cap and from there via a small carbon brush inside the cap to the rotor arm. The arm rotates causing a spark to jump across each rotor/segment gap in turn so that high voltage is led to the plugs, where, if all is in order, a spark appears across the plug gap at the correct moment.

Because the engine requires only one spark per cylinder for every two revolutions of the crankshaft the distributor rotates at half the speed of the crankshaft. This is also the speed of the camshaft and for convenience the distributor is mounted on the end of the cylinder head and is driven directly by the camshaft.

The central electrode of the spark plug is the one which gets hottest. Spark emission theory states that electron flow is from the hotter electrode to the cooler one. It is important therefore to keep the polarity correct. Connecting the LT winding of the coil incorrectly will cause all sorts of troubles and make starting difficult.

The heat path of the spark plugs has been carefully designed. Use only the recommended types or again performance will be badly affected.

With strict emission laws and the ever increasing cost of fuel it is most important that ignition timing should be exact and correct. It is now the accepted practice to set the distributor points gap by measuring the dwell angle. This requires a special meter and a tachometer. The gap can be set with feeler gauges in an emergency but this is not really accurate enough.

The best way to set the gap is described in Section 2, of this Chapter.

2 Contact breaker - points gap setting

1 This should be done with a dwell meter. A tachometer is also required if the job is to be done correctly. It is also imperative that the cover plate is in position when the dwell angle is checked. If this is not installed then errors of up to 20% may occur.

2 Connect the dwell meter according to the maker's instructions. It is usual to connect the + ve lead to the No. 1 terminal on the coil and the other one to earth (ground). Run the engine up to 1000 rpm and read the meter. Increase the engine speed to 2000 rpm and read the dwell angle again. If the reading has varied by more than 1° repeat the test. If the variance is still more than 1° there is probably serious wear in the shaft bearings and you may need a new distributor. However, seek expert advice before going any further.

3 If the shaft bearings are in good condition check the dwell angle and compare it with the Specifications. It should be between 44° and 50°. The permissive wear limits are between 42° and 58° but the nearer to 47° the better and anything over 3° away from 47° is suspect.
4 To adjust the dwell angle remove the distributor cover and the inner cover and slacken the points holding screw. Open the points gap to reduce the dwell angle or decrease the gap to increase the dwell angle.
5 Install the inner cover plate before checking the dwell angle each time. It saves time if you turn the engine with the starter motor. It will not fire with the cap off. When the dwell angle is correct, install the rotor arm and refit the cap.
6 Instructions for setting the points are given in Section 3. If you are only going to open or close them then the job can be done with the distributor in position. If the points are to be renewed, then it will be easier to remove the distributor and do the job properly.

3.3a Remove the outrigger ...

3 Distributor - removal, overhaul and refitting

1 It is much easier to remove the distributor for servicing than to try to peer in the end of the engine and work, with your hands and tools in the way of your line of vision. You can do it that way but we do not recommend it.
2 Remove the battery earth strap and pull off the vacuum hose. Remove the distributor cap and undo the LT (green) lead to the coil at the coil end. Turn the engine so that the rotor arm points to the groove in the rim of the casing, a small saw cut, and remove the rotor arm. Using a scriber mark the distributor casing and the flange so that the casing can be replaced accurately on the flange, then remove the three bolts holding the distributor to the flange and take the distributor away. Note that the key on the end of the shaft is offset. Do not rotate the engine until the distributor is safely back in place.
3 Undo the two screws which clamp the outrigger bearing (see Fig. 4.2, to the housing (photo) and remove the bearing plate. The points are now accessible (photo). Pull the terminal connecting the points to the condenser off the tag, remove the screw holding the points to the plate and remove the points (photo).
4 Examination of the points is instructive. Normal wear gives pitting with small high points and a light coloured surface. If the surface is grey then either the contact breaker spring is weak or the gap was too small. Yellow or black surfaces indicate over lubrication. A blue surface indicates a defective coil or condenser. Clean the points with a rag moistened with petrol.
5 Depending upon the amount of wear the points may be cleaned up with a fine oil stone and the peaks removed. Do not try to remove craters, the surface of the contact point will be destroyed this way. If

3.3b ... and the points are accessible

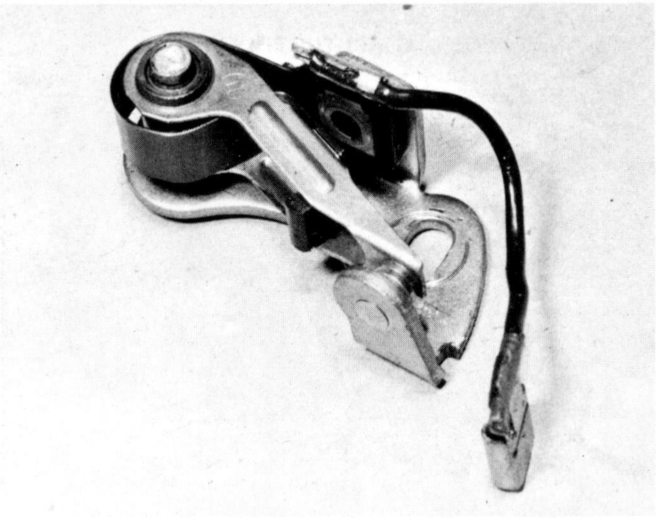

3.3c Points removed for examination

3.6 Check the points after the outrigger bearing is installed

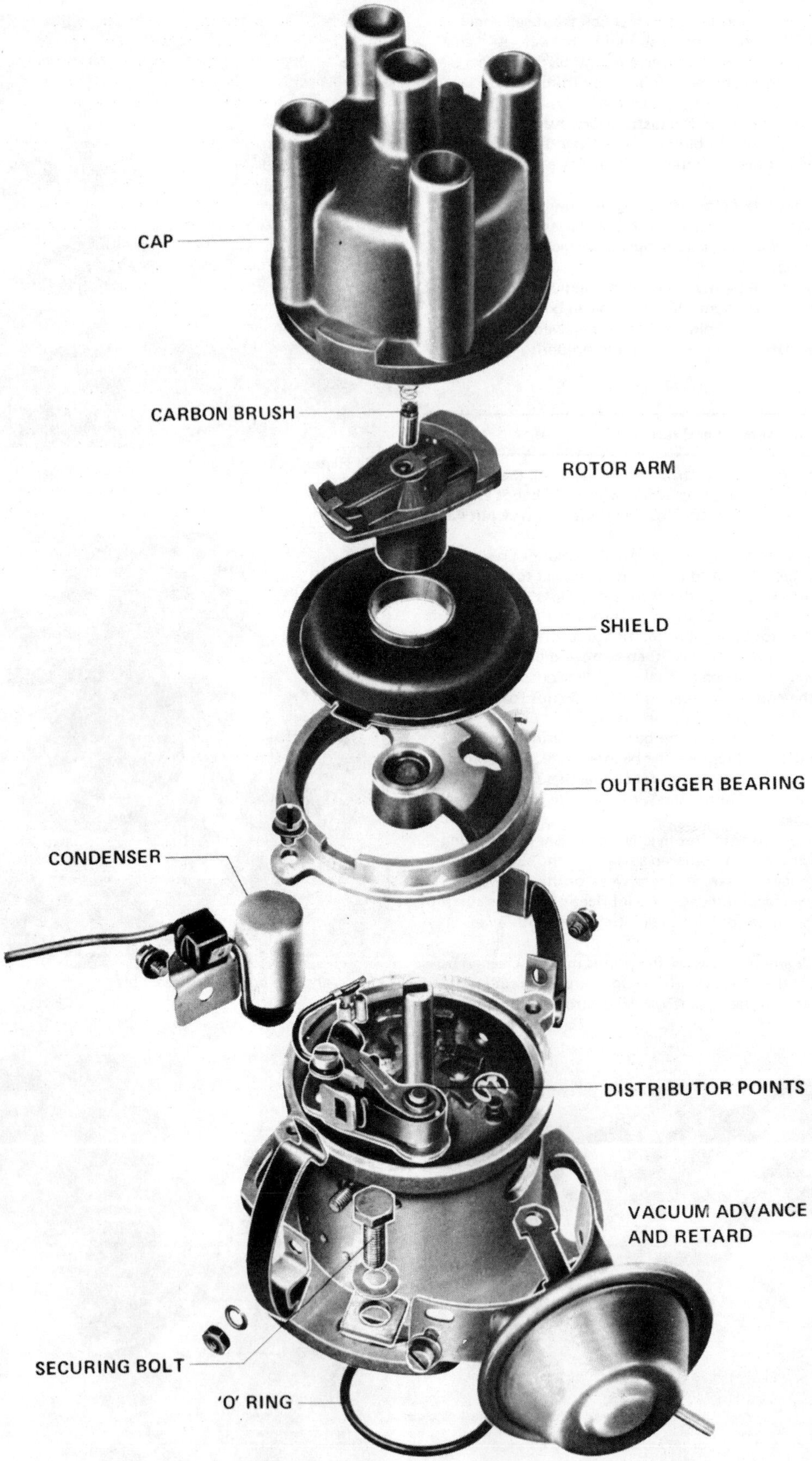

Fig. 4.2. Distributor - exploded view

the points will not clean up easily fit a new set. It is not possible to set damaged points correctly.

6 Refit the points to the distributor, turn the shaft until the heel of the horn of the points is on the high portion of the cam on the shaft then move the static point of the pair away from the moving point and insert a 0.4 mm (0.016 in) feeler between them. Close the points until the feeler is just gripped by the points and tighten the screw. Check the gap again and adjust if necessary. Install the outrigger bearing and check again (photo). Adjust if necessary.

7 While the distributor is off the vehicle it is convenient to check the remainder of its components.

8 Refer to Fig. 4.2 which shows an exploded view of the distributor. This distributor differs in design from the conventional one. The shaft is in one piece and the rotor arm is not moved by the centrifugal governor. Instead the upper plate of the centrifugal governor moves the cam around the distributor shaft thus advancing the firing point as the engine speeds up. The movement is very slight and the operation of the governor can be checked by moving the cam relative to the shaft and checking its smooth return.

9 The contact breaker plate is crimped in to the body so that it is not possible to get at the centrifugal governor. It may be examined briefly through a small opening in the casing (photo) normally covered with a metal plate.

10 The condenser may be removed by undoing one screw (photo) having pulled off the points lead from the tag inside.

11 The vacuum advance and retard is easily removed. Pull off the hoses and remove the outrigger bearing. Remove the circlip (photo), undo the two screws which hold it to the body and withdraw the vacuum unit from the casing.

12 Apart from this no repair is possible. If it is not possible to obtain the correct dwell angle then the shaft or bearings are worn and the distributor should be taken to the expert for checking and probable renewal.

13 If all is well then refit the cover bearing and set the rotor to point at No. 1 cylinder mark on the rim of the distributor casing, as in paragraph 2, and refit the distributor to the cylinder head. Be careful to fit the offset key in the end of the shaft correctly.

14 Tighten all the bolts, reconnect the wires, and check the dwell angle as in Section 2. If you do not have the necessary meters you are advised to have the angle checked as soon as possible. Too large a dwell angle will result in burned contact points, too small a gap will cause erratic running at high engine revolutions.

4 Ignition - timing

1 The correct method of timing the ignition on this engine is to use a strobe lamp. It is also essential to use a tachometer to measure the engine speed. The contact breaker must be set correctly and, if possible, the dwell angle corrected. The carburettor setting should be correct and the idling speed adjusted. The operation should be done with the engine oil temperature between 30°C and 70°C (85 to 165°F).

2 Connect the strobe lamp as per its manufacturer's instructions. The usual method is to use the special lead supplied with a Tee-junction. Pull No. 1 plug lead out of the distributor and fit it in the Tee-junction and plug the special lead in the distributor in place of No. 1 plug lead. A lamp is tapped into the connector and the other lead goes to the battery + ve terminal. However use the manufacturer's instructions. Connect the tachometer in the circuit. Remove the vacuum hose from the distributor. Run the engine at idle speed (900 rpm) and aim the flash of the strobe lamp at crankshaft pulley. Check that the notch in the pulley rim is in line with the left-hand edge of the timing marker - see Specification (photo 4.2 and Fig.4.1). The 'Z' mark is BTDC, the 'O' mark is TDC. Slacken the three bolts holding the distributor to the cylinder head and move the distributor until the timing marks coincide. Tighten the bolts and refit the hose.

3 There is another way if you do not have a strobe lamp. However it is as well to have the timing checked dynamically as soon as possible afterwards.

4 Take off the distributor cap and turn the engine until the rotor arm points to the small notch on the distributor housing rim. This is the TDC mark for No. 1 cylinder. To rotate the engine, select 2nd or 3rd gear, release the handbrake and push car sufficiently to align the timing marks. Use a simple test-lamp or a voltmeter connected between the LT

3.9 The opening in the distributor giving access to inspect the centrifugal governer

3.10 Undo one screw and remove the condenser

3.11 Undo the circlip (A) and two screws and the vacuum unit may be removed from the housing

4.2 The notch on the crankshaft pulley lined up with the 'Z' BTDC mark of the timing bracket (0.9 and 1.1 engines)

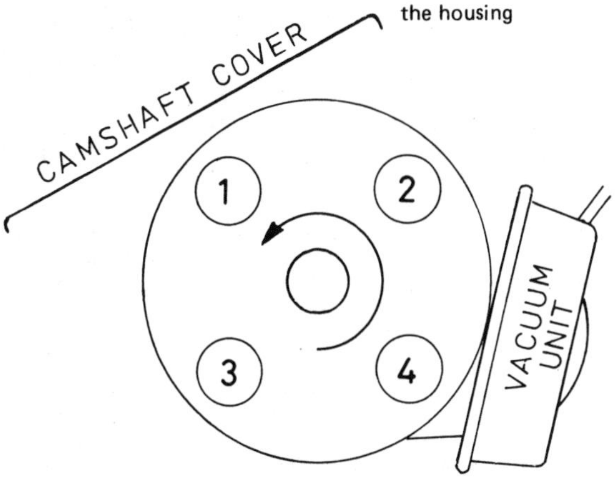

Fig. 4.3. HT lead connections from distributor cap (No. 1 spark plug nearest timing belt end of engine) – Section 8

terminal (green wire) on the coil and earth. Turn the engine slowly until the timing mark on the crankshaft pulley is opposite the timing mark 'V' on the bracket. Turn the engine in an anti-clockwise direction through 90°. Now switch the ignition on and turn the engine clockwise until the timing marks coincide. The bulb should light, or the meter register. If the lamp comes on too soon, slacken the distributor holding bolts and turn the casing in an anticlockwise direction until you get the correct angle. If it comes on late, turn the distributor case in the other direction. Once the correct adjustment has been determined, tighten the clamping bolts and refit the cap.

5 Vacuum advance and retard mechanism - testing

1 A simple test to ascertain whether the unit is working is given below.
2 Connect a strobe lamp as for checking the ignition timing and with the vacuum hose off, shine the light on the test bracket with the engine running at 1000 rpm. When the timing mark is located correctly refit the hose to the distributor and the mark should seem to move. If it does not then the vacuum unit is not working and must be exchanged.
3 This assures you only that it is working. It does not check that it is working correctly. To find out this requires a control valve, gauges and switches. That is best done by the agent.

6 Ignition coil - testing

1 It is well to remember that the test voltage output of the coil is in the region of 18000 volts. To test it accurately a special tester is needed. However, a coil is either all right or all wrong, there are no repairs possible, and there are three simple tests which will determine its condition.
2 Remove the wiring from the top of the coil and clean it carefully. Look for tracking marks and cracks. Check the servicability of the wires and connections and renew them if necessary. Refit the LT wires to the coil and the HT lead to the centre terminal of the coil but remove it from the middle of the distributor. Hold the distributor end of the lead about 3/8 in (10 mm) from the cylinder block and get a helper to switch on the ignition and operate the starter. A spark should jump from the lead to the block. You will jump too if you haven't taken the precaution of holding the lead with insulated pliers or wearing a rubber glove. If there is a big fat spark then the coil is working satisfactorily. If no spark emerges then the LT circuit must be tested
3 Connect a voltmeter between terminal '15' on the coil and earth. With the ignition switched on the reading should be a minimum of 9 volts. Less than this, or zero, means that there is a faulty ballast resistor, ignition switch or faulty wiring. If this test registers a minimum of 9 volts then check the continuity of the remainder of the circuit. Connect the voltmeter between terminal '1' and earth. Remove the distributor cap and rotor. Turn the engine so that the points are closed, switch on the ignition. There should be no voltage between terminal '1' and earth. Open the points with a piece of wood. There should be now a reading on the voltmeter. Finally check that the lead from the coil to the distributor is not shorting to earth when the points are open. If the lead is in order and there are no volts when the points are opened then the LT system of the coil is faulty and it should be removed for expert testing by the agent or a reputable Auto Electric specialist.
4 Even though the coil responds to all these tests it may still be the fault in the system. It can develop faults as it warms up. If you have persistent ignition trouble when the engine is warm after an excellent cold start suspect the coil and have it tested by the VW agent.
5 After October 1975 the ballast resistor is left off the coil on the Audi 50GL and its place taken by a resistance wire from terminal 'A. 12' on the relay plate to coil terminal '15'. The wire length 50.4 in (1280 mm) is critical, it is insulated by a transparent cover with violet stripes and its resistance is 0.9 ohms. The coil is designed to work at 9.0 volts, and on normal running the series resistance wire gives a drop of 3 volts. When starting, the battery volts drop to approximately 9 volts and the coil is supplied with this voltage via starter terminal '16'. This supply ceases when the engine starts and the starter is disconnected. To check the resistance wire, pull the multipin-plug off the relay plate and identify the series resistance wire. Disconnect the other end. Measure the resistance of the wire. It must be 0.9 ohms ± 0.5 ohm. If it differs fit a new wire in parallel with the old one, insulating both ends of the old one which must be left in place in the harness. The series resistance on the old coil may be tested the same way.
6 At the same date the Polo and the Audi 50LS were fitted with a coil which does not use a ballast resistor. Its part number is quoted in the Specification. This coil is **not** interchangeable with the ballast resistor type.

7 Condenser - testing

1 If the contact breaker points are badly burned or pitted the fault is probably with the condenser. This small unit will also cause problems with the HT circuit for it helps the rapid decay of the magnetic field in the coil and if it is defective the operating voltage of the HT circuit will be much reduced.
2 There are two faults that can affect it. A short circuit, either in its construction or lead will render it inoperative, as will an open circuit.
3 Disconnect cable '1' from the coil and connect a test lamp in series with cable '1' and cable '15' of the coil (in other words put the lamp in place of the coil). Switch on the ignition. If there is a short circuit then the lamp will not light, and the condenser must be renewed.
4 Open circuits are very rare. If the short circuit test shows that the condenser is in good condition and extensive pitting of the points has happened then remove the condenser and take it to someone who can measure its insulation resistance and capacitance. If this is not possible then renew it straight away.

8 Spark plugs and HT leads - general

Spark plugs should be removed, cleaned and the gaps reset every 12000 miles (19000 km) or more often if the engine shows signs of burning oil. The best policy is to have two sets of plugs and have a clean set ready to fit when necessary. The dirty ones may then be taken to a garage to be cleaned in the shot blast machine, reset and tested under pressure. In this way the carbon is removed from the plug. Trying to clean it with a wire brush only pushes the carbon inside the plug. Never try to clean a plug with solvent.

The plug gap is set by bending the outer electrode. Do not attempt to move the centre electrode or you will break the insulator. If you are setting the gap with feeler gauges measuring inches aim at 0.028 in.

It is essential to use only the recommended grade of plug. Three choices are given in the Specifications but other makers produce equally good plugs. There is a comparison table concerning grades in most garages.

When refitting plugs make sure the washer is not flattened or the plug will be damaged by leaking gases. Be careful not to cross the threads or expensive repairs to the cylinder head may be necessary besides all the bother of taking it off.

HT leads are special high resistance cable to deal with suppression of radio interference. If they are frayed or soaked in oil then renew them. **Do not** use insulating tape on HT systems and make sure the terminals are securely crimped on the cable. The resistance of a lead should be between 5,000 and 10,000 ohms.

The condition of the plugs gives an interesting comment on the state of the engine.

9 Ignition system - fault diagnosis method

1 Before assuming that there is an ignition fault check that there is fuel being supplied to the engine, that the battery is in good condition and that there is compression in all four cylinders.
2 Ignition faults can be most exasperating. Read the whole Section and then work quietly through it, check everything and if you cannot find the answer go to the expert. He has instruments specially designed for finding faults. If you explain how you have checked methodically it may help him, if you have been pulling wires off in the hope of curing the fault quickly it may take him a long while to put things right and he may never find out which the original fault was that caused all the trouble.

Engine will not start

3 If the car will not start check first that the engine is not covered with moisture from mist, or rain or other sources. If it is, then dry

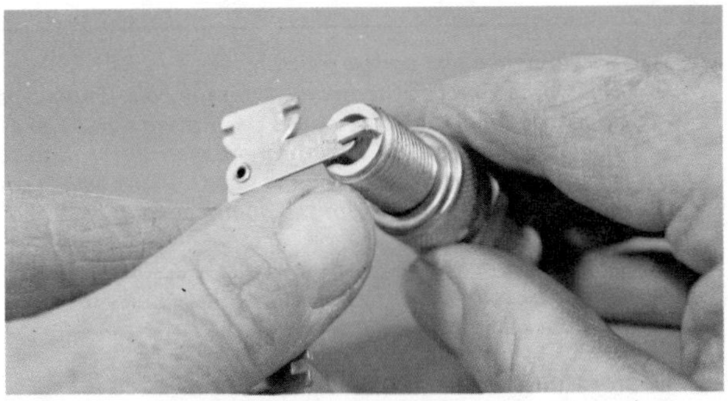

Measuring plug gap. A feeler gauge of the correct size (see ignition system specifications) should have a slight 'drag' when slid between the electrodes. Adjust gap if necessary

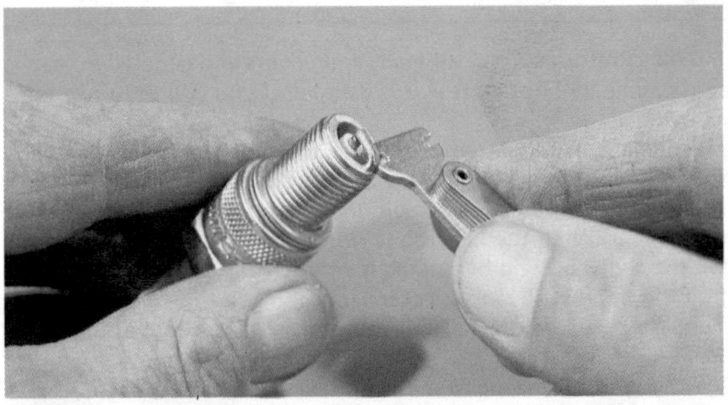

Adjusting plug gap. The plug gap is adjusted by bending the earth electrode inwards, or outwards, as necessary until the correct clearance is obtained. Note the use of the correct tool

Normal. Grey-brown deposits, lightly coated core nose. Gap increasing by around 0.001 in (0.025 mm) per 1000 miles (1600 km). Plugs ideally suited to engine, and engine in good condition

Carbon fouling. Dry, black, sooty deposits. Will cause weak spark and eventually misfire. Fault: over-rich fuel mixture. Check: carburettor mixture settings, float level and jet sizes; choke operation and cleanliness of air filter. Plugs can be re-used after cleaning

Oil fouling. Wet, oily deposits. Will cause weak spark and eventually misfire. Fault: worn bores/piston rings or valve guides; sometimes occurs (temporarily) during running-in period. Plugs can be re-used after thorough cleaning

Overheating. Electrodes have glazed appearance, core nose very white – few deposits. Fault: plug overheating. Check: plug value, ignition timing, fuel octane rating (too low) and fuel mixture (too weak). Discard plugs and cure fault immediately

Electrode damage. Electrodes burned away; core nose has burned, glazed appearance. Fault: pre-ignition. Check: as for 'Overheating' but may be more severe. Discard plugs and remedy fault before piston or valve damage occurs

Split core nose (may appear initially as a crack). Damage is self-evident, but cracks will only show after cleaning. Fault: pre-ignition or wrong gap-setting technique. Check: ignition timing, cooling system, fuel octane rating (too low) and fuel mixture (too weak). Discard plugs, rectify fault immediately

inside the distributor cap, dry all leads and covers and generally clean up. A cold engine will not start if it is damp and you will only run the battery down.
4 If the engine is dry then remove one of the plug leads and turn back the insulation. Hold the lead near the block about 3/8 in (10 mm) away from it, and get someone to spin the engine with the starter. If there is a fat spark then the ignition is working alright but the timing may have slipped. This will be one of two things on this engine, the clamp holding the distributor has come loose or the timing belt is loose. The latter will make itself known by the noise it makes fouling the guard.
5 Check the ignition timing as in Section 4.
6 If there is not a fat spark when testing as at the start of Section 6, paragraph 2, then the fault is with the ignition circuit. However, check with another plug lead before doing anything else.
7 There is a tendency to test haphazardly but it is better to stick to a routine even if it takes a little longer. This way you will find the faults and cure them. There may be more than one. Begin by checking the LT circuit in the following order:

(i) *Are the points opening and closing correctly? Are they clean?*
(ii) *Switch on the ignition and check the voltage at terminal '15' on the coil. It should be at least 9 volts. If it is less check the wiring switch and ballast resistor.*
(iii) *Check the voltage at terminal '1' on the coil. Points closed there should be no volts, points open there should be a reading. Check the LT lead from the distributor to the coil for short circuit to earth (points open). If the lead is correct and there are no volts with the points open then the coil is faulty.*
(iv) *Ignition switched on check the voltage across the points. Points closed - no volts; points open the meter should read, if it does not the condenser is faulty.*

8 Now proceed to test the HT circuit.

(i) *Pull the HT lead from the centre of the distributor, hold it close to the cylinder block, switch on the engine and spin it with the starter. No spark - faulty HT winding in the coil. Switch off the ignition and proceed to test the coil.*
(ii) *Check the condition of the rotor and distributor cap.*
(iii) *Check the centrifugal automatic advance and retard.*
(iv) *Remove the plugs and service them. Oily plugs mean worn cylinders; wet plugs, flooding in the carburettor.*

9 A comprehensive chart is included (Section 10).

10 Fault diagnosis chart - ignition system

See also Section 9.

Symptom	Probable cause	Remedy
Engine sluggish, hard to start	CB points not set correctly Plug gaps incorrect Ignition timing incorrect Wrong fuel used	Check and set. Check and set. Check and adjust. Check octane rating of fuel.
Engine misfires, cuts out at low revolutions	CB points gap too large Distributor shaft and bearings worn	Reset. Fit new distributor.
Engine misfires at high revolutions	CB gap too small Distributor shaft and bearings worn	Reset. Fit new distributor.
Engine starts and runs well for 15 mins then cuts out	Coil defective, fault only when warm	Test coil when warm, renew if necessary.
Engine runs irregularly with loss of power	Plug lead open circuit Plug fouled	Renew. Clean and reset.
Engine overheats	Ignition retarded too much	Check timing.
Engine 'pinks' or pre-ignites	Ignition advanced too much Wrong fuel	Check timing. Check RON rating of fuel and use correct one.
Engine sluggish, lacks power on hills, pinks, overheats	Vacuum advance and retard not working Centrifugal advance and retard not working	Check and repair as necessary. Check and repair as necessary.

Chapter 5 Clutch

Contents

Specifications

Type	Single plate, dry, spring operated, activated by a clutch cable	
Free-play at clutch pedal	0.59 in (15 mm)	
Clutch pressure driven plate (friction disc)	595 - 728 lbs (270 - 330 kg)	
Max. out of true at 175 mm dia.	0.015 in (0.4 mm)	
Minimum depth of lining above rivets	0.023 in (0.6 mm)	
Drive plate		
Max. taper across drive face	0.012 in (0.3 mm)	
Diaphragm fingers		
Max. depth of scoring	0.012 in (0.3 mm)	
Torque wrench settings	**lb f ft**	**kg f m**
Pressure plate to flywheel	18	2.5
Flywheel to crankshaft (use Loctite 270 or similar compound)	54	7.5

1 General description

The clutches fitted to the Audi 50 and all models of the Polo are identical. Refer to Fig. 5.1. A conventional dry single plate clutch is operated by a cable from the foot pedal. The withdrawal mechanism is carried in the bellhousing of the gearbox. The external lever turns the shaft which carries a withdrawal bearing on forked fingers. When the clutch pedal is depressed the release bearing presses against the inner ends of the diaphragm fingers releasing the pressure between the

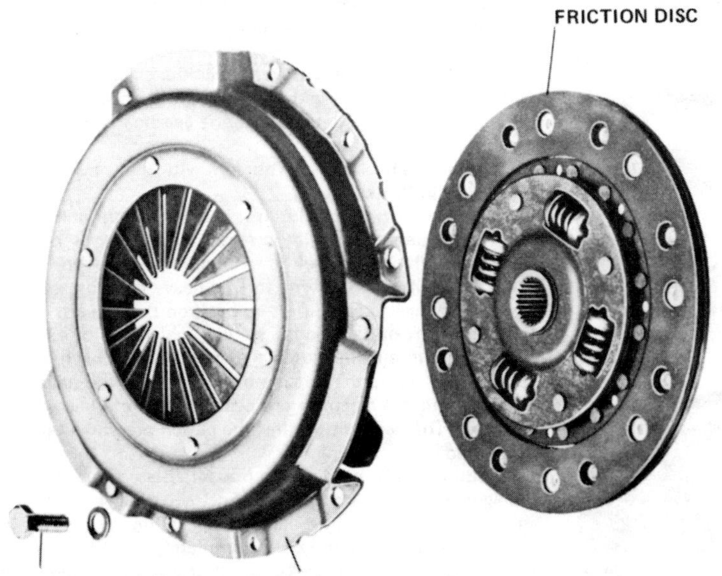

Fig. 5.1. Exploded view of clutch

1.2 The transmission has been removed and the clutch is ready for removal

2.3 The adjustment is by turning nut 'A'

3.1 Depress the withdrawal lever and slide the cable away from the lever and the casing

friction disc and the flywheel, thus disconnecting the drive.

The transmission must be removed from the vehicle before the clutch plate may be serviced (photo).

It is not possible to dismantle the pressure plate.

2 Clutch pedal - adjustment of free-travel

1 There should be 0.59 in (15 mm) of free-travel downwards on the clutch pedal before the lever on the gearbox begins to turn the withdrawal mechanism shaft. At this point the additional load can be felt at the pedal. This ensures that the withdrawal mechanism is not in contact with the clutch and is not wearing out during normal operation. It also makes certain that the clutch is fully engaged. Of course this is provided you keep your foot off the clutch pedal. It is not a footrest!

2 The easiest way to measure the free-play is to use a short wooden strip. Hold it against the pedal with the end on the floor of the car. Mark the position of the top of the clutch pedal. Next make a mark 0.59 in (15 mm) from the first mark, and replace the strip alongside the pedal as before. Press down the pedal until the end of the free-play is felt and make another mark. This mark should coincide with your second mark. If it does not then the cable must be adjusted until it does. An eighth of an inch (3 mm) either way does not matter. Keep the piece of wood in your tool box for subsequent checks.

3 The cable is adjusted at the gearbox end. The outer cable fits in a socket and grommet in the transmission case. The inner cable has a concertina type cover and is brazed into a long threaded rod. A plastic half-moon shape is threaded onto the rod and clamped by a plastic nut. The half-moon sits in a claw on the end of the clutch withdrawal lever. Adjustment is by tightening or slackening the nut (photo). The withdrawal lever is kept in place by a coil spring.

3 Clutch cable - removal and refitting

1 There is no need to upset the adjustment. Depress the clutch withdrawal lever and slide the cable threaded stud off the lever claw. The outer cable may be moved out of its anchorage sideways (photo).

2 Inside the car remove the lower trim covering the pedals and unhook the cable from the pedal. The cable may now be pulled out through the bulkhead. It may not be possible to draw the cable clear. Refer to Chapter 11, Section 16, paragraphs 1 and Fig. 11.9.

3 Refitting is the reverse of removal. Be careful to get the correct replacement. Push the inner end through the bulkhead and install the grommet. Fit the inner and outer cables inside the car and then refit the outer end. Adjust the free-play as in Section 2.

4 Clutch - removal and refitting

1 The clutch may be removed while the engine is still in the frame. It is necessary to remove the transmission. This is described in Chapter 6, Section 3 in some detail. Once the gearbox is removed the clutch will be visible (photo 1.2).

2 The release bearing is withdrawn with the transmission. It will be dealt with in Section 6.

3 Before removing the clutch it is as well to think how it is to be replaced. Unless the friction disc is lined up exactly right the gearbox mainshaft will not engage the friction disc splines and the flywheel bush. You will be left trying to fit a heavy gearbox, and if the alignment is wrong the gearbox will not go back on the dowels. Worse, you may bend the shaft or damage the splines, which will be expensive.

4 In order to put the clutch pressure plate back where it came from, scribe a line round the outside of the plate on the surface of the flywheel and put a convenient centre-punch mark on the plate and flywheel. That will ensure that the clutch pressure plate is correctly assembled.

5 Undo the bolts holding the pressure plate to the flywheel. Work in a diagonal fashion undoing each bolt two or three turns each time, so that the pressure is relieved in an even fashion. When the pressure has been relieved remove the bolts completely and lift the pressure plate and friction disc away. Make sure that you have clean hands when handling the friction disc. Note which way round the friction disc goes (photo).

6 Set the parts on one side and examine each one, as in Section 5. When you are content that all is ready to go back there is the question of centring the friction disc accurately. The professionals use an old gearbox mainshaft, but you are unlikely to have one of these. However, the idea is, to make a mandrel which will fit in the flywheel bush and onto which may be slid the friction plate. If you look at Chapter 1, photo 21.12b you will see that we used a socket spanner and extension, built up to size with insulation tape. Another idea is to use a piece of wooden dowling suitably shaped. What ever you use it must fit snugly in the flywheel bush and the friction plate splines must just slide on the larger diameter. Fit the mandrel into the flywheel. Check that the flywheel face is clean, slide the friction plate into place and then fit the pressure plate back to your scribed line and centre-punch marks. Tighten the bolts in a diagonal pattern until the friction plate is gripped firmly. Remove the mandrel and carry on tightening the bolts to the correct torque. It is all too easy this way, but trying to hold the friction plate through the pressure plate fingers while you line up the pressure plate bolt holes, remembering that you will be either under the car or hanging down, is a nightmare best not acquired. There must be no oil or grease on the flywheel or pressure plate, and the friction disc must not be contaminated otherwise the job must be done again.

7 The withdrawal gear will have been checked as in Section 6, and will be replaced with the gearbox. Carry on as in Chapter 6, Section 3, and refit the transmission.

4.5 Lift the pressure plate and friction disc away. This was taken with the engine on the bench, it was not possible to photograph it in the car

5 Clutch components - inspection

1 The most probable part of the clutch to require attention is the friction disc. Normal wear will eventually reduce its thickness. The lining must stand proud of the rivets by 0.025 in (0.6 mm). At this measurement the lining is at the end of its life and a new friction plate is needed (photo).

2 If the clutch has shown signs of dragging, the friction plate may be distorted.

3 Examine the pressure plate. There are three important things to check. Put a straight-edge across the friction surface and measure any bow or taper with feeler gauges (photo). This must not exceed 0.013 in (0.3 mm). The fingers of the diaphragm may be rough (photo). Scoring of up to 0.012 in (0.3 mm) is acceptable according to VW, but how you measure this is a good question. If the surface is rough enough to damage the release bearing remove the burrs with a stone. If in doubt consult the VW agent.

The rivets which hold the spring fingers in position must be tight. If any of them are loose the pressure plate must be scrapped. Finally, the condition of the friction surface; ridges or scoring indicate undue wear

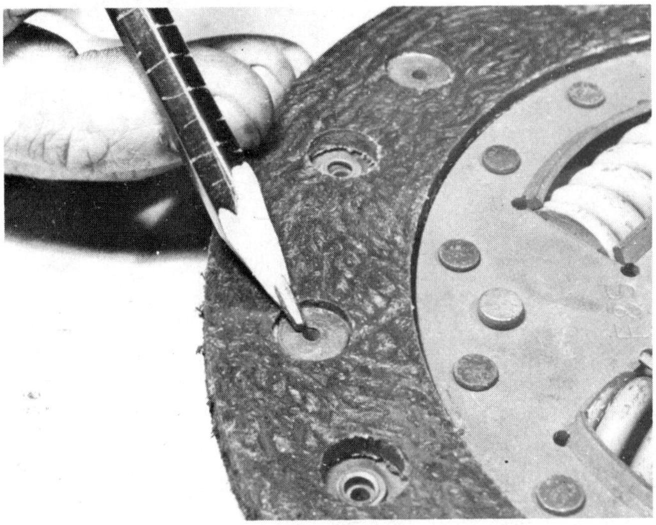

5.1 The thickness of the lining over the rivets must be measured

5.3a Measuring the taper of the pressure plate friction surface

5.3b Examine the tips of the diaphragm springs. The pencil points to the danger spot

5.3c The surface of the pressure plate. The marks seen are probably casting faults and will not affect the operation of the clutch

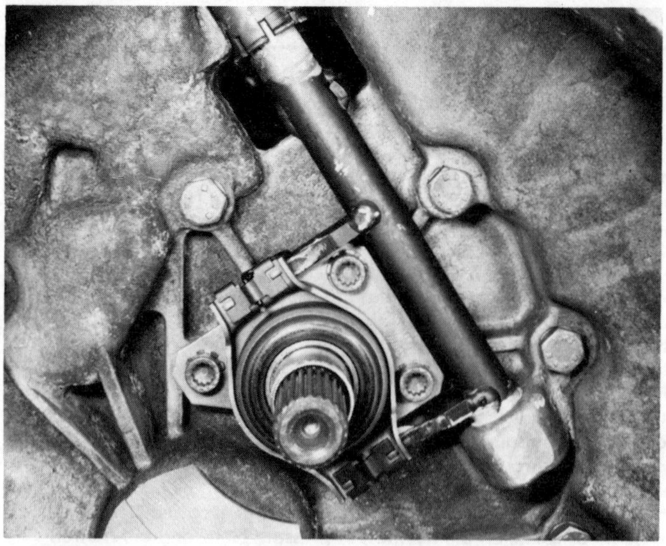
6.1 The release mechanism inside the gearbox bellhousing

6.2 The clutch release lever and spring

6.3a The release bearing is held by clips

6.3b Remove the clips and lift the bearing away

6.4a Remove the bearing bush ...

6.4b ... and move the release shaft over to release the inner bearing

6.5 The guide sleeve may be removed to examine the oil seal

and unless they can be removed by light application of emery paper it would be better to replace the plate. However, marks such as shown in photo 5.3c are probably casting faults and need cause no concern. They have been there a long while without causing problems.

4 The flywheel friction surface must be similarly checked.

5 So far the inspection has been for normal wear. Two other types of damage may be encountered. The first is overheating due to clutch slip. In extreme cases the pressure plate and flywheel may have radial cracks. Such faults mean that they require replacement. The second problem is contamination by oil or grease. This will cause clutch slip but probably without the cracks. There will be shiny black patches on the friction disc which will have a glazed surface. There is no cure for this, a new friction disc is required. In addition it is **imperative** that the source of contamination be located and rectified. It will be either the engine rear oil seal, or the gearbox front oil seal, or both. Examine them and replace the faulty ones before fitting a new disc. Failure to do this will mean dismantling the transmission again very shortly. The fitting of new seals is discussed in Chapters 1 and 6.

6 Clutch withdrawal mechanism - removal, overhaul and refitting

1 Before anything can be done with the withdrawal mechanism the transmission must be removed from the engine (Chapter 6).

2 Undo the spring holding the release lever (photo) then undo the clamp bolt and take the lever off the clutch withdrawal shaft. Mark the angle at which the lever fits on the shaft relative to the clutch shaft fingers.

3 Inside the bellhousing is the release bearing held to the shaft fingers by clips. Note how these clips fit and then press the bottom leg down to clear the lever and pull the top leg out of the bearing shoulder (photo). Lift the release ring bearing off the shaft (photo).

4 From outside remove the bush round the release shaft (photo). The shaft may now be moved over and drawn out of the bearing inside the housing (photo).

5 The bearing guide may be removed if there is any sign of wear, or to examine the oil seal (photo).

6 The release bearing may be examined for wear or signs of roughness. Failure of the bearing will have transmitted vibration to the pedal when in operation, and a rumbling noise. Do not attempt to wash it with solvent, it is prepacked and cannot be recharged with lubricant. If in doubt do not reassemble it but seek advice from the agent. A bearing which is beginning to wear will wear rapidly thereafter.

7 Check the fit of the shaft in the bushes. The outer bush may be replaced, if necessary.

8 Assembly is the reverse of removal. Put a little molybdenum disulphide powder on the gearbox shaft before reassembly. Fit the springs carefully and be sure the actuating lever goes back on the shaft at the correct angle.

7 Clutch faults - general

The various points at which the engine and transmission are bolted to the frame should be checked before beginning to dismantle the clutch. If any of them are loose, or the rubber perished, then the vehicle will shake when moving off and the fault will be diagnosed as clutch judder which is incorrect. When describing clutch faults the following terms are used.

'Judder' or 'grabbing' is a term used to describe the situation that occurs and when the clutch is engaged, the vehicle vibrates excessively and moves off in jerks.

'Dragging' or 'clutch spin' means that the clutch will not disengage and the gears cannot be selected.

'Clutch slip' means that the engine is driving the flywheel faster than the flywheel is driving the plate. The physical symptom is that the engine accelerates but the vehicle does not, particularly with a heavy load or when climbing steep hills. To confirm this diagnosis stand the vehicle on level ground, put the handbrake hard on, and start the engine. You will need a little help for the next bit. Disengage the clutch, engage top gear, accelerate the engine slightly and with the footbrake hard on, engage the clutch. The engine should stall. If it does not the clutch is slipping. If the engine stalls at low engine revolutions, try again with a slightly higher engine speed. This test is best done after the vehicle has been running for an hour. Be gentle and if the clutch does slip, stop the test at once.

8 Fault diagnosis - clutch

See also Section 7

Symptom	Probable cause	Remedy
1 Clutch slipping	Oil on linings	Dismantle and replace linings. Repair oil seals.
	Free travel on clutch pedal incorrect	Adjust free-travel.
	Cable damaged in sheath and sticking	Renew cable.
2 Clutch judder	Engine or transmission mountings loose	Tighten nuts and bolts.
	Diaphragm plate distorted or fractured	Renew.
3 Clutch spin	Pedal free-travel too large	Adjust.
	Release bearing or shaft faulty	Dismantle and renew.
	Main driveshaft splines damaged or rusty	Dismantle and clean splines. Lubricate with lithium grease.
	Friction plate distorted or broken	Renew friction plate.
	Pilot bearing in flywheel damaged	Dismantle and renew.
	Excessive clutch dust on driveplate	Dismantle and clean.
4 Clutch noisy	Pilot bearing worn	Renew.
	Diaphragm fingers loose or damaged	New clutch required.
	Release bearing defective	Renew.
	Splines worn, driven plate fouling the driveplate or pressure plate	Renew driveplate and/or driven plate.

Chapter 6 Manual gearbox and final drive

Contents

Specifications

Type	Four forward, one reverse, input shaft driven by clutch friction disc, output shaft helical gear drives crownwheel. Final drive integral with gearbox. Power transfer to front wheels through constant velocity joints.	
Identification code		
895 cc (HA) engine	GG (early models), MA or QR (later models)	
1093 cc (HB) engine (except Formel E)	GD (early models) GG (intermediate models), MA or QR	
1093 cc (HB) engine (Formel E)	MS (early models), QS (later models)	
1093 cc (HC) engine	GD	
1272 cc (HH) engine	GS (early models), GD (intermediate models), UZ or QP (later models)	
Gear ratios	**All except Formel E**	**Formel E**
1st	3.45 : 1	3.45 : 1
2nd	2.05 : 1	1.77 : 1
3rd	1.35 : 1	1.04 : 1
4th	0.964 : 1	0.80 : 1
Reverse	3.38 : 1	3.38 : 1
Final drive ratios		
Gearbox codes GS, MS and QS	4.06 : 1	
Gearbox codes GD, UZ and QP	4.27 : 1	
Gearbox codes GG, MA and QR	4.57 : 1	
Speedometer drive	0.60 (ratio)	20 : 12 (teeth)
Oil type	SAE 80 or SAE 80/90 Hypoid oil to MIL L2105 specification	

Oil capacity	**Litres**	**Imp pints**	**US pints**
Initial filling	2.25	3.8	4.87
Change filling	2.00	3.5	4.25

Torque wrench settings	**lbf ft**	**kgf m**
Driveshaft flange socket headed bolts	30	4.1
Driveshaft flange centre bolts	32	4.4
Reverse relay lever bolt	25	3.5
Bearing housing to gearcase bolts	18	25

1 General description

1 The various gearbox types are nearly identical mechanically, the main difference being the various gear ratios. Refer to Fig. 6.1. The box consists of two large castings and one small one. The larger casting is bolted to the engine, carries the clutch withdrawal mechanism and the inner bearings for the drive and driven shaft. It also carries the inner shift lever and the right-hand drive flange. An exploded view is shown in Fig. 6.2. It is called the bearing housing.

2 The second, deeper, casting holds the gears and synchro-hub, selectors and selector shafts and detents. An exploded view is shown in Fig. 6.3. This casting is bolted to the bearing housing and is called the gear housing. It carries the left-hand drive flange. On the bottom of the gear housing is bolted a small casting known as the bearing cover.

3 The final drive and differential are mounted in taper roller bearings, one located in the gear housing, and one in the bearing housing.

4 The input is splined with the clutch friction plate and carries the necessary gear to transfer the drive to the output shaft. These are located in the gear housing.

5 On the inner end of the output shaft (in effect the top) the drive pinion is an integral part of the shaft. These shafts are shown in Figs.6. 11 and 6.12. The drive pinion meshes with the teeth on the crownwheel of the differential (Fig.6.4).

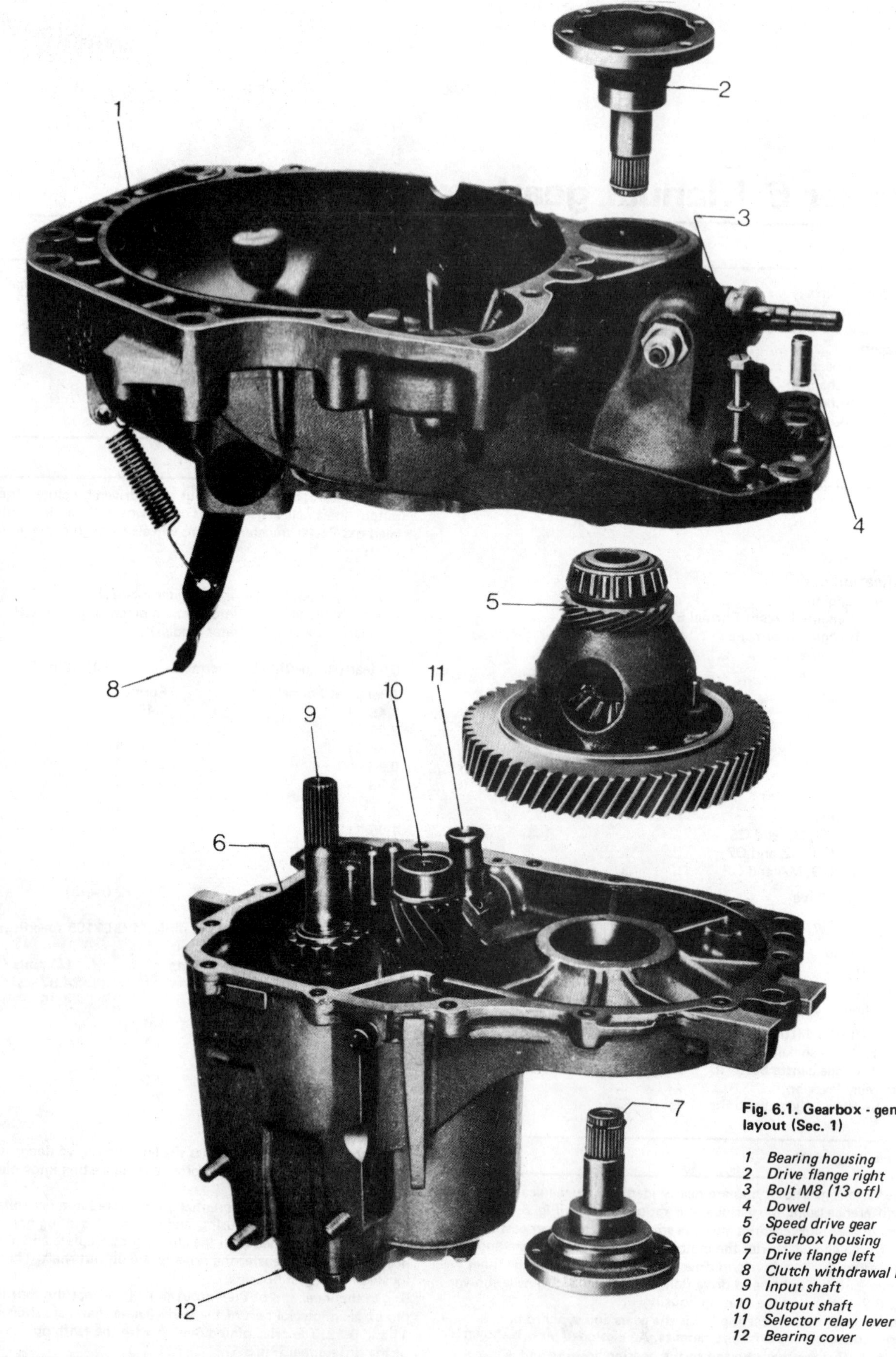

Fig. 6.1. Gearbox - general layout (Sec. 1)

1 Bearing housing
2 Drive flange right
3 Bolt M8 (13 off)
4 Dowel
5 Speed drive gear
6 Gearbox housing
7 Drive flange left
8 Clutch withdrawal lever
9 Input shaft
10 Output shaft
11 Selector relay lever
12 Bearing cover

6 The gearshift mechanism is shown at Fig. 6.21. It is a conventional ball and socket mounted lever with a guard for reverse gear. The operation of the shaft lever and shaft is described in Section 13. Inside the gearbox the inner shift lever may rotate and move along its axis in the bearing housing. A small arm projects from the lever terminating in a ball. This fits in a cup at the end of the actuating lever of the inner selector shaft in the gear housing.

Movement from the inner selector shaft operates one of the three selector rods. These are controlled by detents and interlocks fitted in the gear housing. The ½ gear selector rod operates a fork which engages with the synchro-hub for ½ gear on the output shaft. A similar arrangement operates ¾ gearchange moving gears on the output shaft. The third selector rod operates the reverse gear change by means of a relay lever. Reverse gear sits in the end of the gear housing on a short shaft pressed into the housing. This shaft does not rotate. Reverse gear is fitted with a plain metal bush. As in all four wheel drives of this type the axis of the output shaft is parallel with that of the differential which dispenses with the problem of mating a crownwheel and pinion transferring the drive through 90°.

7 The speedometer drive is located in the bearing housing and is actuated by a special gear on the differential housing (photo).

8 The transmission code is stamped on the gear housing flange just below the clutch lever spring anchorage. It is difficult to see with the unit in the car. It will have code letters 'GD' for the HB engine, 'GG' for the HA engine, and 'GS' for the HH engine. The only difference is in the number of teeth on the final drive. A box labelled 'GD 18.07.5' means that it was made on the 18th day of July, 1975.

9 According to VW the oil in the gearbox does not require changing. It is SAE 80 or SAE 80/90 hypoid oil to MIL-L 2105 specification which has 4% sulphur phosphor additive. This applies also to the Audi 50 made after September 1975. However, if the box is dismantled and new oil is installed on reassembly then 3.8 Imp. pints (2.25 litres) are required. For refilling after draining 3.5 Imp. pints (2 litres) are sufficient.

10 This is a complicated box and if the owner is not conversant with gearboxes it is not a good one on which to learn repair techniques.

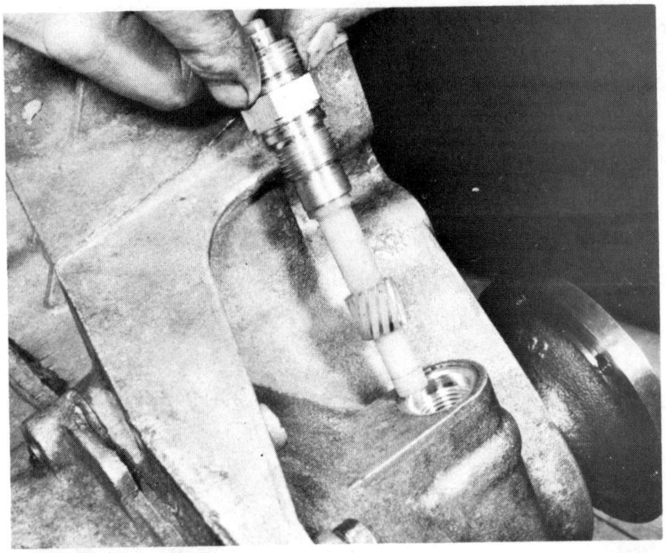

1.7 Removing the speedometer drive

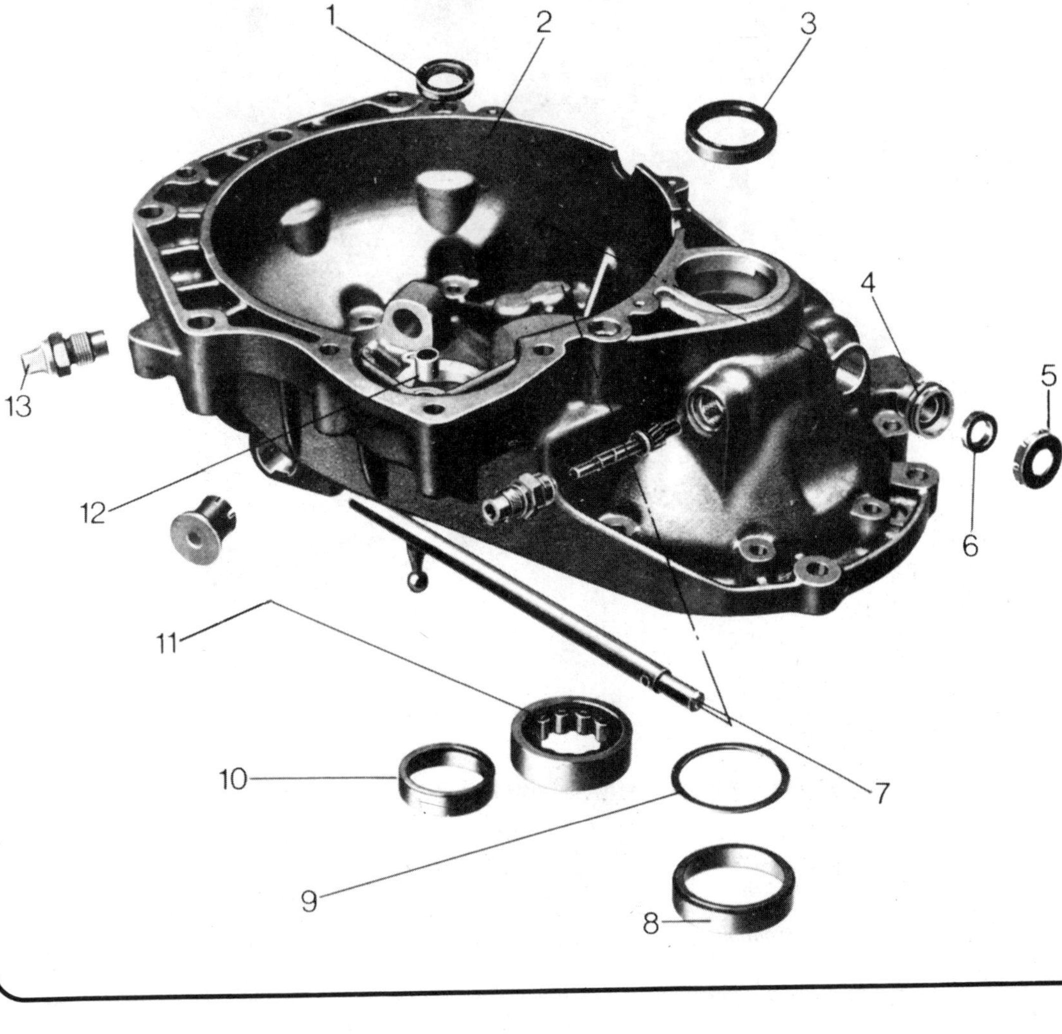

Fig. 6.2. Gearbox - bearing housing - exploded view (Sec. 1)

1 Input shaft oil seal
2 Bearing housing
3 Drive flange right - oil seal
4 Bush, inner shift lever
5 Cap
6 Oil seal - inner shift lever
7 Inner shift lever
8 Outer race - differential bearing
9 Shim S2
10 Outer race - input shaft bearing
11 Outer race - output shaft bearing
12 Starter rear bearing bush
13 TDC sender unit

Note 13. TDC sender unit is not fitted to boxes with HA engine, but is replaced by a rubber plug

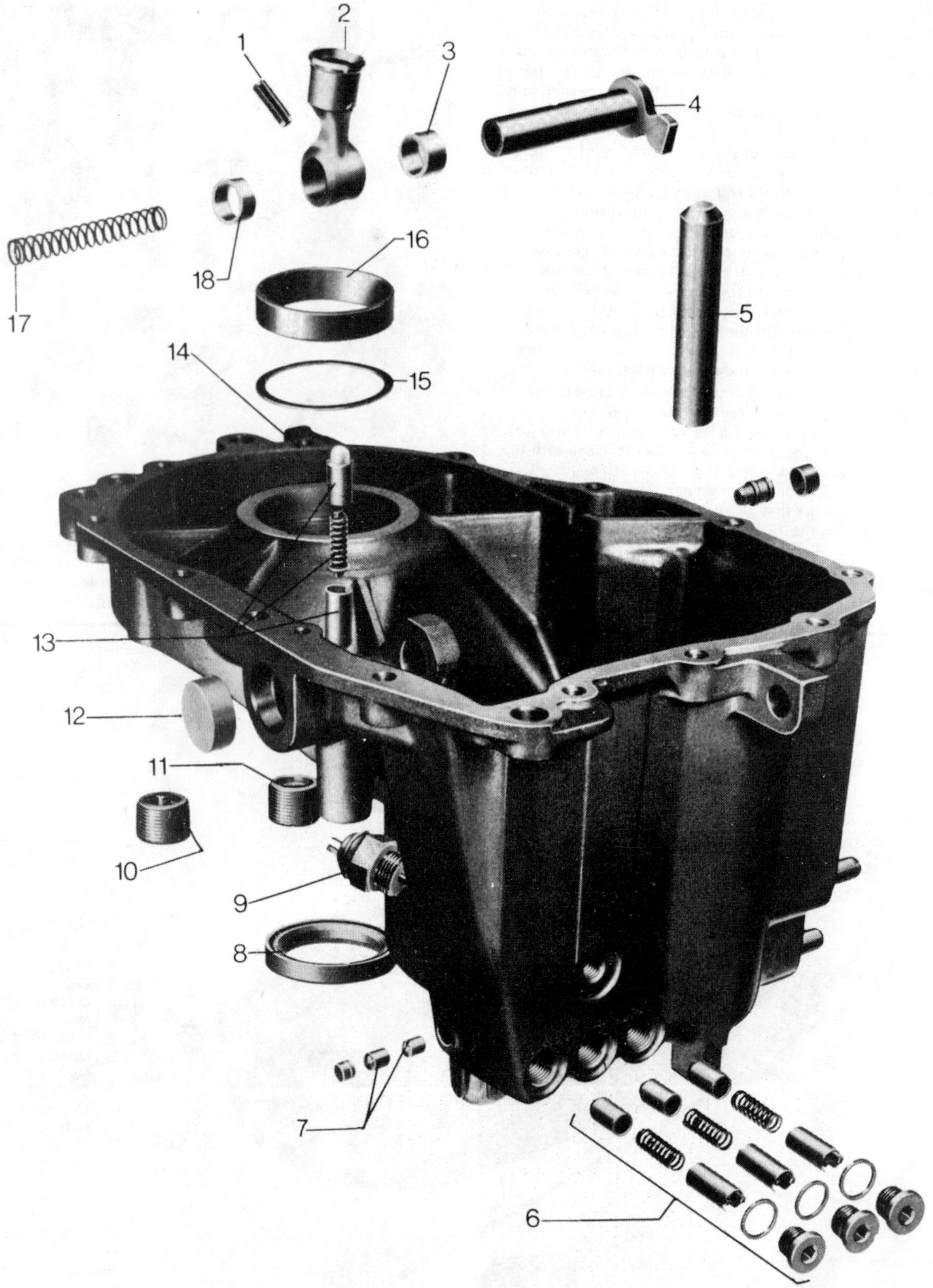

Fig. 6.3. Gearbox housing - exploded view (Sec. 1)

1 Pin
2 Cup lever
3 Bush 12 mm long
4 Selector shaft
5 Shaft - reverse gear
6 Detents
7 Interlock plungers
8 Oil seal - drive flange L
9 Reversing light switch
10 Magnetic drain plug
11 Filler plug
12 Plug
13 Reverse lock
14 Gearbox housing
15 Shims S1
16 Bearing outer race
17 Spring
18 Bush 9.5 mm long

Note: From December 1975 the magnetic drain plug is discontinued and instead a larger magnet is fitted in the housing.

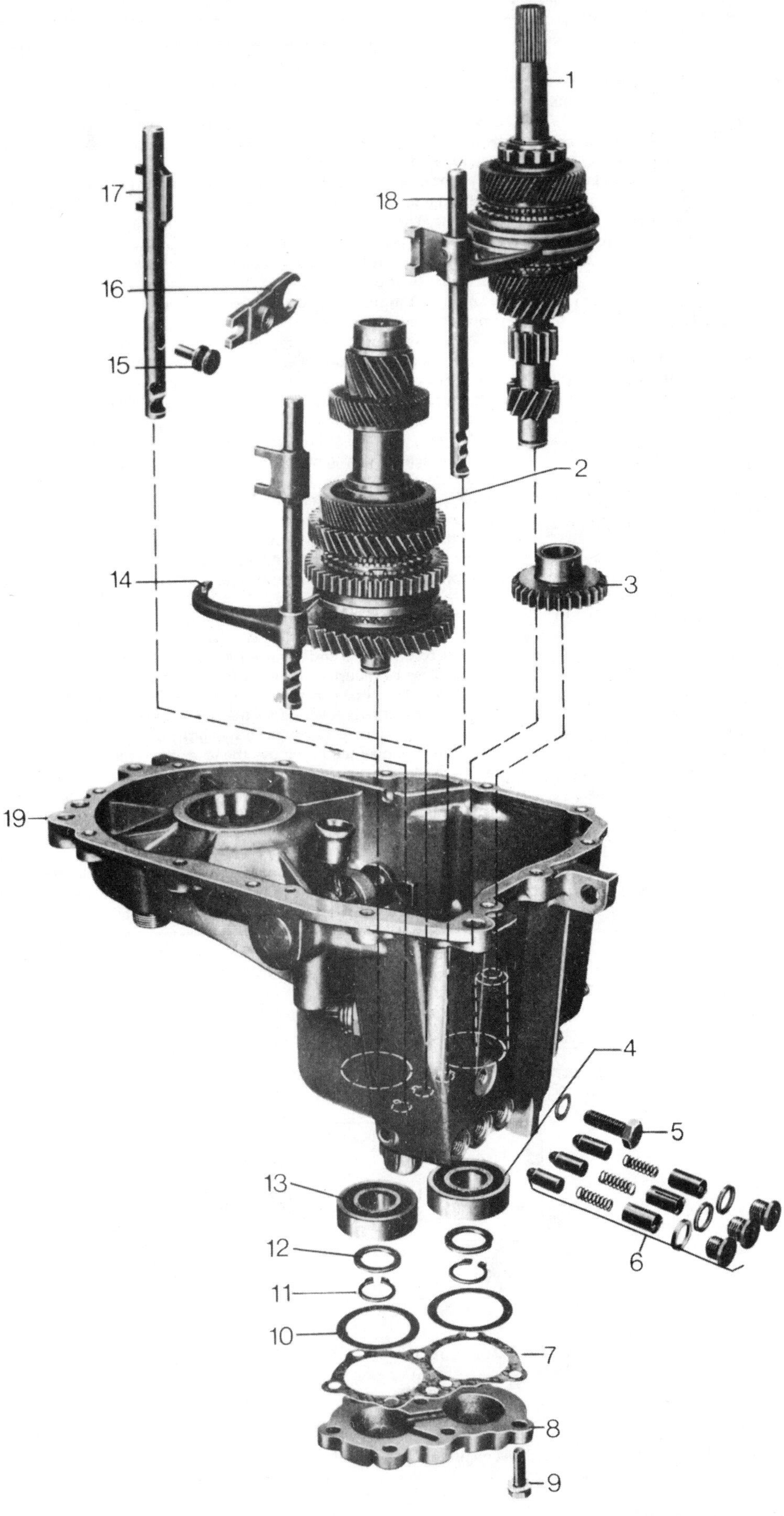

Fig. 6.4. Gearbox - gear housing and shafts - exploded view (Sec. 4)

1 *Input shaft assembly*
2 *Output shaft assembly*
3 *Reverse gear*
4 *Input bearing*
5 *Reverse gear relay lever screw*
6 *Detents*
7 *Gasket*
8 *Bearing cover*
9 *Bolt*
10 *Large shim*
11 *Circlip*
12 *Small shim*
13 *Output shaft bearing*
14 *Selector rod and fork 1/2 gear*
15 *Pin*
16 *Relay lever - reverse gear*
17 *Selector shaft - reverse gear*
18 *Selector rod and fork 3/4 gear*
19 *Gear housing*

2 Scope of repair possible

1 Before starting on a gearbox overhaul, it is well to consider whether the end result is worthwhile. If the box is noisy in the lower gears it is unlikely that new bearings or gears will cure the trouble, but the box may continue to function for many miles without trouble. Fitting new bearings will not cure gear whine, and mating new gears with old ones may make the noise worse.
2 A bearing rumble is a different sound and easily recognised by an experienced mechanic. Renewal of bearings should be done if such noise becomes obvious. The method of doing this is discussed in this Chapter.
3 If the synchromesh is giving trouble then this may be dealt with. The method of dismantling the box and testing and refitting the synchro-hub is given.
4 Damaged gears may be renewed. On the output shaft all the gears may be renewed but 1st, 3rd and 4th must be pressed off. On the input shaft 3rd and 4th gears may be renewed. The shafts are renewable but this involves adjusting the bearing shims which is not an easy job.
5 There are a number of things you cannot do, in our humble opinion, as you have neither the jigs or tools to do them. A list is given below.
6 If the gearbox housing must be renewed, then the shims on the input shaft and output shaft bearings must be adjusted as well as the differential. We recommend a replacement gearbox.
7 If the bearing housing is damaged then the shims for the taper roller bearings holding the differential must be adjusted to fit the new housing. Similarly, if the taper rollers are replaced they must be fitted in pairs and the tolerance adjusted. This is discussed in Section 10, but we think it is beyond the D-I-Y capacity.
8 If either of the shafts need replacement, or the bearings holding them, then once again a gauge is required and a box of shims. However, you can assemble the box and ask for it to be adjusted (ask before you do it) and so save a considerable sum. Read Section 10.
9 If it is necessary to fit a new thrust washer for first gear, then again the (output) driven shaft shims must be adjusted.
10 However, on the cheerful side, these things do not often happen. What you can do is to replace all the oil seals and the selector forks, which are the things which normally wear.
11 As we said at the commencement of this Section, it is worth considering whether an overhaul is necessary, and within your capacity. You can save a lot of money by removing the box and fitting a reconditioned or new one yourself. This may be done by the D-I-Y owner easily and is discussed in the next Section.

3 Transmission - removal and refitting

1 Before the transmission is removed the engine must be supported and the driveshafts disconnected. Tackle the latter job first as if you have difficulty in doing this job, then you may need the car to go and seek assistance.
2 The removal of the driveshafts is discussed in Chapter 11 but briefly the problem is to find a suitable Allen key to fit the socket type nuts. The key to be used is an 8 mm Allen key. It needs to be a good quality one. Clean the socket bolts carefully and fit the key in as far as it will go. If you are going to work from the top, jack the road-wheel just clear of the ground so that you can turn the joint enough to see each bolt in turn. If you take the roadwheel off, the car must be supported on axle stands.
3 When all the bolts are out, pull the joint away from the flange and enclose the joint in a polythene bag. It is full of grease, and apart from spreading grease over everything it will collect dust and dirt if not protected. Tie the constant velocity joint to one side and repeat the operation for the other constant velocity joint.
4 The next job is to arrange an engine support. As there is no need to undo the right-hand engine mounting only the left-hand engine lifting bracket need be used. An arrangement such as shown in Fig. 6.5 is the ideal. Supporting the engine in this way allows you to move the car if necessary and to jack the car up and down without having to adjust the engine support as you would if it was slung from a hoist or a crane. Arrange the support and just take the weight of the engine.
5 Depress the clutch withdrawal lever and remove the clutch cable from it. Tie this out of the way.
6 There is a support bracket from the intake manifold. Undo the bolts and turn the support out of the way.
7 Refer to Chapter 9 and remove the starter. It has its rear shaft bearing in the bellhousing and must be moved before the transmission is taken out. It will be necessary to undo the nut and bolt holding the exhaust pipe to the bracket under the starter and to slacken the transmission/engine bolt enough to swing the bracket out of the way. While you are underneath, remove the leads from the reverse light switch (photo).
8 Undo the bolt clamping the gearchange universal joint to the gear-box shift lever and pull the UJ off the shaft. Do not undo the clamp on the shift shaft or you will need to reset the gear lever mechanism (photo).
9 Remove the rear engine support completely (Chapter 1, Section 4.15 refers). Take the weight of the engine on the sling and remove the upper engine transmission bolts. Remove the left-hand engine/

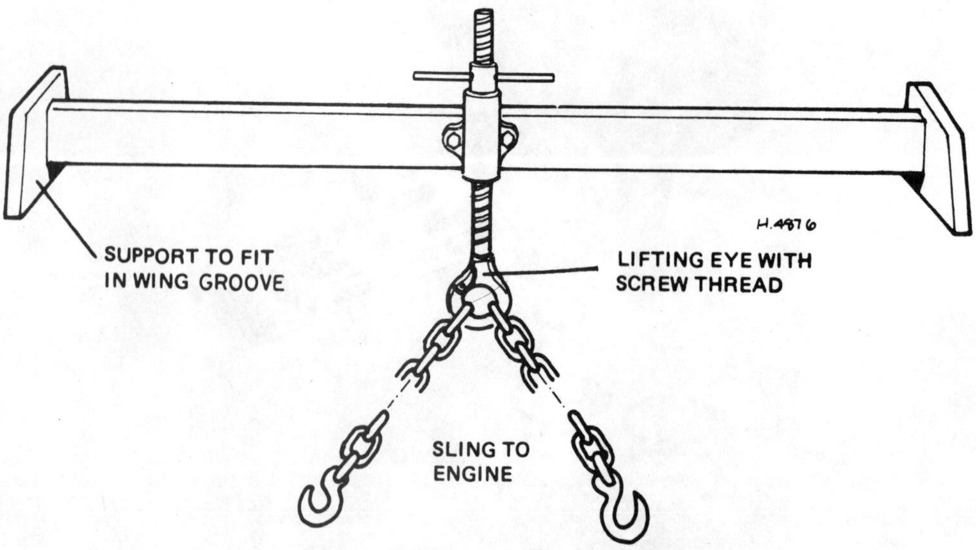

Fig. 6.5. Suggested type of lifting bar for the engine and transmission (Sec. 3.4)

transmission support unit completely. Slacken, but do not remove the right-hand support.

10 At the bottom of the bearing housing a small casting covers the flywheel (see Fig. 6.6). Remove this, support the gearbox, and then remove the remaining engine/transmission bolts. The two units are now held only by the dowels. Lever them apart, taking the weight of the transmission, and lift the transmission away.

11 Place the box to one side and if you have any reason to suspect the clutch now is a good time to examine it. The procedure is given in Chapter 5.

12 Replacement is the reverse of removal. Enter the input shaft into the friction plate splines and ease the box onto the dowels. Fit the securing bolts and pull the two units together firmly. Next install the power plant rear bearing and the left bearing. When these are in position torque them to the correct amount. Reconnect the gearchange linkage and test that it engages all gears (Section 14.5). Fit the starter and connect the cables securely. Refit the flywheel guard while you are working underneath the car.

13 It is now possible to remove the sling from the engine and the supporting arrangements. Reconnect the clutch cable and adjust the free-play (Chapter 5). Tighten the right-hand support bracket screws.

14 Refit the driveshafts to the drive flanges and tighten the securing screws to the correct torque (see Chapter 11, Section 3.3).

15 Do not forget the inlet manifold support. The vehicle may now be lowered to the ground.

4 Transmission - dismantling and overhaul

1 The box must be cleaned externally thoroughly and dried. Use a water soluble solvent which can be painted onto the grease and dirt and then a little later hosed off leaving the casting clean and shining.

Drain as much of the oil as possible and refit the plug. Before December 1975 the plug was fitted with a small magnet to collect steel chips or dust. If this is fitted, the debris should be cleaned off. After assembly GD 06085 (Audi 50) or GG 19085 (Polo) the magnet in the plug is discontinued but a larger magnet is fitted in a cast lug in the bearing housing. This should be cleaned if the box is dismantled. A selection of containers for small bits and pieces and a pencil and note-book to write down what they are, and which way round they go are required. A set of metric spanners, both ring and open end, metric size Allen keys, a bit of welding wire about 12 inches long and a set of feeler gauges, preferably metric, are needed. A gear puller is essential and a bearing puller is required. We found a way to dispense with the bearing puller which is described in this Section, paragraph 24, but unless you are an experienced gearbox mechanic you may have trouble doing it this way.

Now before you begin, read all of this Section and the next one very carefully.

2 Set the box firmly on the bench, undo the bolt holding the left-hand drive flange and lever the flange out of the oil seal (photo).

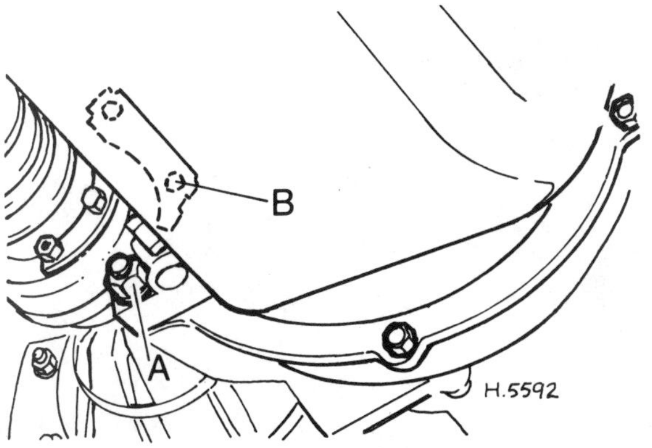

Fig. 6.6. Right-hand driveshaft and cover plates. Remove nut 'A' as well as the driveshaft and flywheel cover (Sec. 3.10)

3.7 Remove the leads from the reverse light switch

3.8 Undo bolt 'A' to remove UJ from the shaft. Bolt 'B' adjusts the gear lever mechanism

4.2a Remove the centre bolt and lever out the left-hand driveshaft

Examine the oil seal carefully, it has an interrupted annular groove round its face and an arrow points the direction of rotation of the shaft (photo). Turn the box round and remove the right-hand flange in the same way (photo). Note that this oil seal has a continuous annular groove (photo).

3 The oil seals may be levered out and replaced if necessary. This job can be done with the box still attached to the engine if that is all that is necessary.

4 Note that the driveshaft flanges have different contours. Fig. 6.7 shows the dimensions.

5 Undo the hexagon and remove the speedometer drive.

6 Now remove the 13 bolts holding the two castings together. Note which bolts go where. The castings are still held by dowels. There are two, locate these and tap them through (photos) and then lift the bearing housing off the gearbox housing (Fig. 6.1).

7 This will leave the differential and the shafts exposed (photo). Lift the differential out (photo) and lay it on one side, cover it to keep it clean.

8 Turn the bearing housing on its back and inspect the inside. Check the movement of the inner shift lever and its fit in its bearings. The inner race of the driven (output) shaft is still on the shaft, leaving the rollers in the bearing housing but the inner race and rollers of the input shaft have remained on the shaft, leaving only the outer race in the bearing housing (photo). As the shafts are dismantled these bearings must be assembled for checking. If the code number of the gearbox is later than GD 06085 (Audi) or GG 19085 (Polo) modified bearings and oil seals for the input and output shafts are fitted in the bearing housing. These are described in Section 11, together with the method of dismantling and reassembly.

9 Turn the case on end, and remove the cover plate (photos). Obtain two lengths of freezer tape each about 12 inches (300 mm) long. Remove the shim, circlip and inner shim from the input shaft (photo) and stick them on one piece of tape. Label it. Repeat for the output shaft. These shims and circlips must be replaced on the correct bearing.

10 Remove the gear detents. There is a set for each gear selector rod. At the bottom of the case (see Fig. 6.4) there are three plugs. Using a 6 mm Allen key remove the plugs and extract from each bore, a spring in its case and a plunger (photos).

11 Remove the relay lever and take out reverse gear selector shaft and the relay pin (photos). Before the shaft is withdrawn the pivot of the relay lever must be screwed out (photo and Fig. 6.4).

12 The actuating shaft for the selector mechanism is held in bearings on the casting. It is spring-loaded. Push the cap over to the side of the casting, against the spring, and jam the shaft with a chisel. Better still cut and bend a piece of steel to form a small clip and install this.

13 The next job is to remove the input shaft. Using a bearing puller, extract the bearing from the gearbox housing. The experts use VW 30-207 which is VW nomenclature for a bearing puller. We suggest that you contact the agent with a view either to hiring the tool or having a look at it so that you can buy a similar proprietary item.

14 Once the bearing is out the input shaft together with the selector rod and fork for 3/4 gears may be lifted out. This is where you need the piece of welding wire. Form it into a small hook and lift the reverse gear a little, to ease the input shaft out.

15 Set the input shaft and selector rod on one side (photo).

16 The next job is to take out the output shaft. Extract the bearing from the gearcase housing (Tool 30-207, again) and lift the shaft out of the casing with the selector (photo). Remove the reverse gear. The case is now empty. Clean it carefully and inspect for damage.

17 The dismantling and reassembly of the shafts is discussed in the next two Sections.

18 The shaft bearings must be carefully checked before assembly is started. The two extracted from the gearbox housing should be washed in white spirit and then checked for tolerance. If all is well, lubricate them with a little engine oil and then install the output shaft bearing in the gearbox housing. It is best to press it in but it can be tapped in using a suitable drift. Press only on the outer race (photo). Do not assemble the input shaft bearing until the shaft is back in place. The other two may be checked as the shafts are dismantled. They can be fitted together with the outer races still in the bearing housing.

19 The detents should be cleaned carefully and the bores into which they fit. There must be no grit or old grease left to cause them to stick or you will be in trouble with gear selection. Assemble them later as the shafts are replaced.

4.2b The left-hand driveshaft oil seal has an interrupted annular groove

4.2c Remove the RH driveshaft flange

4.2d The right-hand driveshaft flange oil seal has a continuous annular groove

4.6a The dowels must be pushed out ...

4.6b .. by tapping with a punch

4.7a The differential and shafts will be exposed

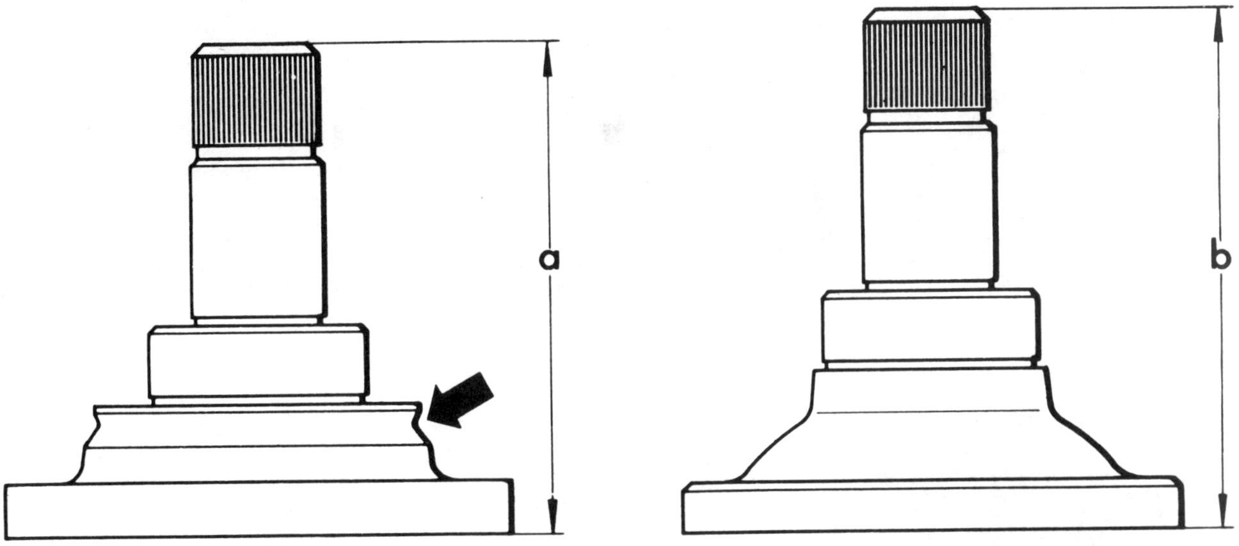

Fig. 6.7. Drive flange identification (Sec. 4.4)

Left. *Left-hand flange (gearbox housing note groove)*
a = 3.3 in (84.6 mm)

Right. *Right-hand flange (bearing housing)*
b = 3.5 in (89.6 mm)

4.7b Lift the differential out and lay it on one side

4.8 Examine the inside of the bearing housing

4.9a Remove the cover plate ...

4.9b ... and the bearings are accessible

4.9c Remove the circlips

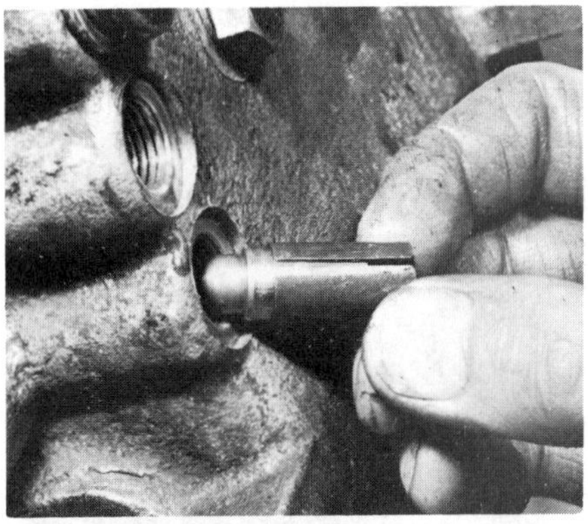

4.10a Removing the detents

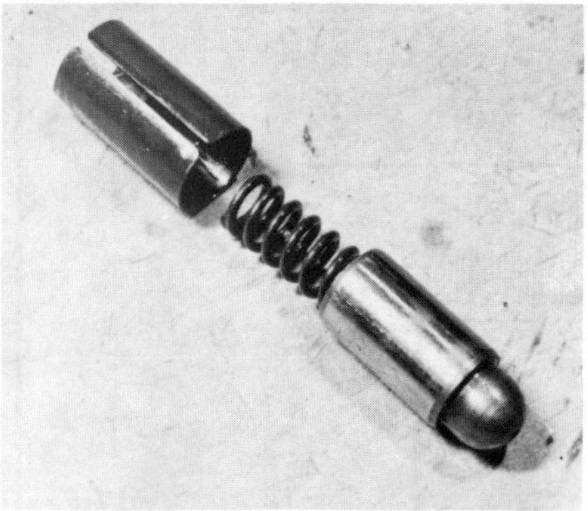

4.10b The detent has a spring held in a split tube

4.11a Removing the reverse gear selector

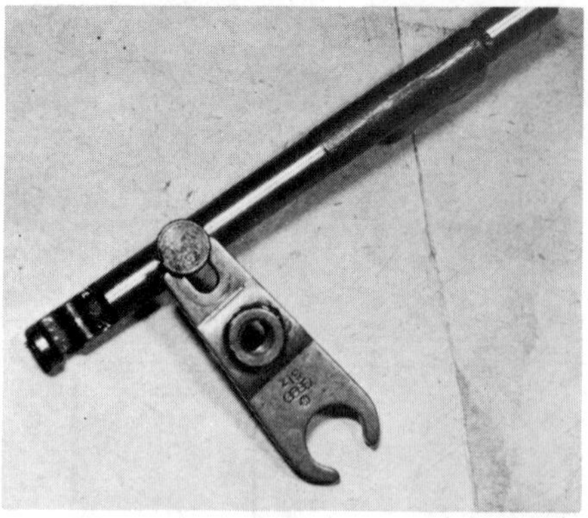

4.11b The reverse gear selector rod and relay lever

4.11c Unscrewing the pivot pin of the reverse relay lever

4.15 The input shaft and selector rod. 3/4 gear

4.16 The output shaft and selector 1/2

4.18 Replace the output shaft bearing in the housing. We used a 36 mm socket spanner as a drift. Push only on the outer race

4.21a Remove the plug or the side of the casing and ...

4.21b .. the interlock plungers may be removed

4.24a Removing the pin from 3/4 selector fork

4.24b The pin holding the selector fork can be approached through the hole for the reverse relay lever holding bolt

5.1a Remove the circlip and ...

20 The selector shaft is carried in two bushes and these may be renewed if necessary. The outer one is 9.5 mm (0.37 in) long, the inner one 12 mm (0.47 in) long. The actuating cap is held to the shaft by a pin and a spring inside the shaft keeps the shaft at the right place.
21 The interlock plungers (2) which fit between the detents (see Fig. 6.8) are removed after pulling out a plug in the side of the casing (photos).
22 If for some reason the reverse gear shaft must be replaced it may be pressed out of the housing and a new one pressed in. The measurement from the top of the shaft to the housing should be 62 mm (2.44 in). Put a little drop of thread locking fluid on the hole in the housing before pressing the shaft into place (Fig. 6.9).
23 The reverse lock plunger should also be checked for ease of operation. See Fig. 6.3 for its location.
24 We did say that it is possible to get the box to pieces without a bearing puller. Indeed we did manage it but it is tricky and could lead to damage being done if care is not taken. The problem is to get the driveshaft out and this cannot be done unless the bearing is removed. However, it is possible to remove the two shafts together. Remove the detents and put them in a container. Using a long punch, tap out the pin from the 3/4 gear selector fork (photo). Once the pin is out the selector shaft may be withdrawn. Remove the screw holding the reverse gear relay lever and ease out the reverse gear selector shaft. Through the hole in the casing in which fits the screw for the reverse gear relay lever it is possible to get a centre punch on the pin holding the 1/2 selector fork to its selection shaft. With care this pin may be tapped out and the shaft removed (photo). Then using great care and a hammer and a soft brass drift, the two shafts may be driven out of the bearings together. It is necessary to watch that reverse gear does not jam. The selector shafts must be supported carefully while the pins are driven out. We strongly recommend the use of a bearing puller, and if you break something using the alternative method, well, you have been warned.

5 Input shaft - dismantling and reassembly

1 Refer to Fig. 6.11. The outer race of the top bearing has remained in the bearing housing. Remove the circlip retaining the inner race (photo) and hold 4th speed gear in a cloth. Tap the end of the shaft with a hide hammer and the inner race will come off (photo). On models after December 1975, the inner race is not fitted and the taper roller bearing is replaced by needle rollers directly on the shaft. For details see Section 11. There will not be an inner race to replace as in paragraph 5.
2 Slide off the thrust washer, note which way the chamfer goes and then pull off 4th gear (photo). Now remove the needle race (photo).
3 Remove the circlip (photo) and shim and press the synchro-hub off the shaft (photo). The rear synchro-ring may remain. Remove this and third speed gear (photo). It may be necessary to warm third speed gear a little. Next remove the needle roller bearing (photo). This leaves the input shaft stripped (photo).
4 Assembly is the reversal of removal. The thrust washer is located with the chamferred edge towards 4th gear. Refit the shim and circlip and check the play between the 4th gear and the thrust washer using a feeler gauge as shown in Fig. 6.10a. The amount of play is adjusted by fitting alternative thrust washers. The play should be 0.006 to 0.015 in (0.15 to 0.40 mm). These are available in the following thicknesses:

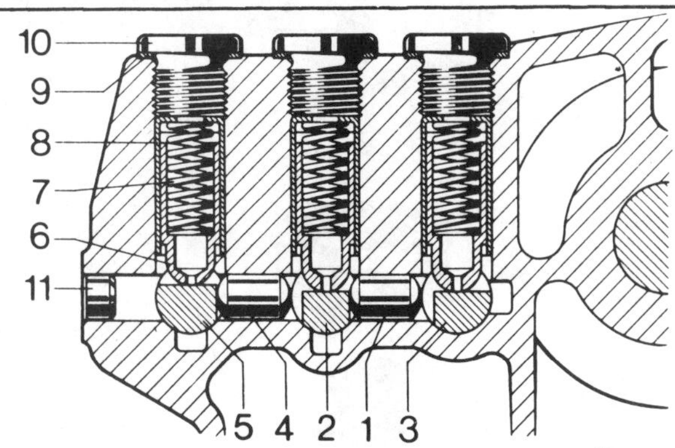

Fig. 6.8. Gearbox arrangements of interlock and detents (Sec. 4.21)

Fit in the order as numbers. 6 to 11 repeat three times

1 Interlock plunger
2 Shift rod 1/2 gear
3 Shift rod 3/4 gear
4 Interlock plunger
5 Shift rod 4th gear
6 Bush
7 Spring
8 Sleeve
9 Seal
10 Threaded plug
11 Plug in interlock bore

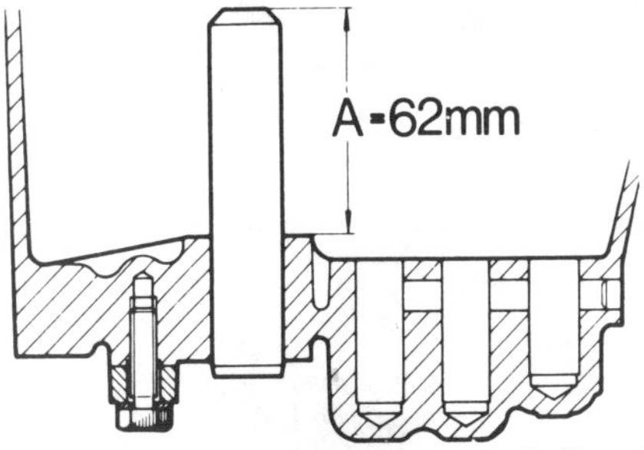

Fig. 6.9. Gearbox - fitting reverse gear shaft (Sec. 4.22)

A = 62 mm (2.44 in)

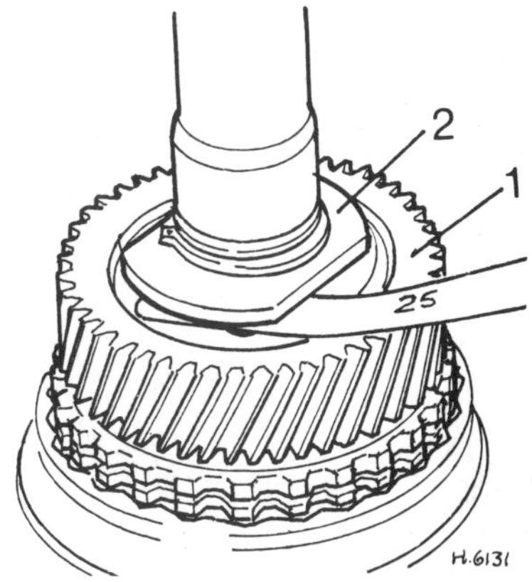

Fig. 6.10a Adjusting 4th gear axial play - input shaft (Sec. 5)

Boxes after GD 06 085 (Audi) GG 19 085 (Polo) and Derby models. The axial play measured with a feeler should be between 0.15 and 0.40 mm (0.006 and 0.016 in) (Sec. 6.4)

1 4th speed gear
2 Thrust washer

5.1b ... press off the inner race, and thrust washer

5.2a Remove 4th speed gear and ...

Fig. 6.10b On early gearboxes up to 05 08 5, check the clearance between the input shaft bearing inner race and circlip with feeler gauge

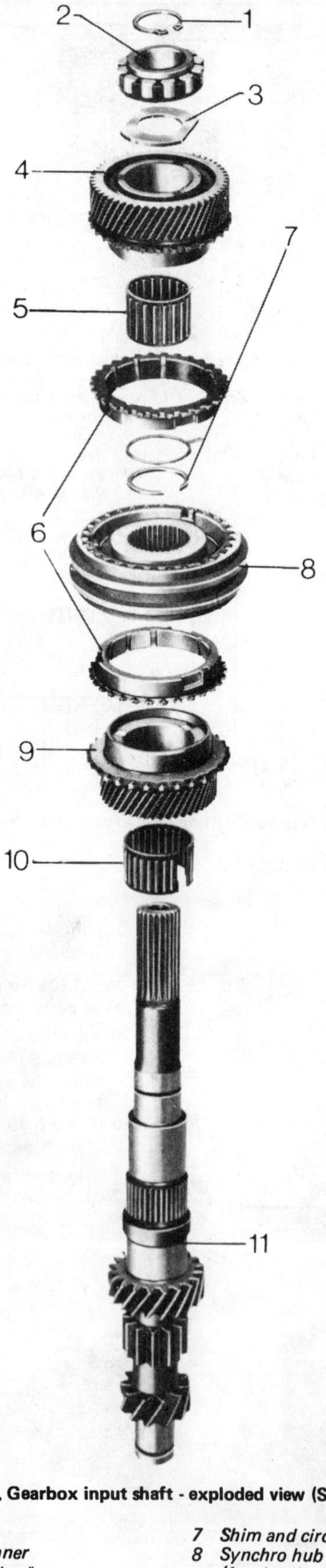

Fig. 6.11. Gearbox input shaft - exploded view (Sec. 5)

1 *Circlip*
2 *Bearing - inner*
3 *Thrust washer**
4 *4th speed gear*
5 *Needle race*
6 *Synchro rings for 3 and 4 gear*
7 *Shim and circlip*
8 *Synchro hub 3/4 gear (for detail see Fig. 6.14)*
9 *3rd gear*
10 *Needle bearing*
11 *Input shaft*

**Not fitted to later models*

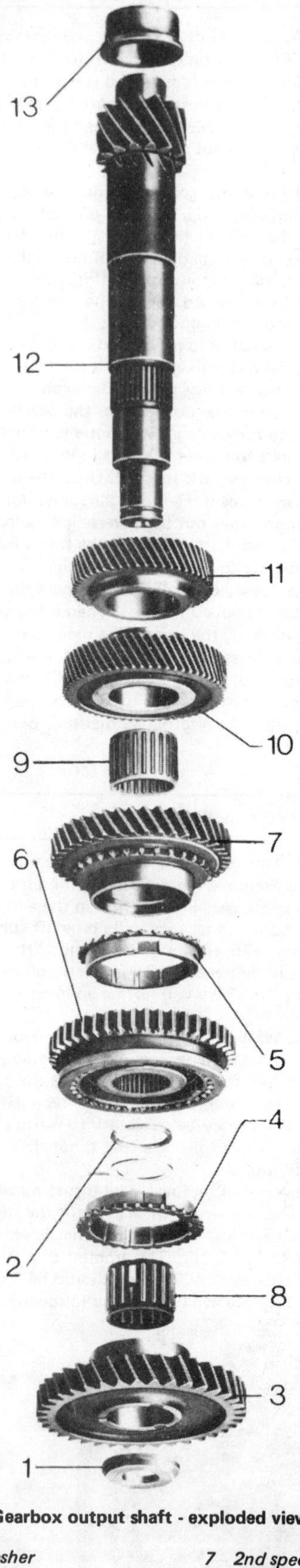

Fig. 6.12. Gearbox output shaft - exploded view (Sec. 6)

1 *Thrust washer*
2 *Circlip and shim*
3 *1st speed gear*
4 *Synchro rings*
5 *1/2 gear*
6 *Synchro hub 1/2 gear (for detail see Fig. 6.13)*
7 *2nd speed gear*
8 *Needle bearing*
9 *Needle bearing*
10 *3rd speed gear*
11 *4th speed gear*
12 *Output shaft*
13 *Inner bearing race*

5.2b ... the needle race

5.3a Remove the shim and circlip and ...

5.3b ... the synchro hub

5.3c The rear synchro ring may remain. Press this off with 3rd speed gear

5.3d Remove the needle bearing

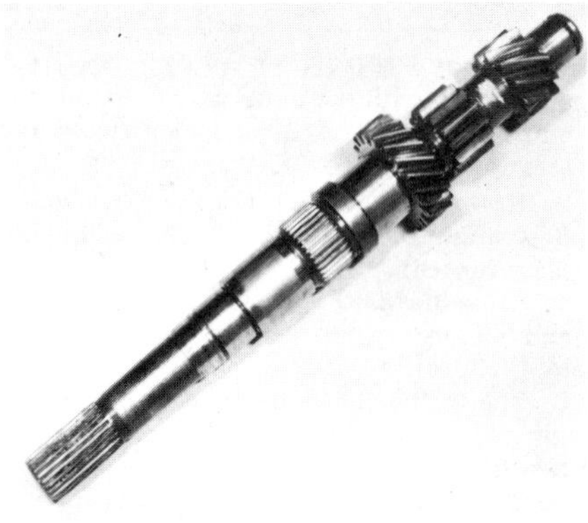
5.3e The input shaft stripped

5.5a The chamfer of the 4th speed thrust washer must be towards 4th speed gear. Press the outer race onto the shaft with a piece of tube

5.5b Press on the outer race until the circlip may be installed

6.1 Fit the puller behind 1st gear and pull off the gear with the thrust washer

6.3 Remove the shim and then the circlip

6.4a Fit the wheel puller behind 2nd gear and pull off the gear with the synchro hub

6.4b Remove the needle race exposed when 2nd gear is removed

Part number	Thickness
084311154D	*0.11 in (2.83 mm)*
084311154E	*0.114 in (2.90 mm)*

On earlier model Audi 50's and Polo's up to gearbox 05085, the play is measured between the bearing inner race and the circlip as shown in Fig. 6.10b. The correct clearance of 0 to 0.0019 in (0 to 0.05 mm) is adjusted by fitting a suitable circlip, available in the following thicknesses:

Part number	Thickness
0843111137	*0.041 in (1.05 mm)*
0843111137A	*0.043 in (1.10 mm)*
0843111137B	*0.045 in (1.15 mm)*
0843111137C	*0.047 in (1.20 mm)*

5 Drive the inner race onto the end of the shaft (photo) until you can insert the circlip (photo). On later models there is not an inner race.

6 Output shaft - dismantling and reassembly

1 Refer to Fig. 6.12. Fit a puller under 1st speed gear and pull off the gear with the thrust washer (photo). On later models, 1st gear may be secured by a circlip, which should be removed before attempting to pull off the gear.

2 Remove the needle bearing noting which way round it goes,

3 Remove the shim and then the circlip holding the synchro-hub in place (photo).

4 Using the puller again behind 2nd gear (photo) remove second gear and the synchro-hub. This will expose the needle race. Remove this race (photo).

5 The shaft will now be left with 3rd gear and 4th gear in place (photo). It will be necessary to warm these gears to 130°C (266°F) if they are to be pressed off. The inner race of the bearing in the bearing housing is left on the end of the shaft. This may be pressed off if necessary.

6 Assembly is the reverse of dismantling. If 3rd or 4th gear have been disturbed, or a new output shaft fitted then the shim under the circlip on the bearing in the gearbox housing must be checked for clearance when the shaft has been reassembled (see Section 10). If a new shaft is fitted, count the teeth on the gear and fit the right one. Some have 14 teeth, others 15 teeth.

7 Assemble the needle bearing and press on 2nd gear. Then install the synchro-hub and refit the circlip (photo). Install the shim (photo).

8 Refit the needle bearing (photo) and then press on 1st gear and finally the first gear thrust washer (photo).

7 Synchroniser hubs - checking for wear

1 Unless the transmission is the victim of neglect or misuse, or has covered very high mileages, the synchro-hub assemblies do not normally need renewal. If they do they must be renewed as a complete assembly. It is not practical to fit an inner hub or outer sleeve alone - even if you could buy one.

2 When synchro baulk rings are being renewed it is advisable to fit new blocker bars (sliding keys) and retaining springs in the hubs as this will ensure that full advantage is taken of the new, unworn cut-outs in the rings.

3 Whether or not a synchro-hub is dismantled intentionally or accidentally there is one basic essential to remember: the splines of the inner hub and outer sleeve are matched - either by selection on assembly or by wear patterns during use. Those matched on assembly have etched lines on the inner hub and outer sleeve so that they can be easily realigned. For those with no marks, a paint dab should be made to ensure correct reassembly. If the hub falls apart unintentionally and there are no marks made then you will have to accept the fact that it may wear more quickly (relatively speaking) in the future. But do not have a heart attack if this happens - it will still work for a long time to come. Figs. 6.13 and 6.14 show the exploded views of the synchro-hubs.

4 When examining for wear there are two important features to look at:

a) The fit of the splines. With the keys removed, the inner and outer sections of the hub should slide easily with minimum backlash or axial rock. The degree of permissible wear is difficult to describe in absolute terms. No movement at all is exceptional, yet excessive 'slop' would affect operation and cause jumping out of gear. Ask someone with experience for advice.

b) Selector fork grooves and selector forks should not exceed

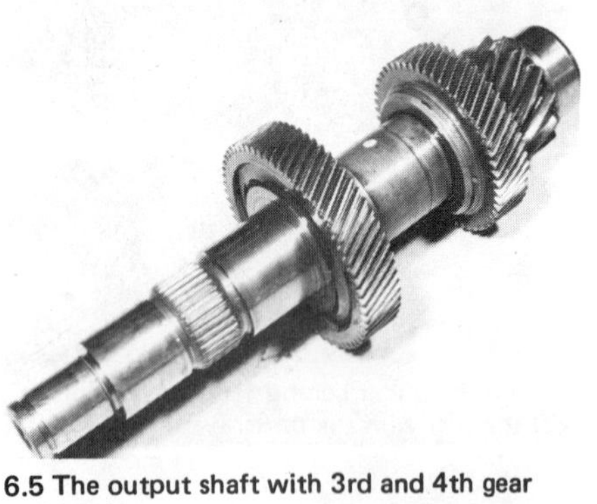

6.5 The output shaft with 3rd and 4th gear still in place

6.7a Install the synchro hub and fit the circlip

6.7b Refit the shim. The pencil points to the shim

6.8a Install the needle bearing and fit 1st speed gear

6.8b Fit the thrust washer and press it into position

the maximum permissible clearance of 0.3 mm (0.012 in). The wear can be on either the fork or groove so it is best to try a new fork in the existing hub first to see if the gap is reduced adequately. If not, then a new hub assembly is needed. Too much slack between fork and groove induces jumping out of gear. Where a hub also carries gear teeth on the outer sleeve these should, of course, be in good condition - that is unbroken and not pitted or scored.

Measuring the clearance is shown in the photo.

5 The fit of the synchro-hub ring on the gear is important. Press the ring onto the gear and check the gap with feelers (photo). Consult Fig. 6.15 and check measurement (a) against the following table:

Gear	Code of box	Measurement 'a' new mm	new ins	minimum mm	minimum ins
3 - 4	*084*	*1.1 - 1.7*	*0.043-0.067*	*0.5*	*0.020*
1 - 2	*084*	*1.1 - 1.7*	*0.043-0.067*	*0.5*	*0.020*

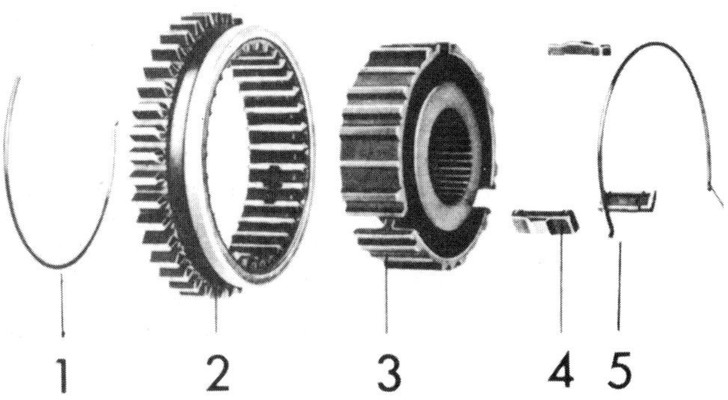

Fig. 6.13. Synchro-hub 1/2 gear - exploded view (Sec. 7.4)

1 *Spring*
2 *1/2 operating sleeve - groove for shift fork 1st gear*
3 *1/2 synchroniser hub - groove on splines faces 1st gear*
4 *Synchroniser key*
5 *Spring. Fit 120° offset from '1', angled end fits in hollow key*

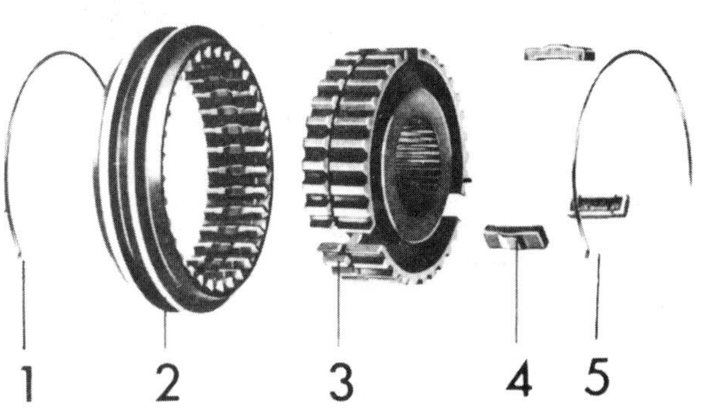

Fig. 6.14. Synchro-hub 3/4 gear - exploded view (Sec. 7.4)

1 *Spring*
2 *3/4 gear operating sleeve*
3 *3/4 gear synchroniser hub - chamfer or internal splines faces 3rd gear*
4 *Key*
5 *Spring. Fit 120° offset from '1', angled end fits in hollow key*

7.4 Measuring the clearance between the selector forks and the synchro hub grooves

7.5 Measuring the gap between the synchro rings

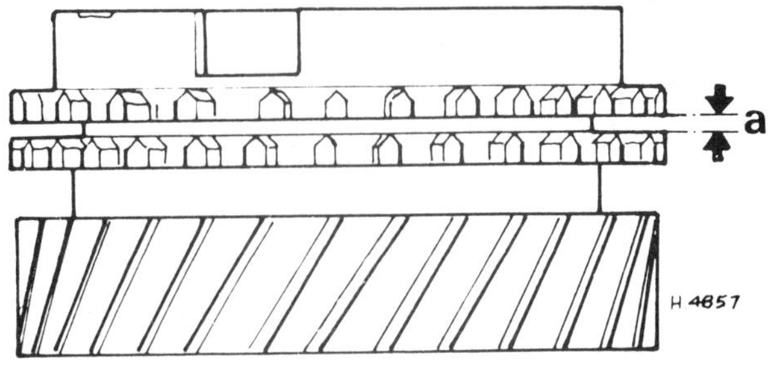

Fig. 6.15. Checking synchro-rings (Sec. 7.5)

'a' must not be less than 0.5 mm (0.020 ins)

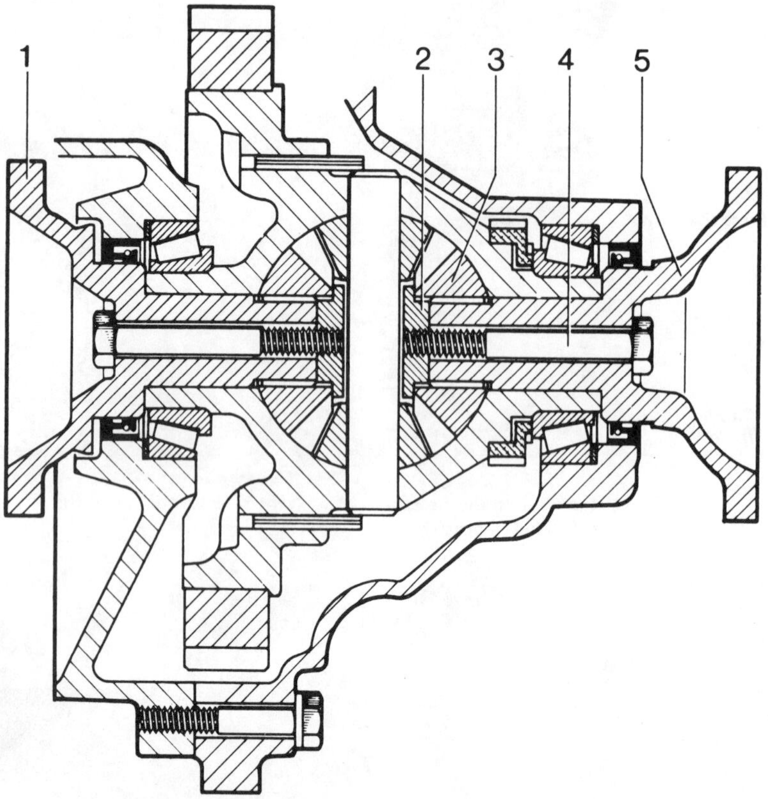

Fig. 6.16. Final drive - cross-section (Sec. 8)

1 Drive flange, left
2 Threaded plate
3 Differential gear
4 Threaded bolt
5 Drive flange, right

8 Final drive - inspection

1 If the bearings on the gears are damaged, the unit should be taken to the agent. Since the crownwheel is not matched with the gear on the output shaft a new differential may be installed without upsetting the input and output shaft. A cross-section is shown in Fig. 6.16.
2 The differential must be adjusted if the gearbox housing, the bearing housing or the differential bearings are replaced by new parts. This involves use of tools VW 402, 409, 415a, 433 and 459, and fitting the correct shims. There are 22 to choose from and when the shims are fitted the torque required to turn the differential must be measured with tool VW 249. This is a bit too much for the DIY owner.
3 If only the crownwheel is damaged, a new one may be fitted, but this again needs special tools and must be left to the experts.
4 If the taper bearings are renewed, the whole adjustment process must be done. Altogether it is not possible to dismantle the differential at home and we recommend a replacement unit.

9 Transmission - reassembly

1 The overhaul of the shafts is described in Sections 5 and 6. The overhaul of the casing in Section 4. Now comes the big moment. Everything must be clean, including your hands. Take your time, it goes together quite easily but the sequence must be followed.
2 Install the output shaft bearing in the gearbox housing (if it is not already there). Do not fit the input shaft bearing yet. On the later models see Section 11, for fitting of the bearings to the input and output shafts in the bearing housing. Fit the clip to the inner selector rod to keep it out of the way (see photo 8.3). Push the interlock for 3/4 gear into position (see Fig. 6.14). Put a screwdriver in the 3/4 selector shaft bearing to stop the detent falling into the bore. Put reverse gear in place on its shaft.
3 Support the inner bearing race of the output shaft and holding the 1/2 selector rod and fork to the synchro-hub of the output shaft (photo 4.16) place the output shaft and its selector rod in their respective bearings. Tap the output shaft into the bearing as far as it will go. The selector rod will follow down with the output shaft (photo).
4 Fit the selector fork and shaft to the input (photo 4.15). Remove the screwdriver from the 3/4 selector shaft bore, check that the interlock plunger is still there, and fit the input and its selector shaft into place. The input bearing is not fitted yet. It is quite a fiddle, lift the reverse gear with a wire hook and wriggle the shaft, at the same time guiding the selector shaft (photo).
5 Be careful not to disturb the synchro hubs. It is possible inadvertently to let the gear slide off the blockers. If this happens you must start all over again. We had to, so you will be in good company! (see Section 7).
6 Reverse the casing and support the casing and shafts in mesh. Refit the input shaft ball bearing into the case over the shaft (photo). Both races must be pressed simultaneously. It may help if you warm the casing a little, but not too much, say up to 100°C (212°F). The closed side of the cage faces the gearbox housing.
7 Next get the pieces of freezer tape with the shims and circlips and fit these to the correct shafts. Tap the shaft back into the case until the shim is just held. Fit the large shim a new gasket and replace the bearing cover (photos). Consult Section 13 for shim adjustment.
8 Now insert the second interlock plunger and replace the plug in the casing.
9 Refit the reverse selector rod with the guide pin and relay lever. Engage the relay lever with reverse gear, turn the selector rod to the right, and fit the relay lever into position (see photos 4.11a and 4.11b). Refer to Fig. 6.17. Screw in the bolt for the relay lever and check the play between the lever and fork for 1/4 gear. It should be between 0.052 to 0.0110 in (1.3 to 2.8 mm). We found that a hacksaw blade made a good feeler gauge for this job. Torque the bolt to 3.5 mkg (25 lb f ft).
10 Remove the clip from the inner selector shaft, fit a bar in the cap socket and check that the gears engage correctly. Only one shaft must move at a time, and it must not be possible to move the two shafts simultaneously.
11 Now assemble the detents. Make sure the springs fit snugly in their cases. Screw in the plugs with an Allen key. Refer to Fig. 6.8 if in doubt about the sequence. Check the gearshift again.
12 The next job is to fit the bearing housing. Reverse the case, clean the joint and smear a little gasket cement over the flange.
13 Replace the differential, the speedometer drive should be on top

(see photo 4.7a). Refer to photo 4.8. The bearing housing should be fitted with a new oil seal for the input shaft. To do this remove the clutch withdrawal mechanism (Chapter 5) and lever the seal out. Fill the space between the lips of the new seal with multipurpose grease and push it in squarely. It must go the same way round as the old seal.

14 Lower the bearing housing onto the gearbox housing. Guide the shafts into their bearings and make sure the ball on the arm of the inner selector shaft of the bearing housing fits into the cap of the inner selector shaft of the gearbox housing. When the flanges meet tap the dowels into position.

15 Fit all thirteen of the bolts (five inside, eight outside) and torque them to 2.5 mkg (18 lb f ft).

16 Refit the clutch withdrawal mechanism (Chapter 5).

17 Refit the drive flange. Make sure the correct ones go to the correct side (Fig. 6.7). If necessary, fit new seals before installing the flanges (paragraph 3). Install the flanges by driving them fully home with a rubber hammer. Tighten the centre bolts (if fitted) to 4.4 mkg (32 lb f ft).

18 If the reverse light switch was removed then replace it.

19 Refit the speedometer drive (photo 1.7).

20 Fill the box with oil as per specification and it is ready to go back in the vehicle.

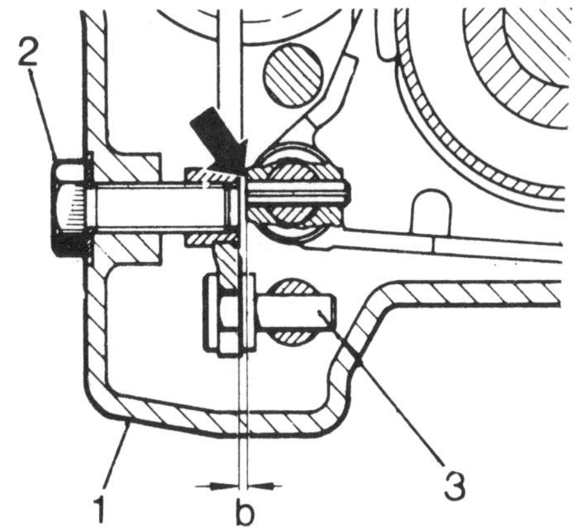

Fig. 6.17. Gearbox - adjusting reverse gear selectors (Sec. 9.9)

Screw in the bolt (2) until the play at the arrow is 1.3 to 2.8 mm. A hacksaw blade may be used as a gauge
1 Casing *3 Reverse selector rod*

9.3 Fit the clip (A) over the inner shift lever. Install reverse gear and then fit the output shaft and its selector

9.4 Fit the input shaft and its selector. Use a piece of wire to lift reverse gear, if necessary

9.6 Install the input shaft bearing into the gearbox housing

9.7a Refit the small shims and the circlips to the shafts

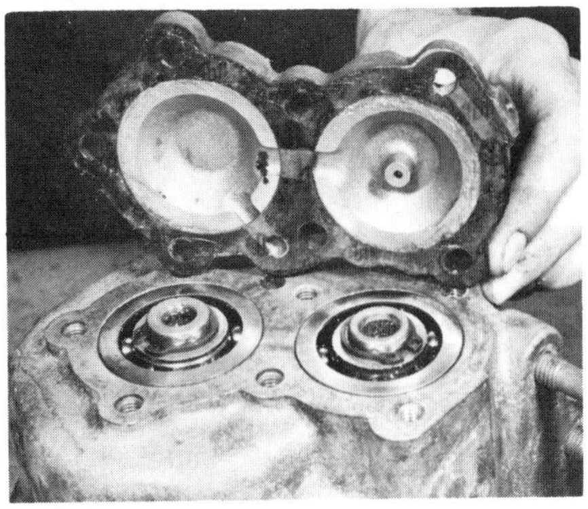

9.7b Refit the large shim, a new gasket, and replace the cover

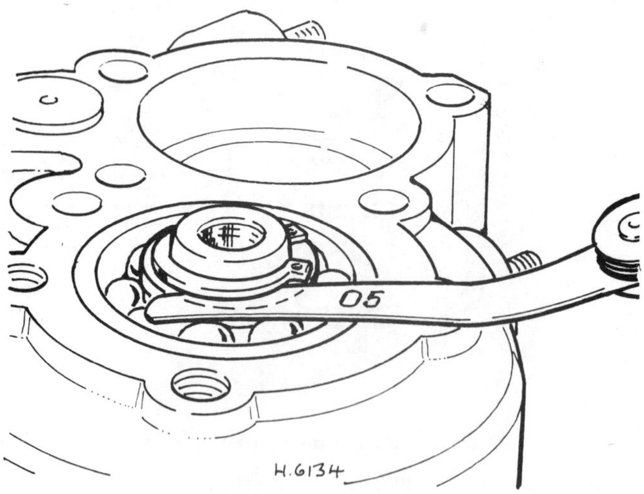

Fig. 6.18. Measuring the size of the small shim, input shaft and output shaft (Sec. 10)

Fig. 6.19. Using VW tool 382/7 to measure the size of the large shim input shaft and output shaft (Sec. 10)

10 Input shaft and output shaft bearings - adjustment

1 These shafts must be adjusted if a new gearbox housing is fitted. If the ball bearings, thrust washer from 1st gear or the shafts themselves have been replaced by new ones then again the adjustment must be done.
2 The adjustment of the small shim under the circlip does not present too much difficulty. Measure the play between the circlip and the small shim with a feeler gauge. The shaft must be fully pressed in. The ideal measurement of play is zero, but 0.002 in (0.05 mm) is acceptable. Above this the shim must be replaced. The shims are graded in mm with 0.05 mm difference, the thinnest being 1.75 mm and the thickest 2.025 mm (see Fig. 6.18).
3 The large shim is determined by the distance the outer race is below the machined part of the bearing housing. VW use a dial gauge with a special tool VW 382/7 which should be set to a 2 mkg preload (see Fig. 6.19).
4 When this gap is measured, determine the gap thickness and fit a shim according to the table below:

Cap measurement (mm)	Shim	
	Thickness (mm)	Part no.
0.14 - 0.18	*0.45*	*084 301 493 J*
0.19 - 0.23	*0.50*	*084 301 493 K*
0.24 - 0.28	*0.55*	*084 301 493 L*
0.29 - 0.33	*0.60*	*084 301 493*
0.34 - 0.38	*0.65*	*084 301 493 A*
0.39 - 0.43	*0.70*	*084 301 493 B*
0.44 - 0.48	*0.75*	*084 301 493 C*
0.49 - 0.53	*0.80*	*084 301 493 D*
0.54 - 0.58	*0.85*	*084 301 493 E*
0.59 - 0.64	*0.90*	*084 301 493 F*
0.65 - 0.69	*0.95*	*083 301 493 G*
0.70 - 0.74	*1.00*	*084 301 493 H*
0.75 - 0.79	*1.05*	*084 301 493 M*
0.80 - 0.84	*1.10*	*084 301 493 N*
0.85 - 0.89	*1.15*	*084 301 493 P*
0.90 - 0.94	*1.20*	*084 301 493 Q*
0.95 - 0.99	*1.25*	*084 301 493 R*
1.00 - 1.04	*1.30*	*084 301 493 S*

5 Example: Trial reading 0.5 mm, shim required 0.80 mm thickness, part number 084 301 493 D. If you do not have access to the gauge shown in Fig. 6.19 we suggest that the box is taken to the agent for measuring.

11 Modifications to input shaft and output shaft bearings and oil seals

1 On all Derby models and after transmission serial numbers GD06085 (Audi) and GG19085 (Polo), the shaft bearings fitted in the bearing housing have been changed from taper rollers to needle bearings. The needle bearings have no inner races and run directly on the shafts. As there are no inner races the seats for the needle bearings on the shafts have been made a larger diameter and so a new type of oil seal is required for the input shaft. The old seal (part number 084 311 113) had no markings, the new seal (part number 084 311 113 A) has six indentations on the flat face.
2 To remove the input shaft needle bearing first remove the release bearing and then the oil seal. Using a suitable drift knock the bearing out from inside the housing. When refitting it drift it in from the outside until it is flush with the casing. The lettering on the bearing goes towards the drift.
3 To renew the output shaft bearing pull the bearing out with an extractor. An extractor 30 to 37 mm is required. A Kukko 21/5 is suitable. When replacing it drive it in flush with the housing. If the bearing has lettering on the side faces the lettering should face the drift when driving it in. The bearings from Messrs. INA have no lettering and may be fitted either way.
4 When refitting the driveshaft oil seal first fill the seal with multi-purpose grease between the seal lips. Slide it over the shaft, lips downwards and tap it lightly until it is fully home, about 0.1 in (2.5 mm) below the surface of the housing.

12 Modifications to the transmission ventilation system

1 After January 1975 a modification was made to the bearing cover, driveshaft and gear housing casting to provide improved ventilation. Details are shown in Fig. 6.20. Be careful to obtain the correct parts in the event of a renewal of one of these parts.
2 From construction date 22 066 (22nd of June, 1976) a different type of ventilation for the gearbox is installed. A breather pipe goes from the gear housing to a chamber in the upper part of the clutch housing (photo).

13 Gearchange mechanism - general description

1 Refer to Fig. 6.21 and Fig. 6.22. The mechanism is very simple. It is also covered with a particularly potent sticky white grease. Pull the rubber cover upwards and wipe as much of the grease away as you can. It will be seen that the lever is connected to the shift rod by a spherical

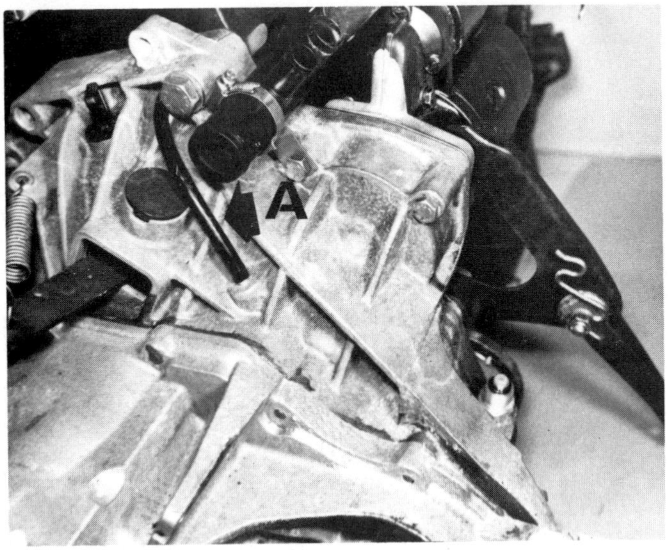

12.2 The gearbox breather pipe 'A' fitted to later cars

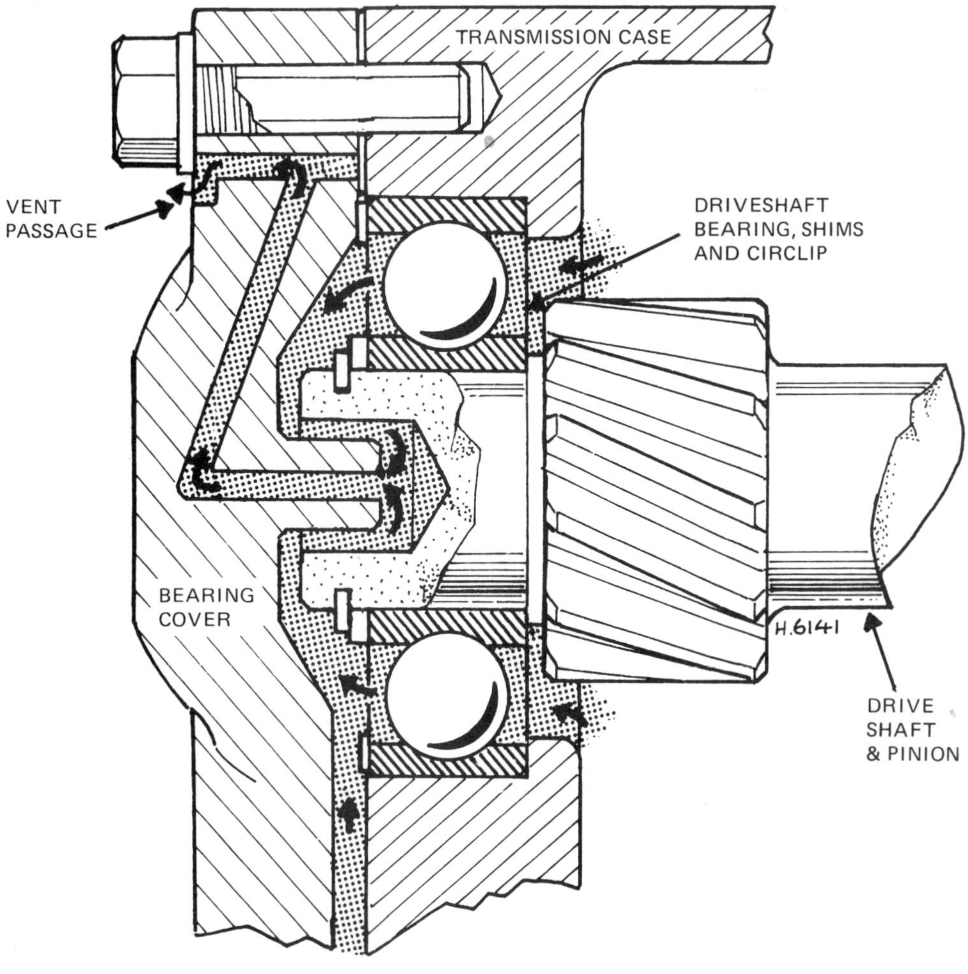

Fig. 6.20. Modified gearbox bearing cover (as from January 1975)
Vent valve now discontinued

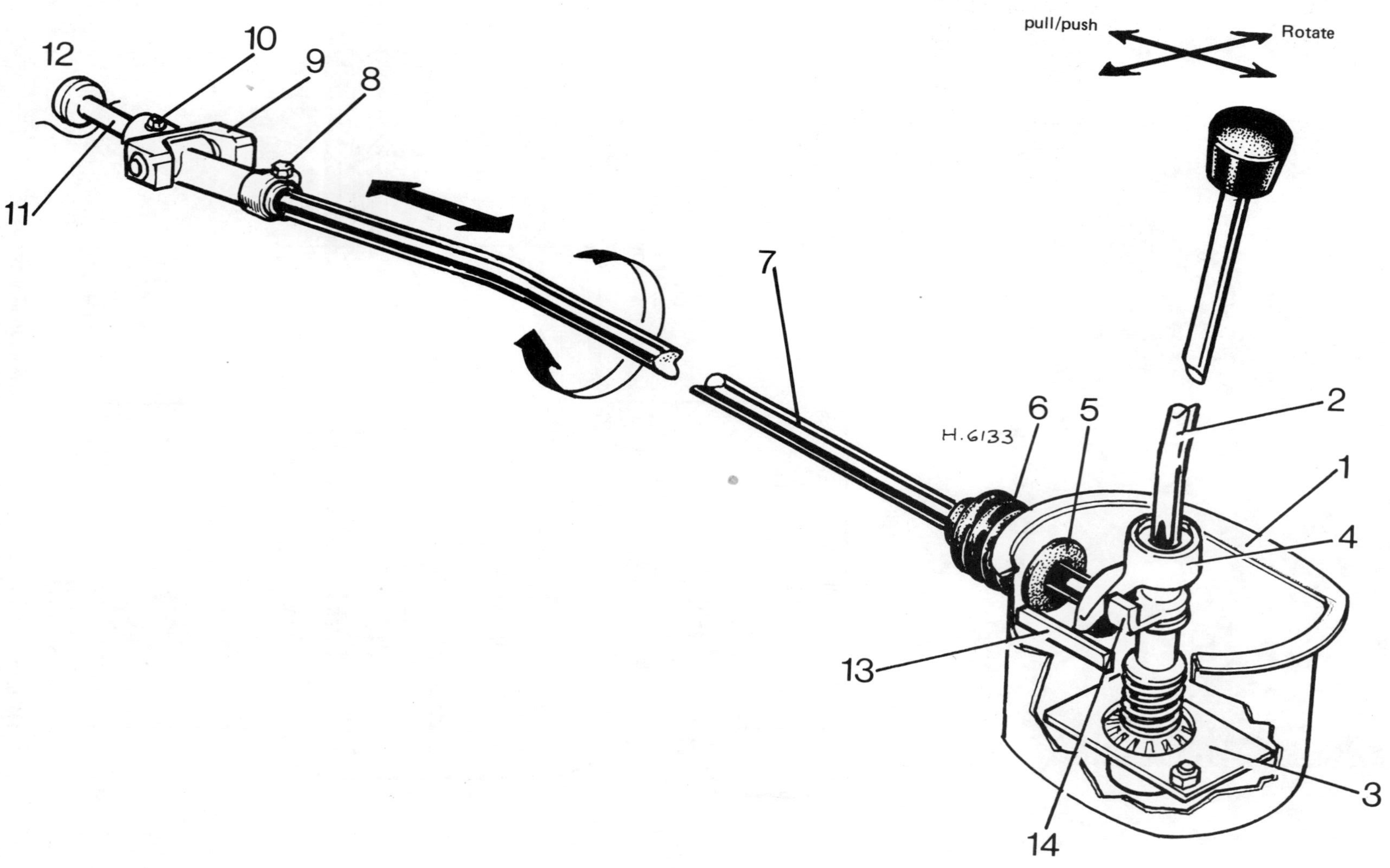

Fig. 6.21. Gearchange mechanism - diagrammatic layout

1 *Case welded to floor of car*
2 *Gearshift lever*
3 *Bearing holder bolted to case*
4 *Gear lever mechanism, for detail see Fig. 6.22*
5 *Polythene bush for detail see Fig. 6.22*
6 *Grommet*
7 *Shift shaft*
8 *Clamp*
9 *UJ bracket*
10 *Clamp bolt*
11 *Gearbox shift lever*
12 *Gearbox*
13 *Reverse gear blocker bar*
14 *Hook on the coupling to prevent engagement of reverse gear until lever is depressed*

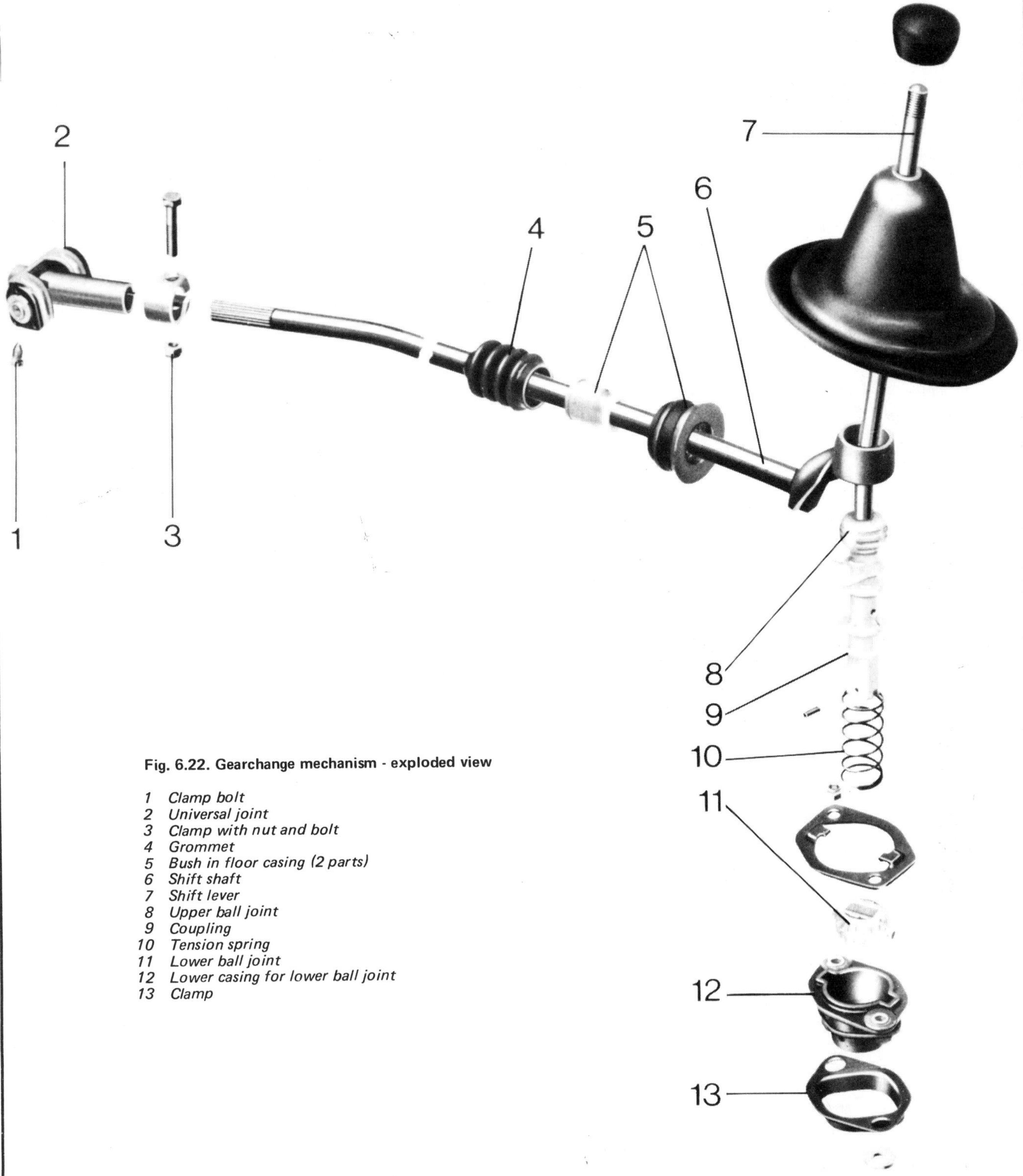

Fig. 6.22. Gearchange mechanism - exploded view

1 *Clamp bolt*
2 *Universal joint*
3 *Clamp with nut and bolt*
4 *Grommet*
5 *Bush in floor casing (2 parts)*
6 *Shift shaft*
7 *Shift lever*
8 *Upper ball joint*
9 *Coupling*
10 *Tension spring*
11 *Lower ball joint*
12 *Lower casing for lower ball joint*
13 *Clamp*

joint, the ball of the joint being held in the cup by a spring on the gear lever. The cup is attached by a cranked bracket to the shift shaft. The shift shaft goes through a bush in the floor casing and is cranked slightly to fit in a simple universal joint. The shaft is held to the joint by a clamp. The outer half of the UJ is fitted over the gearbox shift lever.

2 Returning to the gearshift lever. The lever is pinned to the plastic coupling. The bottom of the coupling fits into another plastic ball which is held captive in upper and lower casings, which in turn are bolted to the body case.

3 Thus the lever can move up and down a little, and can pivot about the bottom balljoint. Movement along the axis of the car pulls or pushes the shift shaft, which in turn pulls or pushes the gearbox shift lever.

Movement at right-angles to the axis of the car turns the shift shaft, which in turn turns the gearbox shift lever. So the gearbox shift lever actuates the inner shift lever which moves the gear selector, and, if all is correctly adjusted makes the required gears engage.

The little bit of up and down movement is to prevent reverse being engaged by accident, when the lever is depressed the small hook on the coupling slides under the blocker bar allowing the correct movement to engage reverse gear.

4 That is the sum total of the mechanism. The only things we can see to give reason for wanting to dismantle it are possible fractures or wear of the plastic coupling, balljoints, or reverse gear catch.

14 Gearchange mechanism - adjustment, removal and refitting

1 There is no reason why the shift mechanism should need adjustment, if the gearbox is to be taken out of the car the clamp on the shift shaft should not be touched but the universal joint left on the shaft and the disconnection done by undoing the bolt which clamps the gearbox lever. This has only one position and the mechanism goes into place when the transmission is refitted. Ours did anyway. See Fig. 6.21.

2 If the gearshift lever or shift shaft must be removed then unfortunately the clamp must be undone. Mark the position of the shaft in the clamp very carefully and you may be able to refit the shaft without special tools sufficiently well to operate the shift mechanism.

3 To remove the shift mechanism, undo the clamp when the gear is in neutral, otherwise you cannot move the car. Mark the joint carefully and slacken the clamp enough to be able to move the shaft in and out of the universal joint. Now go inside the car, remove the rubber cover off the gearshift lever and clean away the grease until you can see the two nuts holding the bottom balljoint casing together. Remove these and pull the whole mechanism up and into the passenger compartment. It may then be taken away for repair.

4 Refitting is the reverse of removal. Make sure the small tabs on the upper casing of the lower balljoint fit over the projections in the ball.

5 Refit the shaft to the UJ, line up the marks and tighten the clamp. You may have been fortunate, if not you must go to the VW/Audi agent and ask him to adjust the shift lever. He will slacken the clamp until the rod will move, check that you have assembled the shift shaft into the UJ so that the shaft in the shift rod coupling (UJ) is parallel with with the housing of the coupling, install the VW special jig 3003a over the gearlever and fit it into place in the casing in the car floor. This will set the lever in the correct neutral position (you left the gearbox in neutral). He will then tighten the clamp.

6 The only way to do this without the gauge is by trial and error, and even then you cannot be sure it is in the *right place.* How do you get the gearbox back in neutral if you have engaged a gear and cannot get it disengaged? Disconnect the UJ from the gearbox shift shaft, jack-up one front wheel and using a Mole wrench move the gearbox shift lever in and out, and turn it a little, until the front wheel will turn without moving the engine. Be careful not to scratch or mark the shaft while doing this.

15 Fault diagnosis - manual gearbox and final drive

It is sometimes difficult to decide whether all the effort and expense of dismantling the transmission is worthwhile to cure a minor irritant such as a whine or where the synchromesh can be beaten by a rapid gearchange. If the noise gets no worse consideration should be given to the time and money available, for the elimination of noise completely is almost impossible, unless a complete new set of gears and bearings is fitted. New gears and bearings will still make a noise if fitted in mesh with old ones.

Symptom	Reasons	Remedy
Synchromesh not giving smooth change	Worn baulk rings or synchro hubs	Fit new ones.
Jumps out of gear on drive or over-run	Weak detent springs	Fit new ones.
	Worn selector forks	Fit new ones.
	Worn synchro hubs	Fit new ones.
Noisy rough whining and vibration	Worn bearings, chipped or worn gears	Dismantle and fit new.
Gear difficult to engage	Clutch fault	Check free-play.
	Gearshift mechanism out of adjustment	Check and adjust.
Oil leaks from drive flanges	Worn oil seals	Remove driveshaft(s) lever over seals and fit new ones, box still in the car.
Driveshaft oil seal leaking	Worn oil seal	Remove transmission from car, remove clutch withdrawal mechanism, lever out oil seal and fit new one (Section 11). Do not dismantle gearbox.
Differential noisy or worn		Fit replacment gearbox.

Chapter 7 Rear axle, rear suspension, wheels and tyres

Contents

Specifications

Type	Torsion axle beam with trailing arms. Early types have a built in stabilizer bar. MacPherson type struts with coil springs and shock absorbers co-axial. Wheels carried on stub axles bolted to the trailing arms.
Coil springs	Graded by paint markings. Use only grade supplied initially.
Shock absorbers	Hydraulic, telescopic, double acting. Vehicles made after August 1975 have modified types of shock absorber
Hub bearings	Taper roller

Geometry

Camber (not adjustable)	−30′ ± 35′ with 35′ tolerance between L and R
Toe (not adjustable)	+ 20′ ± 40′
Maximum alignment deviation permissable	25′
Wheels	4½J x 13 all models

Tyres

There have been three recommendations. This is the latest one, at the time of publication, check that it is up to date for your car.

Size:	Pressures lb/Sq. in (kg/Sq. cm) Half load Front	Half load Rear	Full load Front	Full load Rear
135 SR 13*	22 (1.54)	22 (1.54)	26 (1.82)	28 (1.96)
145 SR 13	21 (1.47)	21 (1.47)	24 (1.68	27 (1.89)
155/70 SR 13 (optional)	21 (1.47)	21 (1.47)	24 (1.68)	27 (1.89)

** When using 135 SR 13 winter tyres increase pressure by 3 lbs/Sq. in (0.21 kg/Sq. cm)*

Torque wrench settings	**lbf ft**	**kgf m**
Shock absorber piston rod nut	14.5	2
Mounting hinge pin/axle frame bolt	33	4.5
Shock absorber/trailing arm bolt	33	4.5
Stub axle/trailing arm bolt	42	5.7
Wheel to brake drum bolts	65	9
Mounting bracket to body	86.8	12

Fig. 7.1. Rear wheel bearing - exploded view (Sec. 2)

1 Dust cap
2 Split pin
3 Locking plate
4 Nut
5 Thrust washer
6 Outer bearing
7 Brake drum
8 Inner bearing
9 Oil seal

2.2 Remove the dust cap, bend the split pin straight and extract it. Remove the locking ring

4.4 The brake backplate and stub axle

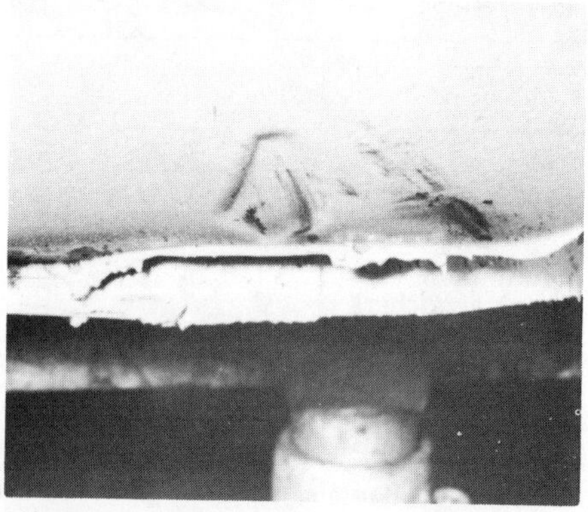

5.1 The rear jacking point is marked with an arrow on the body side

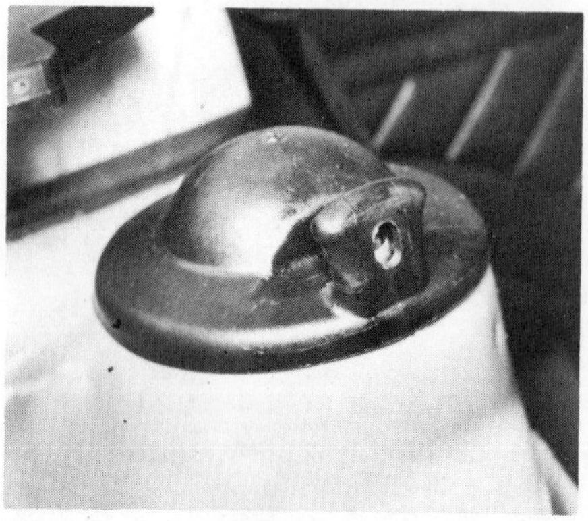

5.3a The cover on the top of the suspension strut. Pull this off and ...

5.3b ... the locating nut is visible

5.3c Take the weight of the trailing arm with a jack

1 General description

1 A fabricated rear axle is hinged at one end to the vehicle body and supported at the other end by suspension struts consisting of concentric coil springs and shock absorbers.

The wheel bearings are mounted on the trailing end of the axle thus giving a trailing link type of suspension but not entirely independent suspension because the axle acts as a stabilizer arm.
On early models prior to August 1975 a stabilizer was welded into the axle beam. This has been discontinued on the Polo and Audi 50LS, but remains on the Audi 50GL. At the same time, new pattern hinge brackets, shock absorbers and stop rubbers were fitted. These are not interchangeable. The modification is discussed in detailed in Section 7 of this Chapter.

2 The complete axle assembly is removed easily should the necessity arise. Bushes and hinge pins are renewable requiring only a wheel puller and easily contrived mandrels to remove and replace the rubber bushes. This operation is described in Section 10.

3 Camber, and toe-in are not adjustable, or easily measured. If accident damage is suspected, or if abnormal tyre wear occurs, a visit to the agent to have these angles checked accurately is indicated. The correct angles are given in the Specifications.

4 Wheel rims of size 4½J x 13 are common to front and rear axles for all models. Tyres may differ as shown in the Specifications.

5 The suspension springs are colour coded and attention must be given to correct matching if renewal is contemplated.

6 The rear wheel is carried on a stub axle which is bolted to the axle beam. The stub axle is easily removed should the occasion require it to be renewed. The wheel is carried on inner and outer taper roller bearings. These may be pressed out if necessary and renewed. The adjustment of the wheel bearing is simple, requiring no special equipment.

7 Apart from the measuring of the suspension geometry all work on the rear suspension is easily within the capacity of the D-I-Y owner and the work could be completed over one weekend without undue exertion.

2 Rear wheel hub - adjustment

1 Refer to Fig. 7.1. The rear wheel bearings are normal taper bearings. To adjust them first raise the vehicle on a jack until the rear wheel may be rotated freely.

2 Remove the dust cap (photo) with a suitable lever, take out the split pin and remove the locking ring. Slacken off the nut and then tighten it to 1.5 mkg (about 12 lbf ft) rotating the wheel at the same time. Now slacken off the nut and then tighten it until the thrust washer may be turned with some difficulty. The bearing play will then be between 0.033 and 0.007 mm (0.0013 and 0.0003 in). In this way the bearings are firmly seated on the stub axle and then given the necessary running tolerance.

3 Refit the locking ring and a new split pin.

4 Fill the hub cap with multi-purpose grease and tap it into position.

3 Rear wheel bearings - removal and refitting

1 Slacken the wheel nuts, jack-up the rear wheel, support the vehicle on axle stand and remove the wheel. Refer to Fig. 7.1.

2 Remove the hub grease cap, remove the split pin and locking ring. Undo the adjusting nut. Slacken the brake adjusters (Chapter 9), and remove the brake drum. The thrust washer and the outer bearing complete will come away with the drum, together with the oil seal and inner bearing complete.

3 Remove the oil seal and tap the bearings out of the brake drum with a brass drift. Clean the drum and stub axle and oil them lightly. Wash the bearings in clean paraffin and then swill out all residue with more clean paraffin. Dry them carefully with a non-fluffy rag.

4 Examine the tracks of the races for scoring or signs of overheating. If these are present then the complete bearing should be replaced. Inspect the roller bearings carefully, there should be no flats or burrs. Lubricate the race with a light oil and spin the inner race in the outer race. Any roughness indicates undue wear and the bearing should be renewed. Once a bearing begins to wear the wear accelerates rapidly and may cause damage to the stub axle or drum so if you are in doubt get an expert opinion.

5 Examine the oil seal. Ideally it should be renewed; if there is any damage or sign of hardening renew it anyway. Failure of an oil seal will mean contamination of the brake shoes and the minimum penalty will be new shoes on **both** rear wheels.

6 If all the items are correct and the stub axle bearing surfaces and brake drum bore are in good order then proceed to assemble the hub.

7 Fit the races and the oil seal into the brake drum bore with lithium grease and assemble the drum to the axle. Fit the thrust washer and adjust the bearing, as in Section 2.

4 Stub axles - removal, inspection and refitting

1 Apart from scoring on the bearing surfaces or ovality due to excessive bearing wear, the only other defect to check on the stub axle is distortion due to bending. This could happen if the vehicle has been in an accident or has been driven heavily laden at excessive speed over rough ground.

2 The effect of a bent stub axle will be excessive tyre wear due to the wrong camber angle and possibly incorrect toe-in. These angles are small with fine limits and, in our opinion, not measurable without the proper equipment. If irregular tyre wear occurs the owner is advised to have these angles checked right away.

3 Alternatively the stub axle may be removed, bolted to a lathe face plate and checked for alignment with a dial gauge. The allowable run out is 0.010 in (0.25 mm).

4 To remove the stub axle proceed as in Section 3 and remove the brake drum and bearings. The brake backplate and stub axle are held to the axle beam by four bolts. Unfortunately these are only accessible after the brake shoes have been removed (see Chapter 8). Remove the shoes and then the four bolts. The backplate and wheel cylinder may be moved out of the way to extract the stub axle (photo).

5 Replacement is the reverse of removal. Make sure the joint faces of the stub axle and axle beam are clean and free from burrs before assembly.

5 Suspension strut - removal and refitting

1 This job took less than 20 minutes. With the vehicle on level hard ground, chock the front wheels. Slacken the rear wheel nuts, jack-up the axle and support the rear of the vehicle on an axle stand under the marked jacking place (photo). Remove the roadwheel.

2 The VW/Audi 'official' manual recommends disconnecting the brake hoses, but we did not find this necessary. Look out for the handbrake cable, especially on the left-hand side, if the trailing arm is fully depressed when the wheel is off the cable may be broken. If you watch carefully to see that the hoses are not strained the job is shortened considerably.

3 Look in the rear compartment and locate the top of the suspension strut (photo). Remove the cap, pull it off, and the locating nut is visible (photo). Put a jack under the brake drum (photo) and take the weight of the axle (photo). Using two spanners undo the nut at the top of the strut (photo).

4 Once the top nut is removed undo the bolt through the shock absorber bottom bush. This fits in to a captive nut (photo) which makes life easier. Withdraw the bolt and remove the jack. Be careful not to depress the trailing arm and drop the shock absorber down through the trailing arm (photo). The spring may now be lifted off the piston rod and the shock absorber pushed back up until it is clear of the trailing arm, lifted to one side and withdrawn downwards (photo).

5 Assembly is the reverse of removal. Wriggle the shock absorber into the end of the trailing arm and drop it down. Fit the coil spring over the top and push the piston up through the hole into the body. Remember to fit the various parts to the piston rod before pushing it through the body (Fig. 7.3, parts 2, 8, 9, 10 and 11), fit the rubber spacer and the disc and refit the nut. It will be necessary to hold the piston rod through the spring to start the nut. When the nut is

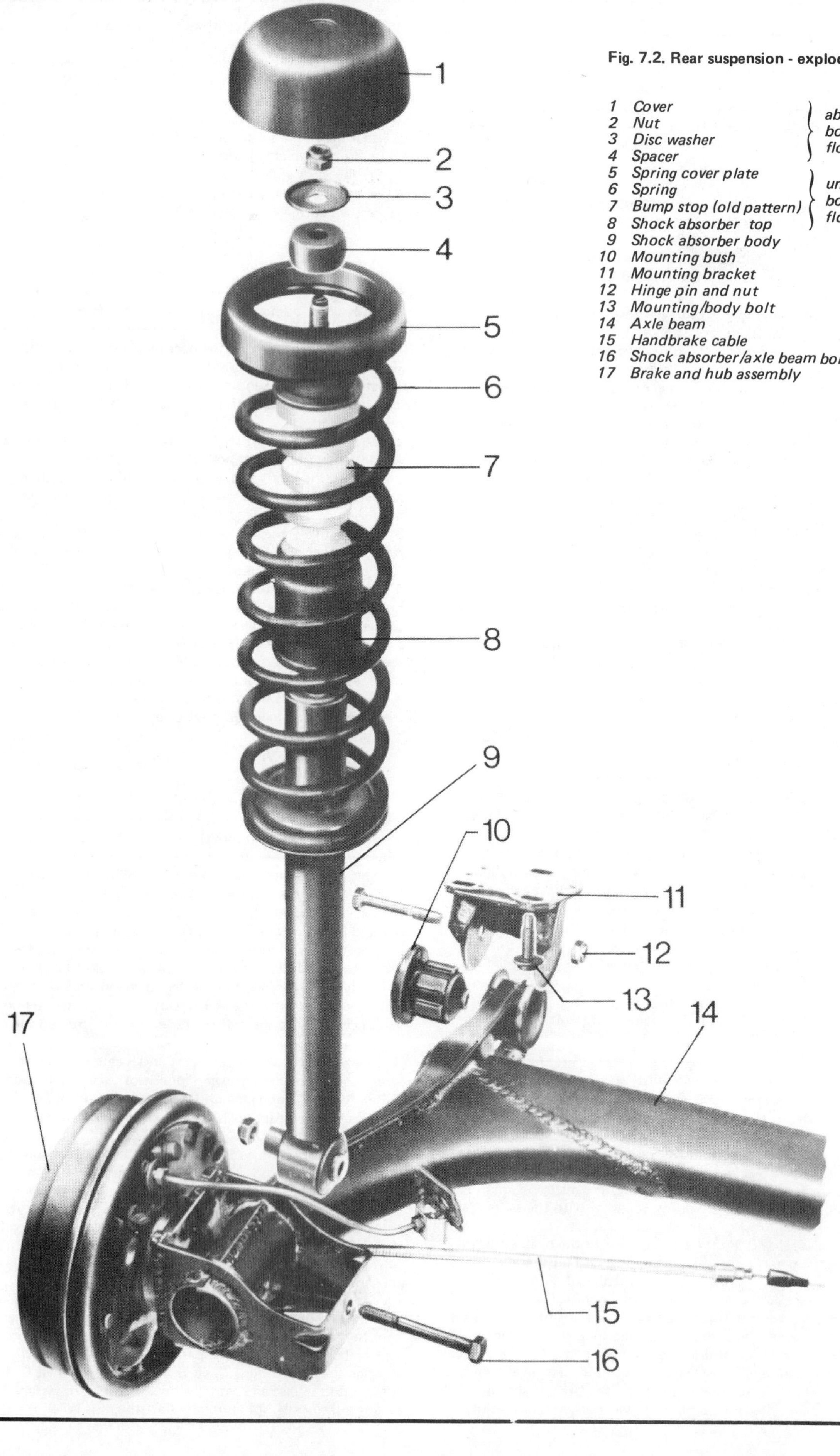

Fig. 7.2. Rear suspension - exploded view

1 Cover
2 Nut
3 Disc washer
4 Spacer
} *above body floor*

5 Spring cover plate
6 Spring
7 Bump stop (old pattern)
8 Shock absorber top
} *under body floor*

9 Shock absorber body
10 Mounting bush
11 Mounting bracket
12 Hinge pin and nut
13 Mounting/body bolt
14 Axle beam
15 Handbrake cable
16 Shock absorber/axle beam bolt
17 Brake and hub assembly

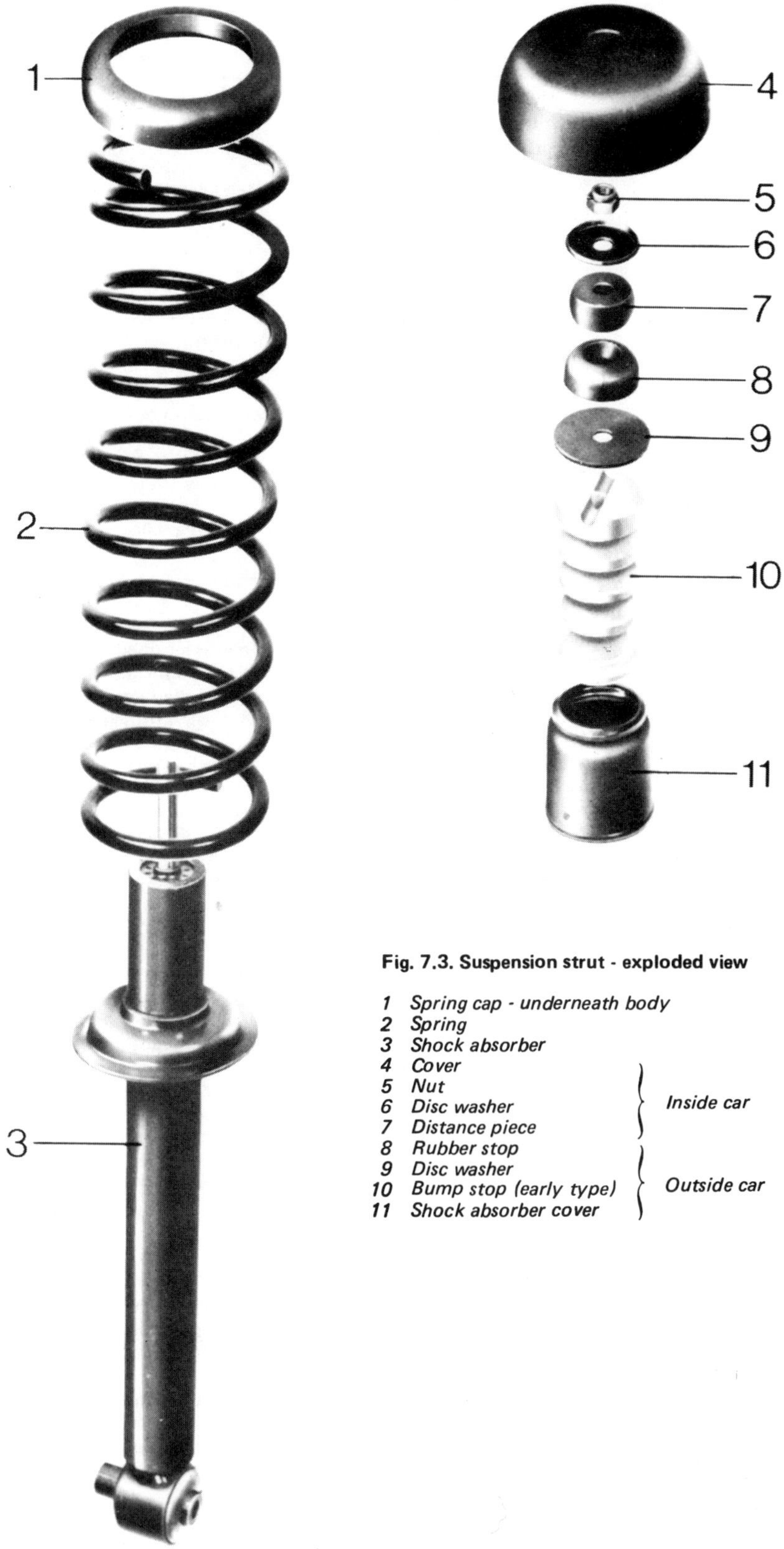

Fig. 7.3. Suspension strut - exploded view

1	*Spring cap - underneath body*	
2	*Spring*	
3	*Shock absorber*	
4	*Cover*	*Inside car*
5	*Nut*	*Inside car*
6	*Disc washer*	*Inside car*
7	*Distance piece*	*Inside car*
8	*Rubber stop*	*Outside car*
9	*Disc washer*	*Outside car*
10	*Bump stop (early type)*	*Outside car*
11	*Shock absorber cover*	*Outside car*

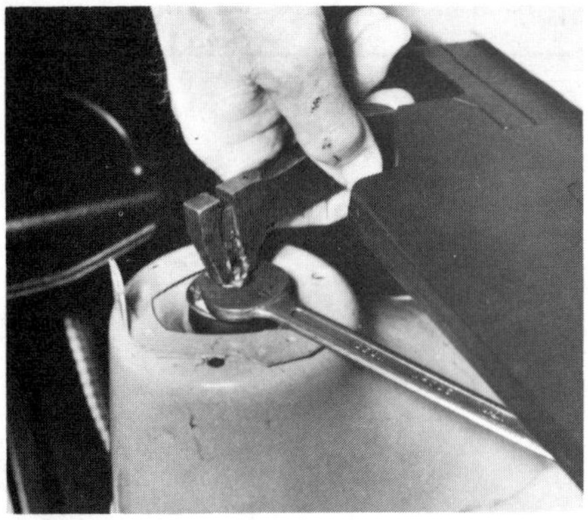

5.3d Using two spanners undo the nut from the piston rod

5.4a The captive nut in the trailing arm which holds the shock absorber hinge bolt

5.4b Drop the suspension strut down and remove the spring

5.4c Push the strut up again, move the bottom of it to one side and withdraw the strut from the car

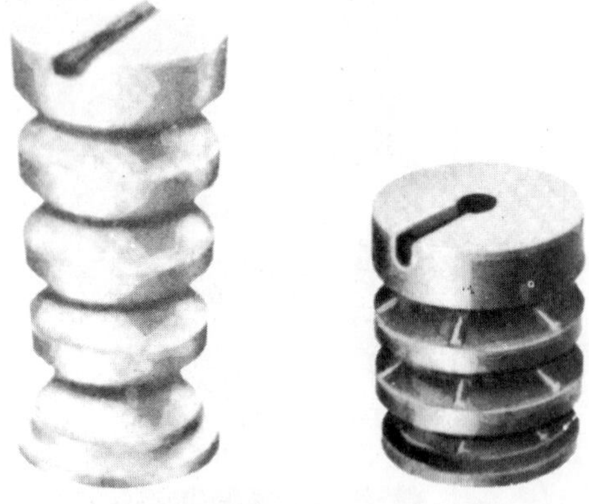

Fig. 7.4. Rear suspension bump stops

A Old pattern *B New type fitted after August 1975*

8.3 The bush and rubber mounting. Press the bush out first and the mounting may then be removed

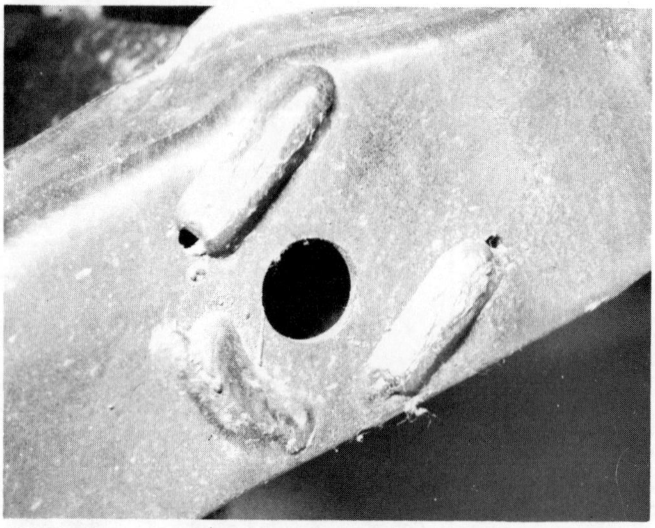

10.9 The lugs on the later type trailing arm

on, connect the shock absorber to the trailing arm and torque the bolt correctly. Torque the top nut correctly. If you pull the cap off the other shock absorber top, it will be possible to count the threads proud of the nut and adjust the nut on the repaired rod to match.

6 Suspension strut - overhaul, dismantling and reassembly

1 The suspension strut has been separated from the coil spring and mountings during removal from the car.
2 The shock absorber cannot be dismantled but before renewing it, test it as described in Section 8.
3 It is not necessary to renew the shock absorbers in pairs, renew only the defective one.

7 Suspension strut - modifications

1 In August 1975 a modified suspension strut was introduced to give an improved ride to the Polo and the Audi 50LS. The Audi 50GL was not changed.
2 The easy way to recognize the new version is by inspection of the stop rubber which is illustrated in Fig. 7.4. Spares for both types are obtainable but the old type must be replaced with the old tube rubber and the old type shock absorber, and similarly for the new type. Discuss this with the VW storeman.
3 This modification also affects the mounting bracket (Section 11).

8 Shock absorber - testing and servicing

1 A defective shock absorber usually makes a rumbling noise as the car goes over rough surfaces. A quick test to confirm the suspicion is to press the rear of the car down on the suspected side and release it sharply. The car should rise and settle at once; if it oscillates at all, the shock absorber is not working correctly.

A small leakage of fluid round the piston seal is normal and need cause no worry, but a large leakage indicates that the shock absorber must be changed. There is no repair possible.
2 Remove the suspension strut as in Section 5. Hold the lower portion of the shock absorber in a vice with the piston rod in a vertical position. Pull the rod right up and press it down again. The force required in each direction should be even and equal. Repeat this test several times. If the stroke is uneven or jerky then the unit must be replaced with a new one.
3 Examine the lower anchorage. The bush must be a good fit on the locating bolt, and the rubber mounting in good condition (photo).

If either of these are faulty, enquire whether a new bush and mounting are available from the VW stores. Should this be so get a new locating bolt at the same time. Press the bush out of the eye with the mounting and press both of them into the eye. Lubricate the eye with a little rubber grease or soap before pressing the mounting home and be careful to enter it squarely. This must be done on a flypress or in a large vice, do not attempt to hammer it in. Alternatively an arrangement of a draw bolt with a nut and two large washers may be used.

9 Coil springs - renewal

1 When renewing a spring, make sure the replacement has the same colour coding as the old one. Consult the storeman about this, taking the old spring with you.
2 If the spring has fractured, examine the break carefully. If the surface of the break is crystalline with a small portion of clean metal, then the spring was faulty when assembled. It would be worthwhile pointing this out to the agent, but the repair action is simply to fit a new one of the correct colour code.
3 If the feature shows a clean break then a careful examination of the rest of the suspension is indicated, for the force required for such a fracture is of very large proportions indeed and there may be more trouble around.
4 If the spring has distorted, then it has just got tired and should be renewed. The cause could be one of several; incorrect material, wrong heat treatment, or even the wrong spring. These occasions are rare and

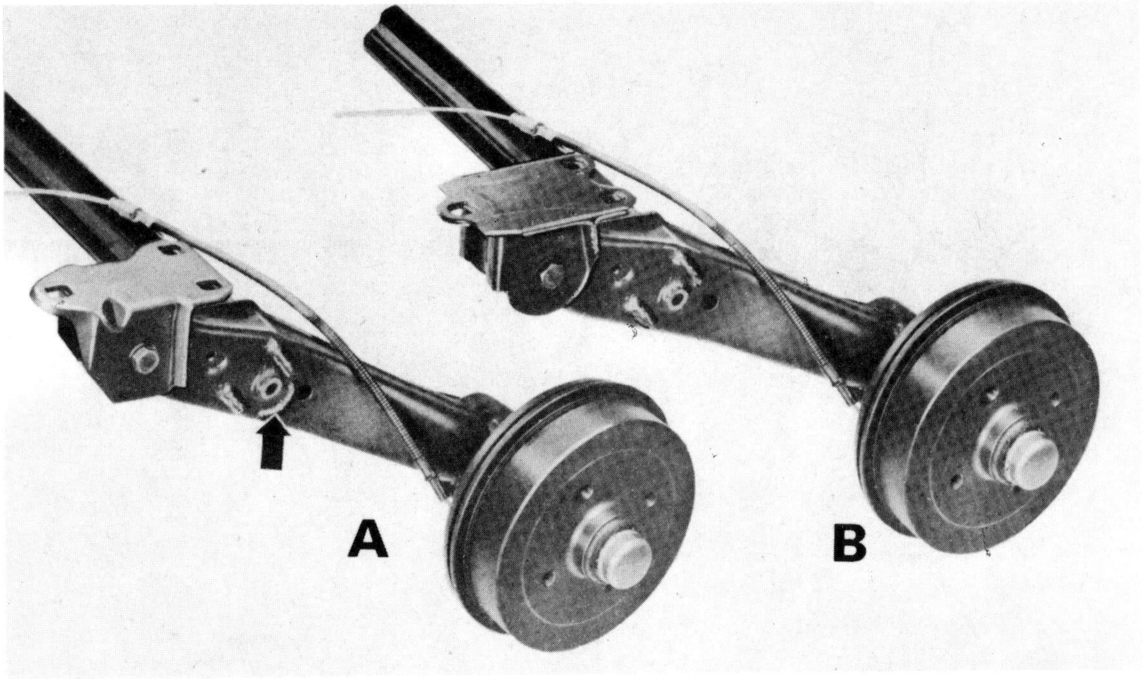

Fig. 7.5. Rear axle beam

A = axle fitted after August 1975 (3 lugs)

B = axle fitted before August 1975 (2 lugs)

The arrow points to the lugs

failure is usually brought on by continuous overloading and harsh and reckless driving.

10 Rear axle beam - removal and refitting

1 Set the vehicle on level ground, or preferably over a pit or on a ramp. Slacken the rear wheel nuts a little. Chock the front wheels, release the handbrake and place a support under the brake pedal to prevent this being depressed accidently.
2 Raise the rear end and support the body on axle stands. These should be placed under the vertical stiffener on the body side members (see Photo 5.1 of this Chapter).
3 Remove the roadwheels. Disconnect the rear section of the exhaust pipe and lower it. Tie it to one side with wire.
4 Undo the parking brake adjusting nut (Chapter 8, Section 25), then undo the roller retaining nut and remove the roller.
5 Disconnect the brake pressure governor linkage, if fitted, and then disconnect the brake hydraulic hoses from the pipes. Plug the pipes to prevent leakage and entry of dirt. Similarly plug the hoses.
6 Support the axle trailing links and remove the bolts holding the shock absorbers to the trailing links (photo 5.4a).
7 Undo the nuts and remove the bolts from the mounting hinges. **Do not** remove the mounting brackets from the body. Two people are necessary for this job and provision must be made to support the axle under the crossbeam while extracting the bolts. The support may be removed once the bolts are clear and the complete assembly removed from the car.
8 If the axle beam is distorted or damaged, then it must be replaced by a new one. Do not attempt to straighten it, either with or without heat. It is a welded structure and the only satisfactory repair is to cut it and reweld it. This is not a practical proposition.
9 There are two versions of the axle. Prior to August 1975 the beam had a welded in stabilizer arm. After that the Audi 50LS and all versions of the Polo do not have the built-in stabilizer arm, although it is continued in the Audi 50GL. The way to identify the axle is shown in Fig. 7.5 and is by the number of lugs at the joint of the cross-beam, and the trailing arm (photo). The axles are **not** interchangeable as the mounting brackets are also modified (see Section 22). If renewal

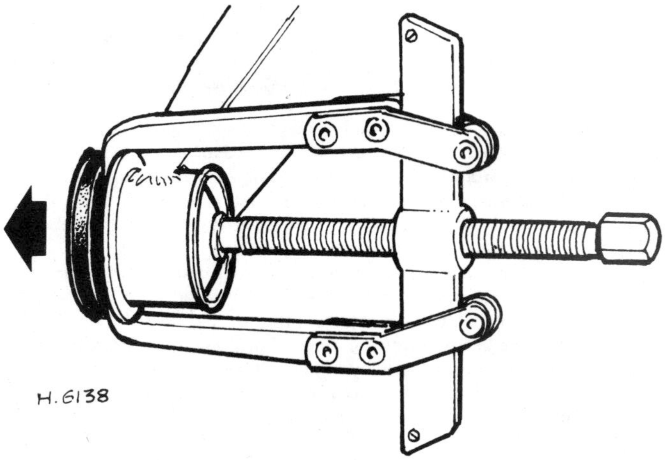

Fig. 7.6. Using an extractor to press out the hinge bush

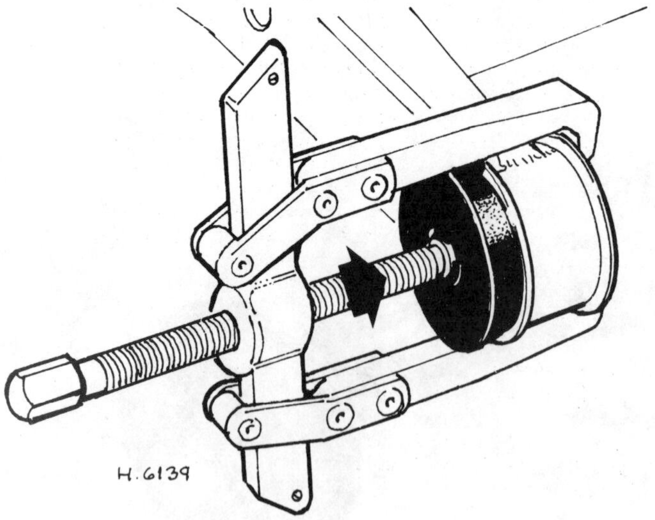

Fig. 7.7. Using an extractor to press in a new hinge bush

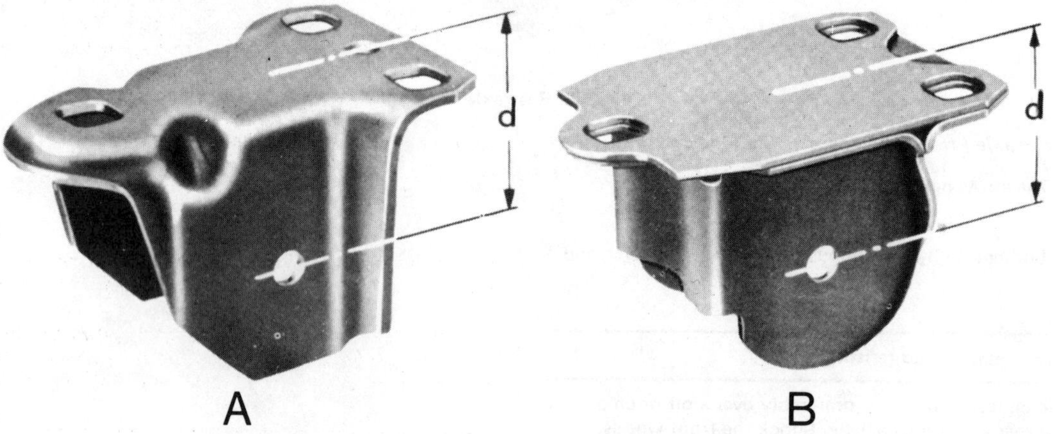

Fig. 7.8. Mounting bracket for rear suspension

A = new pattern fitted after August 1975 *d = 49 mm* *B = old pattern* *d = 44 mm*

is necessary, consult the agent **before** you go to work as replacement parts may be difficult to get. In addition to the above modifications to the rear axle unit, from March 1977 all models were fitted with a 'V' section axle in place of the 'U' section previously employed. When a new axle is being fitted make sure that the same type as the original is used as the two types are not interchangeable.

10 The rubber bush in the axle beam which fits round the hinge pin of the mounting may be pressed out and a new one fitted. This is possible without taking the axle beam away from the car. Support the car as for removal of the beam, lower the exhaust and leaving the remainder connected remove the pins and lower the axle beam from the mountings. The bushes may be extracted using a two-armed wheel puller and a suitable packing disc to accommodate the bolt of the puller as shown in Figs. 7.6 and 7.7.

11 Refitting of the axle is the reverse of removal. Fit the beam to the mountings and then reconnect the shock absorbers. Refit the brake governor link, parking brake cable, brake hoses and then the roadwheels. Torque all bolts to the value shown in the Specifications and do not forget to bleed the brakes (Chapter 8).

11 Rear axle mountings - removal and refitting

1 Two types of mounting have been fitted as shown in Fig. 7.8. The change date coincided with the modification of the rear axle. The old type consisted of a three piece welded assembly, the new one, a one piece pressing. More important is the distance of the pivot hole from the bearing face of the bracket.

2 The locating bolts are shouldered and the thread is enclosed in a plastic capsule containing a locking compound. When the bolts are fitted the capsule is destroyed and the locking compound hardens, fixing the bolts very firmly. The bolts are tightened by the use of an Allen key in a socket and this socket is easily damaged if too much force is used. When this happens an M12 nut must be plug welded to the bolt head, but before this may be done, for safety reasons the fuel tank must be removed.

3 If you look at Fig. 7.8, it is apparent that the bolt holes in the bracket are elongated so that adjustment in a longitudinal direction is possible. Should this adjustment not be correct the suspension alignment may be incorrect causing excessive tyre wear.

4 By now we hope you have the message. You *can* replace the brackets yourself *but* you can also start the job and have to give in halfway through, and even if you succeed it may have to be done again should the geometry be incorrect. We suggest that this job belongs to the VW/Audi agent.

12 Fault diagnosis - rear axle

1 Excessive tyre wear may be due to a number of causes. The first

action is to have the geometry checked. This should be done by the VW/Audi agent. The stub axle may be bent, although this is unlikely except from accident damage. The same thought applies to the axle beam, it is unlikely that distortion will have occurred any other way. If this has happened, then the defective parts must be renewed.
2 More likely the wear is due to a defective suspension strut, worn wheel bearings, or even binding brakes. If the strut or bearings are defective there will be an intermittent or a continuous rumbling noise. The remedy is renewal of the defective part. If the bearing is not correctly assembled it may cause excessive rock, and tyre wear, if too loose. If too tight, the bearing will become warm and possibly overheat enough to cause the grease to run out of the hub.
3 Knocks or bangs coming intermittently from the rear axle will probably be from worn bushes or from a shock absorber from which the fluid has leaked. On rare occasions a weak coil spring may be 'bottoming'. This will be evident from marking on the coils. The only cure for this is to renew the spring.
4 Squeaks are annoying but seldom serious. However, they may be a sign of rubbing surfaces which may develop into something more troublesome. Likely spots are the handbrake cable and roller. Lubricate, preferably with MOLYKOTE lubricant or LP grease. The bushes in the mountings may be dry or the end faces rubbing. It may be necessary to take the pin out to introduce rubber lubricant - oil type lubricants will cause further trouble.

13 Roadwheels - general

1 All roadwheels are identical for all models. The wheels are 4½J x 13 and the wheel bolt locating diameter is 100 mm (3.937 in).
2 Wheels should be examined regularly to ensure no damage has happened from contact with kerbstones or similar obstacles. Rust patches should be cleaned off and treated. Check for run-out, using a scribing block or similar gauge.
3 The wheel bolts are torqued to 9 mkg (65 lbf ft). They must be kept tight. If the bolt is slack, not only will the wheel wobble but the hole in the wheel will become elongated and the wheel will need to be renewed.
4 The only other check is to look for hairline cracks between the ventilation holes. This condition is very rare but it does happen, usually due to overstress during manufacture.

14 Tyres - inspection and maintenance

1 The tyre sizes quoted in the Specifications are up to date at the time of publication but they should be checked with the VW/Audi agent for more recent cars.
2 The VW company stresses that only this type of tyre should be fitted, and states that if you wish to fit another type of tyre you should consult your agent first, because using a non-standard tyre can affect the vehicle under the 'construction and use' regulations.
3 A great deal of trouble is taken to match tyres to vehicles and disregard of this research (usually in the interests of economy) can make your vehicle dangerous and almost unmanageable at even moderate speeds. If you know better than the experts, fair enough, but do not expect the insurance company to pay, and VW will quite rightly not want to know about it if you use tyres other than those recommended.
4 Tyre pressure is most important. The recommended pressures are the result of careful trials and are worked out to give the optimum ride. The pressures given are for cold tyres. After driving for a while the pressure will increase, but, unless you are in tropical temperatures, do not reduce the pressure. VW/Audi recommended the use of a winter tyre - this is an expensive item for the average user but if you are going to travel a lot over ice and snow it is a must.
5 The tyres fitted at the factory have built in wear indicators moulded to the bottoms of the tread grooves. These appear as 12 mm (½ in) bars when the tread depth has worn to 1.6 mm. If these indicators appear in two or more adjacent grooves then tyre renewal is indicated.
6 If the vehicle is driven over rough ground, or over glass in the road the tread should be inspected to see whether stones or glass fragments are lodged in the tread. These should be removed forthwith.

A careful study of the tread once a week will pay dividends. Tyres should wear evenly right across the tread but they rarely do. They are usually renewed because of misuse. A table is given showing some of the main troubles. Study it and watch your tyre treads.

Wear description	**Probable cause**
Rapid wear of the centre of the tread all round the circumference	*Tyre overinflated*
Rapid wear at both edges of the tread, wear even all round the circumference	*Tyre underinflated*
Wear on one edge of the tyre	
a) Front wheels only	*Steering geometry needs checking*
b) Rear wheels only	*Check rear suspension for damage*
Scalloped edges, wear at the edge at regular spacing around the tyre	*May be wheel out of balance, or more likely wear on the wheel bearing housing or steering balljoint*
Flat or rough patches on the tread	*Caused by harsh braking Check the brake adjustment*
Cuts and abrasions on the wall of the tyre	*Usually done by running into the kerb*

7 If the tyre wall is damaged, the tyre should be removed from the wheel to see whether the inside of the cover is also damaged. If not the dealer may be able to repair the damage.
8 Tyres are best renewed in pairs, putting the new ones on the front and the older ones on the rear. Do not carry a badly worn spare tyre and remember to keep the spare properly inflated.

15 Wheel balancing

1 This refers to the wheel complete with tyre. When a new tyre is fitted the wheel should be balanced on a dynamic balancing machine. The operator will determine the out of balance face and clip small weights to the wheel rim to correct the balance. Count these weights and note where they are, they have been known to fly off while the car is running.
2 An out of balance wheel on the front axle will soon be felt at the steering wheel. It will cause accelerated wear on the steering mechanism and may affect stability. Renew the wheel forthwith, the spare should also be correctly balanced.
3 A missing balance weight on the rear wheel may not be detected while running, which is why the weights should be counted and their presence checked weekly. If not corrected the out of balance force will cause rapid tyre wear.
4 The wheel should be rebalanced after a puncture has been repaired or when the tyre has run flat due to a faulty valve. It is also recommended that rebalancing be done after the tyres have run for 15,000 km (10,000 miles).

Chapter 8 Braking system

For modifications, and information applicable to later models, see Supplement at end of manual

Contents

Specifications

Type ... ... Hydraulic, master cylinder may be servo-assisted. Front brakes: disc, floating caliper. Rear brakes: drum, may be fitted with brake pressure governor. Handbrake: cable operated on rear wheels only. Equalizer bar at rear axle. Hydraulic system: dual circuit diagonally connected.

Disc brakes	**mm**	**ins**
Caliper piston diameter ...	44	1.73
Disc diameter ...	239	9.4
Disc thickness (new) ...	8	0.315
Disc thickness after machining (min) ...	7	0.276
Disc lateral run out ...	0.06	0.002

Drum brakes	**mm**	**ins**
Drum diameter ...	180	7.08
Drum diameter after machining (max) ...	181	7.13
Wheel cylinder diameter ...	14.29	0.56
Wheel cylinder diameter - (pressure regulator equipped models) ...	17.46	0.68
Lining:		
Thickness (minimum) measured with shoe:		
Riveted ...	0.5	0.20
Bonded ...	3.5	0.14
Width ...	30	1.2

Master cylinder	**mm**	**ins**
Master cylinder diameter ...	17.46	0.68
Master cylinder diameter (with servo) ...	20.64	0.81
Master cylinder free-play adjusted at pedal pad ...	2 to 4	0.08 to 0.16

Torque wrench settings	**lbf ft**	**kgf m**
Axle nut front brakes (drum and disc brakes) ...	174	24
Caliper to wheel bearing housing ...	43	6
Disc to hub ...	5	0.7
Splash plate to hub ...	6	0.8
Backplate to stub axle ...	22	3
Wheels to drums ...	65	9
Servo to adaptor ...	14	1
Master cylinder to servo ...	11	1.5
Brake hoses to caliper/wheel cylinder ...	7	1
Brake hoses to master cylinder ...	7	1

1 General description

1 The main braking system is operated hydraulically. On the more powerful models a servo system may be fitted. The system is failsafe with dual hydraulic systems connecting the brakes diagonally.
2 At the time of writing the disc brakes fitted are made by ATE but, as VW put it when we enquired, other systems may be fitted in the future, so we have included a description of the Girling type, as fitted to the Golf as an alternative to ATE.
3 The handbrake is cable operated on the rear wheels only.
4 The sequence of bleeding the brakes is:

1 Rear wheel right cylinder
2 Rear wheel left cylinder
3 Front right caliper or cylinder
4 Front left caliper or cylinder

When bleeding the brakes of a vehicle fitted with a pressure regulator the lever of the regulator should be pressed towards the rear axle.
5 On some models the rear drum brakes incorporate a self adjusting lever mechanism (Fig. 8.4) which automatically takes up the rear brake adjustment when necessary. Apart from this feature the standard and self adjusting rear brake layout and overhaul procedures are the same.

2 Braking system - inspection

1 The braking system is such a tribute to design that most drivers are taken by surprise when it goes wrong. The way to avoid this unpleasant happening is by regular inspection and by understanding the symptoms of ailing brakes.
2 If the handbrake is pulling on more than the correct two clicks then it requires adjustment. Either the cable has stretched or the guide bush has worn. The rear brake linings wear in time and must be checked to see that the lining thickness has not reached the safe minimum limit. This is measured to include the shoe thickness but a quick check is done by making sure the rivets are not level with the lining in the case of the riveted shoe.
3 The front discs are self-adjusting but again inspection does not entail much hard labour and may save not only a lot of money but also heart-ache. This operation is explained in the Section on front brakes.
4 The maintenance of pipes and hoses is also gone into at some length.
5 At the conclusion of this Chapter a fault diagnosis chart is included, but this only diagnoses trouble when it has happened, the smart operator gets busy before then.
6 The brakes should operate smoothly and consistently. Any variation in performance must be investigated and cured right away.
7 Pulling to one side or the other, however slight, means that all four brakes must be checked for adjustment forthwith. It only means jacking-up the vehicle and spinning each wheel in turn. Get someone to apply the footbrake gently and it is easy to find which wheel is at fault.
8 Loss of fluid from the reservoir is serious. It is going somewhere it should not and it is no use just topping-up and carrying on. Leaks at the front calipers or the various pipes can be spotted by just looking underneath the car. Leaks in the rear wheel cylinders may require removal of the drums before they can be located.
9 If the pedal goes much further down than usual when there are no leaks in the system and the brakes are properly adjusted then the trouble is at the master cylinder. **Do not** wait until it goes right down to the floor, there will not be any braking force at all then.
10 If the brakes drag, get hot, or even lock on then the trouble is probably either maladjustment of the connecting rod, or foreign matter clogging the compensating ports in the master cylinder. It may be as simple as something stopping the footbrake pedal from returning to its stop. It may be a problem in the servo which will not allow the master cylinder pushrod to return fully and so it is closing the compensating ports when they ought to be open.

If only one brake gets hot then that one should be dismantled, checked and readjusted. If both rear brakes get hot then the handbrake may be malfunctioning (or you may have left it on of course, this happens to everyone at some time or other).

Generally speaking slight overheating will not do too much damage, but it will eventually melt grease and cause oil seals to fail. It can crack discs or even drums if left too long.
11 Although the servo gives very little trouble, when it does it can be difficult to track down the problem. If the pedal does not go right down but very high pressure is needed to operate the brake then the servo vacuum has failed. This is discussed in Section 20 and should be tackled right away.
12 Adjustment of rear brakes and the handbrake is discussed in Section 11. There is no adjustment for the front disc brakes.
13 Finally the question of 'sponginess' in the pedal. This is nearly always caused by air in the system. It can easily be cured by bleeding the brakes as discussed later on, but the worry is how did it get there. If having checked all the unions for leaks (and fluid at 800 lbs per square inch (56.25 kg/cm^2) will come out of any small hole), and having bled the brake satisfactorily once, the sponginess returns, then the next port of call is the VW agent.

3 Disc brakes - general description

1 The standard fitting is the floating caliper made by ATE. There is a possibility that a Girling type may be fitted at some time. Refer to Fig. 8.1 to see the difference and to Fig. 8.2 for details of the ATE caliper. An illustration of the Girling caliper is at Fig. 8.3.

The ATE caliper has a fixed mounting frame bolted to the stub axle and a floating frame held in position on the mounting frame and able to slide on the mounting frame in a direction 90° to the face of the disc. Fixed to the floating frame is a hydraulic cylinder with piston and seals. The friction pads are held in the mounting frame by pins and a spreader spring.

When the brake pedal is pressed the piston is forced against the inner (direct) brake pad pushing it against the disc. The reaction causes the floating frame to move away until the floating frame presses against the outer (indirect) pad, pushing that one against the disc. Further pressure holds the disc between the two pads.
2 The Girling, commonly known as the Girling A type single cylinder caliper, works on a different principle (refer to Fig. 8.3). The cylinder is fixed to the stub axle and contains two pistons. The caliper body which carries the pads is free to slide along grooves in the cylinder body. One piston pushes the direct pad against the disc and the other piston pushes the floating caliper so that the indirect pad is forced against the disc.

4 Disc pads (ATE) - inspection and renewal

1 Brake pads wear much more quickly than drum brake linings. They should be checked at least every 10,000 miles (16,000 km). The minimum lining thickness is 1/8 in (3 mm). If the pads wear below this thickness then damage to the disc may result. A badly worn pad is shown in the photo and compared with a new one in the next photo. The dealer has a gauge, with which he can tell whether replacement is required without taking the pads out. If this gauge is not available then they must be removed for measurement.
2 The pads are different. The inner one is flat on both sides, the outer one has a slot cut in its outer face which engages with a boss on the caliper.
3 To remove the pads, jack-up the front of the car and remove the wheels. Using a suitable drift tap out the pins (photo) securing the disc pads. On some cars there may be a wire securing clip fitted round these pins. This should be pulled off. If there is no clip the pins will have sleeves.
4 Remove the spreader and pull out the inner, direct pad. If you are going to put the pads back then they must be marked so that they go back in the same place. Use a piece of wire with a hook on the end to pull the pad out. Now lever the caliper over so that there is space between the disc and the outer pad, ease the pad away from the caliper onto the disc and lift it out.
5 Clean out the pad holder and check that the rubber dust cover is not damaged. Insert the outer pad and fit it over the projection on the caliper (photo). It will be necessary to push the piston in to insert the inner pad. This will cause the fluid reservoir to overflow unless action is taken to prevent it. Either draw some fluid out of the tank or slacken the bleed screw (see photo 4.7a). We prefer the first method but do not suck the fluid out with a syphon. It is poisonous. Use an old hydrometer, not the battery hydrometer.
6 Push the piston in and check that the angle of the edges of the raised face of the piston are at 20° to the face of the caliper (photo). Make a gauge out of cardboard as shown in the photo. If the angle is greater or smaller than specified turn the piston until the angle is correct.

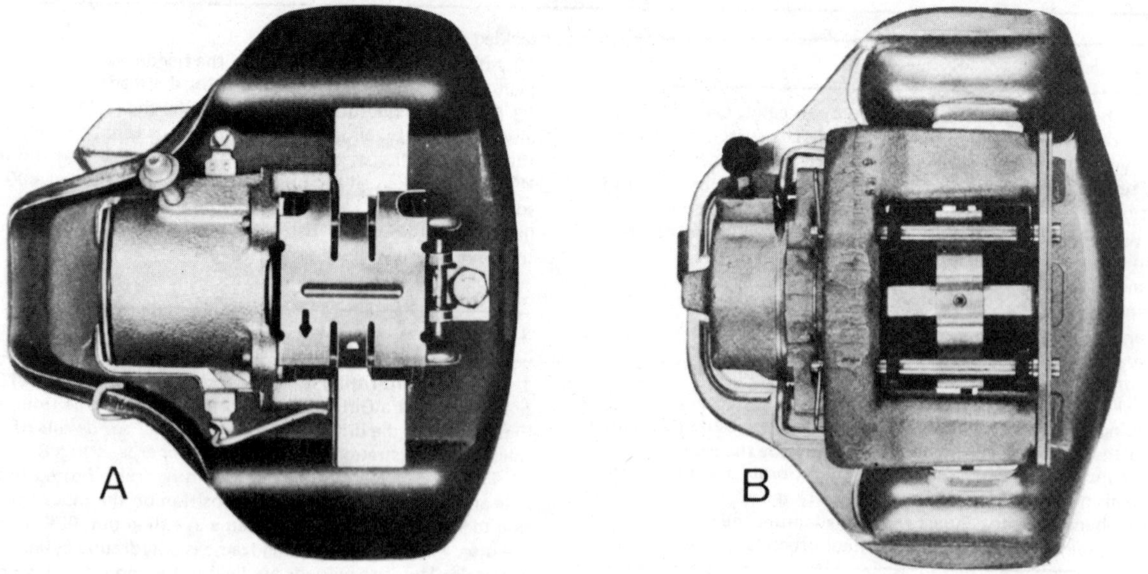

Fig. 8.1. Comparison of types of caliper (Sec. 3)

A Girling
B ATE

Note the arrow on the spreader, this must point in the direction of rotation of the disc as the car moves forward

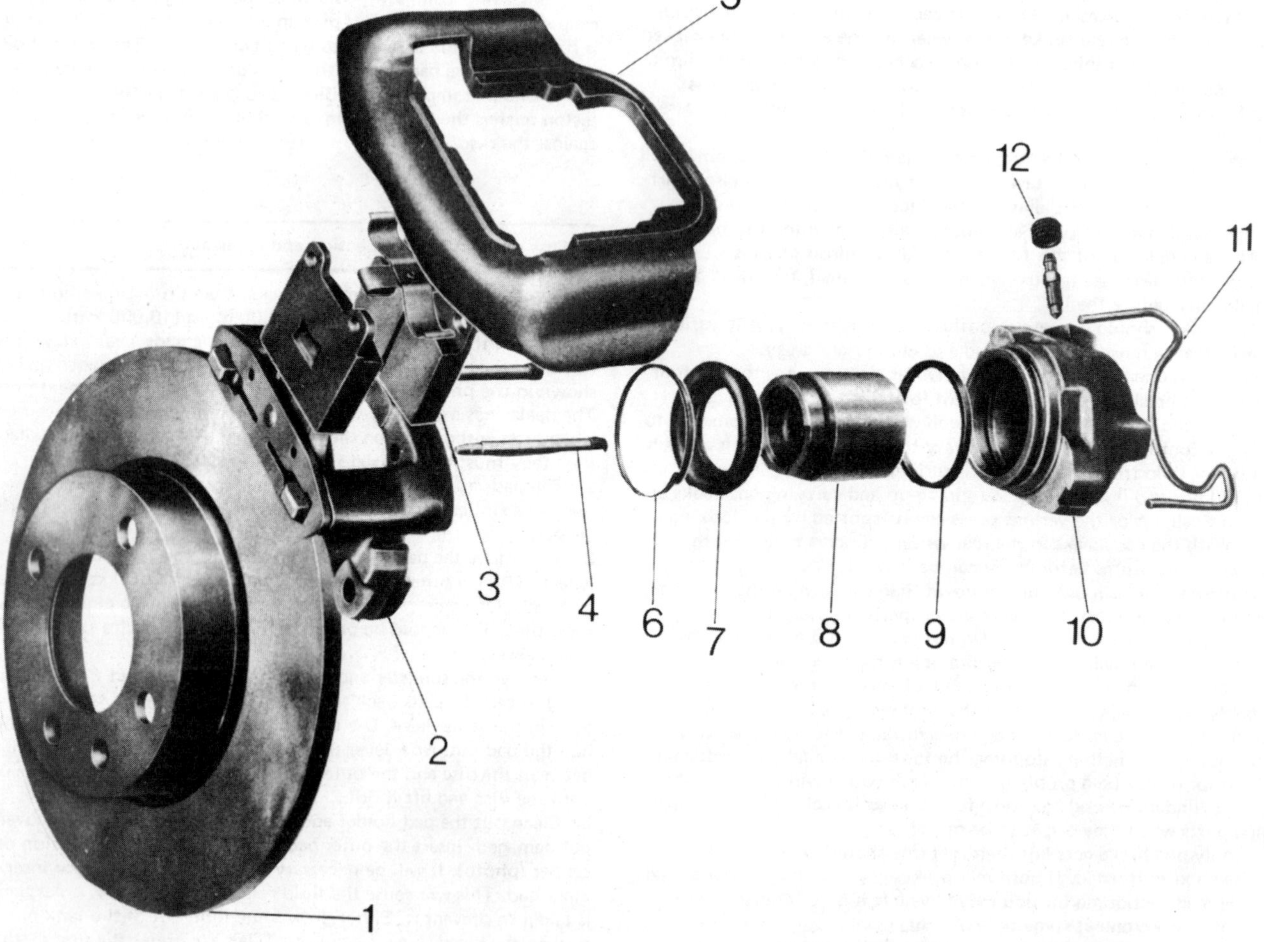

Fig. 8.2. Disc brake ATE - exploded view (Secs. 3 and 6)

1 Disc
2 Mounting frame
3 Brake pads
4 Pins
5 Floating caliper
6 Retainer ring
7 Dust cap
8 Piston
9 Seal
10 Cylinder
11 Guide spring
12 Bleed nipple and cap

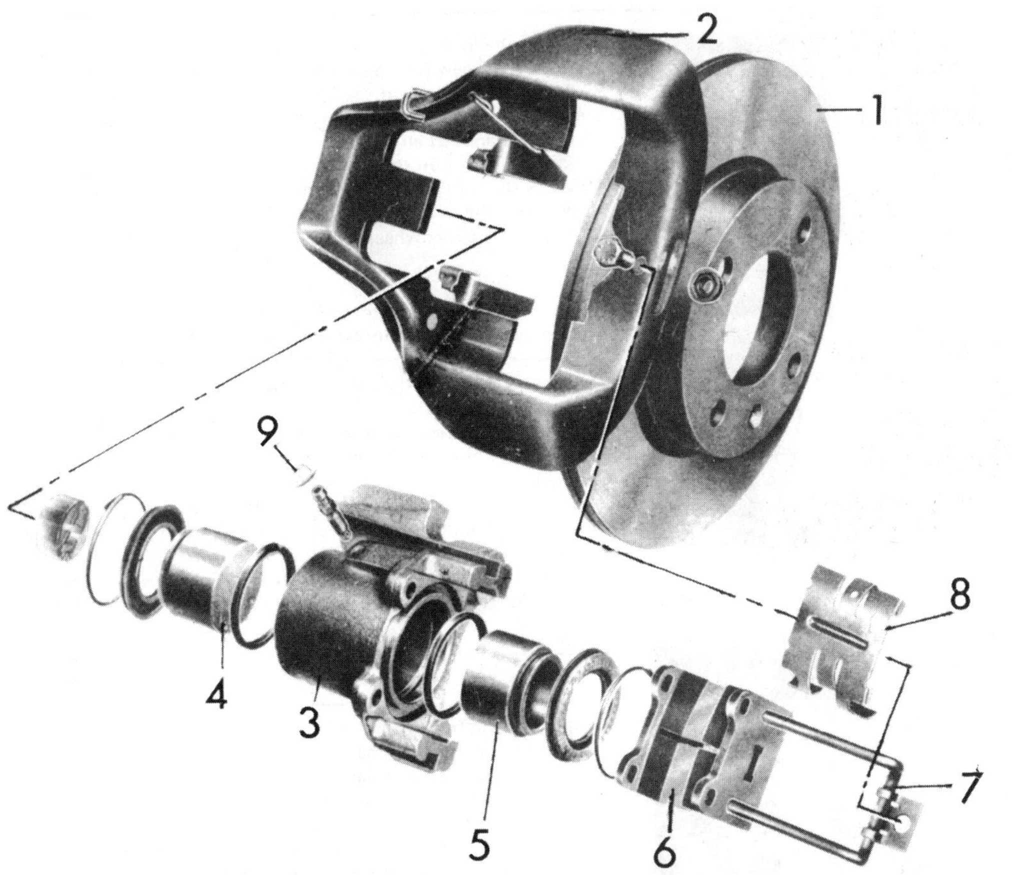

Fig. 8.3. Disc brake - Girling - (Sec. 3)

1 Disc
2 Floating caliper
3 Cylinder
4 Piston pushing caliper
5 Piston pushing brake pad
6 Brake pad
7 Pin
8 Spreader
9 Bleed nipple and cap

4.1a This pad was worn well below the limit

4.1b The badly worn pad compared with a new one

4.3 Tap out the pin and remove the spreader

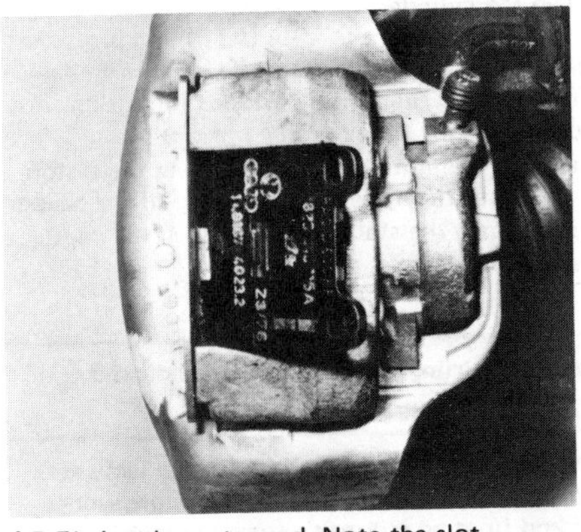

4.5 Fitting the outer pad. Note the slot

4.6a View of empty caliper showing piston projection

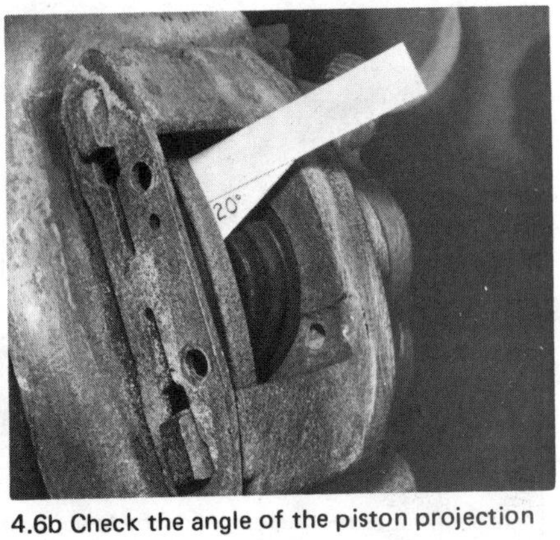

4.6b Check the angle of the piston projection

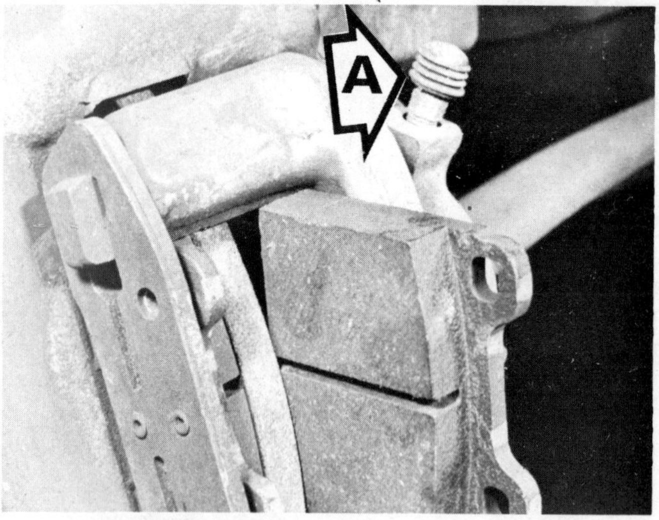

4.7a Insert the inner pad. 'A' is the bleed nipple

4.7b Fit a new locking wire

6.5 Removing the caliper. 'A' is the lower bolt hole. The other bolt is above it

7 Insert the inner pad (photo) fit the spreader and install the pins (photo). Fit a new locking wire if the type of pin requires it.
8 Do not forget to shut the bleed screw, if it was opened, as soon as the piston has been forced back. We do not like this method because there is a chance of air entering the cylinder and we do not like spare brake fluid about on the caliper while working on the friction pads.
10 Work the footbrake a few times to bring the pads against the disc. Now repeat the job for the other wheel.
11 Replace the roadwheels, lower to the ground and take the car for a test run.

5 Disc pads (Girling) - inspection and renewal

1 In general, the method is the same as for the ATE caliper with the following differences.
2 Lever off the pad spreader spring with a screwdriver, and pull out the pins with pliers after removing the screw which locks them in position.
3 Remove and replace the pads as with the ATE caliper. Install the pins and the locking screw. A repair kit for brake pads will include new pins and retainer so use them.
4 The pad spreader spring is pressed on. The arrow must point in the direction of rotation of the disc when the car is travelling forward.

6 Calipers, pistons and seals (ATE) - removal, inspection and renewal

1 Support the front of the car on stands and remove the wheels.
2 If it is intended to dismantle the caliper then the brake hoses must be removed, plugged and tied out of the way.
3 Mark the position of the brake pads and remove them (Section 4), if the caliper is to be dismantled.
4 Remove the two bolts holding the caliper to the stub axle. This should not be done while the caliper is hot.
5 Withdraw the caliper from the car and take it to a bench (photo).
6 Refer to Fig. 8.2. A repair kit should be purchased for the overhaul of the caliper.
7 Ease the floating frame away from the mounting frame. Now press the brake cylinder and guide spring off the floating frame. The cylinder may now be dismantled.
8 Remove the retaining ring and the rubber boot. The next problem is to remove the piston which is probably stuck in the piston seal. The obvious way is to blow it out using air pressure in the hole which normally accommodates the hydraulic pressure hose. However, be careful. The piston may be stuck in the seal but when it does come out it will come quickly. Fit the cylinder in a vice with a piece of wood arranged to act as a stop for the piston. If you do not, as most people do not, have a ready supply of compressed air, use a foot pump. If it will not come out that way then a trip to the local garage is indicated.
9 When the piston is out of the cylinder clean carefully the bore of the cylinder and the piston with brake fluid or methylated spirit.
10 It is difficult to define wear on the piston. When it has been clean it should have a mirror finish. Scratches or dull sections indicate wear. The inside of the bore must be clean with no scratches or distortion. If there is any doubt replace the whole unit. In any case replace the seal and dust excluder. Dip the cylinder in clean brake fluid. Coat the piston and seal with brake cylinder rubber grease (ATE) and press the piston and seal into the cylinder. Use a vice with soft jaws. Install a new dust excluder and its retaining ring. Fit a new locating spring and knock the cylinder onto the floating frame with a brass drift.
11 Refit the floating frame to the mounting frame and set the piston recess at an inclination of 20° to the upper guide surface of the caliper.
12 Bolt the mounting frame onto the stub axle and install the pads. Refit the wheel and lower to the ground.

7 Calipers, pistons and seals (Girling) - removal, inspection and renewal

1 Refer to Fig. 8.3. The general rules for overhaul are the same as for the ATE but the complication of the extra piston is more work.
2 Remove the cylinder and floating mounting from the stub axle and press them apart. Again use compressed air to dislodge the pistons and be careful that they do not come out suddenly. Clean the pistons and

bore carefully. Use a Girling kit of seals and parts. Wash the cylinder and pistons with clean brake fluid and reassemble.
3 In this case the pistons and cylinder are bolted to the front suspension. The caliper sliding frame must move easily over the cylinder casting. Torque the holding bolts to 6 mkg (43 lb f ft).

8 Disc brakes - squeaking pads

1 If the pads squeal or squeak excessively relief from this problem may be obtained by removing and cleaning the pads and holders and then applying a substance known as 'Plastilube'. This substance **must not** be applied to friction surfaces but to the ends, sides and back of the pad. It should also be applied to the pins and spreader and the sliding surfaces of the floating caliper.
2 Plastilube is produced by Messrs. Schillings and Co GmbH of 708 Aalen, Schleifbruckenstrasse 6 in Germany. It may be available through the VW/Audi agent.

9 Discs - removal, refitting and overhaul

1 The disc may be subject to scoring or to distortion. The scoring will cause excessive pad wear, distortion will affect brake efficiency. The maximum allowable run-out is 0.06 mm (0.002 in), the thickness must not vary more than 0.0078 in (0.2 mm).
2 The disc may be removed and machined if scored until the thickness reaches a minimum of 0.276 in (7 mm). All measurements should be done at the narrow band of contact with the brake pads, damage elsewhere does not affect the operation of the brake. The disc must be machined on a grinding machine.
3 Removal is quite simple. Remove the pads and calipers but do not disconnect the hydraulic hose. Hang the calipers out of the way (photo).
4 The disc is held to the hub by one small screw. Remove this and the disc may be drawn off the hub for servicing (photo).
5 If the vehicle has been left for a while and the discs have rusted seriously they can be salvaged by the agent without removing them from the vehicle. Special polishing blocks can be inserted in place of the pads and the wheels driven to polish the discs.
6 Machining the discs is a job which should be left to a specialist in a machine shop. It may be cheaper to buy a new disc. If a new disc is fitted then new pads should be installed, the old ones will have worn unevenly.
7 If one side is serviced then look at the situation on the other wheel. If the disc is in good condition fit a new set of pads or you will have problems later when the old pads wear.

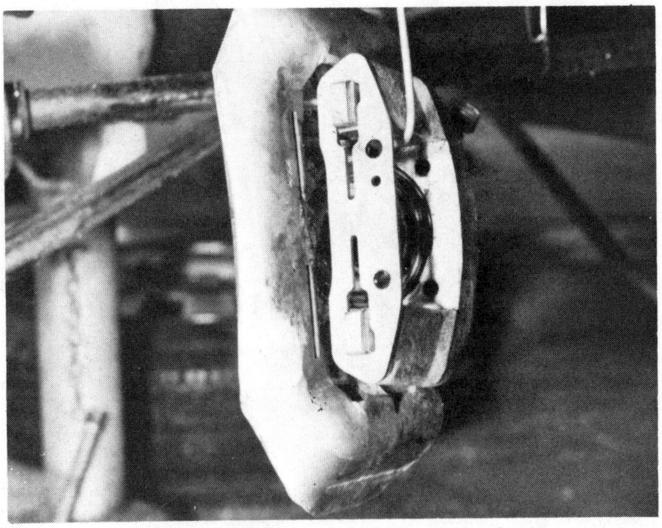
9.3 Hang the caliper out of the way

9.4 The disc is secured by one screw (A)

10 Drum brakes (rear) - general description

1 A simple, two shoe, leading trailing type of drum brake is fitted. The shoes are pivotted at the bottom and held loosely in position by steady pins and leaf springs. Refer to Fig. 8.4. The shoes are held in position at the bottom by coil springs (photo).
2 The pivot is fastened to the backplate, at the top of the backplate a hydraulic wheel cylinder is bolted to the backplate. This contains two pistons and is supplied with hydraulic fluid from the master cylinder via the brake hoses. On top, behind the backplate is a bleed nipple (photo).
3 The top of each brake shoe bears against one of the wheel cylinder pistons. It is kept there by a large U-spring which acts on both shoes. The initial setting of the shoe position relative to the drum is done by the pushrod adjuster. This is accomplished by turning the serrated wheel which lengthens or shortens the pushrod by screwing one part of it in or out of the other part. The right-hand half is held still by a fork on the end engaged in the shoe, the left-hand half is held by a fork also and the centre portion does the adjustment.
4 The backplate is bolted to the rear axle trailing link with the same bolts which secure the stub axle.
5 The brake drum revolves on the stub axle, being carried by two taper roller bearings. An oil seal on the inner face of the brake drum hub prevents the grease from the bearings entering the braking space. The wheel is bolted to the brake drum.
6 When the brake pedal is depressed hydraulic pressure is supplied

10.1 The pivot and lower retaining springs

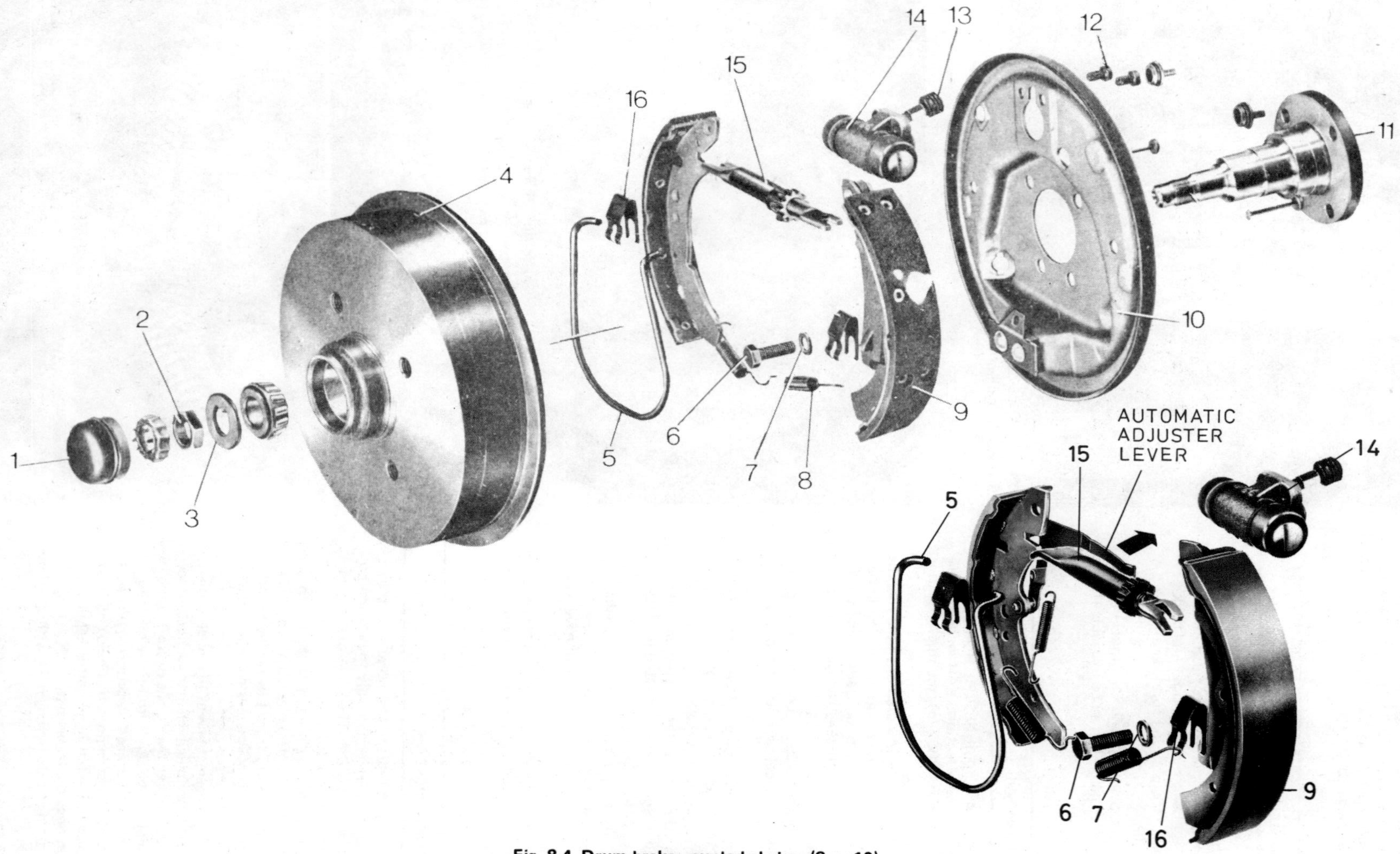

Fig. 8.4. Drum brake - exploded view (Sec. 10)

1 Hub cap
2 Axle nut
3 Thrust washer
4 Brake drum
5 'U' spring
6 Bolt
7 Double wave washer
8 Retaining spring, lower
9 Brake shoe
10 Backplate
11 Stub axle
12 Wheel cylinder screw
13 Bleed nipple
14 Hydraulic cylinder
15 Pushrod
16 Steady pin leaf spring

Inset: The brake shoes and automatic adjuster. Pull adjuster in direction of arrow to allow adjuster ratchet wheel to be unscrewed to the wheel cylinder between the two pistons forcing them apart. They move until the leading shoe touches the drum whereupon that piston stops and the other piston moves until the trailing shoe meets the drum. This happens in a split second. Thereafter increased pressure forces the shoes against the drum increasing the frictional retarding force until the wheel finally ceases to revolve.

7 The hand (parking) brake works on the rear wheels only. A cable system from the bottom of the handbrake lever via an equalizing arm passes into the bottom of the backplate and the cable is attached to a lever on the rear brake shoe. By pulling on the end of the lever the other end of the lever pivots on the brake shoe, pressing on the push-rod and applying the parking brake effort to both shoes.

11 Rear brakes - adjustment of hand and footbrakes

1 Jack-up the rear of the vehicle and set it on axle stands so that the wheels may rotate easily.

2 Set the hand (parking) brake in the off position.

3 Locate the adjuster hole in the backplate of the left-hand rear brake. It is just below the wheel cylinder - photo 11.4 refers. Remove the rubber plug.

4 Through the adjuster hole a toothed wheel is visible. Using a screwdriver (photo) lever the adjuster wheel teeth downwards (handle of the screwdriver up) until the lining binds on the drum. Now back off (work the other way), until the wheel will rotate without the drum touching the shoes. On drum brakes fitted with an automatic brake adjuster lever, insert a piece of wire through the backplate hole and pull the lever to enable the adjuster to be turned, (see inset in Fig.8.4).

5 Apply the footbrake several times and check the wheel for free movement. This will centre the shoes and it may be necessary to readjust again after doing this.

6 Repeat on the right-hand rear wheel, the adjuster working in the same direction, press the teeth down to contact the drum. When the adjustments are correct, refit the plugs in the adjuster holes. On those models fitted with a brake pressure regulator you will need to push the regulator lever inwards (towards the regulator) to release the residual pressure in the system which causes the wheels to drag even though the pressure is off. Refer to Section 21 for further information on adjustment with the regulator.

7 The adjustment of the parking brake is very simple. Refer to Fig. 8.11. Set the handbrake lever to the third tooth of the ratchet, or where an automatic adjuster is fitted to the rear brakes, fourth. (Count the clicks as it is lifted from the off position).

8 Turn the nut on the adjustment equalizer bar (photo) until the wheels may be barely turned by hand. Set the parking brake lever in the off position and check that both wheels rotate freely. Readjust if necessary until they do turn freely or there will be overheating in the rear shoes. If the adjuster is rusty and the guide pulley to the right-hand wheel is clogged, clean and lubricate them.

9 Check the condition of the plastic bush. If it is grooved and binding on the cable it must be renewed (Section 26).

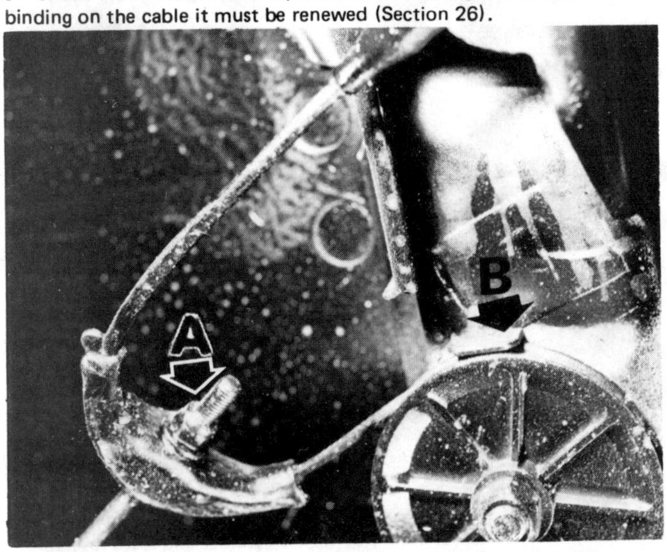

11.8 The adjustment nut of the handbrake 'A' and the pulley 'B'

12 Rear brakes - removal and refitting

1 Slacken wheel bolts, jack up car, and remove wheel. Support

10.2 Behind the backplate is the bleed nipple (A)

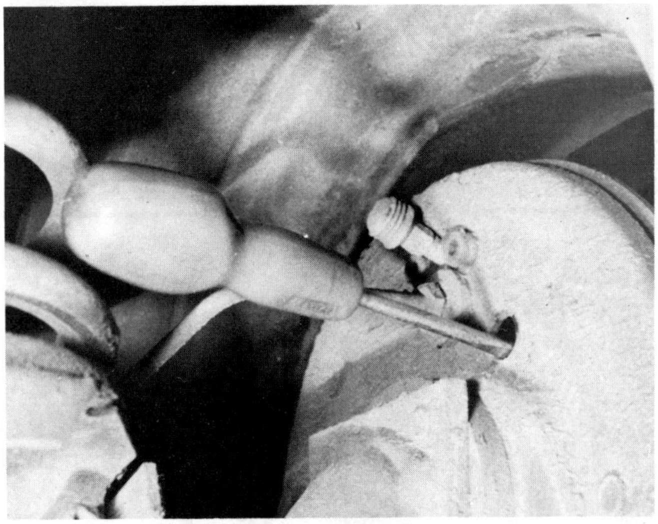

11.4 Using a screwdriver as a lever to adjust the rear brake

11.9 The handbrake cable runs through a plastic guide

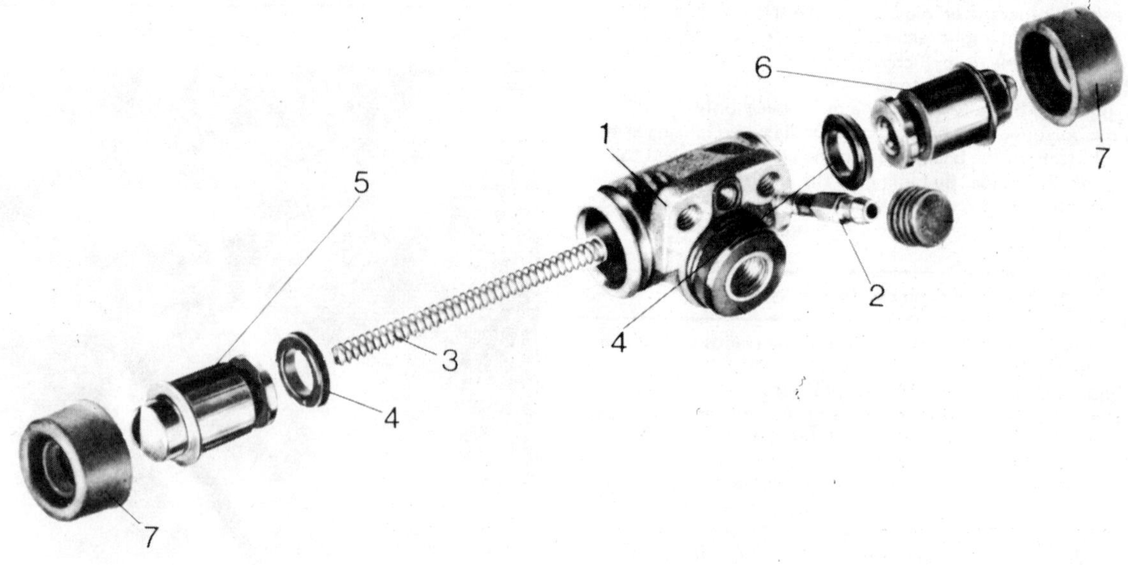

Fig. 8.5. Wheel cylinder - rear drum brake - exploded view (Sec. 15)

1 Cylinder
2 Bleed screw
3 Spring
4 Seal
5 Piston
6 Piston
7 Dust cap

12.2a Remove the brake drum, the brake looks like this

12.2b Remove the U-spring

12.2c The shoe steady leaf spring

12.2d The handbrake cable inside the drum

12.2e The backplate

15.1 The master cylinder and fluid reservoir in the engine compartment. The screwdriver points to the locating nuts and bolts

the vehicle on axle stands.
2 Take off the hub cap, remove the split pin and the locking cap. Undo the nut and pull the drum off the stub axle, the thrust washer and wheel bearing will come with it. Set the drum on one side for inspection (Section 13). The brake assembly is now exposed (photo). Remove the large 'U' spring (photo) and unhook the two springs at the bottom of the brake shoes. Take off the leaf springs from the steady pins (photo), and remove the shoes from the backplate. It will be necessary to unhook the handbrake cable to remove the shoes (photo). This will leave the backplate clear (photo). The adjuster rod will come away with the shoes. The backplate may be removed if necessary with the stub axle by undoing the four bolts now accessible.
3 Overhaul of the shoes is dealt with in Section 13 and the wheel cylinder in Section 14.
4 Assembly is the reverse of removal. Fit the handbrake cable to the trailing shoe lever. This is a bit of a fiddle. The spring must be pulled back and held while the plunger is fitted. Actually we used a pair of blunt wire cutters to hold the spring once it was compressed, but be careful not to cut the cable. Once this is done put the shoes in place and fit the steady pins. Now install the bottom springs. Lever the shoes apart and install the adjuster rod (fully retracted). Finally fit the 'U' spring. Refit the drum and bearing, tighten the bearing correctly (Chapter 7) and then install the wheel. Adjust the brake shoes (Section 11).

13 Brake shoes and drums - inspection and overhaul

1 Two types of shoe are fitted. The bonded lining does not have rivets. The new lining of the bonded type is 6.5 mm thick, 2.5 mm of shoe and 4 mm of lining. When the total thickness, lining plus shoe is reduced to 3.5 mm (0.134 in) the shoe must be replaced.
2 The riveted type of lining is 7.5 mm thick (5 mm lining 2.5 mm shoe). The total thickness must not be less than 5 mm (0.2 in) when measured with the shoe. The linings must be free from oil contamination, have level, smooth surfaces and be free from scoring. If the existing shoes do not fulfil these conditions then new linings are required.
3 The four linings on the rear axle must be renewed simultaneously. It is not recommended that DIY owners attempt to fit linings to the old shoes. It is much better to obtain replacement shoes which have been riveted on in a jig and planished to a concentric radius.
4 The interior surface of the drum where the brake shoe presses against the drum must be smooth and unscored. The drum may be machined to restore the surface, the maximum permissible diameter being 7.05 in (181 mm). The machining of brake drums requires considerable skill and should be done only by a specialist.

14 Wheel cylinders - dismantling, overhaul and reassembly

1 The wheel cylinder is fastened to the backplate by two screws. It may be removed only after the brake shoes are lifted away from it. It is not necessary to dismantle the shoes from the backplate.
2 Disconnect the hydraulic hose from the cylinder and plug the hose. The screws holding the cylinder to the plate may be difficult to extract. Brake fluid is a good penetrating oil so moisten the threads with a little fluid.
3 An exploded view of the wheel cylinder is given at Fig. 8.5. The bore is a nominal 0.55 in (14.29 mm).
4 To dismantle remove the dust caps and blow the pistons out with compressed air. Be careful when doing this that the pistons do not come out too quickly. Muffle the cylinder with a large piece of rag.
5 Wash the bores and pistons with clean brake fluid and examine for mirror finish and scratches. If there is any blemish discard the complete unit and fit a new one. Always fit new seals and dust caps. Coat them with a little brake rubber grease before installing and make sure the seals are the right way round.

15 Master cylinder and servo - general description

1 The master cylinder and fluid reservoir together with the servo mechanism if fitted, stoplight and fail safe light switches are mounted in the engine compartment just in front of the brake pedal (photo).
2 The master cylinder for the vehicles without servo mechanism is 17.46 mm (0.687 in) diameter. It is illustrated in Fig. 8.6.
3 The master cylinder for vehicles with servo mechanism is 20.64 mm (0.813 in) diameter. It is illustrated in Fig. 8.7.

16 Brake hydraulic system - description of operation

1 The master cylinder has two pistons, the front or secondary supplying pressure to the left-hand front wheel and the right-hand rear wheel. The rear, or primary, piston supplies pressure to the right-hand front wheel and the left-hand rear wheel. Inspection of the unit will show pipes leading from the main casting to the hydraulic wheel cylinders.
2 Brake fluid is supplied from the fluid reservoir, the white plastic container which feeds both circuits through the master cylinder.
3 When the brake pedal is pressed the pushrod moves the primary piston forward so that it covers the port to the header tank. Further movement causes pressure to build up between the two pistons exerting pressure on the secondary piston which also moves forward covering the port to the header tank. The pressure now builds up in the pipes. The pipes are joined to the cylinder via unions containing residual pressure valves.
4 If the pipes of the secondary piston circuit fracture or the system fails in some way the secondary piston will move forward to the end of the piston compressing the conical spring and sealing the outlet port to the left front and right rear brakes. The primary piston circuit will continue to operate.
5 Failure of the primary piston circuit causes the piston to move forward until the stop sleeve contacts the secondary piston and the primary piston simultaneously when pressure will again be applied to the secondary piston circuit.
6 The various springs and seals are designed to keep the pistons in the right place when the system is not under pressure.
7 Pressure switches are screwed into the cylinder body which operate the brake stoplights and warning lamps.

17 Master cylinder - removal, refitting and pushrod adjustment

1 Depending upon whether a servo unit is fitted or not the cylinder may be removed, after disconnecting the pipes and switches - marking them for easy replacement, either by undoing the nuts from the bolts connecting it to the servo unit, or by unbolting the cylinder from the bulkhead bracket. It will be necessary to hold the bolts from inside the car.
2 When replacing the cylinder to the servo unit, fit a new 'O' ring and bolt the cylinder to the servo unit. Connect up pipes and wires and bleed the system.
3 If no servo is fitted, then it may be necessary to adjust the free travel of the pushrod after bolting the unit in place and connecting up. The brake pedal is attached to the pushrod by a yoke which has a locking nut. Slacken off the locking nut and rotate the pushrod until a clearance (free travel) of approximately 2 to 4 mm (1/8 in) can be measured at the foot pedal pad.
4 If, for some reason, both servo and master cylinder have been removed the adjustment of the pushrod is a little different. Install the servo unit and the master cylinder. Remove the pin that secures the yoke to the brake pedal, slacken the locknut and with the pedal in the normal off position turn the pushrod until the yoke pin can be fitted between the yoke and pedal without moving the pedal. Replace the pin and tighten the locknut.

18 Master cylinder (non-servo type) - dismantling, inspection and reassembly

1 Clean the outside of the cylinder carefully and set it on a clean bench. Work only with clean hands. Obtain an overhaul kit and a quantity of brake fluid in a clear jar. Refer to Fig. 8.6 for the cylinder without a servo mechanism.
2 Remove the fluid reservoir. Undo and remove the residual pressure valves and the brake light switch.
3 Remove the stop screw. Now remove the boot and the circlip may be levered out. With a little luck the contents of the cylinder will come sliding out of the bore if the cylinder is tilted. If they do not, apply gentle air pressure and blow them out. Take them out one at a time and lay them down in the order they should go back.

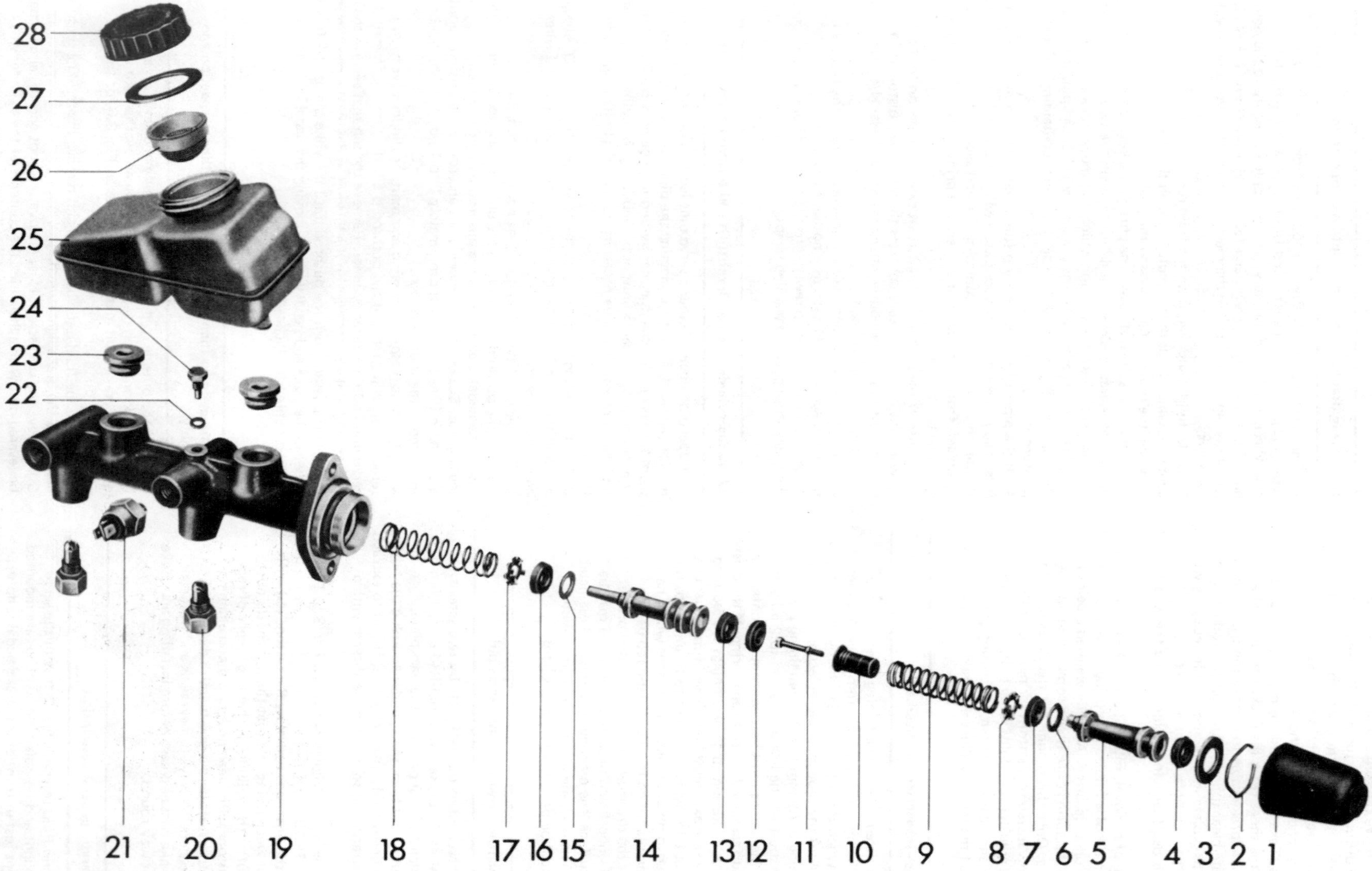

Fig. 8.6. Tandem master cylinder - non servo version (Secs. 15 and 18)

1 Boot
2 Circlip
3 Stop washer
4 Secondary cup
5 Pushrod piston
6 Cup washer
7 Primary cup
8 Support ring
9 Spring
(6–9: Primary piston assy.)
10 Stop sleeve
11 Limit screw
12 Piston seal
13 Piston seal
14 Secondary piston
15 Cup washer
16 Primary cup
17 Support ring
(14–17: Secondary piston assy.)
18 Conical spring
19 Cylinder
20 Residual pressure
21 Stop light switch
22 Washer
23 Plug
24 Stop screw
25 Brake fluid reservoir
26 Filter
27 Washer
28 Cap

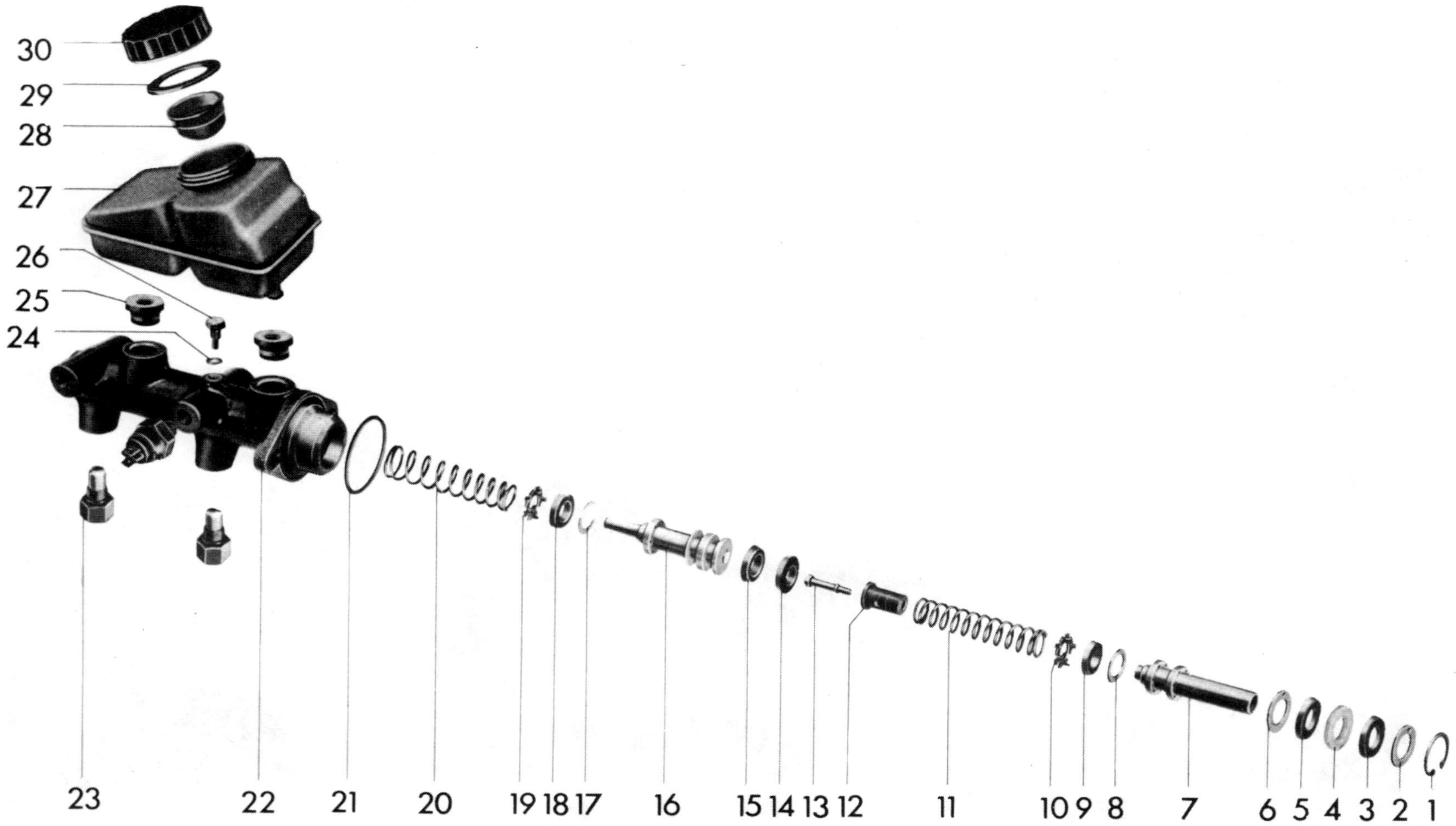

Fig. 8.7. Tandem master cylinder - servo version (Secs. 15 and 19)

1 Circlip } *Primary Piston group*
2 Washer
3 Secondary cup
4 Plastic washer
5 Secondary cup
6 Washer
7 Primary piston
8 Cup washer } *Primary piston group*
9 Primary cup
10 Support ring
11 Spring
12 Stop sleeve
13 Limit screw
14 Piston seal } *Secondary piston group*
15 Piston seal
16 Secondary piston
17 Cup washer
18 Primary cup
19 Support ring
20 Conical spring
21 'O' ring
22 Cylinder
23 Residual pressure valve
24 Washer
25 Plug
26 Stop screw
27 Header tank
28 Filter
29 Washer
30 Cap

Fig. 8.8. Servo assembly - exploded view (Sec. 20)

1 Header tank and cylinder
2 Nut
3 Washer
4 'O' ring
5 Servo
6 Filter
7 Seal
8 Washer

Inset: Bracket - fixing nuts are arrowed.

4 The front spring is slightly conical. The pistons may need new seals. These are not easy to fit. The VW mechanics use a special taper mandrel which just fits on the ends of the piston and ease the seal on over the taper. Assemble the two pistons with their groups of parts.
5 Examine the bore of the cylinder. If it is scored or rusty the cylinder must be renewed. It is possible to hone out slight marks if you can find someone with the right tools, but our advice is to fit a new cylinder.
6 Wash out all passageways and holes with clean brake fluid, hold the cylinder vertical and install the complete secondary piston from underneath. If you do it any other way the bits will fall off.
7 Now install the primary piston, stop washer and circlip. Fit the stop screw. It may be necessary to move the secondary piston to fit the stop screw fully.
8 Fit the residual pressure valves, boot and install the brake fluid reservoirs. Refit to the car.

19 Master cylinder (servo type) - dismantling, inspection and reassembly

1 Refer to Fig. 8.7 and read Section 22. It will be seen that apart from the bore diameter there is little difference between the cylinders. The end of the cylinder is shaped differently to fit on the servo and there is an extra 'O' ring. The primary piston differs slightly and there is no rubber boot.
2 Dismantling, inspection and reassembly are as in Section 22. When the unit is complete it is installed onto the servo unit.

20 Servo unit - testing, repair, removal and refitting

1 If the brakes seem to need more or less pressure than normal a check of the servo is indicated.
2 First of all trace the hoses and check their condition. There must be no leaks or obstructions.
3 Check the vacuum check valve. This is to be found in the vacuum line between the induction manifold and the servo. Remove it from the hose line and clean it carefully. There is an arrow on the valve. Blow into the valve in the direction of the arrow, the valve should be open. Blow in the opposite direction and the valve must seat. The valve is there to stop pressure from the manifold eg; a backfire, arriving in the vacuum side of the servo, ie; it is a non-return valve, so that the induction suction can only suck, and not blow.
4 If all of the above are correct and the servo is still not assisting the brakes the trouble is either a leaky servo diaphragm or something wrong with the master cylinder. Check that the sealing ring between the master cylinder and the servo is not leaking.
5 If the pedal pressure increases only at a certain position each time then there may be wear in the master cylinder pushrod allowing air to get into the vacuum side of the servo. This will only be on elderly brake cylinders, and it is time the master cylinder was overhauled.
6 The repairs possible to the servo are very limited. Refer to Fig. 8.8. The 'O' ring between the servo and the master cylinder should always be replaced with a new one when the units are separated. At the rear end of the servo the seals for the brackets should be renewed when the units are dismantled.

The cap damping washer may be removed from the sleeve and renewed, note that the slots in the damping washer and filter should be offset 180° on reassembly.

Apart from this the unit cannot be serviced further as it is sealed. Be careful when assembling the servo to the bracket not to tighten the nuts to torque greater than 9 lb f ft (1.3 mkg) or damage to the case may occur and the servo must be scrapped.
7 To remove the servo, first remove the master cylinder from the servo. Plug the hydraulic lines, if disconnected. Remove the hoses from the servo. Undo the clevis pin at the brake pedal, and disconnect the stirrup. Now remove the three nuts securing the servo to the bracket and take the servo away (see Fig. 8.8).
8 Assembly is the reverse of removal. When assembled bleed the brake system and adjust the brake pushrod.

21 Brake pressure regulator - description and adjustment

1 This device is fitted to limit the hydraulic pressure in the rear wheel hydraulic cylinders and so limit the braking force. In effect it should stop the rear wheels being locked solid by the brakes and so avoid skidding.
2 It is fitted just in front of the rear axle, to which it is attached by a linkage or on later models a spring. Refer to Fig. 8.9. It is possible to move the body of the regulator in the elongated slots to vary the pressure transmitted to the rear brakes.
3 Adjustment is critical and if not accurate will make the car dangerous, as it affects directly the locking pressure of the rear wheels. For this reason we recommend that this be done by the VW/Audi agent. For the record the method is as follows.
4 Bounce the vehicle several times so that the rear suspension bottoms. Measure the distance from the top of the rear wheel rim to the underside of the wing. This must be done with the car at kerb weight, which means no luggage but a full tank and a 165 lb (74.9 kg) weight in the drivers seat (or the driver). Spring tensioners (VW 3004) or similar tools must be installed and tightened until they hold the car at the level measured. One at each side of the axle. With the axle fixed in tension it is now necessary to connect pressure gauges to the left front caliper bleed nipple and the right rear bleed nipple, and bleed the gauges to remove all air from the system.
5 Depress the brake pedal and check the pressures on the groups. Normal braking pressure should produce 710 psi (49.7 kg/sq cm) at the front and 440 psi (30.8 kg/sq cm) at the rear. Pump the brake pedal vigorously and the maximum pressures attainable should be 1420 psi (99.4 kg/sq cm) at the front and 770 psi (53.9 kg/sq cm) at the rear. If these figures are not attainable at the rear axle then the limiter body must be shifted. If the pressure on the rear axle is too high, then the body must be moved to release stress on the governor linkage spring and vice-versa. The adjustment must not be made while the pedal is depressed, rear the pressure, release the pedal, adjust the linkage spring, depress the pedal again and read the pressure. When the adjustment is correct remove the gauges and tensioners and bleed the brakes which were used for the gauges.
6 As we said in paragraph 3, if the job is not done properly it will be asking for trouble. You will need adapters and gauges to read up to 1420 psi (99.4 kg/sq cm) and tensioner clamps. It is essential to have the vehicle on a lift to be able to adjust the limiter body, so we still think it is a job for the VW agent.

22 Hydraulic pipes and hoses - inspection and renewal

1 The magnitude of the pressure in the hydraulic lines is not generally realized. The test pressures are 1420 psi (99.4 kg/sq cm) for the front brakes.

These pressures are with the braking system cold. The temperature rise in the drums and discs for an emergency stop from 60 mph is as much as 80°C (176°F), and during a long descent may reach 400°C (752°F). The pressure must be even further raised as the temperature of the brake fluid in the cylinder rises.

The normal pressure in the hydraulic system when the brakes are not in use is negligible. The pressure builds up quickly when the brakes are applied and remains until the pedal is released. Each driver will know how quickly the build up is when equating it to the speed of his own reaction in an emergency brake application.
2 Recent research in the USA has shown that brake line corrosion may be expected to lead to failure after only 90 days exposure to salt spray such as is thrown up when salt is used to melt ice or snow. This in effect makes a four year old vehicle automatically suspect. It is possible to use pipe made of a copper alloy used in marine work called 'Kunifer 10' as a replacement. This is much more resistant to salt corrosion, but is not a standard fitting to VW cars. 'Kunifer 10' is a nickel copper alloy and the tubes are to all intents and purposes corrosion proof. Its bursting stress is well above that likely to be encountered on the Polo and it is much easier to bend and flare than steel pipe. It is made by Yorkshire Imperial Metals Ltd., Leeds, England, who inform us that it is used in 40% of the UK replacement market for brake piping through motor factors and garages, many of whom offer a fabrication and flaring service using the old pipe as a pattern.

The material is at the moment available in coil form but they expect to produce semi-fabricated (nutted and flared) straight lengths later this year. They supplied us with a specimen coil and we found it easy to work and well within the capabilities of anyone who would attempt to refit steel pipes.

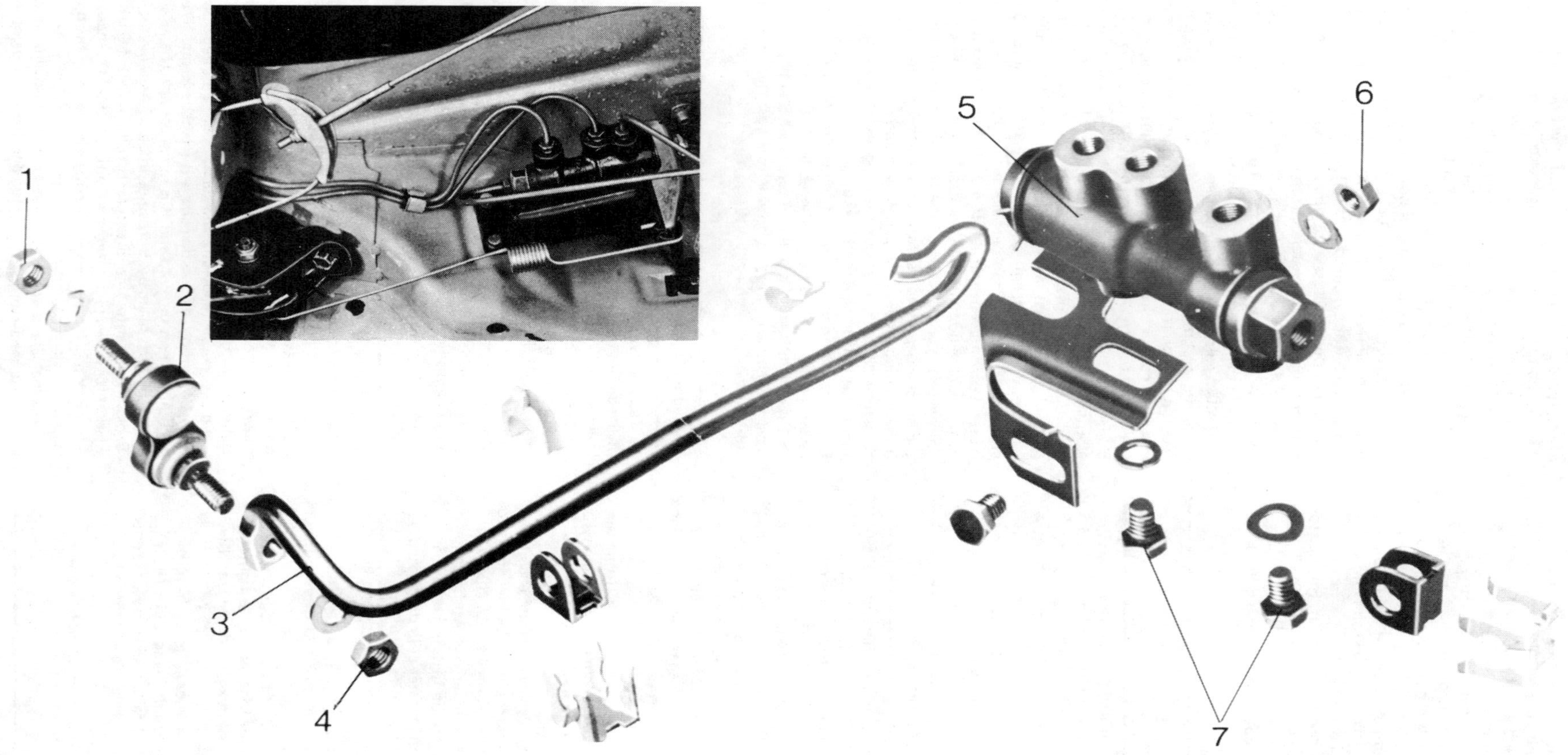

Fig. 8.9. Brake pressure regulator (Sec. 21) - vehicles up to March 1977

1 Nut
2 Bolt to axle and hinge pin
3 Actuating rod
4 Nut
5 Regulator body and bracket
6 Nut
7 Clamp bolts

Inset: Brake pressure regulator fitted on all vehicles from March 1977 with spring connection to the rear axle

22.7 A flexible/non-flexible pipe union

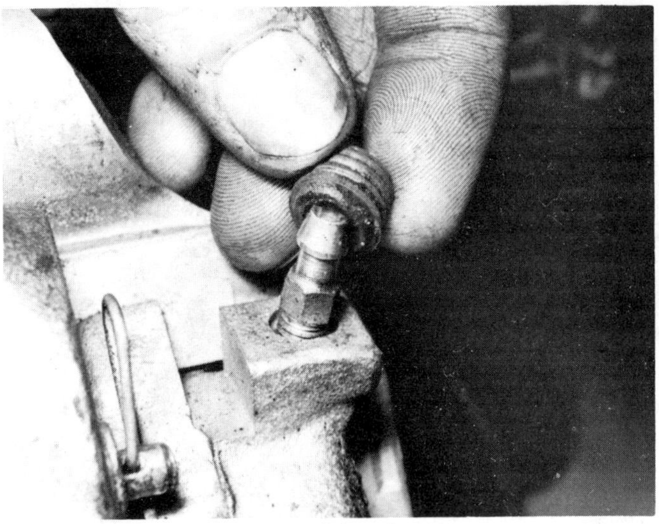

23.1 The bleed nipple on the top of the caliper

The cost, admittedly more than steel, is possibly 2½ times as much, but in relative terms it seems a small price to pay for such a vital component, and to avoid sitting on a time bomb. Pipes seldom give warnings, and when they do burst they go completely. The Polo has a dual circuit so the possibility of both pipes bursting is unlikely - but why risk a splendid little motor when the risk is avoidable?

3 All this should by now have indicated that pipes need regular inspection. The obvious times are in the autumn before the winter conditions set in, and in the spring to see what damage has been done.

4 Trace the routes of all the rigid pipes and wash or brush away accumulated dirt. If the pipes are obviously covered with some sort of underseal compound do not disturb the underseal. Examine for signs of kinks or dents which could have been caused by flying stones. Any instances of this means that the pipe section should be renewed, **but before actually taking it out read the rest of this Section.** Any unprotected sections of pipe which show signs of corrosion or pitting on the outer surface must also be considered for renewal.

5 Flexible hoses, running to each of the front wheels and from the underbody to each rear wheel should show no external signs of chafing or cracking. Move them about to see whether surface cracks appear. If they feel stiff and inflexible or are twisted they are nearing the end of their useful life. If in any doubt renew the hoses. Make sure also that they are not rubbing against the bodywork.

6 Before attempting to remove a pipe for renewal it is important to be sure that you have a replacement source of supply within reach if you do not wish to be kept off the road for too long. Pipes are often damaged on removal. If an official agency is near you may be reasonably sure that the correct pipes and unions are available. If not check first that your local garage has the necessary equipment for making up the pipes and has the correct metric thread pipe unions available. The same goes for flexible hoses.

7 Where the couplings from rigid to flexible pipes are made there are support brackets and the flexible pipe is held in place by a 'U' clip which engages in a groove in the union (photo). The male union screws into it. Before getting the spanners on, soak the unions in penetrating fluid as there is always some rust or corrosion binding the threads. Whilst this is soaking in, place a piece of plastic film under the fluid reservoir cap to minimise loss of fluid from the disconnected pipes. Hold the hexagon on the flexible pipe coupling whilst the union on the rigid pipe is undone. Then pull out the clip to release both pipes from the bracket. For flexible hose removal this procedure will be needed at both ends. For a rigid pipe the other end will only involve unscrewing the union from a cylinder or connector. When you are renewing a flexible hose, take care not to damage the unions of the pipes that connect into it. If a union is particularly stubborn be prepared to renew the rigid pipe as well. This is quite often the case if you are forced to use open ended spanners. It may be worth spending a little money on a special pipe union spanner which is like a ring spanner with a piece cut out to enable it to go round the tube.

8 If you are having the new pipe made up, take the old one along to check that the unions and pipe flaring at the ends are identical.

9 Replacement of the hoses or pipes is a reversal of the removal procedure. Precautions and care are needed to make sure that the unions are correctly lined up to prevent cross threading. This may mean bending the pipe a little where a rigid pipe goes into a fixture. Such bending must not, under any circumstances, be too acute or the pipe will kink and weaken.

10 When fitting flexible hoses take care not to twist them. This can happen when the unions are finally tightened unless a spanner is used to hold the end of the flexible hose and prevent twisting.

11 If a pipe is removed or a union slackened so that air can get into the system then the system must be bled. This is discussed in Section 23 of this Chapter.

23 Brake hydraulic system - bleeding

1 First locate the bleed nipples on all four brakes. The rear wheel bleed nipples are at the back of the drum at the centre of the hydraulic cylinder (photo 10.2). A small dust cap covers the nipple. This will probably be covered with mud. Clean the mud from the back of the drum, wipe the dust cap and the area around it with a clean rag and the operation may start.

The front disc brake bleed nipples are on the inside surface of the caliper (photo).

When all four wheels have been cleaned sufficiently sweep up the mud and then wash your hands, this is a job where cleanliness pays.

2 As fluid is to be pumped out of the system make sure you have plenty of new clean fluid. It must conform to SAE recommendation J1703, J1703R but better still, get the official VW fluid. If the wrong fluid is used the whole system may become useless through failure of piston seals. Top-up the fluid reservoir generously, and keep topping it up at intervals throughout the whole job.

3 Start with the rear right-hand wheel. A piece of rubber or plastic hose 5/32 in (4 mm) inside diameter and about two feet (600 mm) long is required. Fit this over the bleed nipple and immerse the other end in a jar or bottle with about 4 inches of clean brake fluid in it. Fix the hose so that the end of it cannot come out of the brake fluid. and stand the bottle on the ground in a secure place.

4 You will need a helper whose job is to depress the brake pedal when requested. It is as well to rehearse the operation before opening the bleed nipple valve. Open the valve about one turn and depress the pedal slowly to the floor of the vehicle. As soon as it is on the floor close the bleed valve **before** the pedal is released. Now release the pedal slowly. Brake fluid and air bubbles should have passed down the tube into the bottle. Repeat the operation until no further air bubbles are observed. Make the final tightening at the end of the last down-stroke. Check the fluid reservoir level after every two strokes and top-up if necessary.

Fig. 8.10. Handbrake - exploded view (Sec. 25)

1 Knob } for ratchet
2 Spring } for ratchet
3 Lever
4 Connecting rod
5 Pawl
6 Pivot for pawl
7 Pivot for lever and ratchet
8 Cable connector pivot
9 Ratchet
10 Cable
11 Bush
12 Grommet
13 Guide bush
14 Equalizer bar
15 Adjuster nut

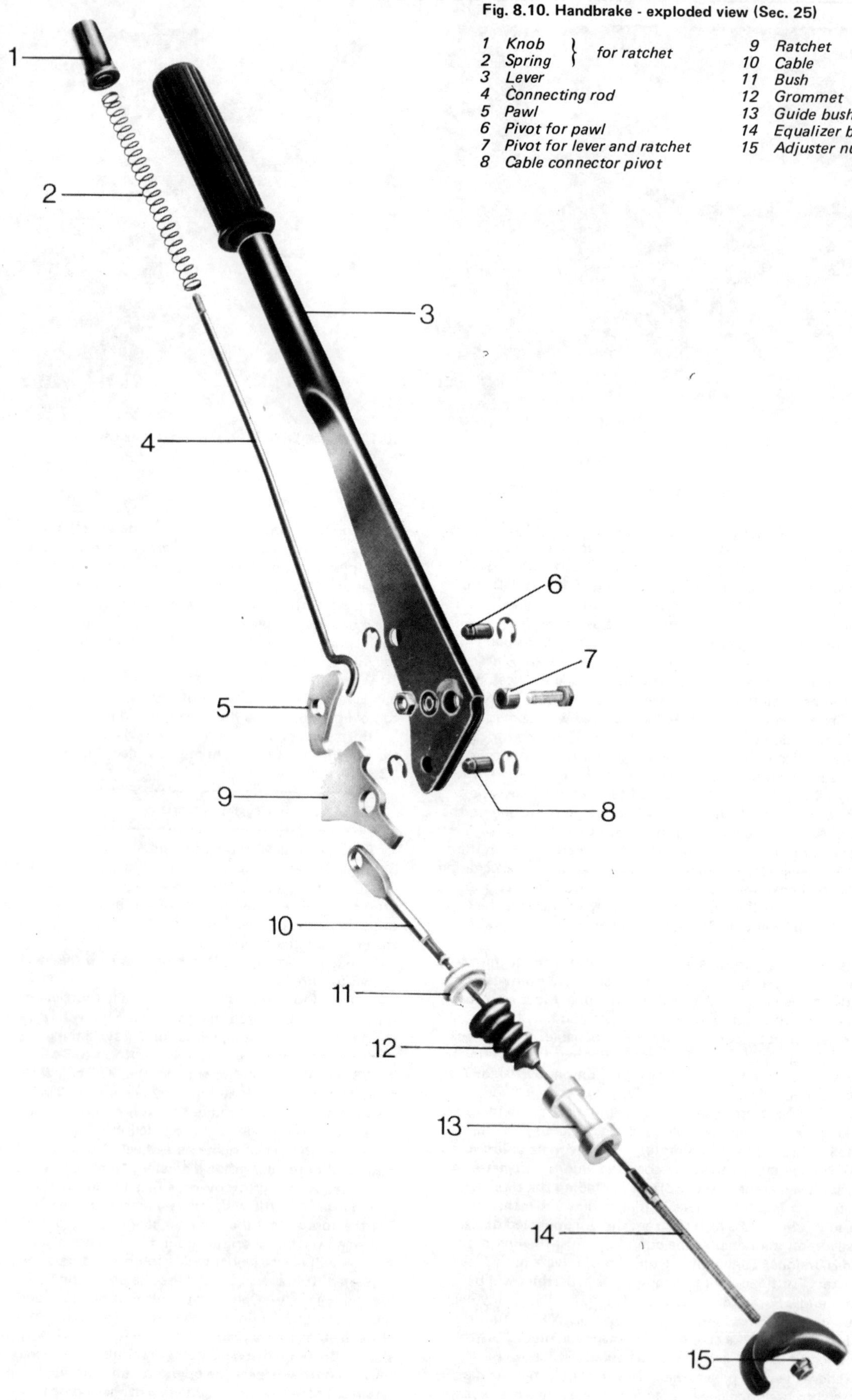

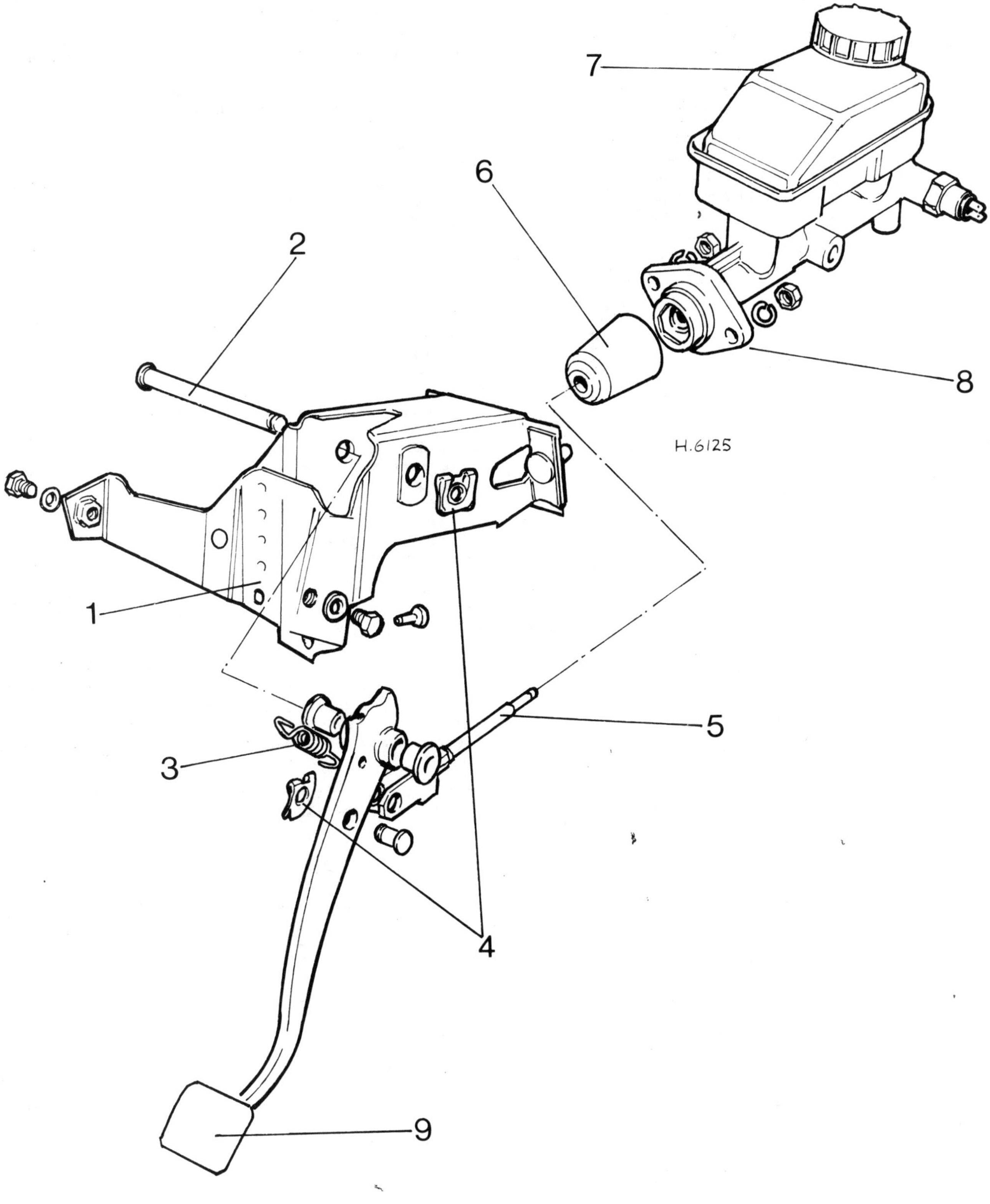

Fig. 8.11. Foot brake pedal assembly (Sec. 26)

1 Pedal bracket
2 Pivot pin
3 Return spring
4 Lock plates
5 Pushrod and stirrup
6 Cover
7 Fluid reservoir
8 Master cylinder
9 Pedal

5 When you are satisfied that the rear right-hand brake line is clear of air bubbles then wipe down the brake and proceed to the next task; in order left rear, right front caliper, left front caliper.
6 After each session clean down the brakes with care and wash your hands. Brake fluid is poisonous and it is a splendid paint remover. Use a soapy solution and wash any paintwork that has been splashed.
7 Finally, the brake fluid in the jar or bottle should be discarded.

24 Brake hydraulic system - changing fluid

1 The brake fluid is hygroscopic, which means that allowed to come into contact with the open air will absorb moisture. If it does then when the brakes get hot the water in the fluid will boil and the brakes will not work properly - at the moment they are needed most.
2 VW recommend that the fluid should be changed every two years - they give a variety of reasons - but the fact that they do recommend it should be reason enough.
3 The change over is simple to do. First of all clean the rear drums, particularly by the bleed nipples, and give the front calipers the same treatment.
4 Connect all four nipples to plastic pipes and suitable containers, open all four nipples and get a helper to pump the brake pedal until no more fluid comes out. Close the nipples, fill the system with clean fluid and bleed the brakes as in Section 23. An alternative method of renewing the system hydraulic fluid is to use one of the pressure bleed kits obtainable from motor accessory stores. With such a device pressurized and connected to the fluid reservoir, each bleed nipple may be opened in turn and about 500 cc (0.5 litre) of fluid bled out. By the time that this quantity has been bled from the last nipple, fresh fluid will have been circulated throughout the system without any possibility of air locks occurring which could happen with the conventional method.
5 This time there is too much fluid to discard, so consult your local garage about disposal. Remember it is poisonous, so avoid contact with it and wash your hands after doing the job. Do not leave it about where children or animals can gain access to it.

25 Handbrake - removal and refitting

1 If the footbrake is working correctly adjust the handbrake as in Section 11.
2 The handbrake needs to be dismantled only to renew the ratchet or to fit a new cable or cable bush.
3 Refer to Fig. 8.10. There are two separate cables. One goes from the brake lever to the adjuster, the other goes round the adjuster and pulley (photo 11.8) and each end terminates in a rear brake mechanism. Read Section 12 to see how to dismantle and reassemble the mechanisms and fit a new cable. Make sure the cable outer cover is replaced correctly.
4 To remove the front cable unscrew it from the adjuster and then inside the car remove the plastic jacket round the lever and undo the nut of the hinge pin. Push the pin out and pull the lever up. Disconnect the cable locating pin and remove the old cable, pulling it away from the car. Fit a new one in the reverse order.
5 Grease the cable when installed to prevent it from going rusty.

26 Brake pedal assembly - general

1 Refer to Fig. 8.11. It will be seen that the pedal assembly is housed in a bracket at the bottom of the steering column. A central pin carries the brake and clutch pedals as shown in photo 9.11, of Chapter 3. This pin is held in position by a lockplate. Pull this off and the pin may be moved out to the left and the pedal with its plastic bushes will be removable.
2 The bracket is bolted to the frame and is also removable.
3 The brake pushrod is held in a stirrup which is fixed to the pedal by a pin with a lockplate on the left-hand side. The pedal is held against the stop by a coil spring.
4 Adjustment for the pushrod is by slackening the locknut on the rod against the stirrup and screwing the pushrod in or out of the stirrup. For the master cylinder without servo there must always be a gap between the end of the pushrod and the master cylinder piston. This is arranged by measuring free-play at the pedal which should be a minimum of 0.15 in (4 mm). If it is more the brake piston rod will not be fully actuated, but if the play is not there the brakes will bind and cause trouble. For the servo assisted master cylinder it is only necessary to adjust the pushrod so that the connecting pin may be inserted. Free-play is built-in in the servo mechanism.

27 Fault diagnosis - braking system

Before diagnosing faults in the brake system check that irregularities are not caused by any of the following faults:

1 Incorrect mix of radial and crossply tyres
2 Incorrect tyre pressures
3 Wear in the steering mechanism, suspension or shock absorbers
4 Misalignment of the bodyframe

Symptom	Reason/s	Remedy
Pedal travels a long way before the brakes operate	Seized adjuster on rear shoes or shoes require adjustment Disc pads worn past limit	Check, repair and adjust. Inspect and renew as necessary.
Stopping ability poor, pedal pressure firm	Linings, pads, discs or drums worn, contaminated, or wrong type One or more caliper piston or rear wheel hydraulic cylinder seized. Loss of vacuum in servo	Renew pads, linings, discs and drums as necessary. Inspect and repair as necessary. Test servo.
Car veers to one side when brakes are applied	Brake pads on one side contaminated with oil Hydraulic pistons in calipers seized or sticking Wrong pads fitted	Remove and renew. Repair source of oil leakage. Overhaul caliper. Install correct pads.
Pedal feels spongy when brakes are applied	Air in the hydraulic system Spring weak in master cylinder	Bleed brakes and check for signs of leakage. Top-up fluid reservoir. Repair master cylinder.
Pedal travels right down with no resistance	Fluid reservoir empty Hydraulic lines fractured Seals in master cylinder head failed	Check, refill and bleed all brakes. Trace through and replace as necessary. Dismantle cylinder and rebuild with new seals.
Brakes overheat or bind when car is in motion	Compensating port in master cylinder blocked Reservoir air vent blocked Pushrod requires adjustment Brake shoes return springs broken or strained	Rebuild cylinder. Clean vent. Adjust. Replace.

	Caliper piston seals swollen Unsuitable brake fluid	Replace. Drain and rebuild system.
Brakes judder or chatter and tend to grab	Linings worn Drums out of round Dirt in drums or calipers Discs run-out of true excessive	Replace. Replace. Clean. Replace.
Brake shoes squeak (rear brakes)	Dirt in linings Backplates distorted Brake shoe return springs broken or distorted Brake linings badly worn	Clean. Fit new backplates. Fit new springs. Fit new linings.
Disc pads squeak (front brakes)	Wrong type of pad fitted Pad guide surfaces dirty Spreader spring deficient or broken Pads glazed Lining on pad not secure	Fit new pads. Clean. Fit new spring. Fit new pads. Fit new pads.
Foot pedal must be pressed harder in one position only	Groove in master cylinder pushrod due to wear at sealing cups. Air entering vacuum side of servo	Rebuild master cylinder, new pushrod required.
Very high pedal pressure required to operate brakes, linings found to be in good condition and correctly adjusted	Servo has failed	Check hoses are tight and vacuum check valve is working. If so, then remove and service servo. If necessary fit a new one.

Chapter 9 Electrical system
Part 1: Starting and generating systems

For modifications, and information applicable to later models, see Supplement at end of manual

Contents

Specifications

Generating system	AC generator with built in rectification and voltage controller. Belt driven from the crankshaft pulley	
Voltage	12 volts	
Generator		
Type	Rotating field with stator windings for output current. Rectification by diodes in the endplate. Two types used, Bosch and Motorola. Standard fitting has a 35 amp output but a 55 amp output is available as an optional extra.	
Stator winding resistance:	**35 amp**	**55 amp**
Bosch	0.25 ohms + 0.025	0.14 ohms + 0.014
Motorola	0.23 to 0.25 ohms	0.15 to 0.17 ohms
Rotor winding resistance:		
Bosch	3.4 to 3.7 ohms	
Motorola	3.9 to 4.3 ohms	
Slip rings, max. ovality	0.03 mm (0.001 inches)	
Bearings	Prepacked ball races	
Brushes:		
Protrusion new	10 mm (0.4 inches)	
Protrusion minimum	5 mm (0.2 inches)	
Regulator	Transistorised. Bosch EE 14VS Part No. 0 192 052 004	
Starter motor		
Type	12V DC. Solenoid operated pinion drive with over-run clutch	
Load current (max.)	Approx. 200 amps	
Output (HP)	0.7	
Brush length (minimum)	13 mm (0.5 inches)	
Commutator (min. diameter)	33.5 mm (1.32 in)	
Armature axial play	0.1 to 0.15 mm (0.004 to 0.006 in)	
Battery		
Type	Lead acid 12 volt	
Capacity:		
35 amp generator	27 amp hour or 36 amp hour	
55 amp generator	45 amp hour	
Torque wrench settings	**lbf ft**	**kgf m**
Starter motor mounting bolts	40	5.5

1 General description

1 The battery is situated at the right-hand rear of the engine compartment behind the safety bulkhead. The earth strap is connected to the battery negative pole. Three sizes of battery are fitted, 27 or 36 ampere hour to the vehicle with a 35 amp output generator, and 36 or 45 ampere hour to the vehicle with a 55 ampere hour generator.
2 The generator is mounted on the left front of the engine. The top of the casing is secured by a hinge bolt to a bracket on the cylinder block (photo) and the adjustment of belt tension is effected by moving the generator about the hinge axis and securing it in place by a clamp bolt in a bracket.
3 The generator drive is by Vee-belt from a pulley on the end of the crankshaft.
4 The AC generator output is rectified by diodes built in to the stator. Four of these rectify the output current, and two rectify the field current supplied to the rotor via the slip rings.
5 The voltage regulator is also built in. It is fastened to the rear face of the generator by two cheese-headed screws and carries the brush gear for the slip-rings. The regulator is transistorised. The brushes may be renewed when worn below the given limit. The regulator with brushes may be removed from the generator while the unit is still in the car.
6 Connection to the wiring harness is by a multi-pin plug held in place by a clip. Slacken the holding bolt and the plug may be pulled out.
7 Provision is made to fit a condenser to absorb surges and protect the diodes. On the vehicle we dismantled this was not fitted (photo). The suppression condenser, Part No. 059 035 271, should be installed right away, if it is not there already.
8 Two types of alternator for both 35 and 55 ampere output may be fitted. The standard fitting is Bosch, but an alternative by Motorola may be found. The construction is slightly different but the fitting is identical. The only difference being that the Bosch, which is flexibly mounted has an earth strap whereas the Motorola, which is not, does not require an earth strap. The differences in construction are discussed in Section 10.
9 The starter motor is mounted on the right-hand rear of the engine, bolted to the transmission flange. The rear bearing is in the clutch bellhousing. The pinion is engaged in the flywheel starter ring gear by a solenoid which operates a lever. If the starter is dismantled particular attention should be given to the waterproof sealing when reassembling it, or disaster may overtake the unit (see Section 14).

2 Battery - removal and refitting

1 Disconnect the earth strap and the positive lead. Undo the clamp bolts and lift the battery out of the car (photo).
2 Clear the battery platform. Any sign of corrosion should be neutralised with an alkali solution. Ammonia or ordinary baking powder will do the job. If the corrosion has reached the metal, scrape the paint away to give a bright surface and repaint right away.
3 Installation is the reverse. Smear the terminals with a little petroleum jelly (vaseline). **Do not** use grease.

3 Battery - maintenance and inspection

1 Normal weekly battery maintenance consists of checking the electrolyte level of each cell to ensure that the separators are covered by ¼ inch of electrolyte. If the level has fallen, top-up the battery using distilled water only. Do not overfill. If a battery is overfilled or any electrolyte spilled, immediately wipe away the excess as electrolyte attacks and corrodes any metal it comes into contact with, very rapidly.
2 As well as keeping the terminals clean and covered with petroleum jelly, the top of the battery, and especially the top of the cells, should be kept clean and dry. This helps prevent corrosion and ensures that the battery does not become partially discharged by leakage through dampness and dirt. If topping-up the battery becomes excessive and the case has been inspected for cracks that could cause leakage, but none are found, the battery is being over-charged and the regulator should be checked.
3 When removing the battery be careful not to strain the terminal

1.2 The mounting bracket for the alternator

1.7 The face of the alternator. The anti-surge suppressor is not fitted and it should be. See Fig. 9.5

2.1 The battery clamp is down inside the plenum chamber in front of the battery. Remove the nut and lift the clamp away

7.1 The alternator, belt removed and clamp disconnected, swung away from the block on the top hinge

7.2 The alternator clamp strap. Note captive head bolt

7.3 Press the belt down at the point marked by the arrow to check the tension

posts. If these are twisted too much they may cause the plates inside to move with consequent battery failure.

4 With the battery on the bench at the three monthly interval check, measure its specific gravity SG with a hydrometer to determine the state of charge and condition of the electrolyte. There should be very little variation between the different cells and if a variation in excess of 0.025 is present it will be due to either:

a) Loss of electrolyte from the battery at some time caused by spillage or a leak, resulting in a drop in the specific gravity of electrolyte when the deficiency was replaced with distilled water instead of fresh electrolyte.

b) An internal short circuit caused by buckling of the plates or a similar malady pointing to the likelihood of total battery failure in the near future.

5 The correct readings for the electrolyte specific gravity at various states of charge and conditions are:

	Temperature	*Tropical*
Fully charged	*1.285*	*1.23*
Half charged	*1.20*	*1.14*
Discharged	*1.12*	*1.08*

6 The hydrometer is a glass tube tapered at one end and fitted with a rubber bulb at the other end. Inside it there is a float.

The tapered end of the tube is inserted into the filler hole of the cell to be tested and the bulb squeezed. When it is released acid is drawn into the tube. Enough must be drawn to allow the float to float freely.

The float has a scale on it and where the surface of the acid meets the float is the point to be read on the scale.

7 It is rare indeed for a battery to freeze but it can happen. If the battery is discharged and the specific gravity is low it may happen more easily. It will not happen while the engine is running so the first intimation will be a refusal to start, for a frozen battery will not supply current. Remembering that there is a solid lump of acid take care how it is handled. It must be thawed slowly. If it can be removed from the car so much the better, but if it is frozen any attempt to remove it by force will break the case. Indeed, the case may have split due to the expansion of the electrolyte so watch carefully as it thaws, or there may be an acid leak of considerable proportions which will do a lot of damage. If this happens take the battery out of the car as quickly as possible, but wear rubber gloves, to avoid being burned.

If the battery thaws out and no leaks appear then it will be of use again. However, check the specific gravity and charge if necessary.

For interest value, acid at specific gravity 1.120 (ie. the battery is flat) will freeze at 12°F (–11°C), at 1.200 S.G. at –17°F (–27°C) and a fully charged battery at 1.285 is safe until –68°F (–90°C), so keep the battery well charged in cold weather, and if you do have to leave the car in a snowdrift get the battery out before it freezes.

8 If the battery loses its charge repeatedly then it is probably sulphated or damaged internally. First check the specific gravity of each cell. If some are high (1.285) and the odd one is lower then that is where the trouble lies. The S.G. throughout the six cells should not vary by more than 0.025.

9 The remaining test is a brutal one, which will probably kill an ageing battery anyway. It consists of short circuiting the battery through a 'pair of tongs' equipped with a shunt and a voltmeter in such a way that a current of about 110 amps is passed for 5 to 10 seconds. The voltage between the terminals should not drop below 9.6 volts.

4 Battery - charging

1 In winter time when heavy demand is placed upon the battery such as starting from cold, and much electrical equipment is continually in use, it is a good idea occasionally to have the battery fully charged from an external source at the rate of 3.5 to 4 amps. Always disconnect it from the car electrical circuit when charging.

2 Continue to charge the battery at this rate until no further rise in specific gravity is noted over a four hour period.

3 Alternatively, a trickle charger, charging at the rate of 1.5 amps, can be safely used overnight. Disconnect the battery from the car electrical circuit before charging or you will damage the alternator.

4 Specially rapid 'boost' charges which are claimed to restore the power of the battery in 1 to 2 hours can cause damage to the battery plates through over-heating.
5 While charging the battery note that the temperature of the electrolyte should never exceed 100°F (37.8°C).
6 Make sure that your charging set and battery are set to the same voltage.

5 Battery - electrolyte replenishment

1 If the battery has been fully charged but one cell has a specific gravity of 0.025, or more, less than the others it is most likely that electrolyte has been lost from the cell at some time and the acid over diluted with distilled water when topping-up.
2 In this case remove some of the electrolyte with a hydrometer and top-up with fresh electrolyte. It is best to get this done at the Service Station, for making your own electrolyte is messy, dangerous, and expensive for the small amount you need. If you must do it yourself, add 1 part of sulphuric acid (concentrated) to 2.5 parts of water. **Add the acid to the water,** not the other way round or the mixture will spit back as water is added to acid and you will be badly burnt. Add the acid a drop at a time to the water.
Having added fresh electrolyte recharge and recheck the readings. In all probability this will cure the problem. If it does not, then there is a short circuit somewhere.
3 Electrolyte must always be stored away from other fluids and should be locked up, not left about. If you have children this is even more important.

6 Alternator - safety precautions

1 The alternator has a negative earth circuit. Be careful not to connect the battery the wrong way or the alternator will be damaged.
2 **Do not** run the alternator with the output wire disconnected.
3 When welding is being done on the car the battery and the alternator output cable should be disconnected.
4 If the battery is to be charged in-situ both the leads of the battery should be disconnected, before the charging leads are connected to the battery.
5 Do not use temporary test connections which may short circuit accidentally. The fuses will not blow, the diodes will burn out.
6 When replacing a burnt out alternator clear the fault which caused the burn out first, or a new alternator will be needed a second time.

7 Alternator - drivebelt adjustment

1 The alternator is fixed to the block by a hinge bolt which is housed in a bracket mounted on the left-hand front side of the engine (photo).
2 The unit is held in position by a clamp strap (photo).
3 To adjust the belt tension slacken the hinge bolt a little, undo the clamp strap bolt, it has a captive head, and lever the alternator away from the block until the belt may be depressed with the thumb about 3/8 in (10 mm) halfway between the pulleys (photo). Hold the alternator in this position and tighten the clamp bolt, then tighten the hinge bolt. Check the belt tension again and re-adjust if it is not correct.

8 Alternator - testing

1 There is a way of testing the alternator in the car, but it requires a lot of expensive equipment and does not provide much conclusive evidence. Refer to Fig. 9.1. The following are required. A battery cut-out switch, a variable resistance capable of consuming up to 500 watts, an ammeter reading 0-30 amps, a voltmeter reading 0-20v, and a tachometer.
2 The battery cut-out switch is illustrated in Fig. 9.2.
3 Connect up as shown in the diagram in the following manner. Disconnect the battery earth strap and the positive cable. Connect the cut-out switch to the battery positive terminal and then connect the car positive lead to the cut-out switch.
4 So far no interference with the normal circuit. Now arrange an alternative one to take the place of the battery. From the battery

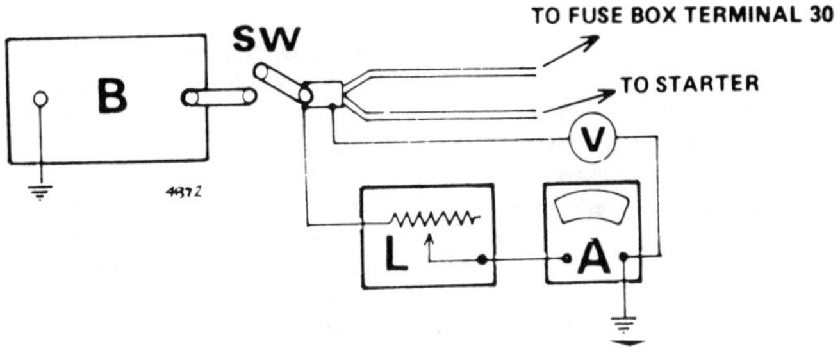

Fig. 9.1. Circuit diagram for testing alternator (Sec. 8)

B	*Battery*	*A*	*Ammeter (0 - 30 amps)*
SW	*Battery cut out switch*	*V*	*Voltmeter (0 - 20 volts)*
L	*Variable resistance*		

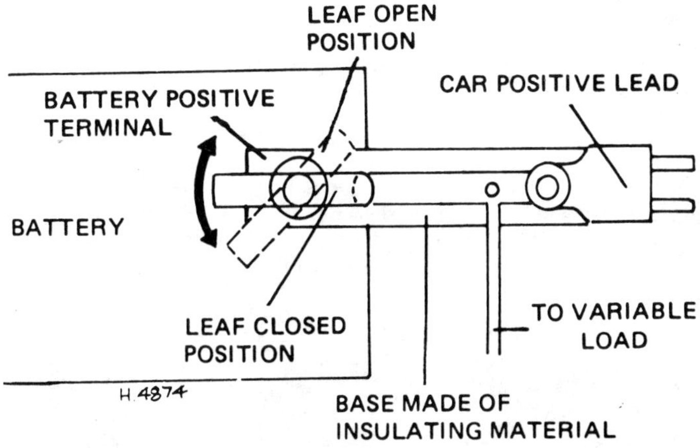

Fig. 9.2. Diagrammatic arrangement of battery cut out switch. VW recommended Sun electric No. 7052 - 003 (Sec. 8)

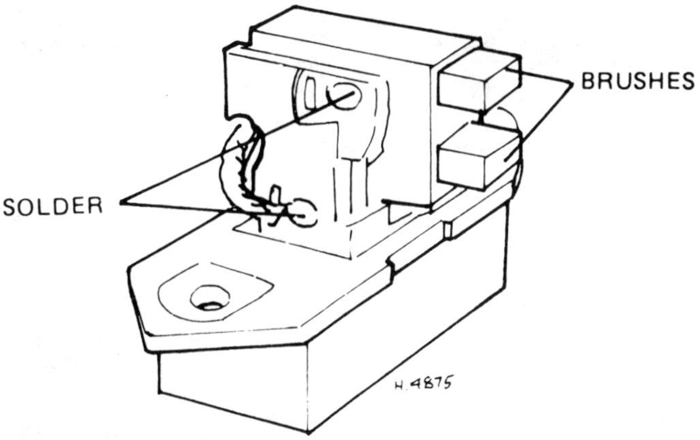

Fig. 9.3. Regulator with carbon brushes (Sec. 8)

cut-out switch connect the variable resistance and ammeter in series to the chassis (earth) of the car. Arrange a voltmeter so that the volts drop between the battery cut-out switch and earth. Reconnect the battery earth strap. The following test figures are for both 35 amp and 55 amp alternators.
5 Start the engine and run it up to 2800 rpm. Set the variable resistance so that the ammeter reading is between 20 and 30 amps. Now open the battery cut-out switch, that is, cut the battery out of the circuit so that the current flows only through the resistance. Alter the resistance to bring the current back to 25 amps. Now read the voltmeter. It should read between 12.5 and 14.5 volts.
6 If the voltmeter reading is outside these limits close the cut-off switch, stop the engine and replace the alternator regulator with a new one (or a borrowed one). Repeat the test. If the desired 12.5 to 14.5 volts are obtained then the old regulator is faulty. If not then the alternator is faulty and must be changed. It seems a lot to do for little reward but the only other way is to take the alternator to an official agent for testing.

9 Alternator (Bosch) - overhaul

1 The regulator is fitted into the alternator housing at the rear. On models up to chassis number 8051554472 a cover is fitted on the rear face of the alternator and is retained by four nuts and washers. When the cover is removed the connector can be removed and the regulator which is retained by a small screw can also be withdrawn (photo). Refer to Fig. 9.3.
2 Inside it will be seen the two slip ring brushes. These must be free in the guides and at least 5 mm (0.2 in) long. The new length is 10 mm (0.4 in). The brushes may be renewed by unsoldering the leads from the regulator, fitting new brushes and resoldering the leads (Fig. 9.4).
3 Undo the pulley nut and remove the pulley, the spacer ring, the large washer and the fan. Note which way the fan fits to make assembly easier. There is an arrow showing the direction of rotation.
4 Remove the bracket from the housing which held the wiring plug and if not already removed, take away the regulator (photo).
5 Undo the housing bolts and separate the components. The armature will stay in the endplate and the housing bearing will stay on the shaft (photo). Have a good look at the various components. Clean off all the dust using a soft brush and then wipe clean with trichlorethylene. Any smell of burnt carbon or signs of over-heating must be investigated. Check the slip-rings for burning, scoring and ovality. You will have had reason to check the bearings before dismantling, but have a further look now. At this point you must make up your mind whether to do the repair yourself, or whether to take the alternator to a specialist. If you have the tools and the skill, it is possible to replace the bearings, replace the diode carrier complete, clean up the slip-rings and to fit a new rotor or stator. It is not possible to repair the winding, replace individual diodes, replace the slip-rings or repair the fan.
6 Dealing with the rotor first. The rotor may be removed from the endplate by using a mandrel press. Then take the screws out of the cover over the endplate bearing and press the bearing out of the frame.
The slip-ring end bearing may be pulled off using an extractor on the inner race. If you pull on the outer race the bearing will be scrapped. Replace the bearings with new ones if necessary.
7 The slip-rings may be cleaned up by setting the rotor in a lathe and either cleaning them with emery or by taking a very fine skim.
8 Test the rotor electrically. Check the insulation resistance between the slip-rings and the shaft. This must be infinity. If it is not there is a short circuit and the armature must be replaced. Get an auto-electrical specialist to confirm your findings first. Check the resistance of the winding. Measure this between slip-rings. It should be about 4 ohms. If there is an open circuit or high resistance, then again the rotor must be renewed.
9 The stator and the diode carrier are connected by wires. Make a simple circuit diagram so that you know which wire goes to which diode and then unsolder the connections. This is a delicate business as excess heat will destroy the diode and possible the winding. Grip the wire as close as possible to the solenoid joint with a pair of long nosed pliers and use as small a soldering iron as possible (photo).
10 The stator winding may now be checked. First check that the insulation is sound. The resistance between the leads and the frame must be infinity. Next measure the resistance of the winding. It should be of the order of 1.3 ohms between leads. A zero reading means a short circuit, and of course a high or infinity reading, an open circuit.
11 The diode carrier may now be checked. Each diode should be

9.1 The regulator removed from the alternator. These brushes are new ones

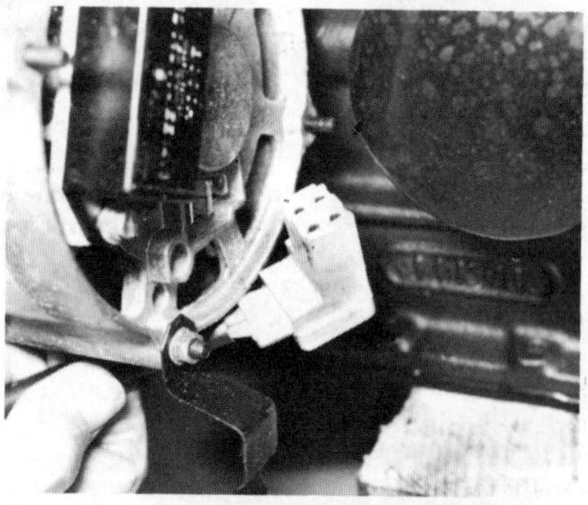

9.4 Undo the nut, swing the clip away and pull out the alternator

9.5 The alternator rotor in the housing, removed from the stator

9.9 The diode plate showing the stator connections

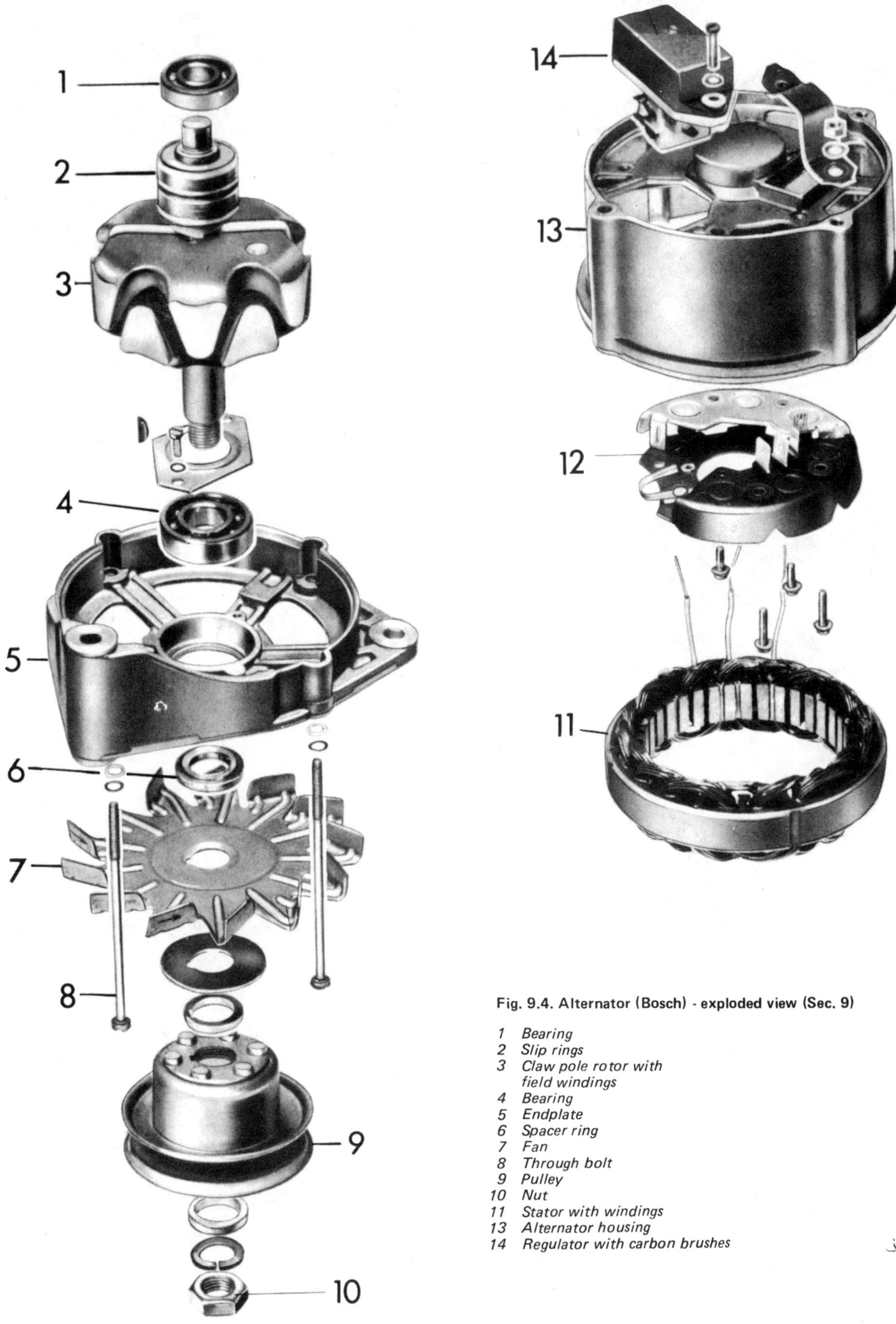

Fig. 9.4. Alternator (Bosch) - exploded view (Sec. 9)

1 *Bearing*
2 *Slip rings*
3 *Claw pole rotor with field windings*
4 *Bearing*
5 *Endplate*
6 *Spacer ring*
7 *Fan*
8 *Through bolt*
9 *Pulley*
10 *Nut*
11 *Stator with windings*
13 *Alternator housing*
14 *Regulator with carbon brushes*

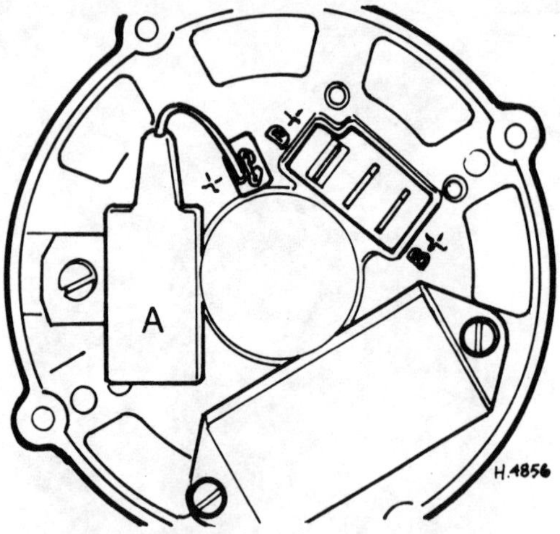

Fig. 9.5. Alternator - install condenser 'A' to prevent damage from surging (Sec. 9)

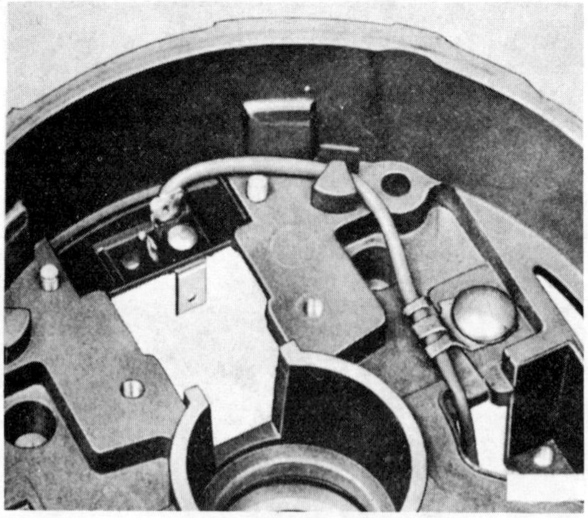

Fig. 9.7. Generator (Motorola) routing of 'D+' (red wire) lead in the cover plate (Sec. 10)

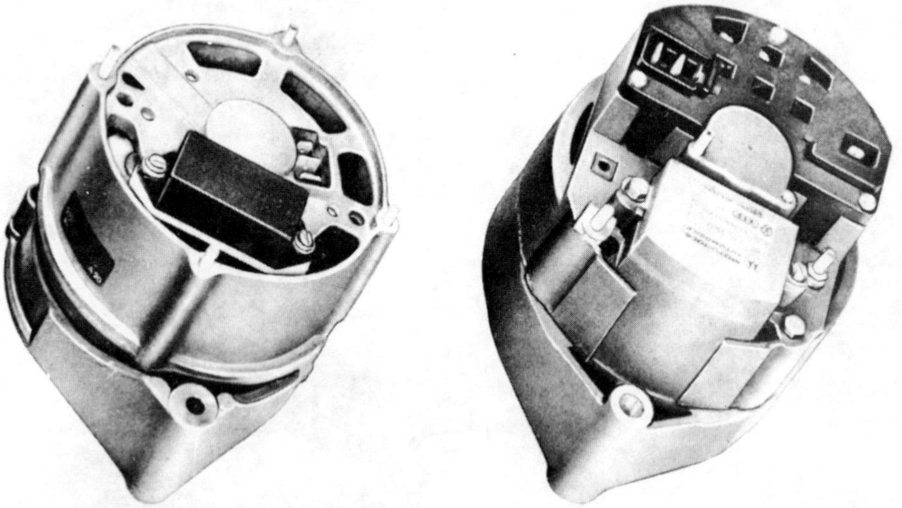

Fig. 9.6. Generator - comparison of Bosch (left) and Motorola (right) (Sec. 10)

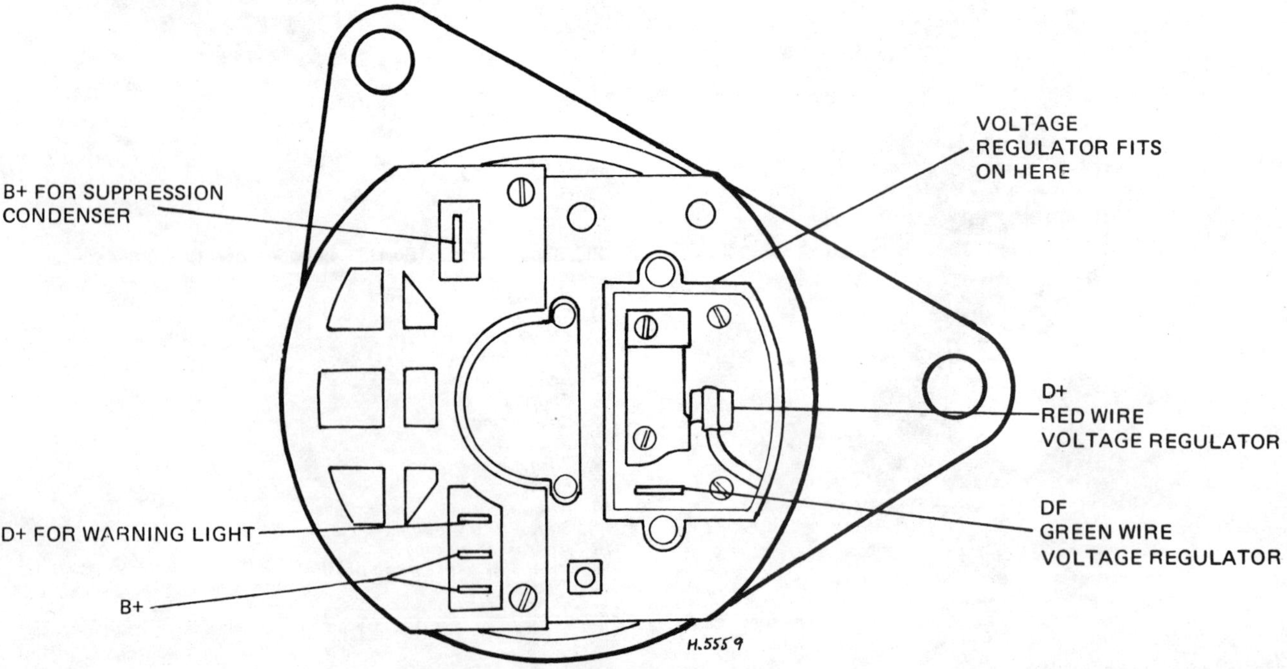

Fig. 9.8. Generator (Motorola) diagrammatic view of endplate showing connections. Note - voltage regulator has been removed to show 'DF' and 'D+' (red wire) (Sec. 10)

checked in turn. Use a test lamp or an ohmmeter. Current must flow only one way; ie. the resistance measured one way must be high and the other way (reverse the leads), low. Keep the current down to 0.8 milliamps and do not allow the diode to heat up. If the resistance both ways is a high one, then the diode is open circuited, a low one, short circuited. If only one diode is defective the whole assembly (diode plate) must be replaced.

12 Reconnect the stator winding to the diode circuit, again be careful not to overheat the diode, and reassemble the stator and diode carrier to the housing.

13 A new diode carrier, or a new stator may be fitted, but be careful to get the correct parts.

14 Assembly is the reverse of dismantling. Be careful to assemble the various washers correctly.

15 It has been found that voltage surge in the electrical system damages the alternator diodes. If this happens when requesting repair of the diode plate ask for and install a condenser (Part No. 059 035 271) to prevent this occurring again (Fig. 9.5).

10 Alternator (Motorola) - overhaul

1 Refer to Figs. 9.6 and 9.10. It will be seen that although the construction is basically the same as the Bosch generator, the Motorola differs considerably in detail.

2 The stator and rotor have the same form as those of the Bosch but the cover, housing and diode plate are of different construction. As the alternator is not flexibly mounted there is no earth strap.

3 The same principles apply for overhaul. The rotor should be checked for earth short circuit and continuity. The resistance between slip-rings must agree with the Specifications, ovality of slip-rings must be within limits. Bearings may be drawn off with a puller and replaced if necessary.

4 The stator may be disconnected from the diode plate and the winding tested for open and short circuit. The resistance should agree with the Specifications.

5 Once isolated the diode plate may be tested, as in Section 9 and a new one fitted if required. It is not recommended that any attempt be made to replace diodes.

6 The routing of the 'D+' wire inside the cover is important. It must be fitted in the two sets of clips provided or it will become involved with the armature (Fig. 9.7).

7 The voltage regulator connections must be checked. The green wire goes to 'DF' and the red wire to 'D+' (see Fig. 9.8).

8 The connections on the cover must be checked carefully. A diagram is given for information.

9 The new length of the brush is 9 mm (0.35 in), wear limit 5 mm (0.19 in). Fig. 9.9.

11 Starter motor - testing in car

1 Modifications to the coil circuit have affected the starter wiring. With the removal of the ballast resistor, terminal '15a' is no longer fitted but '15a' remains on the casing of the solenoid although the hole is blanked off. The heavy wire alongside '15a' goes to the battery (terminal '30' on the current flow diagram). When the cables are removed label them and put them back where they came from. So that we can discuss the testing of the starter, regard the large brass terminal with the heavy leads as terminal '30.' The second terminal with smaller lead and a cheese-headed screw is terminal '50', and the third large terminal with a short connection to the starter brush gear is terminal 'D'. A photograph shows this arrangement and of the starter with ballast resistor.

2 If when the ignition is switched on the starter will not turn the engine over it does not necessarily mean the starter is at fault. So before taking the starter out a routine check should be done.

3 Check the state of charge of battery. Remove the leads from the battery terminals, clean the leads and terminals and reassembly correctly. The quickest way to check the battery is to switch on the headlights. If the lights come on brightly and stay bright then the battery is in good order. If the lights are dim, or come on bright and dim quickly then the battery is discharged. Remedy this state of affairs before dismantling the starter.

4 If the battery is in good order and the ground strap (earth lead) is firmly fixed to the chassis then turn to the starter connections. Are they tight, free from corrosion and water.

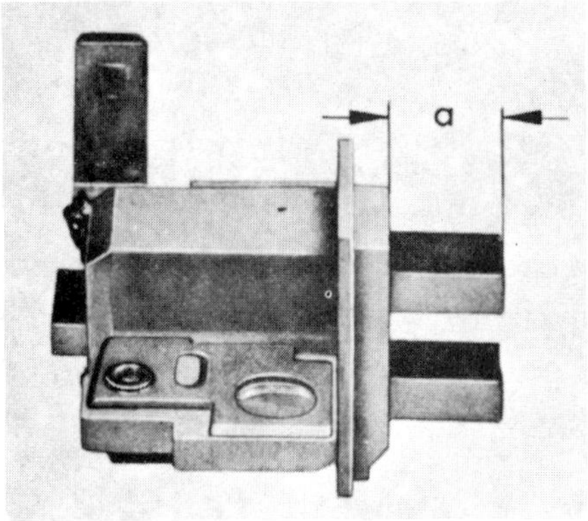

Fig. 9.9. Generator (Motorola) brush gear (Sec. 10)

(a) Brush length, new 9 mm (0.354 in), wear limit 5 mm (0.197 in)

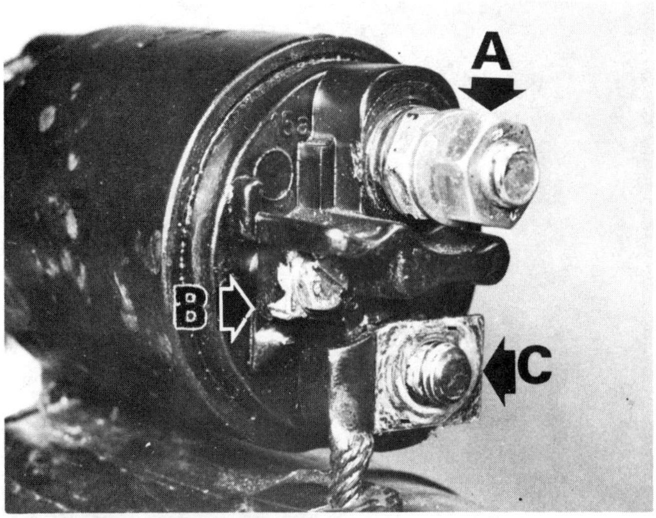

11.2a Starter terminals engines without ballast resistor on coil 'A' to battery, 'B' Terminal '50', 'C' to armature.

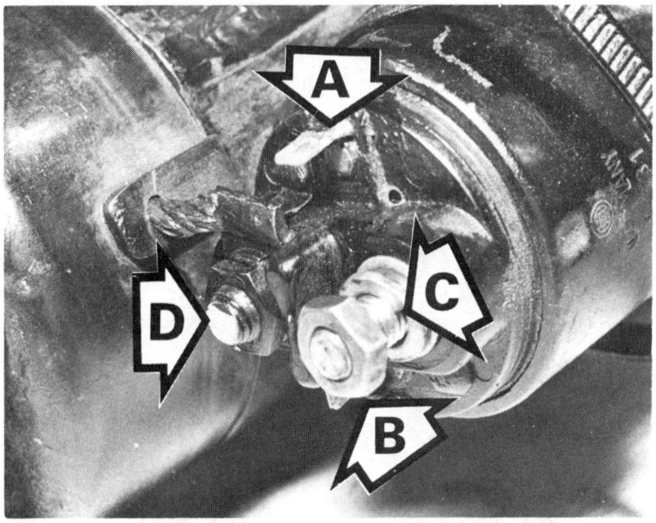

11.2b Starter terminals engines with ballast resistor on coil 'A' to starter switch, 'B' to terminal '15', 'C' to battery, 'D' to starter armature

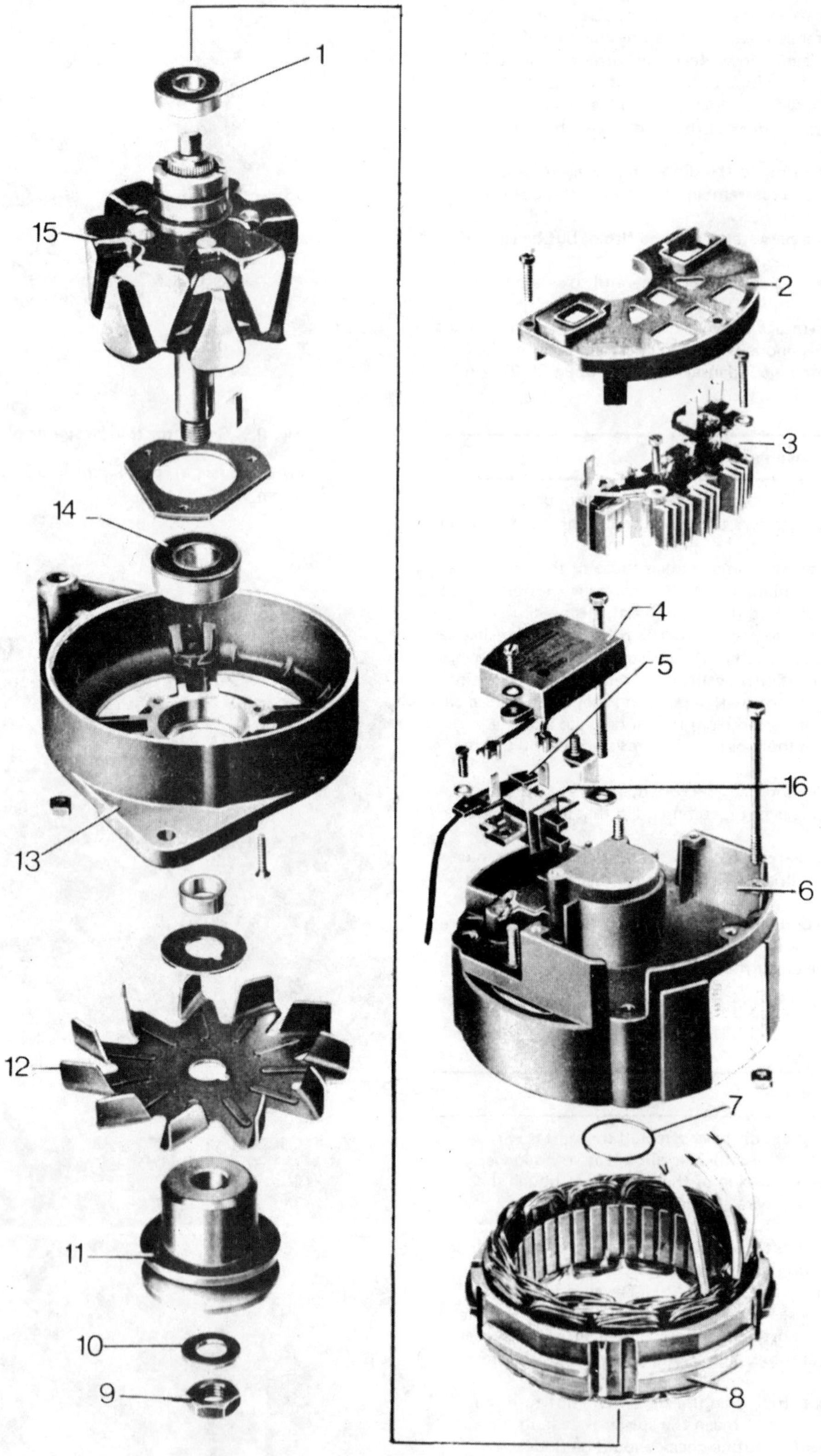

Fig. 9.10. Generator (Motorola) - exploded view (Sec. 12)

1 *Armature ball bearing*
2 *Cover plate*
3 *Diode plate*
4 *Voltage*
5 *Connector plate 'D+'*
6 *Housing*
7 *'O' ring*
8 *Stator*
9 *Nut*
10 *Thrust washer*
11 *Pulley*
12 *Fan*
13 *Endplate*
14 *Bearing*
15 *Rotor*
16 *Brush gear*

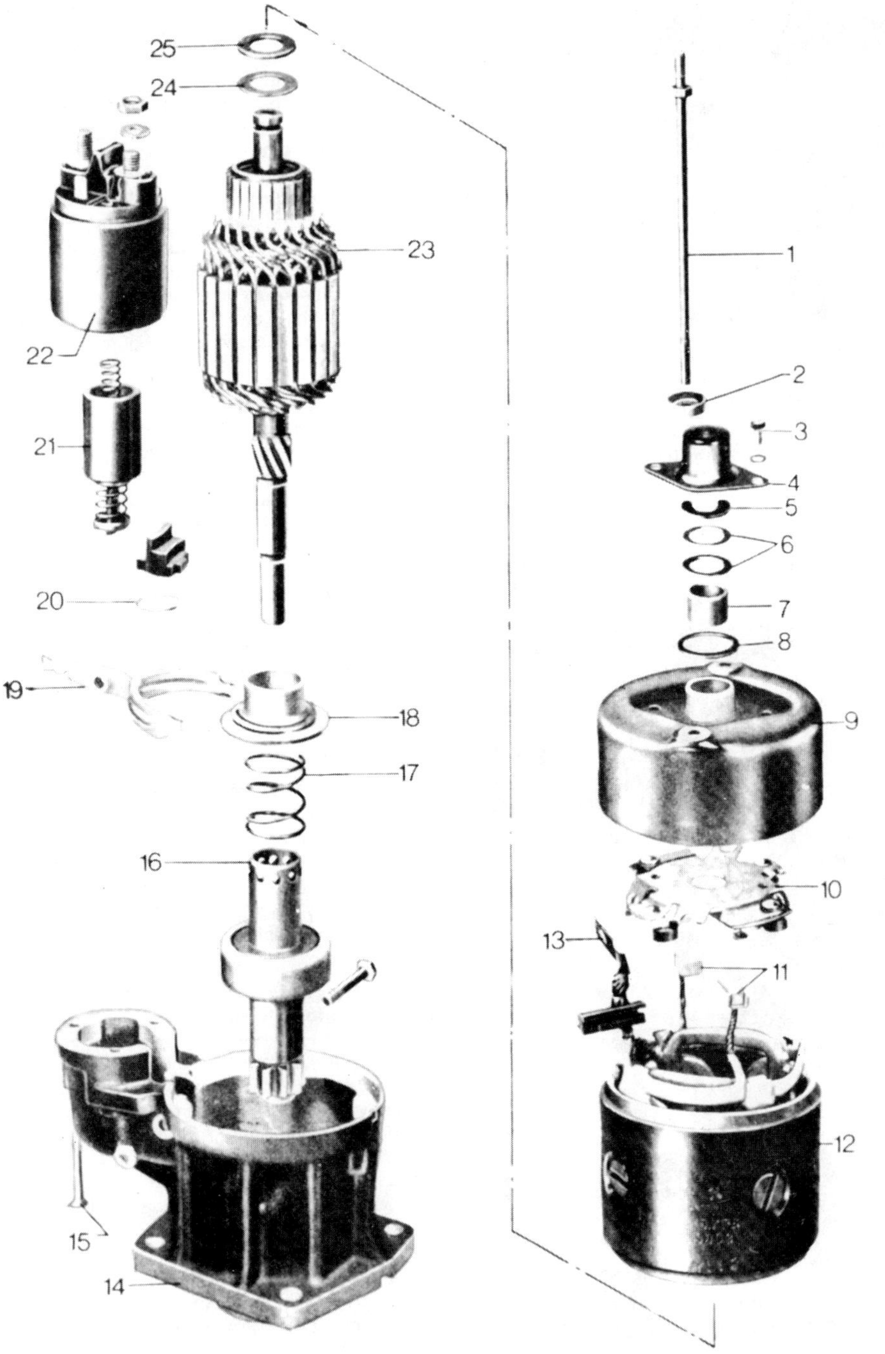

Fig. 9.11. Starter motor - exploded view (Sec. 13)

1 Housing screw (through bolt)
2 Cupped washer
3 End cap screw
4 End cap
5 Circlip
6 Shims
7 Bush
8 Washer
9 Housing
10 Brush plate
11 Brushes
12 Stator
13 Terminal tag for solenoid (field winding)
14 Mounting bracket
15 Solenoid switch screw
16 Drive pinion
17 Spring
18 Bush
19 Stirrup
20 Disc (lug toward armature)
21 Solenoid plunger
22 Solenoid
23 Armature
24 Shim

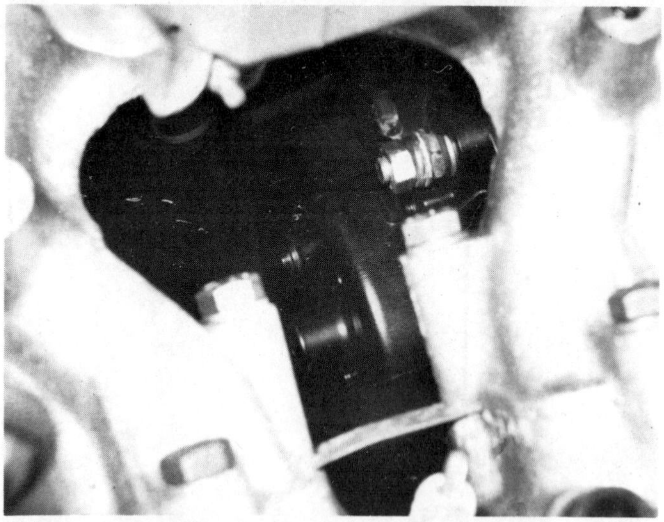

12.1 The starter can be seen through the gap in the inlet manifold after the air cleaner has been removed

12.4 Remove the bolts and take the starter away

13.1a Remove the bolts holding the solenoid to the starter and ...

5 Get down by the starter and have someone operate the ignition switch. Does the solenoid work (make a clunking noise), if so disconnect the cable from terminal '30' and fit it to the connector strip terminal 'D'. If the starter now revolves when the ignition is switched on then the solenoid contacts are worn or faulty and the starter must be removed for overhaul.
6 If the starter still does not work, bridge terminals '30' and '50'. If the starter works then the fault is in the ignition switch wiring, not the starter.
7 If all the above tests have been done and there is still no life then the starter must be removed for test and overhaul.
8 If the starter turns the engine slowly, and the battery and connections are in good order then the starter should be removed for testing and overhaul. It is probably brush or commutator trouble, or it may be problems with the field windings.
9 If the starter works erratically or will not disengage then the fault is a mechanical one, and the starter must be removed for overhaul.
10 Only after checking all these points should the starter be dismantled.

12 Starter motor - removal and refitting

1 It is possible to see the starter through the gaps between the inlet manifold once the air cleaner has been removed (photo), but it is far better to arrange to remove it from under the car.
2 Disconnect the battery earth strap and then the starter leads and tag them for easy refitment.
3 The exhaust pipe support bracket also gets in the way of the starter. Disconnect the bracket from the exhaust pipe slacken the engine/transmission bolt which clamps this bracket and swing the bracket out of the way. Remove the manifold support.
4 Remove the bolts, there are three of them, and take the starter away (photo).
5 Refitting is the reverse of removal. It is difficult to connect the leads to terminal '50' while the starter is in position so fit them before installing the starter. They have a plug on the outer end. The leads to the larger terminal may be connected when the starter is in place.
6 Insert the shaft into the bush in the bellhousing, refit the bolts and tighten them to 5.5 mkg (40 lb f ft). Refit the large leads, install the bracket and the manifold stay.

13 Starter motor - overhaul

1 Refer to Fig. 9.11. Clean the exterior of the motor carefully.
2 Remove the connector strip terminal nut (D) and from the other end remove the bolts holding the solenoid to the mounting bracket. Now lift the solenoid pull rod so that it is clear of the operating lever and remove the solenoid (photos).
3 At the front end of the starter is a cap held by two screws. Remove this (photo) and under it there is a shaft with a circlip and bush. Remove the circlip (photo).
4 Now remove the through bolts (photo) and remove the cover.
5 The brush gear is now visible (photo). Lift the brushes out of the holder and remove the brush holder. The starter body holding the field coils may now be separated from the endplate. This will leave the armature still in the mounting bracket.
6 To remove the mounting bracket from the drive end of the shaft, First push back the stop ring with a suitable tube so that the circlip underneath may be released from its groove. It is now possible to remove the mounting bracket and pinion from the shaft.
7 Finally remove the operating lever pin from the mounting bracket and remove the pinion assembly.
8 Clean and examine the pinion, shaft and lever and inspect for wear. If possible run the armature between centres in a lathe and check that the shaft is not bent. Check the fit of the drive pinion on the shaft. Check that the pinion will revolve in one direction only (one way clutch) and that the teeth are not chipped.
9 Examine the commutator. Clean off the carbon with a rag soaked in petrol or trichlorethylene. Minor scoring may be removed with fine emery paper. Deep scoring must be removed by machining in a lathe. Commutator copper is harder than the commercial grade, and requires the lathe tool to be ground differently. Unless you have had instruction

13.1b ... pull the solenoid body away

13.1c Undo the pivot screw and ...

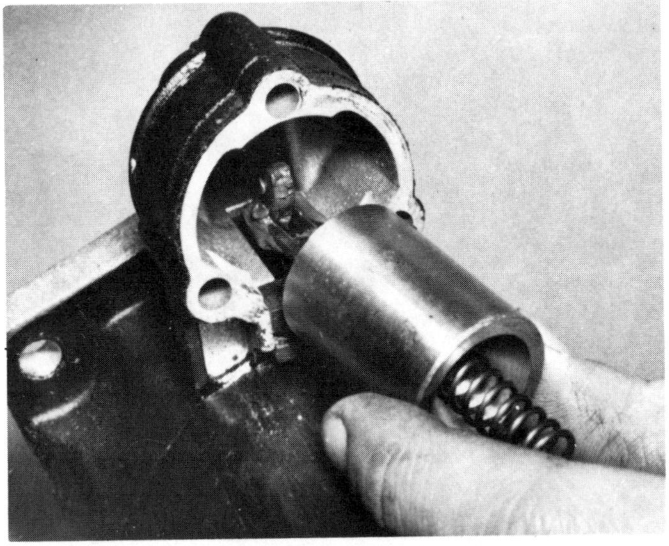

13.1d ... unhook the plunger from the operating arm

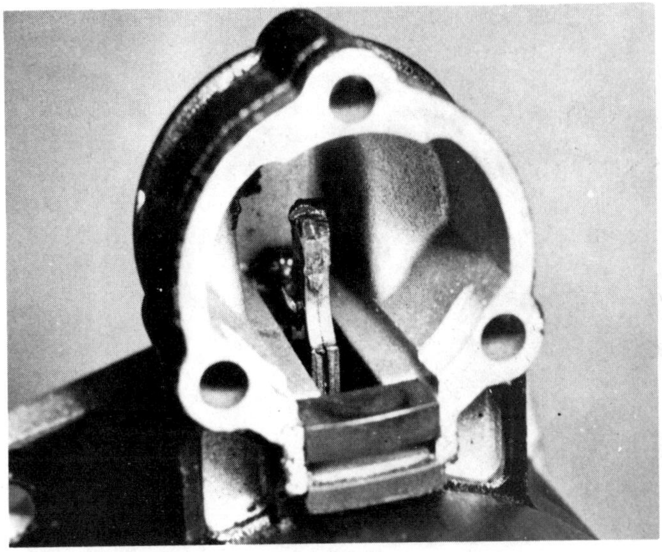

13.1e The operating arm in the housing

13.3a Remove the end cap ...

13.3b ... then the circlip and shims

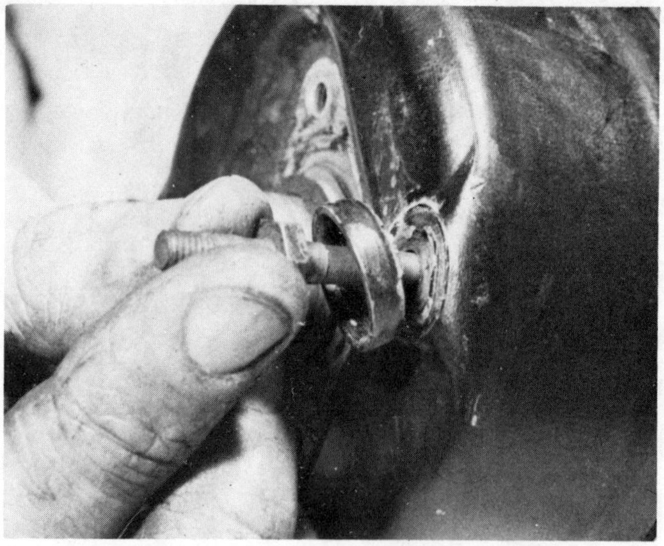

13.4 Remove the through bolts. These must be sealed on assembly

13.5 Lift off the brush plate. This commutator needs attention

13.17 The starter pinion and snap-ring

13.19a Using two clips to hold the brush spring on assembly

13.19b The wire clip 'A' fits under the brush spring so that the brush may be lifted easily to enter the plate over the commutator

on machining commutators we suggest that the skimming and undercutting be left to the expert. The minimum diameter for the commutator is given in the Specifications.
10 Test the armature electrically. Check the insulation between the armature winding and the shaft. To do this connect the negative terminal of the ohmmeter to the shaft and place the positive probe on each commutator segment in turn.
11 Burning on the commutator is usually a sign of an open circuited winding. If you have access to a 'growler' have the armature checked for short circuits.
12 Inspect the field windings for signs of abrasion or stiff and damaged insulation, particularly where the leads leave the coil. Check the field coil for short circuit to the pole piece and for open circuits. Replace if necessary.
13 The brushes must be at least ½ in (13 mm) long and must slide easily in the holder. There are two schools of thought about brush replacement. One says that the entire field coil must be replaced or the brush plate with the armature current brushes. The VW/Audi method is somewhat different.
14 Isolate the brushes, pull them out of the holders and hold them away from the winding and crush the old brush with a powerful pair of pliers until the lead is free from the brush. Clean the end of the lead and prepare it for soldering. The new brush, obtainable from official agents, is drilled and has a tinned insert. Push the end of the lead into the drilling and splay it out, then using silver solder, solder the brush to the lead.
15 If it is your first attempt at soldering it could be better to get expert help. Use a large soldering iron (250 watts plus) do not let any of the solder creep along the wire and file off any surplus. Do not let the lead get too hot, or damage will occur to the field coils. Use a flat pair of pliers to hold the lead as close to the brush as possible while soldering. These will act as a heat sink and will also stop the solder getting in the core of the lead.
16 One final word about brushes. Check that you can get new ones before crushing the old ones.
17 Assembly is the reverse of dismantling. Fit the drive pinion and operating lever to the mounting bracket. Fit the drive pinion to the armature shaft. Refit a new lock ring (circlip) and install the stop ring (groove towards the outside) over the lock ring (photo). Check that the stop ring will revolve freely on the shaft. The stop ring is not shown in the illustration. It fits on the armature shaft outside the pinion.
18 Fit the starter body over the armature to the mounting bracket. See that the tongue on the body fits in the cut-out of the mounting bracket and that the body seats properly on the rubber seating. Smear a little joint compound round the joint before assembly. Read Section 14 concerning sealing, it is most important.
19 Fit the two washers onto the armature shaft and install the brush holder over the commutator. This we found easier to write about than to do. In order to get the holder, in place with the brushes correctly assembled we found that we did not have enough fingers so we cut two lengths of wire and bent them as shown (photos) to hold up the brush springs while the brushes were fitted over the commutator. Once the four brushes are in place the wires may be withdrawn.
20 Wipe the end of the shaft and oil it, then fit the endcover onto the housing and install the through-bolts. Again seal the joint, and seal the ends of the through-bolts. Now refit the shims and the circlips. If a new armature has been fitted the endplay must be checked. It should not exceed a maximum of 0.072 in., minimum of 0.004 in (0.1 to 0.3 mm) and is adjusted by fitting appropriate shims.
21 Check that the solenoid lead grommet is in place and refit the solenoid. Use a seal compound on the joint faces, move the pinion to bring the operation lever to the opening and reconnect pullrod. Seat the solenoid firmly on the mounting bracket in the sealing compound and install the bolts. Reconnect the wire to the starter body (D).
22 The starter may now be refitted to the car.
23 The pinion end of the shaft fits into a bearing in the clutch housing and this can be checked only when the transmission is dismantled. The commutator end of the shaft fits into a bearing bush in the endplate. The old bush may be pressed out if necessary and a new one pressed in. The endplate should be dipped into hot oil for five minutes before the bush is pressed in to give a shrink fit. Grease the bush with multipurpose grease before installing the shaft.

14 Starter motor - sealing of joints

1 Refer to Fig. 9.12. It will be seen that five surfaces must be sealed with a watertight seal. If these surfaces are not correctly sealed then water will be allowed to enter the starter motor casing with the result that it will not work correctly.

15 Starter motor - bench test

1 Because the pinion end bearing is in the clutch housing, it is not possible to rotate the starter under load or at speed when not fitted to the engine. The customary bench tests are therefore not applicable to this starter.

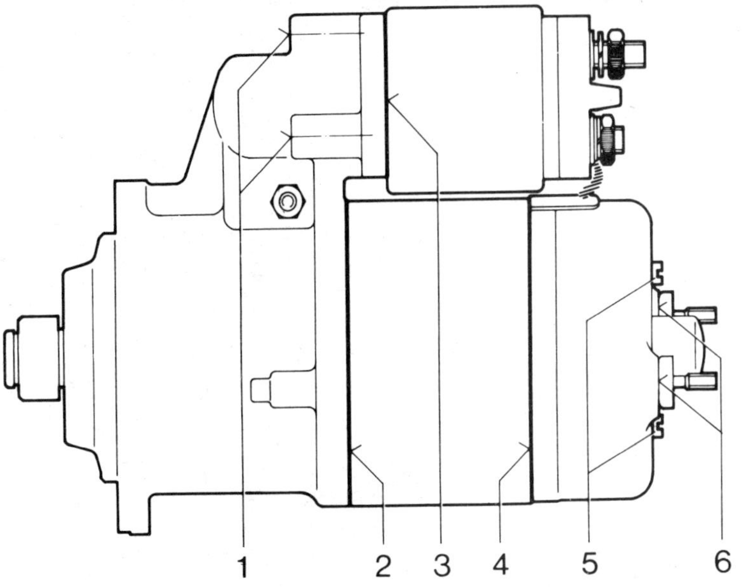

Fig. 9.12. Starter - the surfaces shown by the arrows must be water proofed very carefully on assembly

1 Solenoid securing screws
2 Stator/mounting surface
3 Solenoid joint
4 Starter/end cap joint
5 Through bolt leads
6 Shaft cover joint and screws

16 Fault diagnosis - charging circuit

Symptom	Reason/s	Remedy
Alternator warning light does not come on when the ignition switch is closed	1 Bulb burned out	Renew.
	2 Battery flat	Charge.
	3 Connector between alternator and relay not correctly fitted	Refit.
	4 Carbon brushes not seating on slip ring	Check for length and free-movement. Renew if necessary.
	5 Open circuit between battery, ignition switch and warning light	Check continuity.
	6 Rotor windings damaged	Check and fit new rotor if necessary.
Alternator warning light does not go out as engine speed increases	1 Regulator damaged	Check and renew if necessary.
	2 Field winding diodes open circuit	Dismantle alternator, check diodes. Renew diode carrier if required.
Alternator warning light remains on when the ignition is switched off	1 Positive diode (main load diode) short circuited	Dismantle alternator, check diodes, renew diode plate if necessary.

17 Fault diagnosis - starting circuit

Symptom	Reason/s	Remedy
Starter does not operate when key is turned to 'start' position. Turn on the lights for this test	1 Lights go out - loose connections, corroded terminals, flat battery	Check circuit and renew battery.
	2 Lights go dim - battery run down	Recharge or renew battery.
	3 Connect a cable between terminals '30' and '50'. If starter now turns either cables or ignition switch is faulty	Renew cables, starter to ignition switch and/or ignition switch.
	4 Lights stay bright. Connect cable from terminal '30' to connector strip terminal - starter now turns	Solenoid needs service or renewal.
Drive pinion sticks in mesh with flywheel ring gear	1 Coarse thread damaged	Overhaul starter.
	2 Solenoid not working	Renew solenoid.
	3 Water sealing leaking	Dismantle starter and overhaul.
Starter turns slowly and will not start engine	1 Battery run down	Charge or renew.
	2 Loose connections	Check circuit.
	3 Brushes not making proper contact	Overhaul or renew starter.
	4 Commutator dirty, burnt or damaged	Overhaul or renew starter.
	5 Windings damaged	Overhaul or renew starter.
Erratic starting ie. sometimes it will and sometimes it will not, particularly from cold	1 Battery has internal fault Load test battery with tongs	Renew battery if necessary.

Chapter 10 Electrical system Part 2: Lights, instrument panel and electrical accessories

For modifications, and information applicable to later models, see Supplement at end of manual

Contents

Specifications

Bulb chart

	D.I.N name	VW part no.	Type
Headlamp	A 12V 45/40W	N 17 705 3	Twin filament ball
Headlamp (Halogen)	YD 12V 60/55W	N 17 763 2	Halogen H 4
Foglamps (Halogen) (front)	YC 12V 55W	N 17 762 2	Halogen H 3
Foglamp rear	RL 12V 21W	N 17 732 2	Ball
Parking light	HL 12V 4W	N 17 717 2	Tubular
Brake and tail light	SL 12V 21/5W	N 17 738 2	Twin filament ball
Reversing light	RL 12V 21W	N 17 732 2	Ball
Turn signal (rear)	RL 12V 21W	N 17 732 2	Ball
Turn signal (front)	RL 12V 21W	N 17 732 2	Ball
License plate light	K 12V 5W	N 17 725 2	Festoon
Interior light on dashboard	K 12V 10W	N 17 723 2	Festoon
Instrument lights	W 12V 1.2W	N 17 751 2	Glass base
Warning lights for switches	W 12V 1.2W	N 17 751 2	Glass base
Warning lights in combined instrument	W 12V 1.2W	N 17 751 2	Glass base

Wiper motor

Type	12V single or two speed worm drive permanent magnet field
Rear window demister	110 to 120 Watt
Fan blower	65 Watt 2 speed
Radiator fan motor	100 Watt

Fuses (Table 1)

Audi 50/Polo August 1974 onwards to 1976 (check with handbook)

Circuit Fuse No.	Rating (amps)	Equipment protected
S1	8	Parking light, left Tail light, left Fog light front } Control current Fog light rear } only
S2	8	Parking light, right Tail light, right License plate light Instrument lights
S3	8	High beam headlamp, left High beam indicator light
S4	8	High beam headlamp, right
S5	8	Low beam headlamp, left
S6	8	Low beam headlamp, right
S7	8	Windscreen wiper motor Horn Turn signals Reversing lights Carburettor electro-magnetic cut off valve Automatic choke
S8	8	Coolant fan motor
S9	8	Interior light Clock Radio
S10	16	Cigarette lighter Main current circuit for foglamps
S11	8	Rear window demister Brake lights Windscreen washer pumps
S12	8 or 16	Blower motor Rear window wiper and washer

Fuses (Table 2)

Polo 1977 onwards (895 cc model) (Check with handbook)

Circuit Fuse No.	Rating (amps)	Equipment protected
S1	8	Side light left, tail light left
S2	8	Side light right, tail light right, License plate light Instrument lights Ash tray light
S3	8	High beam headlamp, left High beam warning light
S4	8	High beam headlamp right
S5	8	Low beam headlamp left Fog light rear Fog lamp, front (control current only)
S6	8	Low beam headlamp, right
S7	16	Turn signals, Horn Wipers Reversing lights Intermittent wiper Headlamp washer Rear wiper
S8	16	Coolant fan motor
S9	8	Interior light
S10	16	Fog lights main current Cigarette lighter
S11	16	Brake lights Heated rear window
S12	16	Fresh air blower motor Rear screen wiper

Relays

J2 Turn signal and emergency flasher ...	Behind dashboard on steering column support left-hand side
J9 Heated rear window ...	Behind dashboard on steering column support left-hand side
J5 Fog lamps ...	Above fusebox in the engine compartment
J31 Wash/wiper circuit ...	Old type part No. 861 955 533 Type fitted after August 1976 part No. 431 955 531
J39 ...	Relay for headlamp washer

Voltage stabilizer (J6)

Vehicles without radio ...	Bi-metallic type
Vehicles with radio ...	Electronic type

1 General description

1 The electrical system has been designed with great ingenuity and is very easy to service. Of the exterior lights only the front turn signals require the use of a screwdriver to change the bulbs, the remainder are all fastened with clips. The complete set of bulbs may be changed in less than 15 minutes.
2 The wiring is installed in three main harnesses clipped to the body. The front harness forward of the bulkhead, the instrument panel harness and the rear harness. Small harnesses are provided for the alternator and for the interior lighting. These are discussed later in the Chapter.
3 The fusebox is in the engine compartment, high up on the left-hand side of the bulkhead next to the computer socket.
4 The instrument panel is removed, once you have mastered the trick in five minutes, and may quickly be divided into its component parts. This is discussed in detail in Section 10. The number of switches depends upon the quantity of accessories fitted. It is simple to fit extra ones to the basic model.
5 Installation of a radio does not present many difficulties. This is discussed in Section 30.
6 Only two relays are fitted to the basic model, for the turn signal/hazard lights, and for the rear window heater. Provision is made for a fog light relay to be plugged in above the fusebox. The installed relays and the voltage stabilizer are accessible only after the instrument panel is removed.
7 Removal and refitting of the speedometer head and cable are effected easily. The steering column 'electrics' may be dismantled in five minutes. This is described in Section 13.
8 The windscreen wiper mechanism is removed by undoing three nuts and pulling off a multipin plug. It is not necessary to remove anything else to get at these fixings. The washer pump and motor are removed by pulling them off a clip on the front of the reservoir.
9 The horn is very accessible attached to the right-hand upper beam of the radiator support by one nut and bolt. Again the connections take the form of a pull off plug.
10 It is all so simple that one suspects the electrical engineer who designed it of being a mechanical engineer as well. There is one draw-back. Most of the fittings are made of plastic, which, if handled roughly may crack or fracture and will be expensive to renew, so handle them carefully.
11 A number of current flow diagrams are provided at the end of the Chapter with instructions concerning their use. They may be modified from time to time and it is advised that the owner checks with the agent the correctness and up-to-dateness of the current flow diagram for his own vehicle.
12 Suggestions as to how to fit extra lights and accessories are given but since this activity can cover such a wide field most of the advice is concerned with what not to do. The owner is recommended to fit VW/Audi accessories which are designed to wire into the existing circuits and to be installed mechanically with the minimum of trouble.

2 Head and tail lamps - general

1 If a light has ceased to function the reason should be sought before renewing the bulb. The following notes may help.
2 Check the fuse. If this is blown clear the wiring fault before destroying another bulb.
3 Check the earth wire. All of the lamps have separate earth connections, and the light will not work if the earth is not firmly secured.
4 When removing bulbs **do not** handle them with bare fingers. Hold them with a clean dry duster. The moisture off your fingers will mark the bulb and shorten its life. It will also evaporate when the lights are switched on and tarnish the reflector.

3 Headlamps - removal, refitting and bulb renewal

1 Refer to Fig. 10.3. This shows the early Polo and Audi 50 headlamp. On later models the plastic cap is omitted.
2 Before starting to do anything, read Section 2.
3 To change a bulb, first remove the connector and cap. Press the

3.3a The rear of the headlamp showing, (a) connector, (b) side (parking) light, (c) earth connector and (d) the lower focussing screw

3.3b Pull off the connector and remove the cap

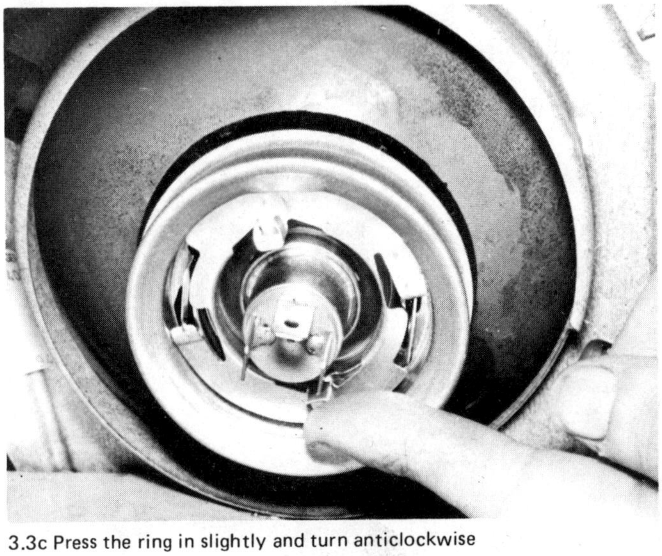
3.3c Press the ring in slightly and turn anticlockwise

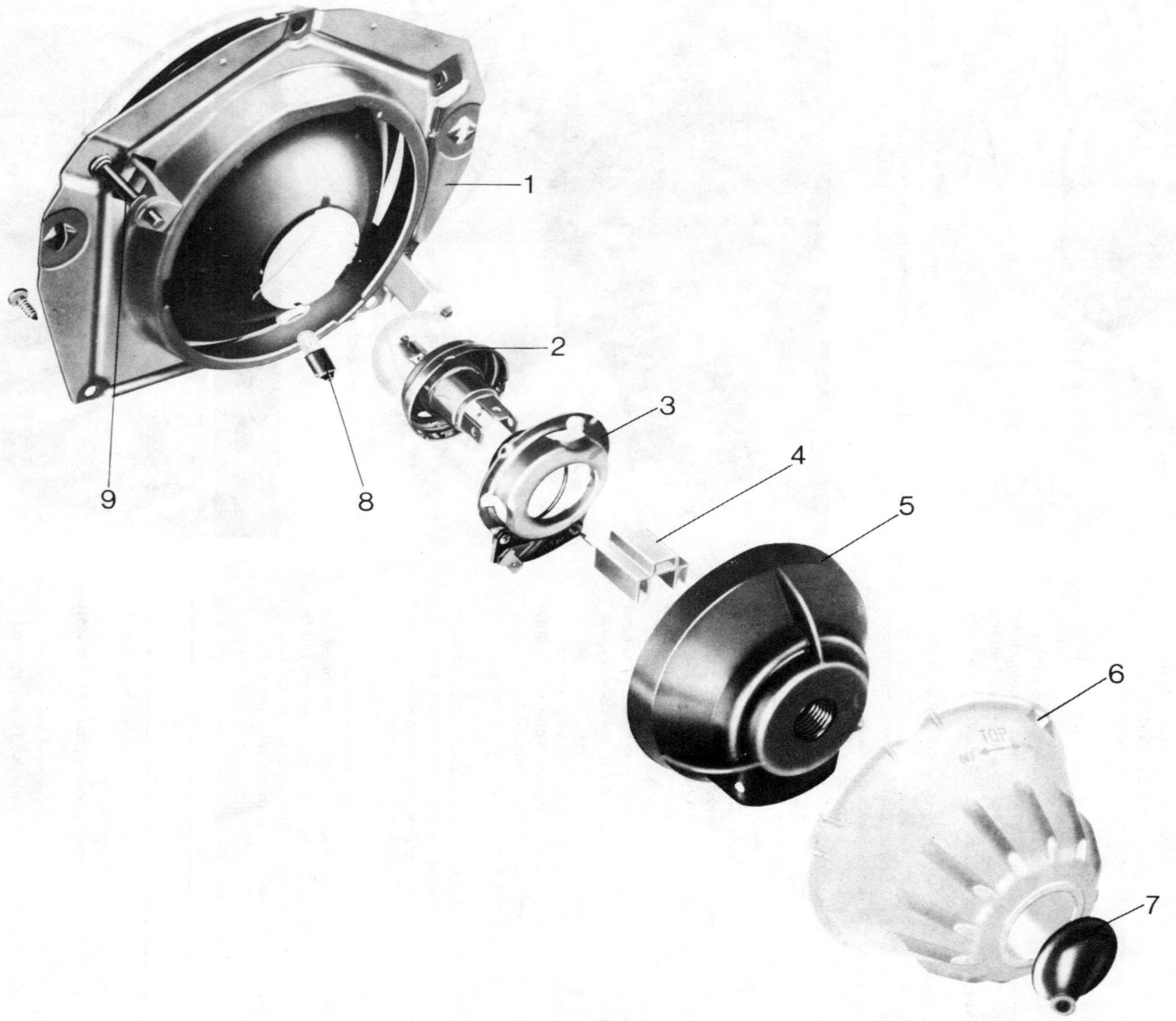

Fig. 10.1. Headlamp (early type) - exploded view

1 Headlamp frame
2 Bulb
3 Clamp ring
4 Connector
5 Plastic cover
6 White plastic cover
7 Grommet
8 Parking light
9 Focus adjuster
10 Fixing screw

ring in slightly and turn it anticlockwise. Remove the ring. Extract the bulb and holder and remove the bulb. When refitting make sure the locating lug on the bulb plate fits into the recess at the bottom of the reflector. Refit the ring, the cap and then the connector. A series of photos is given to amplify these instructions.

4 If a plastic cap is fitted turn the cap to the left to remove it. When re-installing it 'TOP' must face upwards.

5 The grille must be removed before the lamp may be renewed. There are a number of clips along the top which hold it to the body, these pull off upwards. Three crosshead screws, one at the bottom centre of the grille, and one on each side by the headlight, hold the grille in place. Remove these and lift the grille away.

6 The lamp is held to the frame by three crosshead screws. Remove these and lift the glass plus reflector away. One screw is at the top and the other two are at the base. Do not confuse them with the focusing screws (photos).

7 Unfortunately the headlight unit cannot be dismantled. If the glass lens or the reflector is damaged a new unit must be installed. If this is done then the unit must be focused correctly. On late models the crosshead screws on each side of the headlight have been replaced by plastic retaining knobs which are turned 90° to release the unit.

4 Headlamps - beam adjustment

1 Beam adjustment is by turning one or both of the focusing screws. The top one is turned for vertical adjustment and the lower one for lateral adjustment.

2 They can be operated by employing a crosshead screwdriver through the grille.

3 Lighting regulations differ, according to where you live. Because of the increasing argument about what is, and what is not, a correctly aimed beam we would rather not offer advice on this point. The adjustment of the beam may be measured by use of a special apparatus such as a Lucas beam setter, but this means a modest garage bill.

4 If you can find out from the local VW/Audi agent just where the dipped beam should point it is quite easy to do the job yourself. The terms of reference will probably be in measurement from the centre-line of the car and the height of the centre of the headlamps from the ground, at a given distance from the car. A level surface, it must be level, and a vertical surface such that you can stand the car the regulation distance from the vertical surface are needed. The distance from the car lights to the wall will be in the region of 30 feet (10 metres).

5 If the car is not level it is possible to stand the front or rear wheels on packing to bring it level. Mark a horizontal line on the wall at the same height as the bulb height from the ground. One way of marking the centreline of the car is to find the centre of the roof at the front and back using a tape measure, and set a wooden block at the back and front so that the edges of the blocks are on the centreline. Using these as a fore and backsight get a helper to mark the point on the wall corresponding to the car centreline, and using a plumb-bob mark the horizontal line on the wall with the centreline intersection. This gives the point of reference from which the desired areas required by the regulations may be marked. Cover one light with a blanket, switch on and adjust the other lamp until the beam is correct. Cover the light so adjusted and repeat with the other lamp. The beams should be adjusted in the dipped position.

5 Parking lights - bulb renewal

1 The bulb is held in a holder at the side of the headlamp (see photo 3.3a). Pull the holder out of the reflector and renew the bulb as directed in Section 2. The bulb is turned slightly anticlockwise for removal.

6 Front turn signals - bulb renewal

1 Read Section 2. Remove the two screws holding the lens to the front bumper (photo). Remove the bulb (photo). The holder may be pushed out of the bumper if required.

2 Refitting is the reverse of removal. Do not overtighten the screws or the lens may be damaged.

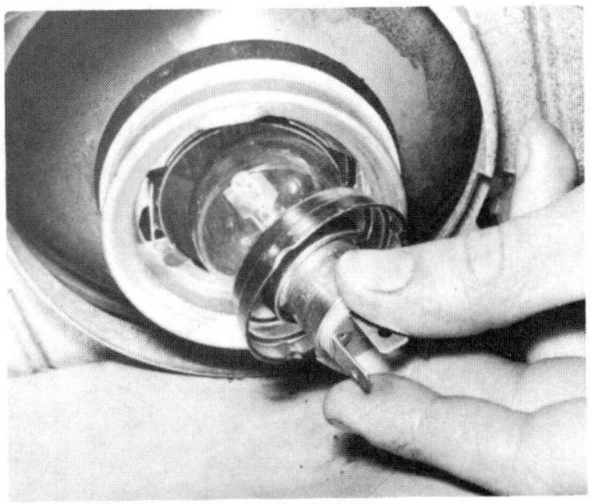

3.3d Remove the bulb plate and bulb

3.6a Grille removed, lamp ready for removal

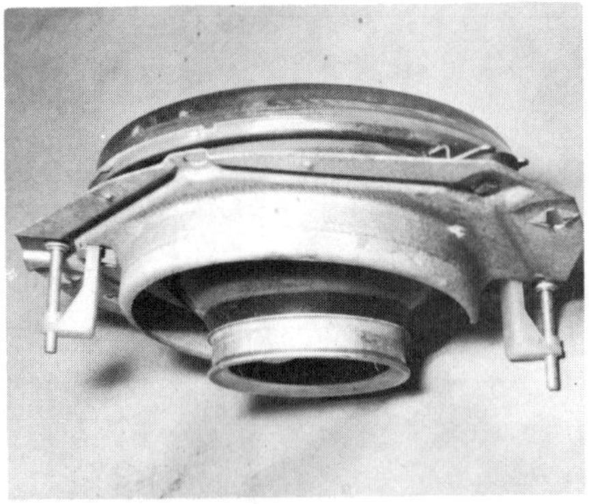

3.6b Lamp removed. Note focusing screws

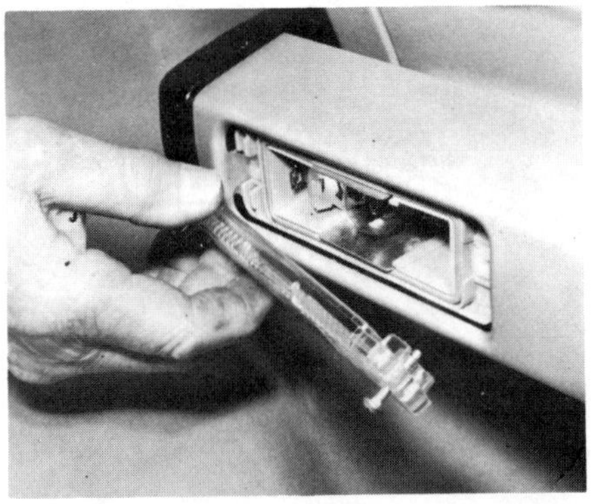

6.1a Undo the screws and remove the lens

6.1b Take out the bulb, not like this. Use a duster to hold the new bulb, we broke the rules so that you could see the bulb

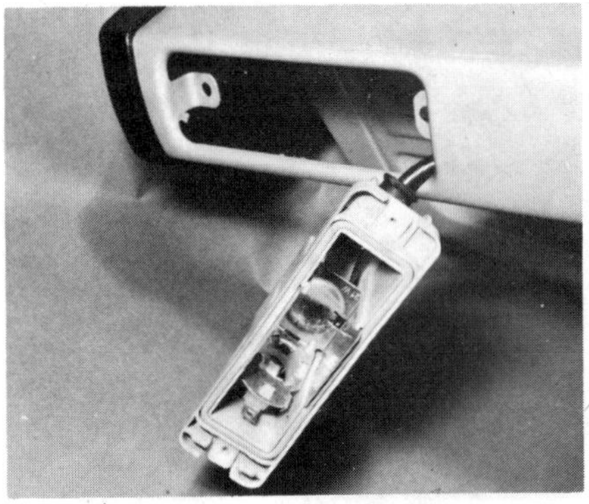

6.1c The holder may be pushed out of the bumper

7 Rear lamp cluster - bulb renewal

1 The three bulbs are held in one container. The black plastic holders are on the left and right side at the rear of the car (photo).
2 On each side of the container is a projector with a slot in it. Insert a small screwdriver in the slot and lever it gently outwards. The bulb plate may now be withdrawn and the bulbs changed as necessary. Read Section 2, before handling the bulbs.
3 When the light is working satisfactorily, push the baseplate back into the holder.
4 If the exterior lens is fractured it may be removed by undoing two nuts adjacent to the bulb holder and pushing the lens away. When refitting a lens, be careful to seal the lens joint to the body, to prevent the ingress of water. Use a suitable sealant if necessary.

8 License plate light - bulb renewal

1 Read Section 2. From under the rear bumper locate the clips on each side of the license plate light. Press these in and push the holder out of the bumper bar (photo).
2 Press open, gently, the clips and pull the lens away from the base. The bulb may now be removed and changed (photo).
3 Refitting is the reverse of removal.

9 Interior light - bulb renewal

1 Read Section 2. To remove the unit from the dashboard place a screwdriver behind the lens and lever it forward. The whole unit will come away from the board (photo). Use a duster, extract the bulb and fit a new one.
2 Press the unit back into place.

10 Instrument panel - removal and refitting

1 In order to change the bulbs of the warning lights, renew the speedometer, or to remove the relays it is necessary to remove the instrument panel from the dashboard. Because this operation is in fact so simple but apparently so difficult we quote from the VW Workshop Bulletin specially issued on the subject.
2 Disconnect the speedometer drive in the engine compartment and free the cable from the plastic clip on the bulkhead so that the cable may go forward as the speedometer head is withdrawn on the instrument panel. Disconnect the battery earth strap.
3 Pull down the instrument panel cover over the parcel shelf so that you can get your hand at the back of the instrument panel.
4 Now comes the difficult bit. Push with one hand on the leather type panel over the instrument panel in an upward direction. You do have to push incredibly hard, but if you push hard enough the instrument panel is freed from its clips and springs forward at the top. On no account try to lever it out or you will break the plastic case and window. Just push.
5 Once the top is freed it is possible to reach behind the panel and push it out from the dashboard. The speedodrive may then be unscrewed (photo), the multi-circuit plug pulled off the printed circuit (photo) and the instrument panel taken away (photo). Total time taken? Five minutes plus the time it takes to screw up your courage to push hard enough. In our case half an hour.
6 Refitting is the reverse of removal.

11 Instrument panel - dismantling and reassembly

1 Refer to Fig. 10.2. Place the panel face downwards (photo). The bulbs may be removed by turning them through 90° (photo). When refitting take care that the horns engage on the printed circuit firmly. The bulbs are interchangeable with switch illuminating bulbs.
2 Undo the screws holding the printed circuit to the case and lift the circuit, white casing and fuel gauge away (photo). Repeat the operation for the speedometer.
3 The voltage stabilizer may be removed by undoing one screw (photo). This will have to be changed from a bi-metallic type to an electronic type if you fit a radio.
4 Repair is by renewal only. It is also possible to add standard instru-

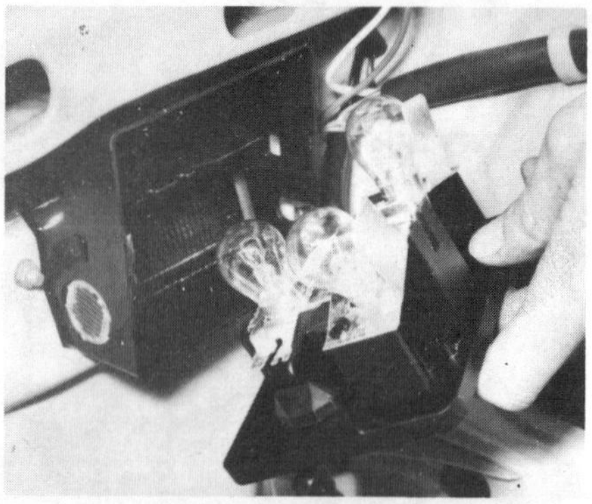
7.1 Remove the holder and the bulbs may be changed

8.1 The license plate lamp pushed out of the bumper

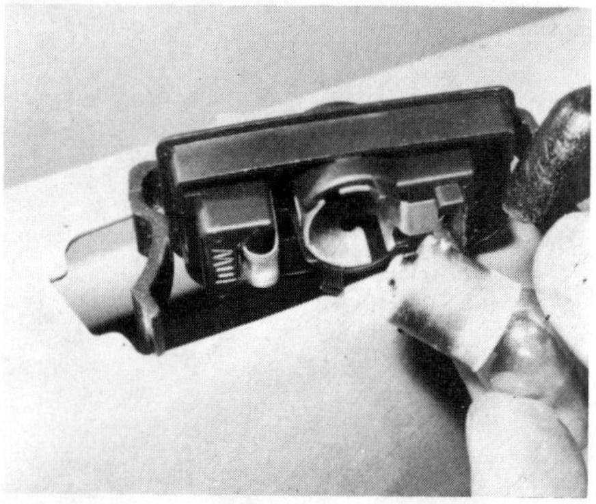
8.2 The lens removed and bulb extracted. **Do not** handle the bulb like this, use a duster

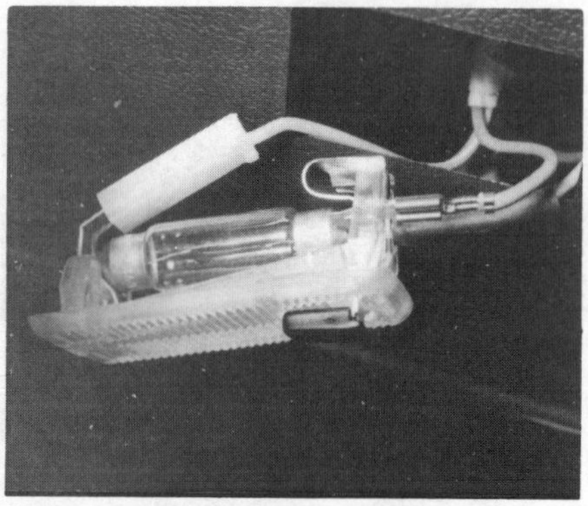
9.1 Interior light prised out of the dashboard

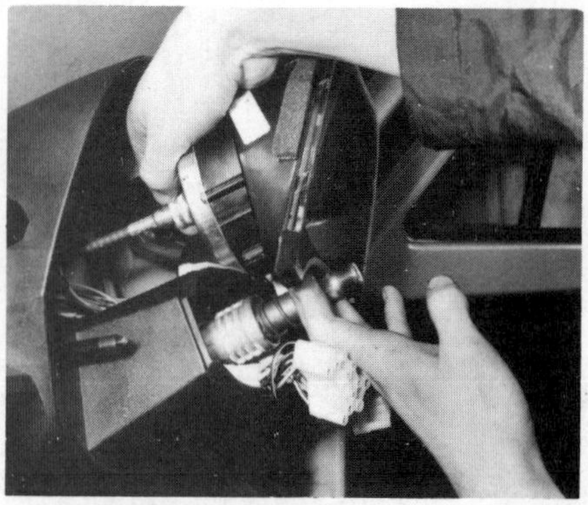
10.5a Pull the panel forward and unscrew the speedo-drive

10.5b Speedo-drive cable is now accessible for servicing

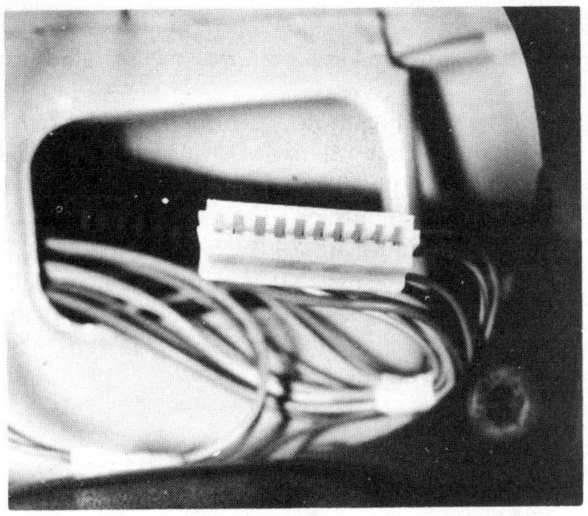

10.5c The multi-pin plug off the printed circuit

10.5d The instrument panel removed from the dashboard leaves a hole like this

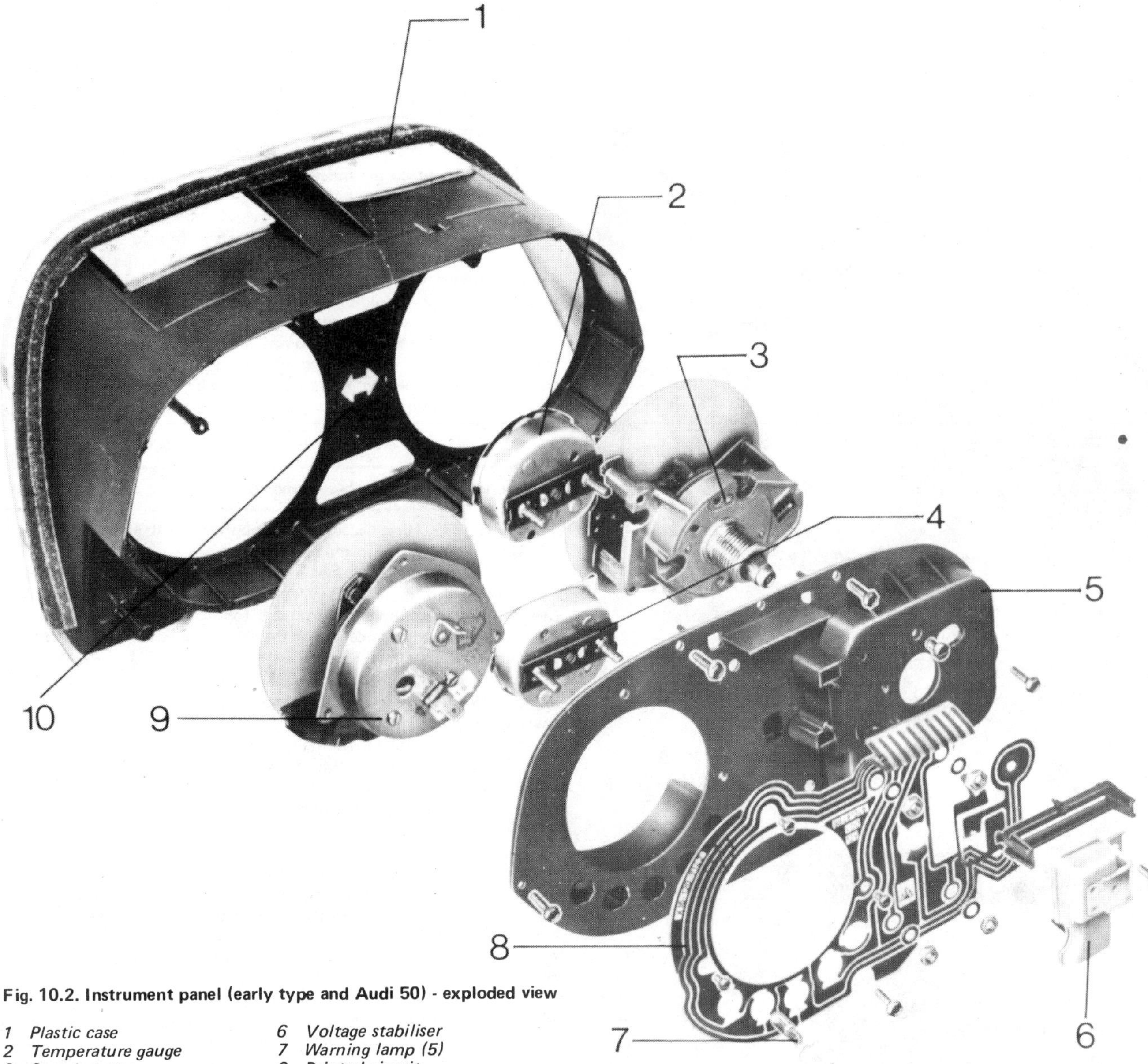

Fig. 10.2. Instrument panel (early type and Audi 50) - exploded view

1	*Plastic case*	6	*Voltage stabiliser*
2	*Temperature gauge*	7	*Warning lamp (5)*
3	*Speedometer*	8	*Printed circuit*
4	*Fuel gauge*	9	*Clock or tachometer*
5	*Panel back*	10	*Aperture for direction indicator warning light*

11.1a Place the panel face downwards and ...

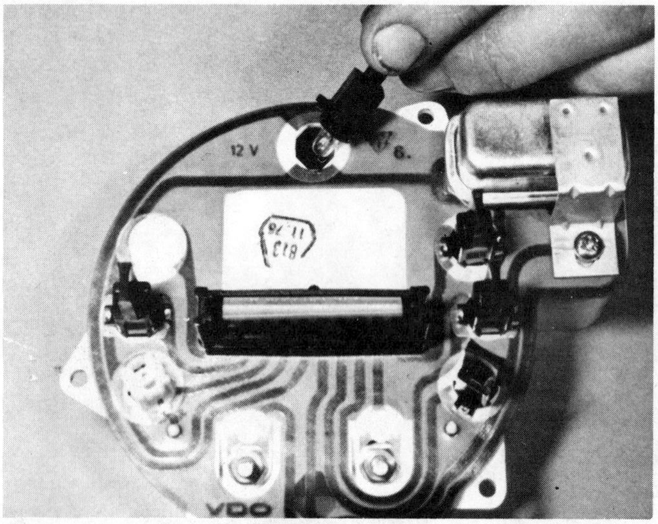

11.1b ... remove the bulb. It is not necessary to take the printed circuit out of the case, we did it to get a better picture

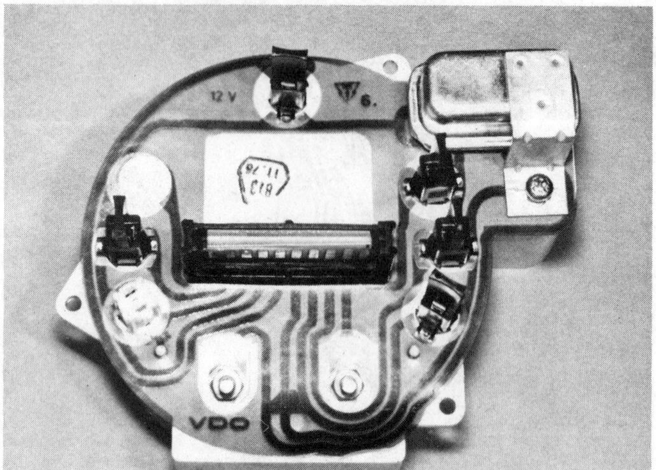

11.2a The printed circuit removed from the case

ments or change the panel. For details of this consult the VW/Audi agent.

5 When tracing circuits on the printed circuit the layout in Fig. 10.3 may be of assistance. This is for an early model Audi, but the principle applies to all models. The circuit can be compared with the current flow diagram. From our example the current flow diagram for the Polo L/Audi 50 from 1975 shows in track '49', the high beam warning lamp goes direct to 'T10.3'. Unfortunately 'T10' is not mentioned in the key, but it is printed circuit multi-pin and circuit '3' is the high beam warning light as in our diagram. The other circuits are equally traceable.

12 Speedometer - renewal of cable and head

1 On the front of the engine bulkhead is a plastic clip holding an armoured cable. This cable goes to a plug on the transmission case and the end of the cable may be removed by unscrewing the plug. This is the gearbox end of the speedometer drive. The cable goes the other way through the engine bulkhead into the plenum chamber by the battery and then through a grommet in the second bulkhead to the back of the instrument panel. This is shown in photo 10.5a. Once the panel has been removed, as described in Section 10, the cable may be withdrawn through the bulkhead and replaced by a new one. **Do not** grease the speedometer end of the cable or the grease will get into the head and cause trouble.

2 The speedo head may be removed as shown in Section 10. If a new speedometer is fitted the mileage of the old speedometer must be recorded so that the true mileage of the car can be stated when the car is sold.

3 If the speedometer needle does not return to zero the cause may well be faulty electrical earth connections or the earth connections between engine, body and battery being made in the wrong order, when installing the engine in the body. The current will then use the speedo cable as an earth conductor, and eventually anneal the needle return spring. When removing components disconnect the battery earth strap first. When installing refit the body/engine earth strap first. Unfortunately if the damage has been done a new unit is needed, but the fault should be rectified or the damage will happen again.

13 Steering column switches - removal and refitting

1 Refer to Fig. 10.4. Disconnect the battery earth strap.

2 Grasp the horn pad in the centre of the steering wheel by the two side extensions, and pull it away from the steering wheel. Do not pull on the horn button. The pad will come away and it may be turned over to disconnect the two horn leads (photo).

3 Undo the nut in the centre of the steering wheel and pull off the steering wheel (photo).

4 There are two screws holding the top cover of the column switch in place. Remove these with a crosshead screwdriver and lift off the cover (photo).

5 In the centre of the lower cover of the column switch, right underneath it is a hole. Through this at a sharp angle to the left is a crosshead screw which holds the column switch clamp. Slacken this and pull the whole switch unit upwards (photo) and disconnect the plugs underneath (photo).

6 The switch may then be taken away for examination. The various circuits may be traced using an ohmmeter and the operation of the switches checked. If one switch is faulty the whole unit must be renewed. A lot of eggs in one basket, but the cost of the switch change, although large will be less if you do the job yourself.

7 Each plug may be examined and its circuits tested by tracing the circuits through the current flow diagram.

8 When the plugs are pulled forward the ignition lock casing is visible. Just where the edge of the column lower casing meets the casing of the ignition/steering lock is a small hole with a spring in it. Put the key in the ignition switch and turn it slightly to the right. Using a punch, press in the spring and the lock cylinder may be extracted with the key. If the spring hole is not present it will be necessary to drill a hole with a 3 mm drill. Mark out the dimensions as shown in Fig. 10.5 and drill carefully. Take the ignition key out and press the retaining spring in. Pull the cylinder out by hand. Refer also to Chapter 13.

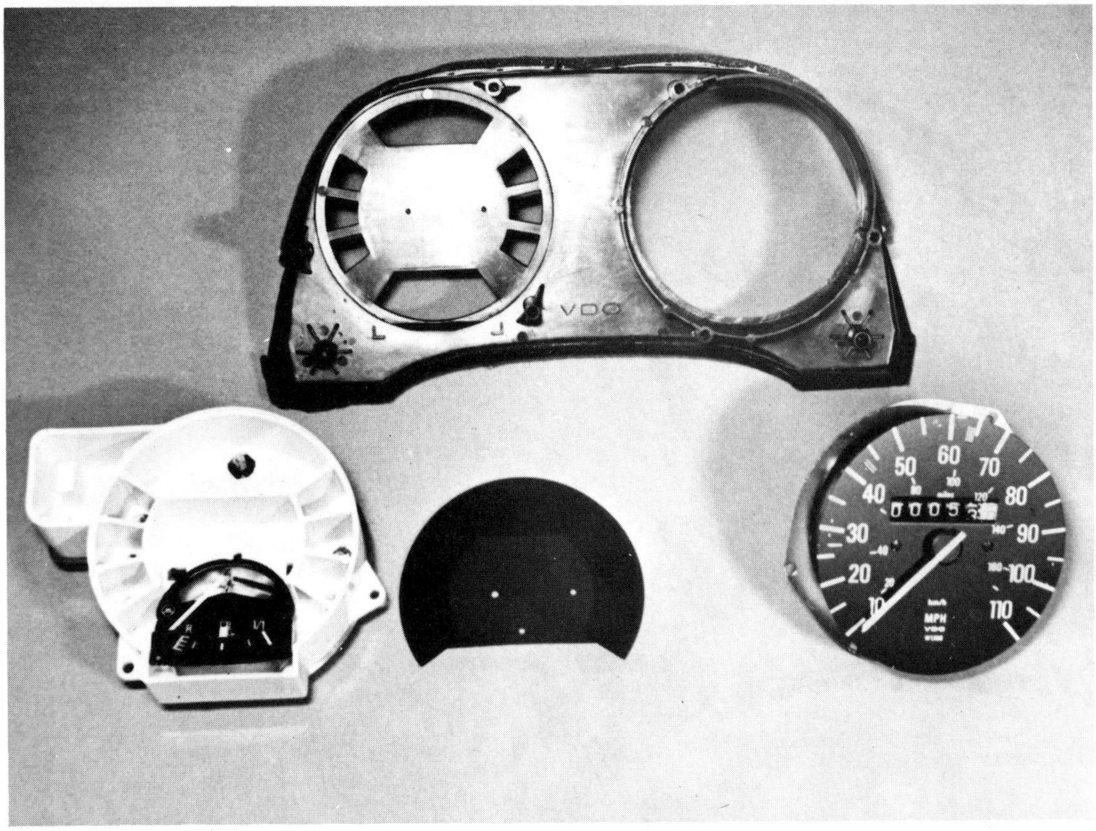

11.2b The instrument panel component parts. This is the economy model

Fig. 10.3. Diagram showing connections of printed circuit multi-plug connections (Audi and early Polo models)
Check your model with the current flow diagram

1 Turn signal indicator lamp
2 Fuel level transmitter
3 High beam indicator lamp
4 Hazard warning lamp
5 Panel light
6 Coolant temperature transmitter
7 Tachometer terminal '5'
8 Generator warning lamp
9 Oil pressure light
10 Brake circuit indicator lamp

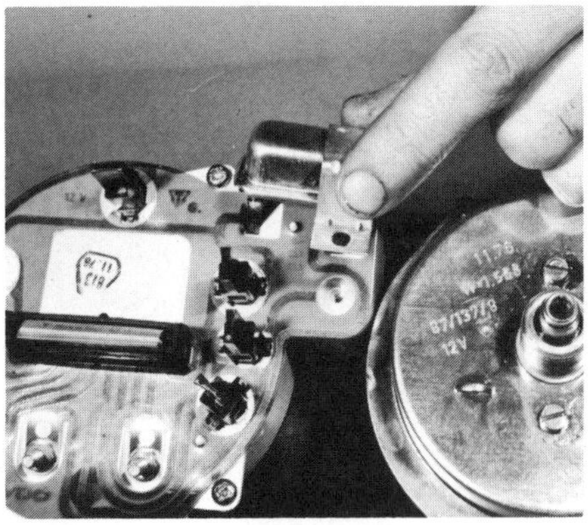

11.3 Removing the voltage stabilizer from the printed circuit

12.1 Speedo cable end prior to removal

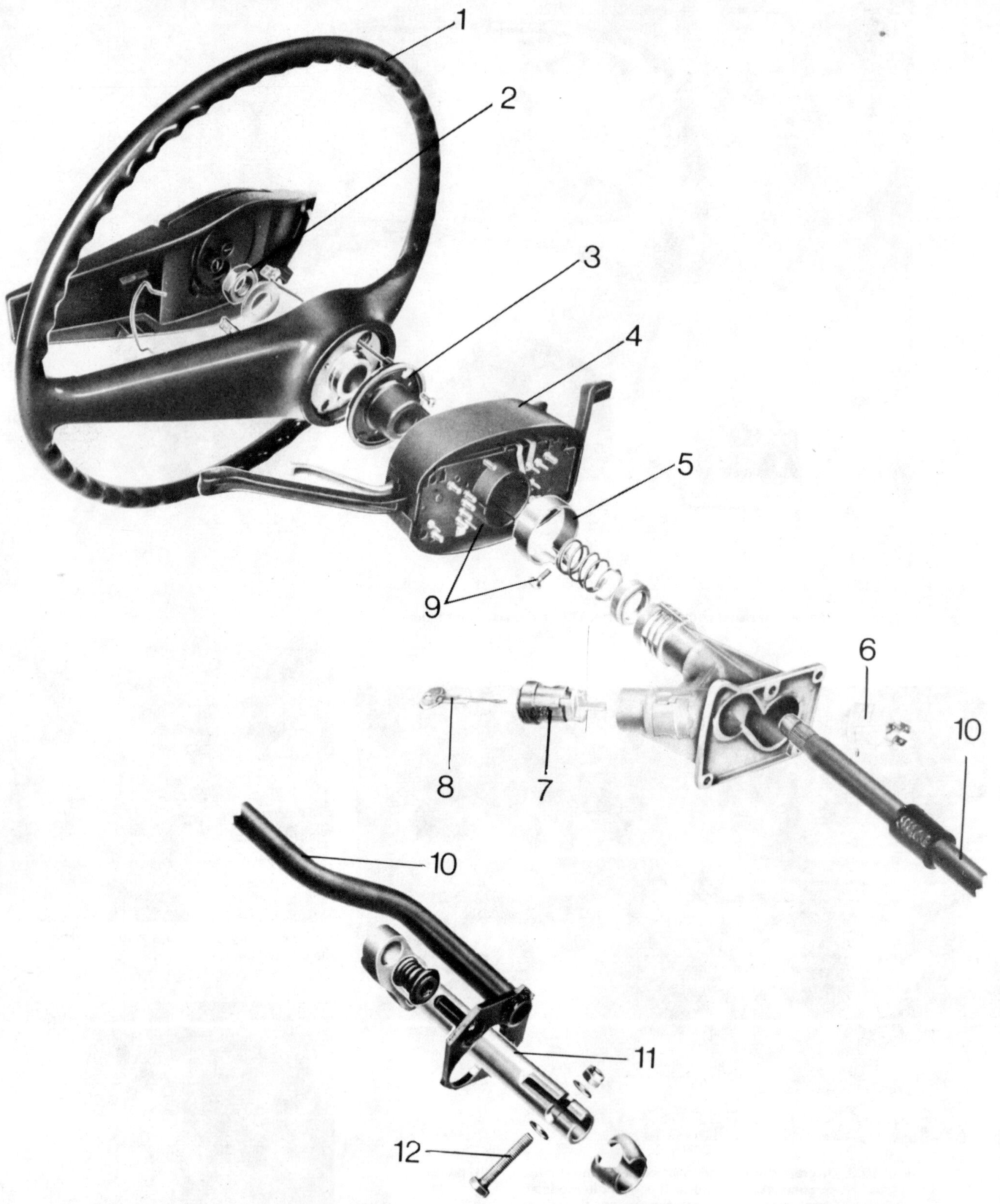

Fig. 10.4. Steering column - exploded view

1 Steering wheel	*4 Combination switch*	*7 Ignition/steering lock*	*10 Steering column*
2 Horn pad	*5 Clamp*	*8 Key*	*11 Shaft to steering gear*
3 Slip-ring	*6 Ignition switch*	*9 Clamp screw*	*12 Clamp bolt*

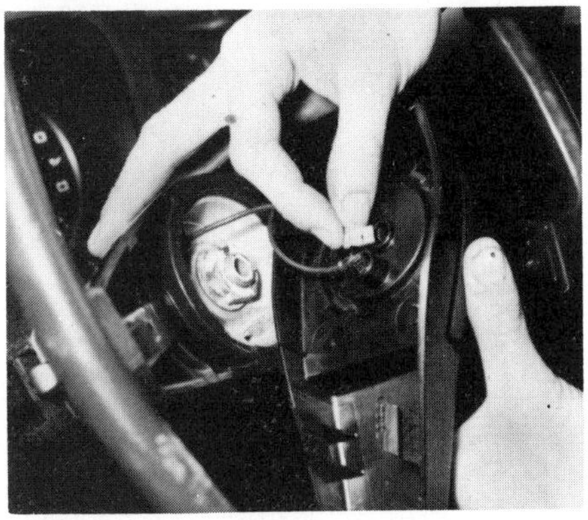
13.2 Pull off the horn pad and remove the connections ...

13.3 ... undo the nut and remove the steering wheel

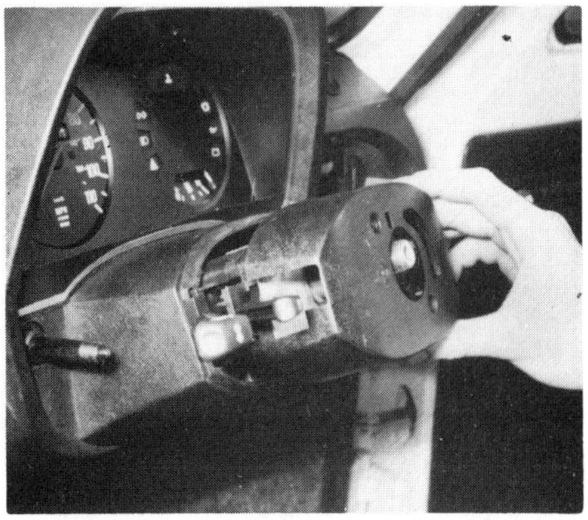
13.4 Remove two screws and take off the casing

13.5a Slacken the clamp screw and lift the switch away from the column ...

13.5b ... and disconnect the plugs

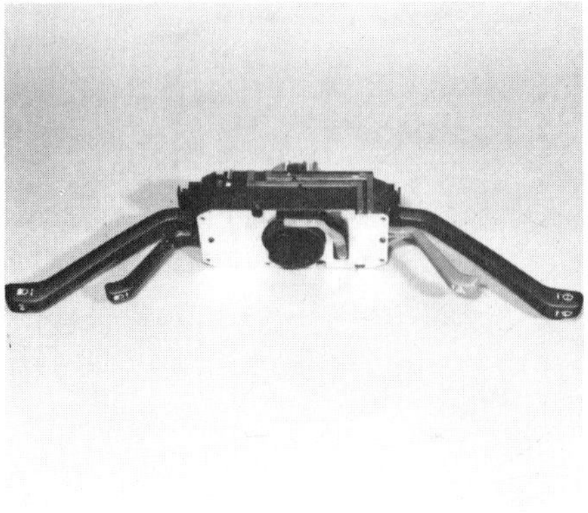
13.6a The top of the switch

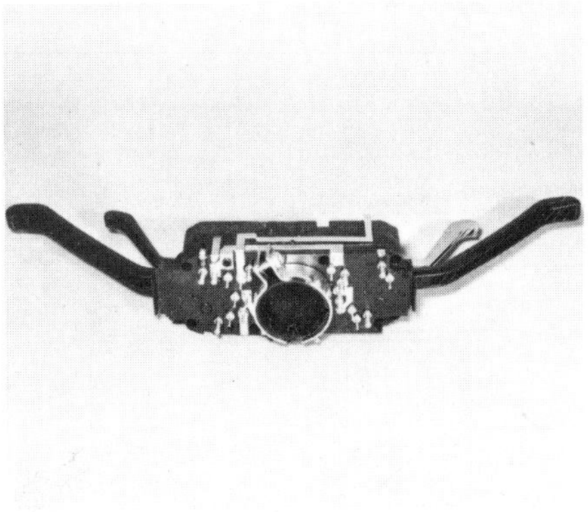
13.6b The underside of the switch showing plug connections

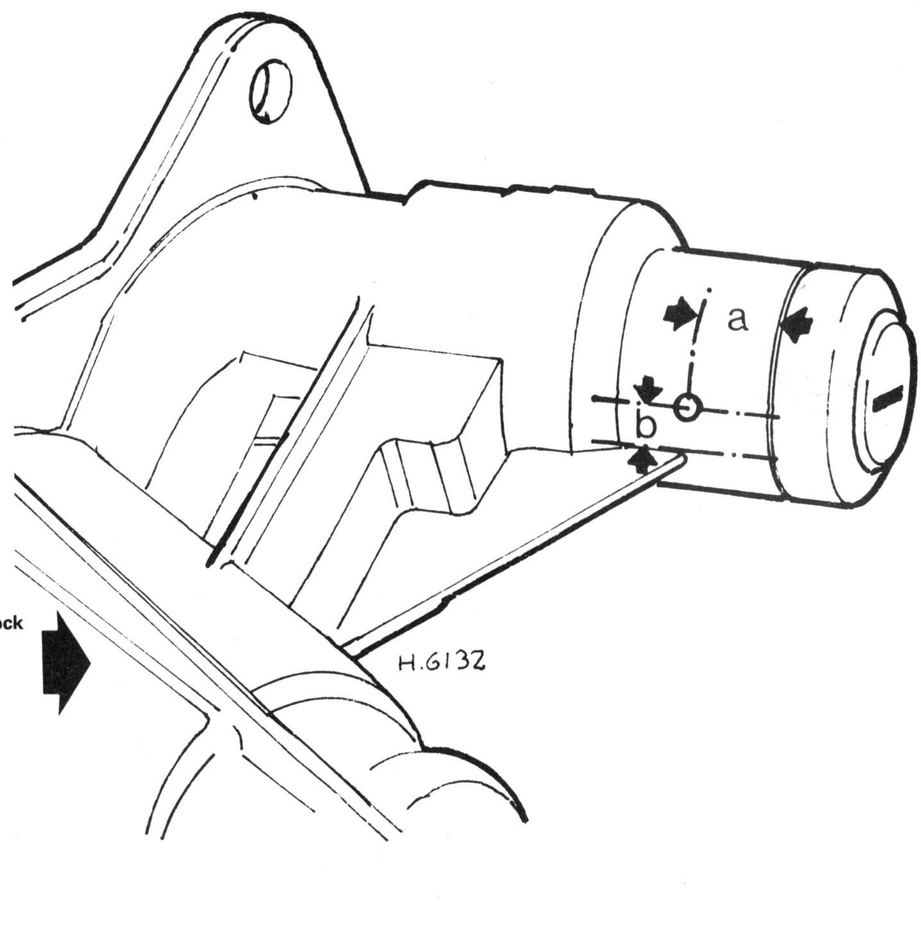

Fig. 10.5. Position of drilled hole for steering lock

a = 12.5 mm (0.492 in)
b = 6.5 mm (0.256 in)

hole diameter 3 mm (0.12 in)

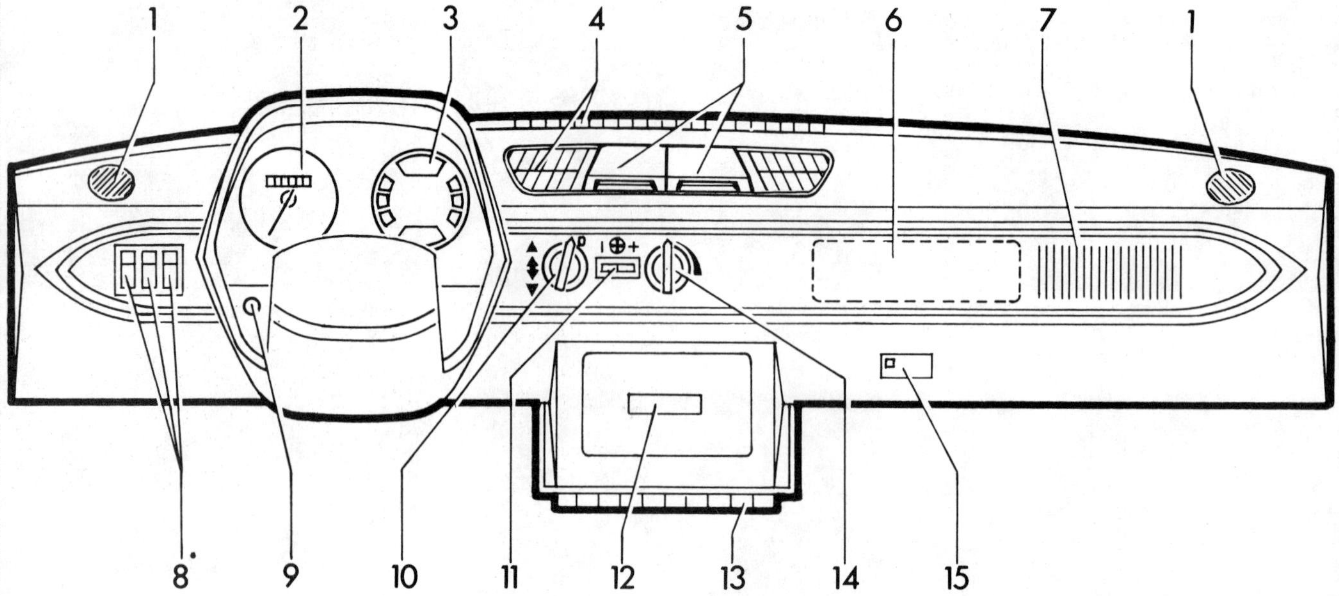

Fig. 10.6. Dashboard layout - Polo

1 *Side vents*
2 *Speedometer*
3 *Combination instrument*
4 *Windscreen vents*
5 *Fresh air vents*
6 *Space for radio*
7 *Speaker grille*
8 *Light switches*
9 *Choke control*
10 *Air distribution control*
11 *Blower switch*
12 *Ashtray*
13 *Air vents*
14 *Heater control knob*
15 *Interior light*

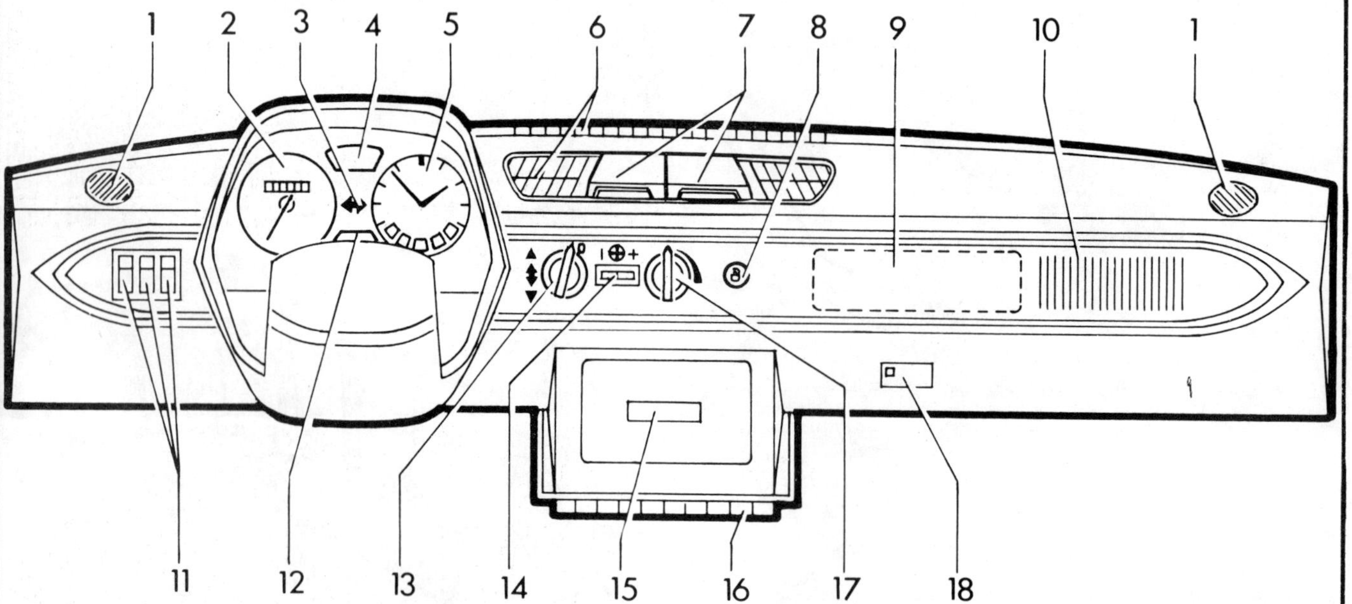

Fig. 10.7. Dashboard layout - Polo L and Audi 50

1 *Side vents*
2 *Speedometer*
3 *Direction indicator warning light*
4 *Temperature gauge*
5 *Clock or tachometer*
6 *Windscreen vents*
7 *Fresh air vents*
8 *Cigarette lighter*
9 *Space for radio*
10 *Speaker grill*
11 *Light switches*
12 *Fuel gauge*
13 *Air distribution control*
14 *Blower switch*
15 *Ashtray*
16 *Air vent*
17 *Heater control knob*
18 *Interior light*

9 Refitting is the reverse of removal. The column shaft will probably have slipped down into the column tube a little and must be pushed up from the stirrup at the base (see Fiq. 10.4).
10 It is essential that the clearance between the bottom of the steering wheel and the top of the column switch is between 2 and 3 mm (0.08 to 0.12 ins). This may be adjusted by moving the flanged tube at the base of the column. Slacken the clamp and prise the stirrup up or down as necessary. This is important because if the clearance is wrong damage will occur to the switch.
11 Tighten the steering wheel nut to 3 mkg (22 lb f ft) and if you have slackened the clamp (paragraph 10) torque that one to 2.3 mkg (16 lbf ft).

14 Ignition switch and steering lock - removal and refitting

1 The procedure for removing the steering column lock on early models is given in Section 13. For later models, and for details of ignition switch removal, refer to Chapter 13.

15 Dashboard - general notes

1 There are several versions of the dashboard layout, according to the type and side of drive. Two diagrams are given of the lhd model, one for Polo N and one for Polo GL. The photographs in this book are for the basic model rhd.
2 The combination instrument appears in three forms. At its most basic in the 1975/6 models no fuel or temperature gauges were fitted and warning lights only appeared. The fuel warning light at the bottom of the instrument flickers when only 2.2 Imp. galls (10 litres) remain in the tank and lights continuously when this figure comes down to 1.3 Imp. galls (6 litres). On the 1977 version this is replaced by a fuel gauge and the choke warning light is transferred to the choke knob. The coolant temperature warning light is in the top of the instrument and the remainder of the warning lights are the same. Obviously the printed circuit will differ and the connections to the 'T10' plug.
3 In the more expensive versions the combination instrument is replaced by a clock or a tachometer (you cannot have both) and the warning lights are displayed at the base of this instrument. The fuel gauge has moved to an opening of its own and just above it, between the speedometer and the clock/tachometer is a double arrow warning for the turn signals and above that a coolant temperature gauge.
4 A cigar lighter is added.
5 The number of switches fitted depends upon the number of things to be switched on. Both layouts show three switches, our Polo had one only, for the heated rear window.
6 Once the instrument panel and switches have been removed the dashboard is held in place by three screws, one at each lower edge where the dash meets the vehicle side wall and one behind the ashtray. It is also held by the fresh air heater and at the top by clips. One of these is visible through the opening when the instrument panel has been removed, the other must be fumbled for under the dash. We do not recommend that this dashboard be removed unless you are prepared to buy a new one. It is possible, but you are more likely to break something, and if you break the clips fitting a new one will be difficult. It is better to work on any problem you have, with some difficulty, from underneath than to make extra work by removing the dashboard.

16 Dashboard switches - removal, refitting and fitting extra switches

1 The dashboard switch panel holding the switches may be pushed out of its clip by pushing gently from the back (photo).
2 Press the switch clips together and the switch may be extracted from the panel (photo).
3 To fit extra switches mark out the panel at the back (photo) symmetrically, drill the corners and cut out with a coping or fret-saw. Leave enough to trim the opening with a fine file. When drilling put a piece of scotch tape over the plastic on the entry side to stop the drill from skidding, and pack the dash against a piece of flat soft wood to absorb the shock when the drill breaks through. Have a practice in the middle of the proposed opening to get the hang of it. We recommend using a small bit in a hand operated drill to start with the pres-

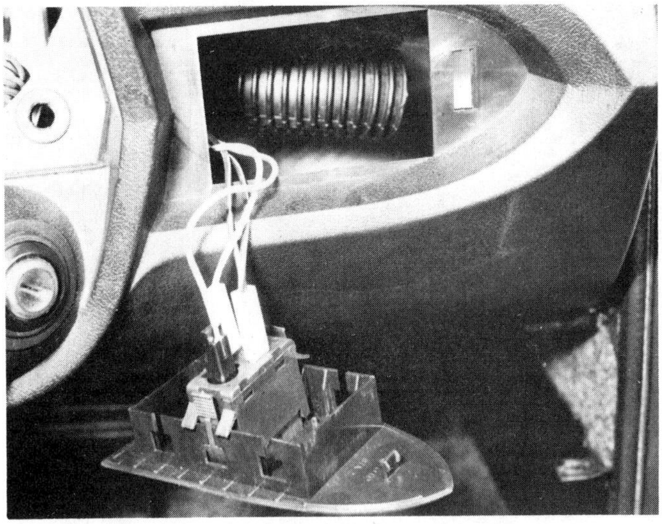

16.1 Push the switch and dashboard out forwards

16.2 Press the clips in and take the switch from the panel (removed)

16.3 The back of the switch panel showing space for two more switches

16.5 Prise the blower switch out of the dash

16.6 Unscrew the knob from the choke control to get at the bulb

17.2a The rear window heater relay is at the back of the instrument panel

17.2b The contact plate in the tailgate support ...

17.2c ... may be eased out if necessary

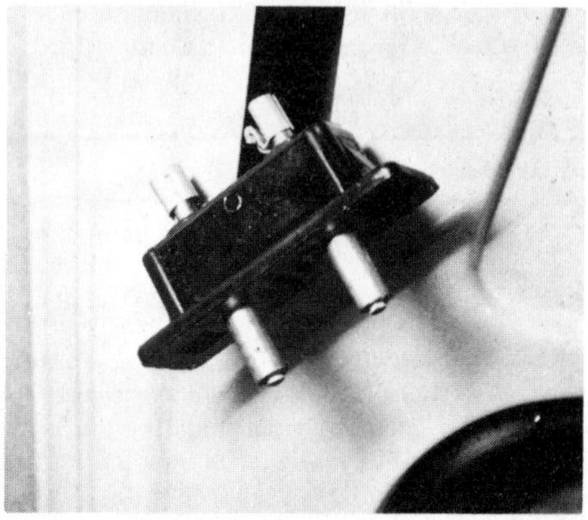

17.3a The double pin contactor pulled out of the tailgate

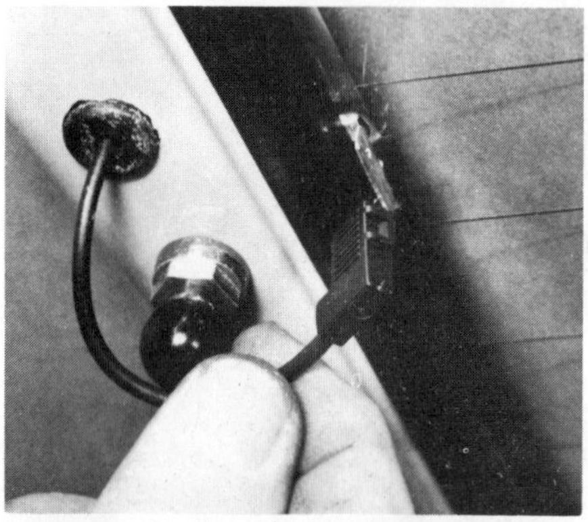

17.3b The wire from the contactor goes to the heated window terminal. There is another on the other side

18.2 The wiper arm nut cap turned back

18.3 Wiper arm removed from the spindle

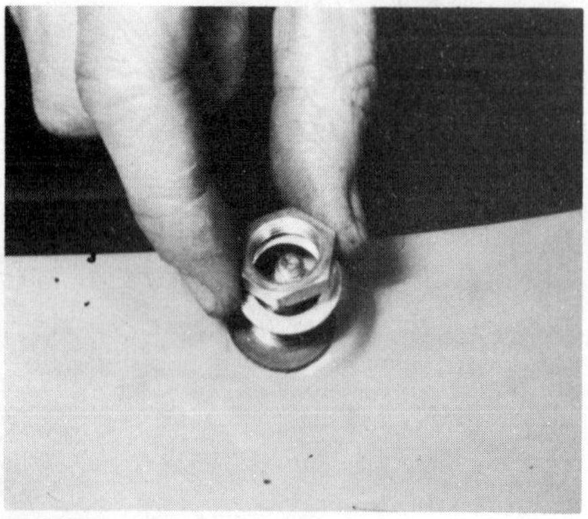

18.4 Spindle nut removed

18.6 The support strap nut by the heater valve

18.7 Lower the wiper assembly until you can get at the plug

sing very gently.
4 On most models it is possible to find the extra wiring already installed with spare connectors. These can be traced from the current flow diagrams and harness illustrations. Where these connectors are non existant follow the instructions supplied with the ancillary equipment.
5 The blower switch may be prised out of the dashboard if necessary. Pull the tags off the back if a new switch is required (photo).
6 The only remaining switch on our board was the choke. Unscrew the knob and the bulb is exposed. Remove this using a piece of plastic tube to hold it. Do not try to extract it with your fingers.

17 Heated rear window - electrical circuit testing

1 If the window is smashed we recommend that a new one be fitted by the agent. It is quite easy to fit a plain glass, but the addition of a heater unit means that great care must be taken not to damage the element and this makes an easy job difficult. If you break the new element you have to buy a second new one, if he breaks it you buy only one new one.
2 The circuit is surprisingly simple. The current comes via fuse 'S 11' to relay 'J9'. This is behind the dashboard and accessible after the instrument panel has been removed (photo). The relay is operated by a switch 'E15' in current track '62'. The main current is switched by the relay and is connected by the instrument panel harness to the rear harness (T12/1) and then to the tailgate switch, static element (photo). This unit may be lifted out of the support if renewal is necessary (photo).
3 A double contact, spring loaded, pin type contactor in the tailgate carries the current when the tailgate is closed. This may be prised out if necessary (photo) to check the circuit to the wire which clips on to the rear window terminal (photo). The wires from the contactor go one to each side of the window, a second clip contact being on the far side of the window.
4 The circuit may thus be traced and any fault present located.

18 Windscreen wiper mechanism - removal, refitting and overhaul

1 The complete wiper unit may be removed in five minutes by undoing three nuts, but first disconnect the battery earth strap.
2 Pull the wiper blade away from the screen and at the same time lift up the cap. Allow the blade to go back to the screen and the wiper arm keep nut is exposed (photo).
3 Remove the keep nut and pull the arm off the splines (photo).
4 Remove the gland nut and the plastic gland (photo).
5 Repeat this process for the other wiper arm.
6 Undo the nut from the support bracket. This is by the heater valve (photo).
7 Lower the unit out of the bodyshell until you can get at the terminal block (photo).
8 Pull the terminal block off the terminals (photo). Remove the unit and lay it to one side (photo).
9 When refitting the wiper make sure that the rubber seals are seated properly on the wiper shafts so that water may not seep through the holes in the body.
10 When fitting the arms it is important that at the end of the stroke towards the driving side the blades should be almost parallel to the lower edge of the screen.
11 The amount of overhaul is limited. Refer to Fig. 10.8. The mechanism linkage may be repaired if necessary by fitting bushes and seals. These will probably have to be improvised.
12 The worm gear is adjusted by the centre screw. The only repair to the motor is the fitting of a new brush ring complete with brushes. At the same time the commutator should be cleaned with fine glass paper. Do not pull the armature out of the casing, the rear bearing is held in a captive bush. It is possible to clean the commutator without removing the armature (photo). Reassembling the brush gear and endplate presents a problem. We solved this by tying the brushes back (photo) and then removing the ties when the brushes were nearly in position (photo). When refitting the crank set it as in Fig. 10.9.

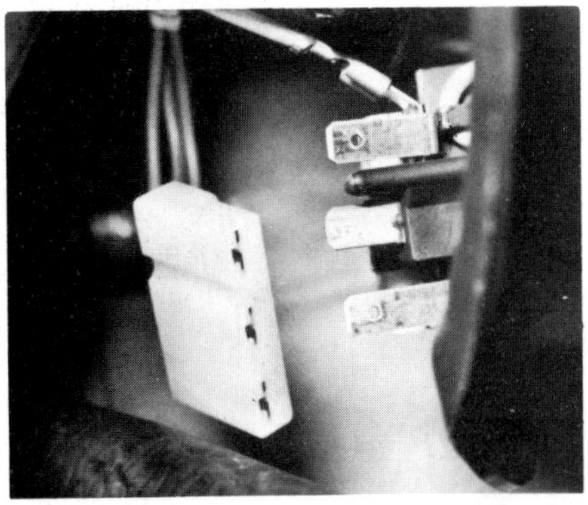

18.8a Pull the plug off the terminal blades and ...

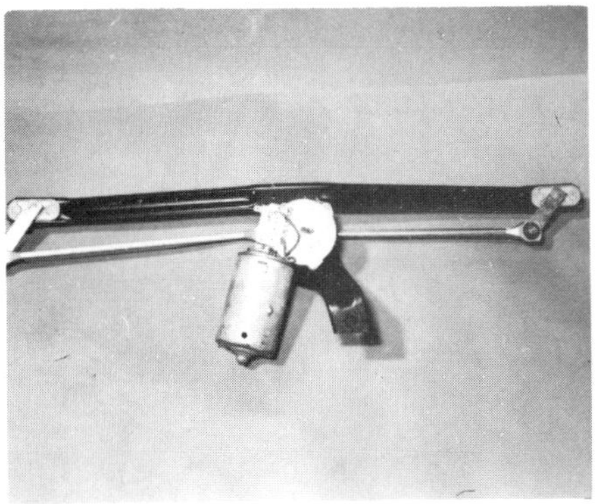

18.8b ... take the wiper assembly away

18.12a The commutator may be cleaned without removing the armature

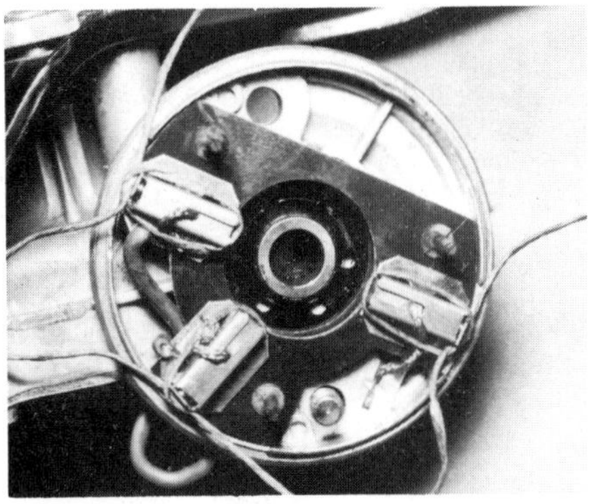

18.12b Tie the brushes back with string and ...

18.12c ... pull the string away when the brushes are nearly in position

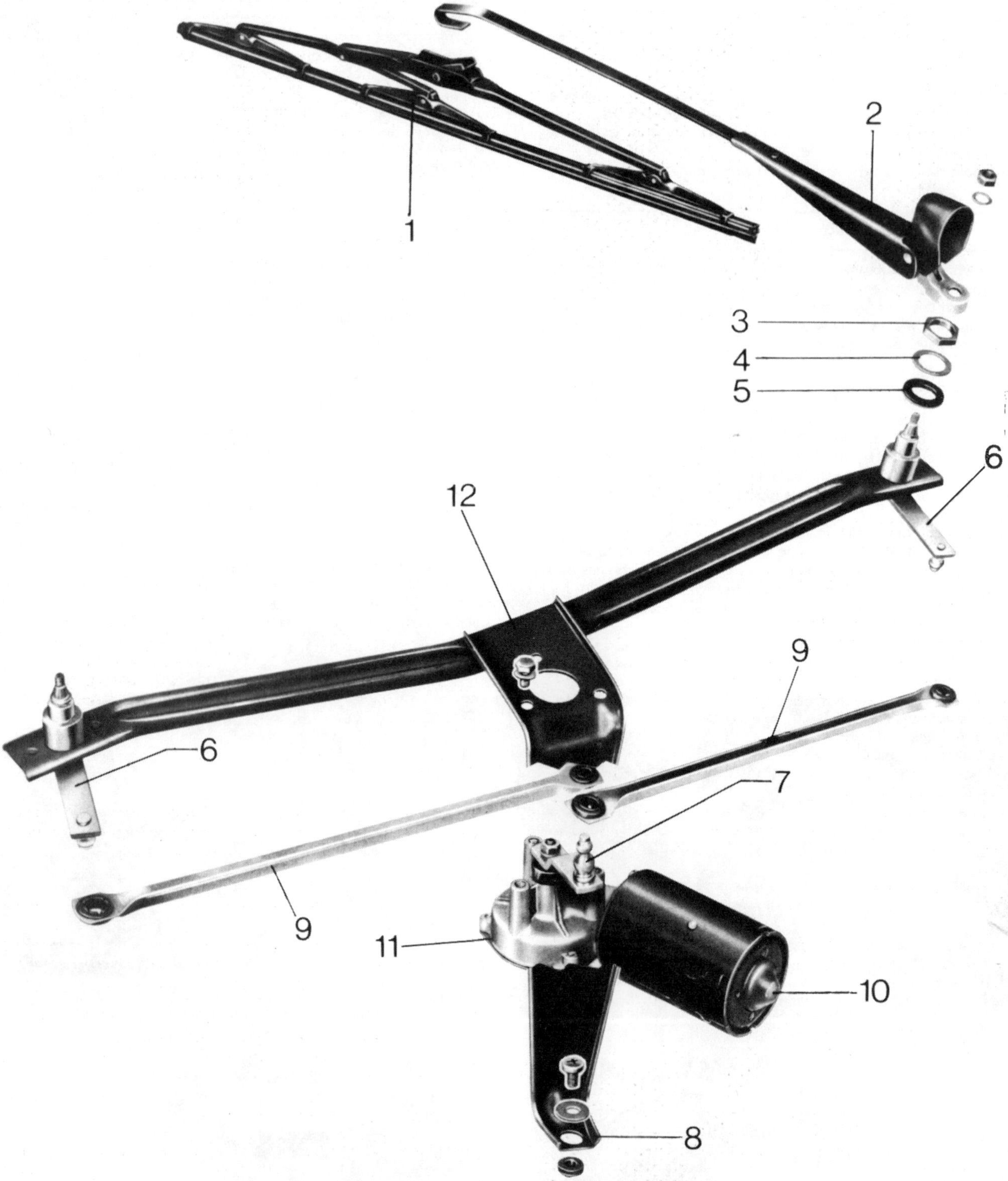

Fig. 10.8. Windscreen wiper mechanism - exploded view

1 Blade
2 Blade arm
3 Nut
4 Washer
5 Gland
6 Drive crank
7 Motor crank
8 Support bracket
9 Connecting rods
10 Wiper motor
11 Gearbox
12 Frame

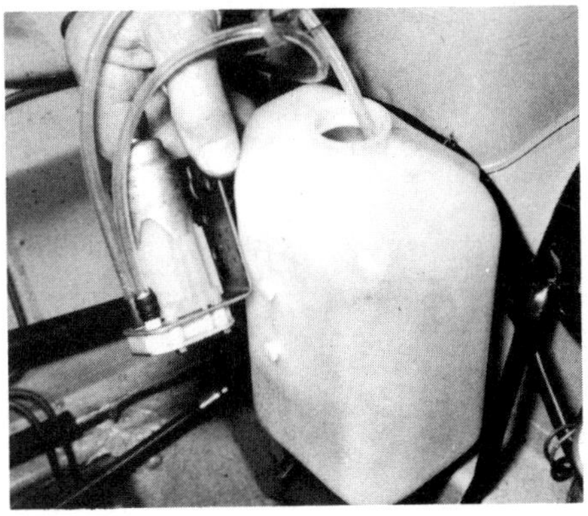

20.2a The washer tank, pump and motor

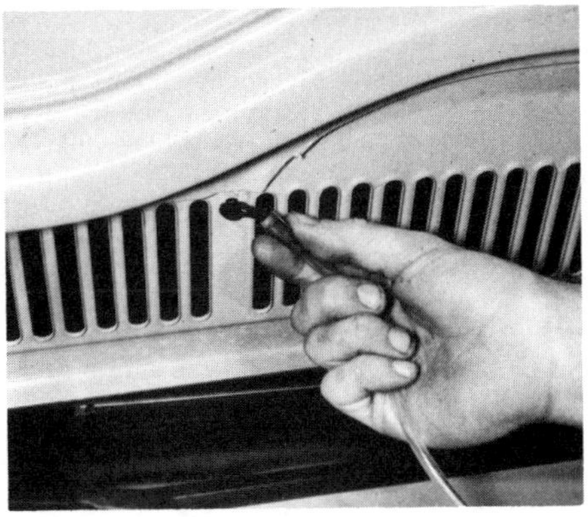

20.2b The jet connection under the bonnet

25.1 The horn is at the front of the engine compartment

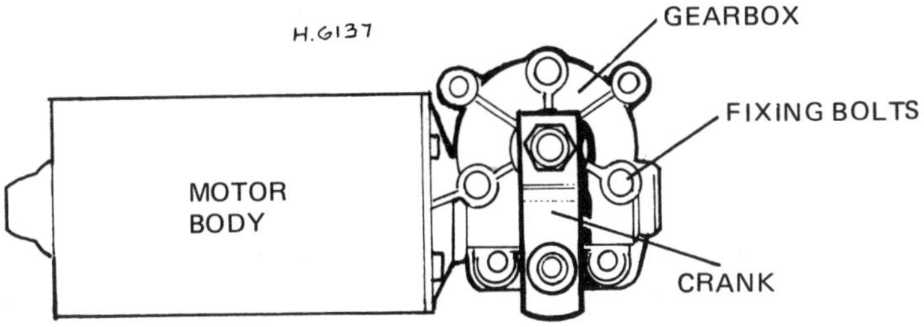

Fig. 10.9. Diagram to show the angle at which the wiper motor drive crank should be installed in the 'off' position

19 Windscreen wiper - fault diagnosis

1 Checking the electrical system can be done with use of a voltmeter and the current flow diagram. Pull off the plug from the motor (remember to switch on the ignition) and check that volts are present at the plug terminal. If none seem to be there work the turn signals or the horn, they are on the same fuse. If they work then the motor circuit must be traced step by step. If the fuse is blown then each circuit must be isolated in turn to find which circuit is at fault and then deal with the fault.

2 If volts are present, before removing the wiper mechanism check that the earth connection (brown wire) is properly connected. This is a likely fault, and the motor will not work properly if the earth connection is faulty.

3 If the earth is connected and there are volts at the plug, switch off the ignition, remove the battery earth strap and remove the wiper mechanism (Section 18). Isolate the motor from the mechanism and apply 12 volts to the terminals momentarily. If the motor works look for the problem in the linkage or worm gear. If it does not work dismantle it and check the brush gear and the armature circuit for continuity (Section 18).

4 If there are no volts at the plug and the fuse is in order then the circuit has to be traced and tested for continuity. This will involve dismantling the column switch and checking through the harness. Early models have a simple circuit but from August 1975 onwards, the system has become more complicated on the models fitted with intermittant wash wipe and even headlamp washers. It is therefore recommended that at this stage expert assistance is sought, for the switching arrangements involve one or even two relays ('J31' and J44') and a modification involving a new pattern relay with a change in wiring layout.

5 A simple fault chart is given below. If this does not locate the fault we suggest the vehicle should be taken to a competent auto-electrician.

Symptom	Probable reason
Motor does not work, runs slowly or runs and then stops	*1 Loose connections* *2 Brushes worn* *3 Linkage stiff or seized* *4 Armature burnt out* *5 Column switch defective*
Wiper arms do not park correctly	*1 Cable to terminal '53' of the motor loose or broken* *2 Drive crank not in correct position (See Fig. 10.9)* *3 Open circuit between terminals '53' and '31'*
Motor continues to run when switched off	*1 Switch burnt or defective*
Motor runs slowly with high pitched noise from the motor and gearbox	*1 The gear housing is not seated properly, is not lubricated, or is worn badly*

20 Windscreen washer - general

1 Early models of the Polo have a mechanically operated washer pump, foot operated, situated adjacent to the pedals. This rarely gives trouble. The jets must be kept clean and the hose checked for serviceability. If the pump will not work then the hoses should be removed, the pump unscrewed from the frame and a new pump installed.

2 The standard models now have an electric pump controlled by a foot switch or on later models a stalk switch on the steering column. The pump and motor are situated on the front of the liquid container in the engine compartment (photo). The hose is connected to the jet on the underside of the bonnet (photo).

3 Check the hoses for leaks occasionally. If the motor does not work pull off the connector plug and check that the circuit is live when the ignition is on and the foot switch or stalk switch is in the operate position. If there is voltage then the pump motor is defective or incorrectly earthed. To check rig up a 12 volt supply to the motor side of the connector plug. If the pump or motor are defective they must be replaced.

4 If there are no volts at the connector plug first check the fuse (S7). If this is blown the horn and the turn signals will not work either. In this case isolate each circuit in turn and clear the fault. If the fuse is intact then wiring must be traced back to the switch.

5 These modifications for later models are a little in advance of the current flow diagrams available at the time of publication. It is suggested that you contact the dealer to get the correct flow diagram.

21 Windscreen wipers and washers - modifications

1 Although the vehicle is still a very new model already there have been extensive alterations to the wiper system. In order to clarify a complicated system we list below all the combinations we have been able to find quoted.

2 **Polo** *Foot pump washer with tip wiping wiper (2 speed).*
Polo L *Foot pump washer with switch, tip wiping wiper (2 speed).*
Polo *Foot pump with switch, automatic wash-wipe.*
Polo L *Foot pump with switch, intermittant wash-wipe.*
Polo L *Foot switch without pump, electric washer pump, headlight washer pump, tip wiper switch.*
Polo L *Foot switch without pump, electric washer pump, headlight washer pump, intermittant wash-wipe.*

3 The Polo (1977 economy model) we took to pieces had a two speed tip wiper and a washer pump controlled by a stalk switch - which does not belong to any of the groups quoted!

4 The instructions concerning removal of the mechanism apply to all types but the current flow diagrams vary. In view of the complicated situation we recommend that you consult the VW/Audi agent about the electrical circuit, if in doubt.

22 Headlight washer system - general

1 This system is fitted to the higher end of the range of vehicles only.

2 The system washes only, and does not wipe. An extra pump is installed which is operated by a relay allowing a jet for 0.3 seconds. The emission is further controlled by a pressure valve set at 35 psi (2.6 bar).

3 When the system is filled the lines must be bled (as with brakes). This is done by pulling off the hose at the junction leading to the headlamp jets until liquid emerges. Then reconnect the hose, switch on the ignition and the headlights and operate the column switch until water emerges from the jets. Be careful that all connections are correctly installed and use only the VW/Audi special water hose.

4 Training the jet is a difficult job unless the correct tool (VW 819) is available. This is a cylindrical mandrel which fits in the jet hole and reaches up to the lens. The top of the tool is moved about until it contacts the lens with certain limits.

23 Headlamp washer system - fault diagnosis

Symptom	Probable reason
One jet only squirts	*Pressure valve stuck*
No jets, but pump can be heard to work	*No fluid in tank* *Pressure valve defective*
No jets, pump not working	*Column switch faulty* *Relay defective* *Pump defective*
Jets squirt for longer than 1 second	*Relay defective*
Jets squirt when lights are not switched on	*Relay defective*

24 Rear screen wipers and washers - general

1 These excellent additions may be fitted as optional extras.

2 The current flow diagram is given at the end of this Chapter.

3 Fitting instructions are supplied with the accessories. Do not accept delivery unless the instructions are with the package.

4 Prior to June 1976 the wiper motor contained a diode. This is destroyed if inadvertantly terminals '53' and '53a' have been interchanged when fitting the motor. The damage is done when the motor is switched off.

5 From June 1976 a different type of motor was fitted starting at chassis (Audi) 866 1550 447 and (Polo) 866 2421 028. This motor does not have a diode. It may be used as a replacement for the diode type motor if the 1.5 mm^2 brown earth wire is removed from the rear wiper switch. This is the wire from terminal '31' in the switch. If it is left in position it will short circuit the system, and you will need another motor.

25 Horn - fault diagnosis

1 The horn is situated in the front of the engine compartment on the right-hand side (photo).

2 If the horn will not work, that is makes no noise at all when the horn pad on the steering wheel is depressed the first thing to do is to check the fuse (No. 7). If this is blown then it will be necessary to determine which circuit is at fault before proceeding further.

3 To test the horn, pull off the connectors and with a piece of stout wire connect it momentarily to the 12 volt supply. If it makes no noise at all then there is an open circuit in it and a new horn is required.

4 If it makes the normal noise when tested refit it on the body. Make sure the body of the horn does not touch the car body when it is in position. Check that the earth wire is secure and then with the ignition switched on test the live terminal with a voltmeter. If there is no voltage when the pad is depressed then switch off, remove the battery earth strap and pull the horn pad off the steering wheel. Take off the tags from the horn pad, refit the battery earth strap and again with the ignition switched on touch the tags together. If the horn works now, then the horn pad is defective. If not, then the fault is in the wiring. Examine the horn pad, connect an ohmmeter across the tags and press the pad to ascertain whether contact is made. If the pad is working correctly remove the steering wheel and follow the lead which goes to the slip-ring to find whether contact is satisfactory there. After that use the current flow diagram to check the circuit from the socket which fits onto the underside of the switch via the instrument panel harness to plug/socket in the bulkhead where it joins the front harness, and then from that plug socket via the front harness to the horn connections. Use the colour coding of the wires as a guide.

5 The most likely faults are, first, a faulty earth, second a faulty slip-ring connection. Check the gap between the steering wheel and the switch. This should be 2 to 3 mm. If it is greater adjust the gap (Section 13, paragraph 10).

6 If the horn starts to sound continuously while you are driving along, it will inevitably be in a heavy rainstorm or on Sunday in dense traffic. Pull off the road and remove the tags from the horn. This will stop the noise, but of course the vehicle is now illegal as it has no warning device. The usual fault is in the horn pad so have a look at that. You cannot proceed with the fuse removed as that stops the turn signals working, but you can get along with the horn pad removed and the leads temporarily isolated and insulated.

26 Temperature gauge and sender - testing

1 The VW organization have a special test rig to check the temperature gauge and sender, and if you wish to check the accuracy of the gauge you must get them to check it with Tester VW 1301. However, if the gauge or warning light is not functioning it is possible to test it yourself to find out what is wrong.

2 Check that the battery is fully charged and the fuse is in order. Pull the tag lead off the temperature sender which is in the thermostat holder at the rear of the cylinder block (blue/white wire on our Polo) and with the ignition switched on use a 12 volt 3 watt bulb or a 50 ohm resistor as a series resistance and touch the centre point of the bulb or the resistor to earth momentarily. Have someone watch the gauge/warning light. If the gauge moves, or the light comes on then the fault is in the sender unit. You must use a resistance or the gauge will be damaged. If you are satisfied that the gauge/warning light is in order from this test renew the sender unit and all should be well.

3 If there is no reading on the gauge then either the gauge or the voltage stabilizer is at fault. If the voltage stabilizer is at fault then the fuel gauge will not work either. If the fuel gauge is working but the temperature indicator is not then the gauge is faulty or the indicator bulb is blown. Remove the instrument panel and check (Section 11).

4 If the voltage stabilizer is renewed make sure you have the right one. A vehicle without radio has a bi-metallic type, one with radio an electronic type.

27 Fuel gauge and sender unit - testing

1 Whichever type of fuel level indicator is fitted it is important to know that it is accurate. If it is suspect the VW/Audi agent can test it quickly using Tester VW 1301. The alternative is to run out of petrol deliberately and then to fill the tank a gallon at a time, noting the readings on the gauge. This is a time consuming method and may prove more expensive than the official agent's method.
2 If the gauge/warning light ceases to work at all there are simple tests to find out which unit is faulty. Locate the sender unit, it is under the rear seat. There is a black circular plate with one wire attached to it. Remove the plate by undoing the two screws and prising it upwards. This exposes the top of the fuel gauge with its two push on tag terminals.
3 Using a voltmeter check the voltage across the terminals. It should be approximately 12 volts. Make sure the ignition is switched on. Remove the live lead, fit a 50 ohm resistor (a 3 watt bulb will do) in place of the sender and check the reading on the gauge/warning light. With a warning light this test is only valid when the tank is nearly empty. If the gauge now reads then the sender is faulty. If the gauge does not read then the gauge or the wiring is faulty. Remove the instrument panel and check the gauge or the warning light bulb.
4 If the gauge is working then the voltage stabilizer may be at fault. Renew the voltage stabilizer making sure you have the correct type (electronic for cars with radio, bi-metallic for those without radio).
5 If the gauge is working in test as in paragraph 3 then the sender is faulty and must be checked. Before buying a new one check the earth connection carefully.
6 When renewing a sender unit make sure the battery earth strap is removed before starting work. You can do wlthout sparks when petrol vapour is about.

28 Direction indicators and hazard warning light - testing

1 Although operated by different switches the turn signal and emergency flashers act in the same way. When the small red stalk lever on the right of the column is pushed up all four turn signal lights flash continuously and the turn signal and hazard warning lights on the dashboard are illuminated.
2 The lower lever on the left side of the column operates the turn signals. If a turn signal fails the indicator light on the dash flashes with increased speed.
3 If the flasher frequency changes when other units are switched on it may well be that the wiring behind the instrument panel is causing a magnetic field which is affecting the relay (photo 17.2a). Remove the panel (Section 10) and push the wires away from the relay. If this does not cure the trouble, and all connections are in order, then the relay must be replaced with a new pattern one. This was introduced in February 1976 and is marked with a spot of green paint.
4 The more common faults of the turn signal system are corroded contacts or defective bulbs. Check the lamp circuits (Sections 6 and 7) and their earth contact wires carefully. Make sure the correct type of bulbs are fitted.
5 If the lights do not work on either system check the fuse (S7). It may be that one of the other circuits on this fuse has caused the fuse to rupture. Make sure they (the horn, wipers, electro-magnetic cut off on the carburettor) are disconnected and replace the fuse with a good 8 amp one. If the system now works, sort out the other circuits. If it does not and the fuse does not blow then renew the relay (photo 17.2a).
6 If one system works but not the other then it is probably a fault in the column switch or its wiring. Dismantle the switch and check the circuit. Short out the switch and check the operation. There is no repair for a defective switch.
7 If these tests do not find the trouble check that no additional electrical accessories have been added recently. If they have disconnect them and try again.
8 Finally put it all together again and go and consult an auto-electrician with a list of what you have done. He will probably tap something or pull something and it will all work - that is part of the mystery!

29 Fog lamps - fitting guidelines

1 The car is wired for fog lamps and the VW/Audi accessories are designed to fit the car and the electrical system. There seems to be no point in fitting any other type but unfortunately due to the currency situation they are expensive in the UK.
2 The switch should go alongside the switch for the rear window (Section 16).
3 The relays should be plugged into the board provided by the side of the fusebox (photo).
4 If this is done the lamps will go out when the ignition is cut off, and when the starter is operated. The front ones operate only on dipped beam.
5 The operating current circuit is shown in tracks '7' and '8' of the supplementary current flow diagram, and the control circuit in tracks '5' and '7'. If you are going to fit other types of lamp it would be advisable to stick to this layout, but whatever you fit make sure there is a suitable fuse in the circuit.

30 Radio - fitting guidelines

1 VW/Audi provide exceedingly good radios to fit to their cars and since they are tailor made fitting is simple. Follow the instructions with the set.
2 A hole is provided in the wing just in front of the screen to fit the aerial and another underneath to take the lead in.
3 Reference to the car handbook, or Section 15, shows the position of the set and speaker. If you feel behind the dash you will find these apertures are outlined with reinforcement ridges so that the dash may be cut to accommodate the set. The louvres are already there for the speaker.
4 The set must be wired to fuse 'S9' as in track '1,' of the supplementary current flow diagram. An extra 2 amp bottle type fuse (S29) should be included in the circuit.
5 If installing a radio, VW/Audi recommend that the voltage regulator on the rear of the instrument panel (Fig. 10.2) be changed from a bi-metallic type to an electronic type. The bi-metallic type is rectangular with no marking. The electronic type is also rectangular but has a segment cut out of the side opposite the clamp and is marked with a 'T', the stalk of which is towards the cut-out.
6 Before buying a radio it is as well to consult the local experts as to the best type for your locality. VHF gives patchy reception in built-up or hilly areas. If you do a lot of travelling the set which fits your home locality may be poor in quality on the motorway.
7 The set, whichever one is fitted, is not hard to install. Our advice is to go for a pushbutton control, four wave band, fitted with cassette player and traffic station information override button. You can save the extra cost by fitting it yourself and it really is a splendid set.

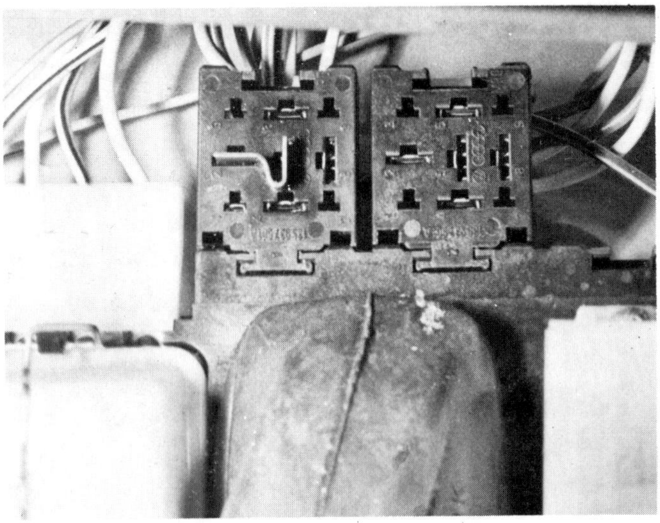

29.3 The foglamp relay panel by the side of the fuse box connector

31.1 The reverse (back-up) switch in the gearbox casing

32.1 The fusebox with the cover removed

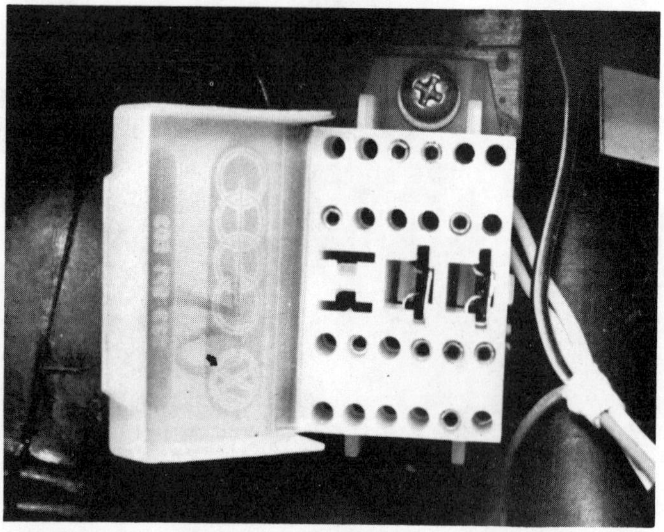
33.2 The computor diagnosis plug by the side of the fusebox

31 Reversing light switch - location and testing

1 The reversing light switch is screwed into the base of the gearbox (photo).

2 Pull off the rubber cap and then pull off the wire. This may now be checked through to the reversing (back-up) light holders in the tail cluster.

3 The switch is operated from inside the gearbox. With the lights switched on using a voltmeter, confirm that the switch closes when the reverse gear is engaged. If it does not, remove the switch from the gearbox and test it by operating it manually.

32 Fusebox - fuse renewal

1 The fusebox is situated on the left of the rear of the engine compartment under the overhang of the scuttle (photo). It has a white plastic cover secured by a poorly designed wire clip which is awkward to undo until you have practised the operation.

2 It contains twelve fuses, either 8 or 16 ampere, and each fuse is numbered on the frame of the box.

3 The fuses are made in such a way that you can see the actual fuse wire and it is apparent if it is broken.

4 At first the fuses are difficult to extract. **Do not** poke a screwdriver in to lever the fuse out, use a piece of wood or plastic or you will short circuit something. It does not take a moment to remove the battery earth strap and if you remove this before opening the fusebox you may pull away to your hearts content without short circuiting anything. On the other hand you can short circuit the whole rack of fuses if you are careless. It will pay to be careful until you have the hang of the way to extract and refit the fuses.

5 When you first get the vehicle, check the fuse list in the vehicle handbook against the fusebox by removing each fuse in turn and ascertaining that the fuse does in fact control the circuit named. Keep a list of fuse functions and two spare 8 amp and two spare 16 amp fuses in the vehicle toolbox and carry it on the vehicle at all times.

6 If it is necessary to renew the fusebox pull the multi-plugs off it, there is one six circuit one from the front harness on top of the box in the engine compartment and one into the back of the fusebox from inside the car. This is a 24 pin plug. Once these are removed the two screws holding the fuse holder may be removed and the box taken away.

33 Computer diagnosis - general

1 In 1970 VW introduced the computor diagnosis system. It is a truly immense step forward in preventative maintenance. The system is devised to assess the state of maintenance of all the major and many minor components of the vehicle. Over 80 points may be checked, many of them automatically.

2 A multi-pin plug is installed in the engine compartment (photos). The operator at official agents will check the correct pressures of your tyres and then plug in a large cable to the diagnosis plug. He selects the correct master card for your vehicle, installs it, and from there on a computer takes over. The operator has a hand set connected to the computer which has a small window showing the number of the test to be carried out. As each check is done the print out is marked '+' if the measurement agrees with the vehicle specification or '–' where it is beyond tolerance.

3 The items which are not measured automatically are checked by the operator, where all is well he presses a button marked '+' on the hand set, where all is not well the '–ve' button is pressed.

4 The items which are measured by the equipment automatically are the steering geometry, ignition and charging systems and cylinder compression. Lights and battery condition are checked automatically.

The steering geometry is checked by photo electric beams and mirrors as the steering wheel is turned through 180°, 90° each side of the straight-ahead position. This is done within a 20 second period and measures toe and camber and prints out the answer in degrees and minutes. The ignition and charging systems are measured by the resistance of the various circuits. It is important that all connections are clean and that cable sizes are standard.

The cylinder compression is measured by calculating the load on the starter motor when the engine is turned over. The state of the battery and the temperature of the engine oil is measured and taken into account for this check.

There is no doubt that the system is quick, accurate and calculated to tell the unhappy customer all the awful things wrong with his vehicle in the shortest possible time.

5 If the vehicle is used a lot then this system is without doubt the finest way to take care of its working parts. The system does not repair, it diagnoses only, but a record such as the computer gives is worth many hours of hard work inspecting all these things manually, and of course it measures accurately items which the owner of the car cannot measure without expertise and a lot of expensive equipment.

6 Finally, it does away with opinion. It measures and compares with the vehicle specification. After that it is up to the owner what repairs he does, and which he leaves to the official agent to do.

34 Wiring harnesses and multi-pin plugs - general

1 There are six sets of harness in the Audi/Polo electrical circuit. Three of them are major components, they are:

a) The front harness which connects most of the circuits forward of the engine bulkhead and terminates in a large plug on the bulkhead (photo).
b) The instrument panel harness which connects all the switches, instruments, relays, and lights to the front harness and the rear harness via two plugs (photo).
c) The rear harness which connects the circuits at the back of the car to the instrument panel harness.

2 The three minor sets of connections are the:

a) Alternator harness which starts at the plug of the alternator and is clipped to the engine sump until it emerges to connect to the starter and the front harness in the engine compartment.
b) The battery main cable which goes from the battery 'tve' terminal to the starter terminal '30', plus a separate ground strap of bare copper braid.
c) The interior light harness which connects the door switches to the interior light and the instrument harness.

3 Each of these sets of wire is started and terminated by plugs, tags or multi-plugs except those to the starter. Even in this circuit, two of the screwed on connections of the starter lead to intermediate plugs.

4 One very noticeable feature of the circuit is the large number of brown wires which earth each component to the body.

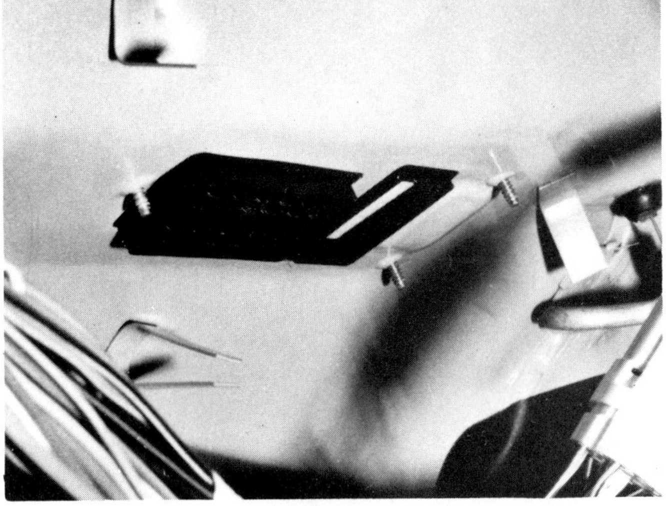

34.1c The socket under the dashboard

34.1a The end of the front harness, rubber cover pulled back, plugged into the bulkhead

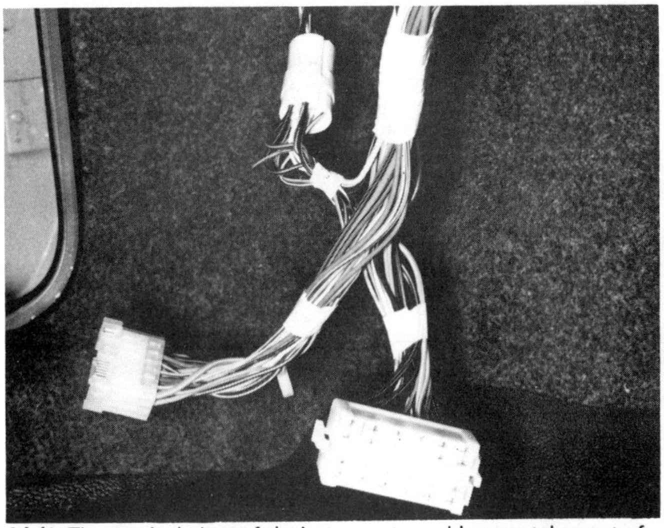

34.1b The terminal plugs of the instrument panel harness taken out of the cleats under the dashboard. From left to right, the wall socket to the front harness, the round connector to the rear harness, and the fusebox plug

34.1d The group of plugs under the scuttle. Left to right, the fusebox, front harness plug with fog lamp relay sockets above and the computor diagnosis plug box

5 The harnesses are colour coded and these colours are marked on the current flow diagrams.
6 The system is so designed that no wires pass through the engine compartment/passenger space but are terminated in plugs and sockets on the bulkhead.
7 The rear harness is contained in the bodyshell.
8 By tracing the run of the harnesses and bending the cleats gently it is possible to remove the wiring and replace it with new looms should the occasion demand.
9 It is a great stride forward, and a tribute to the people who designed the system.
10 Even so, for the D-I-Y owner, do not pull off a plug or other connection until you have tagged both sides so that it may be reconnected correctly.
11 Diagramatic arrangements of the three main harnesses are included with line diagrams of the minor wiring.

35 Wiring (current flow) diagrams - explanation of usage

1 Refer to the current flow diagram for the Audi/Polo L from August 1975 shown as Figure 10.18 and the explanation of symbols in Figure 10.19.
2 The symbols are quite straightforward. Wire junction fixed means exactly what it says, soldered together permanently. The single or multi-pin plugs have the letter 'T' and a figure quoting the number of pins in the plug.
3 Refer to Figure 10.18. The bottom line with numbers on it represents earth, in this case the bodyshell. The thin lines to it mean that the item is earthed by being screwed to the body, the thick lines indicate an earth wire. Thus in tracks '8', '9', '10', '11' the spark plugs are earthed by being screwed into the cylinder block, but in track '1' the battery has an earth strap and in track '13' the radiator fan 'V7' has a separate earth wire.
4 To trace a circuit first look for the main item in the key. For instance the radiator fan is 'V7' in track '13'. The red/black wire goes from the fan via a single detachable connector to 'F18' which is the thermo-switch. From there it goes to 'T29' which is the 8-pin connector on the fusebox and then to 'T24' which is the 21-pin connector on the fusebox, then via 'S8', the fuse, to a terminal 'T15' on the ignition switch 'D'.
5 The circuits are easy to trace, the wire colours and terminals are numbered.
6 In the past we have converted these diagrams to line wiring diagrams of the conventional type and there has been more black ink than white paper. These diagrams give all that is necessary, the item in question, the colour of the wire and its size, and the connector at the end of the wire. After a little practice they are very easy to use – really!
7 The small dots containing a number are the connections to the computor plug. The small square containing a number mean that at this point the current track joins another track, thus the earth wire in track '62' joins track '34' and is earthed there in conjunction with the emergency flasher/turn signal relay 'J2' at point '16', the earth point on the left under the dashboard.

36 Wiring (current flow) diagrams - general advice

1 It is possible that the truest words ever spoken are, that a little knowledge is a dangerous thing. We have shown how to trace circuits, and given in the text the method of locating the various items. If you are going to work on the electrical system take off the earth strap from the battery, and reconnect it only to test voltages.
2 If the radiator fan does not work you may find that a tag has been dislodged from the thermo-switch. Put it back and all will be well. But if a fuse has blown, say 'S8', then the cause of the fault must be sought. If you are an electrical engineer you have all the information necessary, but if you are not trained in this work keep a careful note of whatever you do, so that if success eludes your grasp you can tell the VW/Audi expert what, (and possibly why), you did what you did and he will have a chance of finding the original fault. If you have made a simple problem into a complicated one he may not say anything, but he will think it, and we would not like that to happen.

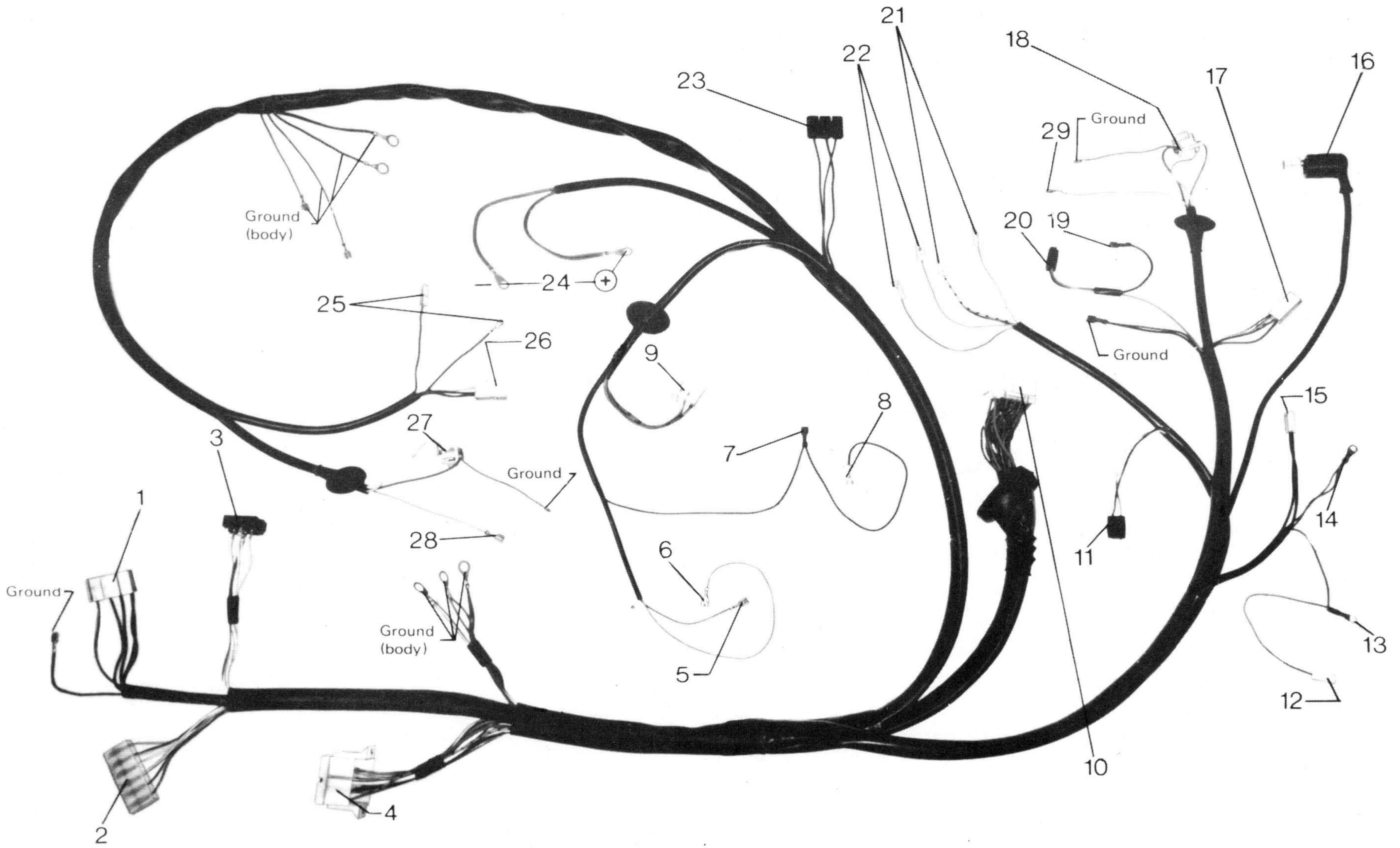

Fig. 10.10. Diagrammatic layout of the front wiring harness

G = ground connection to body

1 *Wiper motor plug*
2 *Fusebox plug 'T8.'*
3 *Foglight relay*
4 *Diagnosis socket*
5 *Oil pressure sender*
6 *Temperature sender*
7 *Carburettor solenoid cut-off valve*
8 *Automatic choke (1093 cc models only)*
9 *Alternator harness plug*
10 *Wall socket*
11 *Washer pump*
12 *Resistor (early models)*
13 *Ignition coil terminal '1'*
14 *Ignition coil terminal '15'*
15 *Resistor*
16 *Reversing light switch*
17 *Left-hand turn signal and foglight*
18 *Left-hand headlight*
19 *Thermal switch on radiator*
20 *Fan motor plug*
21 *Brake light switch*
22 *Brake level fluid transmitter*
23 *Heater blower motor*
24 *Battery terminals*
25 *Horn*
26 *Right turn signal and foglight*
27 *Right-hand headlight*
28 *Right-hand parking light*
29 *Left-hand parking light*

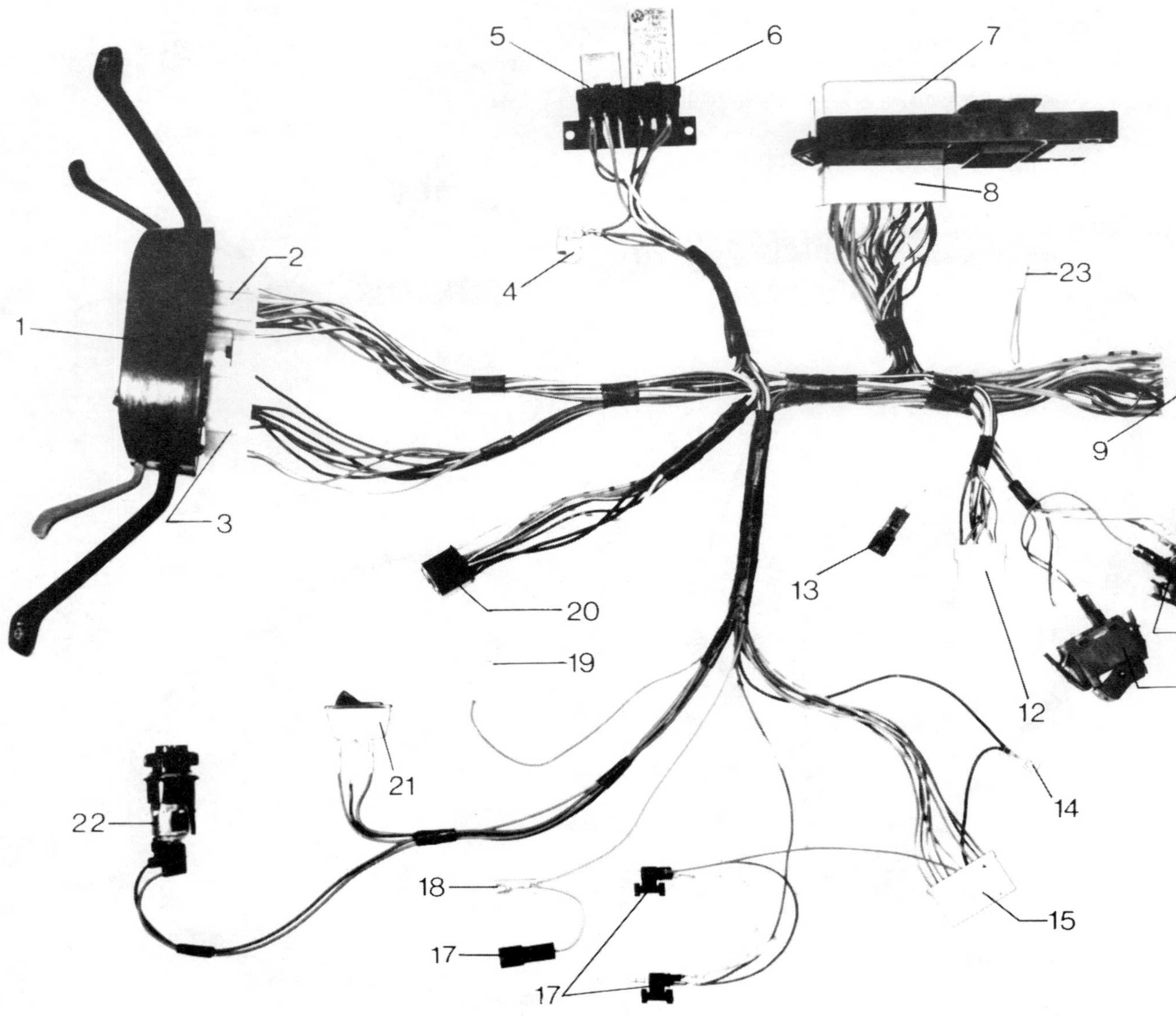

Fig. 10.11. Instrument panel wiring harness (early Audi/Polo L) - diagrammatic layout

1 *Column switches*
2 *Light switch plug 'T10'*
3 *Wipe and wash switch 'T9' and hazard and turn signal plug*
4 *Earth connections*
5 *Turn signal and flasher relay 'T7'*
6 *Rear window heater relay 'T7'*
7 *Fusebox*
8 *Fusebox plug 'T24'*
9 *Wall socket for front harness 'T29'*
10 *Foglight switch*
11 *Rear window heater switch*
12 *Rear harness connector (round plug)*
13 *Interior light*
14 *Tachometer terminal '15'*
15 *Combination instrument plug to dashboard printed circuit.*
16 *Instrument lights*
17 *Radio*
18 *Clock*
19 *Tachometer terminal '1'*
20 *Igniton lock switch plug*
21 *Heater blower switch*
22 *Cigarette lighter*
23 *Handbrake warning light*

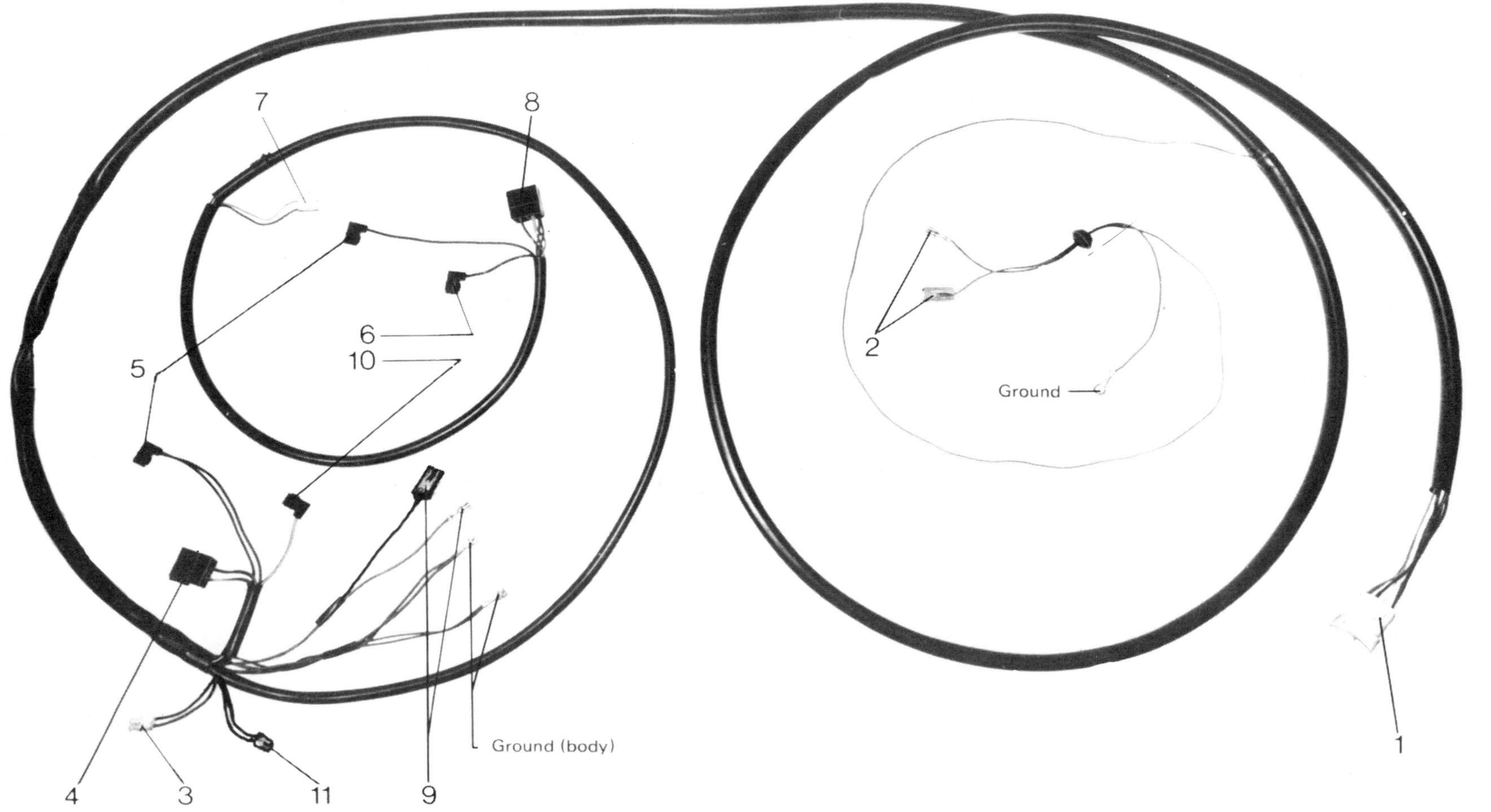

Fig. 10.12. Rear wiring harness (early Audi and Polo) - diagrammatic layout
G = ground or earth wire

1 Instrument harness plug round shape
2 Fuel level transmitter
3 Rear foglight
4 Left rear light cluster (stop and tail)
5 Reversing lights in tail cluster (2)
6 Right rear turn signal
7 License plate lamp
8 Right rear light cluster (stop and tail)
9 Rear window wiper
10 Left turn signal
11 Heated rear window contacts in tailgate support

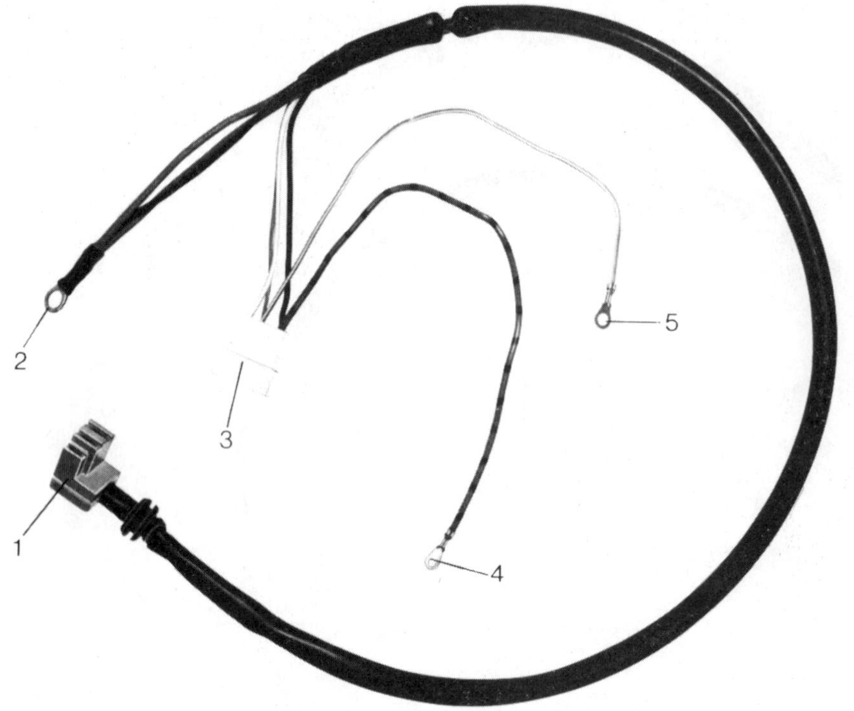

Fig. 10.13. Alternator harness - diagrammatic layout

1 Alternator plug
2 Starter terminal '30'
3 Plug to front harness 'T3'
4 Starter terminal 15a (disconnected when coil ballast resistor is not fitted)
5 Start terminal '50'

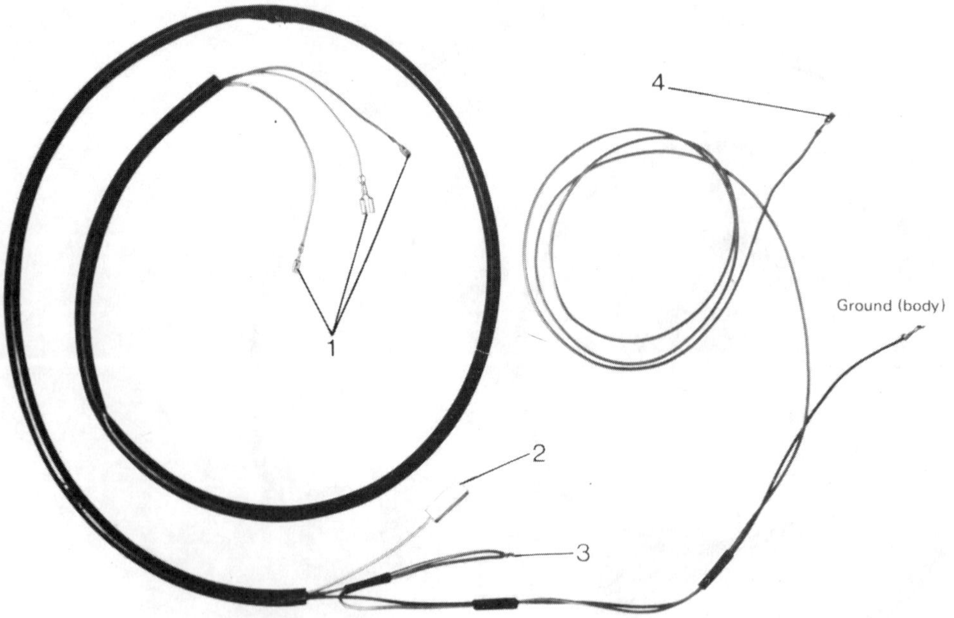

Fig. 10.14. Interior light wiring layout

1 Interior light
2 To instrument harness
3 Left-hand door contact switch
4 Right-hand door contact switch

Fig. 10.15. Symbols used in current flow diagrams giving examples of usage

SYMBOL	EXPLANATION	Sample use
	ALTERNATOR WITH DIODE RECTIFIERS	Alternator
	MOTOR	Fan motor, radiator fan
	EXTERNAL WIRING WIRE 10 mm^2 sectional area	Wiring diagram
	WIRE JUNCTION FIXED (SOLDERED)	Relay plate, dash board printed circuit
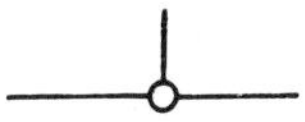	WIRE JUNCTION SEPARABLE	Screw on terminals and eyelets
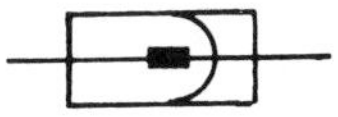	PLUG, SINGLE OR MULTIPIN	T10 written by the side means a 10 pin plug
	WIRE CROSSING, NOT JOINED	Wiring diagram
	GROUND, OR EARTH	Wiring diagram
	SWITCH CLOSED	Wiring diagram
	SWITCH OPEN	Wiring diagram
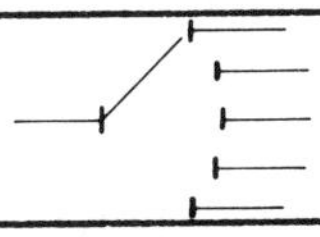	MULTI CONTACT SWITCH	Wiring diagram
	SWITCH, MANUALLY OPERATED	Wiring diagram
	FUSE	
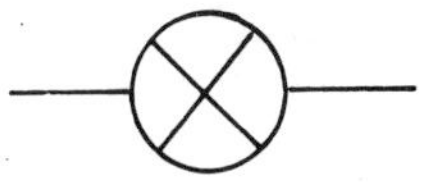	BULB	
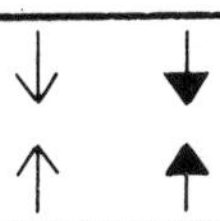	SPARK GAP	Spark plugs Distributor points
	CONDENSER	Distributor

H.5550

SYMBOL	EXPLANATION	Sample use
	TRANSFORMER, IRON CORE	Ignition coil
	DIODE	Alternator
	TRANSISTOR	Voltage regulator
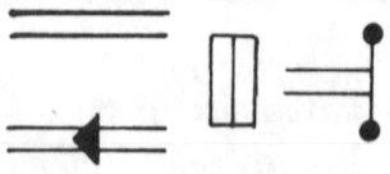	MECHANICAL CONNECTION MECHANICAL CONNECTION SPRING LOADED	Double switch Oil pressure switch
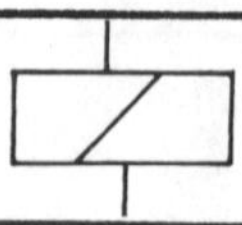	RELAY, COIL	
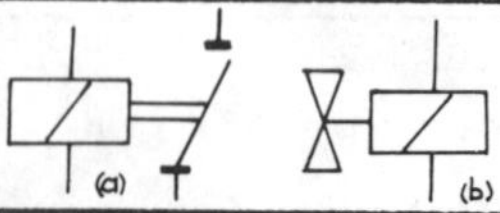	RELAY, ELECTRO MAGNETIC	(a) Headlamp (b) Cut off valve (carburettor)
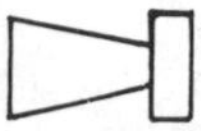	HORN	
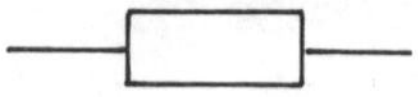	RESISTOR	
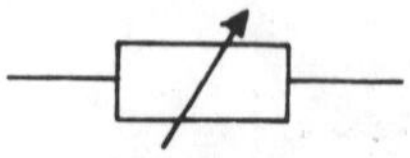	POTENTIOMETER	
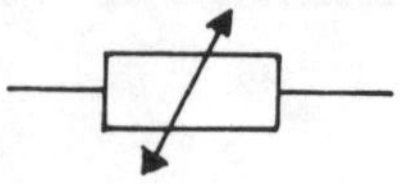	THERMAL RESISTOR AUTOMATIC REGULATING	Temperature sender
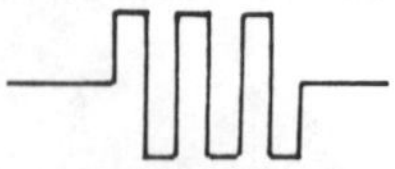	HEATING ELEMENT	Rear window heater
	BATTERY 12 volt	
	MEASURING GAUGE	Fuel gauge Temperature gauge
	SUPPRESSION WIRE	
	CLOCK	
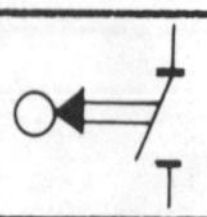 H.5350	MECHANICAL PRESSURE SWITCH	Door switch for interior light

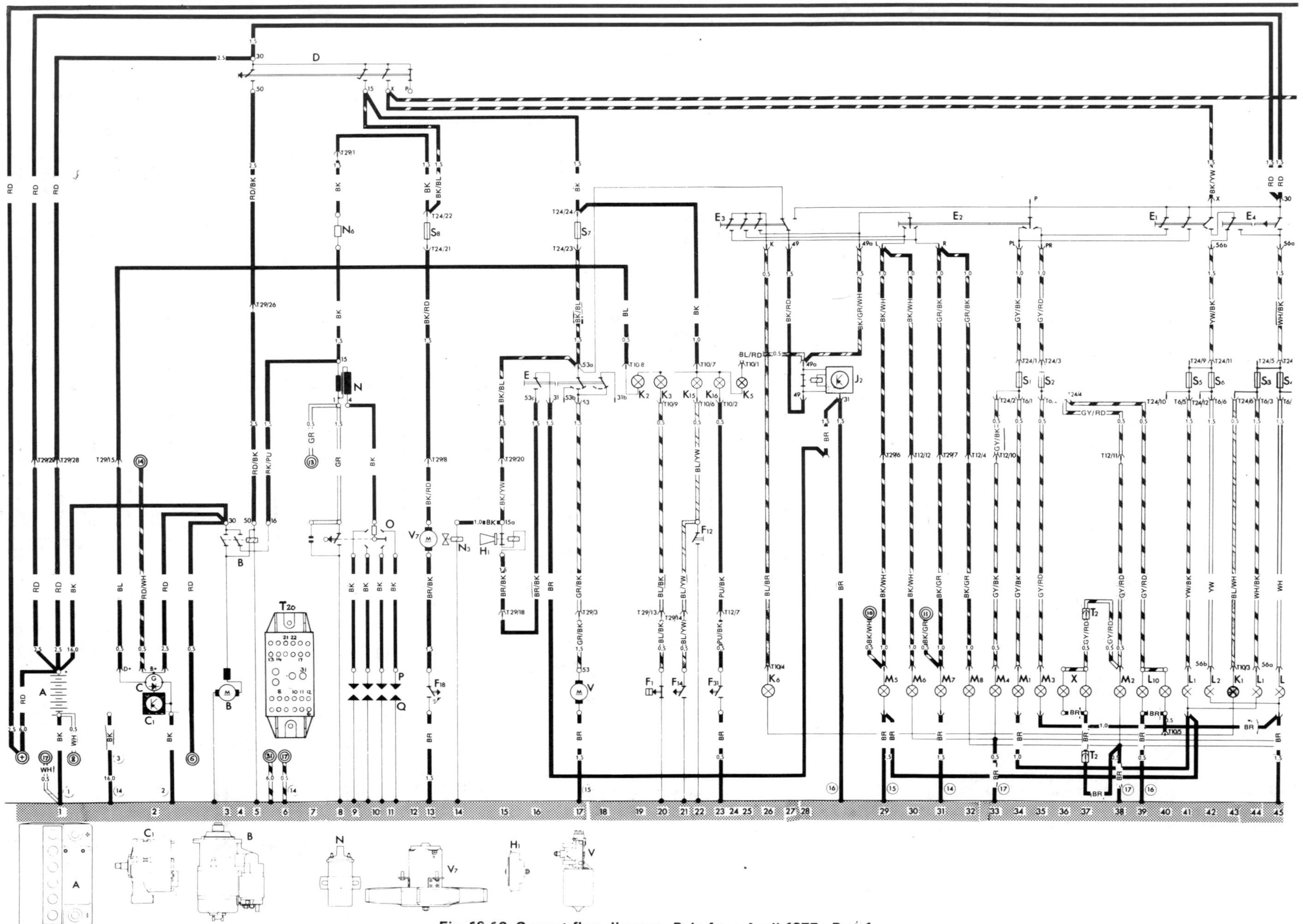

Fig. 10,16. Current flow diagram - Polo from April 1975 - Part 1

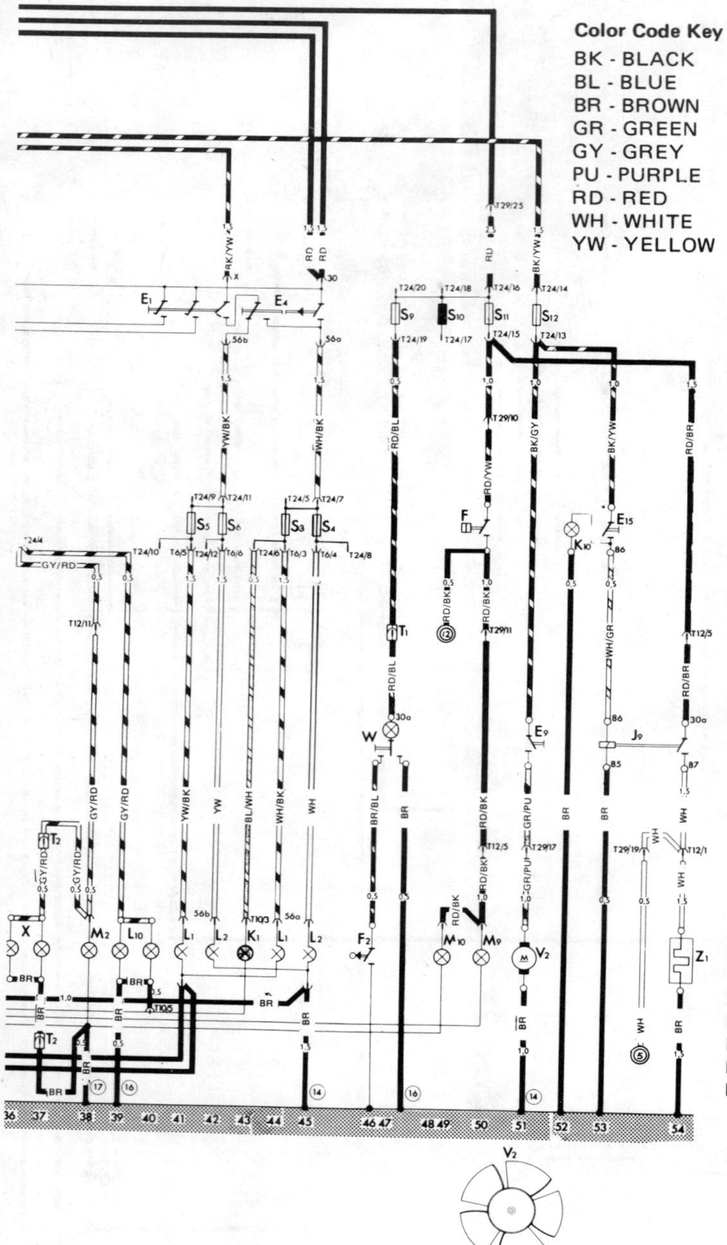

Fig. 10.16. Current flow diagram - Polo from April 1975 - Part 2

Designation		in current track
A	- Battery	1
B	- Starter	3–5
C	- Generator	2
C 1	- Voltage regulator	2
D	- Ignition/Starter switch	5–12
E	- Windscreen wiper switch	16–18
E 1	- Lighting switch	40–42
E 2	- Turn signal switch	30–35
E 3	- Emergency light switch	24–27
E 4	- Headlight dimmer/flasher switch	42–45
E 9	- Fresh air blower switch	51
E 15	- Heated rear window switch	52–53
F	- Brake light switch	50
F 1	- Oil pressure switch	20
F 2	- Door contact switch, left	46
F 12	- Choke warning lamp contact	22
F 14	- Temperature control switch	21
F 18	- Radiator fan thermo switch	13
F 31	- Fuel warning lamp switch	23
H 1	- Horn	15
J 2	- Emergency light relay	28
J 9	- Heated rear window relay	53–54
K 1	- Main beam warning lamp	43
K 2	- Generator warning lamp	19
K 3	- Oil pressure warning lamp	20
K 5	- Turn signal warning lamp	25
K 6	- Emergency light warning lamp	26
K 10	- Heated rear window warning lamp	52
K 15	- Choke and coolant temperature warning lamp	22
K 16	- Reserve fuel warning lamp	23
L 1	- Twin-filament headlight bulb, left	44
L 2	- Twin-filament headlight bulb, right	45
L 10	- Instrument panel lighting bulb	39–40
M 1	- Side light bulb, left	34
M 2	- Taillight bulb, right	38
M 3	- Side light bulb, right	35
M 4	- Taillight bulb, left	33
M 5	- Turn signal bulb, front left	29
M 6	- Turn signal bulb, rear left	30
M 7	- Turn signal bulb, front right	31
M 8	- Turn signal bulb, rear right	32
M 9	- Brake light bulb, left	50
M 10	- Brake light bulb, right	49

Designation		in current track
N	- Coil	8
N 3	- Cut-off valve solenoid	14
N 6	- Series resistance	8
O	- Distributor	9–11
P	- Spark plug connectors	9–11
Q	- Spark plugs	9–11
S 1 to S 12	- Fuses in fuse box	
T 1	- Flat connector	
T 2	- Two-point cable connector	
T 6	- Six-point cable connector on fuse box at left of plenum chamber	
T 10	- Twelve-point cable connector on instrument panel insert	
T 12	- Twelve-point cable connector connecting instrument panel – taillights – cable harness below left hand side of instrument panel	
T 20	- Central socket	6
T 24	- Twenty-four-point cable connector on fuse box	
T 29	- Twenty-nine-point cable connector connecting instrument panel – engine cable harness on fuse box	
V	- Windscreen wiper motor	17
V 2	- Fresh air blower motor	51
V 7	- Coolant fan motor	13
W	- Interior lights	47
X	- License plate lights	36–37
Z	- Heated rear window	54

- (1) - Earth cable from battery to body
- (2) - Earth cable from generator to engine
- (3) - Earth cable from engine to body
- (14) - Earthing point, left in plenum chamber
- (15) - Earthing point, left in plenum chamber
- (16) - Earthing point, left on steering bracket
- (17) - Earthing point, on left hand taillight

◎ - Connection in test network wired directly to central socket

Key to current flow diagram Polo from April 1975 - Part 1 and 2

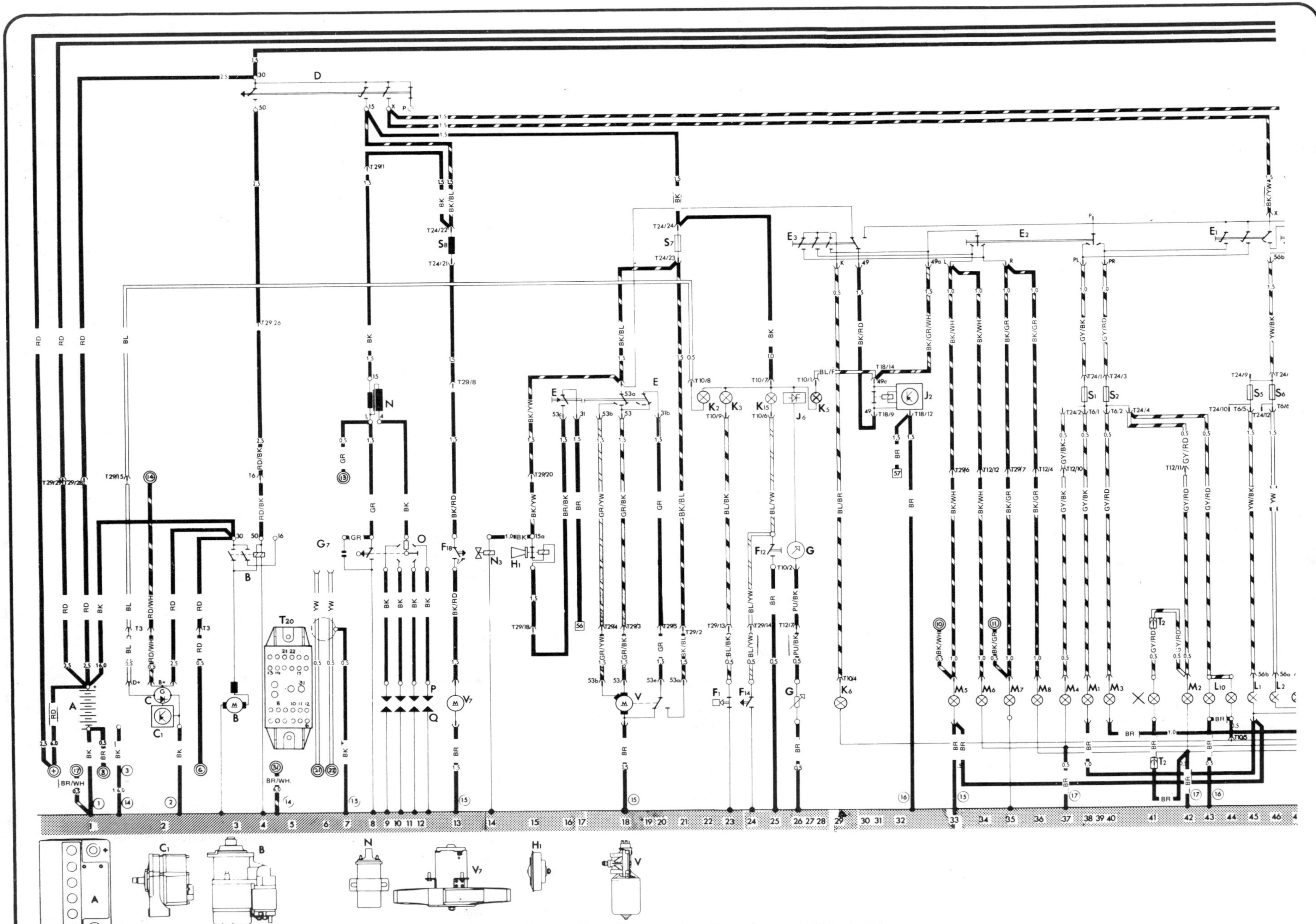

Fig. 10.17. Current flow diagram - Polo from August 1975 - Part 1

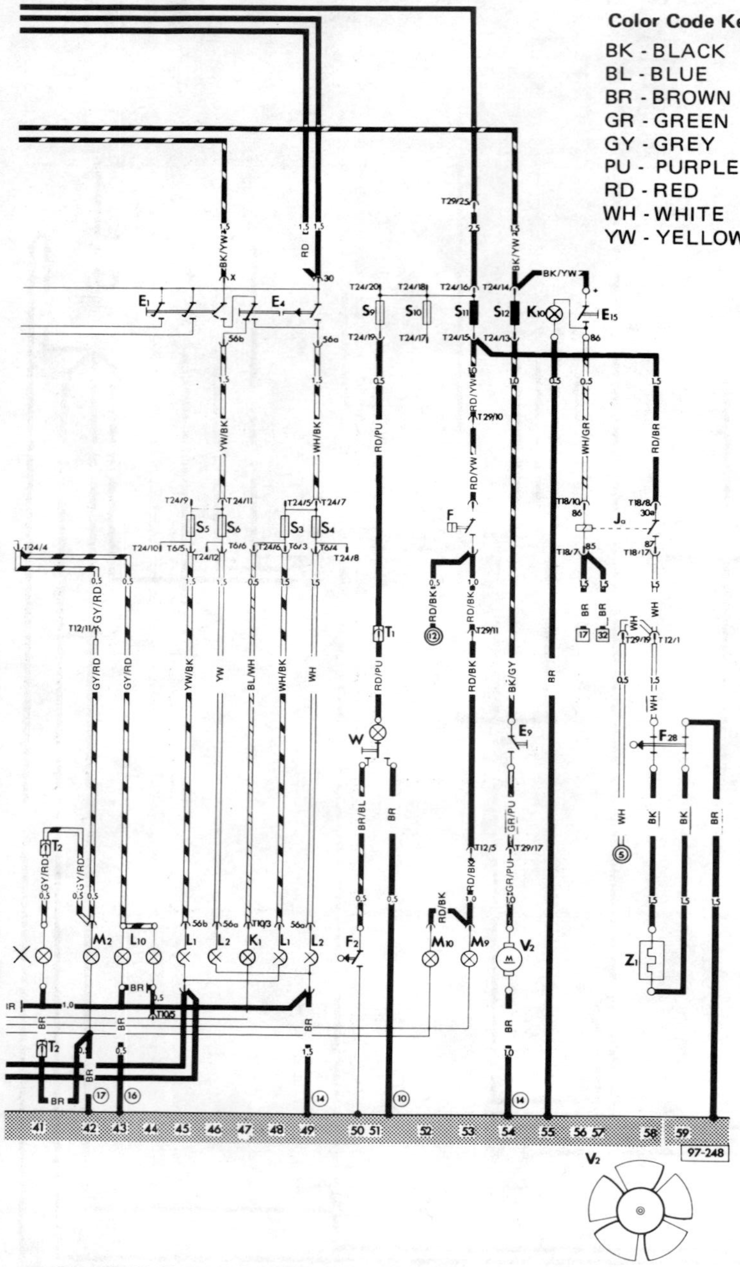

Color Code Key

BK - BLACK
BL - BLUE
BR - BROWN
GR - GREEN
GY - GREY
PU - PURPLE
RD - RED
WH - WHITE
YW - YELLOW

Fig. 10.17. Current flow diagram - Polo from August 1975 - Part 2

Designation		Current track
A	– Battery	1
B	– Starter	3, 4
C	– Generator	2
C 1	– Voltage regulator	2
D	– Ignition/starter switch	4, 8, 10, 12
E	– Wiper switch	16 - 20
E 1	– Lighting switch	44 - 47
E 2	– Turn signal switch	34 - 39
E 3	– Emergency light switch	27 - 30
E 4	– Dip and flasher switch	47 - 49
E 9	– Fresh air motor switch	54
E 15	– Heated rear window switch	55 - 56
F	– Brake light switch	53
F 1	– Oil pressure switch	23
F 2	– Door contact switch, left	50
F 12	– Contact for choke warning lamp	25
F 14	– Temperature warning switch	24
F 18	– Radiator fan thermoswitch	13
F 28	– Rear window contact (in tailgate)	58, 59
G	– Fuel gauge sender	26
G 1	– Fuel gauge	26
G 7	– Connection for TDC sensor	6, 7
H 1	– Horn	15
J 2	– Emergency light relay	31, 32
J 6	– Voltage stabilizer	26
J 9	– Heated rear window relay	56, 58
K 1	– High beam warning lamp	47
K 2	– Generator warning lamp	22
K 3	– Oil pressure warning lamp	23
K 5	– Turn signal warning lamp	28
K 6	– Emergency light warning lamp	29
K 10	– Rear window warning lamp	55
K 15	– Choke and coolant temperature warning lamp	25
L 1	– Headlight, left	45, 48
L 2	– Headlight, right	46, 49
L 10	– Instrument panel light	43, 44
M 1	– Side light, left	38
M 2	– Tail light, right	42
M 3	– Side light, right	40
M 4	– Tail light, left	37
M 5	– Turn signal front left	33
M 6	– Turn signal rear left	34
M 7	– Turn signal front right	35
M 8	– Turn signal rear right	36
M 9	– Brake light left	53
M 10	– Brake light right	52

Designation		Current track
N	– Ignition coil	8
N 3	– Cut-off valve solenoid	14
O	– Distributor	8 - 12
P	– Plug connectors	9 - 12
Q	– Spark plugs	9 - 12
S 1 to S 12	Fuses in fuse box	
T 1	– Flat connector	
T 2	– Connector, 2 pin	
T 6	– Connector, 6 pin on fuse box	
T 10	– Connector, 12 pin on dash insert	
T 12	– Connector, 12 pin Connection dash – tail light wiring, under dash on left	
T 20	– Test socket	5
T 24	– Connector, 24 pin on fuse box	
T 29	– Connector, 29 pin Connection dash – engine wiring, on fuse box	
V	– Wiper motor	19
V 2	– Fresh air fan motor	54
V 7	– Radiator fan motor	13
W	– Interior light	51
X	– License plate light	41
Z 1	– Rear window	58

① – Earth strap – battery to body
② – Earth strap – generator to engine
③ – Earth strap – engine to body
⑭ – Earth point – in plenum chamber
⑮ – Earth point – in plenum chamber
⑯ – Earth point – on left under dash
⑰ – Earth point – on left tail light

◎ - Connection in test network wired directly to central socket

Key to current flow diagram - Polo from August 1975 - Part 1 and 2

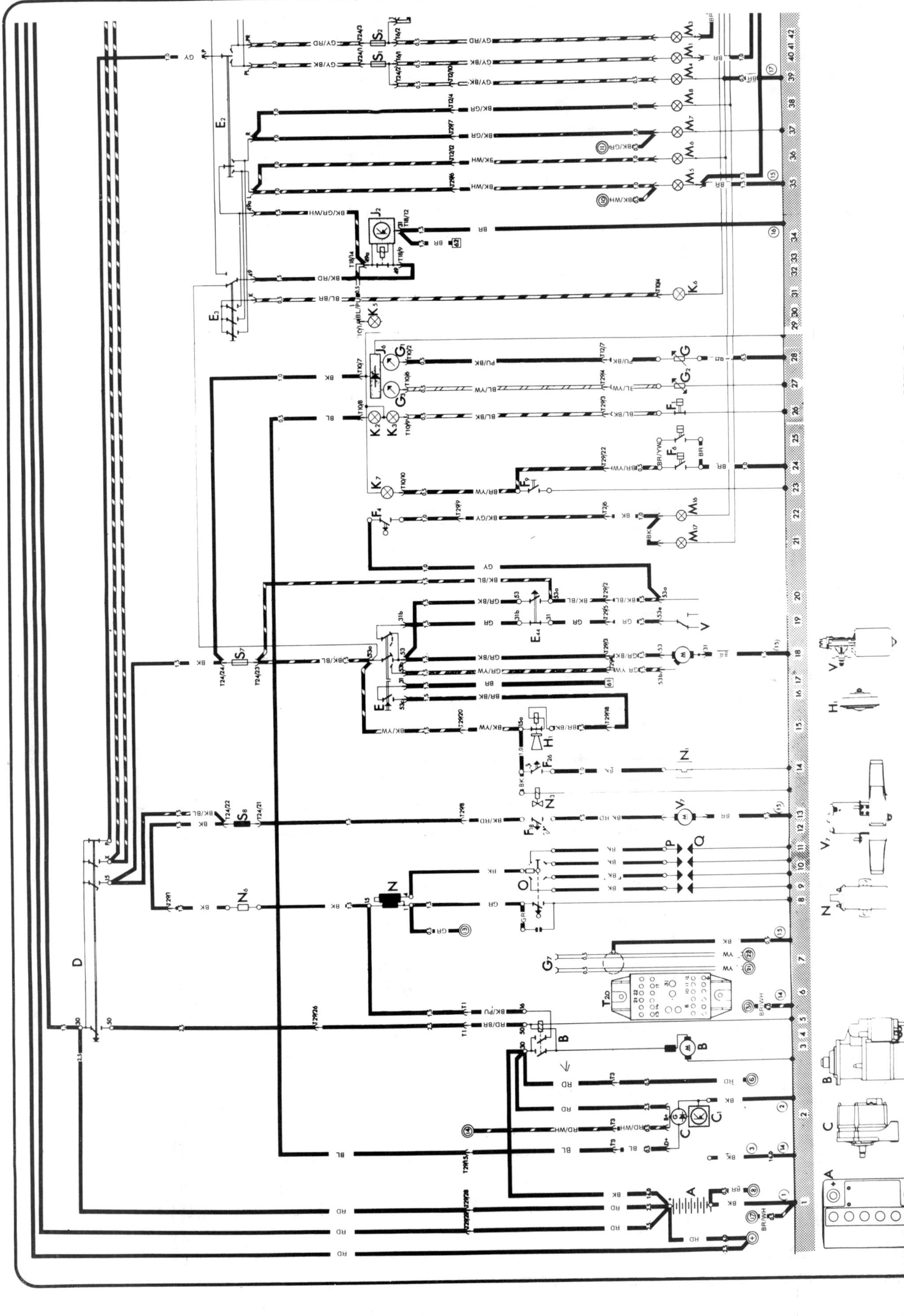

Fig. 10.18. Current flow diagram for Polo L, Audi 50LS and Audi 50GL from August 1975 - Part 1

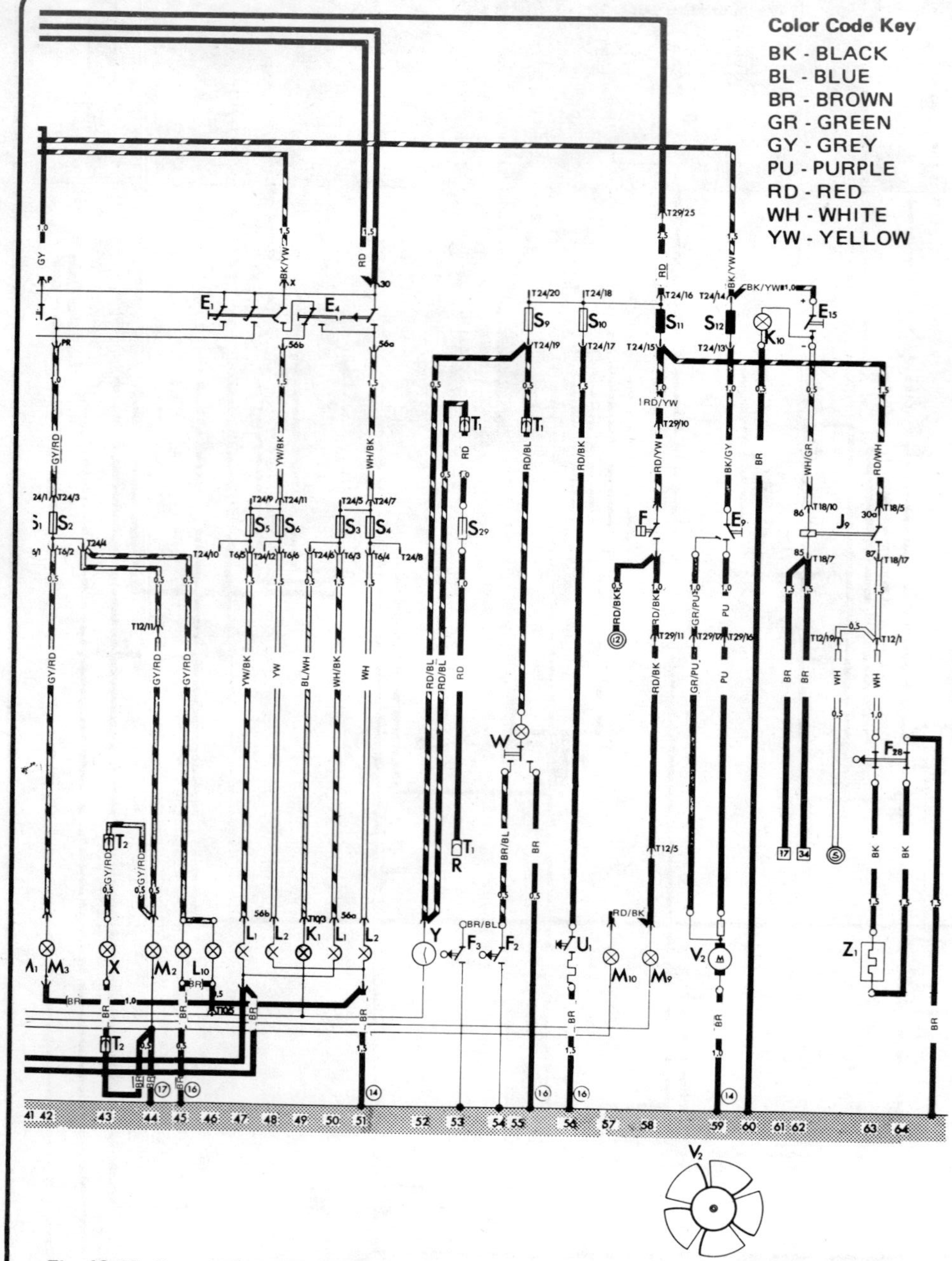

Fig. 10.18. Current flow diagram for Polo L, Audi 50LS and Audi 50GL from August 1975 - Part 2

Designation		Current track
A	– Battery	1
B	– Starter	3 - 5
C	– Generator	2
C 1	– Voltage regulator	2
D	– Ignition/Starter switch	5 - 12
E	– Wiper switch	16 - 19
E 1	– Lighting switch	46 - 48
E 2	– Turn signal switch (parking lights only on Audi models)	35 - 42
E 3	– Emergency light switch	29 - 34
E 4	– Dip and flasher switch	48 - 51
E 9	– Fresh air motor switch	59
E 15	– Heated rear window switch	60 - 62
E 44	– Wash-wipe device switch	19 - 20
F	– Brake light switch	58
F 1	– Oil pressure switch	26
F 2	– Door contact switch, left	54
F 3	– Door contact switch, right	53
F 4	– Reversing light switch	22
F 6	– Brake system warning switch (optional)	24, 25
F 9	– Handbrake warning switch (optional)	23
F 18	– Coolant fan thermoswitch	13
F 26	– Automatic choke thermoswitch (Audi models only)	14
F 28	– Heated rear window contact (in tailgate)	63, 64
G	– Fuel gauge sender	28
G 1	– Fuel gauge	28
G 2	– Temperature gauge sender (Audi models only)	27
G 3	– Temperature gauge (Audi models only)	27
G 7	– TDC sensor	7
H 1	– Horn	15
J 2	– Emergency light/turn signal relay	33, 34
J 6	– Voltage stabilizer	27, 28
J 9	– Heated rear window relay	62, 63
K 1	– High beam warning lamp	49
K 2	– Generator warning lamp	26
K 3	– Oil pressure warning lamp	26
K 5	– Turn signal warning lamp	30
K 6	– Emergency light warning lamp	31
K 7	– Dual circuit and handbrake warning lamp (optional)	23
K 10	– Heated rear window warning lamp	60
L 1	– Headlight bulb, left	47, 50
L 2	– Headlight bulb, right	48, 51
L 10	– Instrument panel light	45, 46
M 1	– Side light, right	40
M 2	– Tail light, right	44
M 3	– Side light, right	42
M 4	– Tail light, left	39
M 5	– Turn signal front left	35

Designation		Current track
M 6	– Turn signal rear left	36
M 7	– Turn signal front right	37
M 8	– Turn signal rear right	38
M 9	– Brake light, left	58
M 10	– Brake light, right	57
M 16	– Reversing light, left	22
M 17	– Reversing light, right	21
N	– Ignition coil	8
N 1	– Automatic choke (Audi models only)	14
N 3	– Cut-off valve solenoid	13, 14
N 6	– Series resistance (Audi GL only)	8
O	– Distributor	9 - 11
P	– Plug connector	9 - 11
Q	– Spark plugs	9 - 11
R	– Radio connection	53
S 1 to S 12	} Fuses in fuse box	
S 29	– Radio fuse	53
T 1	– Connector, single	
T 2	– Connector, 2 pin (on luggage compartment rear panel)	
T 3	– Connector, 3 pin (in engine compartment on partition)	
T 6	– Connector, 6 pin (on fuse box – plenum chamber side)	
T 12	– Connector, 12 pin (under dash on left)	
T 18	– Relay adaptor, 18 pin (under dash on left)	
T 20	– Test socket	
T 24	– Connector, 24 pin (on fuse box)	
T 29	– Connector 29 pin (on fuse box)	
U 1	– Cigarette lighter	56
V	– Wiper motor	18
V 2	– Fresh air motor	59
V 7	– Radiator fan motor	13
W	– Interior light	55
X	– License plate light	43
Y	– Clock (Audi models only)	52
Z 1	– Heated rear window	63
①	– Earth strap, battery to body	
②	– Earth strap, generator to engine	
③	– Earth strap, engine to body	
⑭	– Earth point, in plenum chamber	
⑮	– Earth point, in plenum chamber	
⑯	– Earth point on left under dash	
⑰	– Earth point on left tail light	

◎ Connection in test network wired directly to central socket

Key to current flow diagram for Polo L, Audi 50LS and Audi 50GL from August 1975 - Parts 1 and 2

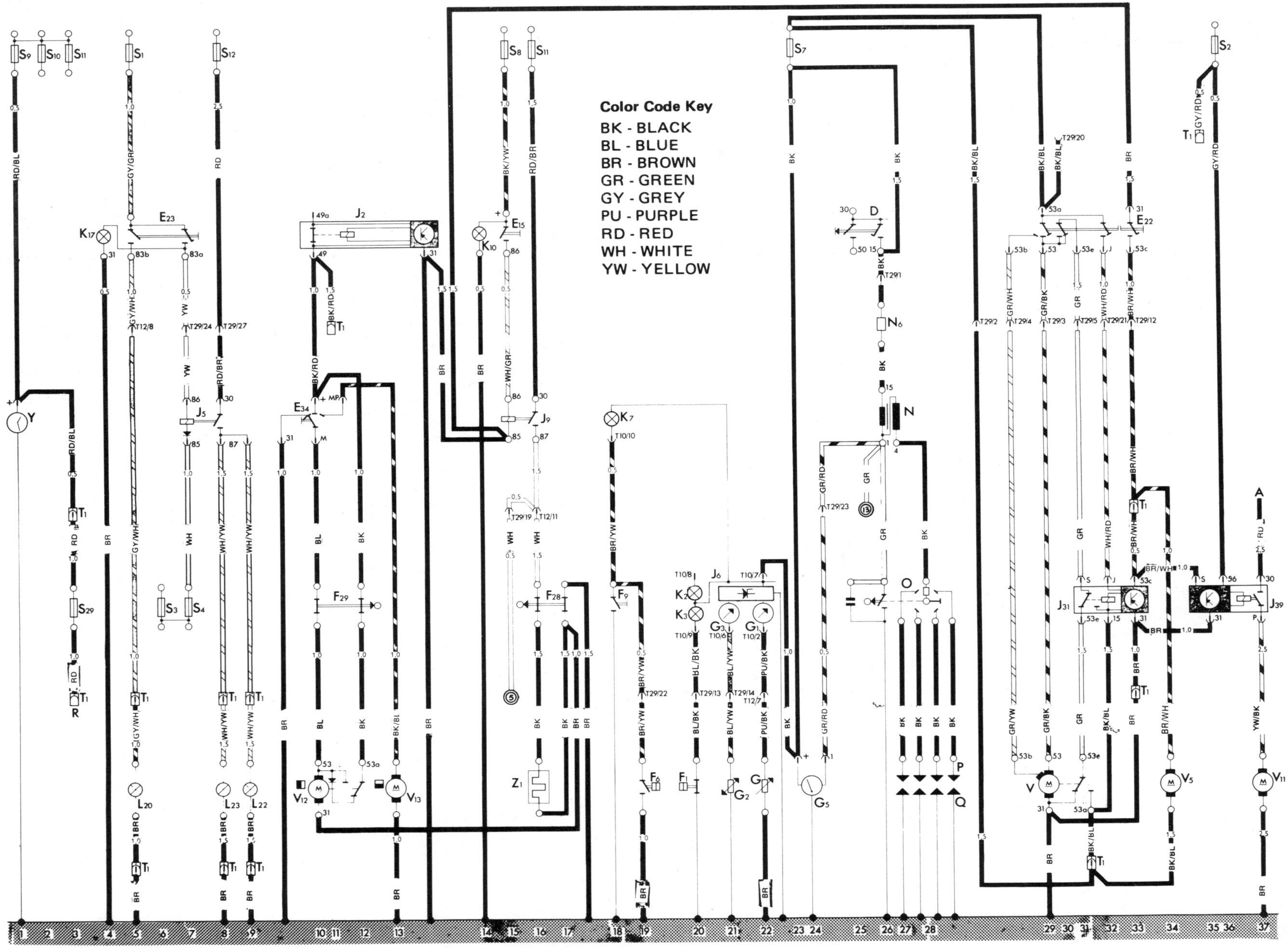

Fig. 10.19. Additional current flow diagram for Audi 50 from August 1974

Designation	Current track
D — Ignition/starter switch	25, 26
E 15 — Tailgate window defogger switch	15
E 22 — Intermittent windshield wiper switch	29, 30, 31, 32, 33
E 23 — Foglight and rear foglight switch	5, 7
E 34 — Tailgate window wiper switch	10
F 1 — Oil pressure switch	20
F 6 — Brake indicator switch	19
F 9 — Parking brake indicator switch	18
F 28 — Tailgate window wiper contact (in tailgate)	16, 17
F 29 — Tailgate window defogger contact (in tailgate)	10, 12
G — Fuel gauge sender	22
G 1 — Fuel gauge	22
G 2 — Coolant temperature sender	21
G 3 — Coolant temperature gauge	21
G 5 — Rev counter	24
J 2 — Hazard light/turn signal relay	10, 11, 12, 13
J 5 — Foglight relay	7, 8
J 6 — Voltage stabilizer	21, 22
J 9 — Tailgate window defogger relay	15, 16
J 31 — Intermittent wash/wipe relay	31, 32, 33
J 33 — Headlight cleaner relay	35, 36, 37
K 2 — Alternator indicator lamp	20
K 3 — Oil pressure indicator lamp	20
K 7 — Brake circuit and parking brake indicator lamp	18
K 10 — Tailgate window defogger indicator lamp	14
K 17 — Rear foglight indicator lamp	4

◎ Connection in test network wired directly to central socket

Designation	Current track
L 20 — Rear foglight bulb	5
L 22 — Foglight bulb, left	9
L 23 — Foglight bulb, right	8
N — Ignition coil	26
N 6 — Resistor	26
O — Distributor	27, 28
P — Spark plug connectors	27, 28
Q — Spark plugs	27, 28
R — Radio	3
S 1 — to S 12 — Fuses in fuse box	
S 29 — Radio fuse	3
T 1 — Flat male plug guide/male plug connector, single	
T 10 — Male plug connector, 12-way on instrument panel	
T 12 — Male plug connector, 12-way beneath instrument panel, left for instrument panel/tail light harness connection	
T 29 — Male plug connector, 29-way on fusebox for instrument panel/main harness connection	
V — Windshield wiper motor	29, 31
V 5 — Windshield washer pump motor	34
V 11 — Headlight cleaner pump	37
V 12 — Rear window wiper motor	10, 11
V 13 — Rear window washer pump motor	13
Y — Clock	1
Z 1 — Rear window defogger	16

Key to current flow diagram for Audi 50 from August 1974

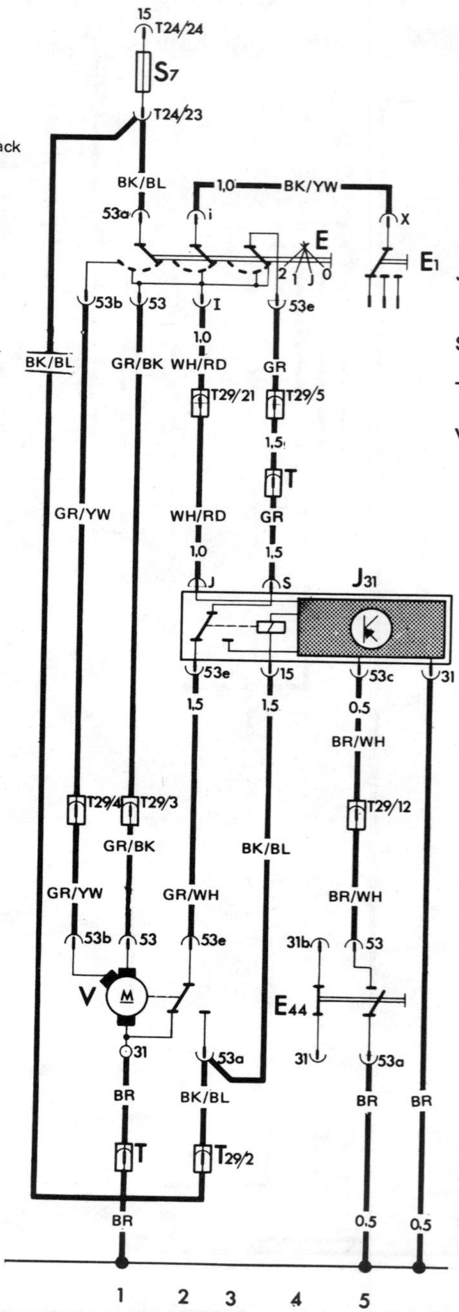

Designation			Current track
E	—	Wiper switch	1 – 4
E1	—	Lighting switch	5
E44	—	Switch for automatic wash-wipe facility (foot pump)	4, 5
J31	—	Relay for intermittent wipe/wash-wipe facility	2 – 5
S7	—	Fuse in fuse box	1
T	—	Connector	
V	—	Wiper motor	1 – 3

Color Code Key

BK - BLACK
BL - BLUE
BR - BROWN
GR - GREEN
GY - GREY
PU - PURPLE
RD - RED
WH - WHITE
YW - YELLOW

Fig. 10.20. Additional current flow diagram/intermittent wash wiper facility from August 1975

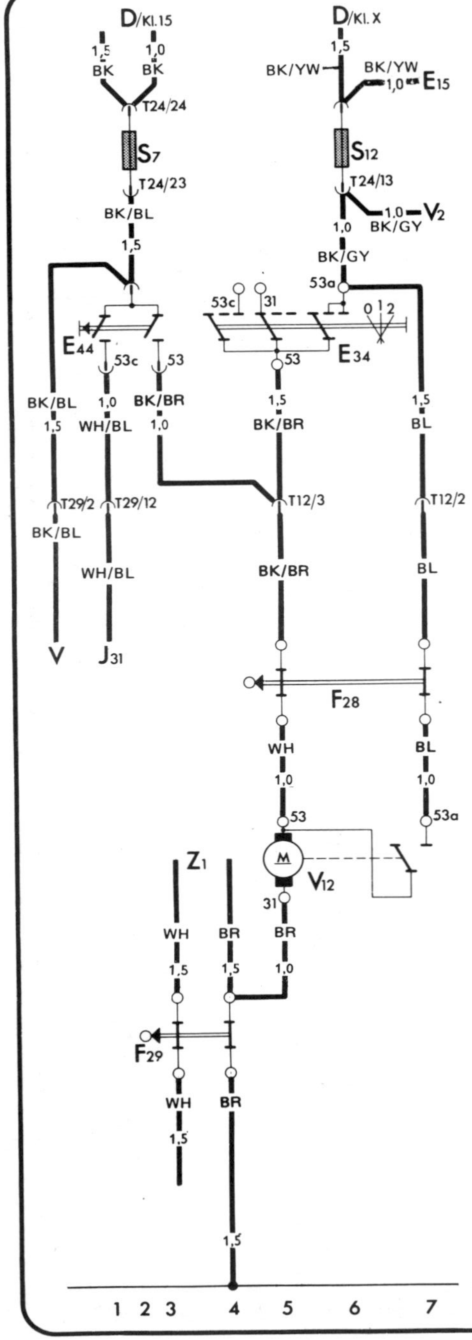

Designation			Current track
A	—	to battery plus	
D	—	to ignition switch	
E2	—	to turn signal switch	
E44	—	Swtich for wash-wipe and headlight washer (foot switch)	1, 2
J31	—	Wash-wipe-intermittent relay (partially shown)	2
J39	—	Headlight washer re'ay	4
M3	—	Side light, right	
S2	—	Fuse in fuse box (8 Amp)	4
S7	—	Fuse in fuse box (16 Amp)	2
T	—	Connector, single (near fuse box)	
T24	—	Connector, 24 pin (dash to front harness - on fuse box	
V5	—	Windscreen washer pump	3
V11	—	Headlight washer pump	6

Color Code Key

BK - BLACK
BL - BLUE
BR - BROWN
GR - GREEN
GY - GREY
PU - PURPLE
RD - RED
WH - WHITE
YW - YELLOW

Fig. 10.21. Additional current flow diagram for headlight washer from August 1976

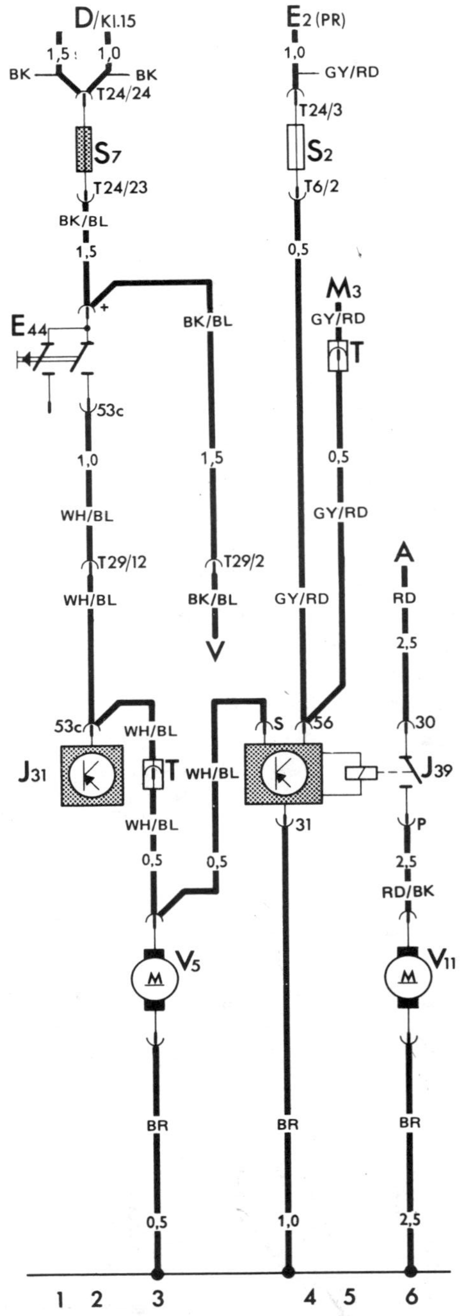

Designation			Current track
D	—	to ignition switch	
E15	—	to switch for rear window	
E34	—	Rear wiper switch	4, 5
E44	—	Wash-wipe switch (foot switch)	2, 3
F28	—	Contact for rear wiper switch (in tailgate)	5, 7
F29	—	Contact for rear window (in tailgate)	3. 4
J31	—	to relay for wash-wipe-intermittent facility	
S7 S12	—	Fuses in fuse box (16 Amp)	
T12	—	Connector, 12 pin (dash to rear harness - on left under dash)	
T24	—	Connector, 24 pin (on fuse box)	
T29	—	Connector, 29 pin (dash to front harness - on fuse box)	
V	—	to wiper motor (terminal 53a)	
V2	—	to blower switch	
V12	—	Rear wiper	
Z1	—	to rear window	

Fig. 10.22. Additional current flow diagram for rear wiper system from August 1976

Chapter 11 Front suspension, driveshafts and steering

For modifications, and information applicable to later models, see Supplement at end of manual

Contents

Specifications

Front suspension

Type	Independent by MacPherson strut with lower control arm. Fitted with stabiliser bar
Shock absorbers	Telescopic hydraulic double acting fixed inside the steering knuckle.
Coil springs	Co-axial with, and mounted on, steering knuckle.
Control arm	Connects steering knuckle to frame.

Steering knuckle balljoint

Maximum play	2.5 mm (0.1 in)

Steering gear

Type	Rack and pinion with safety column	
Steering gear lock-to-lock	3.6 turns	
50 ft diameter circle	0.9 turns	
Turning circle between kerbs (right-hand drive):	**metres**	**ft**
Left	8.3	27.3
Right	9.3	30.6
Front wheel track	1296 mm (51 in)	
Steering geometry:		
Camber	0° 10′ negative to 0° 50′ positive	
Maximum permissible difference between sides	0° 30′	
Castor angle (non-adjustable)	1° 50′ to 2° 50′ positive	
Maximum permissible difference between sides	1°	
Front wheel alignment	10° toe in to 10° toe out (1.0 mm [0.039 in] toe in to 1.0 mm [0.039 in] toe out)	

Wheels and tyres

See Chapter 7

Torque wrench settings

	lbf ft	kgf m
Shock absorber piston rod/body nut	36	5
Steering tie-rod/steering knuckle balljoint nut	28	3.8
Stabiliser to control arm bolt and nut	56	7.7
Stabiliser bracket to body	22	2
Axle nut on driveshaft	152	21

Torque wrench settings

	lb f ft	kgf m
Shock absorber capped nut	101	14
Shock absorber piston/spring nut	37	5
Drive flange bolts	29	4
Steering knuckle balljoint securing bolt and nut (8 mm)	22	3
Disc to hub securing screws	4	0.5
Backplate to steering knuckle screws	16	2.2
Caliper securing bolts	42	5.8
Steering column/steering gear clamp	18	2.5
Steering gear adjustment cover bolts	6.5	0.9
Steering gear clamp bracket nut	16	2.3
Transfer bracket clamp bolt	29	4
Tie-rod/transfer bracket bolts and nuts	17	2.3
Right toe rod locknuts (for adjusting toe)	29	4
Steering wheel nut	22	3

1 General description

1 Refer to Fig. 11.1. A simple MacPherson strut on each side is located at the top in the side of the engine compartment.
2 The lower part of the shock absorber is held in the tubular extension of the steering knuckle. This extension also carries the spring platform which is eccentric to the axis of the shock absorber and steering tie-rod connecting lever. Refer to Fig. 11.2. Once the strut is removed from the car the coil spring and shock absorber may be removed from the steering knuckle. This is discussed in Section 7.
3 The brake backplate, caliper, and steering tie-rod are all bolted to the steering knuckle. Refer to Fig. 11.3. The outer constant velocity joint (CVJ) has a splined shaft which passes through the bore of the steering knuckle and is located in the wheel hub, which in turn is carried in the wheel bearing which fits into the bore of the steering knuckle. The brake disc is bolted to the wheel hub and the wheel bolts pass through the disc to fit into the hub.
4 The driveshaft nut which holds the whole lot together is tightened to high specified torque. This needs a really good spanner and may present difficulties.
5 Vertical movement of the lower end of the suspension strut is governed by a control arm, attached to the steering knuckle by a balljoint, and to the bodyframe by a bracket and hinge pin.
6 Lateral movement is limited by the stabiliser arm which is held in brackets to the vehicle frame and in a bushing in the outer end of the control arm. The stabiliser arm also has a damping effect on the vertical movement.
7 The driveshaft constant velocity joint is bolted to the final drive output flange. Because of the offset of the engine the driveshafts are of different lengths. On the 1.1 and 1.3 litre engined models this has led to vibration problems. For this reason a small, flywheel type damper has been fitted to the centre of the longer shaft. This has been omitted from the shafts fitted to the 895 cc engine as the vibration problem does not exist with this unit.
8 Steering is by a simple rack and pinion arrangement. This is bolted to the lever part of the engine bulkhead. Refer to Fig. 11.8. As the steering column turns the pinion shaft the rack moves in a lateral direction. This moves the transfer bracket which in turn moves the tie-rods. These are connected at the outer ends by balljoints to the horns of the steering knuckle. Here the lateral movement is translated to a rotary motion and the complete strut rotates on the steering knuckle balljoint, turning the roadwheel in a vertical plane and thus steering the car.
9 The steering column is located in a bracket bolted to the bodyframe, refer to Fig.10.4, Chapter 10, which also carries the combination switch and the ignition starter switch. The column is cranked at the bottom and the bottom frame dowels are engaged in the steering pinion actuating shaft in rubber bushes, so that in the event of an accident pushing the steering gear towards the driver, the actuating shaft will not transfer the upward thrust to the steering column. This safeguards the driver as the steering wheel cannot be forced upwards into the chest.
10 The steering geometry does not present many problems. The angle for camber and castor are given in the Specifications. These are not adjustable so that if they are incorrect a major repair is indicated. This can be done by the VW/Audi repair centre with its jigs and fixtures, but it is beyond the D-I-Y owner. It may be possible to renew the strut, stabiliser bar and control arm but even that will not compensate for distortion of the body shell, and remember there is a very small tolerance.

Front wheel alignment is adjustable by varying the length of the right tie-rod. This can be measured with trammels, but in view of the small tolerance and the price of tyres we recommend having this adjusted by a garage with the proper equipment.
11 Much is written about the negative roll radius. This, again, is a built in factor. If you could construct a line through the centre of the top pivot of the strut and the centre of the balljoint on the steering knuckle this line would cut the plane of the ground on which the wheel is standing at the point which determines the 'roll radius.' A line through the vertical centre of the tyre will mark the centre of the contact area of the tyre and the ground. If this central point of contact is nearer to the centrelne of the car than the intersection of the ground plane and the line through the strut pivots then the roll radius is negative. You cannot measure it, but that is the principle. Any undue retardation of the tyre, such as a puncture or skid will tend to keep the wheels in the 'straight-ahead' position.
12 The figure illustrations are for a left-hand drive vehicle, the photographs for a right-hand drive vehicle. Adjustments and removal and reassembly procedures are the same for both vehicles, but obviously the location of some parts will be reversed.

2 Maintenance and scope of repair

1 Apart from periodic inspection no routine maintenance is necessary. All bearings and joints are prepacked and there is no method of replenishment unless the joint is completely dismantled.
2 Check the state of wear of the tyre treads weekly. If there is sign of undue or irregular wear then action is necessary right away. This is tabulated in Section 19 and discussed in Chapter 7, Section 14.
3 Measure the free-play at the steering wheel rim as soon as you acquire the vehicle. If this measurement increases subsequently then the reason for the increase must be found and corrected.
4 Rubber gaiters and joint covers must be checked for splits and age hardening. If they have become defective and grit has entered the joint then the assembly must be dismantled, cleaned, fitted with new covers, and repacked with fresh grease. This is particularly important with the CVJ's and the balljoints.
5 The suspension and steering may be stripped and reassembled quite easily in a weekend. It may be difficult to undo the axle nut and retighten it to the correct torque. Undoing it requires only brute force and a good spanner, but it must be tightened to the correct torque. You may have to make arrangements with a garage to do this.
6 As we stated in Section 1, there are no adjustments for castor and camber. It is recommended that toe in be set with the VW/Audi gauges.

3 Driveshafts - removal and refitting

1 Remove the wheel trim and slacken the axle nut. This nut is very tight. It requires a strong socket spanner. Do this job with the car wheels on the ground for the force required could well pull the vehicle off a stand.
2 Lift the front of the car and support it with axle stands under the adaptor welded to the floorplate. There is a triangular mark on the bottom edge of the body a few inches from the bottom of the front wheel and which marks the location of the adaptor. Make sure the car

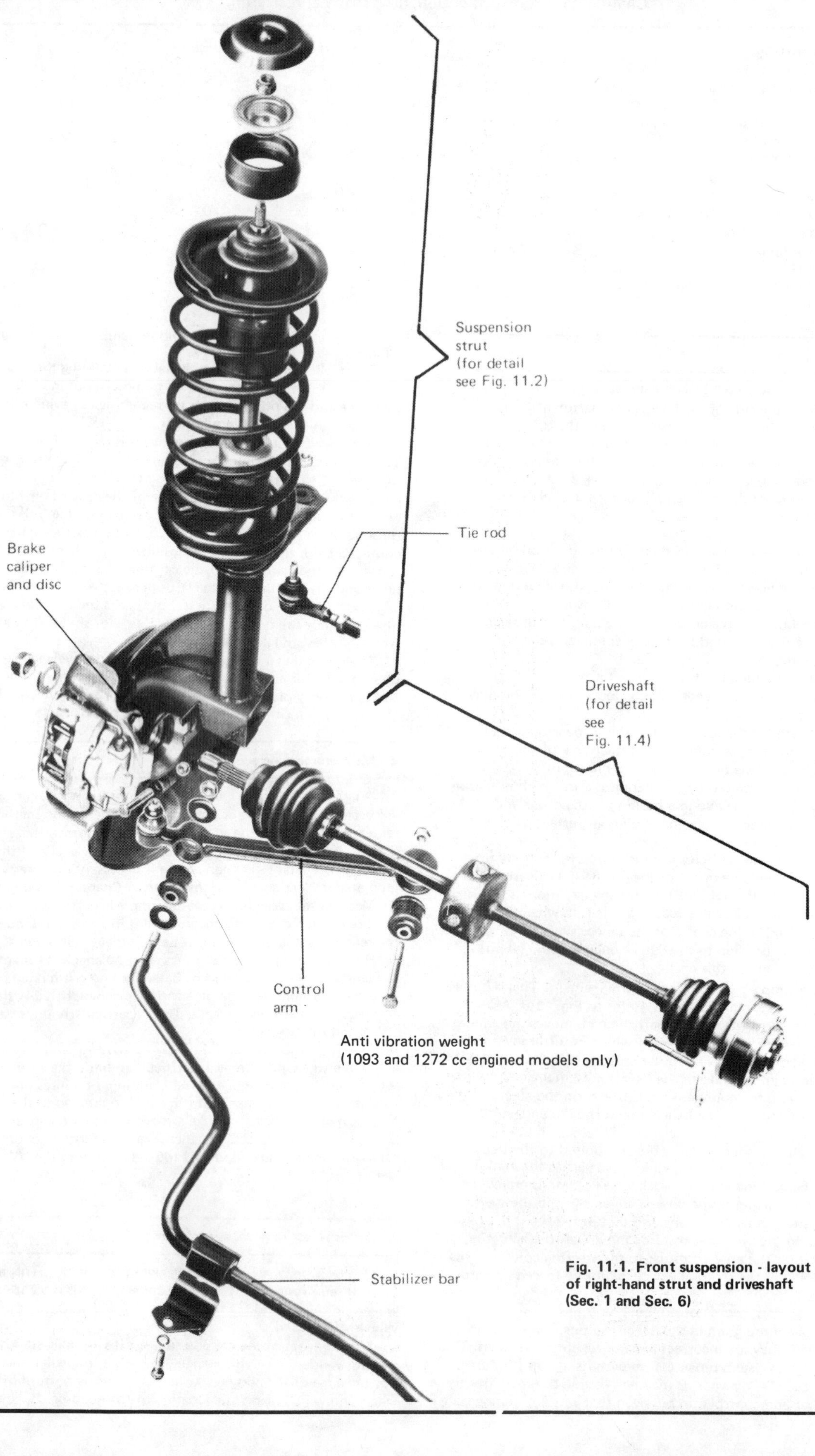

Fig. 11.1. Front suspension - layout of right-hand strut and driveshaft (Sec. 1 and Sec. 6)

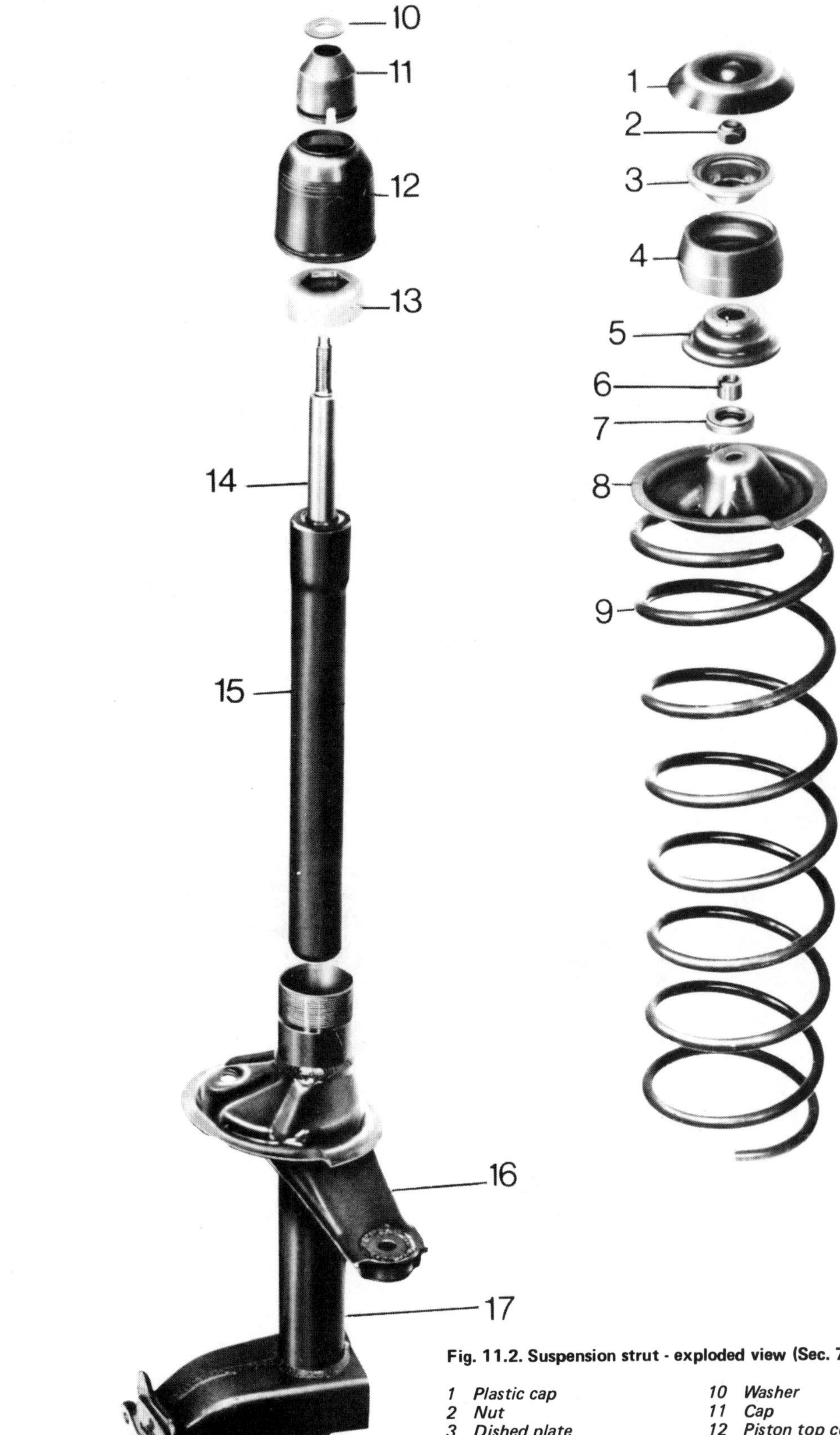

Fig. 11.2. Suspension strut - exploded view (Sec. 7)

1	*Plastic cap*	10	*Washer*
2	*Nut*	11	*Cap*
3	*Dished plate*	12	*Piston top cover*
4	*Damper ring*	13	*Piston capped nut*
5	*Strut bearing*	14	*Piston*
6	*Capped nut*	15	*Shock absorber body*
7	*Spacer*	16	*Steering horn*
8	*Spring mounting*	17	*Steering knuckle*
9	*Spring*	18	*Bore for wheel bearing*

Note: The shape of part 4 (damper ring) has been modified since April 1975

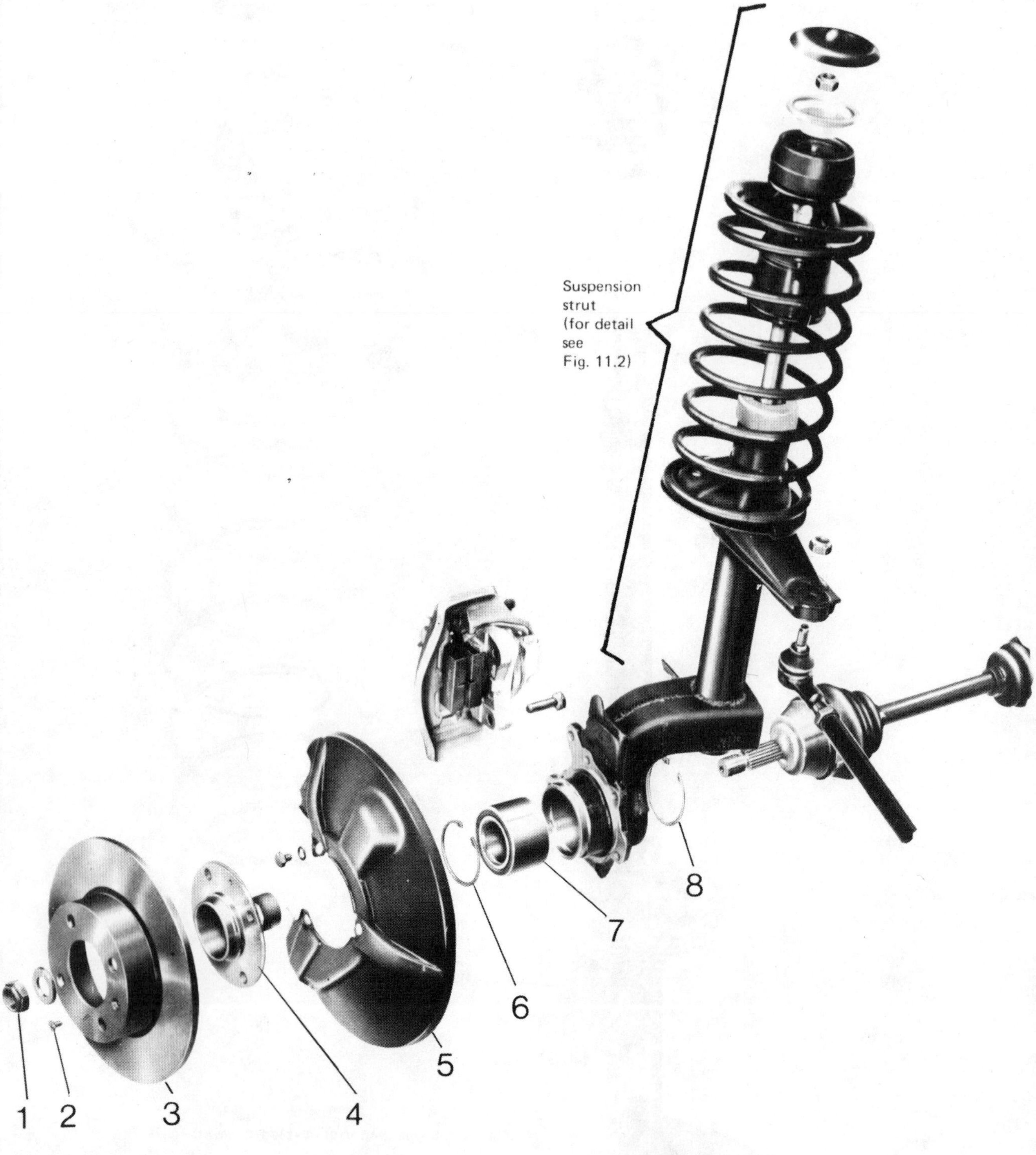

Fig. 11.3. Front wheel hub - exploded view (Sec. 1)

1 Axle nut	*5 Disc guard*
2 Disc locating screw	*6 Outer circlip*
3 Disc	*7 Wheel bearing*
4 Hub	*8 Inner circlip*

is really well supported because you are going to be working under it.
3 Remove the roadwheel, and on 1272 cc engine models, disconnect the exhaust pipe from the manifold and bracket. The next job is to disconnect the driveshaft flange from the transmission. This requires a really good Allen key or better still an hexagonal screwdriver that can be used with a ratchet spanner drive and a torque wrench. Be careful, if you damage the bolt sockets you will be in dire trouble. However, remove them noting the location of the locking plates. Turn the steering to full lock and pull the CVJ away from the transmission flange. Remove the axle nut and take the driveshaft away from the front hub (photos).
4 If the CVJ will not part company with the transmission flange, do not hammer it or use a wedge. Refit the roadwheel and lower the car to the ground. Turn the steering to full lock and then bottom the front suspension hard until the flange comes adrift. For the very untechnical, 'bottom the suspension hard' means bear down on the wing suddenly so that the coil spring is compressed fully and the downward motion is interrupted with a jolt. Then lift the car back onto the axle stands and remove the driveshaft.
5 Refitting is done in the following way. Refit the wheel and stand the car on the ground. Install the driveshaft in the steering knuckle and tighten the axle nut as far as possible. Bottom the car's springs with the steering on full lock. Now lift the car, refit the CVJ to the transmission flange, torque the bolts correctly. Lower the car and tighten the axle nut to its correct torque. When the axle nut has been undone it **must** always be replaced with a new one.

4 Driveshafts - dismantling, inspection and reassembly

1 Refer to Fig. 11.4. The CVJ's may be removed from the shaft and replaced with new ones if necessary. It is not possible to obtain spares to repair the CVJ's. They are carefully mated to a tolerance on manufacture.
2 Rubber, clips, and shafts may be renewed if necessary. The CVJ's may be dismantled and cleaned for inspection. They must then be repacked with grease correctly.
3 Each CVJ may be removed with the other one still in place. The most common reason for dismantling is failure of the protecting sleeve. This will mean removing the CVJ from the shaft. If this is done new securing clamps for the sleeve must be installed with the sleeve. It should also be possible to buy a packet of the correct type of grease. This is a molybdenum-disulphide grease. VW/Audi have their own type, but if this is unobtainable a suitable low melting point type may be used. About 90 grammes per joint are required.
4 Refer to Fig. 11.4. To remove the inner joint first hold the shaft in a vice, using soft jaws, wipe the grease from the outer surface, and remove the circlip (photo). Now drive off the plastic sealing cap from the joint body and push the gaiter away from the joint. Support the joint over the vice jaws and using a soft drift tap the shaft out of the joint. Be careful to catch the spring disc, and note which way it fits. Service the joint as described in the next Section. It may be necessary to cut the clamps holding the gaiter before the gaiter is removed from

3.31 Undoing the inner driveshaft flange bolts with an Allen key

3.3 The inner joint disconnected. Wrap it in a polythene bag until you are ready to service it

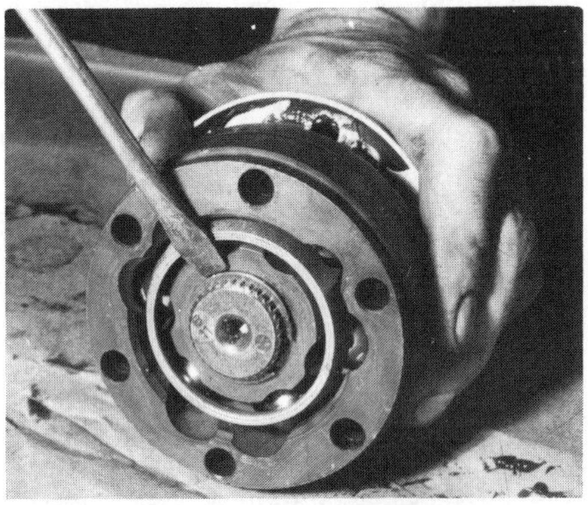

4.4 The circlip of the inner CVJ

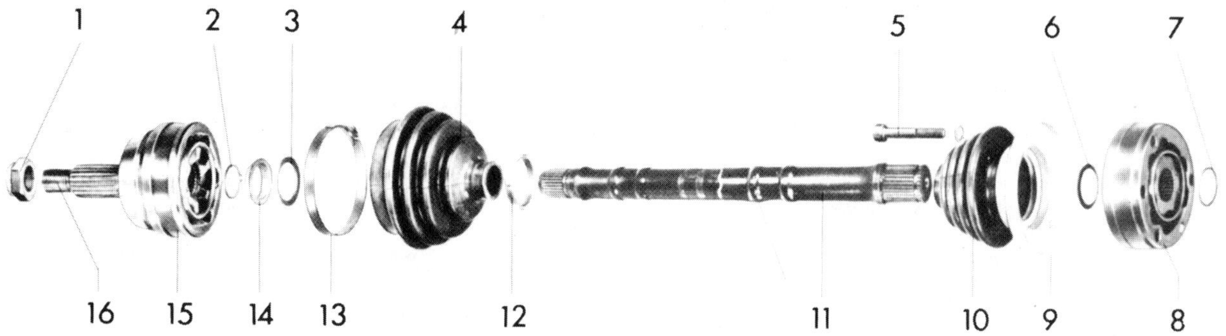

Fig. 11.4. Driveshaft and CV joints (Sec. 4)

1 *Axle nut*
2 *Circlip*
3 *Dished washer*
4 *Boot*
5 *Socket head bolt*
6 *Dished washer*
7 *Circlip*
8 *CV joint inner*
9 *Cap*
10 *Boot*
11 *Shaft*
12 *Clip (34 mm)*
13 *Clamp (88 mm)*
14 *Thrust washer*
15 *CV joint outer*
16 *Axleshaft*

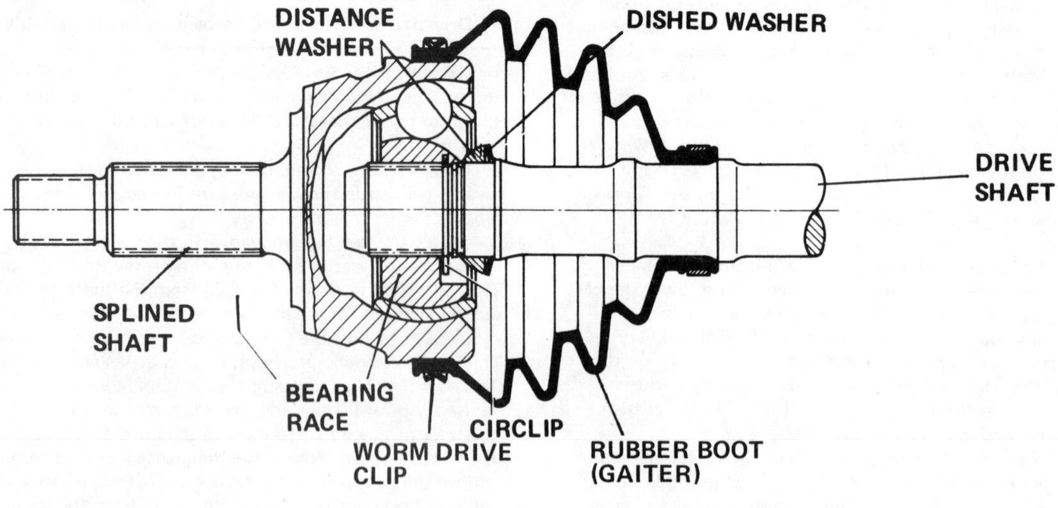

Fig. 11.5. Driveshaft (outer CVJ) - section view (Sec. 4)

the shaft and the sealing cap.

5 To reassemble the inner joint to the shaft first fit the gaiter and cover plate with its clips loosely over the shaft. The larger clips may be fitted in place and the gaiter pushed over the cover plate, but do not close the clip yet. Install the spring disc, the convex side next to the shoulder on the splined part of the shaft and then drive the joint onto the shaft. Watch that the chamfer for the cover plate is facing the cover plate. Drive the joint on using a piece of tube or a socket bearing on the inner part of the joint. The joint must go right down to the stop. Refit a new circlip.

6 The next part is messy. Approximately 45 grams of grease must be forced in to the joint from each side, that is 90 grams altogether. You can do this job before fitting the joint to the shaft if you wish, either way it is a messy job. Once the joint is in position and the circlip securely in its groove the gaiter may be fitted. If it is a new gaiter then it too must be filled with the molybdenum-disulphide grease. Line up the bolt holes in the cover plate with those in the CVJ and tap the cover plate into position. Settle the clips in position and close up the fitting pieces using large pliers or a mole wrench. Wrap the joint in a polythene bag to keep it clean until it is refitted to the vehicle.

7 Removal of the outer joint is much the same as for the inner one (see paragraph 4, et seq). Remove the clamps and pull the gaiter and its clamps away from the joint along the shaft. This time there is not a cover plate. Clean off the grease and turn the joint at an angle to the shaft to expose the circlip (see Fig. 11.4). Open this with a pair of circlip pliers and tap the side of the joint. The circlip will spring out of its groove and the joint may be pulled off the shaft. Do not lose the spring disc, watch where it goes and which way round it is fitted.

8 Service the joint ready for reassembly as described in the next Section. New retaining clamps must be fitted to the gaiter. Fit the spring disc and a new circlip over the splines of the shaft. This time all 90 grams of grease must go into the joint from the exposed side. Now drive the joint onto the shaft until the new circlip fits in the groove. Once this is firmly in place fill the gaiter with grease, pull it into position and pinch up the new clamps.

9 A cross-section of the assembled CVJ is shown at Fig. 11.5. Note that this shows a distance washer which is not shown on Fig. 11.4. This washer may or may not be fitted according to the joint.

5 Constant velocity joints (CVJ's) - inspection

1 Wash the joints with paraffin or white spirit until all the grease has been removed. Dry them carefully with a clean rag. The ball hubs are mated to the outer rings by careful selection during manufacture. The six ball bearings in each joint are also selected in the same tolerance group. For this reason all the parts must be kept together. Those of the outer joint must be reassembled in exactly the same relationship as they were before dismantling. To do this lay the joint flat and scribe a line across the machined surfaces so that the outer ring, ball cage and bolt hub may be refitted correctly. It is not necessary to do this with the inner joint.

2 To dismantle the inner hub, pivot the ball hub and cage in the casing (photo) and press it out towards the side to which the cover is fitted. Twist it until it is at 90° to the casing before pressing it out. The balls may now be pressed out of the cage and the hub removed from the cage. To do this align the groove in the hub with the groove in the cage and tilt the bolt hub out of the cage (photo).

3 Examine the outer ring, cage and balls for pitting, flats or grooves. Check the ball paths. If they are merely obvious by a bright polished track all is well, but if there is a definite groove then there will be excessive radial clearance and the balls will tend to run in this track, rather than pivot with the joint. Look for scoring damage on the contact surfaces of the hub and outer ring. If all is well the joint may be reassembled, if wear is present take the CVJ to the VW/Audi for an expert opinion, and possibly a replacement.

4 To assemble the inner CVJ insert the ball hub along the grooves of the ball cage. The installation position is immaterial, and press the balls into the cage. Fit the hub with the cage and balls into the outer ring vertically as shown in Fig. 11.6 and swing the hub into the correct position. Make sure that in each case a wide ball groove in the outer ring (a) is adjacent to a narrow groove in the hub (b) as the hub is swung into position. The chamfer on the splines of the inner diameter of the ball hub must point to the contact shoulder of the driveshaft and to the larger outer diameter of the outer ring. It will be necessary to twist the hub out of the cage until the balls fit in the grooves. When they are in position press the cage firmly until the hub, cage, balls and outer ring are all in the correct position. Now check that the hub rotates and swings freely. The CVJ is now ready for assembly to the shaft and to be filled with grease.

5 The outer CVJ must be marked to ensure refitting in the correct position. When the line is scribed over the flat faces pivot the hub and ball cage out of the outer ring and remove the balls one at a time. Turn the cage until the two large openings (the rectangular ones) are opposite the flats of the outer ring and lift the cage and hub out of the outer casing. Now twist the hub in the cage until one segment of the hub can be pushed into the large rectangular opening of the cage, in other words turn it through 90°. When the segment is pushed into the opening it will be possible to tilt the hub out of the cage. Examine the components as in paragraph 3. If all is well reassembly may proceed.

6 This time put 45 grams of the clean grease into the joint before assembling the hub, cage, and balls. Line up the markings and assemble the hub into the cage. Check the marking and if all is well then install the hub and cage into the joint taking care to line up the markings. Now refit the balls working alternately from each side. Check that the markings are still correct. If they are not dismantle and persevere until they are in line. Once the joint is correctly assembled the other 45 grams of grease may be installed and the joint is ready for assembly to the shaft. Install a new circlip in the hub before assembling the shaft.

7 An example of wear is shown in the photo. This was **not** from the

Polo but similar joints which had had a hard life in another vehicle. It shows the penalty of running on with split gaiters for the component is scrap and must be renewed - at considerable expense!

6 Suspension strut - removal and refitting

1 Set the car on a level floor and slacken the wheel nuts. Support the car correctly on axle stands and remove the wheel from the side from which the strut is to be removed. Refer to Fig. 11.1. Since the strut is to be removed it may be removed with, or without, the driveshaft. We preferred to remove it with the driveshaft and avoid struggling with the axle nut. Either remove the axle nut and leave the driveshaft in place, or remove the bolts from the inner CVJ and disconnect it from the transmission. We did the latter, but if you need to remove the wheel bearing then the axle nut must come off, and the driveshaft left in place. If you are going to remove the axle nut slacken it before lifting the wheels off the floor, as you may pull the car off the stands with tugging at the spanner.

2 Remove the split pin and nut from the tie-rod balljoint (photo), and break the joint with a wheel puller (photo). Do not hammer the balljoint. It has a hard enough life without abuse from you. It will come apart if hit hard on both sides simultaneously, and may well crack later; use a balljoint extractor.

5.2a Twist the ball cage and hub through 90° and remove the balls

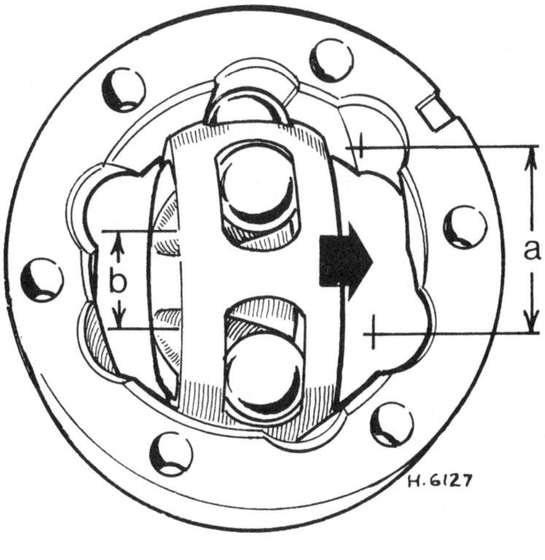

Fig. 11.6. Driveshaft - assembly of hub cage (Sec. 4)

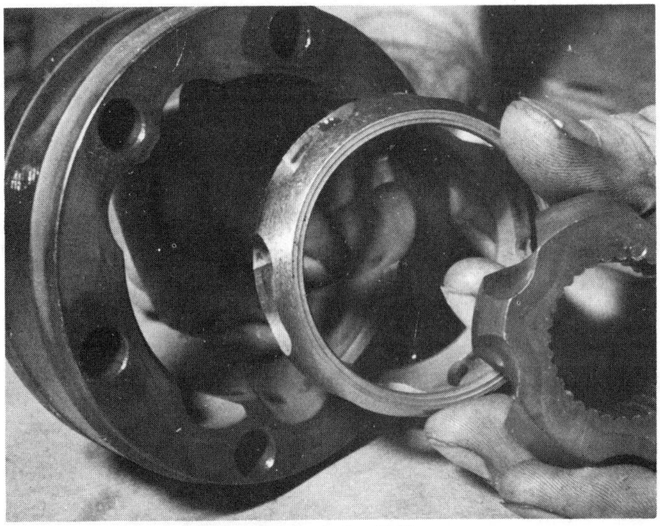
5.2b The three components of the inner CVJ

5.7 A ball hub, scrap because of neglect

6.2a The tie-rod and strut. Remove nut 'A'

3 Remove the broken pads from the caliper (Chapter 8).
4 There is no need to disconnect the brake hose, remove the bolts holding the caliper to the stub axle and hang the caliper to one side (photo). **Do not** let it hang by the brake hose.
5 Remove the brackets holding the stabiliser bar to the frame (photo) and lower the stabiliser bar down.
6 Locate the nut holding the stabilizer bar to the control arm (photo) and remove it. Pull the stabiliser arm out of the control arm (photo).
7 Undo the nut and bolt holding the steering knuckle balljoint to the suspension arm and remove the bolt.
8 Now push the control arm down (photo) and pull the suspension strut away from the control arm (photo).
9 In the engine compartment, locate the top of the strut (photo). Grip the top of the strut piston rod with a spanner and remove the nut, take off the cap and lever the strut away from the car (photo). Collect the black bush from the top of the piston rod and store it with the cap and nut (photo). **Do not** remove the slotted nut from the piston rod (photo).
10 If you have removed the axle nut, pull the strut away from the driveshaft. It may be necessary to turn the steering to full lock to withdraw the shaft. If the driveshaft is still in place, remove it with the strut and set the assembly to one side (photo).
11 Refitting is the reverse of removal. Depending upon whether the driveshaft is attached to the strut, or not, either insert the driveshaft splines in the strut, or thread the driveshaft into place and raise the strut so that the piston rod protrudes into the engine compartment. Do not forget the black bush on the top of the spring. Install the cap and the nut. Two people will be needed for this job.
12 Raise the control arm and fit the steering knuckle balljoint stud into the suspension strut. Refit the clamp bolt and nut. Torque the nut at the top to the correct amount and tighten the balljoint clamp nut.
13 Connecting the stabiliser bar is tricky. If it is fitted to the body first we found it was difficult to enter the rod in the control arm, as this should be done before fitting the steering knuckle balljoint and fitting them both together is fraught with difficulty. It is much easier to do it in the following way.
14 Once the control arm is firmly in place refit the roadwheel and lower the front wheels to the ground. Refit the stabiliser bar into the control arm. Raise the stabiliser arm to the body using a jack. The car may then be moved gently either way until the stabiliser arm clamp bolts may be installed into the body. The body moves forward and backward over the clamps.
15 Once the stabiliser arm is fitted, raise the wheels again, refit the tie-rod and install the axle nut, or reconnect the inner CVJ.

6.2b Using a puller, break the tie-rod ball joint

6.4 Hang the caliper out of the way

7 Suspension strut - dismantling and reassembly

1 Refer to Fig. 11.2. There are three main components, the coil spring, the shock absorber, and the steering knuckle complete with wheel bearings. The renewal of wheel bearings is dealt with in Section 14.
2 Refer to photo 6.9d. It will be seen that a special nut holds the spring in compression. The spring must remain compressed while the nut is removed. The official tools for this are VW 340/5 and VW 340. The special nut is removed with VW 3001. If you have these, the job takes five minutes, if you do not then there is a difficult problem. There is worse to follow.
3 Refer to Fig. 11.2. It will be seen that the shock absorber is held in the tubular steering knuckle and kept in place with another special nut which is screwed onto the steering knuckle tube (photo). This also requires a special tool Audi 40-201 as it has to be torqued to an exact amount on assembly.
4 The official direction on this repair is paraphrased thus. When the capped nuts of factory installed coil springs are removed oil will escape from the shock absorber into the steering knuckle. The shock absorber must therefore be removed, the oil cleaned out, and a new shock absorber fitted.
5 At this point it is worthwhile considering why the strut was removed. If for the wheel bearing, then get on without disturbing the spring. If the spring is defective you can see that, and a new spring must be purchased. If the shock absorber is defective (see Section 9) then a new shock absorber is required. In either case a new part must be purchased and our advice is to take the strut to the agent and ask him to fit the new part. You have already saved a lot of money by removing the strut. Removing the coil spring without the proper tools is difficult and could be dangerous. If the strut is not assembled correctly the steering may be affected.
6 The alternative is to make a large clamp with which to compress the spring, and to find two piece of tube of the correct size and to cut the ends of them to fit the special nuts. Using these, the coil spring may be removed and the shock absorber investigated. We think this is a job for the man with the proper VW/Audi tools.

8 Suspension strut - noises when steering

1 If there are rattles or knocks as the car goes round a bend, or pulls up suddenly it is most likely to be caused by a defective strut.
2 The first thing to do is to remove the plastic cap from the top of the suspension strut. Using two spanners take off the nut securing the top of the piston rod to the car and lift off the stop plate. Tighten the special nut on the piston rod, using tool VW 3001 or a home made equivalent, to 5 mkg (36 lb f ft). Refit the stop plate and locating nut, tightening the nut, which should be a new one, to 5 mkg (36 lb f ft).
3 If this does not cure the problem then the matter is a little more difficult. In May 1975 a new top mounting for the coil spring was

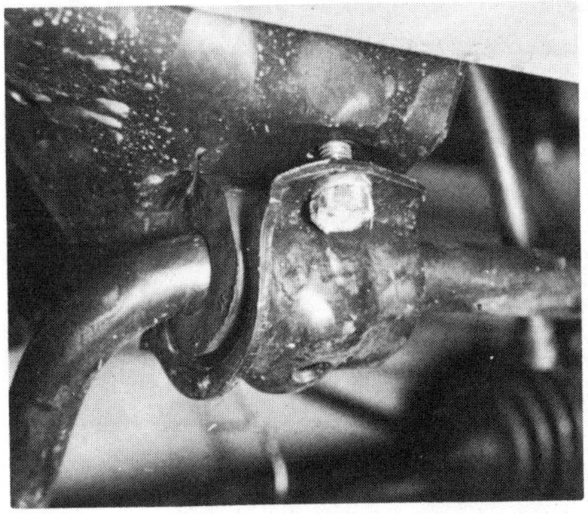

6.5 The stabilizer bar bracket

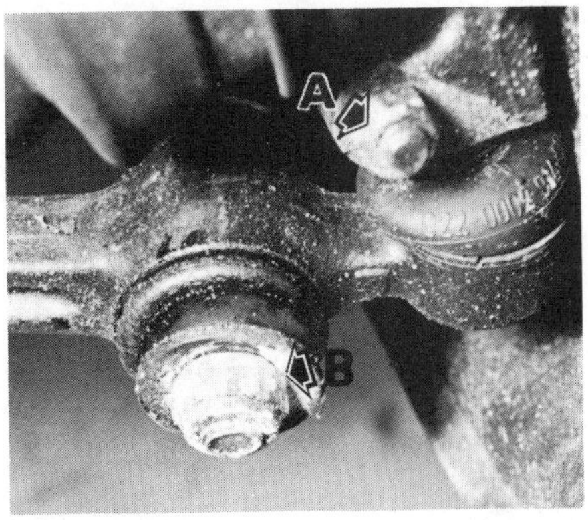

6.6a The stabilizer nut (A) and the steering ball joint clamp nut (B)

6.6b Remove the nut from the stabilizer arm (A) and pull the arm away from the control arm

6.7 Remove the clamp bolt from the steering knuckle ball joint and remove the bolt

6.8a Push the control arm down and ...

6.8b ... pull the suspension strut away from the control arm

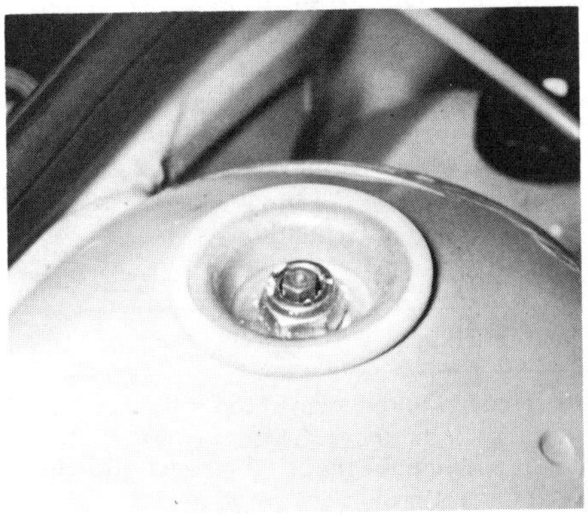
6.9a The top of the strut in the engine compartment remove the nut and the cap and ...

6.9b ... lower the strut from the car

6.9c The nut, cap and bush

6.9d Do not undo the slotted nut

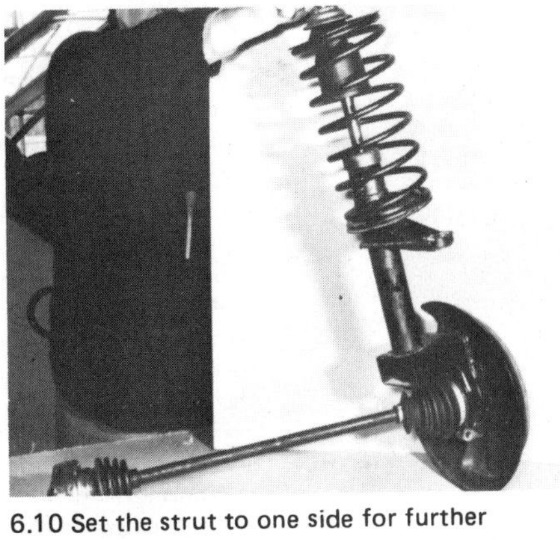
6.10 Set the strut to one side for further overhaul

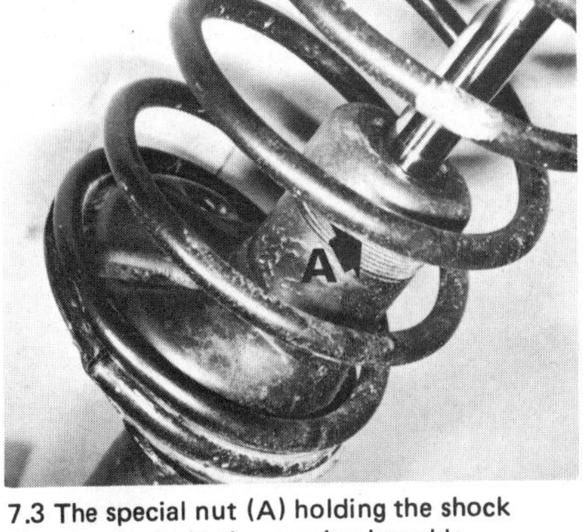

7.3 The special nut (A) holding the shock absorber body in the steering knuckle

installed to cure this problem. Apparently there was a possibility of the top plate moving laterally. To cure this the number of locating ribs in the mounting plate was increased to six, thus effectively locating the axial bearing more firmly. If this trouble occurs on cars constructed before May 1975 then the strut must be removed and rebuilt with a modified mounting plate - see Section 7 and Fig. 11.7. The part number of the new mounting is 861 412 335.

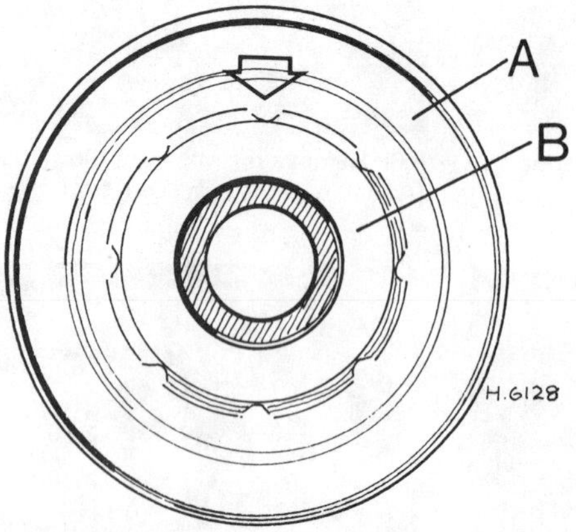

Fig. 11.7. Suspension strut - modified spring mounting (Sec. 8)

A = mounting *B = axial bearing*

Note: fitted to all vehicles after May 1975

9 Shock absorbers - testing

1 If the front suspension seems lumpy and soft, giving rumbling noises and bottoming on rough ground, then it is most probably due to a defective shock absorber.
2 Examine the strut at the shock absorber gland (photo 7.3). If there is excessive leakage then a new unit is required, and must be fitted as in Section 7. If there is no evidence of leakage a further test will help, for the unit may be empty.
3 Push the car down at that corner as far as you can and then release the pressure suddenly. The coil spring will push the car up, and it should resume its former level without oscillation. If it continues to oscillate, even once, then the shock absorber is not functioning correctly.
4 As the removal of the unit from the strut is likely to be beyond the D-I-Y owner, the strut must be taken to the VW/Audi agent for repair. For those who do remove the unit, the way to test it is to hold the body in a vice and work the piston rod up and down several times. The resistance to movement should be firm and steady during both the up and down strokes.
5 It is **not** necesary to renew shock absorbers in pairs. Renew only the defective one.

10 Stabiliser arm - removal and refitting

1 If the stabiliser arm is distorted it must be replaced by a new one. **Do not** attempt to straighten it.
2 Removal presents little difficulty. Support the front of the car on axle stands and undo the brackets holding the arm to the frame (photo 6.5). Remove the nuts from the ends of the stabiliser arm (photo 6.6a), and pull the stabiliser arm away from the control arms.
3 Fit the new arm back to the control arms. Lower the front wheels to the ground. Force the arm upwards to the car body using a jack and move the car very gently until the bolt holes of the stabiliser brackets line up. Insert the bolts and torque correctly (photo).

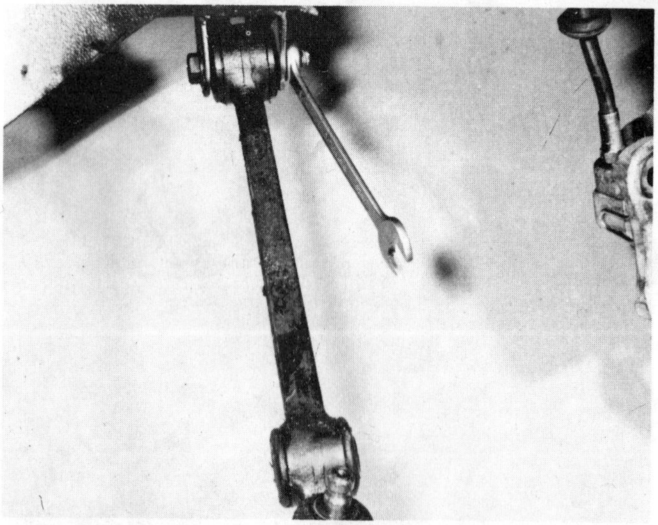

11.4 Remove the inner hinge bolt from the control arm

11 Control arm - removal and refitting

1 The control arm may be removed to renew the bushes.
2 Support the car on axle stands and remove the front wheel.
3 Undo the stabiliser arm nut and remove the stabiliser arm from the control arm. Read Section 10 for this problem. Turn to Section 6, and read paragraphs 6, 7 and 8. Remove the control arm balljoint from the steering knuckle.
4 Undo the inner hinge bolt (photo) and remove the hinge pin. Remove the control arm.
5 Press the defective bushes out, apply a little soap to the new ones and press them into place.
6 If the control arm is distorted it is no use just fitting a new one. In all probability the body frame is also distorted and the car must be taken to a VW/Audi agent for checking.

12 Steering knuckle balljoint - testing

1 Refer to photo 12.1. The balljoint is illustrated. With the vehicle standing on its wheels, measure the distance (a) between the lower surface of the control arm and the top of the clamp lug, not the bolt, the lug. Steering in the 'straight-ahead' position.
2 Jack-up the vehicle so that the wheel is clear of the ground. Insert a lever between the top of the control arm and the back of the wheel hub and lever the joint apart, pushing the control rod down and the wheel hub up. Measure the distance (a) again.
3 The distance should not vary by more than 2.5 mm (0.098 in).

13 Steering knuckle - inspection and repair

1 The problems of removing the steering knuckle are discussed in Sections 6 and 7. Read these carefully in conjunction with Figs. 11.1, 11.2 and 11.3.
2 The removal of the wheel bearing is discussed in Section 14.

14 Wheel bearings - testing, removal and refitting

1 The front wheel bearings are not easy to renew so be sure there is a good reason to do so before starting. If the wheel has excessive rim rock, much greater than the other front wheel, then the bearing is suspect. However, check the steering knuckle balljoint and rectify if necessary first.
2 A defective bearing will rumble. Jack the wheel off the ground and spin it. The noise will be pronounced. Compare it with the noise made by the other wheel. Eventually there will be irregular wear on the tyre and the slack bearing will cause wheel wobble.
3 There is no repair, only renewal, so ask for expert advice before deciding to do the job. If the advice is positive proceed in the following manner.
4 With the car on the ground, remove the axle nut and slacken the wheel nuts. Jack-up the car, set it on axle stands and refer to Section 6 and Fig. 11.1. Remove the suspension strut from the vehicle.
5 Leave the coil spring and shock absorber in place but remove the brake disc. It has one crosshead screw holding it to the hub.
6 Remove the brake disc guard from the steering knuckle. Using feeler gauges, check the clearance between the flange of the hub and the knuckle.
7 Press the hub out of the steering knuckle. Ideally the knuckle should be supported on parallel bars under a flypress and the hub pressed out with a suitable mandrel. It is possible to drift the hub out but if it is distorted in the process a new one will be needed.
8 The hub will come away with the bearing inner race. Note its position on the hub. This must be removed with a wheel puller. Refer to Fig. 11.3. There are two circlips in the steering knuckle. Remove both of these using circlip pliers.
9 Press the outer race from the knuckle in the same direction as the hub was removed. Clean the bore and remove any burrs or scratch marks.
10 Fit a new circlip to the outer circlip position in the knuckle. Support the steering knuckle and press the new bearing into the knuckle from the inside of the knuckle until it touches the circlip. Press only on the *outer* race or there will be damage to the bearing. Fit the inner circlip and lightly oil the bore.
11 The next problem is to press the hub into the bearing. This can be done by supporting the hub and pressing the knuckle and bearing on to the hub or by supporting the bearing and pressing the hub into it.
12 Whichever way it is done a strong helper will be needed to hold the strut in a convenient position and pressure must be applied only to the inner race. If the race is driven onto the hub a piece of pipe must be used as a pressing tool which fits only onto the inner race. Contrariwise, if the hub is driven into the bearing a similar piece of pipe must be used to support the inner race.
13 If this precaution is not followed it is possible that the new bearing will be scrapped. When the new bearing and hub are in place, check the clearance between the hub and the knuckle as in paragraph 5. If all is well install the disc guard and disc.
14 The strut is ready for reassembly as in Section 6. One final word about the axle nut. It must be a new one and torqued to the correct pressure, even if you have to pay for it to be tightened.

15 Steering tie-rods - removal, refitting and adjustment

1 Refer to Fig. 11.8. This is lhd model. Photo 15.1 shows the arrangement for the rhd. The left- and right-hand assemblies obviously are different, but fitting and adjustment is the same.
2 To remove the tie-rod, first undo the outer balljoint, photos 6.2a and 6.2b. Remove the nut and bolt from the inner end of the tie-rod (photo), and pull the tie-rod away.
3 Toe-in is adjusted by undoing the locknuts and turning the track-rod one way or the other (photo) to adjust the length of the rod.
4 Unless you have a suitable gauge, leave front wheel alignment to your dealer.

12.1 The distance 'a' must not vary by more than 0.098 in (2.5 mm)

15.1 This is a rhd steering gear. The mounting clamps are marked 'A'

15.2 Remove this bolt and nut to detach the inner end of the tie-rod

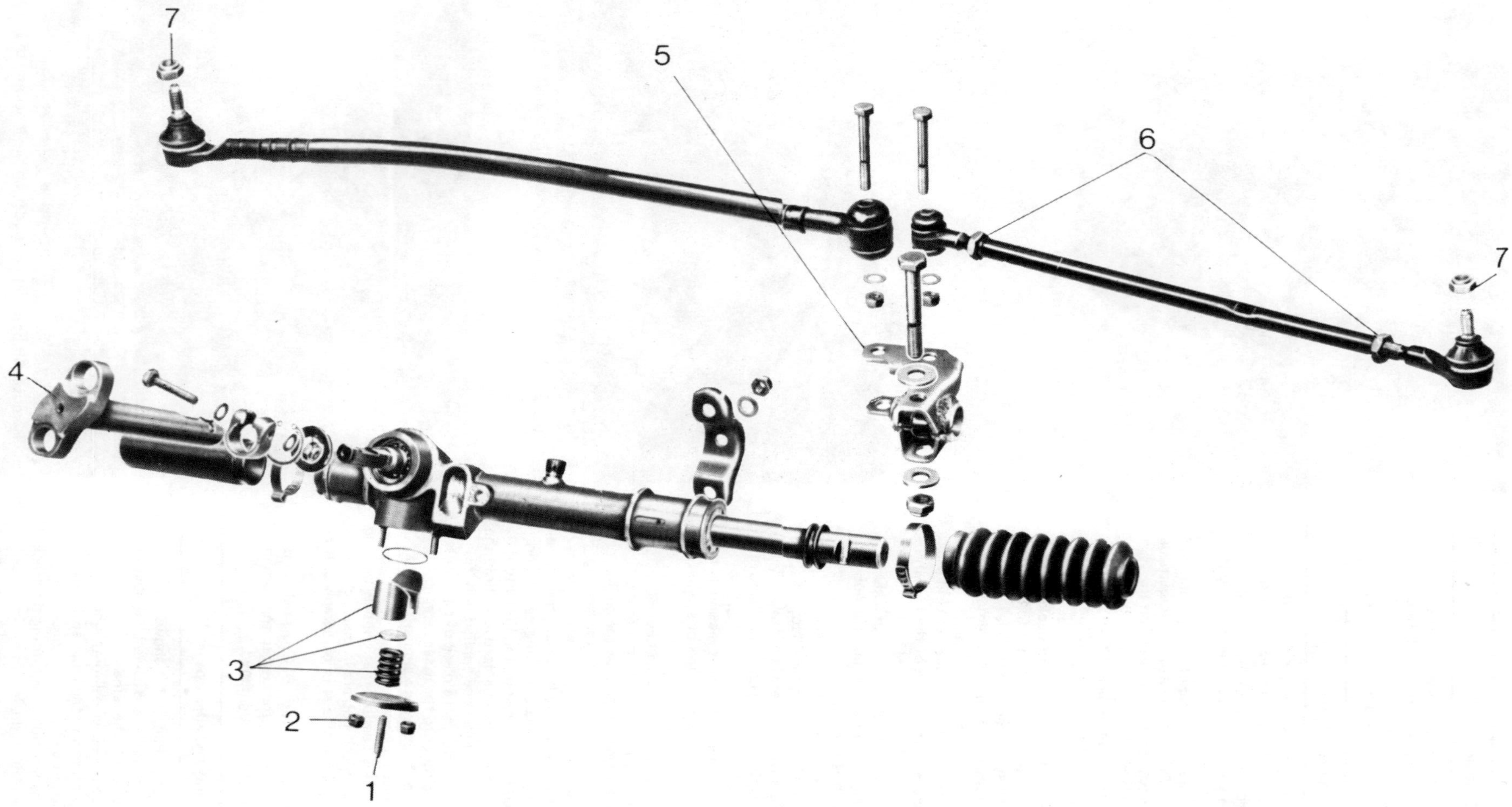

Fig. 11.8. Steering gear - layout (Secs. 15 and 16)

1 Adjusting screw
2 Nuts
3 Interior parts of gear adjuster
4 Flanged shaft
5 Transfer link
6 Adjustment points of tie-rod for toe-in
7 Steering balljoints

16 Steering gear - removal and refitting

1 Refer to Fig. 11.8 and Section 15, paragraph 1. It will be seen that the clutch cable goes through the steering gear casing (photo). Refer to Fig. 11.9. Disconnect the clutch cable from the clutch withdrawal arm in the engine compartment, and then from the clutch pedal.
2 Refer to Fig. 11.9 and Fig. 11.10, loosen the clamp and pry it off upwards inside the car.
3 Disconnect the tie-rods (photo 15.2) and remove the mounting clamps.
4 Lift out the steering gear. If necessary, remove the clutch cable bush with a plastic hammer.
5 Assembly is quite a tricky job. Two people are needed, and a lot of patience. Install the clutch cable tube and clutch cable.
6 Fit the steering gear into the mountings and guide the clutch cable into place. Fit the clamps and nuts but do not tighten them.
7 Inside the car fit the flanged tube onto the steering pinion shaft at the same time guiding the sleeves in the flanged tube onto the steering column pins. Fit the clamp bolt to the flanged tube but do not tighten it fully, just enough to turn the shaft.
8 Now turn the steering gear in the mountings until the gear and column are correctly aligned and then tighten the clamp nuts.
9 Rotate the steering wheel from left full lock to right full lock and check that there are no hard spots in the steering. If there are, then re-align the gear and column.
10 Check the adjustment of the distance between the combination switch and the steering wheel base. It should be between 2 mm (0.079 in) and 3 mm (0.118 in). If the adjustment is correct tighten the flanged tube clamp bolt, if not move the tube to correct the adjustment and then clamp it. It will probably need two people to do this job, one to hold the joint and one to tighten the bolt.
11 Refit the tie-rods to the transfer link. Reconnect the cable to the clutch pedal and withdrawal lever and adjust the free-play of the clutch pedal.

17 Steering gear - adjustment

1 Excessive free-play at the steering wheel may possibly be corrected by adjusting the steering gear. Refer to photo 16.1. Turn the self-locking adjustment screw about 20° to tighten the pinion into the rack. This will also cure the rack of rattling noises. If the screw is turned too far, the steering gear will bind.
2 Do not try to take the adjuster apart while the gear is in the car. If you suspect that the pinion or rack are damaged, remove the gear completely and then undo the nuts from the adjuster cover and see

15.3 Slacken the lock nut and turn the rod to vary toe-in

16.1 The steering gear as seen from underneath. 'A' is the clutch cable, 'B' the steering gear adjustment point

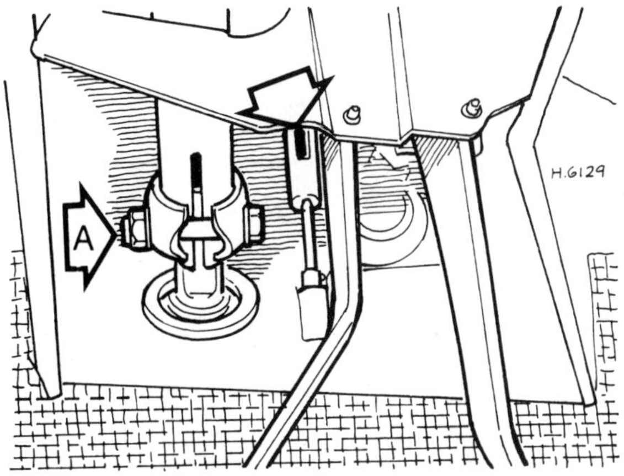

Fig. 11.9. Flange tube clamp (A) and clutch cable attachment to the clutch pedal (Sec. 16)

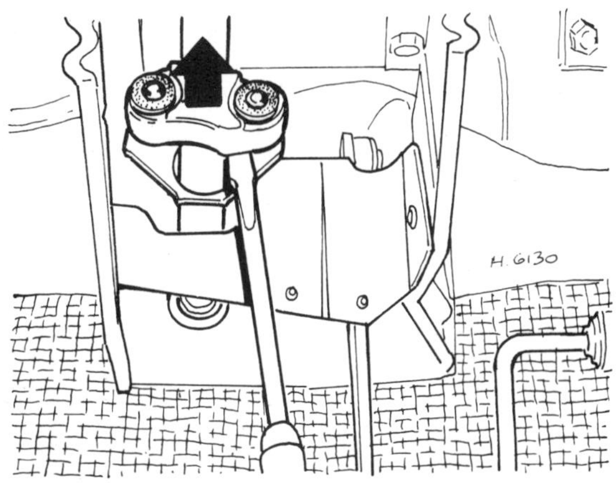

Fig. 11.10. Flanged type, lever off in the direction of the arrow

what has happened. It may be that the spring is distorted, but if there is any suspicion of swarf or metal dust then the gear should be taken to the VW/Audi agent for inspection.

18 Steering column - removal and refitting

1 Refer to Fig. 11.8. Removal of the steering column may be done without disturbing the steering gear.

2 Remove the trim from under the dashboard and unscrew the lower clamp. Pry the flanged tube off the steering pinion shaft and push it upwards disengaging the pins of the steering column from the bushes of the flanged tube.

3 Remove the steering wheel, combination switch and instrument panel trim. This is described in detail in Chapter 10, Section 13.

4 Undo the bolts holding the steering column bracket to the body and lift the column away.

5 Refitting is the reverse of removal. The gap between the steering wheel and the combination switch must be set at between 2 and 4 mm (0.08 to 0.16 in).

19 Fault diagnosis - front suspension, driveshafts and steering

Symptom	Possible cause	Remedy
1 Noise from front suspension	1 Broken coil spring	1 Renew spring.
	2 Defective shock absorber	2 Renew steering knuckle.
	3 Front wheel bearing defective	3 Renew bearing (Section 14).
	4 Broken pads need renewal	4 Fit new pads (Chapter 8).
	5 Coil springs anchorage requires attention	5 See Section 8.
	6 Rack and pinion adjustment slack	6 Adjust.
	7 Driveshaft CVJ defective	7 Check and renew.
2 Tyres wearing excessively on inner or outer edges of treads	1 Steering geometry incorrect	1 Consult VW/Audi agent.
	2 Stabiliser or control arm damaged	2 Consult VW/Audi agent.
	3 Steering knuckle balljoint worn	3 Renew.
	4 Tie-rod balljoints worn	4 Renew tie-rods.
	5 Rack and pinion adjustment slack	5 Adjust.
3 Steering wanders and is unstable	1 Front tyres soft	1 Inflate.
	2 Check all items from fault 2 (excessive tyre wear)	2 As for item 2.
	3 Shock absorber defective	3 Renew.
	4 Wheel bearing defective	4 Renew.
	5 Steering gear loose	5 Tighten nuts.
	6 Flanged shaft clamp bolt loose	6 Tighten.
	7 Transfer link clamp bolt loose	7 Tighten.
	8 Rack and pinion adjustment too loose	8 Adjust.
4 Steering stiff and does not centre correctly	1 Steering wheel bearing hard on spacer sleeve	1 Check and adjust.
	2 Steering gear requires adjustment or lubrication	2 Check and adjust.
	3 Steering knuckle balljoint distorted or worn	3 Renew balljoint.
	4 Accident damage to control arm or stabiliser	4 Check and renew if necessary.
5 Wheel 'wobble' or 'shimmy'	1 Wheels damaged or running out of truth.	1 Check and renew.
	2 Steering linkages worn or loose	2 Tighten or renew.
	3 Tyre pressures incorrect	3 Check and correct.
	4 Wear in suspension	4 Check and renew if necessary.
	5 Driveshaft balance weight missing (1272 cc engines only)	5 Check and renew.
	6 Wheel balance weights missing or wheel incorrectly balanced	6 Check and have serviced if necessary.

Chapter 12 Bodywork and fittings

For modifications, and information applicable to later models, see Supplement at end of manual

Contents

1 General description

1 The main features of the bodywork are identical for all models. The design of the grille in front of the radiator differs for Audi 50 and Polo but the bodyshell is identical.

2 The two door, hatchback model is finished either with standard VW/Audi paint or with a metallic finish as an optional extra. Touching up differs on these finishes. This is discussed in Section 4.

3 The rear door is controlled by a gas filled strut which is easily removable.

4 The bumpers are bolted directly to the body, and the doors are secured to the body hinges by hexagon headed bolts.

5 VW/Audi dealers can advise on the repair of badly distorted body-frames. A most comprehensive service for the renewal of almost every body panel is available. The repair will be expensive but not so in comparison with a replacement vehicle. If you have had the misfortune to require this service it is suggested that this advice be sought rather than have the old panel beaten out and disguised with filler.

2 Maintenance - bodywork and underframe

1 The general condition of the vehicle's bodywork is the one thing that significantly affects its value. Maintenance is easy but needs to be regular and particular. Neglect, particularly after minor damage, can lead quickly to further deterioration and costly repair bills. It is important also to keep watch on those parts of the car not immediately visible, for instance, the underside and inside all the wheel arches.

2 The basic maintenance routine for the bodywork is washing - preferably with a lot of water, from a hose. This will remove all the solids which may have stuck to the car. It is important to flush these off in such a way as to prevent grit from scratching the finish. The wheel arches and underbody need washing in the same way to remove any accumulated mud which will retain moisture and tend to encourage rust. Paradoxically enough, the best time to clean the under-body and wheel arches is in wet weather when the mud is thoroughly wet and soft. In very wet weather, the underbody is usually cleaned of large accumulations automatically and this is a good time for inspection.

3 Periodically it is a good idea to have the whole of the underside of the vehicle steam cleaned, so that a thorough inspection can be carried out to see what minor repairs and renovations are necessary. Steam cleaning is available at commercial vehicle garages but if not, there are one or two excellent grease solvents available which can be brush applied. The dirt can then be hosed off.

4 After washing paintwork, wipe it with a chamois leather to give an unspotted clear finish. A coat of clear protective wax polish will give added protection against chemical pollutants in the air. If the paint-work sheen has dulled or oxidised, this requires a little more effort, but is usually caused because regular washing has been neglected. Always check that drain holes are completely clear so that water can drain out. Brightwork should be treated the same way as paintwork. Windscreens and windows can be kept clear of the smeary film which often appears if a little ammonia is added to the water. If they are scratched, a good rub with a proprietary metal polish will often clear them. Do not use any form of wax or chromium polish on glass.

3 Maintenance - upholstery and floor coverings

1 Mats and carpets should be brushed or vacuum cleaned regularly to keep them free of grit. If they are badly stained remove them for scrubbing or sponging and make quite sure they are dry before replacement. Seats and interior trim panels can be kept clean by a wipe over with a damp cloth. If they do become stained (which can be more apparent on light coloured upholstery) use a little liquid detergent and a soft nailbrush to scour the grime out of the grain of the material. Do not forget to keep the head lining clean in the same way as the upholstery. When using liquid cleaners inside the car do not over wet the surface being cleaned. Excessive damp could get into the seams and padded interior causing stains, offensive odours or even rot. If the inside of the car gets wet accidentally, it is worthwhile taking some trouble to dry it out properly, particularly where carpets are involved. **Do not** leave heaters inside the vehicle for this purpose.

4 Minor body damage - repair

See also the photo sequence on pages 198 and 199

Repair of minor scratches in the bodywork

If the scratch is very superficial and does not penetrate to the metal of the bodywork, repair is very simple. Lightly rub the area of the scratch with a paintwork renovator, or a very fine cutting paste, to remove loose paint from the scratch and to clear the surrounding bodywork of wax polish. Rinse the area with clean water.

Apply touch-up paint to the scratch using a thin paint brush, continue to apply thin layers of paint until the surface of the paint in the scratch is level with the surrounding paintwork. Allow the new paint at least two weeks to harden, then blend it into the surrounding paintwork by rubbing the paintwork in the scratch area with a paintwork renovator, or a very fine cutting paste. Finally apply wax polish.

If the car is painted with a two-coat metallic finish an entirely different technique is required. The materials may be obtained from the official agent. Two types of repair are possible, the 80°C drying method and the Air-drying method. A 'wet-on-wet' procedure for the topcoat and clear varnish is used. The repair can be done satisfactorily only if the specified topcoat and varnish are used with the specially developed synthetic thinner. After filling with Filler L145 if required sand down with the 400-500 wet and dry paper. Apply the first top coat using synthetic resin metallic paint LKL or spraying viscosity 15-17 seconds (DIN cup 4 mm). Let the paint flash off for 25 minutes, then apply the second layer of Air-drying L 100 clear varnish with hardener L 101 mixed in proportion 8 : 1. This becomes unusable after six hours. The repair is dust dry after 30 minutes but requires up to 8 days for complete drying. As can be seen it is a complicated process and you are advised to go to the official agent for advice if you have not done the job before. If you have other than a metallic finish then proceed as follows.

Where a scratch has penetrated right through to the metal of the bodywork causing the metal to rust, a different repair technique is required. Remove any loose rust from the bottom of the scratch with a penknife, then apply rust inhibiting paint to prevent the formation of rust in the future. Using a rubber or nylon applicator fill the scratch with bodystopper paste. If reqauired, this paste can be mixed with cellulose thinners to provide a very thin paste which is ideal for filling narrow scratches. Before the stopperpaste in the scratch hardens, wrap a piece of smooth cotton rag around the tip of a finger. Dip the finger in cellulose thinners and then quickly sweep it across the surface of the stopperpaste in the scratch; this will ensure that the surface of the stopperpaste is slightly hollowed. The scratch can now be painted over as described earlier in this Section.

Repair of dents in the bodywork

When deep denting of the car's bodywork has taken place, the first task is to pull the dent out, until the affected bodywork almost attains its original shape. There is little point in trying to restore the original shape completely, as the metal in the damaged area will have stretched on impact and cannot be reshaped fully to its original contour. It is better to bring the level of the dent up to a point which is about 3 mm (1/8 in) below the level of the surrounding bodywork. In cases where the dent is very shallow, it is not worth trying to pull it out at all.

If the underside of the dent is accessible, it can be hammered out gently from behind, using a mallet with a wooden or plastic head. Whilst doing this, hold a suitable block of wood firmly against the impact from the hammer blows and thus prevent a large area of bodywork from being 'belled-out'.

Should the dent be in a section of the bodywork which has a double skin or some other factor making it inaccessible from behind, a different technique is called for. Drill several small holes through the metal inside the dent area - particularly in the deeper sections. Then screw long self-tapping screws into the holes just sufficiently for them to gain a purchase in the metal. Now the dent can be pulled out by pulling on the protruding heads of the screws with a pair of pliers.

The next stage of the repair is the removal of the paint from the damaged area, and from an inch or so from the surrounding 'sound' bodywork. This is accomplished most easily by using a wire brush or abrasive pad on a power drill, although it can be done just as effectively by hand using sheets of abrasive paper. To complete the preparations for filling score the surface of the bare metal with a screwdriver or the tang of a file, or alternatively drill small holes in the affected areas. This will provide a really good key for the filler paste.

To complete the repair see the Section on filling and respraying.

Repair of rust holes or gashes in the bodywork

Remove all paint from the affected area and from an inch or so of the surrounding 'sound' bodywork, using an abrasive pad or wire brush on a power drill. If these are not available a few sheets of abrasive paper will will do the job just as effectively. With the paint removed you will be able to gauge the severity of the corrosion and therefore decide whether to renew the whole panel (if this is possible) or to repair the affected area. Replacement body panels are not as expensive as most people think and it is often quicker and more satisfactory to fit a new panel than to attempt to repair large areas of corrosion.

Remove all fittings from the affected areas except those which will act as a guide to the original shape of the damaged bodywork (eg. headlamp shells etc.). Then using tin snips or a hacksaw blade, remove all loose metal and any other metal badly affected by corrosion. Hammer the edges of the hole inwards in order to create a slight depression for the filler paste.

Wire brush the affected area to remove the powdery rust from the surface of the remaining metal. Paint the affected area with rust inhibiting paint. If the back of the rusted area is accessible treat this also.

Before filling can take place it will be necessary to block the hole in some way. This can be achieved by the use of one of the following materials: Zinc gauze, Aluminium tape or Polyurethane foam.

Zinc gauze is probably the best material to use for the large hole. Cut a piece to the approximate size and shape of the hole to be filled, then position it in the hole so that its edges are below the level of the surrounding bodywork. It can be retained in position by several blobs of filler paste around its periphery.

Aluminium tape should be used for small or very narrow holes. Pull a piece off the roll and trim it to the appropriate size and shape required, then pull off the backing paper (if used) and stick the tape over the hole; it can be overlapped if the thickness of one piece is insufficient. Burnish down the edges of the tape with the handle of a screwdriver or similar to ensure that the tape is securely attached to the metal underneath.

Polyurethane foam is best used where the hole is situated in a section of bodywork of complex shape, backed by a small box section (eg. where the sill panel meets the rear wheel arch - most cars). The unusual mixing procedure for this foam is as follows. Put equal amounts of fluid from each of the two cans provided into one container. Stir until the mixture begins to thicken, then quickly pour this mixture into the hole, and hold a piece of cardboard over the larger apertures. Almost immediately the polyurethane will begin to expand, squirting out of any holes left unblocked. When the foam hardens it can be cut back to just below the level of the surrounding bodywork with a hacksaw blade.

Bodywork repairs - filling and re-spraying

Before using this Section, see the Sections on dent, deep scratch, rust hole and gash repairs.

Many types of bodyfiller are available, but generally speaking those proprietary kits which contain a tin of filler paste and a tube of resin hardener are best for this type of repair. A wide, flexible plastic or nylon applicator will be found invaluable for imparting a smooth and well contoured finish to the surface of the filler.

Mix up a little filler on a piece of card or board - use the hardener sparingly (follow the maker's instructions on the packet), otherwise the filler will set very rapidly.

Using the applicator, apply the filler paste to the prepared area; draw the applicator across the surface of the filler to achieve the correct contour and to level the filler surface. As soon as a contour that approximates the correct one is achieved, stop working the paste - if you carry on too long the paste will become sticky and begin to

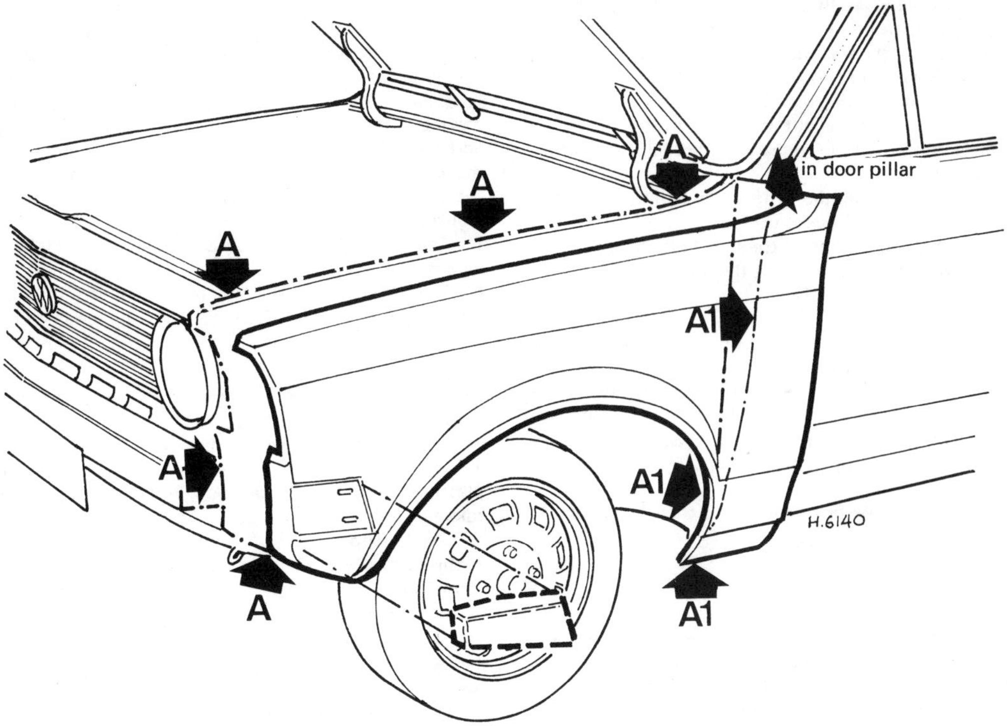

Fig. 12.1. Front wing refitment - location of fixing screws (Sec. 6)
Note: Wing is shown in continuous line, car frame with broken line
A1 3 screws under the wing
A screws along the top and front of the wing

'pick up' on the applicator. Continue to add thin layers of filler paste at twenty-minute intervals until the level of the filler is just 'proud' of the surrounding bodywork.

Once the filler has hardened, excess can be removed using a metal plane or file. From then on, progressively finer grades of abrasive paper should be used, starting with a 40 grade production paper and finishing with 400 grade 'wet-and-dry' paper. Always wrap the abrasive paper around a flat rubber, cork or wooden block -otherwise the surface of the filler will not be completely flat. During the smoothing of the filler surface the 'wet-and-dry' paper should be periodically rinsed in water. This will ensure that a very smooth finish is imparted to the filler at the final stage.

At this stage the 'dent' should be surrounded by a ring of bare metal, which in turn should be encircled by the finely 'feathered' edge of the good paintwork. Rinse the repair area with clean water, until all of the dust produced by the rubbing-down operation is gone.

Spray the whole repair area with a light coat of grey primer - this will show up any imperfections in the surface of the filler. Repair these imperfections with fresh filler paste or bodystopper, and once more smooth the surface with abrasive paper. If bodystopper is used, it can be mixed with cellulose thinners to form a really thin paste which is ideal for filling small holes. Repeat this spray and repair procedure until you are satisfied that the surface of the filler, and the feathered edge of the paintwork are perfect. Clean the repair area with clean water and allow to dry fully.

The repair area is now ready for spraying. Paint spraying must be carried out in a warm, dry, windless and dust free atmosphere. This condition can be created artificially if you have access to a large indoor working area, but if you are forced to work in the open, you will have to pick your day very carefully. If you are working indoors, dousing the floor in the work area with water will 'lay' the dust which would otherwise be in the atmosphere. If the repair area is confined to one body panel, mask off the surrounding panels; this will help to minimise the effect of a slight mis-match in colours. Bodywork fittings (eg. chrome strips, door handles etc) will also need to be masked off. Use genuine masking tape and several thicknesses of newspaper for the masking operation.

Before commencing to spray, agitate the aerosol can thoroughly, then spray a test area (an old tin or similar) until the technique is mastered. Cover the repair area with a thick coat of primer; the thickness should be built us using several thin layers of paint rather than on thick one. Using 400 grade 'wet-and-dry' paper, rub down the surface of the primer until it is really smooth. While doing this, the work area should be thoroughly doused with water, and the wet-and-dry paper periodically rinsed in water. Allow to dry before spraying on more paint.

Spray on the top coat, again building up the thickness by using several thin layers of paint. Start spraying in the centre of the repair area and then, using a circular motion, work outwards until the whole repair area and about 2 inches of the surrounding original paintwork is covered. Remove all masking material 10 to 15 minutes after spraying on the final coat of paint.

Allow the new paint at least 2 weeks to harden fully; then using a paintwork renovator or a very fine cutting paste, blend the edges of the new paint into the existing paintwork. Finally apply wax polish.

5 Major body damage - repair

1 Where serious damage has occurred or large areas need renewal due to neglect it means certainly that completely new sections or panels will need welding in and this is best left to professionals. If the damage is due to impact it will also be necessary to check the alignment of the body structure. In such instances the services of an agent with specialist checking jigs are essential. If a body is left misaligned it is first of all dangerous as the car will not handle properly - and secondly, uneven stresses will be imposed on the steering, engine and transmission, causing abnormal wear or complete failure. Tyre wear will also be excessive.

6 Front wings - removal and refitting

1 A badly damaged front wing may be renewed without cutting and welding. Check that a replacement is available first, and if it is then remove the old wing and fit the new one. If it is not then remove the old wing for repair.
2 The fixing bolt locations are shown in Fig. 12.1.
3 Remove the front bumper.

4 The screws fastening the wing are fitted very tightly indeed and may not come out without using considerable force. Do not use an impact screwdriver or you may damage the bodyframe. It may be necessary to grind off the heads and drill out the shanks.
5 Once all the screws are out the wing may be levered away pulling it out of the guides. If it does not come out easily, warm the line of the screws with a blowlamp to melt the adhesive underseal. Be careful not to set fire to the adhesive.
6 Work the wing to-and-fro and pull the wing to the front of the car a little. Clean the frame and paint with rust inhibitor.
7 Use a good sealing tape along the line of the bolt holes before installing the wing and when it is installed coat the underside with underseal.

7 Radiator grille - removal and refitting

1 There are four clips holding the top of the grille to the bodyframe. Pull these off upwards. There are three crosshead screws, one at the bottom centre of the grille and one by each headlight. Remove these and the grille may be lifted away.
2 When refitting, install the screws first loosely and then the clips. Finally tighten the screws.

8 Rear door strut - removal and refitting

The strut screws out from the door (photo). Remove the screw from the body first and then the one from the door. Refit in the reverse order. When fitting the screw to the body have someone hold the door as the screw is difficult to line up and it is easy to cross the thread.

9 Bumpers - removal and refitting

1 The bolts holding the rear bumper are accessible from inside the body (photo). Remove these and the bumper can be taken away.
2 There are four bolts holding the front bumper. Two hold the front piece and there is one on each side through the side of the body to hold the side guard of the bumper. They are all accessible from underneath the car. The turn signal lamps may be unplugged as the bumper is removed.
3 If the bumper has been distorted it is almost certain that the body will have been distorted too, and when fitting a new bumper the bolt holes will not line up. If this is the case, the services of a skilled panel beater are required. Do not start the job and then go to the expert. Go to him right away, he will be able to repair the accident damage but may shake his head over the damage you have done with your hammer.

10 Bonnet - removal and refitting

1 There are four bolts, two on each side, mark the position of the hinge strap before removing the bolts and refit in the same place to ensure correct engagement of the catch. It is best to have one person on each side when removing the bonnet as it is an awkward load.

11 Bonnet cable and lock - removal, refitting and adjustment

1 Inside the car, remove the trim on the left under the dash and the cable is accessible on the inside end. Before it can be removed it must be released from the lock which is bolted to the centre support of the grille (photo).
2 Open the bonnet, remove the radiator grille and disconnect the cable.
3 Now back inside the car, remove the bonnet catch release handle bracket and lift the bracket away from the trim. In the centre of the upper end of the operating handle is a small clamping plate. Bend this outwards and the handle may be released from the bracket. The cable may now be pulled out of the handle and out of the car. If you are wise you will tie a piece of thin wire or cord to the inside end and pull that into the place the cable occupied to make fitting a new cable more simple.
4 Refitting is the reverse of removal. Do not forget the water trap grommet. If a new cable is obtained from the official VW/Audi agent it will be the correct length, if you use other material the length must be determined by trial and error. Fasten the cable in the handle and assemble the handle to the car. Lead the cable through the correct run and measure the right amount to operate the lock correctly. The cable must be routed in such a way that there is no strain on it. Set the catch in the lock lower part without preload. Bend the cable over after securing it.
5 The catch may be removed by taking out the bolts holding it to the axle strut.
6 The upper half of the lock is spot welded to the bonnet (photo). The hinge pin of the safety catch may be removed to renew either the spring or the lever.

12 Exterior mirror - fitting

1 The locating screws for the exterior mirror are under the small plastic cover in the mirror body. Remove this and the screws may be taken out.
2 On the opposite door is a small plastic plug in the same location. If this is removed the locating screw holes for an extra mirror may be found and a second mirror fitted.

13 Seats - removal and refitting

1 Details of the methods of moving and adjusting the seats are given in the VW/Audi instruction handbook.
2 Removal of the front seat from the car is done in the following manner. There is a small clip held by a screw at the front of the seat. Take off the clip and slide the seat off backwards. The adjuster mechanism can then be seen.
3 An exploded view of the seat is given at Fig. 12.2. The seat cushion, which is not shown, departs from the conventional spring arrangement and is made of foam rubber. The back has a spring frame.
4 The runners are welded to the floor of the vehicle.
5 Mechanical repairs to the frame and controls depend upon the availability of spares and the owners ability to renew the trim successfully. Check that the pieces required are available before dismantling the seat or the car will be off the road until the seat is repaired.

14 Rear door - removal and refitting

1 The trim must be pulled down from the headlining along the top of the body just over the rear doors. The hinge bolts and their securing nuts are then visible. Remove the support stay and undo the hinge bolts, nuts and lift the rear door away.
2 Refitting is the reverse of removal, fit the hinges reasonably tightly and close the door gently. Check that the space all round is even, and that the latch operates correctly. Adjust if necessary, and tighten the bolts firmly. Refit the headlining and the support stay.
3 The question of removing the headlining is a difficult one, and we hesitate to advise the amateur to attempt it. If it is torn, then the repair is unslightly. The glue used by VW is a VW part (D11) and the standard sized tin 750 millilitres. No doubt any of the proprietary brands will do as well. The only suggestion we can make is to go very gently indeed.
4 The top hinge has been known to rust and finally become so stiff that the hinge breaks away from the door. This means the door must be removed and a new hinge welded on in place of the old one, and of course the window removed and the door repainted. If the hinge is oiled regularly this will not happen.

15 Rear door lock - removal and refitting

1 One of two types is fitted. A flush type with the latch operated by turning the key, or a protruding rotary type on which the key unlocks the door and the handle must be turned to open the door.
2 Both types are removed from the inside by undoing the securing

bolts and taking the latch away inwards. These bolts are very tight and it may be necessary to use an impact screwdriver. If so support the outside of the door carefully and do not use too much force or the window glass may crack.

16 Front door trim - removal and refitting

1 Refer to Fig. 12.3. The window winder is fixed to the door frame by one screw. Remove the plastic cover, pull it off the centre boss, and undo the screw (photo).
2 Remove the two screws holding the armrest. (photo), and take the armrest away. The remote control for the door latch remains behind and the trim comes away round it (photo).
3 Use a flat piece of plastic or wood with no rough edges (not a screwdriver) and insert it between the trim and the metal of the door. Start at the bottom. Lever the trim away from the door gently and the small clips will come out of the captive holes with a pop. Move the lever along to the next one and lever that one out and so on. Refer to photo 16.3. The small holes round the edge of the door show the location of the clips. These clips are not very strongly fitted to the trim and if you tear one out it must be stuck back exactly where it came from, which is difficult, so go gently.
4 The trim may now be lifted away. The lock and window mechanism is covered with two sheets of polythene held in place with plugs. After struggling for a while we gave up trying to remove the plugs and cut the polythene round them. It went back alright but be careful, it is very sticky and tears easily.
5 Refitting of the trim is the reverse of removal.

17 Front door - removal and refitting

1 Remove the trim (Section 16). Open the door wide and tap the

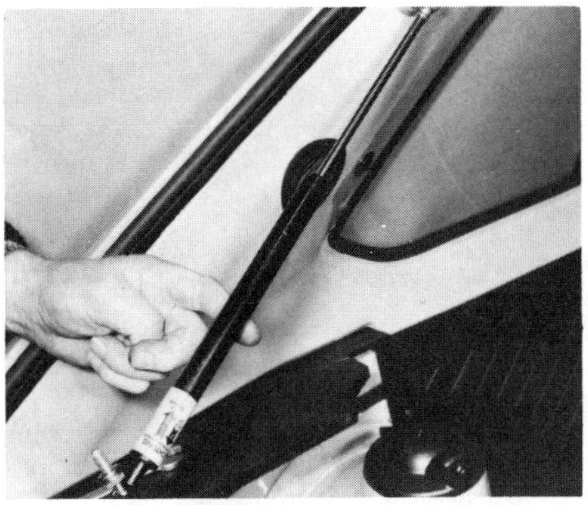
8.1 Removing the strut. Refit the strut to the door first on reassembly

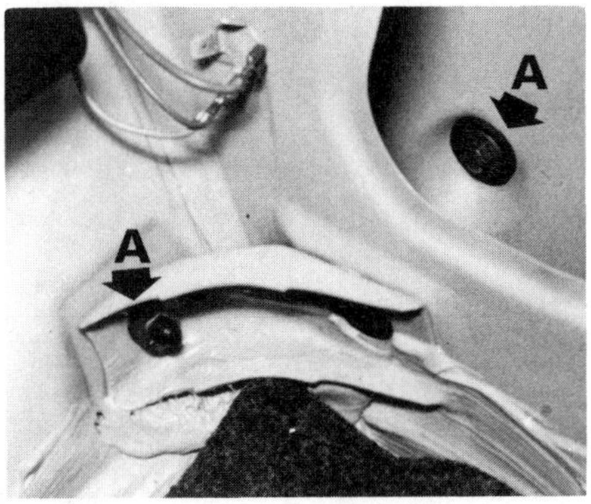

9.1 The rear bumper locating screws (A), there are two more on the other side

11.1 The bonnet catch is bolted to the centre support of the grille

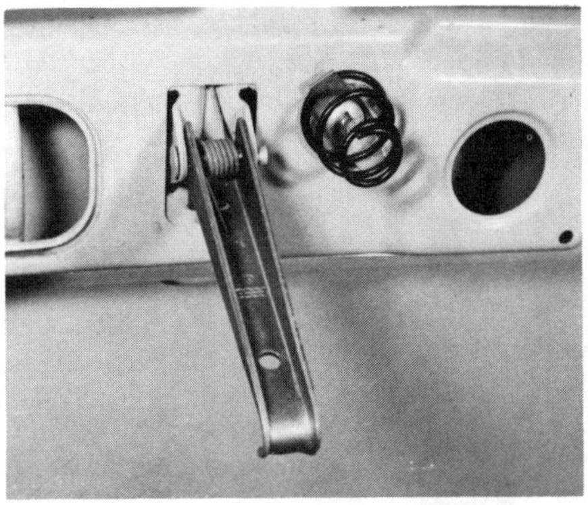
11.5 The upper part of the bonnet catch

16.1 Pull the plastic cover off the winder handle and remove the centre screw

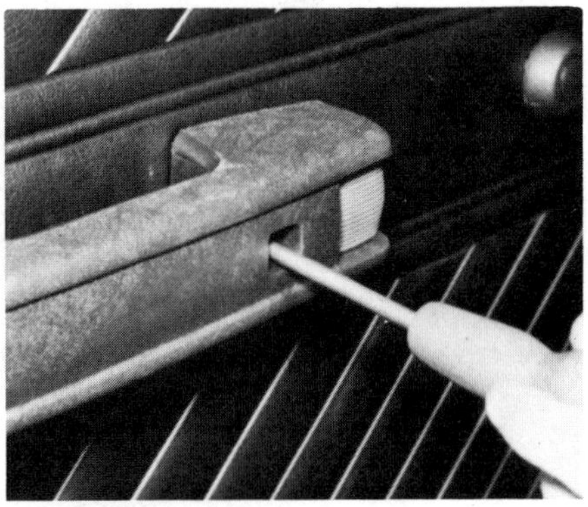
16.2a Remove the door handle

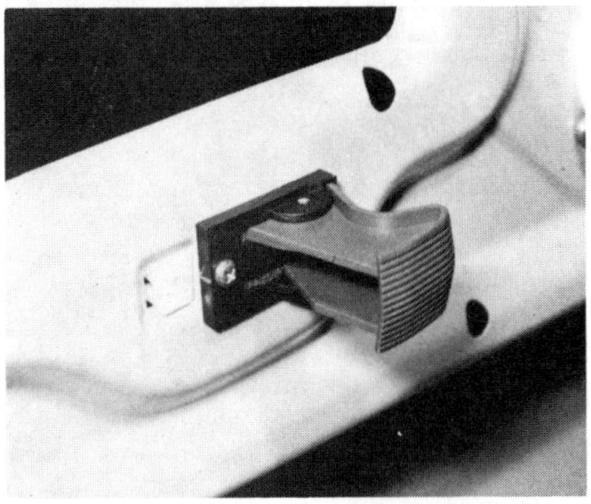
16.2b The remote control handle remains behind

16.3 The door, trim removed. 'A' is the winder/glass support, 'B' is the screw holding the winder guide rail

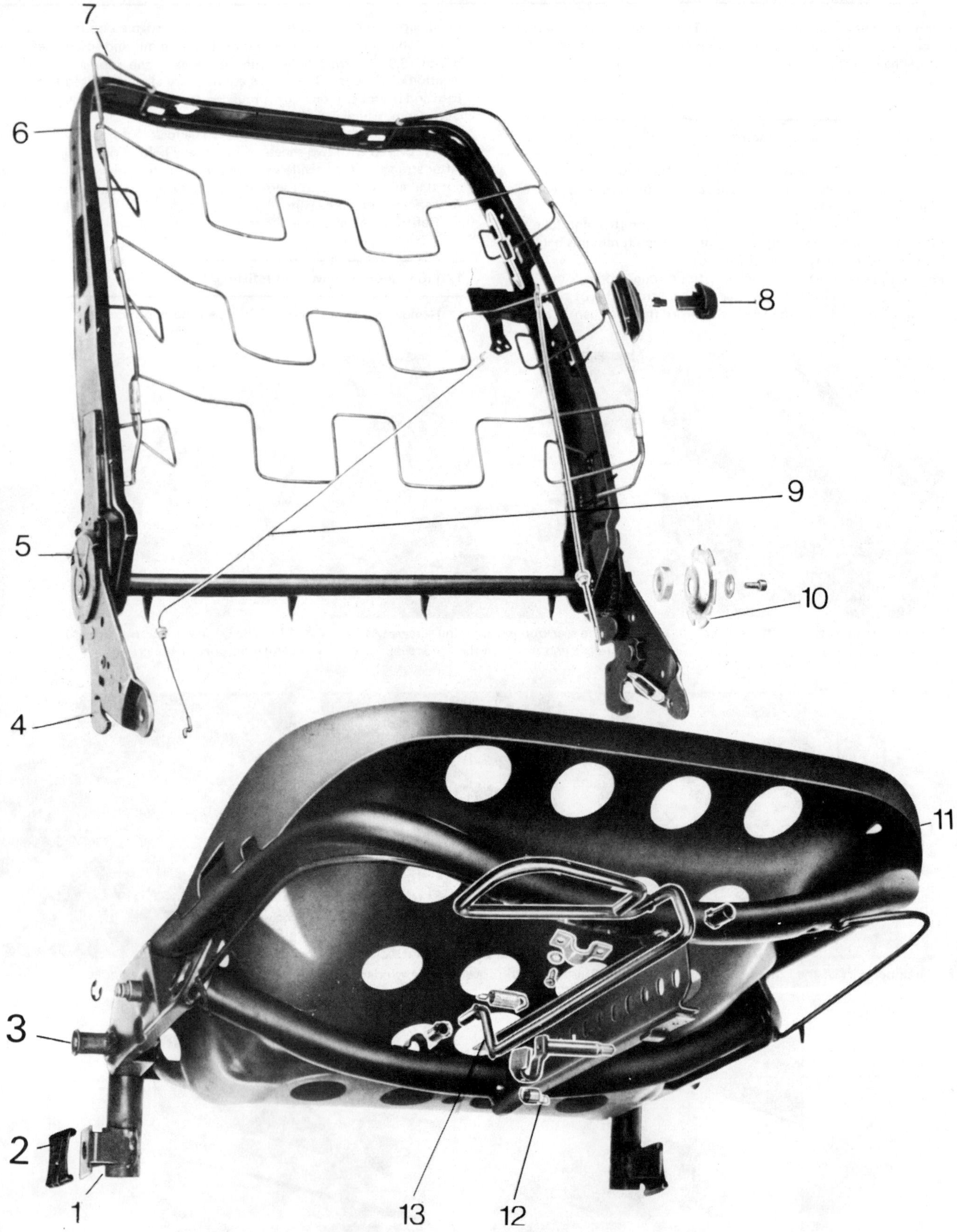

Fig. 12.2. Front seat - exploded view

1 *Slider*
2 *Clamp*
3 *Pivot for back*
4 *Hinge for back*
5 *Hinge for reclining seat*
6 *Back frame*
7 *Back spring frame*
8 *Release gear for tipping back*
9 *Bowden cable for tip lock*
10 *Recliner adjuster gear*
11 *Seat pan*
12 *Adjuster slide*
13 *Adjuster selector*

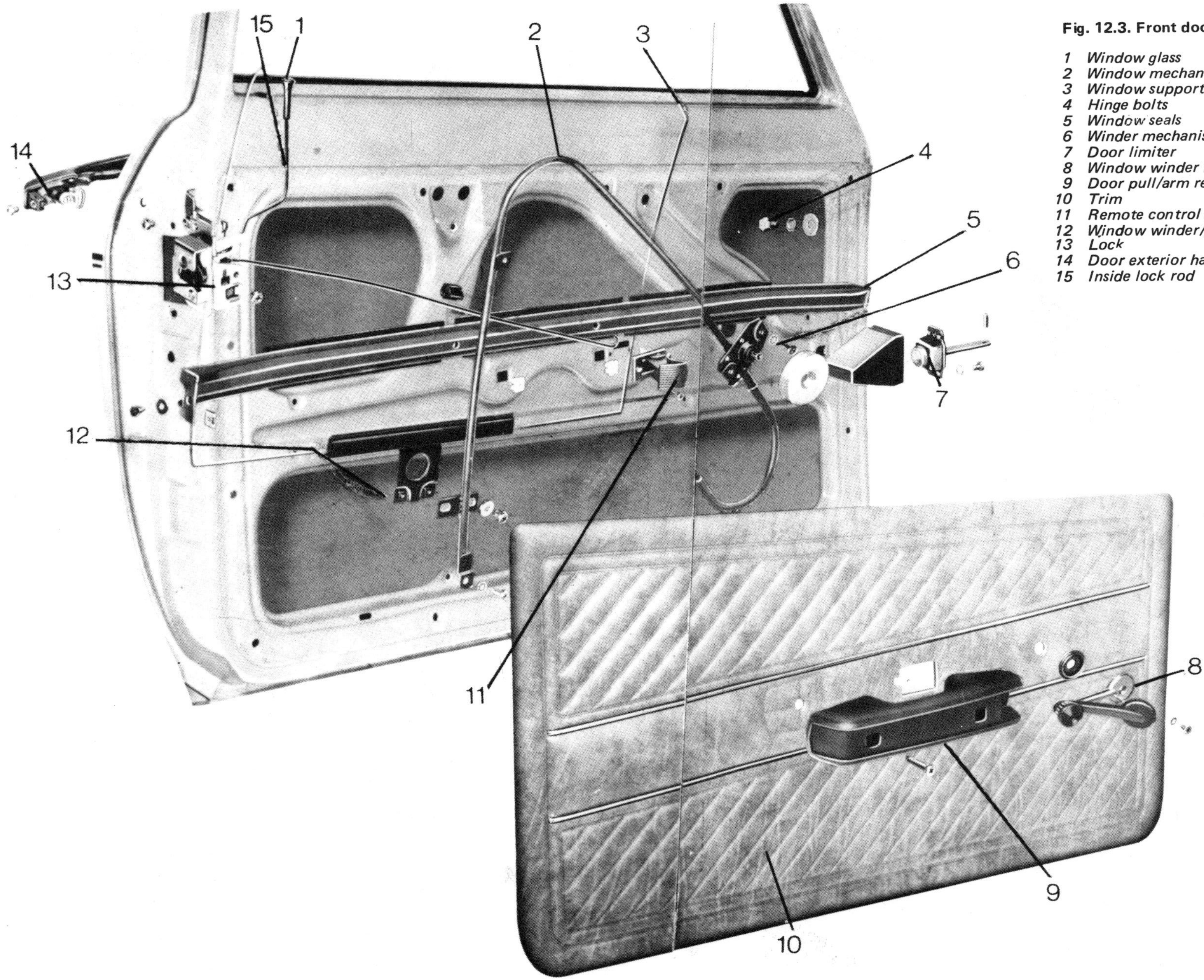

Fig. 12.3. Front door - exploded view

1 *Window glass*
2 *Window mechanism*
3 *Window support*
4 *Hinge bolts*
5 *Window seals*
6 *Winder mechanism hub*
7 *Door limiter*
8 *Window winder handle*
9 *Door pull/arm rest*
10 *Trim*
11 *Remote control door handle*
12 *Window winder/glass connection point*
13 *Lock*
14 *Door exterior handle*
15 *Inside lock rod*

This sequence of photographs deals with the repair of the dent and paintwork damage shown in this photo. The procedure will be similar for the repair of a hole. It should be noted that the procedures given here are simplified – more explicit instructions will be found in the text

In the case of a dent the first job – after removing surrounding trim – is to hammer out the dent where access is possible. This will minimise filling. Here, the large dent having been hammered out, the damaged area is being made slightly concave

Now all paint must be removed from the damaged area, by rubbing with coarse abrasive paper. Alternatively, a wire brush or abrasive pad can be used in a power drill. Where the repair area meets good paintwork, the edge of the paintwork should be 'feathered', using a finer grade of abrasive paper

In the case of a hole caused by rusting, all damaged sheet-metal should be cut away before proceeding to this stage. Here, the damaged area is being treated with rust remover and inhibitor before being filled

Mix the body filler according to its manufacturer's instructions. In the case of corrosion damage, it will be necessary to block off any large holes before filling – this can be done with aluminium or plastic mesh, or aluminium tape. Make sure the area is absolutely clean before ...

... applying the filler. Filler should be applied with a flexible applicator, as shown, for best results; the wooden spatula being used for confined areas. Apply thin layers of filler at 20-minute intervals, until the surface of the filler is slightly proud of the surrounding bodywork

Initial shaping can be done with a Surform plane or Dreadnought file. Then, using progressively finer grades of wet-and-dry paper, wrapped around a sanding block, and copious amounts of clean water, rub down the filler until really smooth and flat. Again, feather the edges of adjoining paintwork

The whole repair area can now be sprayed or brush-painted with primer. If spraying, ensure adjoining areas are protected from over-spray. Note that at least one inch of the surrounding sound paintwork should be coated with primer. Primer has a 'thick' consistency, so will find small imperfections

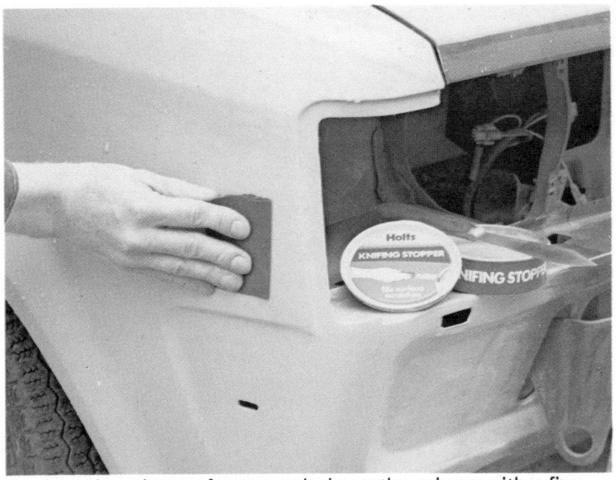

Again, using plenty of water, rub down the primer with a fine grade wet-and-dry paper (400 grade is probably best) until it is really smooth and well blended into the surrounding paintwork. Any remaining imperfections can now be filled by carefully applied knifing stopper paste

When the stopper has hardened, rub down the repair area again before applying the final coat of primer. Before rubbing down this last coat of primer, ensure the repair area is blemish-free – use more stopper if necessary. To ensure that the surface of the primer is really smooth use some finishing compound

The top coat can now be applied. When working out of doors, pick a dry, warm and wind-free day. Ensure surrounding areas are protected from over-spray. Agitate the aerosol thoroughly, then spray the centre of the repair area, working outwards with a circular motion. Apply the paint as several thin coats

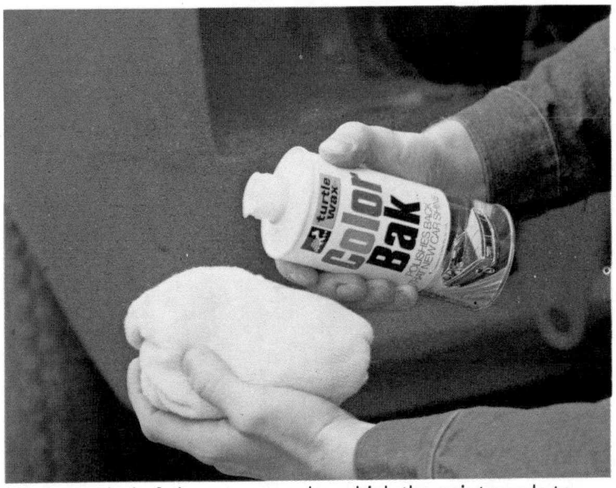

After a period of about two weeks, which the paint needs to harden fully, the surface of the repaired area can be 'cut' with a mild cutting compound prior to wax polishing. When carrying out bodywork repairs, remember that the quality of the finished job is proportional to the time and effort expended

Fig. 12.4. Front door quarterlight - exploded view

1 Guide mouldings for movable window
2 Guide moulding strut
3 Screw
4 Seal for guide moulding strut
5 Mirror
6 Seals for movable window

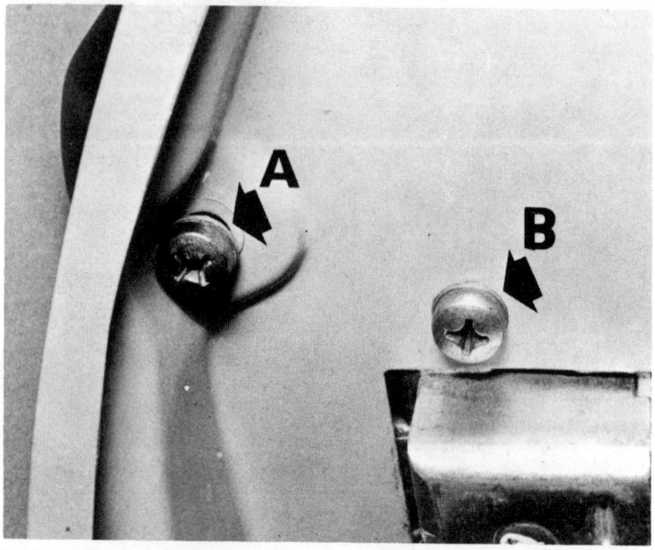

18.1a The locating screws in the end of the door. 'A' is for the handle, 'B' is the top one for the lock

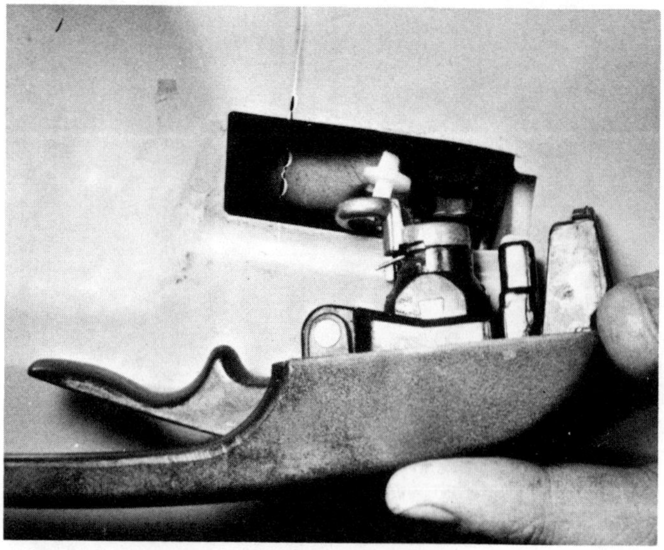

18.1b Pull the handle out and disconnect the link

centre dowel pin from the door limiter with a punch. The limiter may be unscrewed from the door and removed inwards, if necessary.
2 Close the door and observe the gap all round between the edges of the door and the body. Open the door wide and scribe a line round the hinge plates on the end of the door so that the plates may go back exactly where they came from.
3 Some doors apparently have two bolts to each hinge, our Polo had three hex-head bolts to each hinge which required a 13 mm socket spanner and small extension to undo. Slacken the top bolts a little. Have a strong helper support the door and then remove the bottom hinge bolts. Now remove the top hinge bolts, and lift the door away. Do not try to do the job on your own, you need both hands to undo the bolts.
4 Refitting is the reverse of removal. Install the bolts just tight with the hinge plates lined up to the scribed marks. Close the door gently and check that the door seal is gripped correctly all round and the latch works properly. If not, open the door and move the door a little on the hinges to correct the fault. When the job is correct, tighten the hinge bolts to 2.2 mkg (16 lb f ft). Refit the dowel in the door limiter and reinstall the trim.

18 Door handle (exterior) - removal and refitting

1 It is not necessary to remove the trim to remove the handle. Locate a large screw in the end of the door (photo) and remove it. The door handle may now be moved a little way forward (towards the hinge) when the front of the handle will disengage from the door and the handle may be pulled out sufficiently to unhook the operating link from the lock. Use a piece of wire with a hook on the end, or a pair of forceps to hold the connector and do not let go of it. Tie a loop round it, if it drops inside you will have to remove the trim. Refitting is the reverse of removal.
2 The lock barrel may be removed from the handle. Study the way the small spring is fitted at the end of the barrel so that you may refit it correctly. Leave the key in the lock. Remove the small screw from the end of the lock and pull the barrel out of the handle (photo).

19 Front doors lock mechanism - removal and refitting

1 Remove the trim from the door (Section 16).
2 Remove the remote control handle (photo 16.2b) and disconnect the connecting link, Fig. 12.3. Unscrew the door lock lever knob. Remove the door handle (Section 18).
3 Remove two screws from the end of the door and one from the side and remove the door catch and lock inwards and withdraw it for examination (photo).
4 Check all the linkages. The parts are all pressings and if they are worn or distorted the lock must be renewed (photo).
5 Refitting is the reverse of removal.

20 Front door window glass - removal and refitting

1 Refer to Fig. 12.3 and Fig. 12.4. There are two pieces of glass. It is necessary to remove the small triangular one before the movable window may be removed.
2 Remove the door trim (Section 16). Refer to photo 16.3. Lower the movable window and disconnect the window from the window mechanism (A). Loosen the window guide rail bolt (B).
3 Refer to Fig. 12.4. Remove the screw holding the top of the window guide rail. This is at the top of the sloping side of the front of the door. Remove the lower screw and gently ease the vertical guide rail out of the door.
4 The triangular glass may now be removed with its seals.
5 Now remove the lower seals from the bottom of the window opening and withdraw the glass upwards from the door.
6 Refitting is the reverse of removal. VW sticking compound D21 which comes in 200 millilitre tubes sticks rubber door seals to painted metal and D.10.7 in 320 millilitre cartridges is the stuff for sealing joints.

21 Front door window winder mechanism - removal and refitting

1 Remove the trim (Section 16) and the window glass (Section 20). Refer to Fig. 12.3. The winder mechanism is held by two screws and the cable is clipped at the end below the window connector and above the window connector. Remove these bolts and it may be threaded out of the door for servicing. If the cable rattles in the slotted guide the sides of the guide may be pinched to stop the rattling.
2 The window lifter cables on the earlier models are coated in grease. On the later types (from March of 1978) a braided type lifter was used and this must only be lubricated with oil. If the cable is defective it must be renewed as it is not possible to repair it. Refit the winder to the door and check it for smooth operation, and if in order install the glass and the trim.

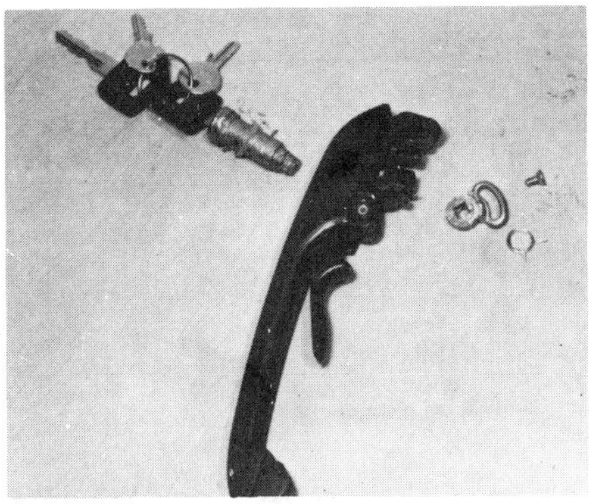

18.2 Door handle, lock barrel removed

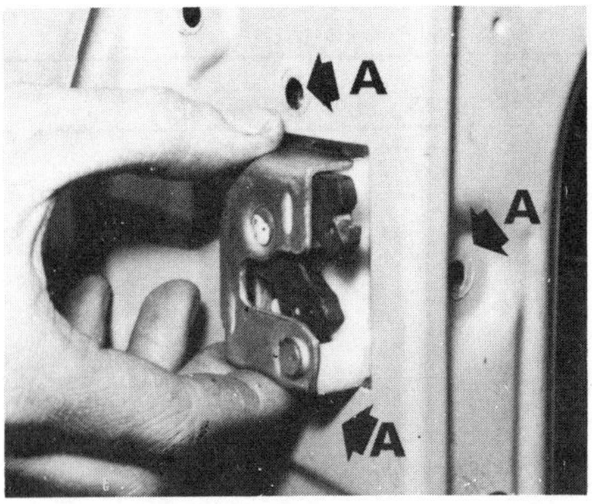

19.3 Removing the door lock. The retaining screws are at 'A'

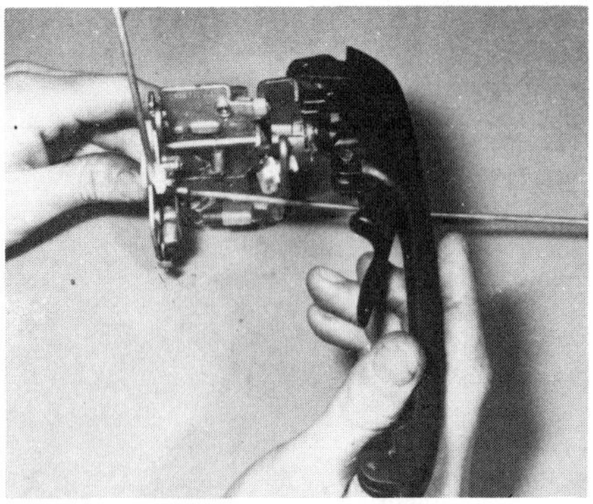

19.4 The lock and linkages. The remote control link is 90° out of place; it should point to the bottom of the photo

Chapter 13 Supplement: Revisions and information on later models

Contents

1 Introduction

This additional Chapter covers modifications to the models covered in Chapters 1 to 12, and also includes information on the Derby range of models which were introduced into the UK in January of 1978.

Derby models are available with a 1.1 or 1.3 litre engine and, apart from obvious differences in body style, are essentially the same as the other models covered by this manual.

There are very few differences in the specification of the Derby compared with the Polo and Audi 50 models, so that unless stated otherwise, the facts and figures given at the beginning of each Chapter are applicable to all models.

2 Specifications

Fuel system

Carburettor, 0.9 litre engine

Date introduced	August 1978	August 1979
Engine number	HA 294 039	HA 449 432
Carburettor type	31 PIC 5	31 PIC 6
Part number	052 129 015 J	052 129 015 N
Modification state	42–1	77–1
Carburettor jets and settings:		
Venturi (mm dia)	23	23
Main jet	X115	X115
Air correction jet with emulsion tube	105V	110Z
Pilot jet	g42.5	g40
Pilot air jet	90	90
Auxiliary fuel jet	g30	g30
Plug	–	–
Auxiliary air jet	130	130
Injection capacity (cc/stroke)	0.8 ± 0.15	0.9 ± 0.15
Float needle valve (mm dia)	1.5	1.5
Washer on float needle valve (mm)	2.0	2.0
Cold idle speed (rpm)	2500 ± 200	2400 ± 100
Choke valve gap (mm)	4.5 ± 0.2	2.0 ± 0.2
Float weight (grams)	10.5 ± 1	10.5 ± 1
Idle speed (rpm)	950 ± 50	950 ± 50
Idle CO (%)	1.5 ± 0.5	1.0 ± 0.5

Carburettor, 1.1 litre engine

Date introduced	August 1977	August 1978	August 1979
Engine number	HB 215 144	HB 326 585	HB 409 602
Carburettor type	31 PIC 5	31 PIC 5	31 PIC 6
Part number	052 129 015 H	052 129 015 K	052 129 015 P
Modification state	VW30–1	41–1	76–1
Carburettor jets and settings:			
Venturi (mm dia)	25.5	25.5	25.5
Main jet	X130	X130	X132.5
Air correction jet with emulsion tube	95Z	95V	105V
Pilot jet	g50	g45	g42.5
Pilot air jet	105	90	90
Auxiliary fuel jet	g35	g30	g30
Plug	–	–	–
Auxiliary air jet	130	130	100
Injection capacity (cc/stroke)	1.1 ± 0.15	1.1 ± 0.15	0.9 ± 0.15
Float needle valve (mm dia)-	1.5	1.5	1.5
Washer on float needle valve (mm)	2.0	2.0	2.0
Cold idle speed (rpm)	2500 ± 200	2500 ± 200	2400 ± 100
Choke valve gap (mm)	3.5 ± 0.2	3.2 ± 0.2	2.0 ± 0.2
Float weight (grams)	10.5 ± 1	10.5 ± 1	10.5 ± 1
Idle speed (rpm)	950 ± 50	950 ± 50	950 ± 50
Idle CO (%)	1.5 ± 0.5	1.5 ± 0.5	1.0 ± 0.5

Carburettor, 1.3 litre and 1.1 litre Formel E engines

	1.3 litre	**Formel E**
Date introduced	August 1979	January 1981
Engine number	HH 057 502	HB 800 001
Carburettor type	34 PIC 5	31 PIC 6
Part number	052 129 015 Q	o52 129 015 M
Modification state	75–1	106–1
Carburettor jets and settings:		
Venturi (mm dia)	24.5	23
Main jet	X120	X115
Air correction jet with emulsion tube	85Z	120Z
Pilot jet	g52.5	40
Pilot air jet	g130	100
Auxiliary fuel jet	40	30
Auxiliary air jet	100	130
Injection capacity (cc/stroke)	0.7 ± 0.15	0.9 ± 0.15
Float needle valve (mm dia)	1.5	1.5
Washer on float needle valve (mm)	0.5	2.0
Cold idle speed (rpm)	2600 ± 100	2500 ± 100
Choke valve gap (mm)	2.2 ± 0.2	2.2 ± 0.2
Choke valve gap on smooth running detent (mm)	4.5 ± 0.5	2.5 ± 0.5
Float weight (grams)	10.5 ± 1	
Idle speed (rpm)	950 ± 50	950 ± 50
Idle CO (%)	1.0 ± 0.5	1.0 ± 0.5

Electrical system

Alternator

Stator resistance, 45 amp alternator:	
Three coil version	0.18 to 0.20 ohms
Six coil version	0.09 to 0.11 ohms
Stator resistance, 65 amp alternator	0.10 to 0.11 ohms
Rotor resistance:	
45 amp alternator	3.4 to 3.7 ohms
65 amp alternator	2.8 to 3.0 ohms
Brush length, old type regulator:	
New	10 mm
Wear limit	5 mm
Brush length, hybrid regulator:	
New	13 mm
Wear limit	5 mm

Torque wrench settings

	lbf ft	**kgf m**
Cylinder head bolts (M 10)	47*	6.5*
Cylinder head bolts (M 11)†	54*	7.5*
Suspension strut clamp bolt (M 10)	37	5.0
Wheel bolts	67	9.0
Sump bolts (hexagon head)	15	2.0
Sump bolts (socket head)	6.0	0.8

** tighten a further 90° after achieving this torque*
† tighten in three stages (see text)

3 Engine

Engine number relocation

1 From April 1980, the engine number is stamped on the flat surface of the cylinder head near the generator bracket (Fig. 13.1) instead of being stamped on the end of the cylinder head below the distributor (Fig. 13.2).

Crankshaft (all engines) – main bearing thrust washer

2 The main bearing shells fitted to the third journal of engines up to September 1978, incorporated thrust washers integral with the bearing (see photo 18.1a in Chapter 1). From this date the thrust washers are separate from the main bearing shell.
3 The two types of bearing are not interchangeable and any new bearings must be of the same type as the original.

Crankshaft (1.1 and 1.3 engines) – gearbox input shaft bearing

4 The diameter of the hole in the end of the crankshaft into which the gearbox input shaft bearing is located, was increased on the 1.1 and 1.3 engines from February 1978.
5 The hole, which was originally 15 mm diameter was increased to 21 mm. The new type of bush should be inserted to a depth of 0.157 to 0.196 in (4 to 5 mm).

Crankcase oil separator – all engines

6 The oil separator installed in the hose between the cylinder block and the air cleaner was discontinued after September 1978 when a new design of crankcase was introduced. The new crankcase incorporates a 10 mm diameter oil return hole in the casing and has holes drilled through the bearing support webs (Fig. 13.3).
7 On any engine which does not have these drillings, an oil separator must still be used in the hose between the cylinder block and the air cleaner.

Oil pump and gasket – all engines

8 From March 1977, the oil pump installed on all engines has a modified oilway which is elongated. The modified pump requires a different gasket as shown in Fig. 13.4.
9 The new type of pump can be installed on earlier engines provided the new type of gasket is also used, but the old type of gasket must never be used with a new type pump, because the gasket will restrict the oil flow.

Cylinder head bolts – all engines

10 Cylinder head bolts may be either 10 or 11 mm diameter and in addition to their having different tightening torques (see Specifications

Fig. 13.1 Engine number position (from April 1980) (Sec. 3)

Fig. 13.2. Engine number position (earlier models) (Sec. 3)

Fig. 13.3. The new crankcase with bearing support web hole (white arrows) and the 10 mm oil return hole (black arrow) (Sec. 3)

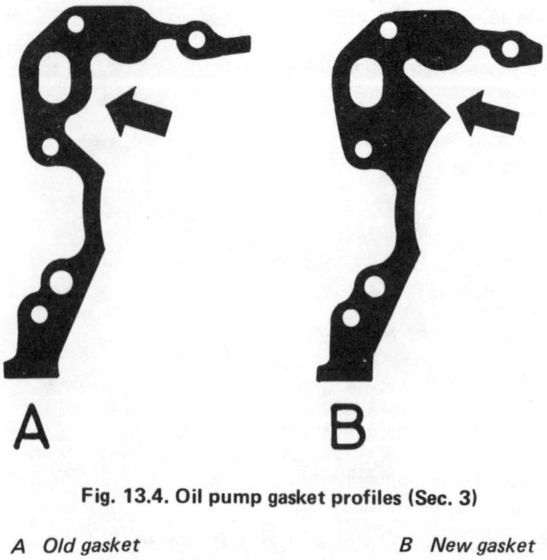

Fig. 13.4. Oil pump gasket profiles (Sec. 3)

A Old gasket *B New gasket*

in Chapter 1), the following points should be noted:

(a) Check that the cylinder head gasket has holes of the correct size for the cylinder head bolts

(b) When a replacement cylinder block is used with an early cylinder head, a new set of M 11 cylinder head bolts and a new type gasket must also be used. The cylinder head must be modified by drilling out the bolt holes and this task should be entrusted to a competent machine shop, or a VW/Audi dealer. The centralising holes at each end of the exhaust side should be drilled out to 11.5 mm and the other 8 cylinder head bolt holes to 12 mm

(c) A new cylinder head can be used with an early type cylinder block, using M 10 bolts and an early type gasket. The sleeves in the cylinder head bolt holes must not be removed.

(d) When using a new type cylinder head and a new type cylinder block, use M 11 bolts and a later type gasket, and remove the sleeves from the cylinder head bolt holes

(e) The later type of cylinder head gasket is identified by its larger bolt holes. In some cases the code mark M 11 is stamped on it

11 From November 1977 both the M 10 and M 11 cylinder head bolts with a hexagon socket head were superseded by bolts with a polygon socket head (Fig. 13.5). These bolts require a special tool for removal and tightening.

12 When M 10 bolts are removed, they must not be re-used and a new set of bolts is required. M 11 polygon socket bolts which are removed may be re-used if the bolts are not damaged, but M 11 hexagon bolts should be replaced by bolts with a polygon socket.

13 The tightening torque for polygon headed bolts (engine cold) is:

M 10 – 47 lbf ft (6.5 kgf m) and the bolts should then be turned a further 90° in the specified sequence, using an ordinary spanner

M 11 – the bolts should be tightened in three stages using a torque wrench:

1st stage – 29 lbf ft (4 kgf m)

2nd stage – 43 lbf ft (6 kgf m)

3rd stage – 54 lbf ft (7.5 kgf m) and the bolts should then be turned a further 90° in the specified sequence, using an ordinary spanner

14 There is no need to retighten the polygon headed bolts after the engine has been run in.

Sump – removing and refitting with engine installed

15 If the sump is being refitted on an engine which is installed in the car, it is difficult to start the hexagon headed screws at the flywheel end. To avoid damaging the threads in the sealing flange by cross threading the screws when refitting the sump, the two hexagon headed screws may be replaced by socket head screws N 014 703 2 with spring washers N 012 226 5 and flat washers 056 103 615 (Fig. 13.6).

Modified inlet and exhaust valves

16 Modifications to the valve stems, spring seats and collets were made for the 1982 model year. The new valves may be recognised by the presence of three grooves at the top of the stem, the old valves having only one groove. The new collets have three corresponding ridges. The new valve spring seat has a chamfered central hole, where the old seat had a plain hole.

17 Old type and new type valves may be used in any combination, but only with the appropriate collets and spring seats. Do not mix old and new type components on the same valve.

4 Carburettor

Solex 31 PIC – general description

1 Since this manual was first published there have been several more models of carburettor; these are listed in the Specifications.

2 The principal difference between the PIC and the PICT used on earlier models is that the choke is now operated manually, instead of automatically as before.

3 The manual choke is operated by the normal method via a cable to the dashboard, but the choke flap is also influenced by a bi-metallic spring which responds to ambient temperature. The choke opening is controlled by the spring, which uncoils as the engine warms up and allows the choke to open even though the choke knob may still be pulled out fully.

4 The removal of the carburettor with a manual choke, and its dismantling and reassembly, are essentially the same as those of the automatic choke version described in Chapter 3.

Solex 31 PIC – checks and adjustments

Auxiliary fuel jet

5 Many models have an auxiliary fuel jet fitted as shown in Fig. 13.7. The removal and refitting of this jet are the same as that for the other jets, and are described in Chapter 3.

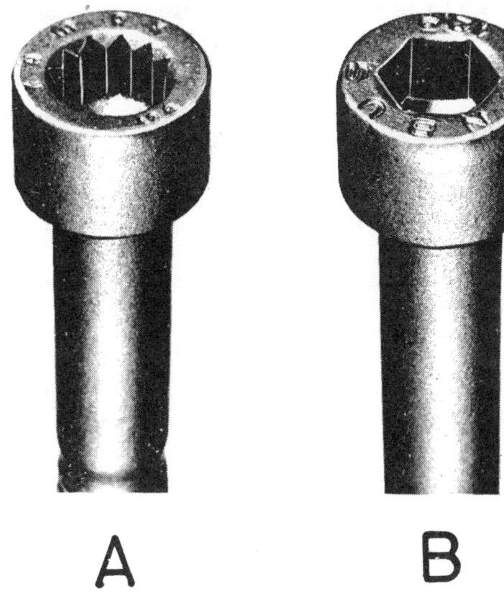

Fig. 13.5. Cylinder head bolts (Sec. 3)

A Later type with polygon socket
B Earlier type with hexagon socket

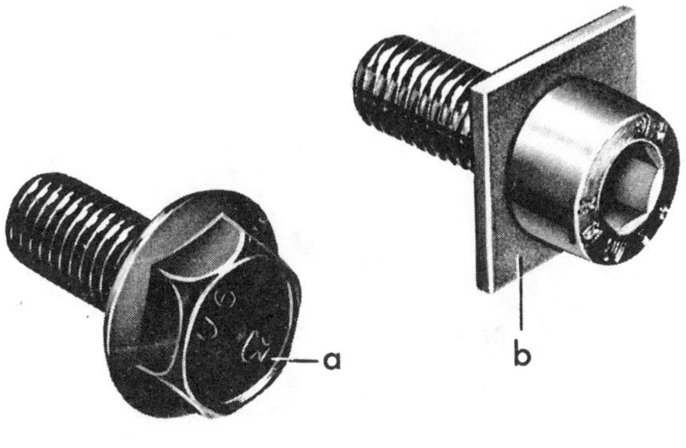

Fig. 13.6. Sump rear fixing bolts (Sec. 3)

a Original hexagon type
b Replacement socket headed bolt and washer

Fig. 13.7. Auxiliary fuel jet (arrowed) (Sec. 4)

6 On some models a blind plug is fitted in place of the auxiliary fuel jet (see Specifications). The plug looks similar to a real auxiliary fuel jet, but must not be replaced by a fuel jet.

Sealing caps for carburettor adjustment screws

7 From model year 1977 onwards, the carburettor adjustment screws (Fig. 13.8) must be made proof against tampering in compliance with legal requirements. The screws now have modified heads (Fig. 13.9) and are covered by coloured plastic caps.

8 For identification, the caps are colour coded as follows:

White – installed by carburettor manufacturer
Yellow – installed by vehicle manufacturer
Blue – installed by VW/Audi workshop

9 In order to make any adjustment, the cap must be removed with a screwdriver or pliers, and the cap will be destroyed in the process.

10 After adjustment, the screws must be fitted with new caps, but under no circumstances must caps be installed on carburettors with the early type of screw head because the cap would interfere with the movement of the throttle valve lever.

11 From August 1979 onwards, the head of the limiting screw for basic idling setting is removed by the carburettor manufacturer and no further adjustment of the setting is possible.

Fuel return line

12 A fuel return hose is connected direct to the float chamber and a restrictor is incorporated in the connection. When disconnecting the supply hose and the fuel return line, label them so that they are not inadvertently interchanged when reconnected.

Fig. 13.8. Carburettor adjustment screws (Sec. 4)

1 CO adjustment
2 Basic idling adjustment
3 Throttle gap adjustment

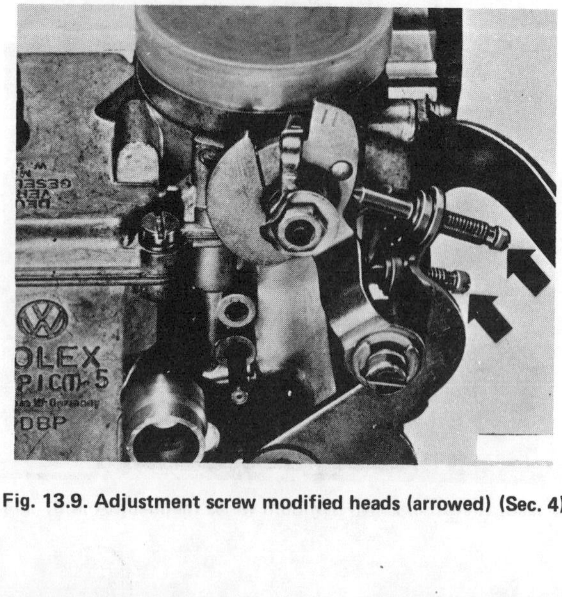

Fig. 13.9. Adjustment screw modified heads (arrowed) (Sec. 4)

Throttle valve – basic setting

13 The limiting screw (Fig. 13.8) is set in the factory and must not be altered. If the screw is turned inadvertently it should be readjusted by a VW/Audi workshop because its setting requires the use of a vacuum gauge and a CO meter.

Throttle gap (fast idle) adjustment

14 Run the engine until the oil temperature is at a minimum of 50°C. Pull the choke knob out fully and then push it in again to its detent position. Open the choke lever by hand (Fig. 13.10), start the engine and check the engine speed with a tachometer. The correct speed is 2500 $\pm$ 200 rpm and, if adjustment is necessary, turn the adjuster screw clockwise to increase speed, or anti-clockwise to reduce speed.

Choke gap adjustment

15 Pull the choke knob out to its fullest extent, so that the fast idle cam is in its high position. Unscrew and remove the screws from the bi-metallic spring cover and remove the cover. Push the choke rod to the left as far as possible (Fig. 13.11) and, while holding it in this position, use a twist drill of the appropriate size (see Specifications) to check the clearance between the edge of the choke valve and the carburettor barrel. If adjustment is necessary, turn the adjuster screw.

16 From September 1980, the operating pin on the choke valve lever is replaced by an eccentric pin. Adjustment should not normally be necessary, but should the setting be accidentally lost, reset it as follows. Refer to Fig. 13.11A. With the choke control on the detent position, press the choke lever onto the curved washer and check the choke valve gap with a suitable drill. See Specifications for the correct gap. Adjust using the eccentric pin if necessary.

Heated part throttle drilling

17 From August 1978 onwards, the carburettor of the 0.9 and 1.1 litre engines is fitted with a heater element to heat the part throttle drilling; the same modification was made to the 1.3 litre engine from August 1979 onwards. The heater element is in the position shown in Fig. 13.12 and if suspected of malfunctioning, disconnect the cable to the unit and test the heater for continuity using a test lamp and battery. If the test lamp fails to light, the element is defective and must be renewed. It is not repairable.

Choke cable adjustment – up to August 1979

18 Push the choke knob right in. At the carburettor, clamp the outer cable so that its end is flush with the clamp (Fig. 13.13). Slacken the clamp screw securing the inner cable to the choke operating lever. Pull the cable to take up any slack, open the choke valve fully and clamp the inner wire with the choke in this position.

Choke cable adjustment – August 1979 onwards

19 Push the choke knob right in. At the carburettor, clamp the outer cable so that its end protrudes about ½ in (12 mm) beyond the clamp.

20 Pull the choke knob out to its first stop. This should not cause the choke warning light to come on.

21 Slacken the clamp screw securing the inner cable to the choke operating lever. Pull the cable to take up any slack, push the cam to open the choke valve fully (Fig. 13.14), and clamp the inner wire with the choke in this position.

Throttle cable adjustment

22 From August 1979 onwards, the throttle cable is adjusted by moving the outer cable (Fig. 13.15) instead of having an adjustable clamp on the inner wire. With the throttle pedal fully depressed, remove the clip from the groove in the ferrule of the outer cable. Open the throttle so that the lever is about 0.040 in (1 mm) clear of its stop, pull the outer cable back to remove all slack, and insert the clip into the groove in the ferrule which is nearest to the cable retaining bracket. Check that when the throttle pedal is fully depressed, the throttle lever on the carburettor is just clear of its stop.

Temperature – controlled air cleaner

23 Some air cleaners incorporate an automatic preheat device consisting of a thermostat and a vacuum valve to regulate air intake temperature (Fig. 13.16).

Fig. 13.10. Throttle gap adjustment (Sec. 4)

A Choke lever *B Choke adjuster screw*

Fig. 13.11. Choke gap adjustment (manual choke) (Sec. 4)

Fig. 13.11A Choke gap adjustment - later models with eccentric (Sec. 4)

A Fast idle screw must be in shaded area
B Push lever onto curved washer
C Eccentric pin

Fig. 13.12. Heated part throttle (Sec. 4)

A Heater element *B Electrical lead*

Fig. 13.13. Choke adjustment (up to August 1979) (Sec. 4)

A Outer cable flush with clamp *B Clamp for inner wire*

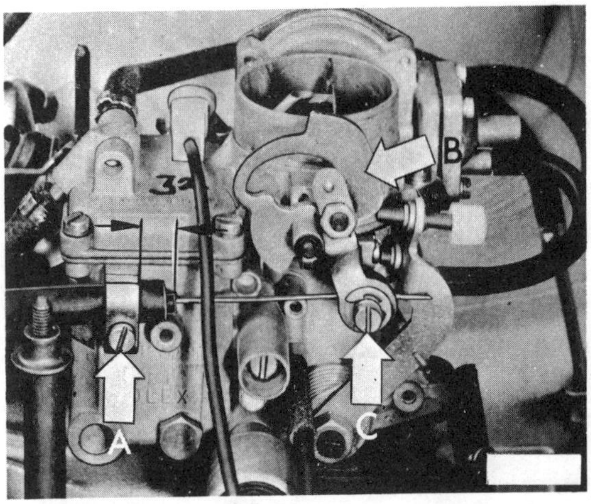

Fig. 13.14. Choke cable adjustment (August 1979 onwards) (Sec. 4)

A Projection of outer cable at clamp is ½ in (12 mm)
B Cam against stop and choke valve fully open
C Clamp for inner wire

Fig. 13.15. Throttle cable adjustment (August 1979 onwards) (Sec. 4)

A Adjustment clip
a Clearance between throttle lever and stop

Fig. 13.16. Temperature-controlled air cleaner (Sec. 4)

A Temperature regulator
B Intake elbow with thermostat
C Vacuum unit

Fig. 13.17. Exhaust afterburning system (Swedish versions) (Sec. 4)

2 Non-return valves *3 Overflow valve*

Fig. 13.18. Suction port on after-burning system overflow valve (Sec. 4)

5.2a Outrigger bearing of Ducellier distributor

5.2b Bearing plate locating tang (arrowed)

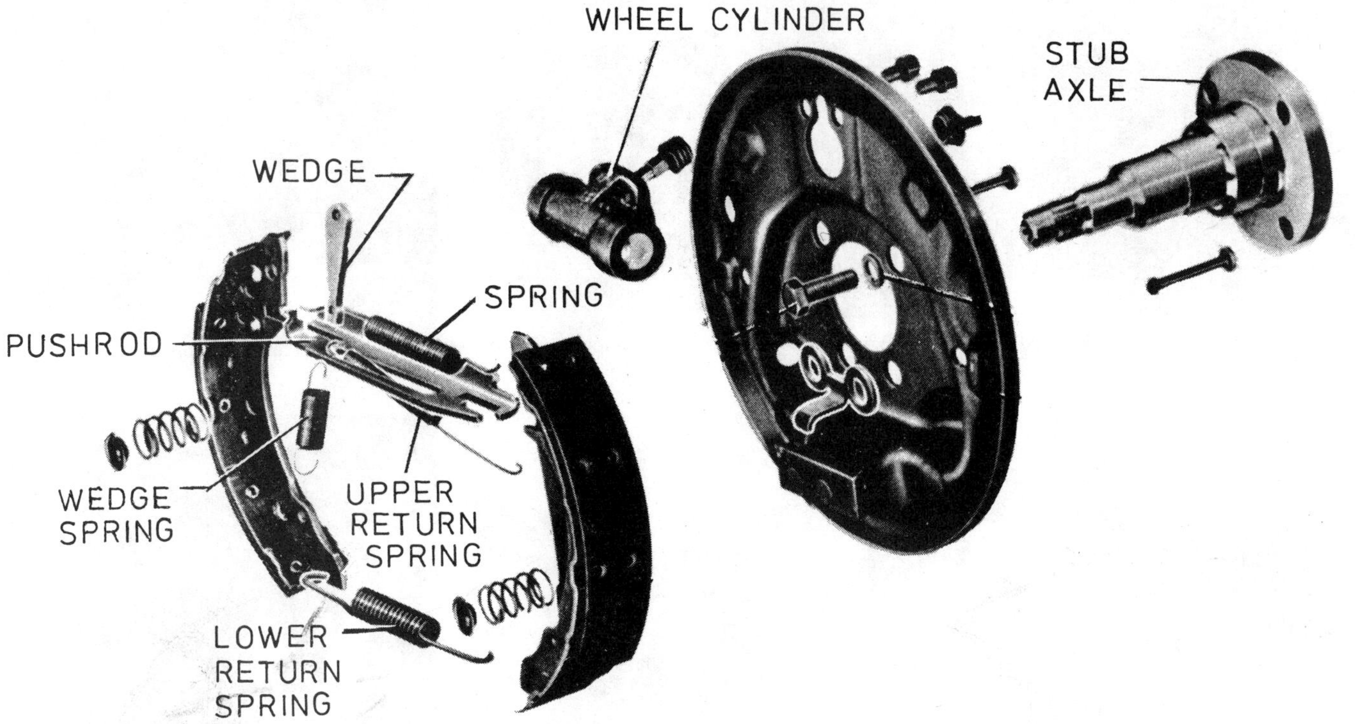

Fig. 13.19. Wedge type self-adjusting brake (exploded view) (Sec. 6)

24 A defect in this system can cause the following troubles:

Uneven idling during warm up
Poor progression
Poor performance and lowering of maximum speed
High fuel consumption

25 If the preheat device is suspect, check it as follows: Run the engine at idling speed until the intake air temperature rises to about 100°F (40°C), then detach and refit the vacuum hose a few times while listening to hear that the intake flap opens and closes. Take care not to damage the vacuum connection when performing this test. If the flap does not operate, check that the flap is free to move and if it is, check the vacuum hoses. If the hoses are satisfactory the temperature regulator is defective and must be renewed.

Emission control (Swedish versions)

26 On Swedish versions of the 1.3 litre models, an exhaust afterburning system is fitted (Fig. 13.17). The system is automatic in operation, but the following maintenance operations should be carried out at the time of standard service.
27 Check the condition of the connecting hoses and ensure that their connections are tight.
28 Check the colour of the two non-return valves. If they are blue, renew the valves.
29 Check the overflow valve by pulling the lower hose off the valve while the engine is idling, then suddenly opening the throttle and releasing it abruptly. While doing this, test for suction at the valve port from which the hose has been removed. If no suction is felt, renew the valve.

Choke delay valve

30 On 0.9 and 1.1 litre engines from August 1978 to August 1979 only, a delay valve is installed in the vacuum line to the choke vacuum unit to prevent the choke from opening suddenly.
31 The valve is attached to the air cleaner by two screws and has two vacuum connections. No maintenance of the valve is required, but if the hoses are removed, ensure that they are reconnected correctly with the white hose to the vacuum unit going to the top connection and the black hose from the carburettor venturi going to the lower connection.

5 Distributor

Ducellier distributor

1 From February 1979 onwards, distributors made by Ducellier are fitted as an alternative to VW distributors. The part number of these distributors is 036 905 205 C.
2 The information given in Chapter 4 is equally applicable to the Ducellier distributor, and the only obvious difference is that the outrigger bearing is of a different pattern (photo). When installing this bearing, ensure that the tang (photo) attached to the inside of the distributor body engages in the hole in the outrigger bearing plate.
3 Ducellier distributors are not supplied as a replacement part.

6 Brakes

Self-adjusting rear brakes

1 From August 1978 the rear drum brakes were fitted with a self-adjusting mechanism which differs from the ratchet type described in Chapter 8 (Fig. 13.19).
2 A serrated wedge is located between the primary brake shoe and the pushrod, the wedge being attached to a spring. When the footbrake is operated, any wear in the linings is compensated for automatically by the wedge moving downwards and maintaining the correct clearance between the brake shoes and brake drum.
3 Removal of the brake drum is as described in Chapter 8, but the shoes should first be backed off by inserting a screwdriver through one of the wheel bolt holes in the brake drum (photo) and levering the adjusting wedge upwards.
4 To remove the shoes, pull them by hand out of the lower support and remove the lower return spring (photo).
5 Have ready a piece of wire to bind round the brake cylinder pistons to prevent them from coming out when the brake shoes are removed.
6 Disconnect the handbrake cable from the lever on the rear shoe (photo), unhook the wedge spring and the upper return spring using pliers, then remove the shoes and secure the brake cylinder pistons with wire.
7 To separate the front shoe from the pushrod (photo), clamp the pushrod in a vice and unhook the locating spring.

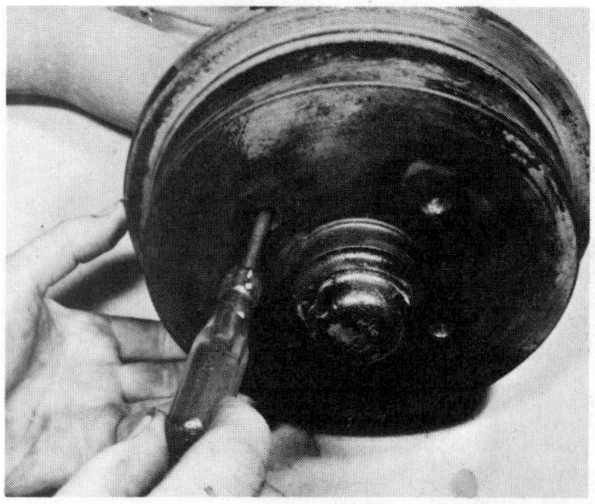
6.3 Releasing the automatic brake adjuster

6.4 Brake shoes removed from lower support

6.6 Handbrake cable attachment

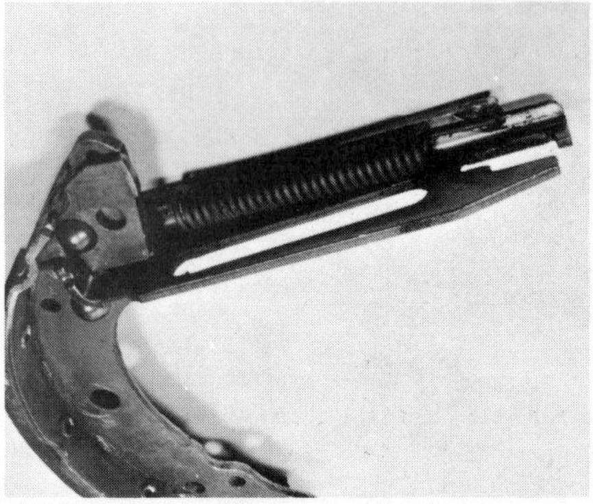
6.7 Front brake shoe and pushrod

6.8a Lug on wedge (arrowed) goes towards brake backplate

6.8b Assembled rear brake

8 Refitting is the reverse of removal, but note that the wedge is inserted with its lug towards the brake backplate (photos).
9 After installing the brake drum and adjusting the wheel bearing, depress the brake pedal firmly once, to set the brake shoes.

Handbrake adjustment – wedge type self-adjusting brakes

10 The adjustment of the handbrake is the same as that described in Chapter 8 (photo) except that the handbrake should be pulled up only 2 notches when making the adjustment.

Modified brake caliper securing bolts

11 From late 1981, self-locking bolts are used to secure the brake calipers. The new bolts may be recognised by the ridged face under the bolt head. The tightening torque for these bolts is 51 lbf ft (7.0 kgf m).
12 Calipers secured with these bolts have a chamfer round the bolt holes. If the new bolts are used to secure an old caliper, a chamfer 1 mm (0.04 in) wide and at 45° must be made in the bolt holes. Old (plain) bolts **must not** be used to secure a caliper with chamfered bolt holes, since they may work loose.

6.10 Handbrake adjuster (arrowed)

7 Electrical system and instruments

45 amp and 65 amp Bosch alternators

1 From February 1980, 45 amp and 65 amp alternators have been installed instead of the 35 amp and 55 amp models used previously. These are generally the same as those described in Chapter 8, with the following differences:

The connector plug is secured by a spring clip
V-belt pulley diameter is 61 mm and a different belt length is required
The bearing at the slip ring end is of the sealed type, and the drive end bearing is an interference fit in the endplate

2 When dismantling these alternators, do not attempt to remove the rotor from the endplate without using a three arm puller which grips behind the bearing plate, otherwise the screws retaining the plate will be sheared, or the plate torn.

Improved voltage regulator

3 On 1981 models an improved voltage regulator (Hybrid) with longer brushes has been installed, and the diameter of the slip rings has been reduced.
4 If an alternator has a Hybrid regulator (Fig. 13.20) and the regulator is renewed, the replacement must be one of the same type (part number 068 903 803) because of the longer carbon brushes.

Motorola 45 amp alternator

5 Later Motorola 45 amp alternators have their stator windings of six coils connected as three pairs. The resistance of these windings is approximately half that of windings with three coils (see Specifications).

Halogen headlights

6 Some headlights have H4 halogen bulbs instead of tungsten filament bulbs. The headlight inserts are different and the two types of bulbs cannot be interchanged.
7 Bulb renewal is similar, except that the bulb is retained by a hinged

Fig. 13.20. Hybrid type voltage regulator (Sec. 7)

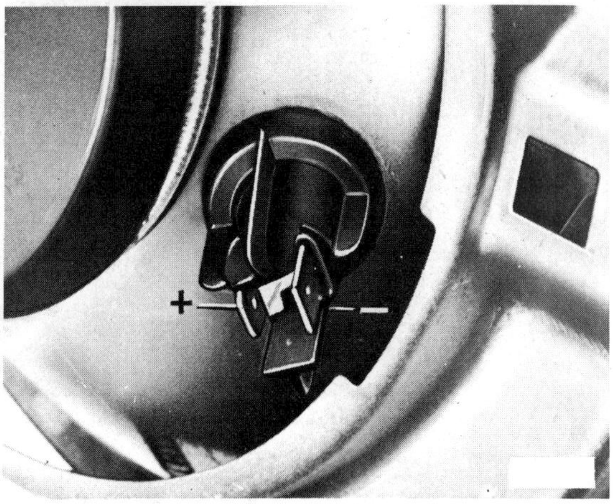

Fig. 13.21. Revised bulb holder for the front sidelight (Sec. 7)

wire clip instead of a retainer ring. When removing and replacing halogen bulbs it is important that the glass envelope is not touched, because finger marks on the glass will cause discolouration and a reduction in light output.

Front sidelight bulb holder

8 From October 1977 a different type of bulb holder was incorporated into the headlight unit. The spade connectors on the new holder are for a coded type of plug. If individual wires are connected it is important that the correct polarity is observed with the grey/red, or grey/black wire being connected to the + terminal and the brown wire to the – terminal (Fig. 13.21). The later type of holder is not interchangeable with the earlier type.

Modified number plate lamp

9 Models with plastic bumpers have a type of number plate lamp which differs from that used on metal bumpers. To renew the bulb, remove the two screws from the lens and remove the lens with the gasket attached to it (photo).

Additional headlights

10 A replacement grille incorporating two headlight units is available as an accessory to convert vehicles to twin headlights.
11 The bulbs are of the halogen type and can be renewed after removing the lamp assembly from the grille.
12 Scribe a line round the washer at the back of the lamp assembly so that it can be reinstated without altering the beam setting (photo). Disconnect the two wires at their connectors, remove the central nut and washer, and remove the lamp assembly from the front of the grille.
13 Press down on the plastic bar into which the lamp mounting bolt is inserted (photo) to free the bar from its clips, then turn the bar through 90° and remove it.
14 Release the two ends of the clip securing the bulb (photo) and lift the bulb out by pulling on the wire (photo). Do not finger the bulb glass envelope (see paragraph 7).
15 To adjust the beam aiming of the additional headlights, slacken the fixing nut just sufficiently to enable the lamps to be moved on their spherical seatings. Press the edge of the headlight glass in the appropriate direction to aim the beam correctly and, when satisfactory, tighten the securing nut.

Radiator fan wiring

16 If the radiator cooling fan is to be removed, or its operation checked, it should be noted that up to chassis number 868 2 300 001 and from chassis number 868 2 398 074, the fan control system has 'positive control' (the thermoswitch interrupts the live lead which supplies current to the fan motor). All vehicles between these two numbers have 'negative control' (the thermoswitch interrupts the lead which runs from the motor to earth).

Rear window wiper – removal and refitting

17 The wiper arm of the rear window wiper is installed in the same way as that of the windscreen wiper (see Chapter 10, Part 2).
18 To remove the wiper motor assembly, remove the arm and blade assembly, then the shaft seal.
19 Raise the rear door, remove the screws from the bottom trim panel and the motor is exposed (photo).
20 Remove the foam strip from the space between the two skins of the rear door and pull the wiper motor cable out.
21 Prise the tailgate contact assembly out (photo), mark the position of the contact assembly in the tailgate so that it can be reinserted the same way up. Mark the two wires and the contacts to which they are connected, then remove the wires from the contacts.
22 Disconnect the earth wire from the casing of the wiper motor, remove the three bolts securing the motor, and remove the motor.
23 When installing the motor, make sure that the polarity of the electrical supply is correct. To ensure this, check that the wires to the

7.9 Number plate light used on plastic bumpers

7.12 Scribe round washer before removing lamp

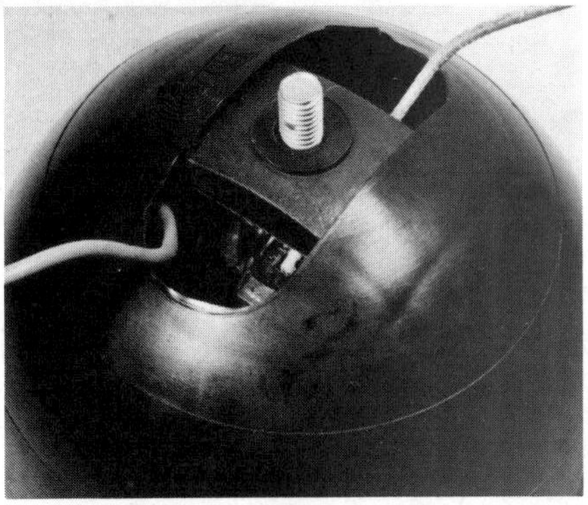

7.13 Press down on plastic bar

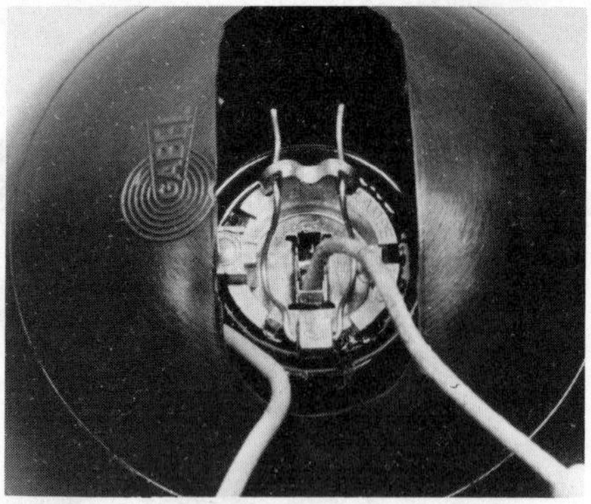
7.14a Bulb retained by spring clip

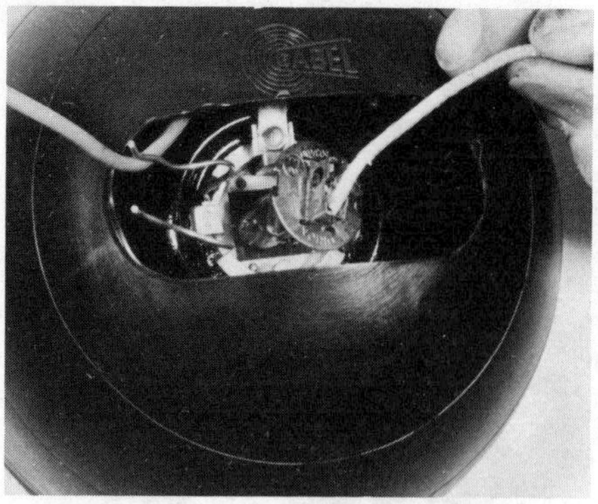
7.14b Removing the bulb

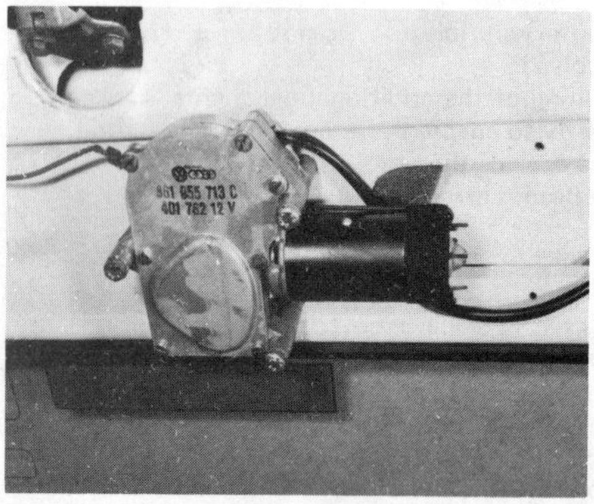
7.19 Rear window wiper motor

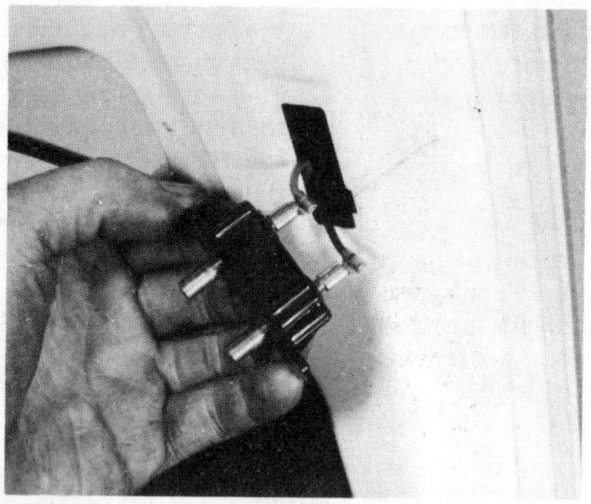
7.21 Rear window wiper connections

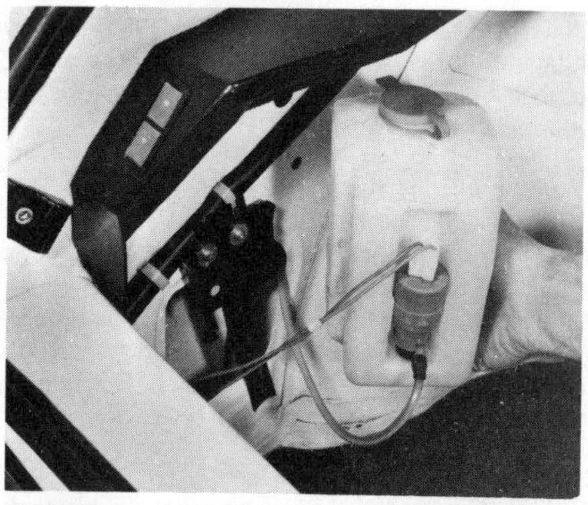
7.25 Rear window washer pump and reservoir

7.26 Rear window washer jet

contact plate in the tailgate support are both connected to wires of the same colour coding on the tailgate contact pins, i.e. black to black/blue, and blue to blue.

Rear wiper blade – park position

24 The wiper arm does not always stop in the same position when parked, but it must be installed to give the correct sweep over the window. On models up to April 1976 the arm is installed so that when the blade is in its lowest position the blade is parallel with the lower edge of the window on the left side. From April 1976, the arm must be installed so that the extreme edge of the wiped zone is 2 in (50 mm) from the upper right edge of the window.

Rear window washer

25 The rear window washer reservoir is mounted on the left side of the luggage compartment (photo) and is essentially the same as the windscreen washer (Chapter 10). Early models have a gear type pump mounted on a bracket remote from the reservoir. Later models have a rotor pump integral with the reservoir.

26 The washer jet is mounted on the left side pillar of the tailgate (photo). The jet is on a spherical seating, and adjustment is achieved by inserting a pin into the jet and levering it into the required position.

Instrument panel (January 1979 onwards) – removal and refitting

27 Disconnect the battery earth lead.

28 Remove the two screws securing the shelf beneath the instrument panel on the driver's side and remove the shelf to give access to the rear of the instrument panel insert.

29 Unscrew the ferrule connecting the speedometer cable to the speedometer. If this proves to be impossible, disconnect the cable at the gearbox end and release it from its clip on the front bulkhead. The cable can then be disconnected from the speedometer when the instrument panel insert has been pulled forward (photo).

30 Remove the two screws from the instrument panel trim (photo) and pull the trim clear. It is not necessary to remove the wires from the heated rear window switch.

31 Remove the two screws securing the instrument panel insert (photo) and tilt the insert face down. Pull off the multi-point connector to the printed circuit board (photo) and remove the instrument panel insert.

32 Installation is the reverse of removal. When connecting the speedometer cable, take care that the cable is not kinked or strained. After

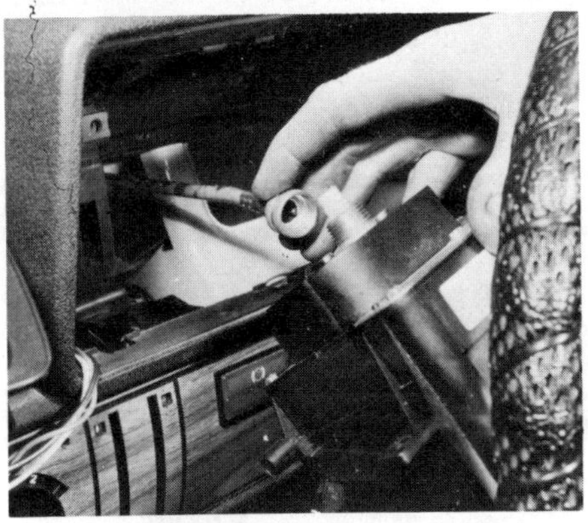

7.29 Disconnecting the speedometer cable after removing instrument panel insert

7.30 Removing the instrument panel trim screws

7.31a Removing the instrument panel insert screws

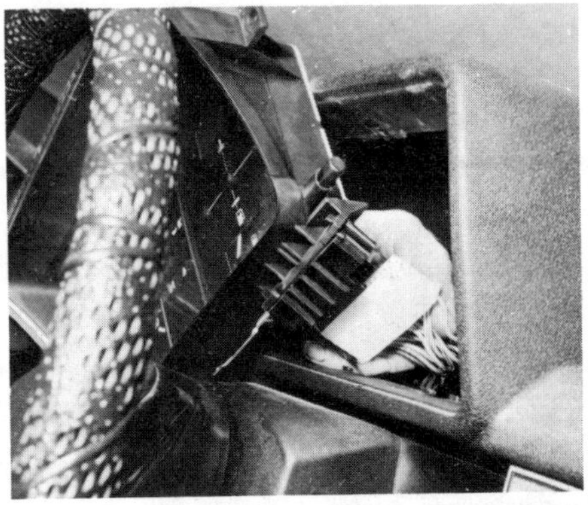

7.31b Disconnecting the printed circuit board plug

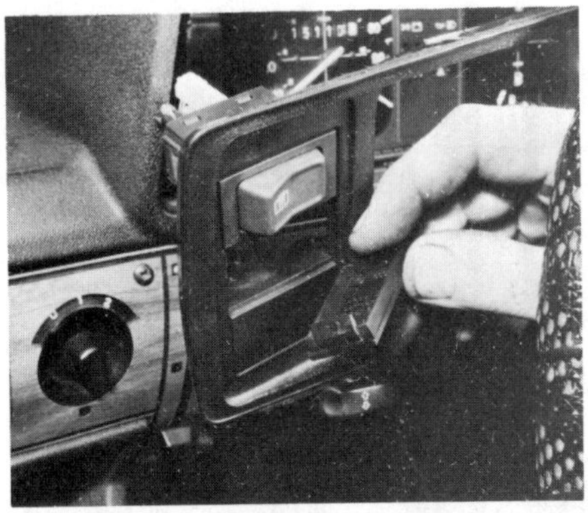

7.33 Supplementary switch blanking plate

making the connection to the instrument, carefully pull any slack through to the engine compartment.

Fitting electrical accessories (January 1979 onwards)

33 The instrument panel trim has provision for a maximum of three switches. Any positions which are not used by factory-fitted accessories, such as heated rear window and foglights, are covered by blanking plates. To utilise any spare switch positions, prise out the blanking plate (photo).

Instrument panel warning lamps (January 1979 onwards)

34 The cluster of warning lamps in the centre of the instrument panel cluster are light emitting diodes (LEDs) and not tungsten filament bulbs.

35 In the unlikely event of a light ceasing to function, a new LED may be installed, but it is a job which is best left to a VW/Audi workshop.

Ignition switch/steering lock renewal

36 Removal of the steering lock cylinder as described in Chapter 10, Section 13, is only possible on very early models. It is unlikely that a replacement cylinder will be available anyway.

37 To remove the complete lock, or to gain access to the ignition switch, first remove the steering column switch as described in Chapter 10.

38 On models up to December 1978, it will be necessary to remove the instrument panel (Chapter 10, Section 10). On later models, simply remove the upper part of the trim from around the steering column.

39 On later models (January 1979 on), drive the steering column down using a rubber mallet. (This is to free the top bearing.)

40 On all models, undo the four nuts or bolts securing the steering lock and withdraw it, disconnecting the multi-pin connector from the ignition/starter switch.

41 The ignition/starter switch may now be removed after undoing its securing screw.

42 Refitting is a reversal of the removal procedure. Turn the ignition key to the 'START' position when fitting the lock assembly to the carrier.

43 Refit the steering column switch as described in Chapter 10.

Gearchange/fuel consumption indicator (Formel E models)

44 The gearchange/fuel consumption indicator fitted to Formel E models indicates to the driver when an upward gearchange would be advantageous in terms of fuel economy. When top gear is engaged, the fuel consumption indicator shows the approximate fuel consumption.

45 The main components of the system, apart from the instrument itself, are a vacuum-operated switch, a gearbox switch and a control unit. A wiring diagram is given in Fig. 13.31.

46 In the event of malfunction, check all vacuum and electrical connections for security. Further fault diagnosis should be left to your VW dealer, unless it is wished to embark on a programme of component substitution.

Electrical system – Derby models

47 The electrical system on Derby models is essentially the same as that on the other models covered by this Manual, and the components used in the circuits are identical.

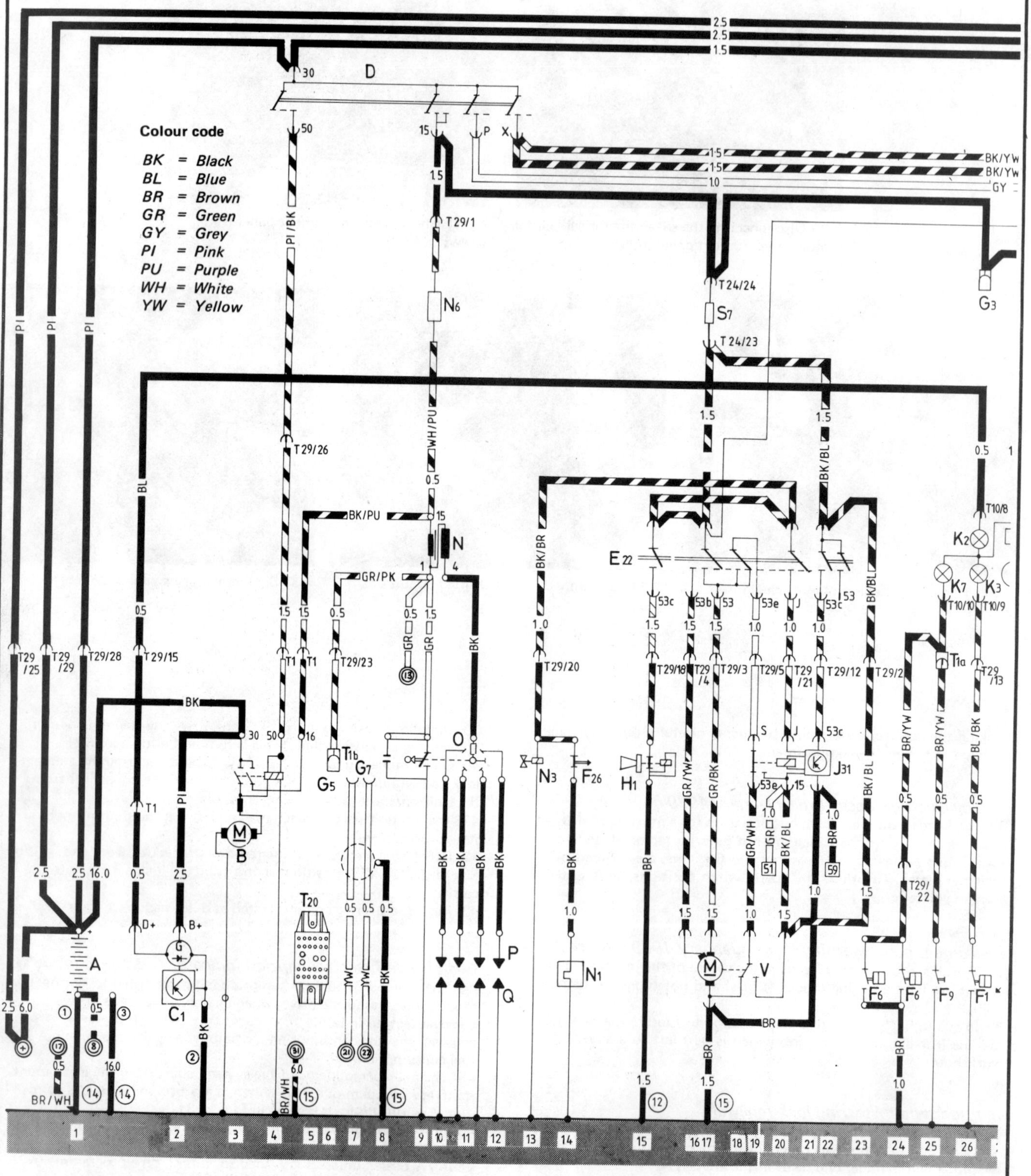

Fig. 13.22A. Current flow diagram for Derby models, 1977/78

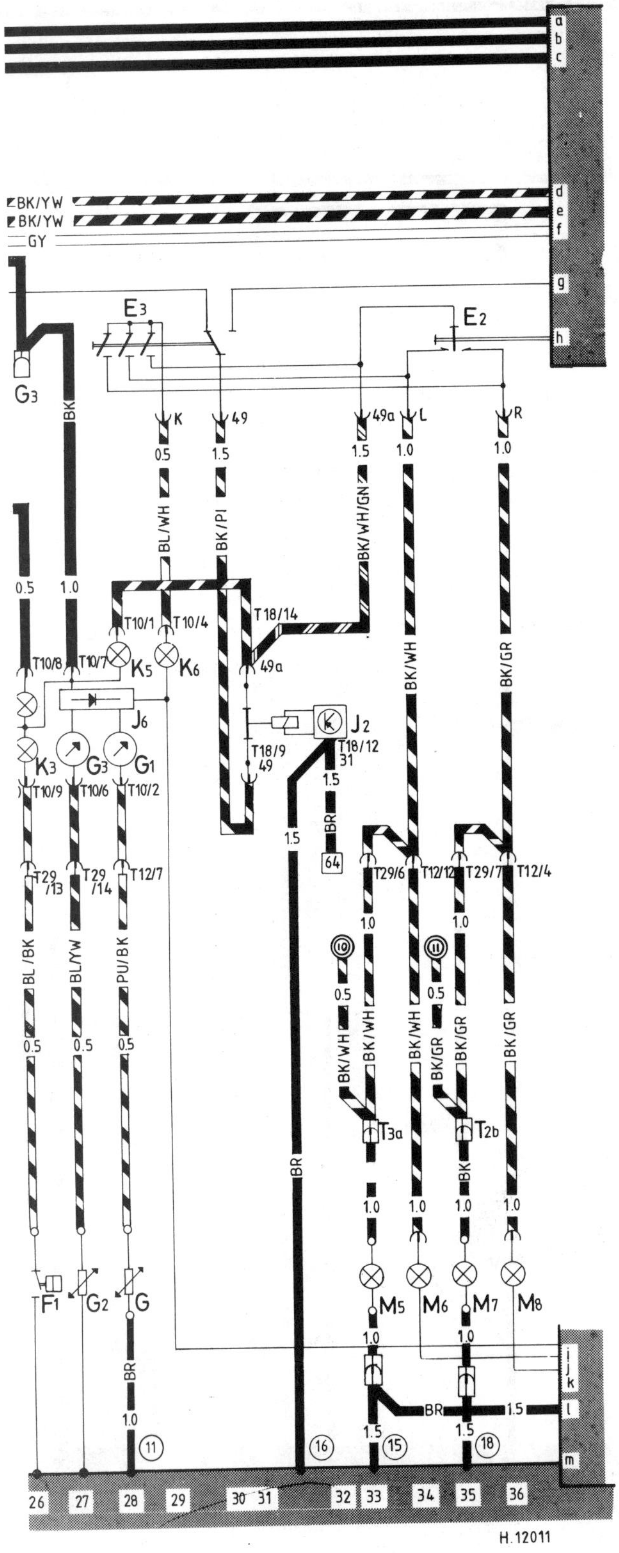

H.12011

Key to current flow diagram Fig. 13.22A

Designation		in current track
A	Battery	1
B	Starter	3, 4
C	Alternator	2
C1	Regulator	2
D	Ignition/starter switch	4, 9–12
E2	Turn signal park light switch	33–36
E3	Emergency light switch	28–30
E22	Wiper switch horn contact	15–22
E44	Wash-wipe switch	21, 22
F1	Oil pressure switch	26
F6	Brake system warning switch (optional)	23, 24
F9	Handbrake warning switch (optional)	25
F26	Choke thermoswitch (not with 40 bhp engine)	14
G	Fuel gauge sender	28
G1	Fuel gauge	28
G2	Temperature gauge sender, GL only (with warning lamp, see Polo diagram)	27
G3	Temperature gauge, GL only (with warning lamp, see Polo diagram)	27
G5	Connection for rev. counter (optional)	
G7	Connector for TDC sensor	7, 8
H1	Horn	15
J2	Emergency light relay	32
J6	Voltage stabilizer	27, 28
J31	Wipe-wash relay	18–21
K2	Alternator warning lamp	26
K3	Oil pressure warning lamp	26
K5	Turn signal warning lamp	28
K6	Emergency light warning lamp	29
K7	Dual brake circuit warning lamp (optional)	25
M5	Turn signal, front left	33
M6	Turn signal, rear left	34
M7	Turn signal, front right	35
M8	Turn signal, rear right	36
N	Coil	9
N1	Automatic choke (except 40 bhp engine)	14
N3	By-pass air cut off valve	1, 13
N6	Series resistance (1.3 litre - 60 bhp engine)	9
O	Distributor	10, 11
P	Plug connector	10, 11
Q	Spark plugs	10, 11
S7	Fuse in fuse box	
T1	Connector single, engine compartment, front right	
T1a	Connector single, behind instrument panel	
T1b	Connector single, behind instrument panel	
T1c	Connector single, engine compartment, front right	
T2b	Connector 2 pin engine compartment, front right	
T3a	Connector 3 pin engine compartment, front left	
T10	Connector 10 pin, on instrument panel insert	
T12	Connector 12 pin, instrument panel to tail light harness, under instrument panel on left	
T18	Relay adapter, 18 pin, on left rear column	
T20	Test socket	
T24	Connector, 24 pin on fuse box	
T29	Connector 29 pin, instrument panel to front harness	
V	Wiper motor	17
(1)	Battery earthing strap	
(2)	Earthing strap, alternator to engine	
(3)	Earthing strap, engine to body	
(11)	Earthing point under rear seat	
(12)	Earthing point, sidelight	
(14)	Earthing point, plenum chamber left	
(15)	Earthing point, plenum chamber right	
(16)	Earthing point, left of steering column	
(18)	Earthing point, engine compartment front left	
(O)	Connection in test network wired directly to central socket	

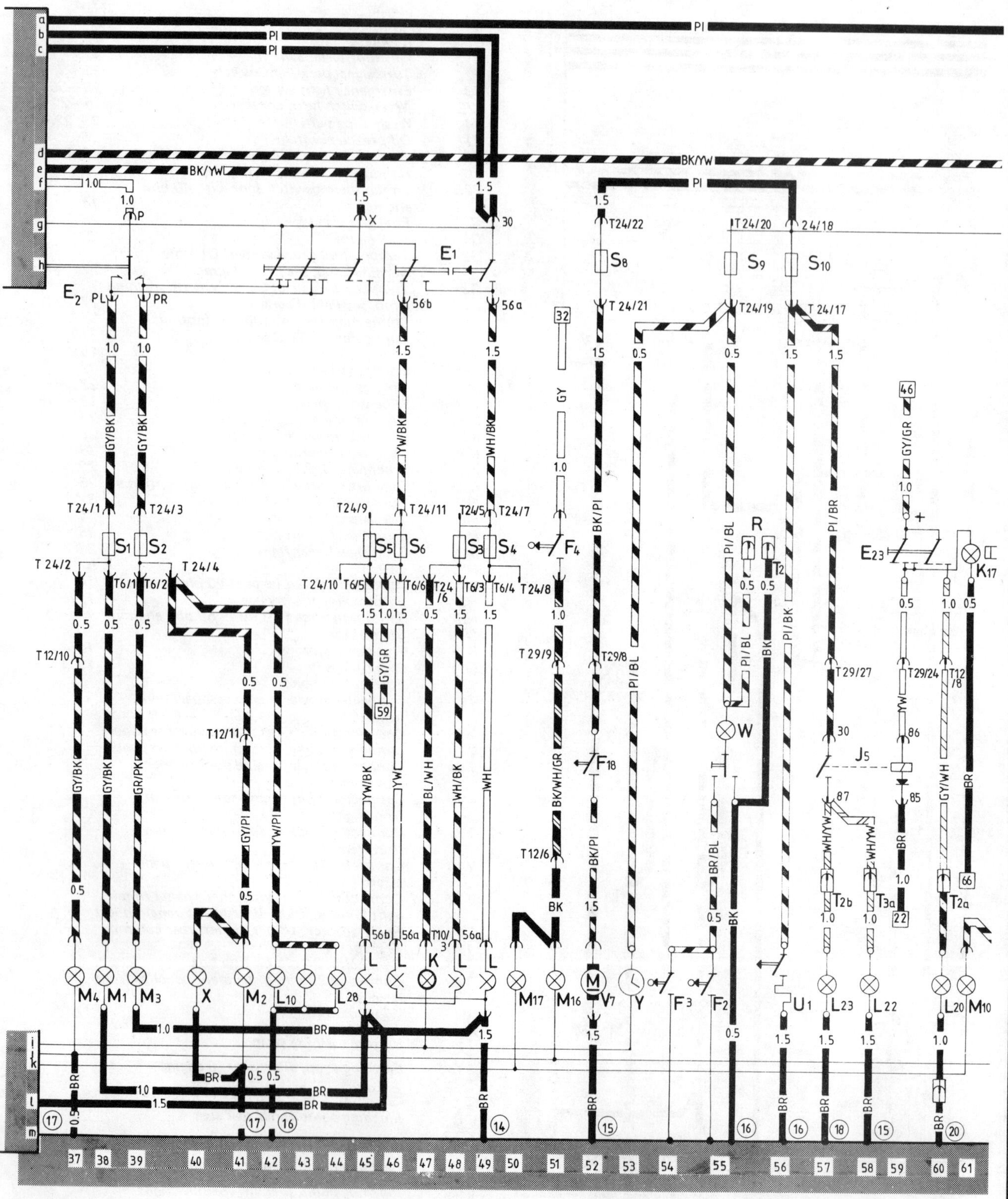

Fig. 13.22B. Current flow diagram for Derby models, 1977/78

Colour code

BK = Black
BL = Blue
BR = Brown
GR = Green
GY = Grey
PI = Pink
PU = Purple
WH = White
YW = Yellow

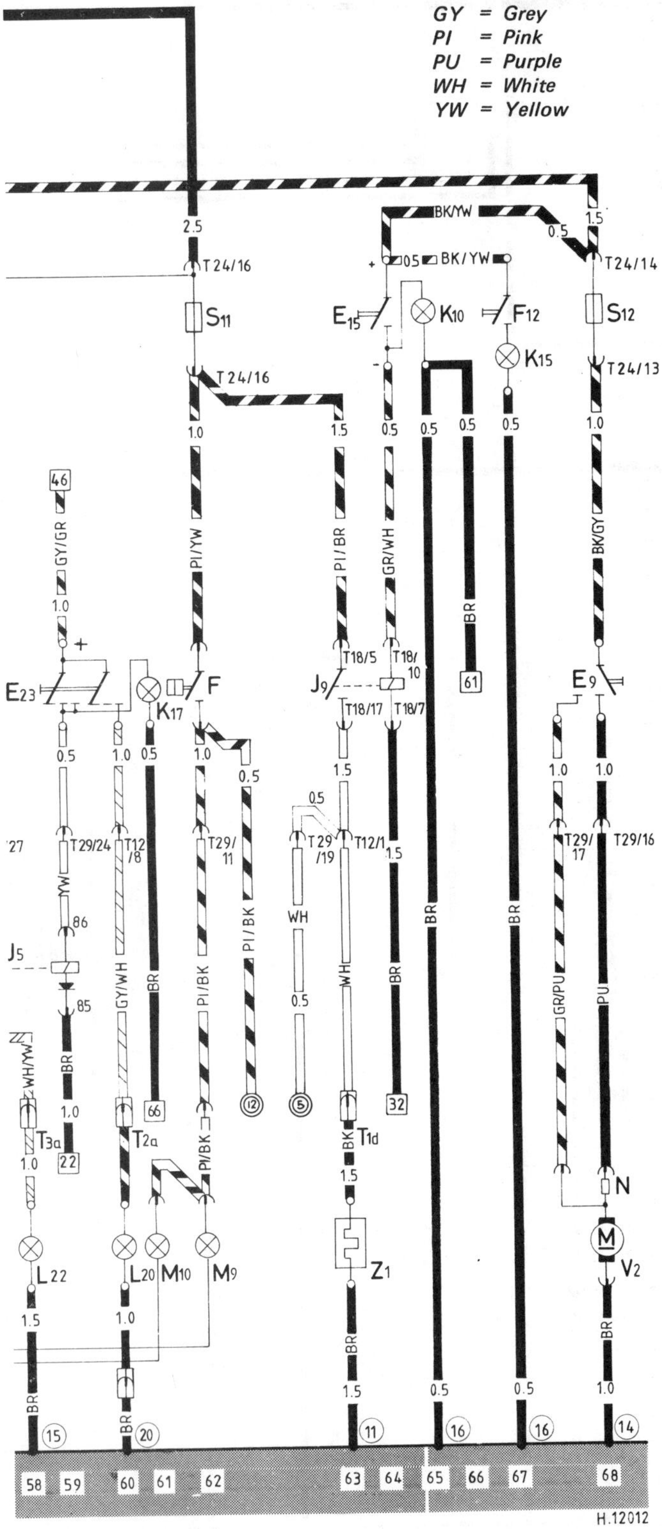

Key to current flow diagram Fig. 13.22B

Designation		in current track
E1	Lighting switch	42–45
E2	Turn signal park light switch	34, 36, 38, 39
E4	Headlight dimmer/flasher switch	46–49
E9	Fresh air blower switch	68
E15	Heated rear window switch	64, 65
E23	Fog and rear fog light switch	59–61
F	Brake light switch	62
F2	Door contact switch left	55
F3	Door contact switch right	54
F4	Reversing light switch	51
F12	Contact for choke warning lamp (40 bhp engine only)	67
F18	Radiator fan thermoswitch	52
J5	Fog light relay	57, 59
J9	Rear window relay	63, 64
K1	High beam warning lamp	47
K10	Rear window warning lamp	65
K15	Choke warning lamp (40 bhp engine only)	61
K17	Fog light warning lamp	45, 48
L1	Headlight left	46, 49
L2	Headlight right	46, 49
L10	Instrument panel light	42, 43
L20	Rear fog light (optional)	60
L22	Fog light left (optional)	58
L23	Fog light right (optional)	57
L28	Cigarette lighter lamp (GLS only)	44
M1	Side light left	38
M2	Tail light right	41
M3	Side light right	39
M4	Tail light left	37
M9	Brake light left	62
M10	Brake light right	61
M16	Reversing light left	51
M17	Reversing light right	50
N23	Series resistance for blower	68
R	Connection for radio	
S1–S6, S8–S12	Fuses in fuse box (fuse S10 = 16 amp)	
T1d	Connector single, in luggage compartment	
T2	Connector 2 pin, under instrument panel	
T2a	Connector 2 pin, in luggage compartment	
T2b	Connector 2 pin, engine compartment front right	
T3a	Connector 3 pin, engine compartment front left	
T6	Connector 6 pin, on fuse box plenum chamber side	
T10	Connector 10 pin, on instrument panel insert	
T12	Connector 12 pin, instrument panel – rear cable harness under instrument panel	
T18	Relay adapter, 18 pin, left of column under instrument panel	
T24	Connector, 24 pin, (fuse box)	
T29	Connector, 29 pin, dash to front harness, on fuse box	
U1	Cigarette lighter (GLS only)	56
V2	Fresh air blower	68
V7	Radiator fan	52
W	Interior light	55
X	License plate lamp	40
Y	Clock (GLS only)	53
Z1	Rear window	63
(11)	Earthing point, luggage compartment right	
(14)	Earthing point, plenum chamber left	
(15)	Earthing point, plenum chamber right	
(16)	Earthing point, left of column	
(17)	Earthing point, left tail light	
(18)	Earthing point, engine compartment front right	
(20)	Tail light left	
(O)	Connection in test network wired directly to central socket	

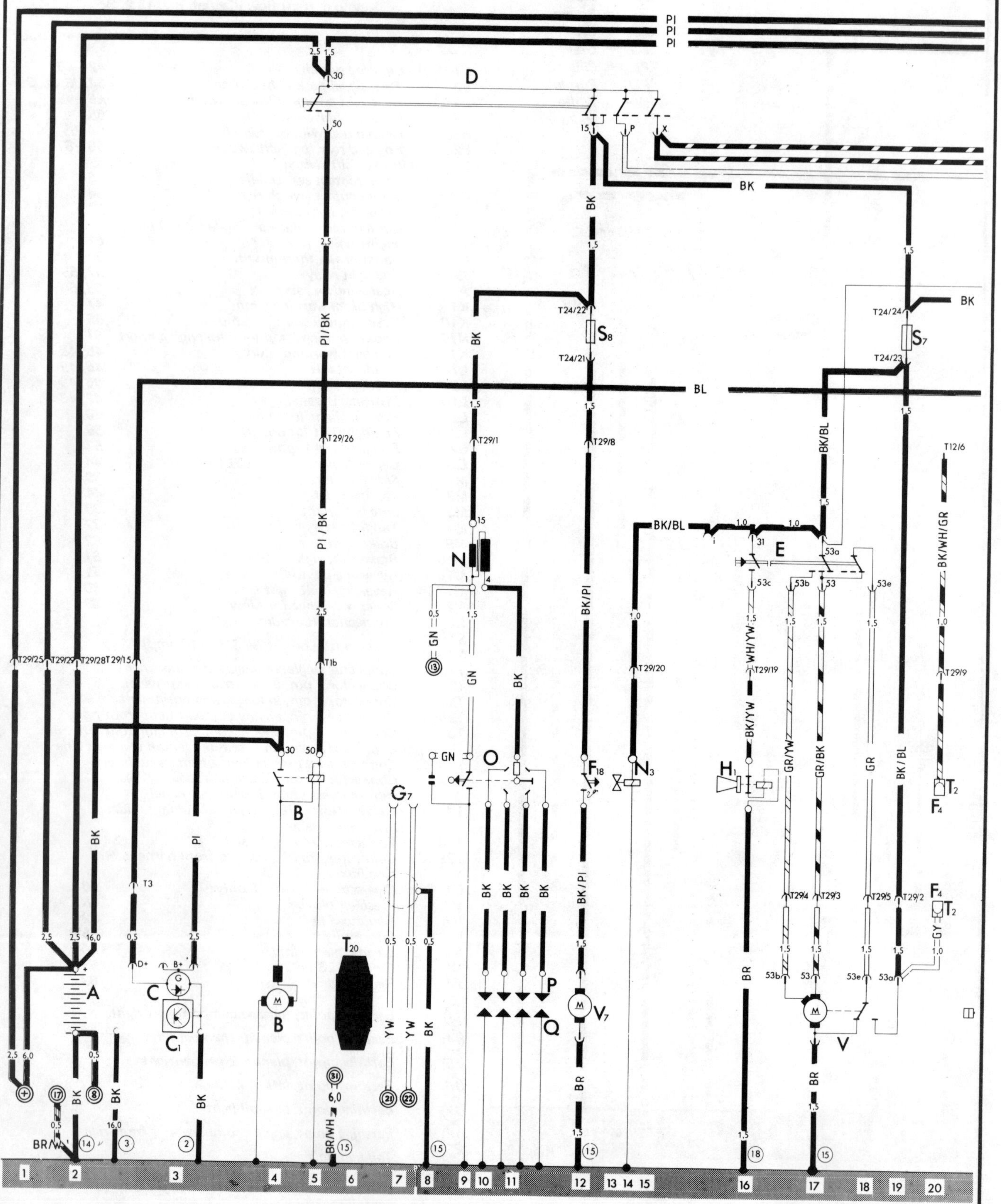

Fig. 13.23A. Current flow diagram for basic Polo models, 1977/78

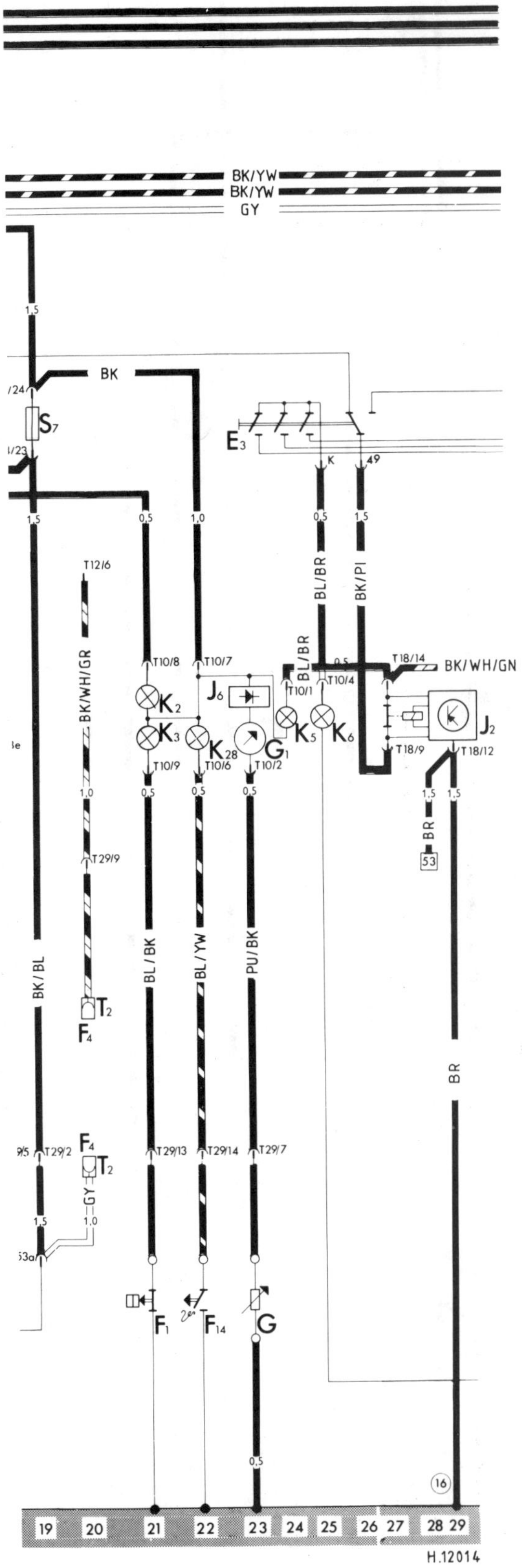

Key to current flow diagram Fig. 13.23A

Designation		in current track
A	*Battery*	*2*
B	*Starter*	*4, 5*
C	*Alternator*	*3*
C1	*Voltage regulator*	*3*
D	*Ignition/starter switch*	*5, 12–15*
E	*Windscreen wiper switch with horn contact*	*16–17*
E3	*Emergency light switch*	*23–26*
F1	*Oil pressure switch*	*21*
F4	*To reversing light switch*	
F14	*Temperature check switch*	*22*
F18	*Radiator fan motor thermoswitch*	*12*
G	*Fuel gauge sender unit*	*23*
G1	*Fuel gauge*	*23*
G7	*Connection for TDC sender unit*	*7, 8*
H1	*Horn*	*16*
J2	*Emergency light relay*	*27–29*
J6	*Voltage stabilizer*	*23*
K2	*Generator warning lamp*	*21*
K3	*Oil pressure warning lamp*	*21*
K5	*Turn signal warning lamp*	*24*
K6	*Emergency light warning lamp*	*25*
K28	*Coolant temperature warning lamp*	*22*
N	*Ignition coil*	*9*
N3	*By-pass air cut-off valve*	*14*
O	*Ignition distributor*	*11*
P	*Spark plug connector*	*11*
Q	*Spark plugs*	*11*
S1–S12	*Fuses in fuse box*	
T1b	*Flat connector, single, in engine compartment on front cross panel*	
T2	*Connector, two point*	
T3	*Connector, 3 point, in engine compartment on front cross panel*	
T10	*Connector, 10 point, on instrument panel insert*	
T12	*Connector, 12 point, connection instrument panel/rear wiring harness under instrument panel left*	
T18	*Relay adapter, 18 point, at left of steering column under instrument panel*	
T20	*Central test socket*	*6*
T24	*Connector, 24 point, on fuse box*	
T29	*Connector, 29 point, connection instrument panel front wiring harness on fuse box*	
V	*Windscreen wiper motor*	*17*
V7	*Radiator fan motor*	*12*
②	*Earthing strap, generator to engine*	
③	*Earthing strap, engine to body*	
⑭	*Earthing point, plenum chamber left*	
⑮	*Earthing point, plenum chamber right*	
⑯	*Earthing point, left of steering column*	
⑱	*Earthing point, engine compartment front right*	
ⓞ	*Connection in test network wired direct to central socket*	

Colour code

BK = Black
BL = Blue
BR = Brown
GR = Green
GY = Grey
PI = Pink
PU = Purple
WH = White
YW = Yellow

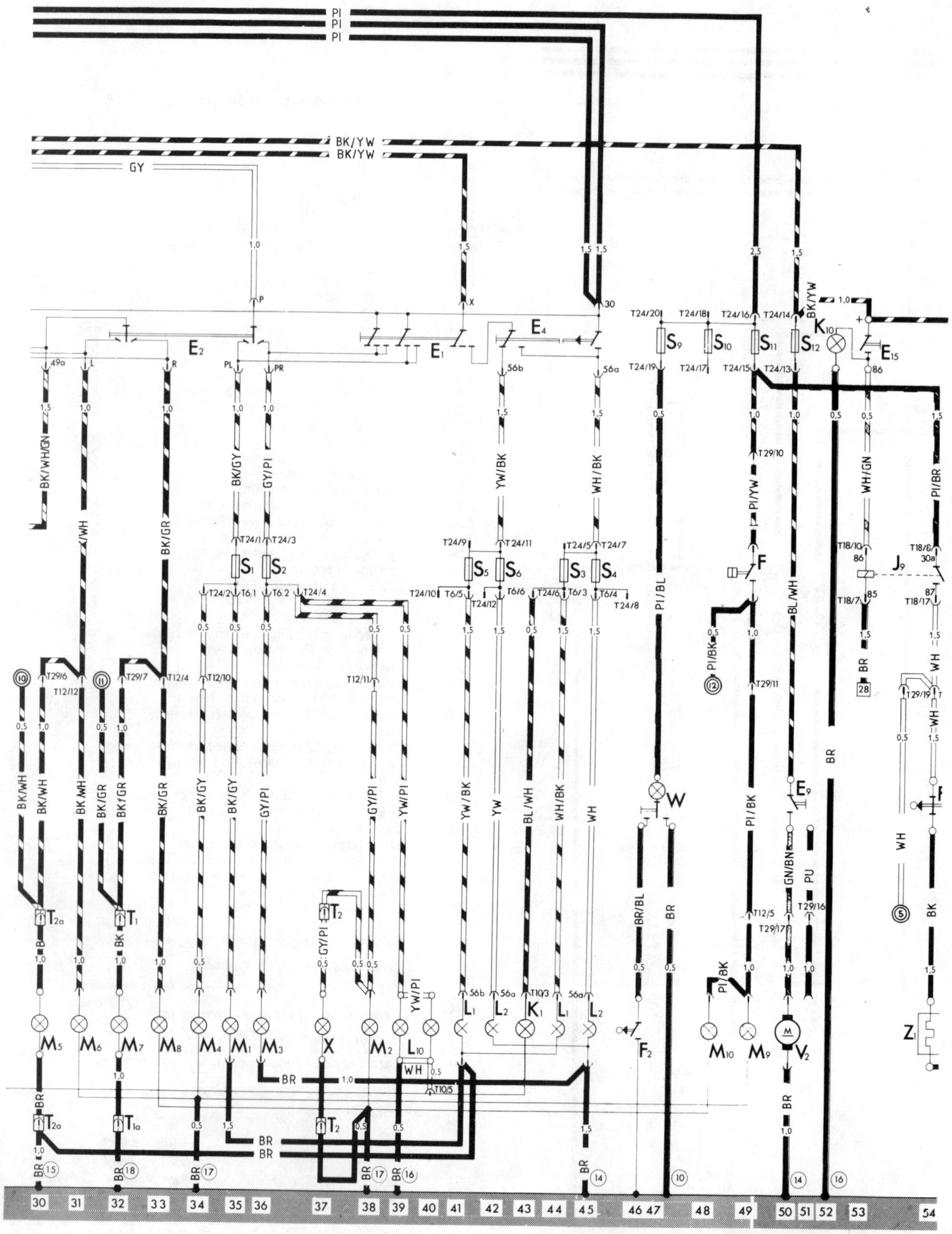

Fig. 13.23B. Current flow diagram for basic Polo models, 1977/78

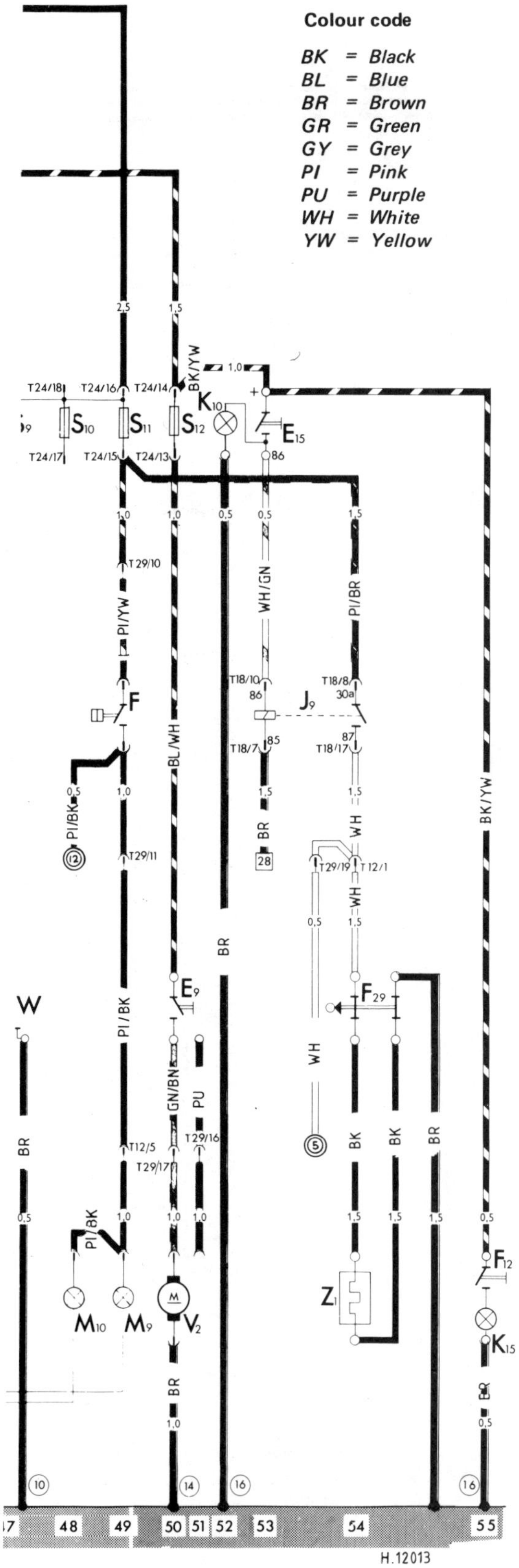

Colour code

BK = Black
BL = Blue
BR = Brown
GR = Green
GY = Grey
PI = Pink
PU = Purple
WH = White
YW = Yellow

Key to current flow diagram Fig. 13.23B

Designation		in current track
E1	Lighting switch	38–41
E2	Turn signal and parking light switch	30–36
E4	Headlight dimmer/flasher switch	42–45
E9	Fresh air blower switch	50
E15	Heated rear window switch	52–53
F	Brake light switch	49
F2	Door contact switch, left	46
F12	Contact for choke warning lamp	55
F29	Heated rear window contact (in tailgate)	54
J9	Heated rear window relay	53, 54
K1	High beam warning lamp	43
K10	Heated rear window warning lamp	52
K15	Choke warning lamp	55
L1	Headlight bulb, left	41, 44
L2	Headlight bulb, right	42, 45
L10	Instrument panel insert light	39, 40
M1	Side light bulb, left	35
M2	Tail light bulb, right	38
M3	Side light bulb, right	36
M4	Tail light bulb, left	34
M5	Turn signal front left	30
M6	Turn signal rear left	31
M7	Turn signal front right	32
M8	Turn signal rear right	33
M9	Brake light bulb, left	49
M10	Brake light bulb, right	48
S1–S12	Fuses in fuse box	
T1	Flat connector, single in engine compartment front right	
T1a	Flat connector, single, in engine compartment right	
T2a	Connector, 2 point, in engine compartment left	
T6	Connector, 6 point, on fuse box in plenum chamber	
T10	Connector, 10 point, on instrument panel insert	
T12	Connector, 12 point, connection instrument panel/rear cable harness under instrument panel left	
T18	Relay adaptor, 18 point, at left of steering column under instrument panel	
T24	Connector, 24 point, on fuse box	
T29	Connector, 29 point, connection instrument panel/front wiring harness, on fuse box	
V2	Fresh air blower	50
W	Interior light	47
X	License plate light	37
Z1	Heated rear window	54
(14)	Earthing point, plenum chamber left	
(15)	Earthing point, plenum chamber right	
(16)	Earthing point, left of steering column	
(17)	Earthing point, tail light left	
(18)	Earthing point, engine compartment front right	
(O)	Connection in test network wired directly to central socket	

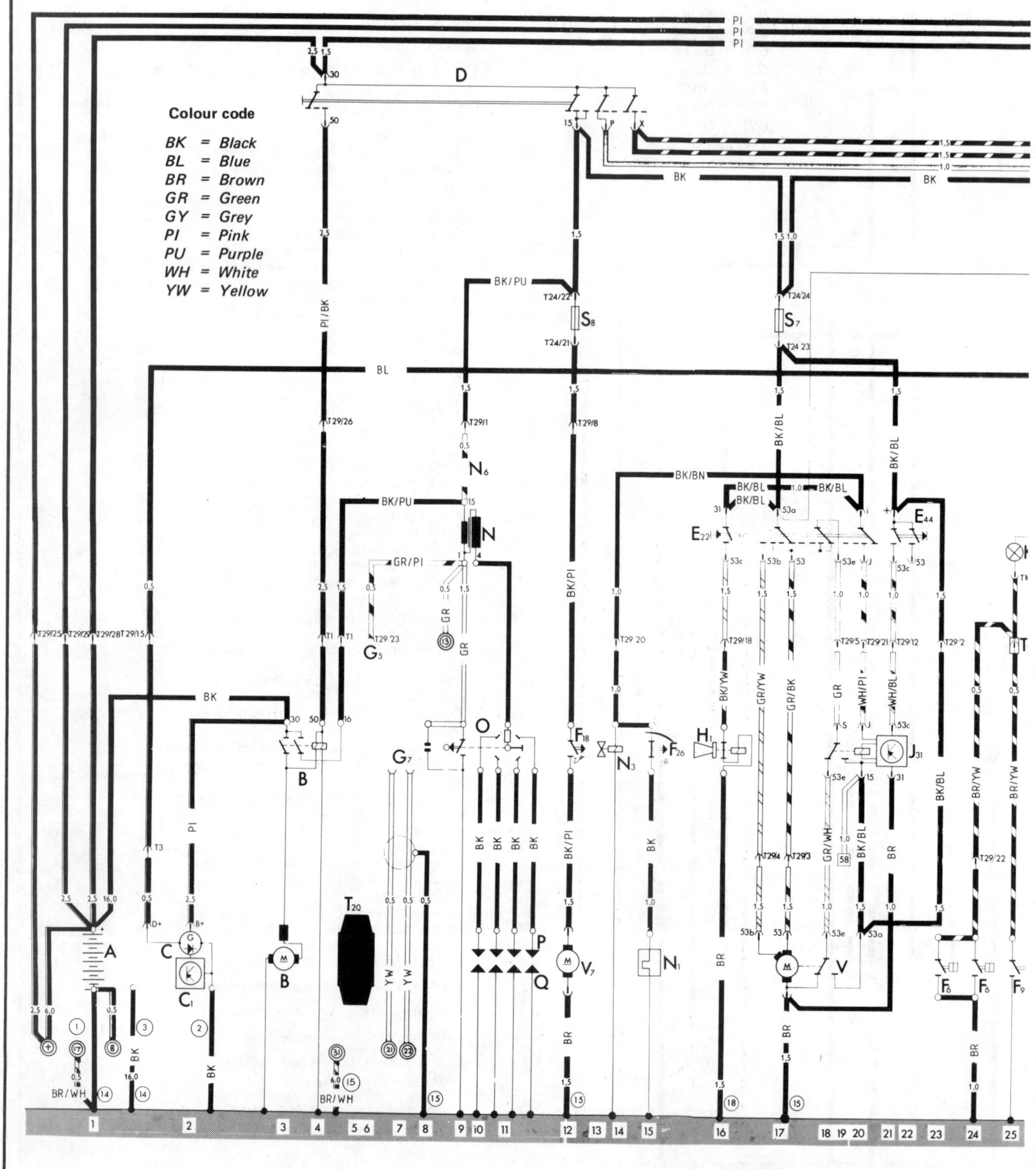

Fig. 13.24A. Current flow diagram for Polo L, S, LS & GLS and Audi 50LS & GLS models, 1977/78

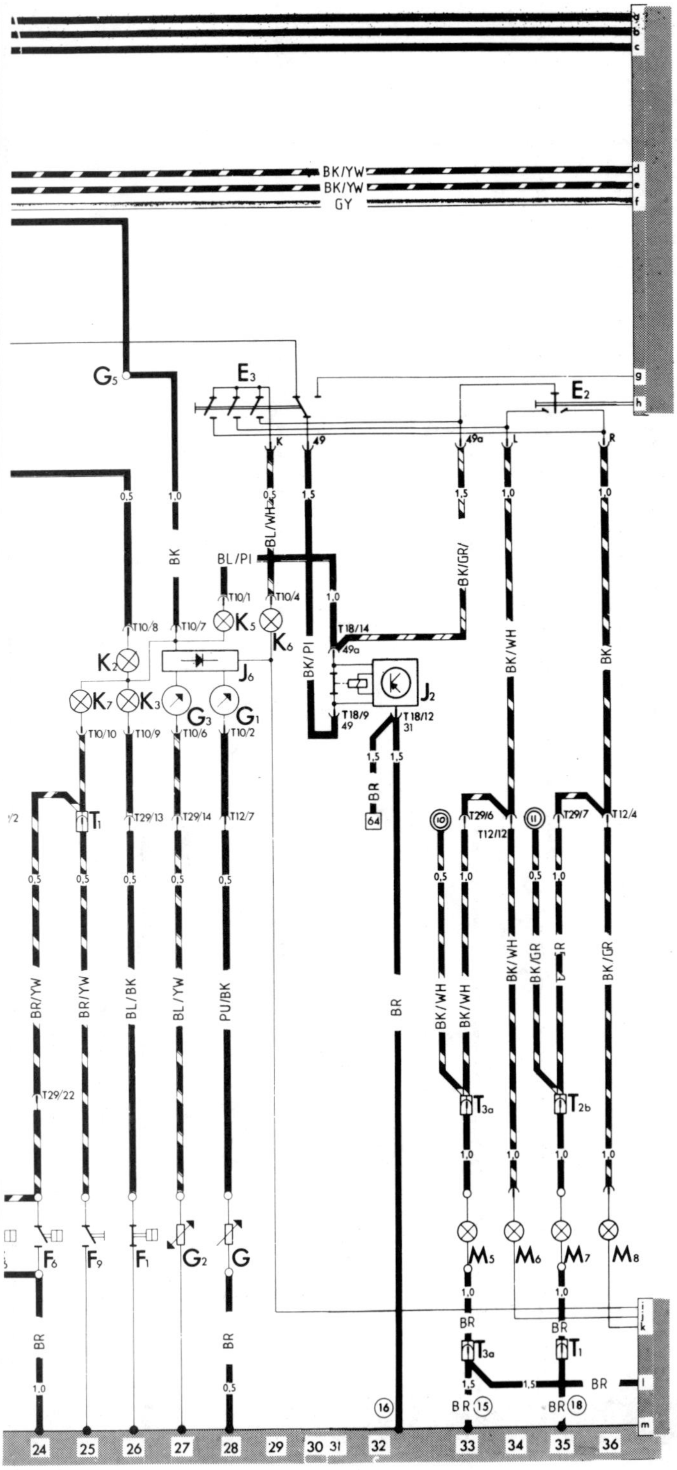

H 12018

Key to current flow diagram Fig. 13.24A

Designation		in current track
A	*Battery*	*1*
B	*Starter*	*3, 4*
C	*Alternator*	*2*
C1	*Voltage regulator*	*2*
D	*Ignition/starter switch*	*4, 12 – 15*
E2	*Turn signal and parking light switch*	*34, 36, 38, 39*
E3	*Emergency light switch*	*28 – 30*
E22	*Intermittent windscreen wiper switch with horn contact*	*16 – 20*
E44	*Wash/wipe switch*	*21, 22*
F1	*Oil pressure switch*	*26*
F6	*Brake system check switch (optional extra)*	*23, 24*
F9	*Handbrake warning switch (optional extra)*	*25*
F18	*Radiator thermoswitch*	*12*
F26	*Automatic choke thermoswitch (not on 40 bhp engine)*	*15*
G	*Fuel gauge sender unit*	*28*
G1	*Fuel gauge*	*28*
G2	*Coolant temperature sender unit*	*27*
G3	*Coolant temperature gauge*	*27*
G5	*Connection for rev. counter (optional extra)*	
G7	*Connection for TDC sender unit*	*7, 8*
H1	*Horn*	*16*
J2	*Emergency light relay*	*32*
J6	*Voltage stabilizer*	*27, 28*
J31	*Intermittent wash/wipe relay*	*18 – 21*
K2	*Generator warning lamp*	*26*
K3	*Oil pressure warning lamp*	*26*
K5	*Turn signal warning lamp*	*28*
K6	*Turn signal warning lamp*	*28*
K7	*Dual circuit brake system warning lamp*	*25*
M5	*Turn signal front left*	*33*
M6	*Turn signal rear left*	*34*
M7	*Turn signal front right*	*35*
M8	*Turn signal rear right*	*36*
N	*Ignition coil*	*9*
N1	*Automatic choke*	*15*
N3	*By-pass air cut-off valve*	*14*
N6	*Series resistance wire*	*9*
O	*Ignition distributor*	*10, 11*
P	*Spark plug connector*	*10, 11*
Q	*Spark plugs*	*10, 11*
S6, S7	*Fuses in fuse box*	
T1	*Flat connector, single in engine*	
T2b	*Connector, 2 point, in engine compartment front right*	
T3	*Connector, 3 point, in engine compartment on front cross panel*	
T3a	*Connector, 3 point, in engine compartment front left*	
T10	*Connector, 10 point, on instrument panel insert*	
T12	*Connector, 12 point, connecting instrument panel/rear wiring harness under instrument panel left*	
T18	*Relay adapter, 18 point, at left of steering column*	
T20	*Central test socket*	
T24	*Connector, 24 point, on fuse box*	
T29	*Connector, 29 point, connecting instrument panel/front wiring harness, on fuse box*	
V	*Windscreen wiper motor*	*17*
V7	*Radiator fan motor*	*12*
(1)	*Battery earthing strap*	
(2)	*Earthing strap, generator to engine*	
(3)	*Earthing strap, engine to body*	
(14)	*Earthing point, plenum chamber left*	
(15)	*Earthing point, plenum chamber right*	
(16)	*Earthing point, left of steering column*	
(18)	*Earthing point, engine compartment front right*	
(O)	*Connection in test network wired directly to central socket*	

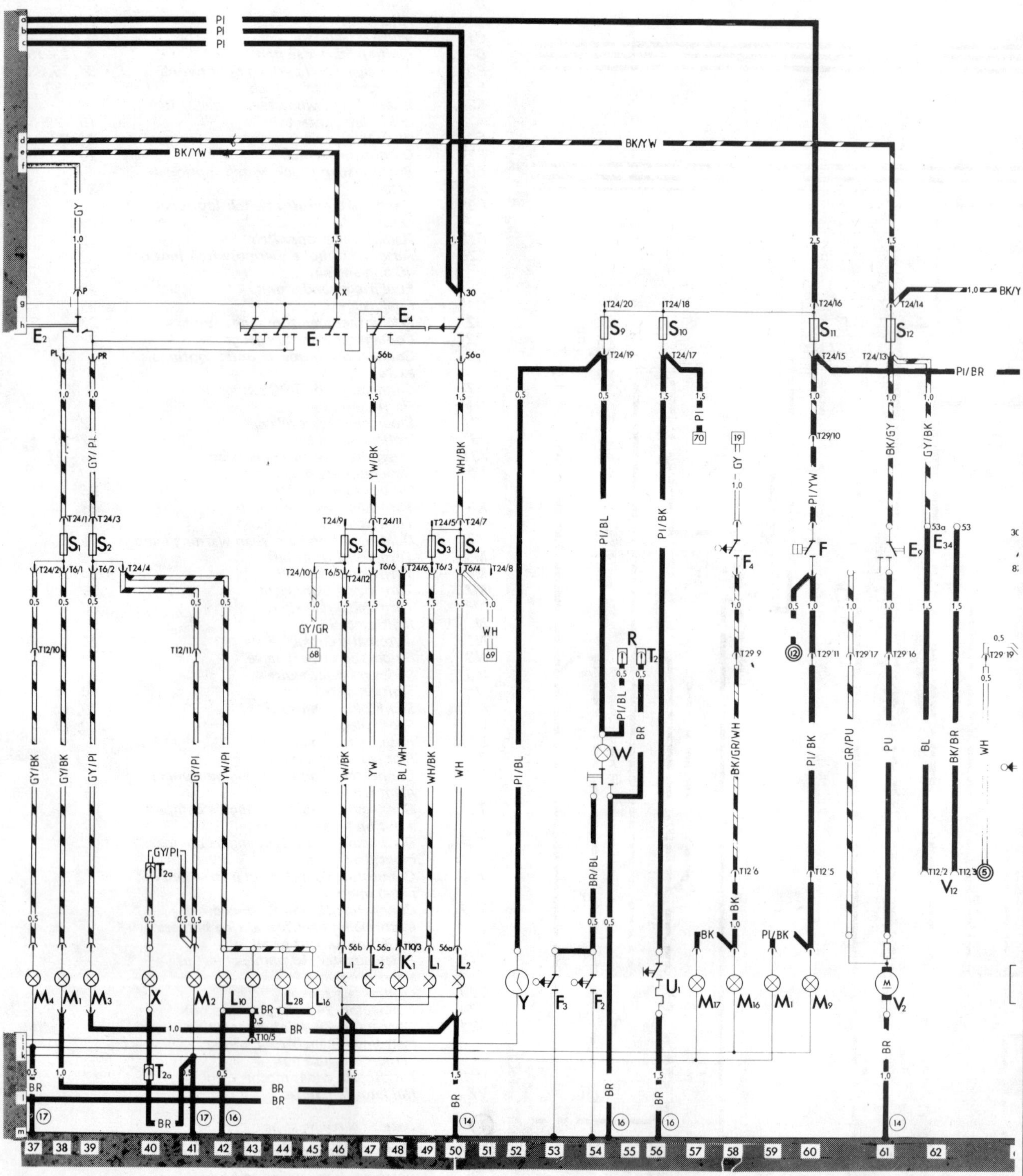

Fig. 13.24B. Current flow diagram for Polo L, S, LS & GLS and Audi 50LS & GLS models, 1977/78

Colour code

BK = Black
BL = Blue
BR = Brown
GR = Green
GY = Grey
PI = Pink
PU = Purple
WH = White
YW = Yellow

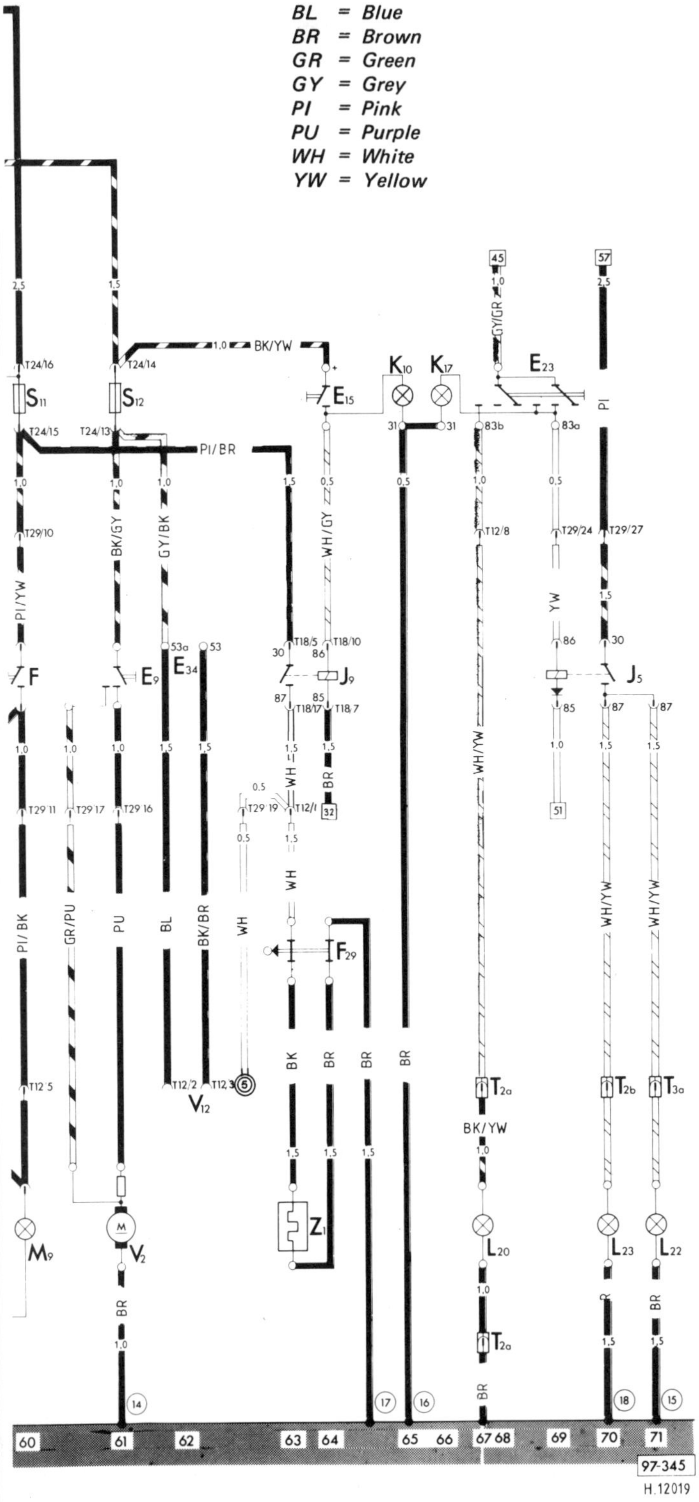

Key to current flow diagram Fig. 13.24B

Designation		in current track
E1	Lighting switch	43–46
E2	Turn signals and side light switch	34, 36, 38, 39
E4	Headlight dimmer/flasher switch	47, 50
E9	Fresh air blower switch	61
E15	Heated rear window switch	64, 65
E23	Fog lights and rear fog light switch	67–69
E34	To rear window wiper switch	62
F	Brake light switch	60
F2	Door contact switch, left	54
F3	Door contact switch, right	53
F4	Reversing light switch	58
F29	Contact for heated rear window (in tailgate)	63, 64
J5	Fog light relay	69, 70, 71
J9	Heated rear window relay	63, 64
K1	High beam warning lamp	48
K10	Heated rear window warning lamp	65
K17	Fog light warning lamp	66
L1	Headlight bulb, left	48, 49
L2	Headlight bulb, right	47, 50
L10	Instrument panel light	42, 43
L16	Fresh air control light (GL/GLS only)	45
L20	Rear fog light bulb (optional extra)	67
L22	Fog light bulb, left (optional extra)	71
L23	Fog light bulb, right (optional extra)	70
L28	Light for cigarette lighter (GL/GLS only)	44
M1	Side light bulb, left	38
M2	Tail light bulb, right	41
M3	Side light bulb, right	39
M4	Tail light bulb, left	37
M9	Brake light bulb, left	60
M10	Brake light bulb, right	59
M16	Reversing light bulb, left	58
M17	Reversing light bulb, right	57
R	Connection for radio	55
S1–S6, S9–S12	Fuses in fuse box (fuse S10 = 16 amp)	
T2	Connector, 2 point, underneath instrument panel	
T2a	Connector, 2 point, in luggage compartment	
T3a	Connector, 3 point, in engine compartment front left	
T6	Connector, 6 point, on fuse box in plenum chamber	
T10	Connector, 10 point, on instrument panel insert	
T12	Connector, 12 point, connection instrument panel/rear cable harness under instrument panel left	
T18	Relay adapter, 18 point, under instrument panel to left of steering column	
T24	Connector, 24 point, on fuse box	
T29	Connector, 29 point, connection instrument panel/front wiring harness on fuse box	
U1	Cigarette lighter (GL/GLS only)	56
V2	Fresh air blower	61
W	Interior light	54
X	License plate light	40
Y	Clock (GL/GLS only)	52
Z1	Heated rear window	63
(14)	Earthing point, plenum chamber left	
(15)	Earthing point, plenum chamber right	
(16)	Earthing point, left of steering column	
(17)	Earthing point, tail light left	
(18)	Earthing point, engine compartment front right	
(O)	Connection in test network wired directly to central socket	

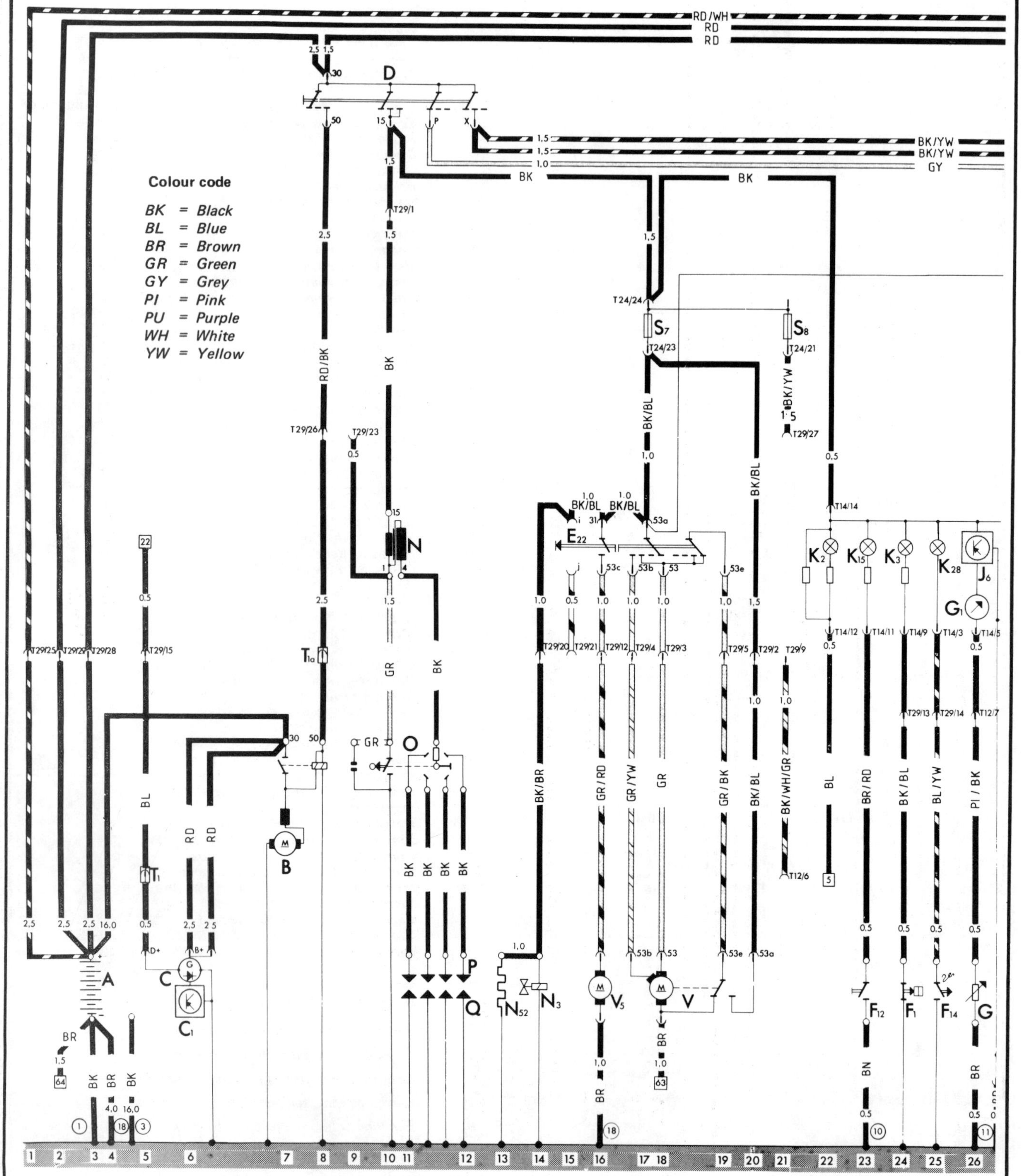

Fig. 13.25A. Current flow diagram for Polo and Derby models, 1979

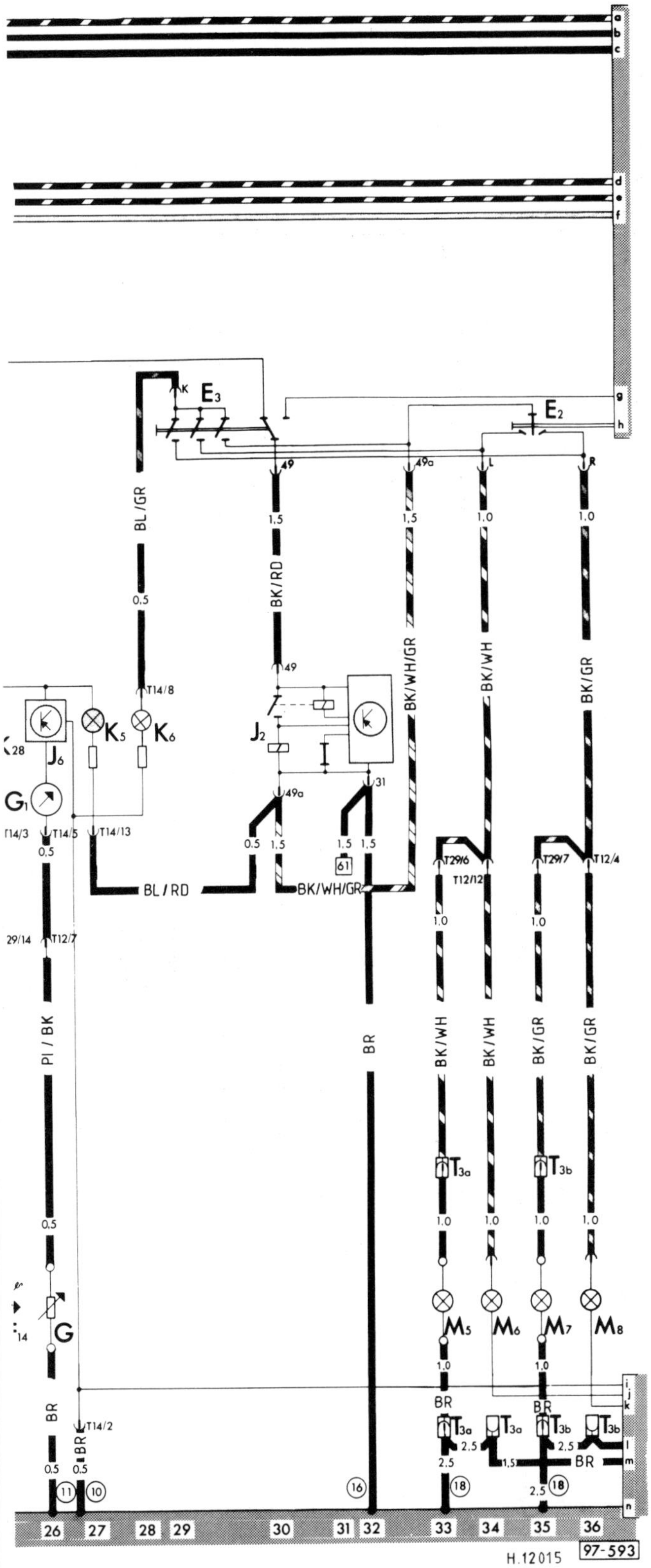

Key to current flow diagram Fig. 13.25A

Designation		in current track
A	*Battery*	*3*
B	*Starter*	*7, 8*
C	*Alternator*	*6*
C1	*Voltage regulator*	*6*
D	*Ignition/starter switch*	*8–12*
E2	*Turn signal switch*	*34–36*
E3	*Emergency light switch*	*29–30*
E22	*Windscreen wiper switch*	*15–19*
F1	*Oil pressure switch*	*24*
F12	*Contact for choke warning lamp*	*23*
F14	*Coolant temperature warning lamp switch*	*25*
G	*Fuel gauge sender*	*26*
G1	*Fuel gauge*	*26*
J2	*Emergency light relay*	*30–32*
J6	*Voltage stabilizer*	*26*
K2	*Generator warning lamp*	*22*
K3	*Oil pressure warning lamp*	*24*
K5	*Turn signal warning lamp*	*27*
K6	*Emergency light warning lamp*	*28*
K15	*Choke warning lamp*	*23*
K28	*Coolant temperature warning lamp*	*25*
M5	*Turn signal, front left*	*33*
M6	*Turn signal, rear left*	*34*
M7	*Turn signal, front right*	*35*
M8	*Turn signal, rear right*	*36*
N	*Coil*	*10, 11*
N3	*By-pass air cut-off valve*	*14*
N52	*Heater element (part throttle port heater-carburettor)*	*13*
O	*Distributor*	*10–12*
P	*Plug connectors*	*11, 12*
Q	*Spark plugs*	*11, 12*
S7, S8	*Fuses in fuse box*	
T1	*Connector, single, in engine compartment centre*	
T1a	*Connector, single, in engine compartment centre*	
T3a	*Connector, 3 point, in engine compartment front left*	
T3b	*Connector, 3 point, in engine compartment front right*	
T12/	*Connector, 12 point, junction between instrument panel harness/rear cable harness below instrument panel left*	
T14/	*Connector, 14 point, on instrument panel insert*	
T24/	*Connector, 14 point on fuse box*	
T29/	*Connector, 29 point, junction between instrument panel harness/front wiring harness, on fuse box*	
V	*Windscreen wiper motor*	*17–20*
V5	*Windscreen washer pump*	*16*
(1)	*Battery earthing strap*	
(3)	*Earthing strap, engine to body*	
(10)	*Earthing point, steering column strut left*	
(11)	*Earthing point, underneath rear seat*	
(16)	*Earthing point, steering column strut left*	
(18)	*Earthing point, insulated sleeve of front wiring harness near coil*	

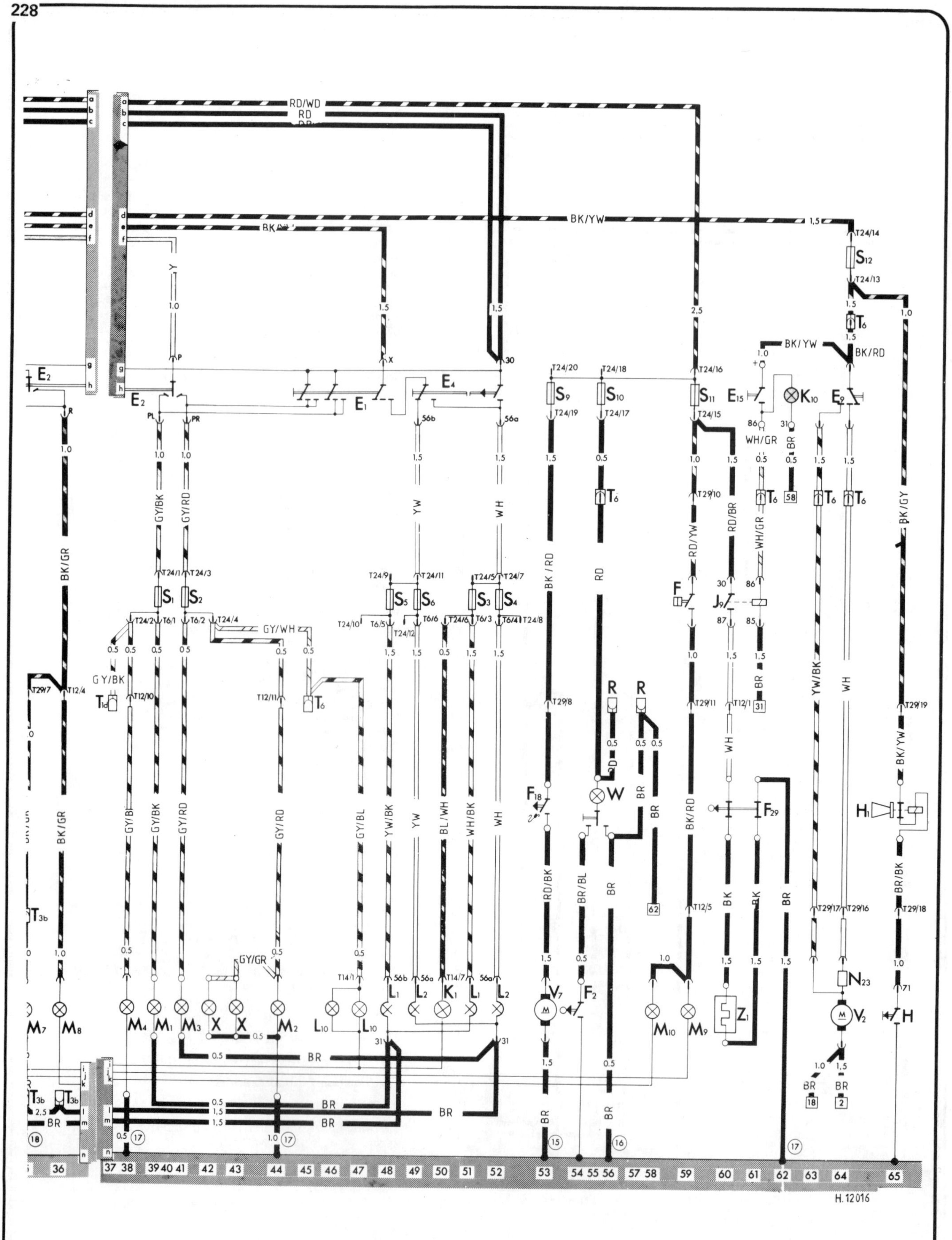

Fig. 13.25B. Current flow diagram for Polo and Derby models, 1979

Key to current flow diagram Fig. 13.25B

Designation		in current track
E	Lighting switch	45 – 48
E2	Parking light switch (in turn signal switch)	37 – 41
E4	Headlight dimmer/flasher switch	49 – 52
E9	Air blower switch	63, 64
E15	Heated rear window switch	61, 62
F	Brake light switch	59
F2	Door contact switch, left	54
F18	Radiator fan thermoswitch	54
F29	Heated rear window contact (in tailgate, Polo only)	60, 61
H	Horn button	65
H1	Horn	65
J9	Heated rear window relay	60, 61
K1	Main beam warning lamp	50
K10	Heated rear window warning lamp	62
L1	Headlight, left	48, 51
L2	Headlight, right	49, 52
L10	Instrument panel insert lamp	46, 47
M1	Side light, left	39
M2	Tail light, right	44
M3	Side light, right	41
M4	Tail light, left	38
M9	Brake light, left	59
M10	Brake light, right	58
N23	Fresh air blower series resistance	64
R	Connection for radio (behind instrument panel)	56, 57
S1 – S6 S9 – S12	Fuses in fuse box	
T1d	Connector, single, behind instrument panel	
T6/	Connector, 6 point, on fuse box (plenum chamber side)	
T6	Connector, 6 point, behind instrument panel	
T12/	Connector, 12 point, junction between instrument panel harness/rear cable harness, under instrument panel left	
T14/	Connector, 14 point, on instrument panel insert	
T24/	Connector, 24 point, on fuse box	
T29/	Connector, 29 point, junction between instrument panel harness /front wiring harness, on fuse box	
V2	Fresh air blower	64
V7	Radiator fan	53
W	Interior light	55
X	Number plate light	42, 43
Z1	Heated rear window	60
(15)	Earthing point, insulated sleeve of front wiring harness near coil	
(16)	Earthing point, steering column strut left	
(17)	Earthing point, near tail light left	

Colour code

BK	=	Black
BL	=	Blue
BR	=	Brown
GR	=	Green
GY	=	Grey
PI	=	Pink
PU	=	Purple
WH	=	White
YW	=	Yellow

Fig. 13.26. Additional current flow diagram, rear window wash/wipe system, Polo only from January 1979

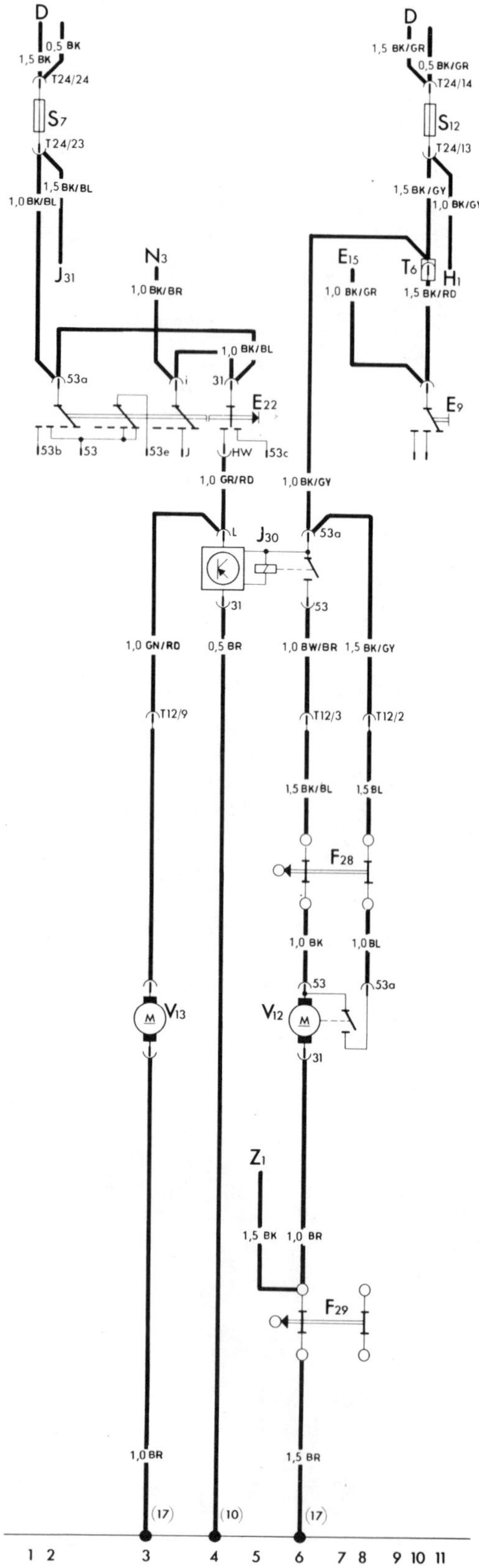

Designation		in current track
D	*From ignition/starter switch*	*1, 9*
E9	*Fresh air blower switch*	*9, 10*
E15	*To heated rear window switch (+ terminal)*	*7*
E22	*Intermittent wiper switch*	*1–5*
F28	*Rear window wiper contact (in tailgate)*	*6–8*
F29	*Heated rear window contact (in tailgate)*	*6–8*
H1	*To horn*	*11*
J30	*Rear window wiper/washer relay*	*4–6*
J31	*To wash/wipe intermittent relay (terminal 15)*	*2*
N3	*To by-pass air cut-off valve*	*3*
S7, S12	*Fuses (16 Amp) in fusebox*	
T3c	*Connector, 3 point, behind instrument panel*	
T6	*Connector, 6 point, behind instrument panel*	
T12/	*Connector, 12 point, junction between instrument panel harness/rear wiring harness under instrument panel, left*	
T14/	*Connector, 14 point, on instrument panel insert*	
T24/	*Connector, 24 point, on fusebox*	
V12	*Rear window wiper motor*	*6–8*
V13	*Rear window washer pump*	*3*
Z1	*To heated rear window*	*5*
⑩	*Earthing point on steering column strut, left*	
⑰	*Earthing point near tail light left*	

Colour code

BK = Black
BL = Blue
BR = Brown
GR = Green
PI = Pink
YW = Yellow
GY = Grey

Fig. 13.27. Additional current flow diagram, fog lights and rear fog light, from January 1979 to 1981

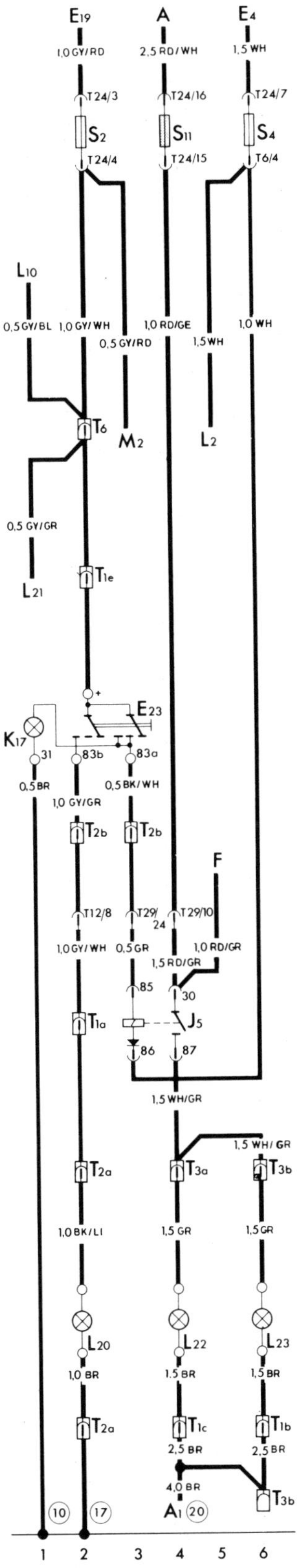

Designation		in current track
A	*From battery plus terminal*	*4*
A1	*To battery minus terminal*	*4*
E4	*From dip and headlight flasher switch (terminal 56a)*	*6*
E19	*From side light switch (terminal PR)*	*2*
E23	*Fog light and rear fog light switch*	*1–3*
F	*To brake light switch*	*5*
J5	*Relay for fog lights*	*3, 4*
K17	*Warning lamp for fog lights*	*1*
L2	*To right headlight (terminal 56a)*	*5*
L10	*To dash light*	*1*
L20	*Rear fog light*	*2*
L21	*Light for heater levers*	*1*
L22	*Left fog light*	*4*
L23	*Right fog light*	*6*
M2	*Rear light right*	*3*
S2, S4, S11	*Fuses in fusebox*	
T1a	*Connector, in boot*	
T1b	*Connector, single, in engine compartment front right*	
T1c	*Connector, single, in engine compartment front left*	
T1e	*Connector, single, behind dash*	
T2a	*Connector, 2 pin, near left rear light*	
T2b	*Connector, 2 pin, behind dash*	
T3a	*Connector, 3 pin, in engine compartment front left*	
T3b	*Connector, 3 pin, in engine compartment front right*	
T6/	*Connector, 6 pin, on fusebox – plenum chamber side*	
T6	*Connector, 6 pin, behind dash*	
T12/	*Connector, 12 pin, connection dash wiring loom/rear wiring loom, under dash on left*	
T24/	*Connector, 24 pin on fusebox*	
T29/	*Connector, 29 pin, connection dash wiring loom/front wiring loom, on fusebox*	
⑩	*Earthing point, on left of steering column support*	
⑰	*Earthing point, near left rear light*	
⑳	*Earthing point, in insulating sleeving of front wiring loom near ignition coil*	

Colour code

PI	=	*Pink*
GY	=	*Grey*
WH	=	*White*
BL	=	*Blue*
GR	=	*Green*
BR	=	*Brown*
YW	=	*Yellow*
BK	=	*Black*
PU	=	*Purple*

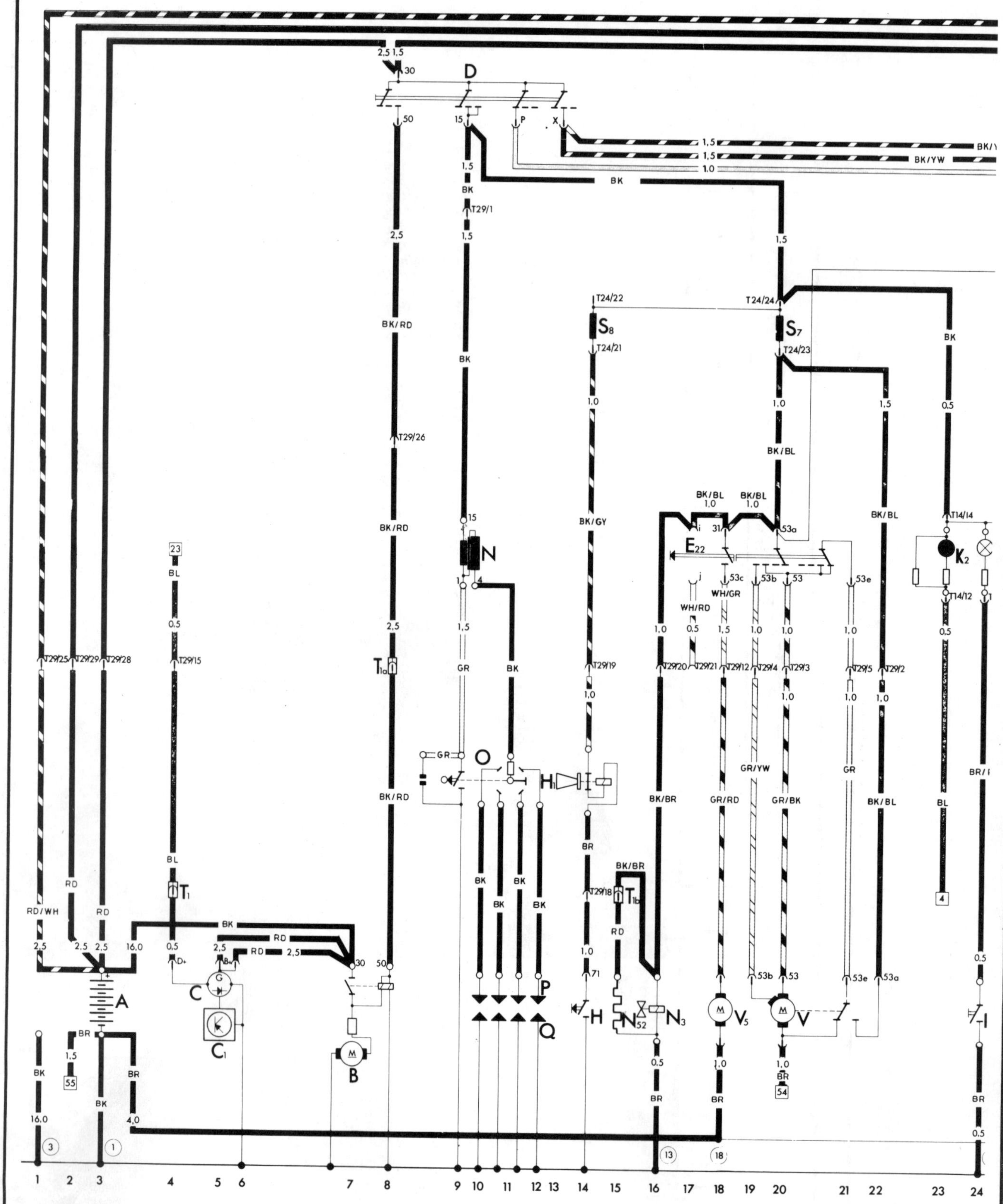

Fig. 13.28A. Current flow diagram for Polo and Derby models, 1980

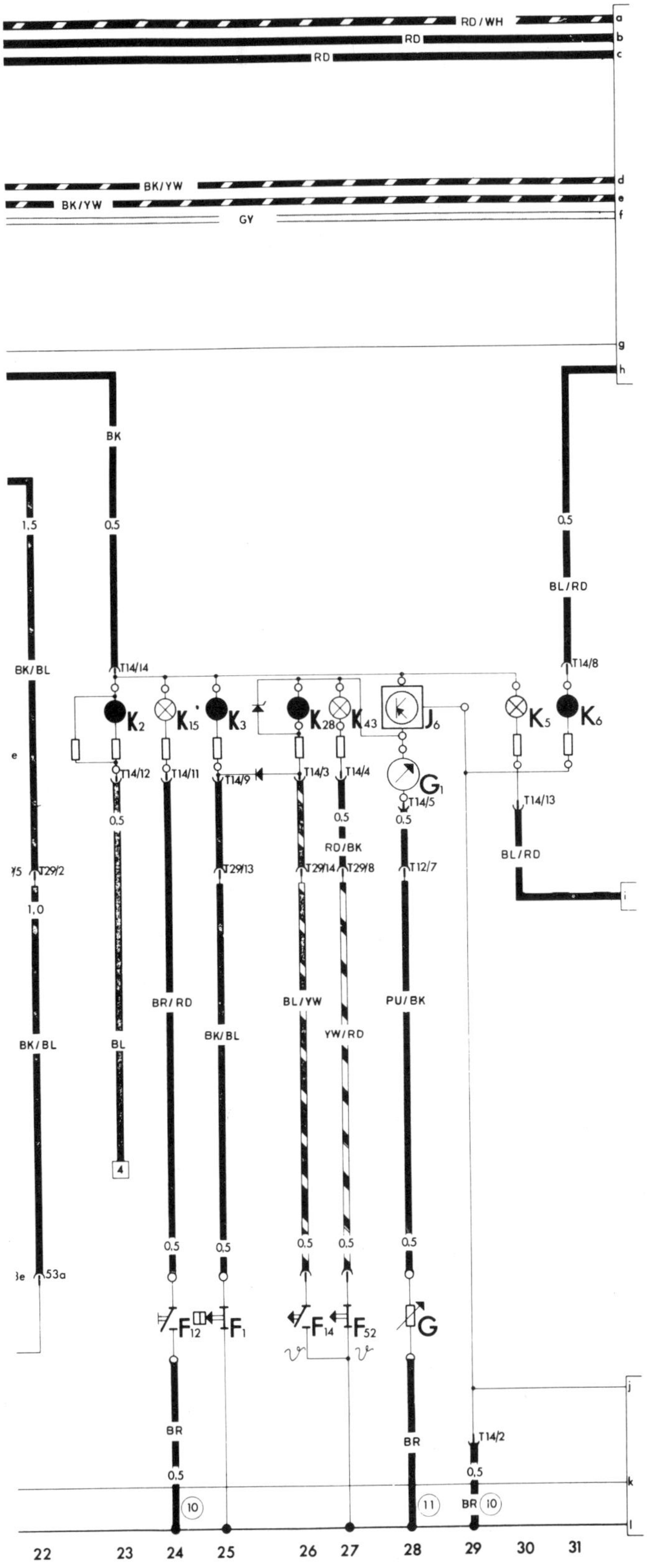

Key to current flow diagram Fig. 13.28A

Designation		in current track
A	Battery	3
B	Starter	7, 8
C	Alternator	4–6
C1	Regulator	5
D	Ignition/starter switch	8–13
E22	Intermittent wiper switch	17–21
F1	Oil pressure switch	25
F12	Contact for choke warning lamp	24
F14	Coolant temperature warning switch (too hot)	26
F52	Coolant temperature warning switch (too cold)	27
G	Fuel gauge sender	28
G1	Fuel gauge	28
H	Horn button	14
H1	Horn	14
J6	Voltage stabilizer	28
K2	Alternator warning lamp	23
K3	Oil pressure warning lamp	25
K5	Turn signal warning lamp	30
K6	Emergency light warning lamp	31
K15	Choke warning lamp	24
K28	Coolant temperature warning lamp – too hot	26
K43	Coolant temperature warning lamp – too cold	27
N	Coil	9, 10
N3	By-pass air cut-off valve	16
N52	Heater element (Part throttle drilling)	15
O	Distributor	10–12
P	Plug connector	10–12
Q	Spark plugs	10–13
S7. S8	Fuses in fusebox	
T1	Connector single, in engine compartment centre	
T1a	Connector single, in engine compartment centre	
T1b	Connector single, on carburettor	
T1c	Connector single, engine compartment, front right	
T12/	Connector 12 pin, dash harness/rear harness, under instrument panel on left	
T14/	Connector, 14 pin, on dash insert	
T24/	Connector, 24 pin, on fuse box	
T29	Connector, 29 pin, dash harness/front harness	
V	Wiper motor	19–22
V5	Windscreen washer pump	18

(1)	Battery earthing strap
(3)	Earthing strap – engine to body
(10)	Earthing point left – steering column support
(11)	Earthing point under rear seat
(13)	Earthing point – fuel pump
(18)	Earthing point in front harness insulating sleeve, near the coil

Colour code

BK = Black
BL = Blue
BR = Brown
GR = Green
GY = Grey
PI = Pink
PU = Purple
WH = White
YW = Yellow

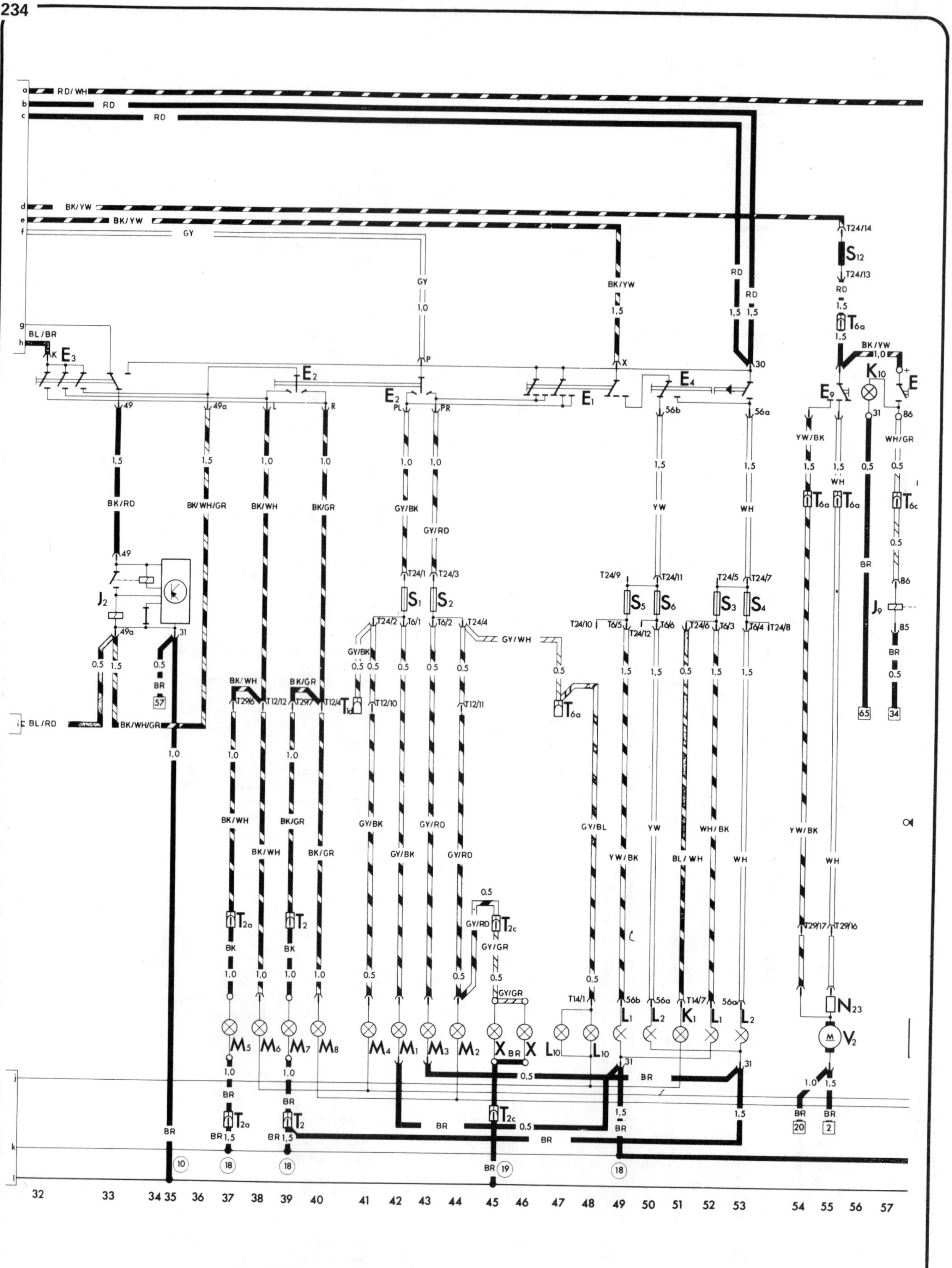

Fig. 13.28B. Current flow diagram for Polo and Derby models, 1980

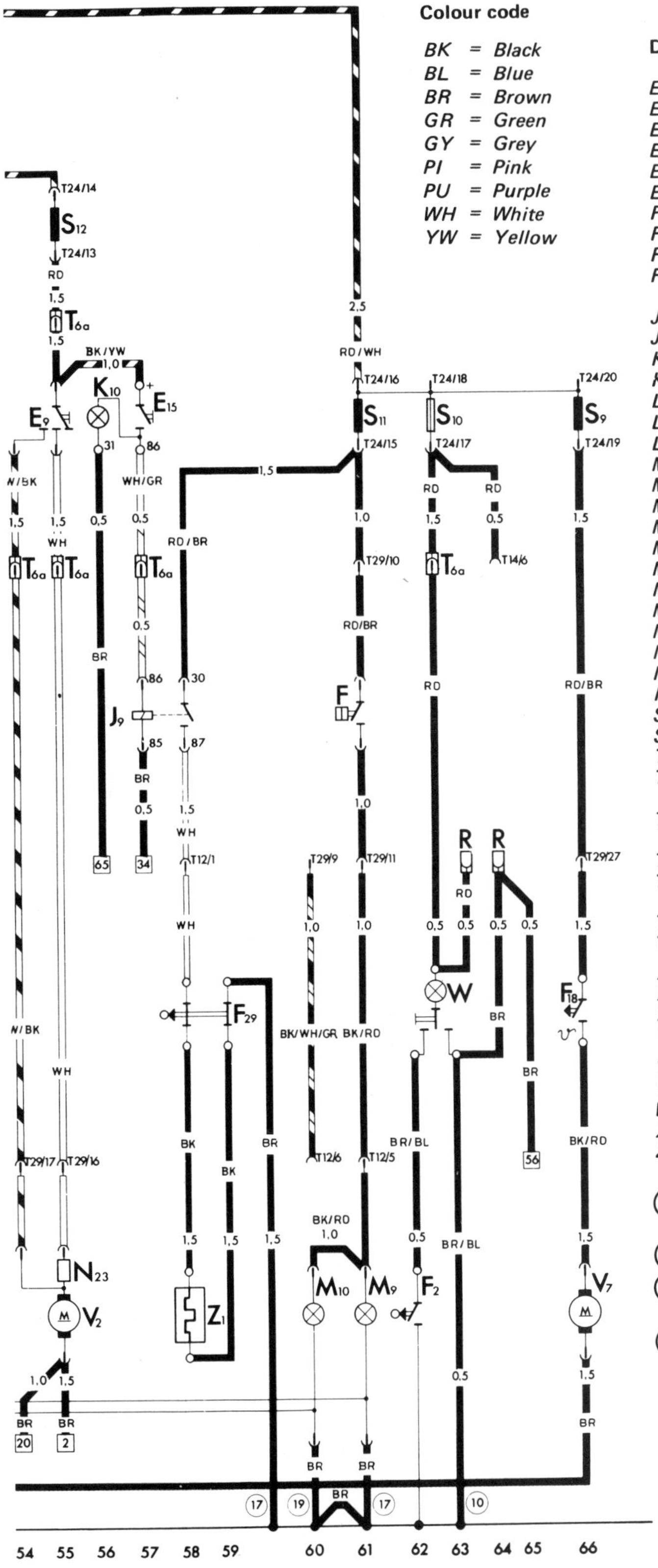

Colour code

BK	=	Black
BL	=	Blue
BR	=	Brown
GR	=	Green
GY	=	Grey
PI	=	Pink
PU	=	Purple
WH	=	White
YW	=	Yellow

Key to current flow diagram Fig. 13.28B

Designation		in current track
E1	Lighting switch	46–49
E2	Turn signal switch and parking light switch	38–40,42,43
E3	Emergency light switch	32–36
E4	Headlight dimmer/flasher switch	50–53
E9	Fresh air blower switch	54, 55
E15	Heated rear window switch	56, 57
F	Brake light switch	61
F2	Door contact switch left	62
F18	Radiator fan thermoswitch	66
F29	Contact for rear window/in tailgate – (Polo only)	58, 59
J2	Emergency light relay	33–35
J9	Heated rear window relay	57, 58
K1	High beam warning lamp	51
K10	Warning lamp for heated rear window	56
L1	Headlight left	49–52
L2	Headlight right	50, 53
L10	Instrument panel light	47, 48
M1	Side light left	42
M2	Tail light right	44
M3	Side light right	43
M4	Tail light left	41
M5	Turn signal, front left	37
M6	Turn signal, rear left	38
M7	Turn signal, front right	39
M8	Turn signal, rear right	40
M9	Brake light left	61
M10	Brake light right	60
N23	Series resistance for blower	55
R	Connection for radio	63, 64
S1–S6, S9–S12	Fuses in fusebox (fuse S10 = 8 amp)	
T1d	Connector single, behind dash	
T2	Connector 2 pin, engine compartment front right	
T2a	Connector 2 pin, engine compartment front left	
T2c	Connector 2 pin, boot rear	
T6/	Connector 6 pin, on fusebox, plenum chamber side	
T6a	Connector 6 pin, behind dash	
T12/	Connector 12 pin, dash harness/rear harness, on left under dash	
T14/	Connector 14 pin, on dash insert	
T24/	Connector 24 pin, on fusebox	
T29/	Connector 29 pin, dash harness/front harness, on fuse box	
V2	Fresh air blower	54, 55
V7	Radiator fan	66
W	Interior light	62, 63
X	License plate lamp	45, 46
Z1	Rear window	58
(10)	Earthing point left – on steering column support	
(17)	Earthing point – near left tail light	
(18)	Earthing point, in front harness insulating sleeve, near ignition coil	
(19)	Earthing point – on tail light right	

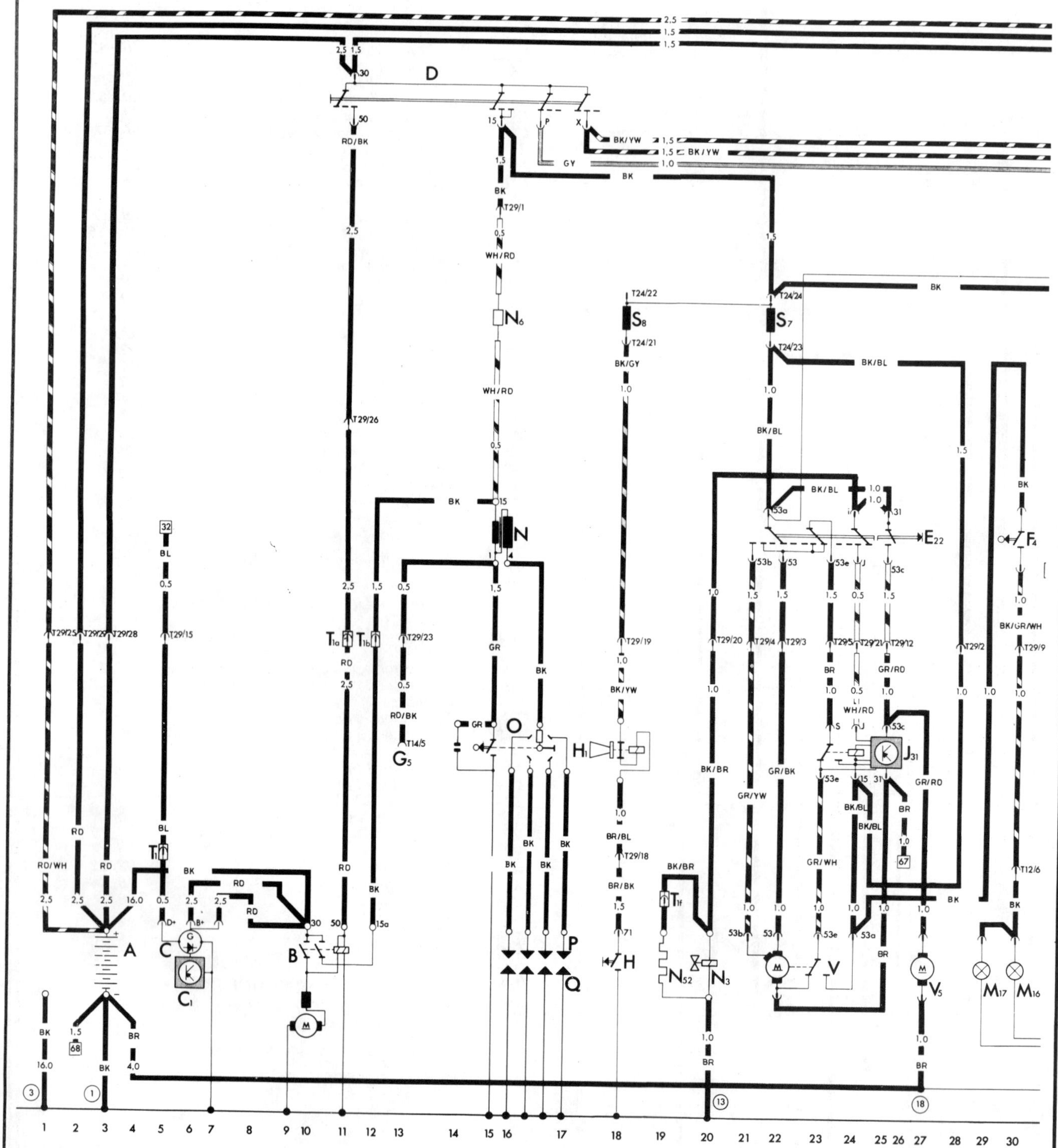

Fig. 13.29A. Current flow diagram for Polo and Derby, L, LS, LX, GL & GLS models, 1981/82

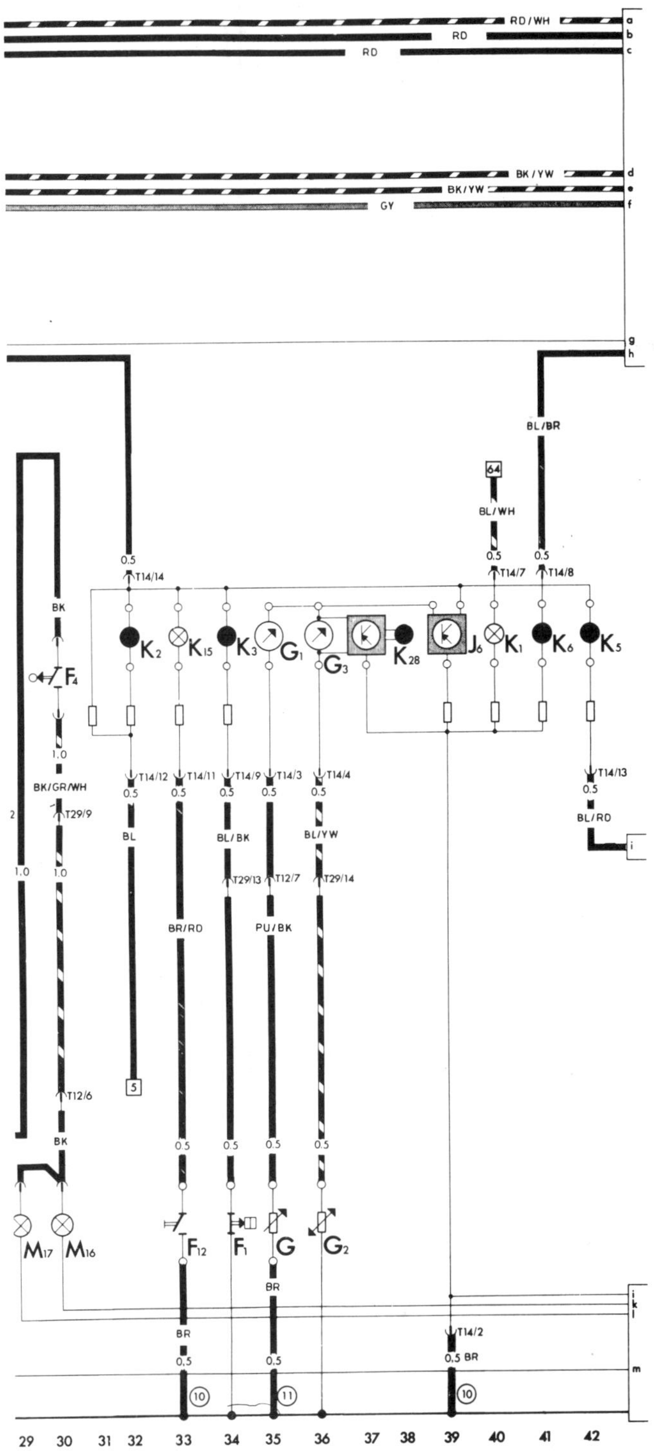

Key to current flow diagram Fig. 13.29A

Designation		in current track
A	*Battery*	*3*
B	*Starter***	*9–11*
C	*Alternator*	*5–7*
C1	*Regulator*	*5–7*
D	*Ignition/starter switch*	*11–17*
E22	*Intermittent wiper switch (only L, GL)***	*21–25*
F1	*Oil pressure switch*	*34*
F4	*Reversing light switch*	*30*
F12	*Contact for choke warning lamp*	*33*
G	*Fuel gauge sender*	*35*
G1	*Fuel gauge*	*35*
G2	*Coolant temperature gauge sender*	*36*
G3	*Coolant temperature gauge*	*36–38*
G5	*Rev counter connection*	*13*
H	*Horn button*	*18*
H1	*Horn*	*18*
J6	*Voltage stabilizer*	*39*
J31	*Wash-wipe interval relay (only L, GL)**	*23–25*
K1	*High beam warning lamp*	*40*
K2	*Alternator warning lamp*	*32*
K3	*Oil pressure warning lamp*	*34*
K5	*Turn signal warning lamp*	*42*
K6	*Emergency light warning lamp*	*41*
K15	*Choke warning lamp*	*33*
M16	*Reversing light left (only GL)**	*30*
M17	*Reversing light right (only GL)**	*29*
N	*Coil*	*15*
N3	*By-pass air cut-off valve*	*20*
N6	*Series resistance (only 1.3 l engine)*	*15*
O	*Distributor*	*15–17*
Q	*Spark plugs*	*16–17*
S7, S8	*Fuses in fusebox*	
T1	*Connector single, in engine compartment centre*	
T1a	*Connector single, in engine compartment centre*	
T1b	*Connector single, in engine compartment centre*	
T1f	*Connector single, near carburettor*	
T12/	*Connector, 12 pin, on left under dash*	
T14/	*Connector, 14 pin, on dash insert*	
T24/	*Connector, 24 pin, on fusebox*	
T29/	*Connector, 29 pin, dash harness/front harness on fusebox*	
V	*Wiper motor*	*21–24*
V5	*Windscreen washer pump*	*27*

(1)	*Battery earthing strap*
(3)	*Earthing strap – engine to body*
(10)	*Earthing point left – steering column support*
(11)	*Earthing point under rear seat*
(13)	*Earthing point – fuel pump*
(18)	*Earthing point in front harness insulating sleeve, near the coil*

* *Optional on N and L models*
** *For wiring on 0.9 and 1.1 litre models, see Fig. 13.28*

Colour code

BK = Black
BL = Blue
BR = Brown
GR = Green
GY = Grey
PI = Pink
PU = Purple
WH = White
YW = Yellow

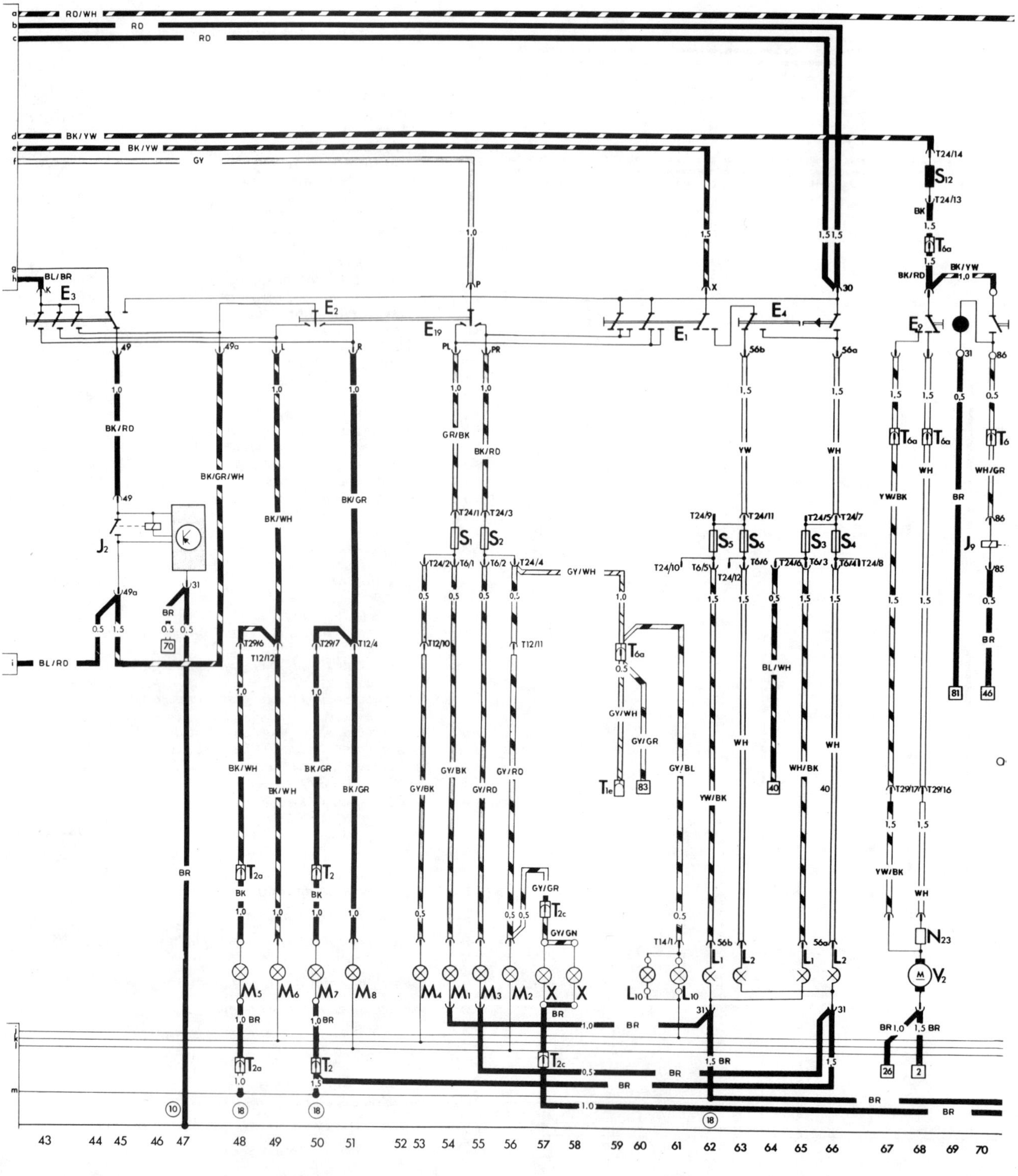

Fig. 13.29B. Current flow diagram for Polo and Derby L, LS, LX, GL & GLS models, 1981/82

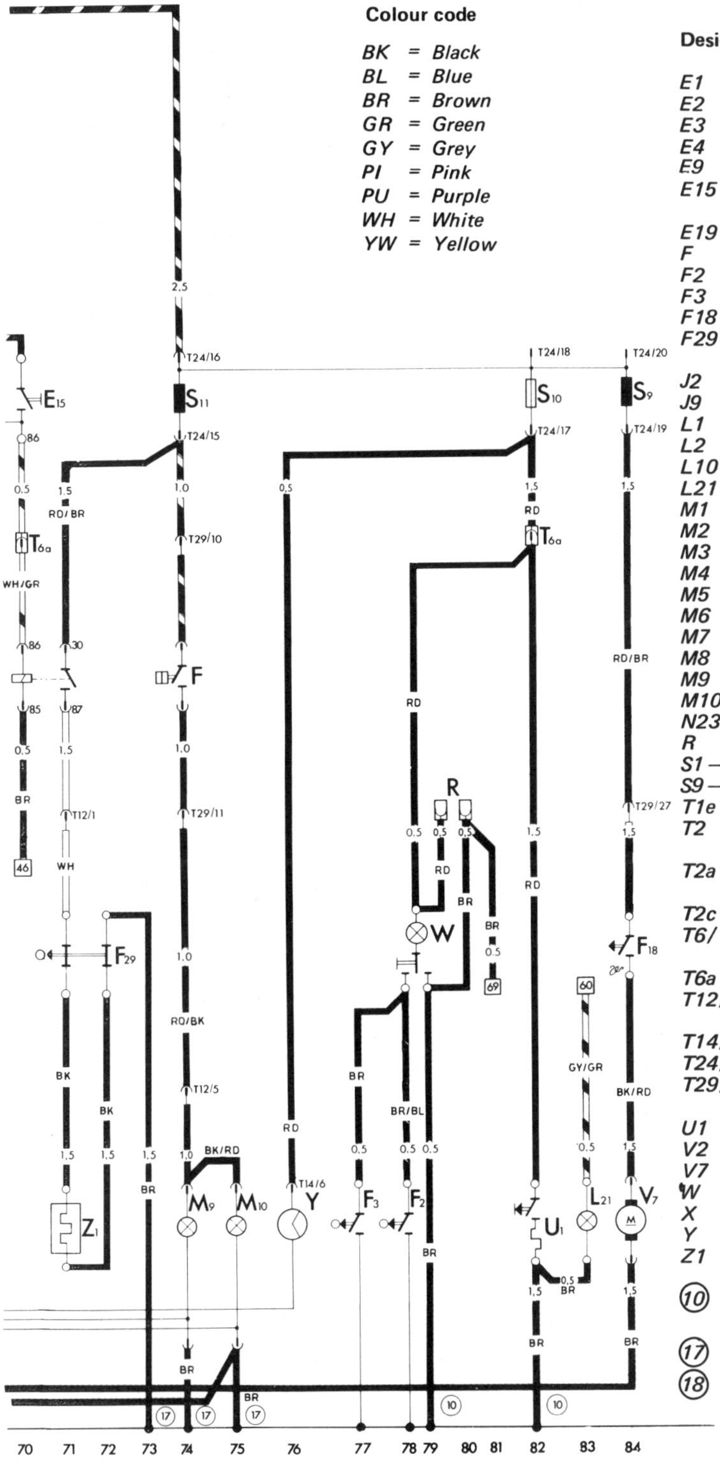

Colour code

BK = Black
BL = Blue
BR = Brown
GR = Green
GY = Grey
PI = Pink
PU = Purple
WH = White
YW = Yellow

Key to current flow diagram Fig. 13.29B

Designation		in current track
E1	Lighting switch	59–62
E2	Turn signals switch	49–51
E3	Emergency light switch	43–45
E4	Headlight dimmer/flasher switch	63–66
E9	Fresh air blower switch	67, 68
E15	Heated rear window switch with warning lamp	69, 70
E19	Parking light switch (only GL)*	54, 55
F	Brake light switch	74
F2	Door contact switch left	78
F3	Door contact switch right (only L, GL)*	77
F18	Radiator fan thermoswitch	84
F29	Contact for rear window/tailgate – (Polo only)	71, 72
J2	Emergency light relay	45–47
J9	Heated rear window relay	70, 71
L1	Headlight left	62, 65
L2	Headlight right	63, 66
L10	Instrument panel light	60, 61
L21	Heating lever light (only GL)	83
M1	Side light left	54
M2	Tail light right	56
M3	Side light right	55
M4	Tail light left	53
M5	Turn signal, front left	48
M6	Turn signal, rear left	49
M7	Turn signal, front right	50
M8	Turn signal, rear right	51
M9	Brake light left	74
M10	Brake light right	75
N23	Series resistance for blower	68
R	Connection for radio	80
S1–S6, S9–S12	Fuses in fusebox	
T1e	Connector single, behind dash	
T2	Connector 2 pin, engine compartment front right	
T2a	Connector 2 pin, engine compartment front left	
T2c	Connector 2 pin, boot rear	
T6/	Connector 6 pin, on fusebox, plenum chamber side	
T6a	Connector 6 pin, behind dash	
T12/	Connector 12 pin, dash harness/front harness, on fusebox	
T14/	Connector 14 pin, on dash insert	
T24/	Connector 24 pin, on fuse box	
T29/	Connector 29 pin, dash harness/front harness, on fusebox	
U1	Cigarette lighter (only GL)	82
V2	Fresh air blower	68
V7	Radiator fan	84
W	Interior light	78, 79
X	License plate lamp	57, 58
Y	Clock (only GL)	76
Z1	Rear window	
(10)	Earthing point left – on steering column support	
(17)	Earthing point – near left tail light	
(18)	Earthing point, in front harness insulating sleeve, near ignition coil	

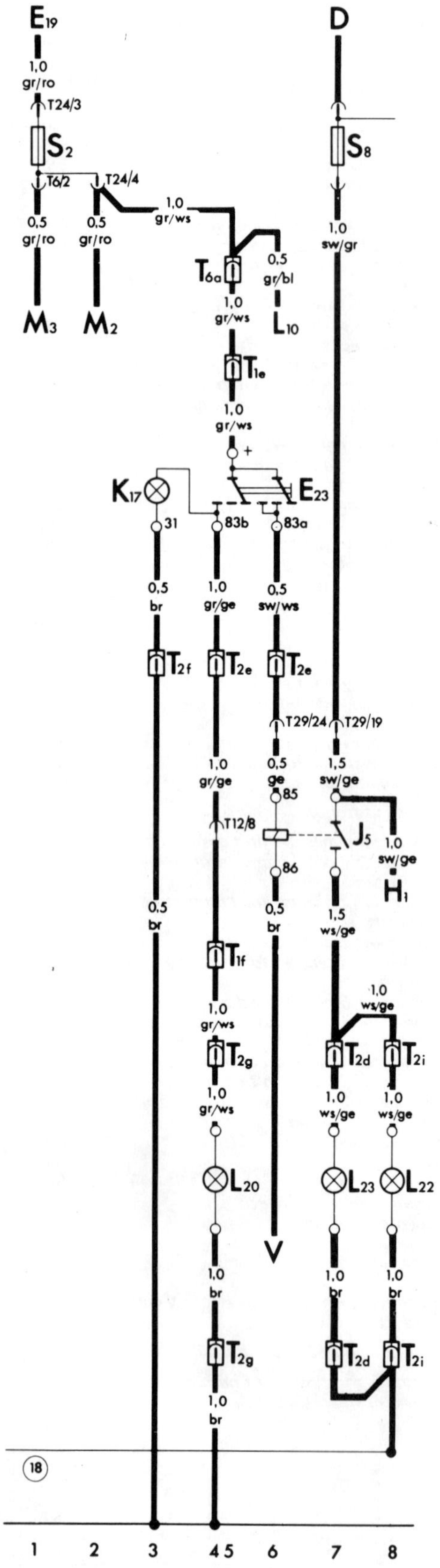

Fig. 13.30 Additional current flow diagram for front and rear fog lights, 1982 model year

Key to Fig. 13.30

Designation		in current track
D	*From ignition/starter, terminal 15*	*7*
E 19	*From parking light switch, terminal PR*	*1*
E 23	*Fog lights and rear fog light switch*	*3–6*
H 1	*Horn*	*8*
J 5	*Fog light relay*	*6–7*
K 13	*Rear fog light warning lamp (yellow)*	*3*
L 10	*Instrument panel insert light*	*6*
L 20	*Rear fog light*	*4*
L 22	*Fog light, left*	*8*
L 23	*Fog light, right*	*7*
M 2	*Tail light, right*	*2*
M 3	*Parking light, right*	*1*
S 2, S 8	*Fuses in fuse box*	
T 1e	*Connector, single, behind instrument panel*	
T 2d	*Connector, two-point, in engine compartment, front right*	
T 2e	*Connector, two-point, behind instrument panel*	
T 2f	*Connector, two-point, behind instrument panel*	
T 2g	*Connector, two-point, in luggage boot rear left*	
T 2i	*Connector, two-point, in engine compartment, front left*	
T 6/	*Connector, six-point, on fuse box (plenum chamber side)*	
T 6a	*Connector, six-point, behind instrument panel*	
T 12/	*Connector, twelve-point, junction between instrument panel harness/front wiring harness, on fuse box*	
T 24/	*Connector, twenty-four-point, on fuse box*	
T 29	*Connector, twenty-nine-point, junction between instrument panel harness/front wiring harness, on fuse box*	
V	*Windscreen wiper motor, terminal 31*	*6*
(18)	*Earthing point insulation hose of front wiring harness, near ignition coil*	

gr	*Grey*
ro	*Red*
ws	*White*
br	*Brown*
ge	*Yellow*
sw	*Black*
bl	*Blue*

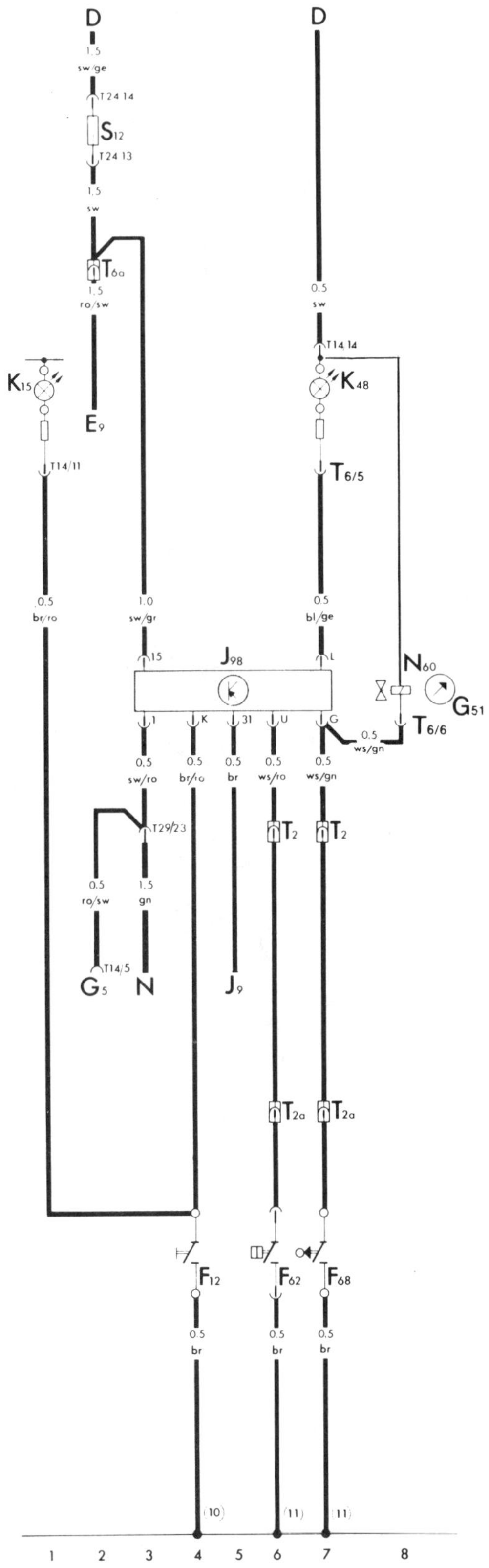

Fig.13.31 Additional current flow diagram for gearchange and fuel consumption indicator (Formel E models)

Key to Fig. 13.31

Designation		in current track
D	*To ignition switch, terminal X*	*2*
	To ignition switch, terminal 15	*7*
E 9	*To fresh air blower switch*	*2*
F 12	*Contact for choke warning lamp*	*4*
F 62	*Vacuum switch for gearchange indicator*	*6*
F 68	*Gear switch for GCI*	*7*
G 5	*Connection for rev counter*	*2*
G 51	*Consumption indicator*	*8*
J 9	*To relay for heated rear window*	*5*
J 98	*Control unit for gearchange indicator*	*3 – 7*
K 15	*Choke warning lamp*	*1*
K 48	*Gearchange indicator lamp*	*7*
N	*To ignition coil, terminal 1*	*3*
N 60	*Solenoid valve for consumption indicator*	*8*
S 12	*Fuse in fuse box*	
T 2	*Connector 2 pin, on right in engine compartment*	
T 2a	*Connector 2 pin, on right in engine compartment*	
T 6a	*Connector 6 pin, behind dash*	
T 14/	*Connector 14 pin, on dash insert*	
T 24/	*Connector 24 pin, on fuse box*	
T 29/	*Connector 29 pin, connector dash loom/front loom on fuse box*	
(10)	*Earth point, left on column support*	
(11)	*Earth point, on thermostat housing*	

Colour code

gr	*Grey*
ro	*Red*
ws	*White*
br	*Brown*
ge	*Yellow*
sw	*Black*
bl	*Blue*
gn	*Green*

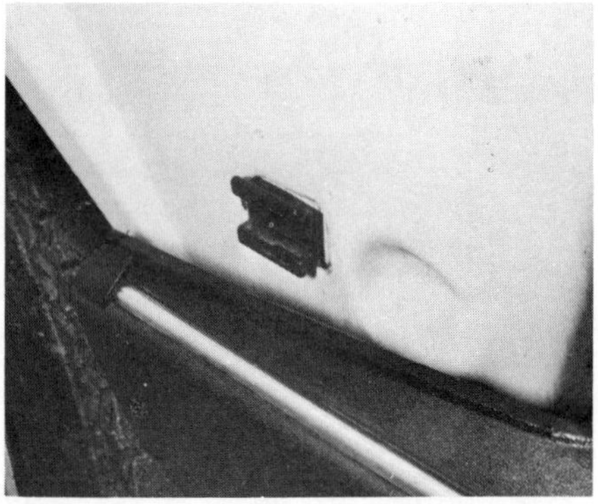

10.2 Front bumper dovetail clip

10.3 Rear door striker plate and adjusting bolts

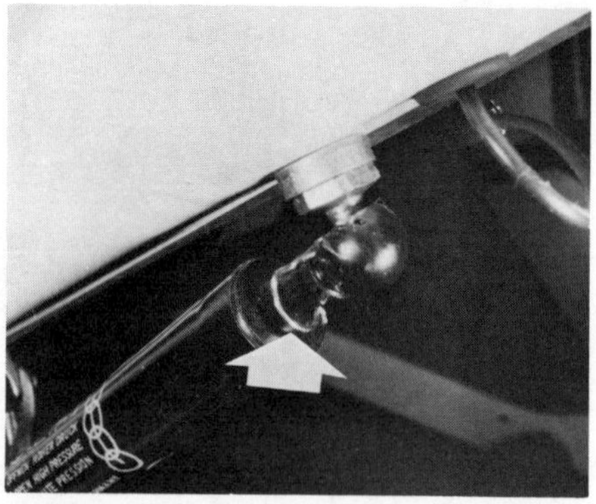

10.5 Rear door stay balljoint and clip (arrowed)

8 Driveshafts

Driveshaft flange seals

1 A modified drive flange oil seal was installed on all models from November 1977, and is suitable for both the left and the right sides.

2 The part number of the seal is 014 409 399 D and it is now supplied as a replacement for earlier seals, but when buying them it is advisable to check whether the new seal is different from the old one.

9 Suspension and steering

Modified front coil springs

1 A modified front coil spring has been introduced from chassis number 86 A 0000 001. These springs have the last upper coil smaller and the last lower coil larger than the main spring diameter. They do not need to have a protective sleeving but their paint must be inspected for damage before installation and any defects rectified.

2 The older type of spring will remain available, but if the new type is to be used on vehicles built before the above chassis number, the spring seats and the wheel bearing housing must be changed for the type suitable for use with the new type spring.

Steering balljoint and suspension strut assembly

3 From chassis number 869 2 523 523 onwards, all models have a modified stub axle with the stub diameter increased from 14 mm to 17 mm. The corresponding hole in the suspension strut (wheel bearing housing) has been bored out to suit, and the clamp bolt is now 10 mm instead of 8 mm as used previously. The 10 mm bolt must be tightened to a torque of 37 lbf ft (5 kgf m).

4 Dismantling and assembly procedures are otherwise the same as those described in Chapter 11.

5 When fitting the later type of suspension strut (bearing housing) to models produced before the chassis number given above, the corresponding track control arm with a 17 mm balljoint is also required.

10 Bodywork

Plastic bumpers

1 From February 1979 the bumpers are steel carrier bars with plastic coverings, and have different wing fixings to all metal bumpers.

2 The bumpers are secured to the wings by dovetail clips (photo). Removal and refitting is similar except that only the two nuts in the luggage compartment or engine compartment need be removed and the bumper can then be pulled clear of the vehicle.

Rear door lock adjustment

3 Adjustment to the rear door lock is made by altering the position of the striker plate (photo). Slacken the two striker plate bolts just sufficiently to enable the plate to move when tapped gently. Tap the plate to move it in the desired direction, and tighten the bolts firmly when the desired fit is obtained.

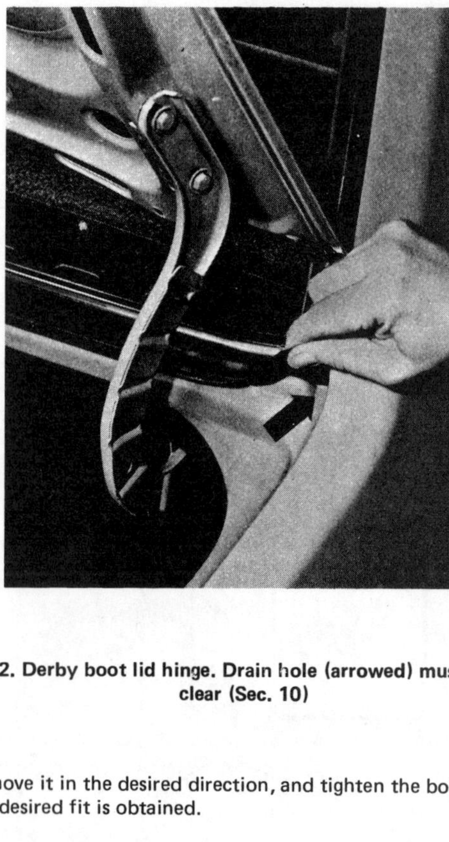

Fig. 13.32. Derby boot lid hinge. Drain hole (arrowed) must be kept clear (Sec. 10)

Rear door stay removal

4 The damper strut of the rear door is attached to the door and body by balljoints.

5 To remove the stay, open the rear door and support it. Prise the wire clips from around the ends of the strut (photo) and pull their pin ends out of the balljoints. With the clips removed, the sockets at the ends of the strut can be pulled off the balljoints on the door and vehicle body.

Derby models – general

6 The bodywork of the Derby models differs only in detail design, so that the details in Chapter 12 and the equivalent components on the Polo and Audi 50 are equally applicable to the Derby range.

7 The only significant difference is the boot of the Derby, the lid of which (Fig. 13.32) is removed in a similar manner to the bonnet. Mark the hinge positions to ensure correct alignment when installing, support the boot lid, remove the bolts from the hinges and lift the lid clear.

Safety First!

Professional motor mechanics are trained in safe working procedures. However enthusiastic you may be about getting on with the job in hand, do take the time to ensure that your safety is not put at risk. A moment's lack of attention can result in an accident, as can failure to observe certain elementary precautions.

There will always be new ways of having accidents, and the following points do not pretend to be a comprehensive list of all dangers; they are intended rather to make you aware of the risks and to encourage a safety-conscious approach to all work you carry out on your vehicle.

Essential DOs and DON'Ts

DON'T rely on a single jack when working underneath the vehicle. Always use reliable additional means of support, such as axle stands, securely placed under a part of the vehicle that you know will not give way.

DON'T attempt to loosen or tighten high-torque nuts (e.g. wheel hub nuts) while the vehicle is on a jack; it may be pulled off.

DON'T start the engine without first ascertaining that the transmission is in neutral (or 'Park' where applicable) and the parking brake applied.

DON'T suddenly remove the filler cap from a hot cooling system – cover it with a cloth and release the pressure gradually first, or you may get scalded by escaping coolant.

DON'T attempt to drain oil until you are sure it has cooled sufficiently to avoid scalding you.

DON'T grasp any part of the engine, exhaust or catalytic converter without first ascertaining that it is sufficiently cool to avoid burning you.

DON'T syphon toxic liquids such as fuel, brake fluid or antifreeze by mouth, or allow them to remain on your skin.

DON'T inhale brake lining dust – it is injurious to health

DON'T allow any spilt oil or grease to remain on the floor – wipe it up straight away, before someone slips on it.

DON'T use ill-fitting spanners or other tools which may slip and cause injury.

DON'T attempt to lift a heavy component which may be beyond your capability – get assistance.

DON'T rush to finish a job, or take unverified short cuts.

DON'T allow children or animals in or around an unattended vehicle.

DO wear eye protection when using power tools such as drill, sander, bench grinder etc, and when working under the vehicle.

DO use a barrier cream on your hands prior to undertaking dirty jobs – it will protect your skin from infection as well as making the dirt easier to remove afterwards; but make sure your hands aren't left slippery.

DO keep loose clothing (cuffs, tie etc) and long hair well out of the way of moving mechanical parts.

DO remove rings, wristwatch etc, before working on the vehicle – especially the electrical system.

DO ensure that any lifting tackle used has a safe working load rating adequate for the job.

DO keep your work area tidy – it is only too easy to fall over articles left lying around.

DO get someone to check periodically that all is well, when working alone on the vehicle.

DO carry out work in a logical sequence and check that everything is correctly assembled and tightened afterwards.

DO remember that your vehicle's safety affects that of yourself and others. If in doubt on any point, get specialist advice.

IF, in spite of following these precautions, you are unfortunate enough to injure yourself, seek medical attention as soon as possible.

Fire

Remember at all times that petrol (gasoline) is highly flammable. Never smoke, or have any kind of naked flame around, when working on the vehicle. But the risk does not end there – a spark caused by an electrical short-circuit, by two metal surfaces contacting each other, or even by static electricity built up in your body under certain conditions, can ignite petrol vapour, which in a confined space is highly explosive.

Always disconnect the battery earth (ground) terminal before working on any part of the fuel system, and never risk spilling fuel on to a hot engine or exhaust.

It is recommended that a fire extinguisher of a type suitable for fuel and electrical fires is kept handy in the garage or workplace at all times. Never try to extinguish a fuel or electrical fire with water.

Fumes

Certain fumes are highly toxic and can quickly cause unconsciousness and even death if inhaled to any extent. Petrol (gasoline) vapour comes into this category, as do the vapours from certain solvents such as trichloroethylene. Any draining or pouring of such volatile fluids should be done in a well ventilated area.

When using cleaning fluids and solvents, read the instructions carefully. Never use materials from unmarked containers – they may give off poisonous vapours.

Never run the engine of a motor vehicle in an enclosed space such as a garage. Exhaust fumes contain carbon monoxide which is extremely poisonous; if you need to run the engine, always do so in the open air or at least have the rear of the vehicle outside the workplace.

If you are fortunate enough to have the use of an inspection pit, never drain or pour petrol, and never run the engine, while the vehicle is standing over it; the fumes, being heavier than air, will concentrate in the pit with possibly lethal results.

The battery

Never cause a spark, or allow a naked light, near the vehicle's battery. It will normally be giving off a certain amount of hydrogen gas, which is highly explosive.

Always disconnect the battery earth (ground) terminal before working on the fuel or electrical systems.

If possible, loosen the filler plugs or cover when charging the battery from an external source. Do not charge at an excessive rate or the battery may burst.

Take care when topping up and when carrying the battery. The acid electrolyte, even when diluted, is very corrosive and should not be allowed to contact the eyes or skin.

If you ever need to prepare electrolyte yourself, always add the acid slowly to the water, and never the other way round. Protect against splashes by wearing rubber gloves and goggles.

Mains electricity

When using an electric power tool, inspection light etc which works from the mains, always ensure that the appliance is correctly connected to its plug and that, where necessary, it is properly earthed (grounded). Do not use such appliances in damp conditions and, again, beware of creating a spark or applying excessive heat in the vicinity of fuel or fuel vapour.

Ignition HT voltage

A severe electric shock can result from touching certain parts of the ignition system, such as the HT leads, when the engine is running or being cranked, particularly if components are damp or the insulation is defective. Where an electronic ignition system is fitted, the HT voltage is much higher and could prove fatal.

Fault diagnosis

Introduction

The car owner who does his or her own maintenance according to the recommended schedules should not have to use this section of the manual very often. Modern component reliability is such that, provided those items subject to wear or deterioration are inspected or renewed at the specified intervals, sudden failure is comparatively rare. Faults do not usually just happen as a result of sudden failure, but develop over a period of time. Major mechanical failures in particular are usually preceded by characteristic symptoms over hundreds or even thousands of miles. Those components which do occasionally fail without warning are often small and easily carried in the car.

With any fault finding, the first step is to decide where to begin investigations. Sometimes this is obvious, but on other occasions a little detective work will be necessary. The owner who makes half a dozen haphazard adjustments or replacements may be successful in curing a fault (or its symptoms), but he will be none the wiser if the fault recurs and he may well have spent more time and money than was necessary. A calm and logical approach will be found to be more satisfactory in the long run. Always take into account any warning signs or abnormalities that may have been noticed in the period preceding the fault – power loss, high or low gauge readings, unusual noises or smells, etc – and remember that failure of components such as fuses or spark plugs may only be pointers to some underlying faults.

The pages which follow here are intended to help in cases of failure to start or breakdown on the road. There is also a Fault Diagnosis Section at the end of each Chapter which should be consulted if the preliminary checks prove unfruitful. Whatever the fault, certain basic principles apply. These are as follows:

Verify the fault. This is simply a matter of being sure that you know what the symptoms are before starting work. This is particularly important if you are investigating a fault for someone else who may not have described it very accurately.

Don't overlook the obvious. For example, if the car won't start, is there petrol in the tank? (Don't take anyone else's word on this particular point, and don't trust the fuel gauge either!) If an electrical fault is indicated, look for loose or broken wires before digging out the test gear.

Cure the disease, not the symptom. Substituting a flat battery with a fully charged one will get you off the hard shoulder, but if the underlying cause is not attended to, the new battery will go the same way. Similarly, changing oil-fouled spark plugs for a new set will get you moving again, but remember that the reason for the fouling (if it wasn't simply an incorrect grade of plug) will have to be established and corrected.

Don't take anything for granted. Particularly, don't forget that a 'new' component may itself be defective (especially if it's been rattling round in the boot for months), and don't leave components out of a fault diagnosis sequence just because they are new or recently fitted. When you do finally diagnose a difficult fault, you'll probably realise that all the evidence was there from the start.

Electrical faults

Electrical faults can be more puzzling than straightforward mechanical failures, but they are no less susceptible to logical analysis if the basic principles of operation are understood. Car electrical wiring exists in extremely unfavourable conditions – heat, vibration and chemical attack – and the first things to look for are loose or corroded connections, and broken or chafed wires, especially where

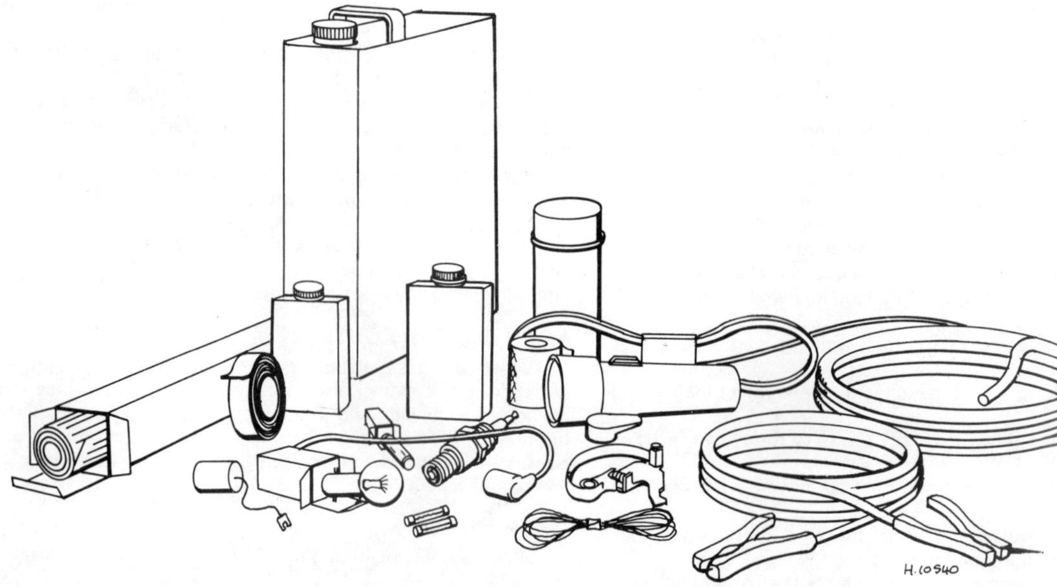

A few spares carried in the car can save you a long walk

the wires pass through holes in the bodywork or are subject to vibration.

All metal-bodied cars in current production have one terminal of the battery 'earthed', ie connected to the car bodywork, and in nearly all modern cars it is the negative (–) terminal. The various electrical components – motors, bulb holders etc – are also connected to earth, either by means of a lead or directly by their mountings. Electric current flows through the component and then back to the battery via the car bodywork. If the component mounting is loose or corroded, or if a good path back to the battery is not available, the circuit will be incomplete and malfunction will result. The engine and/or gearbox are also earthed by means of flexible metal straps to the body or sub-frame; if these straps are loose or missing, starter motor, generator and ignition trouble may result.

Assuming the earth return to be satisfactory, electrical faults will be due either to component malfunction or to defects in the current supply. Individual components are dealt with in Chapters 9 and 10. If supply wires are broken or cracked internally this results in an open-circuit, and the easiest way to check for this is to bypass the suspect wire temporarily with a length of wire having a crocodile clip or suitable connector at each end. Alternatively, a 12V test lamp can be used to verify the presence of supply voltage at various points along the wire and the break can be thus isolated.

If a bare portion of a live wire touches the car bodywork or other earthed metal part the electricity will take the low-resistance path thus formed back to the battery: this is known as a short-circuit. Hopefully a short-circuit will blow a fuse, but otherwise it may cause burning of the insulation (and possibly further short-circuits) or even a fire. This is why it is inadvisable to bypass persistently blowing fuses with silver foil or wire.

Spares and tool kit

Most cars are only supplied with sufficient tools for wheel changing; the *Maintenance and minor repair* tool kit detailed in *Tools and working facilities,* with the addition of a hammer, is probably sufficient for those repairs that most motorists would consider attempting at the roadside. In addition, a few items which can be fitted without too much trouble in the event of breakdown should be carried. Experience and available space will modify the list below, but the following may save having to call on professional assistance:

Spark plugs, clean and correctly gapped
HT lead and plug cap – long enough to reach the plug furthest from the distributor
Distributor rotor, condenser and contact breaker points
Alternator drivebelt – emergency type may suffice
Spare fuses
Set of principal light bulbs
Tin of radiator sealer and hose bandage
Exhaust bandage
Roll of insulating tape
Length of soft iron wire
Length of electrical flex
Torch or inspection lamp (can double as test lamp)
Battery jump leads
Tow-rope
Ignition waterproofing aerosol
Litre of engine oil
Sealed can of hydraulic fluid
Emergency windscreen
Jubilee (worm drive) hose clips
Tube of filler paste

If spare fuel is carried, a can designed for the purpose should be used to minimise risks of leakage and collision damage. A first aid kit and a warning triangle, whilst not at present compulsory in the UK, are obviously sensible items to carry in addition to the above.

When touring abroad it may be advisable to carry additional spares which, even if you cannot fit them yourself, could save having to wait while parts are obtained. The items below may be worth considering:

Clutch and throttle cables
Cylinder head gasket
Alternator brushes
Fuel pump repair kit
Tyre valve cores

One of the motoring organisations will be able to advise on availability of fuel etc in foreign countries.

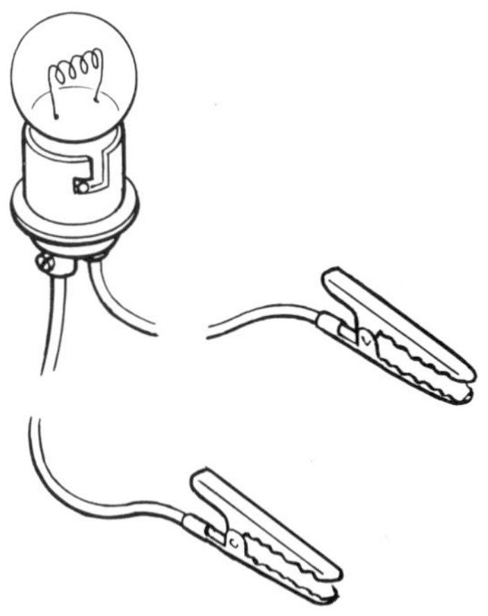

A simple test lamp is useful for tracing electrical faults

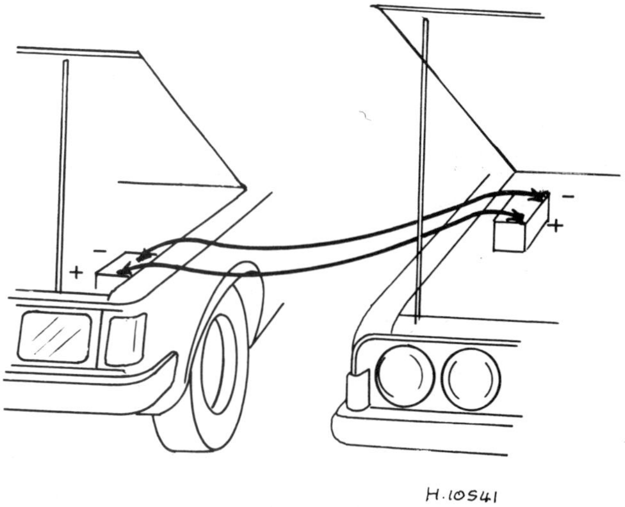

Correct way to connect jump leads. Do not allow the car bodies to touch

Engine will not start

Engine fails to turn when starter operated

Flat battery (recharge, use jump leads, or push start)
Battery terminals loose or corroded
Battery earth to body defective
Engine earth strap loose or broken
Starter motor (or solenoid) wiring loose or broken
Ignition/starter switch faulty
Major mechanical failure (seizure) or long disuse (piston rings rusted to bores)
Starter or solenoid internal fault (see Chapter 9)

Starter motor turns engine slowly

Partially discharged battery (recharge, use jump leads, or push start)
Battery terminals loose or corroded
Battery earth to body defective
Engine earth strap loose
Starter motor (or solenoid) wiring loose
Starter motor internal fault (see Chapter 10)

Starter motor spins without turning engine
- Flat battery
- Starter motor pinion sticking on sleeve
- Flywheel gear teeth damaged or worn
- Starter motor mounting bolts loose

Engine turns normally but fails to start
- Damp or dirty HT leads and distributor cap (crank engine and check for spark)
- Dirty or incorrectly gapped contact breaker points
- No fuel in tank (check for delivery at carburettor)
- Excessive choke (hot engine) or insufficient choke (cold engine)
- Fouled or incorrectly gapped spark plugs (remove, clean and regap)
- Other ignition system fault (see Chapter 4)
- Other fuel system fault (see Chapter 3)
- Poor compression (see Chapter 1)
- Major mechanical failure (eg camshaft drive)

Engine fires but will not run
- Insufficient choke (cold engine)
- Air leaks at carburettor or inlet manifold
- Fuel starvation (see Chapter 3)
- Ballast resistor defective, or other ignition fault (see Chapter 4)

Engine cuts out and will not restart

Engine cuts out suddenly – ignition fault
- Loose or disconnected LT wires
- Wet HT leads or distributor cap (after traversing water splash)
- Coil or condenser failure (check for spark)
- Other ignition fault (see Chapter 4)

Engine misfires before cutting out – fuel fault
- Fuel tank empty
- Fuel pump defective or filter blocked (check for delivery)
- Fuel tank filler vent blocked (suction will be evident on releasing cap)
- Carburettor needle valve sticking
- Carburettor jets blocked (fuel contaminated)
- Other fuel system fault (see Chapter 3)

Engine cuts out – other causes
- Serious overheating
- Major mechanical failure (eg camshaft drivebelt)

Engine overheats (water-cooled)

Ignition warning light not illuminated
- Coolant loss due to internal or external leakage (see Chapter 2)
- Thermostat defective
- Low oil level
- Brakes binding
- Radiator clogged externally or internally
- Electric cooling fan not operating correctly
- Engine waterways clogged
- Ignition timing incorrect or automatic advance malfunctioning
- Mixture too weak

Note: *Do not add cold water to an overheated engine or damage may result*

Low engine oil pressure

Gauge reads low or warning light illuminated with engine running
- Oil level low or incorrect grade
- Defective gauge or sender unit
- Wire to sender unit earthed

A slack drivebelt can cause battery charging problems and unusual noises. Adjustment bolts are arrowed

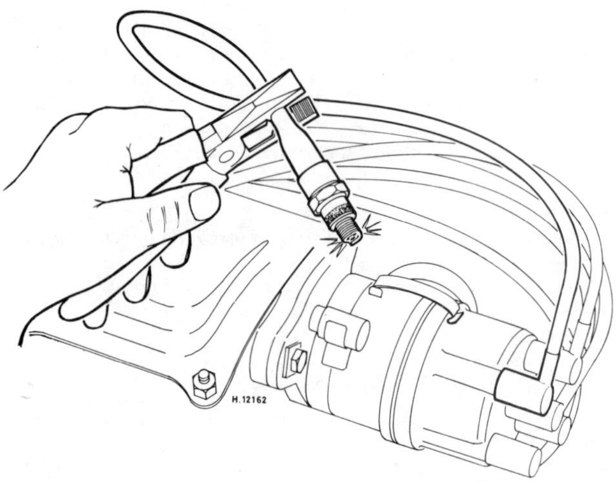

Crank engine and check for spark. Hold plug cap with insulated tool or rubber glove!

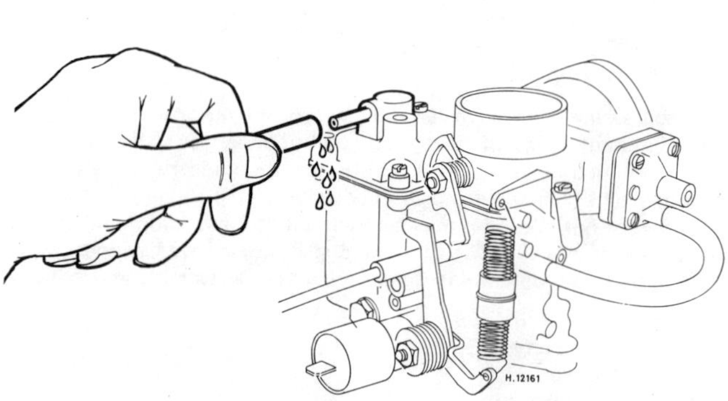

Remove fuel pipe at carburettor and check for delivery

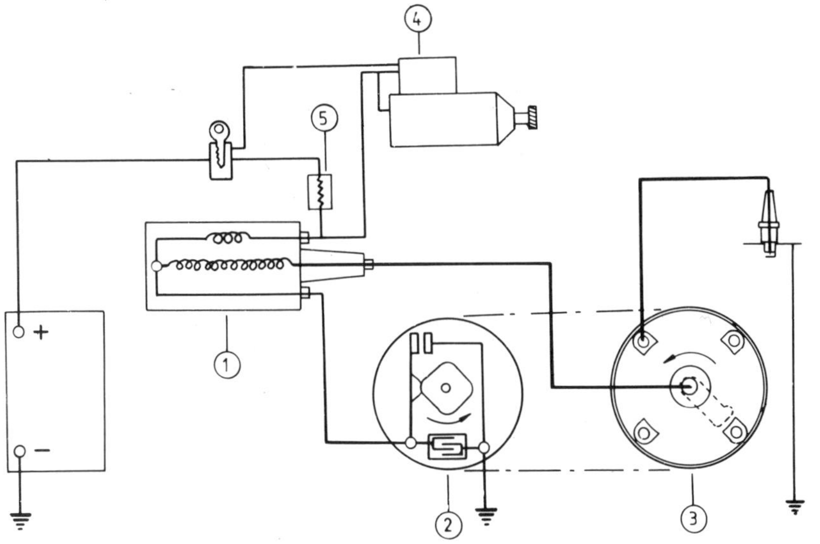

1 Coil
2 Distributor (LT section)
3 Distributor (HT section)
4 Starter motor
5 Ballast resistor

Ignition system schematic diagram. Ballast resistor is by passed when starter motor operates

Engine overheating
Oil filter clogged or bypass valve defective
Oil pressure relief valve defective
Oil pick-up strainer clogged
Oil pump worn or mountings loose
Worn main or big-end bearings

Note: *Low oil pressure in a high-mileage engine at tickover is not necessarily a cause for concern. Sudden pressure loss at speed is far more significant. In any event, check the gauge or warning light sender before condemning the engine!*

Engine noises

Pre-ignition (pinking) on acceleration
Incorrect grade of fuel
Ignition timing incorrect
Distributor faulty or worn
Worn or maladjusted carburettor
Excessive carbon build-up in engine

Whistling or wheezing noises
Leaking vacuum hose
Leaking carburettor or manifold gasket
Blowing head gasket

Tapping or rattling
Incorrect valve clearances
Worn valve gear
Worn timing belt
Broken piston ring (ticking noise)

Knocking or thumping
Unintentional mechanical contact (eg fan blades)
Worn alternator drivebelt
Peripheral component fault (generator, water pump etc)
Worn big-end bearings (regular heavy knocking, perhaps less under load)
Worn main bearings (rumbling and knocking, perhaps worsening under load)
Piston slap (most noticeable when cold)

Conversion factors

Length (distance)

Inches (in)	X 25.4	= Millimetres (mm)	X 0.039	= Inches (in)
Feet (ft)	X 0.305	= Metres (m)	X 3.281	= Feet (ft)
Miles	X 1.609	= Kilometres (km)	X 0.621	= Miles

Volume (capacity)

Cubic inches (cu in; in^3)	X 16.387	= Cubic centimetres (cc; cm^3)	X 0.061	= Cubic inches (cu in; in^3)
Imperial pints (Imp pt)	X 0.568	= Litres (l)	X 1.76	= Imperial pints (Imp pt)
Imperial quarts (Imp qt)	X 1.137	= Litres (l)	X 0.88	= Imperial quarts (Imp qt)
Imperial quarts (Imp qt)	X 1.201	= US quarts (US qt)	X 0.833	= Imperial quarts (Imp qt)
US quarts (US qt)	X 0.946	= Litres (l)	X 1.057	= US quarts (US qt)
Imperial gallons (Imp gal)	X 4.546	= Litres (l)	X 0.22	= Imperial gallons (Imp gal)
Imperial gallons (Imp gal)	X 1.201	= US gallons (US gal)	X 0.833	= Imperial gallons (Imp gal)
US gallons (US gal)	X 3.785	= Litres (l)	X 0.264	= US gallons (US gal)

Mass (weight)

Ounces (oz)	X 28.35	= Grams (g)	X 0.035	= Ounces (oz)
Pounds (lb)	X 0.454	= Kilograms (kg)	X 2.205	= Pounds (lb)

Force

Ounces-force (ozf; oz)	X 0.278	= Newtons (N)	X 3.6	= Ounces-force (ozf; oz)
Pounds-force (lbf; lb)	X 4.448	= Newtons (N)	X 0.225	= Pounds-force (lbf; lb)
Newtons (N)	X 0.1	= Kilograms-force (kgf; kg)	X 9.81	= Newtons (N)

Pressure

Pounds-force per square inch (psi; lbf/in^2; lb/in^2)	X 0.070	= Kilograms-force per square centimetre (kgf/cm^2; kg/cm^2)	X 14.223	= Pounds-force per square inch (psi; lbf/in^2; lb/in^2)
Pounds-force per square inch (psi; lbf/in^2; lb/in^2)	X 0.068	= Atmospheres (atm)	X 14.696	= Pounds-force per square inch (psi; lbf/in^2; lb/in^2)
Pounds-force per square inch (psi; lbf/in^2; lb/in^2)	X 0.069	= Bars	X 14.5	= Pounds-force per square inch (psi; lbf/in^2; lb/in^2)
Pounds-force per square inch (psi; lbf/in^2; lb/in^2)	X 6.895	= Kilopascals (kPa)	X 0.145	= Pounds-force per square inch (psi; lbf/in^2; lb/in^2)
Kilopascals (kPa)	X 0.01	= Kilograms-force per square centimetre (kgf/cm^2; kg/cm^2)	X 98.1	= Kilopascals (kPa)

Torque (moment of force)

Pounds-force inches (lbf in; lb in)	X 1.152	= Kilograms-force centimetre (kgf cm; kg cm)	X 0.868	= Pounds-force inches (lbf in; lb in)
Pounds-force inches (lbf in; lb in)	X 0.113	= Newton metres (Nm)	X 8.85	= Pounds-force inches (lbf in; lb in)
Pounds-force inches (lbf in; lb in)	X 0.083	= Pounds-force feet (lbf ft; lb ft)	X 12	= Pounds-force inches (lbf in; lb in)
Pounds-force feet (lbf ft; lb ft)	X 0.138	= Kilograms-force metres (kgf m; kg m)	X 7.233	= Pounds-force feet (lbf ft; lb ft)
Pounds-force feet (lbf ft; lb ft)	X 1.356	= Newton metres (Nm)	X 0.738	= Pounds-force feet (lbf ft; lb ft)
Newton metres (Nm)	X 0.102	= Kilograms-force metres (kgf m; kg m)	X 9.804	= Newton metres (Nm)

Power

Horsepower (hp)	X 745.7	= Watts (W)	X 0.0013	= Horsepower (hp)

Velocity (speed)

Miles per hour (miles/hr; mph)	X 1.609	= Kilometres per hour (km/hr; kph)	X 0.621	= Miles per hour (miles/hr; mph)

*Fuel consumption**

Miles per gallon, Imperial (mpg)	X 0.354	= Kilometres per litre (km/l)	X 2.825	= Miles per gallon, Imperial (mpg)
Miles per gallon, US (mpg)	X 0.425	= Kilometres per litre (km/l)	X 2.352	= Miles per gallon, US (mpg)

Temperature

Degrees Fahrenheit (°F) $= (°C \times \frac{9}{5}) + 32$

Degrees Celsius (Degrees Centigrade; °C) $= (°F - 32) \times \frac{5}{9}$

**It is common practice to convert from miles per gallon (mpg) to litres/100 kilometres (l/100km), where mpg (Imperial) x l/100 km = 282 and mpg (US) x l/100 km = 235*

Index

Printed by
Haynes Publishing Group
Sparkford Yeovil Somerset
England